儒家文明论坛

（第四期）

儒家文明协同创新中心 编

主 编 沈顺福

山东人民出版社·济南

国家一级出版社 全国百佳图书出版单位

图书在版编目（CIP）数据

儒家文明论坛．第四期/沈顺福主编．—济南：山东人民出版社，2017.12

ISBN 978－7－209－10979－6

Ⅰ．①儒…　Ⅱ．①沈…　Ⅲ．①儒家—文集　Ⅳ．①B222.05－53

中国版本图书馆 CIP 数据核字（2017）第 216149 号

儒家文明论坛（第四期）

沈顺福　主编

主管部门　山东出版传媒股份有限公司
出版发行　山东人民出版社
社　　址　济南市英雄山路 165 号
邮　　编　250002
电　　话　总编室（0531）82098914
　　　　　市场部（0531）82098027
网　　址　http：//www. sd－book. com. cn
印　　装　青岛国彩印刷有限公司
经　　销　新华书店

规　　格　16 开（184mm ×250mm）
印　　张　23
字　　数　380 千字
版　　次　2017 年 12 月第 1 版
印　　次　2017 年 12 月第 1 次
印　　数　1—1000
ISBN　978－7－209－10979－6
定　　价　49.00 元

《儒家文明论坛》第四期

编辑说明

从中国思想史来看,儒学具有鲜明的现实品格。学做圣贤、服务现实一直是儒学不变的主题。儒学与公平、正义、自由、民主、平等以及现代文明等现实性、时代性话题因此成为当前儒学研究的热点和时尚。然而,儒学更是一门学说,一门具有高度哲学思辨内容和方法的哲学学说。作为哲学学说的儒学,心性无疑是其核心问题或主题。人能否成圣贤?人性论提供了解释。人如何成圣贤?教化论提供了方法和路径。教化的主角便是心灵的改造。心、性理论成为上述现实关怀的理论基石。这些心性主题贯穿了儒家哲学的始终。

相比较于"儒学与自由""儒学与人权"等"热闹"却华而不实的话题,儒学的哲学内容显得比较生僻、晦涩,甚至不招人待见。但是,它却更值得学术界尤其是哲学界沉住气、静下心去追问、辩论、研究。这才是哲学家们和哲学工作者们研究的真正领域。鉴于此,我们于2016年10月21日至23日在山东省济南市山东大学召开了"心性论与早期中国儒家哲学"高端论坛。来自全国各地的四十余位专家学者坐而论道,共同探讨了早期儒家哲学基本问题,即儒家心性论问题。本论文集便是此次会议的结晶。

本论文集的编辑与出版,首先得到了诸位专家尤其是论文作者的大力支持。同时,本论文集自始至终均得到了山东大学儒家文明协同创新中心的鼎力支持与资助,尤其是王学典、杜泽逊、黄玉顺、颜炳罡和曾振宇等先生,在此表示衷心的感谢。在具体编辑出版过程中,我的几位年轻朋友,包括张恒、任鹏程、赵玫等付出了大量的努力与心血,山东人民出版社的编辑朋友也提供了大力支持,在此一并致谢。

儒家文明协同创新中心　沈顺福

2017年6月10日

目 录
CONTENTS （按照文章主题及作者姓氏拼音排序）

前 言

早期儒家心性论综述

早期儒家心性论：孔孟荀

中西比较与研究方法

历史中的儒家心性论

前　言

“心性论与早期中国儒家哲学”高端论坛综述*

任鹏程

2016年10月22—23日，由山东大学儒家文明协同创新中心、山东大学儒学高等研究院共同主办的“心性论与早期中国儒家哲学”高端论坛在山东济南召开。来自北京大学、华东师范大学、华南师范大学、山东大学、上海大学、安徽大学、西安电子科技大学、华侨大学、西北民族大学、浙江省委党校、山东省社会科学院、安徽省社会科学院等单位的40余位学者参加了此次会议。会议围绕儒家心性论总论、先秦儒家心性论、宋明及港台新儒家心性论、早期儒家心性论与西方思想比较等议题展开了讨论。

一、儒家心性论总论研究

儒学的理论根基是人性论，对此，山东省社会科学院文化研究所涂可国所长指出，儒家人性论涵盖性、心、情、欲四个基本范畴，而儒家性情学说主要由性情体用、性情善恶和性情主从等问题构成。山东大学沈顺福教授将儒家道德的基础归纳为人性与教化两个方面，认为仁义产生于人性之自然，而教化则偏重于现实之方法。

儒学与现实生活密切相关。华东师范大学贡华南教授认为，解决当前“天人俱损”情况的方案是重建天、地、人、物秩序，将天人关系放在天、地、人、物构成的大视域中考察，以天不大于人、人不大于天为价值基石。上海大学朱承教授将儒家政治哲学的范式总结为“生活—政治”，认为它虽使社会生活向有序化、制度化、规范化方向运转，但也蕴含破坏社会活力、阻碍社会进步、削弱生活多样性甚至自由度的危险。西安电子科技大学陈志伟副教授将儒家心性哲学视为一种情境主义的哲学话语体系，认为儒家将德性原则融入于具体的道德情境之中，通过具体事务呈显德性原则。

心性论研究的方法要勇于创新。山东大学徐庆文副教授认为，傅斯年先生的《性命古训辩证》由字释义，再上升到观念，进而解读思想史，这种由训诂学、考据学进入哲

---

* 本文原载《哲学动态》2017年第5期。作者任鹏程系山东大学儒学高等研究院博士研究生。

学的研究理路，对当前心性论的研究具有借鉴意义。

二、先秦儒家心性论研究

孔子为百世师，开创了儒家学派。华南师范大学黄明喜教授认为，孔子的“行”之教既含有浓郁的道德色彩，又富有强烈的实践品格，是儒学的重要资源。《东岳论丛》杂志社杨晓伟编审指出，仁礼关系乃是孔子“仁之所以为仁”的一个规定性要素，仁之内在的本质要求就是让外部存在的礼在个人行为中全面贯彻。

孟子私淑孔子，世称“亚圣”。山东大学黄玉顺教授指出，孟子通过“仁→义→礼→智”的总体理论结构，阐发“四德”得自于“四端”（即所“得”之“性”），并以此揭示出德性的情感渊源。山东省社会科学院国际儒学研究与交流中心孙聚友主任以孟子性善论为起点，深入阐发了孟子的人生价值观及其理论与现实意义。北京大学李畅然副教授从语言学的角度论证《孟子》的“良知”本非术语，只是临时组成的词组，直到王阳明时才成为心性学用语。山东大学博士生任鹏程认为，孟子的“浩然之气”由仁义之本（即人性）生成，所以养气的要诀在于率性自然。

荀子是先秦儒学之殿军。山东省社会科学院路德斌研究员指出，荀、孟的人性论之争，本质上是一场基于当时语境的名实、概念之争，也即“性”概念如何使用、“人之所以为人者”如何命名之争。山东省社会科学院刘云超副研究员从生命儒学的视角分析了荀子人性论，得出性恶、性朴两者完全可以并行不悖的结论。

三、宋明及港台新儒家心性论研究

宋明以后儒家心性论发展进入新阶段。山东大学翟奎凤副教授指出，心性论的凸显促使宋元明时期中国思想文化整体内转。这既增强了人们的个体独立、人格尊严，但也遮蔽了人们对天道自然、机械技术的好奇与探索。因此，未来中国文化的发展应该寻求中道之策。

《中庸》在宋代受到了极大关注，成为“四书”之一。华侨大学杨少涵教授通过文献考证，详细论述了《中庸》升格为“经”的内部、外部原因。《文史哲》杂志社邹晓东编辑从学术史的角度阐发了《中庸》以“天命之谓性”为开篇首句的缘由。西北民族大学赵玫认为，儒家的“十六字”传授心法并非梅赜据《论语》《荀子》而伪造，并通过朱子为“十六字”提供的义理依据与《中庸》首章的比照，指出获得义理价值比单纯的文献辨伪更有学术意义。

牟宗三先生是现代新儒家大师。山东省社会科学院国际儒学研究与交流中心石永之副主任系统阐述了牟宗三人性论思想的三个维度，并分析了其学术意义及现代启示。

四、早期儒家心性论与西方思想比较研究

中西哲学比较研究是儒学研究的重要课题。山东大学谢文郁教授从认识论角度入手，通过分析情感的原始认识功能，指出儒家和基督教都在敬畏中肯定并界定天命，但是，两者敬畏天命存在本质意义上的差别。

对于自由主义与儒家的关系问题，山东省社会科学院郭萍以人性论为切入点，比较了儒家的自由观念与西方的自由主义，进而认为自由主义与儒学之间存在着许多相通之处。对正义问题的探讨也是中西交流沟通的重要议题。安徽大学史向前教授认为，传统儒家的正义包括内在性与外在性的统一、知识性与实践性的统一、原则性与灵活性的统一等三重属性。

市场经济既丰富着人们的生活，也冲击着人们的心灵。安徽省社会科学院哲学与文化研究所李季林副所长指出，市场经济的冲击导致了知识分子的人格矮化、位格缺失。因此，以塑造君子为目标的儒家文化或可成为解决知识分子人格弊病的灵丹妙药。浙江省委党校王希坤教授认为，修养是传统文化的宝贵资源，也是儒家心性论的核心内容，对我们的现实生活具有指导作用。

总之，此次高端论坛的成功举办对推动儒学心性论及相关哲学议题研究，具有重要意义。

早期儒家心性论综述

论先秦儒家心性论发展的天命线索*

陈晨捷

摘　要　心性论发源于原始宗教，其源头可追溯至商初，而西周的天命观则明确了道德教化的天命依据（此即“德命观”）。周人的立国叙事中隐含着其天命观的两个重要分支：一为文、武受命，为“人为论”之渊薮；一为太王、王季受命，为“天意论”之理论根源。两者均承认天命的道德性，信奉善恶报应，坚持德福一致；其区别在于前者认为从善或作恶取决于人自身，而后者则认为心性的善恶由天而定。但自西周晚期起，“人为论”逐步沉寂，“天意论”则日渐兴起。“天意论”的理论延伸是为“命定论”，孔子的天命观可为其代表，不过孔子“圣人”神话的破灭却促使儒家德命观向“时命观”转化，而儒家的道德哲学也因此摆脱功利主义藩篱，进而获得独立性与自足性。

关键词　先秦　儒家　心性论　德福一致　天命

作者简介　陈晨捷（1981—　），男，福建莆田人，历史学博士，山东大学儒学高等研究院副教授，主要研究方向为儒家哲学、中国思想史等。

一、人文精神的早期渊源

中国人性论起源于原始宗教，此为人所共知。但人性论的出现，须以人文精神的觉醒为基础。对此徐复观先生指出，“人类文化，都是从宗教开始，中国也不例外”，而中国文化则是“人文精神的文化”，“人文精神”的出现，使得人性论的成立得以可能。① 但是要到周初，才可以“看出有了一种新精神的跃动”，此即以“敬”为动力的人文精神的崛起。明确指出中国人性论的天命渊源，这一观点虽非徐先生首创，却也算

* 本文原载《云南大学学报（社会科学版）》2016 年第 4 期，因字数限制，发表时有所删改。

① 徐复观：《中国人性论史（先秦篇）》，上海三联书店 2001 年版，第 13 页。

不刊之论。但断言人文精神发源于周初，恐怕不大妥当。徐复观先生特别强调周文化对于殷文化的承续性，认为应当重视殷周文化的继承发展关系，而“不应当看作是两支平行的不同系统的文化”①。然而对于“人文精神”，徐先生却将之视为商周宗教转向的新发展与新动向，愚以为此说有欠公允。

商朝末年，天下伐纣之势如火如荼，商纣王却有恃无恐，声称“我生不有命在天”（《尚书·西伯戡黎》）②、“不有天命乎？是何能为”（《史记·周本纪》）。这一言辞被当作判定商代天命观的重要依据，而当时其他人的主张却遭到漠视。据《尚书·西伯戡黎》载，商纣自信受天命眷顾，然而其臣下祖伊劝谏道：

> 天子，天既讫我殷命。格人元龟，罔敢知吉。非先王不相我后人，惟王淫戏用自绝。故天弃我，不有康食，不虞天性，不迪率典。今我民罔弗欲丧，曰“天曷不降威?”……呜呼！乃罪多参在上，乃能责命于天?

祖伊认为殷之天命即将终止，这一切完全是由于纣王罪孽深重，咎由自取。言下之意，若欲天命永终，必得敬顺明德。事实上，纣王认为“有命在天”的观念与商代普遍流行的治国传统有很大的出入。周人在总结殷人治国的经验教训时，曾特别指出要借鉴其敬天、崇德、保民的传统。《尚书·多士》中周公如是回顾，总结夏、商、周三代嬗递的历史：

> 有夏不适逸，则惟帝降格，向于时夏。弗克庸帝，大淫泆，有辞。惟时天罔念闻，厥惟废元命，降致罚，乃命尔先祖成汤革夏，俊民甸四方。自成汤至于帝乙，罔不明德恤祀。亦惟天丕建，保乂有殷。殷王亦罔敢失帝，罔不配天其泽。

夏桀不悟长保之道，淫逸无度又不知惊惧省改，故天降诛罚，令成汤革夏之命；殷有鉴于夏桀之失，自成汤至于帝乙，无不率祀明德，而纣王却淫游佚豫，不念先王勤家之训，不顾天之显道及民之意愿，故天降丧乱，令文、武致天之罚，革殷之命。周公所言之对象乃殷遗民，又声称“惟尔知惟殷先人有册有典，殷革夏命”，可见商人对自己夺取夏朝政权这一史实的解释路径，大致与周人相似：天命抛弃无德而转向有德者。商人的德治传统在周初一再被伸张，《尚书》“康诰”“酒诰”“召诰”“君奭”“多方”

① 徐复观：《中国人性论史（先秦篇）》，上海三联书店2001年版，第15页。

② 商纣言“我生不有命在天”之“命”在墨子看来，乃指的命定之“命”：“谓人有命，谓敬不可行，谓祭无益，谓暴无伤。”（《墨子·非命下》）

“立政”等篇屡屡言及应以殷先王为典范，明德恤祀、保乂人民。《尚书·康诰》记载，康叔往封于殷之旧地时，周公自称“我时其惟殷先哲王德，用康乂民作求”，同时告诫康叔“往敷求于殷先哲王，用保乂民”，即要求康叔至封地后遍求殷先哲王保民安民之道以为法式。为避免重蹈纣王之覆辙，在《尚书·酒诰》中，周公还说：“我闻惟曰：在昔殷先哲王迪畏天显小民，经德秉哲。”认为自成汤“以至于帝乙”尤其是殷中宗、高宗及祖甲等殷先哲王具有上畏天命、下重小民，行德合乎明哲的优良品质。

实际上，这种说法相当久远，与武王“今予发，惟恭行天之罚”的说法一致，商人与夏人均声称其征伐乃“替天行道”：“非台小子敢行称乱。有夏多罪，天命殛之。”（《尚书·汤誓》）[①] 很显然，立国后的商人并不全像纣一般徒恃天命，而是与周人一样既注重天命，又强调人事，在《尚书·盘庚》中，盘庚提及“古我前后，罔不惟民之承”。因而徐复观先生所谓的“人文精神的跃动”至少可以上溯至商朝末年甚至商初。不过当时对于道德的实质、良好品性的根源、恶行何以出现等问题却未能深入探讨，而这些工作则有待周人来实现。

当然，需要注意的是，明德乂民以祈天之命的主张并非商代一以贯之的治国理念。周初极力强调“皇天无亲，惟德是辅”，这一论调显然针对的是当时认为商人与皇天“有亲”的主张。加以商朝末期纣王宣称“有命自天”，可见大概在商朝后期商王认为其与皇天之间已建立一种神秘而独特的联系，从而有恃无恐。郭沫若先生认为这一变化发生于殷代末年，他指出：“帝的称号在殷代末年已由天帝兼摄到人王上来了。”[②] 晁福林先生认同这一说法，并且进一步指出其变化具体是“从廪辛、康丁时期开始的”，“‘帝’之下移是其人格化加强和神力扩大的结果，这和殷末王权加强的趋势是一致的”。[③] 无疑，商代末期商王与上帝之间的联系紧密了起来，纣王正是出于这一认知从而肆无忌惮地违背先王的德治传统，进而最终导致身陨国灭。

二、商周革命两种历史叙事中所隐含的天命观与心性论

有鉴于纣王暴虐无道导致覆国的教训，周初诸王莫不强调“明德慎罚”“敬天保民”以应对“天命靡常”[④]。而对于周人何以能够有德、最终以“小邦周”取代“大邦

---

① 夏启与有扈战于甘之野时说其乃“恭行天之罚”（《尚书·甘誓》），汤伐桀于鸣条之野时也认为“有夏多罪，天命殛之”（《尚书·汤誓》），其表达的内容与表达的形式具有高度的一致性。尽管其中可能包含后人修饰、孱入甚至杜撰的成分，但我们也没有明确的根据证明当时不可能产生这样的主张。

② 郭沫若：《先秦天道观之进展》，《郭沫若全集》，人民出版社1982年版，第321页。

③ 晁福林：《天命与彝伦：先秦社会思想探研》，北京师范大学出版社2012年版，第34页。

④ “天命靡常”郑玄笺云：“无常者，善则就之，恶则去之。”参见毛亨传、郑玄笺、孔颖达疏：《毛诗正义》，《十三经注疏》，上海古籍出版社1997年版，第505页。《大学》也引《康诰》“惟命不于常”并释曰：“道善则得之，不善则失之矣。”可见，天命所关注的重点是善恶的品质及其结果。

殷”的历史叙述正隐含着时人对于天命与人性的两种不同理解。周人对其先王受天明命的历史回顾中实际上暗含两条叙事路径，而学者大多不加辨析而做笼统处理：一为文王或文、武受命；一为太王、王季受命。

一，文王或文武受命。①

在《尚书·多士》中，周公训诰殷遗民说，殷先王自成汤至于帝乙“罔不明德恤祀”“罔敢失帝”，故而“配天其泽”，然而后嗣王（纣）却淫逸放纵，所以“惟时上帝不保，降若兹大丧”，命文王“弋殷命”。而文王则因其“丕灵，承帝事”而受天之命。史籍中有大量的文王或文武受命之辞：

有命自天，命此文王，于周于京。(《诗·大雅·大明》)

天休于宁（文）王，兴我小邦周。宁（文）王惟卜用，克绥受兹命。（《尚书·大诰》)

惟时枯冒，闻于上帝，帝休，天乃大命文王。(《尚书·康诰》)

在昔上帝割申劝宁王之德，其集大命于厥躬……乃惟时昭文王，迪见冒闻于上帝。惟时受有殷命哉！(《尚书·君奭》)

惟我周王灵承于旅，克堪用德，惟典神天。(《尚书·多方》)

曰古文王，初盭龢于政，上帝降懿德大甹，匍有上下，匌受万邦。(墙盘)

文王受兹大令，惟武王既克大邑商，则廷告于王曰：余其宅兹中国，自之乂民。(何尊)

丕显文王受天有大令，在武王嗣文乍邦，辟厥匿，匍有四方，畯正厥民。(大盂鼎)

昊天有成命，二后受之。(《诗·周颂·昊天有成命》)

朕丕显祖文武，膺受大令。(乖伯簋)

丕显文武受令，则乃祖奠周邦。(询簋)

丕显文武，爰受大令。(师询簋)

文王受命之后方有其武功，《尚书·康诰》中，文王“克明德慎罚”，闻于上帝，遂得以受天命、成厥功。据《尚书大传》记载，文王受命之后，“一年断虞芮之讼。二年伐于，三年伐密须，四年伐耆，六年伐崇……”②《诗·大雅·文王有声》也说：“文王受命，有此武功，既伐于崇，作邑于丰。”然而文王受命“七年而崩”，于是武王子承父志，终于完成伐殷大业，解人民于倒悬，“皇天改大殷之命，维文王受之，维武王

① “武王受命”应是对“文王受命”的修正：文王既然受命，为何未竟其功而身陨？

② 《史记·周本纪》的记载与此稍有不同：“受命之年称王而断虞芮之讼。后十年而崩。”

大克之，咸茂厥功”（《逸周书·祭公》）。与此相应的是，周人认为商纣失国乃其咎由自取，“故天降丧于殷，罔爱于殷，惟逸。天非虐，惟民自速辜”（《尚书·酒诰》）。《尚书·多方》中周公亦曰：“诰告尔多方，非天庸释有夏，非天庸释有殷。乃惟尔辟以尔多方，大淫图天之命，屑有辞。”

二，太王、王季受命。

周人受命的另一说法是太王、王季受命，此说关涉于周人对天命的不同理解，只是较文、武受命说更为幽隐而常为人所忽略。

> 帝作邦作对，自大王、王季。（《诗·大雅·皇矣》）
>
> 后稷之孙，实为大王，居岐之阳，实始剪商。（《诗·鲁颂·闷宫》）

司马迁在《史记·周本纪》中历数周人先祖之神迹与盛德：后稷乃其母践“巨人迹”而有孕，“后稷之兴，在陶唐、虞、夏之际，皆有圣德”；公刘“复修后稷之业”，百姓多怀之，史迁以为“周道之兴自此始”；古公亶父“积德行义，国人皆戴之”，后为避戎狄而率周人迁居于岐山。西伯称王后“追尊古公为太王，公季为王季”，据史迁之理解，这是因为周人认为“王瑞自太王兴”。

在上述两种历史叙事中，上帝均具有明辨是非、奖善惩恶的特性。只是在文武受命说中，人间的帝王有德或失德完全取决于自身，上帝并不会干预王者的德性修养和政治作为，而是作为一个高高在上的“裁判”关注着帝王的举动，主持正义、决定天命归属与国祚兴衰成败，正如《诗·周颂·敬之》所云：“敬之敬之，天维显思，命不易哉！无曰高高在上！陟降厥士，日监在兹。”这一点从上引纣臣祖尹之言和商民的悬诉中可窥得一丝端倪。正是商纣自作孽才导致天命转移，从而使得“小邦周”“作民主”。其中，君王的主观能动性得到空前的伸张，人事决定天命。王朝的兴衰成败、人间的治乱祸福完全取决于人们自身，上天根据人们的行为决定降下丧乱或者福泽，此即“祸福自招”“咎由自取”“职竞由人”（《诗·小雅·十月之交》）。因而周代天命观的这一倾向可称为“人为论”，乃西周天命观之主流论调。

而在太王、王季受命说中，上天从一开始就扮演着“导演”或者“操盘手”的角色。在西周乃至春秋时人看来，殷契、周稷之勃兴背后隐隐显现的是上天的意志。《诗·商颂·玄鸟》曰：“天命玄鸟，降而生商。”[1]《诗·商颂·长发》亦云：“有娀方

---

[1] “毛诗序”认为《玄鸟》乃祀高宗武丁之乐歌。“天命玄鸟，降而生商”与商的起源神话不无关系，传说中商的祖先契是其母有娀氏之女吞下燕卵之后生下的。《楚辞·离骚》《楚辞·天问》《吕氏春秋·音初》以及《史记·殷本纪》对此均有记载，可见这一神话传说应相当盛行。

将，帝立子生商。”周人受命说与此一脉相承。就周之兴起而言，不管周人认为“王瑞”是兴自后稷、公刘还是古公，其时商王均无失德的表现和迹象，换言之，上天甚至在商人崛起之时已然准备好让“小邦周”取代“大邦殷”。如此看来，即便史书并未明言夏桀、商纣之“失德”乃天命使然，但商、周“其兴也勃”与上天的意志脱不了干系，契、后稷、汤、太王、王季、文、武等人所以有德的始作俑者是天，“上帝降（文王）懿德大屏”（墙盘），《诗·大雅·皇矣》云：“维此王季，帝度其心，貊其德音，其德克明。”《逸周书·祭公》亦云：“维维皇上帝，度其心，置之明德。”因而这种天命观可以称为“天意论”。

“人为论”与“天意论”的差别在于，人在上天面前的权利与地位不同。在“人为论”中，人是上天的主宰与归宿；而在“天意论”中，人是上天的附庸与“棋子”，“天”具有绝对的主宰地位。就人性而言，前者并未明言人性的天道根源，不过人性的成长与完善完全取决于个人；而在后者，不仅认为人性来源于天命，更认为人性的成熟及其最终的善恶形态也为天命所决定。“人为论”应是徐复观先生所言的“人文精神跃动”的根据，而“天意论”的自然理论延伸则为“命定论”。

两者的相同之处在于，不管人的表现如何，上天都具有绝对的理性与正义，并秉承惩恶奖善的原则对人世事务做出裁决，以此作为天命道德性的显现与保证，此即“择民主”：为惩戒失德者，上天会选择贤明之人作为新的国君以终结其国祚。① 《尚书·汤誓》中，商汤声称是上帝令其革殷之命：“夏氏有罪，予畏上帝，不敢不正。”《尚书·多方》亦云：“天惟时求民主，乃大降显休命于成汤，刑殄有夏。”在天择“民主”说中，“民主”的使命是代上天照顾百姓以保其性，如《左传·襄公十四年》所云：“夫君，神之主而民之望也。……天生民而立之君，使司牧之，勿使失性。”

三、周代天命观的调整与改易

西周时期大肆宣扬天命的道德意志，其中虽不乏政治合法性论证的考虑，但更多的应是周人对天命的认识与理解。② 周人对天命的主体认知是：天具有“惩恶扬善”的特性，能够剥夺无德、失德者的天命而予以其他有德者，是以欲“永保天命”、长受天命垂青必须敬畏天的权威，时刻怵惕谨慎、敬德明德以“邀天福”。具有善良意志的上天哀矜下民，会深刻体察并达成百姓的意愿，“民之所欲，天必从之”（《尚书·泰誓

① 朱凤瀚先生认为这是周人与商人上帝的差异之一，即“商人的上帝看不出具有理性，恣意降灾或降佑，但周人却赋予上帝主持正义、有明确的是非观念的品格”。参见朱凤瀚：《商周时期的天神崇拜》，《中国社会科学》1993 年第 4 期。

② 学者大多强调周人宣传天命是出于论证“君权神授”、巩固并强化统治的现实需要，但若过分强调其中的理性因素，我们就很难理解周人甚至是孔子对“畏天之威”的强调和《左传》中四处可见对天命的揣度与敬畏。

上》），天人之间具有积极、良性的互动关系。

然而西周晚期，天灾频仍，百姓苦难深重，他们四处祈祷，希冀得天哀怜脱离苦海，然而却未见任何成效，因而人们开始重新思考天命以及自身的命运、遭际，而天的道德性也因此受到质疑。周幽王昏愦无道，重用佞臣，朝政混乱腐败，加上天降饥馑，百姓流离失所，因而时人指责上天“不骏其德”（《诗·小雅·雨无正》）[①]。宣王时期，“天降丧乱，饥馑荐臻”，人们“靡神不举，靡爱斯牲”（《诗·大雅·云汉》），但并未得到上天垂怜。《诗·小雅·节南山》甚至直言不讳：“昊天不佣，降此鞠讻。昊天不惠，降此大戾。”

总体上看，尽管天命备受质疑，但人们依然相信天具有“奖善惩恶”的道德属性，认为只有戒慎修德才能顺天应人，如谓“妖由人兴”（《左传·庄公十四年》）、“鬼神非人实亲，惟德是依。……神所冯依，将在德矣”（《左传·僖公五年》）、“神福仁而祸淫”（《左传·成公五年》）、“善之代不善，天命也”（《左传·襄公二十八年》）、“国之存亡，天命也……‘天道无亲，唯德是授’”（《国语·晋语六》）、“天道赏善而罚淫”（《国语·周语中》）。而祸福则完全取决于自己，如云“吉凶由人”（《左传·僖公十六年》）、“祸福无门，唯人所召”（《左传·襄公二十三年》），此乃西周时期“祸福自招”观念的延续。

但是为维护上天的善良意志，时人不得不对传统天命观做出修正，此即“报及后世”说、“天假助不善”说与灾异谴告说。然而这三者不仅不能完美解释现实中的报应无征乱象，更带来新的理论困境。[②] 而原来隐藏在西周建国叙事中、非主流的“天意论”却逐渐在春秋时期崭露头角。在“天意论”中，善恶及其后果已然脱离了人的主观掌控范围——“天之所启，人弗及也”（《左传·僖公二十三年》）、“天之所坏，不可支也”（《左传·定公元年》），因而在申说天的道德属性的同时也确认了天命对人事的主宰权：国之存亡、国祚长短、战争成败甚至恶的衍生等皆操于其手。《左传·昭公二十六年》载，王子朝回顾周王室兴衰，认为幽王、王子朝之恶乃天不佑成周，有意为之。东周王室内乱，周敬王将王室成员叛乱解释为“天降祸于周，俾我兄弟并有乱心”（《左传·昭公三十二年》）。宋襄公图谋称霸，大司马固劝谏说：“天之弃商久矣，君将兴之，弗可赦也已。”（《左传·僖公二十二年》）晋栾盈为范宣子所逐后与胥午图谋复兴，胥午极力反对，认为其乃为天所废，说：“天之所废，谁能兴之？子必不免。”

---

① 《诗经》中的“雨无正”“云汉”“节南山”诸章常被视为时人疑天、怨天、骂天的典型，甚至被当作无神论、自然天命观的渊薮。然而若细加分析便可以发现，当时人所疑的并非天的权威性，而是天“奖善惩恶”的道德属性，如《云汉》虽然抱怨“天降丧乱”并且不加中止旱灾，然而在末章诗人仍然要求公卿大夫坚持祈祷，将最终的希望寄托于天：“大命近止，无弃尔成。何求为我。以戾庶正。瞻昂昊天，曷惠其宁？”

② 曲宁宁、陈晨捷：《论先秦善恶报应理论及其衍变》，《周易研究》2016 年第 5 期。

(《左传·襄公二十三年》)而栾盈也最终难逃被杀的命运。晋国公子重耳逃难至郑，叔詹认为重耳乃“天之所启”，说：“闻天之所启，人弗及也。”至楚，楚成王也认为重耳必将为君，“天将兴之，谁能废之？违天必有大咎”，“天假之年，而除其害，天之所置，其可废乎”(《左传·僖公二十三年》)。

人力既然不能干预甚至改变天命，“天意论”便不可避免地发展为“命定论”。晋楚鄢陵之战中，晋国范文子的儿子士匄积极献策，认为“晋、楚唯天所授”，不必过于忧虑，文子执戈逐之，说：“国之存亡，天也。童子何知焉？”(《左传·成公十六年》)齐国出现彗星，齐景公派人祭祀禳灾，晏婴认为“无益”，因为天命不可疑不能易，“天道不謟，不贰其命，若之何禳之？”(《左传·昭公二十六年》)吴军进攻楚国之时，胡子趁机俘虏靠近胡国的楚国百姓。楚国安定以后，胡子又拒不事楚，认为“存亡有命，事楚何为？多取费焉”(《左传·定公十五年》)，旋即为楚所灭。

孔子的天命观可谓典型的命定论。孔子认为天不仅能决定文明兴衰、人的生死祸福等人生遭际，还能赋予人以德性。子曰：“天生德于予，桓魋其如予何！”(《论语·述而》)孔子之所以如此自信在于当时有相当一部分人(包括他自己)认为他是应运而生的圣人，如鲁国权臣孟僖子所言“吾闻将有达者曰孔丘”[①](《左传·昭公七年》)、仪封人所言“天下无道也久矣，天将以夫子为木铎”[②](《论语·八佾》)及吴太宰“夫子圣者与”(《论语·述而》)之问。尽管他自谦“非生而知之者”(《论语·述而》)，但却宣称“天生德于予”；虽云“若圣与仁，则吾岂敢”(《论语·述而》)，却默认吴太宰所冠予的“圣者”名号，也不反对子贡“固天纵之将圣”之美誉。[③]《论语·阳货》载，公山弗扰以费畔时曾招揽孔子，子曰：“夫召我者岂徒哉！如有用我者，吾其为东周乎！”朱子注云：“为东周，言兴周道于东方。”然杨升庵《升庵全集》引“或曰”：“传者谓兴周道于东方，是乎？曰：是未喻乎字之微旨也。其微旨若曰，如有用吾，其

---

① “吾闻”两字从侧面透露出当时这一说法应相当流行。

② 所谓“木铎”，何晏注引孔安国言曰：“木铎，施政教时所振也，言天将命孔子制作法度以号令于天下也。”皇侃疏：“云天将以夫子为木铎者，言今道将兴，故用孔子为木铎以宣令之。”参见何晏集解、皇侃义疏：《论语集解义疏》，中华书局1985年版，第42—43页。朱子之意与此大致相同：“木铎，金口木舌，施政教时所振，以警众者也。言乱极当治，天必将使夫子得位设教，不久失位也。封人一见夫子而遽以是称之，其所得于观感之间者深矣。”参见朱熹：《四书章句集注》，中华书局1983年版，第68页。仪封人谓“天下无道”而非“鲁国无道”，可见在其理解中，天并不仅仅是要孔子重振鲁国，更是要其拯救天下。孔子显然也坚信这一说法，因而才能在患难莅身时无动于衷。

③《论语·述而》载：“太宰问于子贡曰：‘夫子圣者与？何其多能也。’子贡曰：‘固天纵之将圣，又多能也。’子闻之，曰：‘太宰知我乎。吾少也贱，故多能鄙事。君子多乎哉？不多也。’”观孔子之言，其所答者“多能”也，但对“圣者”这一高隆而有可能妄僭的称呼却避而不谈、不予坚决否认，可见孔子实际上是默认这一说法的。

肯为东周之微弱偏安而已乎？”① 可见孔子的天命观正是命定论的一种重要表现。②

《论语·公冶长》载，子贡曰：“夫子之文章，可得而闻也；夫子之言性与天道，不可得而闻也。”理论上看，具有无上道德意志的主宰之天乃依神道以设教的不二选择，孔子为何对此讳莫如深？司马迁认为：“孔子罕称命，盖难言之。”（《史记·外戚世家》）所以“难言”，对“性”而言，强调德性天赋不仅令普通人沮丧，也有失公平；对“天道”而言，一方面是说天命难以测度，另一方面则是表达对天命的两难态度，即承认天命的主宰性与道德性固然是人“畏天命”“为君子”的动力源泉，但是它反过来又会使人消极待命。如此一来，人生的意义何在？道德修养的意义何在？如何劝勉人积德行善？因而这是孔子之后儒家所要面临并解决的重大问题。

四、孔子之后儒家“时命观”的提出

孔子虽然是命定论的代表者，但是他颠沛流离、郁郁不得志的一生却是促使儒家天命观发生转变的一个重大契机。据《中庸》载，孔子笃信天命的道德意志，坚信“大德必受命”，舜则为其典型，云：“舜其大孝也与！德为圣人，尊为天子，富有四海之内。宗庙飨之，子孙保之。故大德必得其位，必得其禄，必得其名，必得其寿。……故大德者必受命。”“必”字明确指出德命必然一致，即有德必有位。有德之君子必得其位，实际上这是出于对德福一致的肯认，更是对人能够响应天命、与天命产生良性互动的坚定信仰。而孔子毕生的遭际却正好成为一个反面例证，“圣人”说的破产不啻于是对孔子与其众弟子的致命打击，也是对儒家天命观的巨大挑战，促使儒家天命观从道德天命观向“时命观”转变。③ 传统的道德天命观认为天是能够赏善罚恶的宇宙主宰，天命的涵摄范围包括自然变化、社会运作甚至人的德性，而人只要积善修德便可得天命眷佑，德福必然一致；而“时命观”依然承认天的道德宰制前提，但天的意志主要表现为社会时势，时势或人的命运却不为人的意志与德行所左右，德福未必一致。

孔子之后，郭店楚简明确指出天的独立意志与人力的局限性，人的道德与智慧只能被动循守天命而不能影响与改变天命。郭店楚简中，“天”仍然具有道德属性，仁义礼智等伦常乃其意志之产物——“天降大常，以理人伦”（《成之闻之》），但这并不意味

① 程树德：《论语集释》，中华书局1990年版，第1195页。

② 墨子对儒家“强执有命”的批评显然并非无的放矢。

③ 事实上，“时命观”也有其长久的历史渊源，《尚书》《左传》等多有王朝国祚长短前定的看法，也就是说不管人如何刚健有为或者胡作非为，王朝的兴衰是不为人所改易的。在《尚书·召诰》中，召公说：“今天其命哲，命吉凶，命历年。”孙星衍疏云：“今天其命明哲、命吉、命凶、与命年岁之永短，均未可知。”可见周人相当关注本朝国祚之长短，也认为“历年”乃由天所命。《左传·宣公三年》记载，成王定九鼎之时，曾经卜世、卜年，“卜世三十，卜年七百，天所命也”。《左传·僖公三十一年》也记载，卫国为狄人所迫，迁于帝丘，占卜的结果是当立国三百年，“卜曰三百年”。不过“时命观”成为主流天命观则应当在战国时期。

着“治人伦”便能得天命佑助。《穷达以时》强调“天人之分”:“有天有人,天人有分。察天人之分,而知所行矣。有其人,无其世,虽贤弗行矣。”在天人关系中,天意或天时具有不为人的意志所转移的独立性,“纵仁、圣可与,时弗可及矣”(《唐虞之道》),人并不能依靠德行以改变天命或天时。该文明确表示,穷达有赖于天时或时势,而非人的智慧与德性修养:“初沉郁,后名扬,非其德加,子胥前多功,后戮死,非其智衰也。”“遇不遇,天也。”个人的努力完全屈从于天命、天时,更不会因其道德修养而反向影响天命。

针对孔子“德性天生”的主张及其带来的天命公平性问题,孟子的“四端”说与荀子的性恶说都是试图解决的办法。在孟子看来,就人性的根基来说,“四端”乃人皆有之,“尧舜与人同耳”(《孟子·离娄下》)、“圣人与我同类者”(《孟子·告子上》),因而对所有人都是一视同仁的;就人性的熟稔而言,“人皆可以谓尧舜”。“可能”是否变为“现实”,取决于人是否“思”而“反身自求”,是否以仁、礼“存心”(《孟子·离娄下》),而“四端”则提供了一种先天的条件:“归而求之,有余师。”(《孟子·告子下》)在此意义上,天命对所有人都是公平的,只是孟子最终依然未能完全标举人的平等性,因为现实中毕竟有“大人”与“小人”、“先知先觉者”与“后知后觉者”之分。孟子认为圣人与君子作为先知先觉者,其义务就在于代天牧民:“天之生此民也,使先知觉后知,使先觉觉后觉也。予,天民之先觉者也;予将以斯道觉斯民也。”(《孟子·万章上》)因此,圣人由救世者转变为先行者,由政治上的统治者(“民主”)转而为道德上的教导者。但是,对于如何确定谁为“先知先觉者”、谁为“后知后觉者”,孟子未曾明言。不过依其言下之意,先觉者似乎仍是由“天”随机而定,这一点与天赋圣人以德性并无本质的区别。荀子的性恶论也体现出公平公正的精神:由于注错习俗、化性起伪,导致有君子与小人、王公大人与普通百姓之分,但在先天本性上,所有人都是一样的,“人之生固小人”(《荀子·荣辱》)、“凡人之性者,尧、舜之与桀、跖,其性一也;君子与小人,其性一也。今将以礼义积伪为人之性邪?……天非私曾、骞、孝已而外众人也……天非私齐、鲁之民而外秦人也”(《荀子·性恶》)。

围绕命定论所带来的消极待命危机,孟子区分注重人事的“性”与人力不可移易的“命”,强调人应尽心知性以知天、存心养性以事天。事实上,孟子认为人生的遭际也受天命支配:“莫之为而为者,天也;莫之致而至者,命也。”(《孟子·万章上》)他欲见鲁平公而为嬖人臧仓所阻,遂感叹道:“行或使之,止或尼之,行止非人所能也。吾之不遇鲁侯,天也。臧氏之子,焉能使予不遇哉!”(《孟子·梁惠王下》)因而对人而言应当积极修德以俟时,勉力修德以顺受性命之正而非消极待时,云:“尽其心者,知其性也。知其性,则知天矣。存其心,养其性,所以事天也。夭寿不贰,修身以俟之,所以立命也。”“莫非命也,顺受其正。是故知命者不立乎墙之下。尽其道而死者,正命也。桎梏死者，非正命也。”（《孟子·尽心上》）荀子认为“天行有常”“天有其时”，天道有其自身的运行轨迹，这是不为人的意志所左右的，所谓“不为尧存，不为桀亡”（《荀子·天论》）。因而他在“明于天人之分”的基调下极力区分天人各自的职司，其中特别注重的则是人的职责所在，强调人应尽自己的主观能动性而不要做无谓的努力，希望人“敬其在己者”，而不要“慕其在天者”（《荀子·天论》）。

至于德福不一的难题，孟子与荀子均力辟蹊径以致其圆融。孟子认为，首先，人应致力于自身能够自由掌握的领域。由于寿夭、贫富等人生际遇取决于天，因而物欲的追求与实现是不为人的意志所左右的，而德性修养则可以由人自主把控。孟子认为物质是“求之有道，得之有命，是求无益于得也”，而德性的完善则是“求则得之，舍则失之，是求有益于得也”（《孟子·尽心上》）。无疑，德性修养更能体现人的价值与意义。其次，德性能给人带来比物欲更多的幸福。孟子称道德仁义为“天爵”、人之“大体”，其价值优先于代表欲、利的“人爵”和“小体”。在孟子看来，金钱、权势等一般人的追求“非良贵也”，因为“赵孟之所贵，赵孟能贱之”；而仁义道德能给人带来更大的满足感，“言饱乎仁义也，所以不愿人之膏粱之味也。今闻广誉施于身，所以不愿人之文绣也”（《孟子·告子上》）、“万物皆备于我矣。反身而诚，乐莫大焉”（《孟子·尽心上》）。而荀子则重新定义“圣人”这一概念，认为“圣人”不必如传统所谓一般有德有位，孔子是“圣人之不得势也”（《荀子·非十二子》）。实际上，这都是在承认现实生活中德福不一事实的前提下对儒家道德哲学的重新安顿与对儒家心性理论的再次发展。

然而周初乃至春秋时期的道德哲学实际上是一种功利主义道德，奖善惩恶的天命是敦促世人行善、使得善恶必有其报的终极保障。直到子思、孟子时代，道德哲学才摆脱了功利色彩而获得其独立价值与自主性（当然，其代价就是天命保障的阙如）。在郭店楚简看来，正因为“天人相分”，君子的意义与价值才得以凸显——超越外在际遇与功利思维而高扬人的道德主体性：“动非为达也，故穷而不□□□为名也，故莫之知而不吝，□□□□□□□□□□□嗅而不芳。”“穷达以时，德行一也。”“穷达以时，幽明不再。故君子惇于反己。”即便世事无常、善无善报，君子依然应该秉持初心，不断精进其德性。

徐复观先生认为周初宗教中出现人文精神的跃动，此诚不假，此后的心性理论也不断推进这一趋向，使得世人逐步正视现世人生与人的主观能动性。不可否认，西周以后，社会对人事的作用日趋重视，早在西周初年就出现过“王害不违卜”（《尚书·大诰》）的声音，春秋时期亦有“国将兴，听于民；将亡，听于神”（《左传·庄公三十二年》）、“天道远，人道迩”（《左传·昭公十八年》）等论调，但这并不意味着天与天命从此被抛弃，而“人文精神”则一路高歌凯进、直线发展。通过以上分析可以发现，战国时期的天命观乃西周、春秋时期天命观中“人为论”与“命定论”的折中结合体。如果说周代天命观使人得以逐步摆脱外在天命的笼罩（强调“天道远，人道迩”）、认识到人类的巨大力量，那么战国时期的天命观则使人意识到自身力量的局限性，从而与天命（外在力量）达成某种平衡：善恶、贫富、穷达等外在人生际遇取决于天命，但人却是自身道德修养的主宰者与决定者，天与人各有职司，此即“天人相分”。

以君子文化修复当代知识分子“位格”

李季林

摘　要　君子是儒家文化的一种理想人格，在传统社会，其主体为知识分子中的优秀代表；他们赋有拯人救世的道义、行仁仗义的情怀、谦恭礼让的胸襟和恪守诚信的践约精神，即赋有道义、礼让、诚信、乐进等独特的君子之性。中华人民共和国成立以后，经过“反右派”“文化大革命”运动，我国知识分子的君子之性几乎泯灭殆尽；而改革开放以来，经过市场经济的冲洗，人们的思想普遍地功利化了，其中知识分子的人格矮化了、“位格”缺失了。因此汲取传统君子文化、西方绅士文化等文化的精髓，结合当今的社会实践，修复、构建当代知识分子的“位格”，进而培育出思想自由、人格独立和赋有批判意识的君子型的当代知识分子，进而达到“情德兼修，义利双获，美乐皆至”的理想人生境界，应是我国当代文化建设的要义之一。

关键词　君子　当代知识分子　位格　建设

作者简介　李季林（1964—　），男，安徽省社会科学院哲学与文化研究所副所长、副研究员，研究方向为道家哲学与传统文化。

一、君子与君子文化

君子是我国传统文化尤其是儒家文化的一种理想人格，是一个社会的楷模，是人中之花“人花”；他赋有拯人救世的道义、行仁仗义的情怀、谦恭礼让的胸襟和恪守诚信的践约精神，即赋有道义、礼让、诚信、乐进等独特的君子之性。

我国自先秦至近代的典籍中，关于君子的言论极为丰富，有一万多条，其中经典的名句有“天行健，君子以自强不息；地势坤，君子以厚德载物”（《周易》）、“恺悌君子，民之父母”（《诗经》）、“君子尊道而利民”（《墨子》）、“君子坦荡荡，小人长戚戚”（《论语》）、“君子见利思义”（《论语》）、“君子和而不同”（《论语》）、“君子当仁不让”（《论语》）、“君子成人之美”（《论语》）、“君子与人为善”（《孟子》）、“君子与物为春”（《庄子》）等。

儒家经典代表“四书”中关于君子的言论较为集中，关于君子的形象也较为生动，如《论语》对君子仁义、和乐精神的描述，《大学》对君子自律、自觉意识的描述，《中庸》对君子中正、中庸思想的描述，《孟子》对君子平等、伟岸人格的描述，都很具体。

君子是“君”与“子”的合璧，是“君”中之“子”、“子”中之“君”，最初指古代贵族中的优秀分子，而后延伸为优秀的士即知识分子、甚至优秀的庶民，即君子历经了贵族君子、精英君子、平民君子的下移和广延的过程。

君子，也称大人、大丈夫，那不仅是一种理想人格，也是一种人生境界。

君子以君子之心践君子之行、成君子之德，有以仁、义、礼、智、信、恭、宽、敏、惠、温、良、俭、让、和、乐、中庸等为行为准则的处世哲学，且在天命、贫富、贵贱、福祸、苦乐、生死、义利、君臣等关系上具有特立独行的价值观。

君子在言行上，“惟义所在”；在义利上，唯义是从；在生活中，能够自觉地做到先义后利、先人后己。

君子具有独立的人格、浩然的正气，有责任、敢担当，有节操、不屈服。

孟子说：“我善养吾浩然之气。”（《孟子·公孙丑上》）这种浩然之气，集“道”与“义”，是一种澎湃的正气；它“至大至刚”，充塞于天地之间、刚正不阿。一个人如果胸中充满了这种气，那他就能够昂首挺胸、顶天立地，就会是一个思想自由、精神独立、人格平等、形象挺拔的“大丈夫”，而不是一个整天点头哈腰、唯唯诺诺、精神佝偻的势利小人。

君子、大丈夫因为有远大的志向，将来要承担重大的责任，因此不仅要具备相当的能力，还要在身心、精神上有所历练和磨难。因此，孟子说：“天将降大任于是人也，必先苦其心志，劳其筋骨，饿其体肤，空乏其身，行拂乱其所为，所以动心忍性，曾益其所不能。”（《孟子·告子下》）有了健康的身体、健全的心理、坚韧的意志、宏大的理想以及能够大有所为的能力，孟子才有资格豪迈地说：“五百年必有王者兴，其间必有名世者。……如欲平治天下，当今之世，舍我其谁也？”

为了把君子、大丈夫的形象说得更明了，孟子在《滕文公上》一章中列举了齐国大夫成覸评说齐景公和孔子弟子颜回自比舜帝两个例子。成覸评说齐景公道：“彼丈夫也，我丈夫也，吾何畏彼哉？”他齐景公是一个男子汉大丈夫，我也是一个男子汉大丈夫，大家在人格上彼此是平等的，我干吗要畏惧他呢？以“一箪食，一瓢饮，在陋巷。人不堪其忧，回也不改其乐”（《论语·雍也》）安贫乐道而著称的贤者颜回更是自况古代圣人、“仁政和王道的楷模”舜帝，说：“舜何人也？予何人也？有为者亦若是。”（《孟子·滕文公上》）他舜帝是谁啊？我颜回是谁啊？只要是实施“无为而治”、有所作为的人，就都能够做到。

而像公孙衍、张仪那样崇尚武力、推行霸道的纵横家，虽然能够“一怒而诸侯惧，安居而天下熄”（《孟子·滕文公下》），但是孟子并不认为他们是君子、大丈夫。

关于君子、大丈夫的形象，孟子还有一句更生动、更精彩的话，说：“居天下之广居，立天下之正位，行天下之大道。得志与民由之，不得志独行其道。富贵不能淫，贫贱不能移，威武不能屈。此之谓大丈夫。”（《孟子·滕文公下》）

从古至今，伯夷、叔齐、老子、孔子、庄子、孟子、平原君、信陵君、春申君、孟尝君、秦朝商山四皓……清初六尺巷故事中的张英、清末戊戌变法六君子、民国救国会七君子等，他们不仅是君子，而且是君子中的典范。

如果说伯夷、叔齐相互让国的行为，是出于尊重礼法才看轻权贵的（当然他们自身就是权贵，至于他们不食周粟、最终饿死在首阳山，则属于前朝遗老的行为），那么，老子、孔子、庄子、孟子等诸子对于权贵的轻视和批判，则是出于思想自由和人格平等。特别是庄子和孟子，作为古代知识分子，可以说一个是思想自由的化身，一个是人格平等的楷模。

庄子辞相、视相位如腐鼠，有其超然、豁达的胸怀，也有其明哲保身的目的，但是对于而今那些依然以官为本、唯上为是的人，尤其是那些做了领导、有个一官半职的知识分子，如何看破权力、看透权力、不在权力中迷失自我，并且保持思想的独立和自由，将是一个很好的警示。孟子借“彼丈夫也，我丈夫也”之言宣称，人因为与生赋有的而非天赋的人性和人格，人人是平等的。这种思想，在今天仍然没有被人们普遍地认同和接受。因为，现实生活中，还有一些人在内心里没有把别人当人看待。

古代文人君子的讽谏、重臣的直谏，其中多含有批判的内容。而无论是讽谏还是直谏，对于君子、重臣们，除却具有批判的意识，还需要极大的理论勇气。这也是当代知识分子应当继承和学习的品行。

同时，西方社会中的骑士风范、绅士精神，诸如勇敢、正义、荣誉、担当、节制以及尊重女性的文化传统等，也值得我们汲取。

二、当代知识分子“位格”的缺失与构建

“位格”，原本是基督教神学上的一个范畴，指圣父、圣子、圣灵三位一体之神位，或神格。在哲学上，“位格”就是位之为位的应然。知识分子的“位格”，就是知识分子所以是知识分子、知识分子还是知识分子的本质和特征，体现为身份和位置、责任和价值等。

中华人民共和国成立以后，经过“反右派”运动、“文化大革命”运动，我国知识分子的君子之性几乎泯灭殆尽；而改革开放以来，经过市场经济的冲洗，人们的思想普

遍地功利化了，其中知识分子的人格矮化了、“位格”缺失了：知识分子传统的“清高”没有了，庸俗来了；知识分子传统的“骨高”没有了，媚俗来了；知识分子传统的“气节”、正气、勇气没有了，摇尾乞怜、精神痿佝的“犬儒”来了。

目前，我国的贫富分化现象比较严重，嫌贫爱富、脱贫思富之心是人之常情，然而面对金钱和贫穷、弱势和强权，富贵而淫、贫贱而移、威武而屈不但未被疑惑、非难，竟然还成了时尚和公识，则不能不令人愕然。

改革开放三十多年了，一部分人确实先富起来了。可是其中却有许多人富贵而不知“道”，为富不仁、为富不智，整日花天酒地，追求奢侈、寻求刺激，全然忘了还有“天下为公”（《礼记·礼运》）和“民吾同胞，物吾与也”（《张载集·西铭》）的理想。

孟子说威武不能屈，就是说为了人民群众的利益、为了国家的利益、为了他人的合法利益、为了个人的正当利益，不畏权势，坚持真理和正义。这是作为君子、大丈夫的应然之义。在当今，这也是全体党员和各级干部的应然之义。

我国而今所处的是市场经济社会，我们不可能完全仍然按照传统文化儒家君子的标准来要求现代人“近义远利”“无私”“无欲”“无已”，而是要汲取传统文化中儒家君子拯人救世、民胞物与、见得思义、先人后己的道义和崇高精神，以道义、礼让、诚信、乐进的君子之性，践行人民性、时代性、先进性，以情养心、以德修身、以业立功，争做当代君子，从而达到“情德兼修，义利双获，美乐皆至”的当代君子的理想境界，尤其是作为社会先知人群、兼具思想和科技知识的知识分子。

由于封建专制制度悠长、绵延，经济上的依附和官本位思想的浸淫，我国历代知识分子无不以“学而优则仕”为学习的目的，形成了喜爱权力、崇拜权力又畏惧权力的矛盾心理，甚至在某些特定时期，沦落为权力的奴隶，丧失了知识分子作为时代良心的社会价值。

知识分子作为一个特殊的群体，集体失声，或仅仅沦为一个鼓手，则是知识分子“缺位”“失位”的具体表现。知识分子是一个时代的社会良心。孟子的理想之一就是要庶民们求其“放心”，即要求人们寻找曾经丢失的良心。是啊，自己家里的一只鸡走丢了，都会到处去寻找；自己的良心丢失了，却不知道去寻找。

那么，人们的良心为什么会丢失呢？为什么丢失了又不急于去寻找呢？孟子认为那是由于外物的诱惑、人性的贪婪和人心的迷恋。试想，一个人们普遍没有良心、社会普遍缺乏良知的社会，还会有什么色彩和温暖？还会有什么公道和正义？

历来，知识分子因其政治上的敏锐性、思想上的先进性、行为上的不彻底性，决定了他们通常是一个先知先觉、热情激进而又容易妥协的社会群体。当今在努力实现两个百年梦想、建设社会主义现代化国家、践行社会主义核心价值观的过程中，作为智力建设者和思想文化的领跑者，我们广大的知识分子不仅应当有位有为，成为各行各业的建设者、组织者、领导者，还应当以思想自由、人格独立和赋有批判意识的当代君子形象挺立在时代的最前列。

汉代学者王充在论及他的社会理想时，归结道：“家有十年之蓄，人有君子之行。”（《论衡·期治》）这种从“小康之家”到“大同社会”过渡期间的“中美生活”的社会，实则就是一个人人衣食无忧、情趣高尚的“君子社会”。

君子文化启示我们，在现实中，虽然我们不可能事事都做君子，但是可以事事不做小人，而“人有君子之行”则是我们人之为人的道义。在一个注重礼仪的文明国度，如果我们能够重振君子之风，形成人人崇尚君子、人人争做当代君子的良好社会风气，进而大家都能够自觉地以君子之心践君子之行、成君子之德，从而形成“君子社会”，那将是我们的共同理想。

我们论述传统文化中的君子形象以及君子文化的本质，就是要结合当今的时代需求，重塑“当代君子”形象、更好地建设有中国特色的社会主义文化，进而构建有中国特色的“君子社会”：为富而仁，为仁而富。那样，就诚如一位学者所言，我们中华民族就真正成了中华贵族，成了一个不但富有而且受人尊重的民族。

儒家性情的内涵、义理和转化*

涂可国

摘　要　性、心、情和欲是儒家人性论四个基本范畴，也是儒家伦理思想的原点，它们构成了儒家人学的四个支柱。要更为精到地把捉先秦儒家性心学说的要义，性情论不能不说是重要路径之一。目前，围绕儒家性情人学的地位和意义问题，学界存在歧见。基于对不同评价的回应，基于探究儒家责任伦理人文机制的考量，我打算对儒家性情的内涵、义理和转化做一概略诠释，以求教于各位方家。

关键词　儒家　性情　内涵　义理　转化

基金项目　本文为国家社会科学基金项目“中西伦理学比较视域中的儒家责任伦理思想研究”（项目编号：14BZX046）的阶段性成果。

作者简介　涂可国（1961—　），男，湖北麻城人，山东社会科学院文化研究所所长、研究员，主要从事儒学、哲学和文化研究。

一、儒家性情的本质规定

有关儒家之“性”的内涵，我已经在诸多论著中做了阐发，也不是本文的重点，故这里不再赘述，仅就儒家之“情”展开讨论。

余治平说：“情是性从本体境界走向存在表象的实际过程和外化经历。情在中国哲学里是实质、内容、成分，是本体之性流入现象世界后所生发出来的具体实相。”① 先秦时期，诸多文献典籍对性情问题做了探讨。欧阳祯人指出，郭店楚简中的“情”有时写作“青”，而作为与“性”可以互换的“生”，它同“青”之间是一种本体与表现形式之间的关系：青为生质，生由青显，生、青互证；中国先秦时期的传世文献中，

* 本文原载《探索与争鸣》2017 年第 6 期。

① 余治平：《性情形而上学：儒家哲学的特有门径》，《哲学研究》2003 年第 8 期。

“情”字的意涵绝大多数并不是情感的“情”，而是情实、质实的意思。[①]

根据我的体悟，在儒家性情学说中，“情”包括三个层面：其一是人的心性内在化和外在化的某种事实状态，相当于情况、情状等；其二是由喜、怒、哀、惧（或乐）、爱、恶、欲等组成的普通感性情感，以及由孟子所阐发的“四心”（恻隐之心、羞恶之心、辞让之心和是非之心）之类的道德化情感；其三是社会化的用于人际交往的特殊化的人伦情感。

1. 情实

“情”字在先秦典籍中有时即是某种事实状态，相当于情况、情状等，如《礼记》讲的“因人之情而为之节文”[②]，其中的“情”即为情状、情实之意。同后儒不同，孟子并未将性与情严格区分开。对孟子所说的“乃若其情，则可以为善矣，乃所谓善也”[③] 一段话，历来存在不同的解读。当今有人认为它仅表示孟子主张性是可善的，而非本然善的。而对孟子所说的“情”，历史上的注家有的认为它是情实之情，如戴震说：“孟子……首云‘乃若其情’，非性情之情也。……情，犹素也，实也。”[④] 而赵岐、朱熹、焦循等人则将孟子之“情”训为性情之情。实际上，孟子这儿的“情”既有情实之义，亦有情感之意，它是反映人固有的情感状态。

2. 情感

儒家文献大多把“情”界定为人的情感，这从“情”字从心从青即可看出，并创设了“六情”说、“七情”和“四情”说。一为六情说。《左传·昭公二十五年》从气论言“情”，云：“民有好、恶、喜、怒、哀、乐，生于六气。”荀子从性情合一维度说“情”，《荀子·正名》讲：“性之好、恶、喜、怒、哀、乐，谓之情。”二为七情说。《礼记·礼运》言“何谓人情？喜、怒、哀、惧、爱、恶、欲，七者弗学而能”。唐代韩愈继承了《礼记·礼运》的七情说，但是他在儒学发展史上把情的内容规定为喜、怒、哀、惧、爱、恶、欲七者，从而颠覆了由《礼记》所创发的喜、怒、哀、乐、爱、恶、欲的情感内容与顺序，用“惧”置换了“乐”。可以看出，七情说不是将“情”归结为“欲”——情欲，而是把“欲”视为“情”的从属子系统。三为四情说。孟子所提出来的作为仁义礼智始基的恻隐之心、羞恶之心、辞让之心和是非之心“四端”，虽然并非明言“情”，但就实质内容来说暗含着“情”，除是非之心外，其他三心并不是认知理性而是一种道德化情感，是如同蒙培元先生所深刻指出的，具有内在性、直接性

① 参见欧阳祯人《先秦儒家性情思想研究》，武汉大学出版社 2005 年版。

② 《礼记·坊记》。

③ 《孟子·告子上》。

④ 《孟子字义疏证》卷下《才》。

的“天理人情”[1]。

3. 情分

在传统文献和世俗生活中，“情”有时指情分、情面和情谊，也就是日常生活中常说的“人情”。它用以指称由人际互动和感情交流所产生和表现出来的社会物象，指个人为达到一定的功利目的与他人进行社会交换时用来馈赠对方的价值资源。它是维系感情、沟通人际关系的媒介，表征着互动双方关系的密切程度。唐代韩愈的《县齐有怀》云：“人情忌殊异，世路多权诈。”诗句中的“人情”，即是指称“人情世故”的“人情”。朱熹曾说：“若说是苏秦怕秦来败从，所以激张仪入秦，庶秦不来败从，那张仪与你有甚人情?”[2] 此一语境下的“人情”即可解读为情面或交情。

二、儒家性情义理的三元结构

儒家性情学说义理丰硕、指向多样，主要显现为由性情体用、性情善恶和性情主从组成的三维结构。

1. 性情体用的发问

先秦时期，性与情的关系被规定为情生于性，性为本体，情为发用，情为性显。徐复观也将先秦文献中的性与情比喻为根与枝的关系。[3] 郭店楚简《性自命出》篇明确提出了“情生于性”的命题，其“性自命出，命自天降。道始于情，情生于性。始者近情，终者近义”论说，建构了天→命→性→情的义理逻辑。《中庸》虽然从中和之道角度提出“喜怒哀乐之未发谓之中，发而皆中节谓之和”，并未将之纳入性情结构之中，但后儒多从性体情用方面加以诠释，且发展为一种思维定式，如朱熹注之曰：“喜怒哀乐，情也。其未发，则性也。无所偏倚，故谓之中。发皆中节，情之正也，无所乖戾，故谓之和。人本者，天命之性，天下之理，皆由此出，道之体也。此言性情之德，以明道不可离之意。”[4]

无可否认，孔孟似乎未明言性本情用之间的关系，但从孟子“乃若其情，则可以为善矣，乃所谓善也。若夫为不善，非才之罪也。恻隐之心，人皆有之；羞恶之心，人皆有之；恭敬之心，人皆有之；是非之心，人皆有之。恻隐之心，仁也；羞恶之心，义也；恭敬之心，礼也；是非之心，智也。仁义礼智，非由外铄我也，我固有之也，弗思耳矣”[5] 的道德心理情感说当可以看出，他已意识到情与性的同一性。荀子则对性与情

---

① 参见蒙培元《人是情感的存在》，《社会科学战线》2003 年第 2 期。

② 《朱子语类》卷一三四。

③ 徐复观：《中国人性论史（先秦篇）》，上海三联书店 2001 年版。

④ 《孟子 · 告子上》。

⑤ 《四书章句集注 · 中庸注》。

的体用关系在儒学发展史做了明确的自觉辨析。他不仅如上所述指明了“性之好、恶、喜、怒、哀、乐谓之情”[①]，还将性情并提：“好利而欲得者，此人之情性也。”[②] 并直截了当地揭示了性与情的关系：“性者，天之就也；情者，性之质也。”[③] 性是天所赋予人的，而情则是性的内在特质。

秦汉以后，性本情用的思想传统得到传承。董仲舒依据阴阳五行学说，认为性有阴阳，阳为性，情为阴，即“身之有性情也，若天之有阴阳也”[④]。性情合一，情属于性，性情同为天赋：“天地之所生，谓之性情。”[⑤] 荀悦承继了董仲舒“性三品论”和“性有善有恶论”，说“或问性命。曰：生之谓性也，形神是也”[⑥]。他把“神”归结为人所禀之气：“凡言神者，莫近于气。有气斯有形，有神斯有好恶喜怒之情矣。”[⑦] 并提出“凡情、意、心、志者，皆性动之别名也”[⑧] 命题。

这之后，唐代韩愈对性情论做了新的拓展。韩愈从先验和后天两方面，依据中道原则，沿着“性也者，与生俱生也；情也者，接于物而生也”[⑨] 的生成论思路，提出了“性之于情视其品”命题和与性三品相对应的情三品说：把中庸确认为判定三品之情的标准，指出下品之情的发动不符合中道原则，中品之情仅是部分符合中道原则，而上品之情的发动则都合乎中道原则。韩愈的门人李翱进一步阐明了性为情之本、情由性而生：“无性则情无所生矣，是情由性而生。情不自情，因性而情；性不自性，由情以明。”[⑩] 从而把情看作性的外在显现。

宋明儒进一步阐明了性情的体用关系。从王安石的“性者情之本，情者性之用”[⑪]，到朱熹的“性是体，情是用，性情皆出于心”[⑫]，几乎均把性与情归之于本与用、静与动之关系。乔清举把朱熹的性情论概括为情本于性、性未发情已发、性静情动、情显性微、性体情用、性理情欲和心统性情七个要点。[⑬]

---

① 《荀子·正名》。
② 《荀子·性恶》。必须指出，荀子大多数讲“情性”而不是“性情”。
③ 《荀子·正名》。
④ 《春秋繁露·深察名号》。
⑤ 《春秋繁露·深察名号》。
⑥ 《申鉴·杂言下》。
⑦ 《申鉴·杂言下》。
⑧ 《申鉴·杂言下》。
⑨ 《原性》。
⑩ 《复性书》。
⑪ 《性情》。
⑫ 《朱子语类》卷九八。
⑬ 参见乔清举《论金岳霖对于理学性、情、命思想的现代发展》，韩国灵山大学《东洋文化研究》2009 年第五辑。

2. 性情善恶的恒定

在孟子那里，性由心显，心善即性善，他心目中的恻隐之心、羞恶之心、辞让之心和是非之心除后者外均为道德化情感。孟子的特异之处在于他把这“四心”看作产生仁义礼智四德的端始、基础——虽然它们本身具有善的属性，换言之，“四心”是致善的主体条件。朱子认为，在孟子那里，“情可为善，则性无有不善。所谓‘四端’者，皆情也。仁是性，恻隐是情。恻隐是仁发出来底端芽，如一个谷种相似，谷之生是性，发为萌芽是情。所谓性，只是那仁义礼知四者而已”[①]。这显然是误读，也同他本人的性本情用观念相矛盾。性由情显，应当说，在孟子那里，人性通过情（四端）的中介而达到道德善。孟子明确将“四心”之类天生的道德情感看作是仁义礼智之类现实善的端始，它们构成了性善和人善的根基，为人行善提供了主观可能性。他说：“五谷者，种之美者也；苟为不熟，不如荑稗。夫仁亦在乎熟之而已矣。”[②] 这分明把仁视为由善的种子发展成熟的结果。

荀子的性恶论在批评孟子性善论混淆了性伪的基础上，肯定了人性具有恶的属性或因素，提出“性恶善伪”的思想。这表明他既立足于主体先天的心性结构去确认人的善恶问题，又注重从外在社会秩序、规整角度去分析人善恶的现实表现。更进一步，有时荀子也将善恶看作是否符合社会标准、规范的产物，从而把善恶问题置于社会现实层面。他讲：“孟子曰：‘人之性善。’曰：是不然。凡古今天下之所谓善者，正理平治也；所谓恶者，偏险悖乱也。是善恶之分也已。”[③] 这表明，性作为天之就、不可学、不可事的生性无所谓善恶，它只是人的天然禀赋，只有当它后天外化出来之后视其是否符合理治秩序才有善恶的实际分野。由于荀子把情看作性之质，且指出性之好、恶、喜、怒、哀、乐可谓人之情，并指明礼义文理的主要作用是养情，因而可以说情构成了由性到德的重要介质。

汉唐儒家虽然大都主张性分三品说，但从阴阳、心物两种维度去界定人性的进路，基本上沿着性→情→欲这样的逻辑理路涉及人的性情本性。董仲舒所原创的性三品论实质上也是善恶混论，他认为“性有善端，心有善质”[④]。人之所以有时行善有时作恶，就在于性中有情，而情为恶。他讲：“善如米，性如禾。……性虽出善，而性未可谓善也。”[⑤] 性不是纯善纯恶，性仅包含善的资质，具有为善的可能性，要把这种可能性转化为现实性，就必须实施“王教之化”。荀悦虽赞同董氏三品之说，但反对性善情恶

---

① 《朱子语类》卷五九《孟子九・告子上》。

② 《孟子・告子上》。

③ 《荀子・性恶》。

④ 《春秋繁露・深察名号》。

⑤ 《春秋繁露・实性》。

论，他明确指出：“好恶者，性之取舍也，实见于外，故谓之情尔，必本乎性矣。仁义者，善之诚者也，何嫌其常善？好恶者，善恶未有所分也，何怪其有恶？”① 在荀悦看来，好恶是性展现于外的取舍，它虽说是情，但并未有善恶的分化，并不一定就是恶，可见，情同性一样，并非独恶，包含着致善致恶的两种可能性。而李翱的复性论几乎是董仲舒人性论的翻版，他承继了董氏的性善情恶思想，认为情是性之动——性动于物欲，故为恶。

从“性情一也”出发，王安石强调“喜、怒、哀、乐、好、恶、欲未发于外而存于心，性也；喜、怒、哀、乐、好、恶、欲发于外而见于行，情也”②。在他看来，性为未发，故无善恶；情为已发之性，故有善恶；人之七情发于外而合理则为善，反之则为恶，因而情并不全恶，而在于发动于外时当与不当。

张载、程颐同样秉持性善情可善可恶。张载认为，情发而和于性，则为善，反之则为恶。程颐则依“中节”诠释情的善恶。在他看来，情如发于外中节，则无往而不善，反之则归于恶。可以说，在传统中国性情思想史上，苏轼极富独创性，他力主性无善恶，认为“善恶者，性之所能之，而非性之所能有也”③，善恶并非性的本质，而是性的效能，这表明苏氏肯认善恶乃是人性外在的现实表征；同时他还批评韩愈等儒者“以为喜怒哀乐皆出于情，而非性之所有”④ 是“离性以为情”，从而肯定了情符合人的天性。

以上我从断代史角度大致梳理了儒家性情学说，立足于人性善恶概括起来，可以把它们归结为以下六种类型：一为孟子的性善情善论，情是实现现实善恶的可能性基础；二为荀子的性恶情恶论，情是由性恶到外在善恶的中介；三为董仲舒、李翱的性善情恶论，情是主观见之于客观（物）的外显，因受外物的诱使，故它为恶；四为荀悦等人的性善情可善可恶论，情本身并无善恶，但包含着致善行恶的可能性；五为王安石的性无善恶而情有善恶论，情是由未发之性发于外的各种情感，其善恶取决于合理与否；六为张载、二程、朱熹等宋明理学家提出的性情均有善恶论，不论是性还是情，都蕴含着善恶两种特质。

3. 性情主从的分辨

就建构人的性情结构而言，程颐性情学说最有意义之处是他在《颜子所好何学论》中提出的“性其情”和“情其性”观点：“是故觉者约其情使合于中，正其心，养其

① 《申鉴·杂言下》。
② 《性情》。
③ 《苏东坡全集·应诏集》卷十《扬雄论》。
④ 《苏东坡全集·应诏集》卷十《韩愈论》。

性，故曰性其情。愚者则不知制之，纵其情而至邪僻，梏其性而亡之，故曰情其性。”①

湘学派代表人物胡宏从性本心用出发，认为“未发只可言性，已发乃可言心”②。性为本体、为未发，心为效用、为已发。他还讲：“性不能不动，动则心矣。”③ 围绕胡宏“心也者，知天地宰万物以成性者”④ 这一说法，张栻和朱熹展开了激烈辩论。张栻主张“心主性情”，认为性是理，心为具体的性，心含有气，故有情，而情则为性之动，欲是情动而向外物追求，欲是恶。显然，张栻视性本善，情是欲恶的中间环节。朱熹反对胡宏性体心用、性动为心的说法，认为心与性一而二、二而一，二者一体，“性对情言，心对性情言。合如此是性，动处是情，主宰是心”⑤。因而不如把心改为情，不如伊川“自性之有形者谓之心，自性之有动者谓之情”更为精密，而赞同张载“心统性情”观点。他说：“‘心统性情’，统，犹兼也。‘心统性情’，性情皆因心而后见。心是体，发于外谓之用。……性者，理也。性是体，情是用，性情皆出于心……静者性也，动者情也……性安然不动，情则因物而感……”⑥

三、合理性情结构的当代建构

如何评价和取舍儒家性情哲学，在当今中国学界出现了两种相反的声音。余治平认为，不同于西方哲学历来引情入智、智大于情的传统，儒学哲学一向竭力化智入情、情理交融，后现代哲学已经注意到失却了性情态度的形而上学的最大危险在于可能演化成为一种奴役人、扼杀人的恐怖哲学，通过对非理性领域的广泛探讨，极大地强调了人的感性性情，进而使人类哲学能够真正面向现实的生活世界。⑦ 与之相反，马育良强调指出，情性本位是中国文化的特质，而这种特质又影响了儒学性情形而上学的形成，但是，西方后现代对理性的反思似乎并不意味着东方的情性文化和儒家的性情形而上学已经成为一种具有普遍意义的选择。⑧

在我看来，凡人均有知、情、意，因而人既是一种思想存在、实践存在，也是一种情感存在、道德存在。由情实、情感、情谊、情理以及性情体用、性情善恶、性情主从等内容构成的儒家性情形而上学和性情形而下学，对于既有情欲的泛滥成灾又有无情无

---

① 《二程集·河南程氏文集》卷八《杂著·颜子所好何学论》。

② 《宋元学案·五峰学案》。

③ 《宋元学案·五峰学案》。

④ 《宋元学案·五峰学案》。

⑤ 《朱子语类》卷五性理二。

⑥ 《朱子语类》卷九八《张子之书一》。

⑦ 余治平：《性情形而上学：儒家哲学的特有门径》，《哲学研究》2003 年第 8 期。

⑧ 马育良：《情性本位：关于中国文化和中国儒学特质的理解》，《合肥学院学报（社会科学版）》2006 年第 2 期。

义的现代化社会和后现代化社会来说，儒家性情哲学不失为具有普适性的、值得吸收的有益思想资源。诚然，就像我多次强调的，中国社会要真正实现现代化，理应立足于创造性转化和创新性发展，推动由人情取向的行为规范系统向情感中立的现代社会交往准则转化，促使由特殊的感情取向占主导的自我化、特殊化传统道德文化向情感中立、普遍化的新型道德文化转化，但是，也要珍惜和吸收儒家文化中富有深厚人情味的文化要素，挖掘和转化儒家性情哲学的“合理内核”，以建构人的合理性情结构。

1. 以性制情

扬性抑情固然不对，但毕竟性本情用，性由情显。由于情往往受到外物的影响，特别是人类许多情感具有冲动性、原发性、自利性，而在人性系统中又蕴含着许多本然的积极的致善因素和力量，因此，必须努力挖掘人性善的因素去节制人的情感。按照孟子的说法，“四心”是产生仁义礼智四德的本根、端始，据此思路，我们就应运用内在的恻隐之心、辞让之心和外在仁义去调控自己的七情六欲，使它符合仁义之道。“变风发乎情，止乎礼义。发乎情，民之性也；止乎礼义，先王之泽也。”① 要发展出人的健康性情结构，还要坚持以理节情，以礼制情，用礼制秩序对人的情感进行克制、引导和自我调节，做到情理合一。除此之外，还要化情入智和化智入情，像朱子所说的那样做到“心统性情”，用未发之性去驾驭已发之情，使之无所偏倚，符合中道原则。在日渐世俗化的现时代，我们更应坚持用理智的人性力量去引导人的激情和欲望，做一个有情有义的智者。

2. 用情化性

把人性理想化、神圣化、伦理化，使之不近人情，就会过分压抑人性，远离人道。建构人的合理性情结构，一个重要门径就是促进伦理与情感的良性互动，也就是致力于情感伦理化和伦理情感化。在儒家那里，仁义礼信忠孝等伦理既是人性的本质特征，也是人性的需要，它们往往建立在人的情感基础之上，例如孔子在回答宰我为何要行三年之丧时，就是根据人是否安乐②。犹如许苏民所言，为了使人的伦理本性在践履中更为有效、有力，就应运用各种情感包括血缘亲情去润泽人性、化导人性，以此防止伦理理性过度压抑人的真实情感，克服情与理之间的冲突。③

3. 分治性情

人固然是一种情感存在，情感是人性结构中不可或缺的有机组成部分，但是人情并不是铁板一块，而是有层次、类型之分，既有合理情感也有不合理情感，既有积极情感

① 《诗经》。
② 《论语·阳货》。
③ 参见许苏民《中华民族文化心理素质简论》，云南人民出版社 1987 年版。

也有消极情感，既有高级情感也有低级情感，等等。一个人要获得个性的自由全面协调发展，就要对人的性情分而治之，不仅要培养和发挥像道德情感、审美情感之类的有益情感，也要克制仇恨、嫉妒、贪婪等恶劣情感，决不能过分放纵自己的情感，以致滥情。情欲诚然是人生的重要动力，是推动个人建功立业的重要力量，但当我们将之外化出来时就必须掌握一个度，做到无过与不及。应该说，董仲舒把情完全视为恶的东西失之片面。不论是荀悦提出情无善恶分化、王安石认为情并不全恶而在于发动于外时当与不当，还是宋明理学家提出的性情均有善恶，都反映了人的性情的真实面貌。人的情感本质上是可善可恶的，这取决于它的正当性、合法性和适宜性。拿七情来说，当喜则喜、当怒则怒、当哀则哀、当恶则恶、当爱则爱，就是善的，至少是正当的；反之，则是不正当的、恶的。一个人过分抱怨，到处施爱，无缘无故的喜怒，都是不合适的。对敌人、坏人的爱怜、同情显然是恶的，只有对亲人、好人表现出喜悦、关爱、悲伤（失去亲人时）才是恰当的、善的。可见，当我们展露自己的情感时，一定要以时间、地点、条件为转移，一定要看对象是谁。

试论中国早期儒家的人性内涵

——兼评“性朴论”*

沈顺福

摘　要　性是儒家哲学的核心概念。它的基本内涵包括生存之初和气。早期儒家之性，或是“浩然之气”（孟子），或是不正之“材”（荀子），或是正邪兼备之“质”（董仲舒）。气的不同属性意味着性不是初生的白纸，而是具有规定性的事实。它对成人具有基础性作用。故，性不仅有性质功能，而且具有性质的内涵。性是性质。作为性质之性，显然不能够被理解为“朴”。“性朴论”的标签是不符合事实的。

关键词　儒家　性　性质　性朴论

作者简介　沈顺福（1967—　），男，安徽安庆人。哲学博士。山东大学儒学高等研究院教授、博士生导师。主要研究中国哲学、知识论与道德哲学等。主持国家社科基金项目、教育部人文社科基地重大项目等，在《哲学研究》《现代哲学》《伦理学研究》等发表论文数十篇。

人性是儒家哲学的核心概念。儒家哲学，说到底，乃是一种人性论或德性论。儒家哲学史也是儒家人性论史。那么，儒家人性的内涵究竟是什么呢？最近有学者提出儒家是性朴论，并依此断定儒家文献的真伪等。儒家人性论是否是性朴论呢？这是本文所要探讨的主要问题。

一、性：生存之初

汉语的“性”字包含两个部分，一个是“心”，另一个是“生”。这两个符号在一定程度上决定了“性”字的最初内涵，即生存之初。它也是儒家人性的基本内涵。

孔子曰：“性相近也，习相远也。”① 皇侃在《论语义疏》中解释孔子这句话时曰：

---

* 本文原载《社会科学》2015年第8期。

① 《论语·阳货》。

“性者，人所禀以生也；习者，谓生后有百仪常所行习之事也。人俱天地之气以生，虽复厚薄有殊，而同是禀气，故曰‘相近也’。及至识，若值善友则相效为善，若逢恶友则相效为恶，恶善既殊，故曰‘相远也’。”① 性指刚生之人所具备的材质。在孔子看来，乍一出生者，几乎没有什么差别。差别在于后天的“习”：行为与驯化等。

和孟子同时代的告子说：“生之谓性。”② 人出生而有的便是人性。性即初生者。孟子虽然批评了告子的人性观，却也不完全反对这一立场。事实上，孟子也部分地接受这一立场：“口之于味也，目之于色也，耳之于声也，鼻之于臭也，四肢之于安佚也，性也，有命焉，君子不谓性也。仁之于父子也，义之于君臣也，礼之于宾主也，智之于贤者也，圣人之于天道也，命也，有性焉，君子不谓命也。”③ 口之于味等属于天性、初生者，也可以叫作性。至少在这里，孟子也以为初生者便是性。或者更准确地说，性一定是初生者。性即初生之材质。

后来的荀子完全接受这种人性观。在荀子看来，“生之所以然者谓之性；性之和所生，精合感应，不事而自然谓之性”④。性即未经人为改造或影响的天生的材质：“凡性者，天之就也，不可学，不可事。”⑤ 人性即人天生就具备的东西，接近于生物学中的本能。生即性。或者说，性即初生材质。

汉代董仲舒将性视作质，从而形成了人性的性质论。董仲舒曰：“性之名，非生与？如其生之自然之资，谓之性。性者，质也。”⑥ 性即天生之质。“性者，天质之朴也；善者，王教之化也。无其质，则王教不能化；无其王教，则质朴不能善。”⑦ 它好比“禾”，虽然能够长出粮食，但是其本身尚未成为粮食。它如同“目”：“性有似目，目卧幽而瞑，待觉而后见，当其未觉，可谓有见质，而不可谓见。”⑧ 性又如加工的茧、未经孵化的卵：“性如茧、如卵，卵待覆而成雏，茧待缫而为丝，性待教而为善，此之谓真天。”⑨ 性如茧、卵，仅仅是一种初生的质料。刘子政曰：“性，生而然者也，在于身而不发。情，接于物而然者也，出形于外。形外则谓之阳，不发者则谓之阴。”⑩ 性即天生的材质。

---

① 程树德：《论语集释》，中华书局1990年版，第1181页。
② 《孟子·告子上》。
③ 《孟子·尽心下》。
④ 《荀子·正名》。
⑤ 《荀子·性恶》。
⑥ 《春秋繁露·深察名号》。
⑦ 《春秋繁露·实性》。
⑧ 《春秋繁露·深察名号》。
⑨ 《春秋繁露·深察名号》。
⑩ 《论衡·本性》。

魏晋何晏曰："性者，人之所受以生也。天道者，元亨日新之道。"[①] 性即初生材质。后来的理学家朱熹将性改造为理，原因便在于性字与初生的关系："性则就其全体而万物所得以生者言之，理则就其事事物物各有其则者言之。"[②] 性重在生。初生之材质便是性。

近人傅斯年对先秦遗文进行了一番统计："统计之结果，识得独立之性字为先秦遗文所无，先秦遗文皆用生字为之。至于生字之含义，在金文及《诗》《书》中，并无后人所谓'性'之一义，而皆属于生之本义。后人所谓性者，其字义自《论语》始有之，然犹去生之本义为近。至孟子，此一义始充分发展。"[③] 古时只有生字，尚无性字。至孔子始有性字，其内涵接近于生。性即生，或者说，出生之初便是性。

性即初生材质。

二、性即气

性即初生材质。这是中国古典即未受佛教影响的儒家人性论的基本观点，无论是早期的孔子，还是孟子，以及后来的董仲舒等，皆坚持这一立场。那么，人的初生材质是什么呢？或者说，性的具体内涵有哪些呢？从儒家思想史来看，在不同时期，儒家人性的内涵是不同的。

在孔子时期，"性相近也，习相远也"[④]。相近之性，如朱熹所云："此所谓性，兼气质而言者也。气质之性，固有美恶之不同矣。然以其初而言，则皆不甚相远也。但习于善则善，习于恶则恶，于是始相远耳。程子曰：'此言气质之性。非言性之本也。若言其本，则性即是理，理无不善，孟子之言性善是也。何相近之有哉？'"[⑤] 性指气。这种气，不仅仅包含阳气、仁气，而且包含阴气、贪气。操仁气者便成为君子、圣人，纵贪气者，则堕落为小人、恶人，故有"相远"之说。孔子时期的性主要指气，其气兼具善恶之气。或者说，孔子并无善恶之气的分别意识。

到了孟子时期，性依然指气。孟子曰："牛山木尝美矣；以其郊于大国也，斧斤伐之，可以为美乎？是其日夜之所息，雨露之所润，非无萌蘖之生焉；牛羊又从而牧之，是以若彼濯濯也；人见其濯濯也，以为未尝有材焉：此岂山之性也哉！虽存乎人者，岂无仁义之心哉？其所以放其良心者，亦犹斧斤之于木也。旦旦而伐之，可以为美乎？其日夜之所息，平旦之气，其好恶与人相近也者几希；则其旦昼之所为，有梏亡之矣；梏

① 《论语注疏·公冶长》，《十三经注疏》，北京大学出版社 1999 年版，第 61 页。

② 《朱子语类》，中华书局 1986 年版，第 82 页。

③ 《傅斯年全集》第二卷，湖南教育出版社 2000 年版，第 510 页。

④ 《论语·阳货》。

⑤ 《论语集注·阳货》。

之反复，则其夜气不足以存；夜气不足以存，则其违禽兽不远矣；人见其禽兽也，而以为未尝有才焉者：是岂人之情也哉！故苟得其养，无物不长；苟失其养，无物不消。孔子曰：‘操则存，舍则亡；出入无时，莫知其乡。’惟心之谓与！”① 性不仅指气，而且专指“夜气”，某种有助于万物生长之气。孟子称之为“浩然之气”：“我知言，我善养吾浩然之气。……其为气也，至大至刚；以直养而无害，则塞于天地之间。其为气也，配义与道；无是，馁矣。是集义所生者，非义袭而取之也。行有不慊于心，则馁矣。我故曰‘告子未尝知义’，以其外之也。必有事焉而勿正，心勿忘，勿助长也。”② 养性即养浩然之气。浩然之气便是性。“夜气”说、“浩然之气”论表明：孟子将某类气视作性。或者说，孟子之性特指某类气，即能够引人向善之气。

荀子以为：“水火有气而无生，草木有生而无知，禽兽有知而无义，人有气、有生、有知，亦且有义，故最为天下贵也。”③ 山川草木以及人禽等皆有“气”。“气”是“生物”者最基本的也是最初的内容，或者说，气便是生命力。这种生命力之气表现为“材”。故，荀子曰：“性者、本始材朴也；伪者、文理隆盛也。无性则伪之无所加，无伪则性不能自美。性伪合，然后成圣人之名，一天下之功于是就也。”④ 性是初始材质。这种材质虽然未经加工（“朴”），却也不是“白板”⑤。它具有一定的属性。荀子曰：“材性知能，君子小人一也；好荣恶辱，好利恶害，是君子小人之所同也；若其所以求之之道则异矣。”⑥ 人天生之材质是一样的。这种材质享有一致的性质：好利恶害。这种好利恶害的材质，在荀子看来，“今人之性，生而有好利焉，顺是，故争夺生而辞让亡焉；生而有疾恶焉，顺是，故残贼生而忠信亡焉；生而有耳目之欲，有好声色焉，顺是，故淫乱生而礼义文理亡焉。然则从人之性，顺人之情，必出于争夺，合于犯分乱理，而归于暴。故必将有师法之化，礼义之道，然后出于辞让，合于文理，而归于治。用此观之，人之性恶明矣，其善者伪也。”⑦ 由于顺性纵情会导致灭亡，因此，荀子明确提出：这种材质之性是恶的。也就是说，荀子不但赞同人生而有共同的本初之材，而且指出这种材质的“不好底”⑧ 属性：导向恶果。由此来看，这种能够导致恶果之材、

---

① 《孟子·告子上》。

② 《孟子·公孙丑上》。

③ 《荀子·王制》。

④ 《荀子·礼论》。

⑤ 洛克说：“所有的观念都来自感觉或反映。那么，假如我们将自己的思想视作一张没有一个字母的白纸，也没有任何的想法。这些想法从何而来？……我的答案，用一个词来说便是：经验。”（John Locke, *An Essay Concerning Human Understanding*, London: William Tegg& Co., Cheapside, 1841, P53）白板主要指空白者、无内容、无规定性。

⑥ 《荀子·荣辱》。

⑦ 《荀子·性恶》。

⑧ 《朱子语类》，中华书局1986年版，第70页。

气，接近于贪气。

孟子将好的气（“夜气”“浩然之气”）理解为性。荀子将坏的气（“材”）理解为性，二人分别见识一端：“天之大经，一阴一阳。人之大经，一情一性。性生于阳，情生于阴。阴气鄙，阳气仁。曰性善者，是见其阳也。谓恶者，是见其阴者也。”① 孟子见其阳，荀子识其阴。在董仲舒看来，人天生之性内含两种不同的气：“人之诚，有贪有仁。仁贪之气，两在于身。身之名，取诸天。天两有阴阳之施，身亦两有贪仁之性。天有阴阳禁，身有情欲，与天道一也。”② 人天生便有贪仁之气共在于一身。善导于仁气便为善人、君子。反之则为小人、恶人。《白虎通》曰：“性情者，何谓也？性者，阳之施；情者，阴之化也。人禀阴阳气而生，故内怀五性六情。情者，静也，性者，生也，此人所禀六气以生者也。故《钩命决》曰：‘情生于阴，欲以时念也；性生于阳，以就理也。阳气者仁，阴气者贪，故情有利欲，性有仁也。’”③ 情出自性。故，性不仅含仁气，而且内有阴气、贪气。

王充曰：“用气为性，性成命定。”④ 人天生之性便是气。气分两类：“豆麦之种与稻粱殊，然食能去饥。小人君子禀性异类乎？譬诸五谷皆为用，实不异而效殊者，禀气有厚泊，故性有善恶也。残则授不仁之气泊，而怒则禀勇渥也。仁泊则戾而少愈，勇渥则猛而无义，而又和气不足，喜怒失时，计虑轻愚。妄行之人，罪故为恶。人受五常，含五脏，皆具于身。禀之泊少，故其操行不及善人，犹或厚或泊也。非厚与泊殊其酿也，曲蘖多少使之然也。是故酒之泊厚，同一曲蘖；人之善恶，共一元气，气有少多，故性有贤愚。”⑤ 仁气厚者成好人，戾气重者为坏人。

性即气，或为仁气（孟子），或为戾气（荀子），或为二者未明（孔子），或为二者兼具（董仲舒等）。从思想史的发展逻辑来看，早期的孔子未做区别，后孟子发掘了仁气，而荀子侧重于戾气。至汉代，汉儒则兼备二者。性即气。

三、性质论

从孟子开始，性的内涵逐渐明确。从此，性不再单纯地指初生物，它具有了一定的内容或内涵，从而获得了规定性的特征。性是性质。

作为性质的性，首先具有普遍性，即它是对人的类的规定性，所有人都分享了这种性质。孟子曰：“口之于味，有同耆也。易牙先得我口之所耆者也。如使口之于味也，

---

① 《论衡·本性》。

② 《春秋繁露·深察名号》。

③ 《白虎通·性情》。

④ 《论衡·无形》。

⑤ 《论衡·率性》。

其性与人殊，若犬马之与我不同类也，则天下何耆皆从易牙之于味也？至于味，天下期于易牙，是天下之口相似也惟耳亦然。至于声，天下期于师旷，是天下之耳相似也。惟目亦然。至于子都，天下莫不知其姣也。不知子都之姣者，无目者也。故曰：口之于味也，有同耆焉；耳之于声也，有同听焉；目之于色也，有同美焉。至于心，独无所同然乎？心之所同然者何也？谓理也，义也。圣人先得我心之所同然耳。故理义之悦我心，犹刍豢之悦我口。”① 如同人有一致的口味一样，人皆有此等性。性普遍于人类。

荀子曰：“材性知能，君子小人一也；好荣恶辱，好利恶害，是君子小人之所同也；若其所以求之之道则异矣。”② 君子与小人天生一性。即便是圣人也是如此：“故圣人之所以同于众，其不异于众者，性也；所以异而过众者，伪也。夫好利而欲得者，此人之情性也。”③ 好利恶害是天下人的共同的性质，具有普遍性。

其次，作为性质的性，具有种类的规定性。

人性的规定性地位在孟子那里首次得到了明确。孟子对于告子的性生论不以为然，以为性不仅仅是生、生存之材质，更是规定性，即人性是人的规定性，否则的话，“牛之性犹人之性与?”④ 人性是人之所以为人、同时区别于牛马的规定性。人类因为有了这点规定性，便区别于禽兽：“人之所以异于禽兽者几希！庶民去之，君子存之。”⑤ 人和动物的差别只有一点点。有了它，人便是人，否则便是禽兽。故孟子曰：“人皆有不忍人之心。先王有不忍人之心，斯有不忍人之政矣。以不忍人之心，行不忍人之政，治天下可运之掌上。所以谓人皆有不忍人之心者，今人乍见孺子将入于井，皆有怵惕恻隐之心。非所以内交于孺子之父母也，非所以要誉于乡党朋友也，非恶其声而然也。由是观之，无恻隐之心，非人也；无羞恶之心，非人也；无辞让之心，非人也；无是非之心，非人也。恻隐之心，仁之端也；羞恶之心，义之端也；辞让之心，礼之端也；是非之心，智之端也。”⑥ 如果没有这等心（性），人便不再是人。性乃是人的规定性。

荀子借孔子之口曰：“所谓大圣者，知通乎大道，应变而穷，辨乎万物之情性者也。大道者，所以变化遂成万物也；情性者，所以理然不取舍也。是故其事大辨乎天地，明察乎日月，总要万物于风雨，缪缪肫肫，事不可循，若天之嗣，其事不可识，百姓浅然不识其邻：若此则可谓大圣矣。”⑦ 万物有情性。所谓情性，即“所以理然不取舍”，事物存在的根据、性质。

---

① 《孟子 · 告子上》。
② 《荀子 · 荣辱》。
③ 《荀子 · 性恶》。
④ 《孟子 · 告子上》。
⑤ 《孟子 · 离娄下》。
⑥ 《孟子 · 公孙丑上》。
⑦ 《荀子 · 哀公》。

《中庸》曰：“天命之谓性，率性之谓道，修道之谓教。”① 性乃上天之命，是上天的规定。“诚者自成也，而道自道也。诚者，物之终始。不诚无物。是故君子诚之为贵。诚者，非自成己而已也。所以成物也。成己仁也。成物知也。性之德也，合外内之道也。故时措之宜也。”② 得性即合内外之道，即本性与外物实现了统一。在《易传》看来，作为性质的性是成人的基本保证：“一阴一阳之谓道，继之者善也，成之者性也。”③ “成性存存，道义之门。”④ 保留了本性便能够成人、成圣。

董仲舒接受了《中庸》等立场，以为：“人受命于天，有善善恶恶之性，可养而不可改，可豫而不可去，若形体之可肥铄而不可得革也。是故虽有至贤，能为君亲含容其恶，不能为君亲令无恶。”⑤ 性是人秉从于上天的属性或性质，只能够养而不可更改。“夫礼，体情而防乱者也，民之情不能制其欲，使之度礼，目视正色，耳听正声，口食正味，身行正道，非夺之情也，所以安其情也。变谓之情，虽持异物，性亦然者，故曰内也，变变之变，谓之外，故虽以情，然不为性说，故曰外物之动性，若神之不守也，积习渐靡物之微者也，其入人不知，习忘乃为常然若性，不可不察也。”⑥ 人情、外物皆可变，其性却在。董仲舒将性比作禾苗：“故性比于禾，善比于米；米出禾中，而禾未可全为米也；善出性中，而性未可全为善也。善与米，人之所继天而成于外，非在天所为之内也。天之所为，有所至而止，止之内谓之天性，止之外谓人事，事在性外，而性不得不成德。”⑦ 性如禾，善如米。如果再进一步，性如同种子（魏晋时期的佛教便如此比喻）。禾苗、种子皆意在于性质、规定性。

对于孟子的性善论，董仲舒进行了分析，指出：“夫善于禽兽之未得为善也，犹知于草木而不得名知，万民之性善于禽兽而不得名善，知之名乃取之圣。圣人之所命，天下以为正，正朝夕者视北辰，正嫌疑者视圣人，圣人以为无王之世，不教之民，莫能当善，善之难当如此，而谓万民之性皆能当之，过矣。质于禽兽之性，则万民之性善矣；质于人道之善，则民性弗及也。万民之性善于禽兽者许之，圣人之所谓善者弗许，吾质之命性者，异孟子。孟子下质于禽兽之所为，故曰性已善；吾上质于圣人之所为，故谓性未善，善过性，圣人过善。春秋大元，故谨于正名，名非所始，如之何谓未善已善也。”⑧ 当性作为人区别于禽兽的性质理解时，孟子的性善论未尝不可。但是从圣教的

① 《礼记·中庸》。
② 《礼记·中庸》。
③ 《周易·系辞传上》。
④ 《周易·系辞传上》。
⑤ 《春秋繁露·玉杯》。
⑥ 《春秋繁露·天道施》。
⑦ 《春秋繁露·深察名号》。
⑧ 《春秋繁露·深察名号》。

角度来看，性未经教化，自然不是善的。董仲舒将性理解为质："性者，质也，诘性之质于善之名，能中之与？既不能中矣，而尚谓之质善，何哉？性之名不得离质，离质如毛，则非性已，不可不察也。"① 质即材质，但是不是白板，而是具有属性的东西。二者合成，组成了现代汉语的性质。

作为性质的性，逐渐接近于现代哲学中的自性（identity），即事物之所以为事物的东西，比如理念、理。它是事物的不变的依据。天台宗曰："相以据外，览而可别名为相。性以据内，自分不改名为性。"② 事物自有之性是不变的。"今明内性不可改，如竹中火性虽不可见不得言无，燧人干草遍烧一切。"③ 竹子之性为火等是不变的：是竹子必定能够生火。虽然早期的孔子之性尚未明确性的性质、规定性等内涵，但是从孟子开始，性便具有了性质的属性。到了隋唐佛教时期，性已经完全脱离了初生的质料的内涵，从而走向了一种超验的、形而上学的视野。性乃是事物的性质与所以然者。这应该是性的最重要的内涵。

四、性本论

作为性质的性具有决定性。这便是性本论。其最大代表是孟子。

孟子认为人天生具有四端："恻隐之心，仁之端也；羞恶之心，义之端也；辞让之心，礼之端也；是非之心，智之端也。人之有是四端也，尤其有四体也。有是四端而自谓不能者，自贼者也；谓其君不能者，贼其君者也。凡有四端于我者，知皆扩而充之矣，若火之始然，泉之始达。苟能充之，足以保四海；苟不充之，不足以事父母。"④ 人生下来就拥有恻隐之心、辞让之心、是非之心、羞恶之心等四端，如同拥有四肢一样，这是天性。孟子曰："仁义礼智，非由外铄我也，我固有之也，弗思耳矣。故曰：'求则得之，舍则失之。'或相倍蓰而无算者，不能尽其才者也。"⑤ 仁义礼智四者之本在于人自身，人天生有之，绝非外来者。

这些天生之性不仅仅是生存之始，而且是人类的善良道德的起点或基础。性乃四端。这四端分别生长出仁义礼智，即恻隐之心长出仁、羞恶之心长出义、辞让之心长出礼、是非之心长出智。故，二程曰："孟子性善，是从本原上说。"⑥

人天生所有的四端之性固有于自身、内在于我，仁义便由此而生。这便是仁内义内

---

① 《春秋繁露·深察名号》。

② 智觊：《妙法莲华经玄义》卷第二上，《大正藏》第33册，第694页。

③ 智觊：《摩诃止观》卷第五上，《大正藏》第46册，第53页。

④ 《孟子·公孙丑上》。

⑤ 《孟子·告子上》。

⑥ 《二程集》，中华书局2004年版，第61页。

论。孟子曰："异于白马之白也，无以异于白人之白也；不识长马之长也，无以异于长人之长与？且谓长者义乎？长之者义乎？……耆秦人之炙，无以异于耆吾炙。夫物则亦有然者也，然则耆炙亦有外与？"[①] 仁义内在于人自身，即由自己的本性可以开发出仁义之道。换一句话说，仁义之根在于天生之心："广土众民，君子欲之，所乐不存焉。中天下而立，定四海之民，君子乐之，所性不存焉。君子所性，虽大行不加焉，虽穷居不损焉，分定故也。君子所性，仁义礼智根于心。其生色也，睟然见于面，盎于背，施于四体，四体不言而喻。"[②] 君子所秉承之性，乃是"仁义礼智根于心"。性即能够生长出仁义礼智之心。此等被称为性的心，孟子称之为"本心"[③]。本心是原初的心，即天生即有的本然之心，比如"赤子之心"[④]，又比如良知、良能等本初之心。这种天生之心，由于属于天生之质，因此也是性。故牟宗三曰："本心即性，心与性为一也。"[⑤] 笔者亦曾指出：孟子的"本心主要指作为本原的人性"[⑥]。

性是人类的仁义礼智之道的本原或基础，率性、扩而充之便可以成就仁义之道，便可至善。孟子曰："乃若其情，则可以为善矣，乃所谓善也。若夫为不善，非才之罪也。……仁义礼智，非由外铄我也，我固有之也，弗思耳矣。"[⑦] 情近性。"乃若其情"即顺性自然可以为善。其中，性无疑是率性的基础。这个过程便是诚："诚者，天之道也；思诚者，人之道也。至诚而不动者，未之有也；不诚，未有能动者也。"[⑧] 诚即天性的自然展开。它不仅以性为基础，而且突出了性的主导性或主角性。

荀子强调了教化对于成人的作用和意义。但是，他并不否认人性对于成人、成圣的作用："故曰：性者、本始材朴也；伪者、文理隆盛也。无性则伪之无所加，无伪则性不能自美。性伪合，然后成圣人之名，一天下之功于是就也。故曰：天地合而万物生，阴阳接而变化起，性伪合而天下治。"[⑨] 性伪合作才能够成人成圣、平治天下。性也是不可或缺的基础或条件。

董仲舒综合了孟荀思想，提出了三本论："何谓本？曰：天地人，万物之本也，天生之，地养之，人成之；天生之以孝悌，地养之以衣食，人成之以礼乐，三者相为手足，合以成体，不可一无也。"[⑩] 天地人共为万物之本、决定者。其中天生之以性，故，

---

① 《孟子·告子上》。
② 《孟子·尽心上》。
③ 《孟子·告子上》。
④ 《孟子·离娄下》。
⑤ 牟宗三：《心体与性体》上，上海古籍出版社1999年版，第22页。
⑥ 沈顺福：《人心与本心——孟子心灵哲学研究》，《现代哲学》2014年第5期。
⑦ 《孟子·告子上》。
⑧ 《孟子·离娄上》。
⑨ 《荀子·礼论》。
⑩ 《春秋繁露·立元神》。

"天地者，万物之本、先祖之所出也"[①]。天性仅仅是材质。它需要人为的王道予以教化。故，天地人三者决定了人能否成人。作为本的人性、礼教皆是成人的决定者。

孟子本心论与董仲舒的性质论，在魏晋时期进一步发展为本末论。王弼将仁义之道视为"子"："仁义，母之所生，非可以为母。形器，匠之所成，非可以为匠也。舍其母而用其子，弃其本而适其末，名则有所分，形则有所止。"[②] 子是末："母，本也；子，末也。"[③] 仁义名教等是末。与末对应的便是本。那么，本是什么呢？王弼继承了先秦道家的基本立场，以为："道者，物之所由也。德者，物之所得也。由之乃得，故曰不得不失，尊之则害，不得不贵也。"[④] 似乎道即万物之本。那么，道之本又是什么呢？王弼曰："道不违自然，乃得其性，法自然者。在方而法方，在圆而法圆，于自然无所违，自然者，无称之言，穷极之辞也。用智不及无知，而形魄不及精象，精象不及无形，有仪不及无仪，故转相法也。道顺自然，天故资焉。天法于道，地故则焉。地法于天，人故象焉。所以为主其一之者，主也。"[⑤] 道法自然即顺应物性。事物性圆自然为圆、性方自然为方。道之本乃"自然之性"。于是，自然之性与仁义之道形成了本末关系，前者是本，后是末。

在王弼看来，自然之性不仅是本，而且也是主。王弼曰："万物万形，其归一也，何由致一，由于无也。由无乃一，一可谓无，已谓之一，岂得无言乎？有言有一，非二如何？有一有二，遂生乎三。从无之有，数尽乎斯，过此以往，非道之流，故万物之生，吾知其主，虽有万形，冲气一焉。百姓有心，异国殊风，而得一者，王侯主焉。以一为主，一何可舍？愈多愈远，损则近之，损之至尽，乃得其极。既谓之一，犹乃至三，况本不一而道可近乎，损之而益，岂虚言也！"[⑥] 单一的自然之性不仅是本，而且是主、主宰：从源头上、基础上决定了万物之生长。本便是主。这和孟子的性本论基调基本一致。

性是本，是主。它以本原的身份、从源头上决定了事物的发展方向与生长属性，决定了事物的性质。这便是性本论。

五、评"性朴论"

根据上述分析，我们可以得出如下结论：

---

① 《春秋繁露·观德》。
② 王弼著，楼宇烈校释：《王弼集校释》，中华书局 1980 年版，第 95 页。
③ 王弼著，楼宇烈校释：《王弼集校释》，中华书局 1980 年版，第 139 页。
④ 王弼著，楼宇烈校释：《王弼集校释》，中华书局 1980 年版，第 51 页。
⑤ 王弼著，楼宇烈校释：《王弼集校释》，中华书局 1980 年版，第 25 页。
⑥ 王弼著，楼宇烈校释：《王弼集校释》，中华书局 1980 年版，第 42 页。

性的早期内涵指生物的初生材质（孔子）。但是，从孟子开始，性不仅仅指生物的初生材质，而且具有了规定性。性或者为好的气（孟子），或者为坏的气（荀子），或者为好坏兼备之气（汉儒）。气的内容与属性表明：性具有了规定性，是性质。这种性质不仅仅规定了事物的种类（性质论），而且从根本上决定了事物的生存（性本论），成为事物的决定者。据此，我们完全可以推翻性朴论。

近年来学术界有一批学者，通过提出性朴论，试图重新诠释荀子，或为荀子的性恶论翻案。据载："兒玉六郎 1974 年《荀子性朴说的提起》一文与 1992 年《荀子的思想：自然、主宰的两天道观与性朴说》一书提出荀子人性观是先天'性朴'与后天'性善''性恶'等，认为荀子人性论的核心是'性朴'而非'性恶'。"[①] 后有一些国内学者予以提倡，并得到了一批学者的响应。其中最主要的代表是周炽成。周炽成说："'性者，本始材朴'之'朴'非常地中性，不带褒贬倾向。从'无性，则伪之无所加'来看，朴之性似乎含有符合善的潜质，但从'无伪，则性不能自美'来看，朴之性显然不够完美。朴之性不能简单地说是善的，也不能简单地说是恶的。朴之性不够完美，但如果以'恶'概括之，那就言过其实；朴之性可能隐含着向善发展的潜质，但如果以'善'名之，恐怕也名实不符。……性朴论倾向于承认初生人性中包括着向善或向恶发展的潜质，但不肯定其中有现成的善或恶。"[②] 林桂榛则将性理解为性能："荀子认为本性、生性之性非超绝的独立存在，性本自材，性无非是材性或材的机能、性能。"[③] 路德斌和余开亮等学者以为"性朴"与"性恶"并不矛盾[④]、荀子所谓"人性之恶"即是就"顺是"[⑤]。李峻岭亦主张"'性恶'并非是'本始材朴'的'性'，而是后天形成的'好利而欲得'之'情性'（《性恶》）"[⑥]。

这些统一于性朴论旗帜之下的观点，对荀子质朴之性的内涵与性质的理解显然有所偏差。偏差之一在于它对性的哲学意义认识不足。性朴说仅仅将性理解为未经加工的原初状态（"朴"）。事实上，从孟子开始，性不仅仅指原初状态，而且具有规定性的内涵，即性是具有规定性的原初材质。性朴论显然忽略了性所具有的规定性的内涵，而这一内涵恰恰是性的最重要的内涵。

---

① 林桂榛：《论荀子性朴论的思想体系及其意义》，《现代哲学》2012 年第 6 期。

② 周炽成：《儒家性朴论：以孔子、荀子、董仲舒为中心》，社会科学 2014 年第 10 期。

③ 林桂榛：《论荀子性朴论的思想体系及其意义》，《现代哲学》2012 年第 6 期。

④ 路德斌：《性朴与性恶：荀子言"性"之维度与理路》，《"荀子思想与当代价值"学术研讨会文集》，2013 年 10 月，第 83 页；余开亮：《"性朴"与"性恶"荀子论人性的双重维度》，《中国社会科学报》，2013 年 9 月 16 日，第 A06 版。

⑤ 路德斌：《荀子与儒家哲学》，齐鲁书社 2010 年版，第 62 页。

⑥ 李峻岭：《"性朴"论与荀子思想》，《东岳论丛》2014 年第 2 期。

偏差之二在于误解了荀子之性与材、气的关联。如前所述，荀子之性虽然属于素朴的材质，却有一定的内容与属性。这种属性，董仲舒便早已发现，即阴气或戾气。对此，喜欢批评董氏的王充也不得不同意："仲舒之言，谓孟子见其阳，孙卿见其阴也。处二家各有见，可也。"① 也就是说，按照董仲舒、王充等人的看法，荀子之性主要指戾气、阴气。鉴于阴戾之气与邪恶之间暗通款曲的关联，我们将这种气、材断定为邪恶，并不过分。至于周文将性朴论延伸至董仲舒等，显然属于无稽之谈，不必当真。

① 《论衡·本性》。

先秦儒家的生活政治化与政治生活化

——以《礼记》为中心的考察*

朱 承

摘 要 在先秦儒家传统中，政治理念不仅仅不是抽象的观念，而是展现在具体而生动的日常生活之中。在《礼记》中，儒家理想政治秩序主要落实在日常生活规范之中，无论是庶民还是政治人物的日常生活规范，都全面地体现了儒家的等级秩序与规范政治。这种"生活—政治"的政治哲学范式，反映了生活政治化与政治生活化的双重特质，其积极意义在于政权拥有者所主导的政治价值能够有效地体现在共同体成员的日常生活中，使得社会生活有序化、制度化、规范化；而其消极意义则在于制度和规范一旦成为僵化的教条，就会成为破坏社会活力、阻碍社会进步的因素，进而削弱生活的多样性、丰富性甚至自由度。

关键词 生活规范 政治秩序 生活—政治

作者简介 朱承（1977— ），男，安徽安庆人，哲学博士，上海大学哲学系教授，主要从事中国哲学史、儒家哲学的教学和研究工作。

政治活动的目的之一是安排社会生活秩序，政权的拥有者、秩序的掌控者通过各项制度的设计来保证社会生活秩序符合其利益和期望。拉斯韦尔曾指出："任何组织严密的生活方式都要按照自己设计的模式来塑造人的行为。"① 政治制度就是按照政治理想设计出来的组织模式，而这种模式只有在生活中表现出来并在生活中规范人的行为，才能真正实现其原初的政治理想。就规范人的行为、安排与组织社会生活而言，生活与政治在本质上是相通的。上述观念，在中国思想传统中体现得尤为明显，如中国儒家所设想的"大同""小康"的理想政治主要就是用理想的生活方式来呈现；孟子对于"王道""仁政"的期望也常以百姓生活中的"养生送死"之无憾来作为一种诠释；老子的

---

* 本文原载《上海大学学报（社会科学版）》2013 年第 6 期。

① 哈罗德·D. 拉斯韦尔：《政治学》，杨昌裕译，商务印书馆 1992 年版，第 19 页。

“小国寡民”的政治理想即是通过“鸡犬之声相闻，老死不相往来”的生活场景来展现。“好的政治”一定会从民众“好的生活”中体现出来，而“好的生活”更能直观地反映和检验政治的良善与否。毋庸赘言，政治与生活的关系密不可分，就中国古典的思想传统而言，政治理念从来不是抽象的观念，而是展现在丰富的生活之中，从日常生活的角度来反思政治或者从政治层面讨论日常生活，显得十分必要。

一、生活规范与礼仪制度

在儒家传统中，生活秩序与政治秩序往往难以区分，儒家政治观念与儒家生活方式是一体的。生活就是政治，政治就是生活。社会日常生活是共同体政治观念的具体落实，传统儒家通过确定生活规范来保证理想政治、理想社会的落实，而人们对儒家价值观念的认同也主要地体现在日常生活的规范和行动之中。李泽厚先生在20世纪80年代反思中国传统文化的思想浪潮中曾提出：“真正的传统是已经积淀在人们的行为模式、思想方法、情感态度中的文化心理结构。儒家孔学的重要性在于它已不仅仅是一种学说、理论、思想，而是溶化浸透在人们生活和心理之中了，成了这一民族心理国民性格的重要因素。广大农民并不熟悉甚至不知道孔子，但孔子开创的那一套通由长期的宗法制度，从长幼尊卑的秩序到‘天地君亲师’的牌位，早已浸透在他们遵循的生活方式、风俗习惯、观念意识、思想感情之中。”① 对于传统儒家而言，依据儒家信奉的价值体系而形成的生活方式才是儒家真正生命力之所在，也是中国传统政治体制得以延续几千年的重要基础。因此，讨论依据儒家观念而形成的生活规范、生活方式，尤其是围绕“礼制”而形成的生活规范、生活方式对于理解中国传统政治具有不可或缺的意义。

儒家的生活规范、生活方式除了在日常生活方式中体现之外，就经典的角度而言，儒家生活规范在《礼记》中呈现得最为明显。《礼记》集中地阐述了儒家的礼治思路，表达了以“礼”来实现有效治理的观念。按照社会学家李安宅的观点，“礼”在中国古代社会具有“民风”“民仪”“制度”“仪式”和“政令”等多重含义。② 如是，“礼”则既代表了生活规范，也代表了政治意志，统摄了日常生活与政治生活的双重意蕴，这就是“礼的政治化”。陈来先生曾指出：“所谓礼的政治化，就是指，‘礼’由礼乐文明的体系愈来愈被理解为、强调为政治的合理性秩序，强调为伦理的原则和规范。”③《礼记》在“礼”从转变为政治秩序、伦理规范的过程中起到了重要作用，把生活之“礼”赋予了政治属性。就《礼记》而言，它集中展现了若干古典生活规范，而规范背后是

① 李泽厚：《启蒙与救亡的双重变奏》，《中国现代思想史论》，安徽文艺出版社1999年版，第859—860页。

② 李安宅：《〈仪礼〉与〈礼记〉之社会学的研究》，上海人民出版社2005年版，第3页。

③ 陈来：《古代思想文化世界：春秋时代的宗教、伦理和社会思想》，三联书店2004年版，第253页。

对理想生活与理想政治的期待。《礼记》主张，可以通过生活规范约束社会成员的行为从而实现政治稳定，生活规范能够为政治秩序提供现实的基础，而政治秩序的确立又能进一步强化生活规范。《礼记》一书具体地体现了政治与生活的互动关系，而这种互动关系，一方面，使得政治价值落实在世俗生活中，另一方面，也造成了日常生活变得富含政治意味而失去生动和自由，日常生活世界的僵化，则必然导致政治事务上的专制和威权。

儒家之“礼”的重要表现形式有“名”与“器”，“名”是道德评价的抽象性标志，具有形而上的色彩；而“器”则是抽象性道德的具体化，“器”主要通过日常生活的具体事物与活动呈现，具有可视性，因而也是“礼”的日常而具体的体现。在《礼记》中，通过对日常生活中的起居、饮食、交通、服饰、称谓以及人际交往等做出具体规定，进行制度化、规范化的安排，来实现生活秩序进而对社会秩序、政治秩序的稳定。马克斯·韦伯认为：“政治就是指争取分享权力或影响权力分配的努力。”① 如果我们同意这样一种“政治”的定义，那么我们将会看到，《礼记》中对于日常生活的规定性要求，大都是为了体现或者强化等级秩序及其带来的权力分配，可以说，生活之“礼仪”是政治社会秩序的基石。

众所周知，规范是为了节制人的欲望而制定的。“礼，不逾节，不侵侮，不好狎。”（《礼记·曲礼上》）“人生而有欲，欲而不得则不能无求，求而无度量分界则不能不争，争则乱，乱则穷。先王恶其乱也，故制礼义以分之，以养人之欲，给人之求。”（《荀子·礼论》）日常生活规范是社会秩序得以保障的基石，同时也是社会规范的主要内容。“规范的作用不光是节制行为，而且赋予生活意义。人失去了规范，也失去了生活的成法，往往感到惶然无着、焦灼不安。处此状态下，就很容易做出平时视之为荒谬的、令人难以置信的行为。”② 任何社会里，都会或隐或显有一套生活规范或者准则，来安排人的生活水平，这个规范或准则要么以经济财产为标准、要么以智慧能力为标准、要么以权力等级为标准、要么以年资性别为标准等。

虽然对《礼记》的出处或作者还存在一定的争议，但自秦汉以后，《礼记》一直被视为儒家的主要经典。从内容上而言，《礼记》是承载儒家社会生活规范的主要典籍之一，它所确定的生活规范、生活制度与儒家所期待的理想生活、理想政治密切相关。《礼记》的著作者记录了儒家的生活规范，同时又通过生活规范的记录与设计，将儒家的伦理道德原则贯彻到日常生活中去。我们知道，《礼记》全书对日常生活的方方面面做了规定，从家庭生活开始一直到国家政治生活都有所安排，所谓“礼，始于谨夫妇，

① 马克斯·韦伯：《学术与政治》，冯克利译，三联书店2005年版，第55页。

② 张德胜：《儒家伦理和社会秩序：社会学的诠释》，上海人民出版社2008年版，第11页。

为宫室，辨外内”（《礼记·内则》）。《礼记》提到生活场景和交往关系涉及面非常之广泛：“六礼：冠、昏、丧、祭、乡、相见。七教：父子、兄弟、夫妇、君臣、长幼、朋友、宾客。八政：饮食、衣服、事为、异别、度、量、数、制。”（《礼记·王制》）可见，诸如六礼、七教、八政等，涉及了日常生活的几乎全部场域，也贯穿了人的整个生命历程。就“礼”而言，既关涉平民也针对政治人物：“富贵而知好礼，则不骄不淫；贫贱而知好礼，则志不慑。”（《礼记·曲礼上》）无论社会身份有多大差距都要尊重“礼仪”制度。从《礼记》所论述的生活规范中，我们可以大致看出，这些生活规范是针对所有人的，并且存在于所有人生活中的各种场景。

二、庶民的生活规范

现代政治的突出特点是平民政治，君主与贵族的政治体制在全世界范围内渐趋式微，平民的广泛性政治参与已经成为世界潮流。这一点，在古代中国几乎是无法想象的。在中国古代政治体系里，平民是君主、权贵们“牧”和“治”的对象，平民除非通过各种选官制度进入国家政权体制，否则不可能有任何的政治参与。在传统中国社会里，平民没有具体政治事务参与的可能，但平民的日常活动依然具有政治性。平民日常生活的政治性主要体现在国家政权的价值渗透在日常活动中，平民的日常活动规范体现的是政权的价值诉求，而政权的诉求也将通过日常规范和礼仪落实在日常生活中。《礼记》对庶民的日常生活规范做了详尽的规定，在各个篇章中都各有侧重地规定了人们在日常生活中应该遵守的规范和礼仪。

如在日常生活态度上，“毋不敬，俨若思，安定辞，安民哉”（《礼记·曲礼上》），孔颖达疏曰：“此一节明人君立治之本，先当肃心、谨身、慎口之事。”[①] 可见，对于日常生活态度的规定具有政治意蕴，是“立治之本”，关乎治国安民，而非仅仅是个人的日常生活小节。在这个基调下，《礼记》中对于日常生活诸环节的规定性安排，都具有了政治的色彩。

血缘纽带是日常生活形成的基础，而血缘关系中最重要的是父子之情。在父子日常行为规范中，儒家尤其强调子对父的礼仪规范。《礼记》中对日常生活中人子之礼做了清楚的规定：“凡为人子之礼，冬温而夏凊，昏定而晨省，在丑夷不争。夫为人子者，三赐不及车马。故州闾乡党称其孝也，兄弟亲戚称其慈也，僚友称其弟也，执友称其仁也，交游称其信也。见父之执，不谓之进不敢进，不谓之退不敢退，不问不敢对。此孝子之行也。夫为人子者：出必告，反必面，所游必有常，所习必有业。恒言不称老。年长以倍则父事之，十年以长则兄事之，五年以长则肩随之。群居五人，则长者必异席。

① 郑玄注，孔颖达正义：《礼记正义》，吕友仁整理，上海古籍出版社2008年版，第6页。

为人子者，居不主奥，坐不中席，行不中道，立不中门。食飨不为概，祭祀不为尸。听于无声，视于无形。不登高，不临深。不苟訾，不苟笑。”（《礼记·曲礼上》）可见，为人子者的日常行动都是有矩可依，遵守了这些规矩，才可称为“孝子”。《礼记》通过对于“为人子者”的日常行为进行规定，来保证父亲的权威，使得父亲的权力在日常仪节中得到体现。“为人子者”也由于日常行动中处处受到“父权”的威严，而不至于“犯上作乱”，这也就是儒家反复称道的“其为人也孝悌而好犯上者，鲜矣；不好犯上而好作乱者，未之有也”（《论语·学而》）。

按照同样的逻辑，父子之礼也可以推而广之到长幼之序。在长幼交往中的规范中，特别是“幼”对“长”的规范尤其为儒家所重视，在《礼记》中制定的很多生活规范都与“幼”对“长”的礼仪相关，并且以这些礼仪来体现“长幼有序”的原则。《礼记·曲礼上》提出，在长幼之间的日常接触中应该遵守一系列生活细节的规范：“幼子常视毋诳，童子不衣裘裳。立必正方。不倾听。长者与之提携，则两手奉长者之手。负剑辟咡诏之，则掩口而对。从于先生，不越路而与人言。遭先生于道，趋而进，正立拱手。先生与之言则对，不与之言则趋而退。从长者而上丘陵，则必乡长者所视。登城不指，城上不呼。将适舍，求毋固。将上堂，声必扬。户外有二屦，言闻则入，言不闻则不入。将入户，视必下。入户奉扃，视瞻毋回；户开亦开，户阖亦阖；有后入者，阖而勿遂。毋践屦，毋踖席，抠衣趋隅。必慎唯诺。”（《礼记·曲礼上》）长幼交往行动中，晚辈的言行、穿着、举止、进退等都必须表示对长者的谦卑，并以此表示对长者权威的尊重。细读上述引文可以看出，《礼记》对长幼之序的重视体现在各种细节上，不忽视任何琐细的场景，全方位地规定了晚辈对于长辈的尊崇，而不厌其烦的琐细仪节正是为了要遏制住晚辈对长辈任何可能会出现的不敬之处。

对于交往对象的尊重，除了在父子、长幼之间体现外，还体现在宾主之间。在宾主交往活动中，应有如此规则：“凡与客入者，每门让于客。客至于寝门，则主人请入为席，然后出迎客。客固辞，主人肃客而入。主人入门而右，客入门而左。主人就东阶，客就西阶，客若降等，则就主人之阶。主人固辞，然后客复就西阶。主人与客让登，主人先登，客从之，拾级聚足，连步以上。上于东阶则先右足，上于西阶则先左足。帷薄之外不趋，堂上不趋，执玉不趋。堂上接武，堂下布武。室中不翔，并坐不横肱。授立不跪，授坐不立。”（《礼记·曲礼上》）上述一连串的在今天看来可能是“繁文缛节”的宾主交往仪节，甚至连先出左足还是右足都有所规定，同样表现出传统儒家对于日常行为、日常礼仪的重视。而这种重视，是以形式来决定内容，交往中的礼节虽是形式，但是其中绝不仅仅是所谓的“客套”，其中有实质性的意义蕴含。主客交往的行为规范，体现的是对他人的“敬重之意”，所以不可等闲视之。

《礼记》还对平民日常生活的其他规范做了详尽的规定，最主要的有关于丧祭问题的相关规定，如《礼记·檀弓上》《礼记·檀弓下》等篇章中通过对丧、葬、祭之历史叙述来规范后人的行为，这种历史记述有点类似于英美法系中的不成文法，用判例、案例作为规范；又如《祭法》《祭义》《祭统》《奔丧》《问丧》《服问》《丧服四制》等篇中对丧祭中礼仪行为的全面规定，用具体规则和仪式程序来确定人们在丧葬活动中的各种行为，以保证丧葬仪式所蕴含之政治行为的正当性。另外，还有《礼记·月令》中，强调按照自然的四时更替来安排人间的生产生活活动的各种规范，也是希望用制度、规则的形式来规范人们的日常行为。诸如此类的规定，在《礼记》文本中非常丰富，不一一赘述。

类似父子之礼、长幼之序、宾主之谊的礼节体现了儒家的“交往理性”。儒家的这种“交往理性”看似烦琐，但是对维系人际交往的关系有重要作用。一方面，对于交往对象、对于他者的情感要由交往过程的举手投足体现出来；另一方面，日常交往的行动体现着儒家重视的尊卑等级秩序，也就是说，日常的行动绝不仅仅是生活琐事，更象征着权力、尊卑等政治伦理秩序。马克斯·韦伯对儒家的交往礼节有过阐述，他认为：“受过传统习俗教育的人，会以恰如其分的礼貌虔敬地参加古老的仪式典礼。他会根据他所属的等级和‘礼’的要求——一个儒教的基本概念——处理自己所有的行为，甚至包括身体的姿势与动作，做到彬彬有礼，风度翩翩。”① 当然，生活在儒家传统中的人按照礼仪来安排日常的行动，绝不仅仅是未来如韦伯所言的“彬彬有礼、风度翩翩”的社交目的，而是要通过日常行动来践行儒家的价值观念。日常交往中的行动事小，但这些行动背后所蕴含的政治伦理价值却是不容忽视的。如《礼记》中规定了日常行走的行为规范：“道路：男子由右，妇人由左，车从中央。父之齿随行，兄之齿雁行，朋友不相逾。轻任并，重任分，斑白者不提挈。君子耆老不徒行，庶人耆老不徒食。”（《礼记·王制》）在这一简短的规定中，夫妇有别、长幼有序、朋友有信以及不同政治身份的人的不同待遇，这些后来儒家反复宣扬的价值和原则都体现在其中。再如《礼记》对家庭妇女的日常行为规范的规定：“在父母舅姑之所，有命之，应唯敬对。进退周旋慎齐，升降出入揖游，不敢哕噫、嚏咳、欠伸、跛倚、睇视，不敢唾洟；寒不敢袭，痒不敢搔；不有敬事，不敢袒裼，不涉不撅，亵衣衾不见里。父母唾洟不见，冠带垢，和灰请漱；衣裳垢，和灰请浣；衣裳绽裂，纫箴请补缀。”（《礼记·内则》）在这段描述里，妇女对于父母舅姑全面地服从和敬畏。从精神顺从到举止恭敬，再到衣食住行的侍奉，妇女在与长辈交往中要全面遵守各种行为规范。由此，晚辈女性在家庭中的地位一目了然，对于父母舅姑的服从和服侍构成了晚辈女性日常生活的基本内容。

庶民的生活规范体现了日常生活中权利的分配，在这个分配序列中，父辈、长辈、

① 马克斯·韦伯：《儒教与道教》，洪天富译，江苏人民出版社2005年版，第126页。

男人占据着优势，而子辈、晚辈、女人处于从属的位置，体现了尊卑、长幼的等级秩序。虽然这种等级并非斗争性的，也不具有公共性，但在日常权利的分配过程中，等级森严还是最重要的特质。这种非公共性的等级秩序随着主体交往空间的扩大，会扩散到社会交往中，伦理生活中的等级秩序逐渐成为社会生活秩序。因此，儒家通过对日常行为规范的确定化来实现身份等级的确定化，而等级秩序的稳定正是儒家的理想政治。儒家通过安排日常生活行为，确保了等级观念深入人心，进而保证理想社会秩序的实现和维持，这就是法国思想家弗朗索瓦·于连分析中国思想的特点时所说的“（圣人的行为）即使是日常生活里的平凡琐事，也无一不在向我们昭示‘道’的隐藏的资源”①。

三、政治人物的生活规范

在儒家礼仪制度里，生活规范不只是指向庶民的，同时也针对政治人物，甚至可以说主要针对政治人物。在儒家传统中，政治人物或者社会精英群体的行为规范具有典范性，他们既是政治事务的主要推动者，同时他们的行为还可以成为一般民众效仿的模板，对于一般民众具有示范作用。政治人物除了应该遵守与庶民一样的日常行为规范，更要遵守与其身份相称的特殊规范。在儒家传统中，对政治人物提出的日常生活规范更为严密和繁多，而且很多政治活动就在政治人物的日常行为规范中展开，政治人物的日常行为因其身份的特殊性而具有了特殊的政治意义，如舜的“不告而娶”、周武王的“不葬而兴师”，看似纯属家庭内部事务，但由于他们地位的特殊性，这类个人事件都上升成为具有象征意义的政治事务。

在《礼记》中，对于政治人物的日常称谓就有诸多规定，如：“凡自称：天子曰予一人，伯曰天子之力臣。诸侯之于天子曰某土之守臣某，其在边邑，曰某屏之臣某。其于敌以下曰寡人，小国之君曰孤，摈者亦曰孤。上大夫曰下臣，摈者曰寡君之老，下大夫自名，摈者曰寡大夫。世子自名，摈者曰寡君之适，公子曰臣孽。”（《礼记·玉藻》）“天子之妃曰后，诸侯曰夫人，大夫曰孺人，士曰妇人，庶人曰妻。公侯有夫人，有世妇，有妻，有妾。夫人自称于天子，曰老妇；自称于诸侯，曰寡小君；自称于其君，曰小童。自世妇以下，自称曰婢子。子于父母则自名也。”（《礼记·曲礼下》）《礼记》中关于人的称谓之规定非常繁多，以上仅略举两例，已经足以让现代人眼花缭乱了。对于称谓的规定，既是“正名”的需要，更是等级秩序的确定化。用确定性称谓来标示政治人物，从形式上赋予其等级和身份，使得政治人物在政治活动中互相明确身份和等级，保证社会秩序的稳定和政治活动的严谨，是人类政治智慧的表现。这一智慧看似简单，但其中包含着日常生活的交往理性。称谓以明确的形式（“正名”）在日常交往中

---

① 弗朗索瓦·于连：《圣人无意——或哲学的他者》，闫素伟译，商务印书馆2004年版，第57页。

不断显示着交往成员各自的身份，称谓对应着交往中的身份，明确称谓就是明确身份，身份的认同可以保障交往的顺利，进而可以促进政治共同体的有效运行。

《礼记》对于政治人物活动场所及建筑宫室、器皿等也做了明确的规定："明堂也者，明诸侯之尊卑也。"（《礼记·明堂位》）"明堂"原为周天子朝诸侯之所在，孔颖达疏曰："所以朝诸侯于明堂者，欲显明诸侯之尊卑，故就尊严之处以朝之。"① 也就是说，天子朝诸侯的时候，为了明确诸侯之间的等级尊卑，因而建造了专门场所来使得这一等级秩序通过空间方位凸显出来。"明堂"不仅是一个空间所在，更是天子统治天下的空间象征。类似于"明堂"等具有政治意蕴的象征符号是儒家日常居住观念的核心之所在，风水、舒适度、方便度等都服务于这种象征等级秩序的符号。除了空间分布具有政治等级的色彩，在营造宫室、器皿的时间顺序上，同样也体现着价值意蕴和等级次序："君子将营宫室：宗庙为先，厩库为次，居室为后。凡家造：祭器为先，牺赋为次，养器为后。无田禄者不设祭器；有田禄者，先为祭服。君子虽贫，不粥祭器；虽寒，不衣祭服；为宫室，不斩于丘木。"（《礼记·曲礼下》）建筑生活空间时，首先要考虑的是具有血缘宗法意义的宗庙，其次才是日常生活空间；营造家用器具时，首先要考虑的是象征社会身份的祭器，接下来才是其他日用器具。几乎所有围绕日常营造的考量，都是以政治价值、伦理价值为中心，而实用性、耐用性等器具固有价值的考量退居其次，这也足见，"道器之辨"中"道"的优先性在"器"本身上就体现出来了。

对于政治人物的日常行止，《礼记》更是做了多方面的规定，如："君赐车马，乘以拜赐；衣服，服以拜赐；君未有命，弗敢即乘服也。"（《礼记·玉藻》）"将适公所，宿齐戒，居外寝，沐浴，史进象笏，书思对命；既服，习容观玉声，乃出，揖私朝，辉如也，登车则有光矣。"（《礼记·玉藻》）"八十者一子不从政，九十者其家不从政，废疾非人不养者一人不从政。父母之丧，三年不从政。齐衰、大功之丧，三月不从政。将徙于诸侯，三月不从政。"（《礼记·王制》）又如："世子生，则君沐浴朝服，夫人亦如之，皆立于阼阶西乡，世妇抱子升自西阶，君名之，乃降。"（《礼记·内则》）从交通工具、衣服一直到在什么条件下可以从政等，《礼记》都提出了详尽的要求，规定了政治人物的日常行止，以保证尊卑等级秩序以及礼仪的威严。这种秩序甚至要体现在饮食、汤药等日常琐事上，《礼记》提出："羹食，自诸侯以下至于庶人无等。大夫无秩膳，大夫七十而有阁，天子之阁。左达五，右达五，公侯伯于房中五，大夫于阁三，士于坫一。"（《礼记·内则》）还提出："君有疾，饮药，臣先尝之。亲有疾，饮药，子先尝之。医不三世，不服其药。"（《礼记·曲礼下》）饮食、汤药等琐事，也是等级秩序得以体现的事务。由是观之，在《礼记》的记述中，日常生活中的各项事务，事无巨

---

① 郑玄注，孔颖达正义：《礼记正义》，吕友仁整理，上海古籍出版社 2008 年版，第 1261 页。

细，一切都关乎儒家价值，都与尊卑等级联系在一起。

日常事务中，最能体现尊卑等级以及最具政治意义的事情是关于政治人物丧祭的规定："父为士，子为天子诸侯，则祭以天子诸侯，其尸服以士服。父为天子诸侯，子为士，祭以士，其尸服以士服。"(《礼记·丧服小记》)在《礼记》中，特别重视关乎政治人物丧祭的规范和礼仪，在这个领域的内容最为繁多。"凡治人之道，莫急于礼。礼有五经，莫重于祭。"(《礼记·祭统》)在血缘宗法社会中，祭祀是日常生活的大事，不仅关系到个人感情和凝聚家族的私人事务，对于政治人物的丧祭问题，更是关系到社会政治事务，是关涉身份等级、社会秩序的重大政治活动，闫步克先生将礼治传统中的祭祀制度称为"等级祭祀制"，并认为"等级祭祀制"与"等级君主制"是密不可分的，他提出："等级君主制决定了神权的等级分配，由此形成了等级祭祀制。"[①] 在礼治传统的中国，丧祭问题绝非仅仅是个人情感的私人问题，更是关系到社会政治和等级秩序的公共事件，因此必须予以高度重视。

另外，在规定政治人物的日常行为规范中，《礼记》特别采用历史叙事的方式来进行，如《文王世子》中，以文王、武王父子的日常生活中孝行作为参照，教导后世人行父慈子孝之道，用代表性人物的日常行为为后世垂范，是儒家历史叙事的一个重要方式。政治人物的日常行动载入史册，将会成为典章制度的来源，这也是儒家尤其重视政治人物的日常行动的原因之一。

《礼记》对于政治人物衣食住行的各种具体规定，既保证了政治人物日常生活的严肃性，更主要的目的还在于保持等级秩序的合法性。特定身份的人物或者阶段性占据特定职位的人物，应该在日常生活中遵守符合其政治或者社会身份等级的规范，不可逾越更不能践踏，否则就会出现"礼崩乐坏"的混乱局面，从而最终导致社会秩序从根本上被破坏。在《礼记》的作者看来，通过日常生活规范来确定政治人物的规范化言行，从细小的日常行为处防微杜渐，可以促使政治人物恪守自己的等级、明确自己的职责，这样，整个社会的等级秩序就会得到自上而下的确立与维护，而乱臣贼子的"犯上作乱"行为就会得到震慑并因而最终消弭。而且，政治人物的言行将为后世之人效仿，具有历史意义，是超越时代的，绝非个体的私事、小事，因此更应该制度化、规范化。正因如此，《礼记》各篇章、各主题都涉及政治人物的行为规范，他们在社交、居住、交通、饮食、丧葬等方面都被赋予了特定的要求、特定的规矩，在漫长的生活历程中，他们将要不断学习、践履这些规范，并以此保证他们有权威的、有尊严的、有示范性意义的君子地位。

---

① 闫步克：《服周之冕——〈周礼〉六冕礼制的兴衰变异》，中华书局2009年版，第105页。

四、生活规范与等级秩序

“夫礼，天之经也，地之义也，民之行也。”（《左传·昭公二十五年》）“天经地义”的“礼”在生活层面，要表现为“民”的行为规范。在《礼记》中，日常生活制度与规范通过“礼”的形式规定下来，而这一规定在于用统一的规范来在全社会形成一致性的道德、风俗及习惯，进而养成符合政治统治所需要的共同体成员。梁启超认为儒家政治中的“礼治主义”之核心特点就在于通过“礼”培养“健全之人民”，他说：“儒家深信非有健全之人民，则不能有健全之政治。故其言政治也，惟务养成多数人之政治道德、政治能力及政治习惯，谓此为其政治目的也可，谓此为其政治手段也亦可。然则挟持何具以养成之耶？则亦彼宗之老生常谈——仁义德礼等而已。就中尤以礼为主要之工具，故亦名之曰‘礼治主义’……儒家之以礼导民，专使之在平日不知不觉间从细微地方养成良好习惯，自然成为一健全之人民也。”① 生活规范是与人最贴近的制度性设计，也是维持日常生活良好运转的必要安排，因此，生活规范与生活习惯对于人们社会品格的塑造进而对社会的塑造具有不可或缺的意义，它能“使作为个人完善的礼又可成为社会秩序化和政治上礼治的工具”②。

无论是对庶民还是政治人物日常生活的规范性要求，都体现了儒家的政治观念，而这一观念的核心就是维护既定的社会等级秩序。之所以儒家强调用规范来要求人们在日常生活中遵守一定的准则，主要就是要保证社会等级秩序的稳定和延续。社会等级的价值观念是中国传统社会无法否认的现实性存在，按照牟宗三的理解，中国的“贵贱”等级不具有生理学属性，而具有文化属性，也就是说，等级是社会产物，他说：“分位之等之价值观念为中国文化生命之特征……人无生而贵者。自其生物之性言，皆平等。此为生之原质。必套于文化系统中，而后见其贵贱。是以中国贵贱观念，自始即为一价值观念，非先天固定阶级之物质观念也。由文制而定贵贱。”③ 社会等级观念是文化传统的产物，而文化传统则必由社会生活的具体事物、事务体现来承载或者体现，所谓“由文制而定贵贱”，因此，社会生活中的身份、衣着、住宅、社交、仪式、丧葬等一切“文制”的方面，都在传递和呈现着等级贵贱的信息。通过日常生活的衣食住行，礼仪制度便演变成为一种生活方式，贯穿到整个共同体的社会生活之中。在共同体内部，其成员无论贵贱贫富，都要表示对礼仪的尊崇和服从，否则就会成为共同体的“异端”甚至“敌人”而遭受惩罚。这样，社会秩序、社会整合便经由礼制所规定的日常

① 梁启超：《先秦政治思想史》，天津古籍出版社2004年版，第98页。

② 龚建平：《意义的生成与实现——〈礼记〉哲学思想》，商务印书馆2005年版，第85页。

③ 牟宗三：《历史哲学》，吉林出版集团有限责任公司2010年版，第53页。

生活而得到了确立和实现。

在《礼记》所确定的日常生活的制度安排中，一切生活之事都赋予了等级制度的含义，一切人情物理都被赋予了伦理秩序和身份等级的意蕴。《礼记·礼运》中提出，“故圣王修义之柄、礼之序，以治人情。故人情者，圣王之田也。修礼以耕之，陈义以种之，讲学以耨之，本仁以聚之，播乐以安之。”（《礼记·礼运》）又进一步提出：“何谓人情？喜怒哀惧爱恶欲七者，弗学而能。何谓人义？父慈、子孝、兄良、弟弟、夫义、妇听、长惠、幼顺、君仁、臣忠十者，谓之人义。”（《礼记·礼运》）可见，“礼”所规定的等级秩序，是要体现在日常生活的人情、人义中，而《礼记》所认为的“人情”“人义”几乎囊括了日常生活的基本在世情绪和基本社会关系，日用伦常是“礼”发挥作用的最佳场所。人情是天然之情绪，人义是生活之德性，无论先天、后天的情绪和德性，都是抽象的原则，在《礼记》中，这些生活中的抽象原则均需要具体生活规范来落实与保障，否则“人情”“人义”都将付诸阙如，所以圣人要“修礼”来治人情、人义。“礼”作为一种生活制度，就是要安顿人的在世情绪、理顺人的社会关系，从而实现良好的人之存在与社会运行。对此，清人凌廷堪曾指出：“三代盛王之时，上以礼为教也，下以礼为学也。君子学士冠之礼，自三加以至于受礼，而父子之亲油然矣。学聘觐之礼，自受玉以至于亲劳，而君臣之义秩然矣。学士昏之礼，自亲迎以至于彻馔成礼，而夫妇之别判然矣。学乡以至于饮酒之礼，自始献以至于无算爵，而长幼之序井然矣。学士相见之礼，自初见执贽既见还贽，而朋友之信昭然矣。盖至于天下无一人不囿于礼，无一事不依于礼，循循焉日以复其性于礼而不自知也。”① 按照凌廷堪的理解，人们的日常生活礼仪天然地蕴含了父子之亲、君臣之义、夫妇之别、长幼之序、朋友之信等伦理原则，内在的情感就自然地附着在外在的礼仪之中，以至于内在情感与外在仪式融为一体，在此基础上，日常礼仪内又进一步化为人性而成为人性的一部分，蕴含了“礼”之原则的人性在生活中展现出来又必将强化父子之亲等伦理原则。因此，礼与情形成了对社会日常生活稳定有序发展有益的良性循环。

为了保证儒家希望的社会等级秩序，《礼记》中还特别强调违背生活规范并破坏等级秩序所带来的严重后果。破坏日常生活规范的不仅会在日常生活中为人施以道德压力，还将要受到社会政治意义上的惩罚。如《礼记》中提到：“山川神祇，有不举者，为不敬；不敬者，君削以地。宗庙，有不顺者为不孝；不孝者，君绌以爵。变礼易乐者，为不从；不从者，君流。革制度衣服者，为畔；畔者，君讨。”（《礼记·王制》）“析言破律，乱名改作，执左道以乱政，杀。作淫声、异服、奇技、奇器以疑众，杀。行伪而坚，言伪而辩，学非而博，顺非而泽，以疑众，杀。假于鬼神、时日、卜筮以疑

① 凌廷堪：《复礼上》，《校礼堂文集》卷四，中华书局1998年版，第28页。

众，杀。此四诛者，不以听。凡执禁以齐众，不赦过。”（《礼记·王制》）“是月也，农有不收藏积聚者、马牛畜兽有放佚者，取之不诘。”（《礼记·月令》）可见，对生活、生产中破坏规范的行为，不仅会承受道德的批判，更会遭到严厉的惩戒，这一严厉的惩戒甚至包括对生命权利的剥夺。按照民俗学家乌丙安的理解，这种对破坏礼俗、习俗行为的惩戒属于“民俗制裁”。“民俗制裁”是“社会制裁”中的一种，当遵守礼俗受到褒奖的示范作用失效时，应该发挥礼俗的惩罚性作用，要对破坏礼俗的行为予以惩罚并以儆效尤，因为“习俗本身除了一般性要遵守的规范外，还有许多强有力的约束和制裁的手段”①。这意味着，当“礼”被蓄意破坏时，社会共同体应当采取措施惩罚破坏者来维护“礼”的威严，并达到社会控制的目的，以保证社会秩序达到社会共同体所能认可和接受的稳定度。

破坏日常生活规范就是对“礼”的破坏，也就是对既有社会等级秩序的破坏，而破坏“礼”、毁坏等级秩序会带来人亡、家丧、国破的严重后果：“故唯圣人为知礼之不可以已也，故坏国、丧家、亡人，必先去其礼。”（《礼记·礼运》）正是基于此种认识，孔子提出了“八佾舞于庭，是可忍，孰不可忍也”（《论语·八佾》），对破坏礼治秩序提出了极为严厉的批评。等级秩序是古代中国社会最核心的特征，就现实而言，无论这一秩序是因为权力还是因为血缘宗法、财富、职业、种族等而产生，等级都是长期存在且相对稳定的，而“礼”正是通过对于日常生活规范的确立来保证等级秩序的持续稳定性。当然，这种秩序在中国古代社会里，往往并不是对抗性的，而是建设性的，其价值目标在于“等级和谐”②。通过日常生活规范的确定来保证社会秩序的稳定与和谐，同时形成一个各个阶层、各种身份的和谐群体，在这个群体中，他们因各得其位而能够各安其分、各得其所，而这正是中国古代礼乐制度的出发点和归宿。

五、规范政治与信念政治

在儒家发展历史上，《礼记》所代表的规范性政治观念曾被信念性的政治观念多有冲击。儒家的心性传统过分强调个人的心性修养对于社会生活、政治事务的影响，宋明以来，这种心性至上的传统更是发挥到各个层面，政治层面亦不能例外。以心性传统最为突出的阳明学派为例，阳明学所强调的心性伦理，在政治哲学上主要呈现为一种信念的政治，把社会现实中的“治世”问题化约意志和情感意义上的“治心”问题，主张人只要发挥其良知（即内在的德性），那么人群共同体（政治共同体）就会去恶向善，

① 乌丙安：《民俗学原理》，辽宁教育出版社2001年版，第134页。

② 刘丰：《先秦礼学思想与社会的整合》，中国人民大学出版社2003年版，第304页。

天下国家的治平就可以实现，所谓“心尽而家以齐，国以治，天下以平”①，又所谓“世之君子惟务致其良知，则自能公是非，同好恶，视人犹己，视国犹家，而以天地万物为一体，求天下无治，不可得矣”②。阳明学的政治哲学，在教化上表现为自觉以觉人、度己以度他，把德性伦理和心性伦理的社会和政治效应放大，在根本上来说是一种信念的政治，即对伦理政治有信念意义上的确信，而对伦理政治缺乏制度上的保证。这种信念政治观，从道德本心上对良好政治发出诉求，符合上根之人的追求。信念政治的作用很难落实，虽然阳明学尤其是阳明后学对愚夫愚妇的生活逐渐重视，强调日用即道，但信念与心性在实际运用中对人的约束力实在有限，往往会流于空谈而缺乏有限的约束机制。

对于整个社会而言，德性自律远不能应对社会生活和人之欲望的复杂局面，李泽厚先生提出：“想以道德说教解决思想问题来替代政法体制上的进步与改革，不符合唯物史观的基本原理。”③ 就中国的社会传统而言，李泽厚先生的这个观念应该说是很有针对性的，也依然具有强烈的现实意义。无论是伦理政治还是法律政治，仅仅依靠信念都将无从得到保证，更无从落实，信念只能为人们勾画出理想的蓝图，而蓝图的实现离开了制度、规范的约束，将很快因为缺乏“规训和惩罚”而丧失力度，进而沦为没有约束力的个体心性修养之事，而与现实的社会生活、政治活动无关，更不会自然形成良好的社会秩序。亚里士多德在《政治学》一书中曾提到：“法律（和礼俗）就是某种秩序；普遍良好的秩序基于普遍遵守法律（和礼俗）的习惯。”④ 社会秩序的维持基于人们遵守社会既成的礼法，人们可以养成遵守礼法的信念，但仅凭信念而缺乏制度支撑，良好的社会生活将只能存在于信念之中。

从生活与政治、生活与制度的关系出发来看，《礼记》中所记载的古典时代的生活规范、日常制度，既体现了实现良好社会秩序的礼俗，也反映了《礼记》即生活即政治的政治哲学范式。在《礼记》中，生活与政治是一体的，换句话说，政治信仰、政治价值蕴含在日常生活之中，而日常生活的安排也向政治权力、社会等级靠拢。特别需要说明的是，政治信仰、政治价值在生活中的体现，不能简单地理解为在生活场景中植入政治色彩。“生活—政治”不是形式上的政治活动介入生活，而是政治价值通过生活方式表现出来，与人们的日常生活价值融为一体，生活方式是政治理念的具象化。生活价值与政治价值的一体化，是保证社会稳定、维护统治秩序的良策。当然，在特定的历史场景下，生活的政治化会走向极端，政治因素完全侵入日常生活，使得日常生活变成政治运动，平民生活、政治人物的日常生活都被当作权力博弈、权力崇拜的工具，平民

① 王阳明：《重修山阴县学记》，《王阳明全集》卷七，上海古籍出版社 2011 年版，第 286—287 页。

② 王阳明：《传习录中》，《王阳明全集》卷二，第 90 页。

③ 李泽厚：《启蒙与救亡的双重变奏》，《中国现代思想史论》，第 863 页。

④ 亚里士多德：《政治学》，吴寿彭译，商务印书馆 1965 年版，第 353—354 页。

生活完全被政治所裹挟、充斥着政治的色彩，这也就是生活的“泛政治化”。“泛政治化”会导致一个国家走向政治狂热，并进而出现形式各异的政治极端主义。

就《礼记》而言，生活与政治一体化的政治哲学具体展现为规范主义政治观，即期望用制度来规范生活，进而规范政治事务，而这一制度类似法规，可能是成文法也可能是有法规效力的不成文的习惯与传统。按照《牛津法律大词典》的看法：“人类社会早期发展阶段，调整人们相互关系的习惯、宗教教条、禁忌以及具有强制力的道德信条等行为规范之间，并没有多少区别。因此，作为特定的社会共同体日常生活中的行为准则，法律和道德有着共同的起源。随着社会的进步，习惯与信条朝着不同的方向发展，信条用以区分善与恶，正确与错误，习惯则演变为具有强制力的规则。”① 在中国古代社会，“礼”在日常生活领域中为人们所遵从，既而这种遵从既是对道德的遵从，也是对法律的遵从。人们对于《礼记》中所指定的日常生活规范的适应与尊崇，表现了儒家文化中的“规训性”特点，正如马克斯·韦伯所说：“儒教所要求的对世俗及其秩序与习俗的适应，归根结底，只不过是为受过教育的世人确立政治准则和社会礼仪的一部大法典。”② 生活礼仪既是社会性的，同时具有政治、法律的效力。日常生活的伦理规范和教条对于人们具有强制性的约束力，代表着政权对人们日常行动的要求。日常生活规范与政权对于共同体成员的强制性要求是一致的，换句话说，生活与政治是合拍的互动关系，共同体成员的日常生活和政权意志不是相互抵触的，而是具有相互认同的关系，梁启超谓之“儒家确信非养成全国人之合理的习惯，则无政治可言”③。

《礼记》中所呈现的生活与政治互动的范式，使得日常生活因被赋予了政治价值而成为具有方向、目标的有序生活，同时也使得政治价值不是游离于生活之外的空谈。《礼记》中体现的这种儒家政治哲学范式，其积极意义在于政权拥有者所主导的政治价值能够有效地体现在共同体成员的日常生活中，使得社会生活有序化、制度化、规范化，共同体成员在日常生活中会依照成规明确自身的权利和义务。而其消极意义则在于制度和规范削弱了生活的多样性、丰富性甚至自由度，并且这种制度或规范所赖以存在的生活条件发生了变化，而制度或规范不发生变化，就会变成僵化的教条，从而成为破坏社会活力、阻碍社会进步的因素。就传统中国社会的“礼”而言，由于其过分强调等级秩序，日常生活承载了太多的政治价值，损害了社会成员的个性和活力。到了生活条件发生巨大变化的近代中国，传统礼治所倡导的等级秩序就会成为社会进步的阻力，逐渐丧失其对社会的控制力，进而在新文化运动中成了众矢之的的“吃人礼教”。

---

① 戴维·M. 沃克：《牛津法律大词典》，光明日报出版社 1988 年版，第 521 页。

② 马克斯·韦伯：《儒教与道教》，洪天富译，江苏人民出版社 2005 年版，第 126 页。

③ 梁启超：《先秦政治思想史》，天津古籍出版社 2004 年版，第 99 页。

早期儒家心性论：孔孟荀

天道善端，合于至诚

——孟子心性哲学之我见

傅小凡

摘　要　面对春秋以降“礼崩乐坏”的局面，在中国由封建制向中央集权制转型过程中，孟子从道德的可能性角度出发，思考新的社会形态如何完成道德重建的问题，从而形成了孟子独特的道德哲学。一方面，孟子强调外在的权威对人的心灵与行为的约束力量；另一方面，孟子深入地考察了道德主体的内在可能性。这种可能性就是“四端”，它是人的道德品质的先天依据。更具有创造性的是，孟子第一次提出“诚”范畴，并以此将道德主体性与外在权威结合起来。在孟子看来，“诚”是人与天共有的本性，人“思诚”便是对天道的体验和反思，它是人道的基础，思诚之后化作人的道德行为，便是“至诚”。

关键词　孟子　道德哲学　诚

作者简介　傅小凡（1957—　），男，籍贯辽宁，厦门大学管理学院教授、博士生导师，主要研究领域为宋明理学、闽学、李贽思想、中国艺术美学等。

一、外在权威

孟子首先强调天的外在权威性。他说：“顺天者存，逆天者亡。”[①] 这当然是告诫统治者，要他们顺从天意。能否做到这一点，关系着国家的兴盛与存亡，也关系到统治者自身的兴衰荣辱甚至生命的安危。但是，面对天的这种不可抗拒的外在权威性，孟子进一步强调人的主体性。他认为，对上天意志的畏惧，不是人们的选择道德地生活的前提条件。或者说，德性高尚的人并不是出于对上天的畏惧。他说：

① 孟子：《孟子·离娄章句上》，《诸子集成》第一卷（以下简称《集成》），上海书店出版社 1986 年版，第 291 页，以下只注篇名和页码。

> 惟仁者为能以大事小，是故汤事葛，文王事昆夷。惟智者为能以小事大，故大王事獯鬻，勾践事吴。以大事小者，乐天者也。以小事大者，畏天者也。乐天者保天下，畏天者保其国。[①]

“以大事小”是说当自己的势力比君王强大的时候，依然服从其统治；“以小事大”是说自己的力量弱小，服从比自己力量强大的君主。“以大事小”，这是一种道德境界，所以被称为“仁者”。这样的仁者，其势力强大，不担心弱小者会灭亡他，所以他相信自己与上天的意志一致，他当然会“乐天”。正是由于他顺应历史的潮流，最终会“保天下”。而智者则相反，他在强大的势力面前不得不屈服称臣，大势所趋，他出于谋略，这当然与道德境界无关，他时刻担心自己会灭亡，所以他畏惧天。乐天者，己意与天意合，所以顺而昌；畏天者，己意与天意逆，怕亡而不敢违天意，这样的人充其量能够“保其国”。由此可以看出，孟子在强调天意权威的不可抗拒性的同时，又指出怕惩罚、惧灭亡而遵守规范，并不属于道德行为。道德的行为不是出于畏惧，而是由于行为动机本身与天意的一致。否则，只是“强为善而已矣”[②]。一旦对天的畏惧不再成为道德行为的前提，孟子必然减弱对天的外在权威性的强调，其结果自然导致对道德可能性的主体条件的依赖，这正是孟子在先天的人性中寻找向善可能性的逻辑前提。

二、主体依据

乐天而保天下只能说明天意的必然与道德的应然之间的一致，还不能说明人如何成为有道德的人，人为什么要选择道德的生活。既然畏天是智而不是仁，不出于畏惧心理的道德基础，就应该是主体对道德的自愿接受。孟子的确在强调“乐天”的基础上更多地考察了人的道德主体的可能性。

道德的出发点是什么，这是任何一位伦理思想家首先必须回答的。儒家认为道德就是做人，那么“做人”是要人做的，所以伦理道德以人为本，以人的主体性为道德的出发点，这应该说是儒家道德哲学的精华所在。这一点在孟子这里表现得更为明显。他说：“天下之本在国，国之本在家，家之本在身。”[③] 这个“身”就是每个个体的生命存在。它是天下国家之本，当然也是伦理道德之本。身的意义就在于它是一切人类行为的基本前提，没有生命的存在，一切都是空谈。

然而，对于生命的存在，不同的个体态度是不同的，所以如何对待自己生命存在之

---

① 《梁惠王章句下》，《集成》第65—66页。
② 《梁惠王章句下》，《集成》第96页。
③ 《离娄章句上》，《集成》第290页。

身，便成为道德的出发点。在儒家看来，贵生养身、珍惜生命并不是恶，而这种自珍自爱，恰恰是使道德成为可能的条件之一。他说：

> 人之于身也，兼所爱。兼所爱，则兼所养也。无尺寸之肤不爱焉，则无尺寸之肤不养也。所以考其善不善者，岂有他哉？于己取之而已矣。体有贵贱，有小大。无以小害大，无以贱害贵。养其小者为小人，养其大者为大人。[①]

人都爱自己的身体，而且无一处不爱，所以人们会精心养护自己的身体。正是因为人们热爱自己的生命和身体，所以人们评价善恶的标准往往从自身出身，从对自己的身体有利与否的标准出发。但是，孟子认为，人的身体是有贵贱之分的，不能付之以均等的爱。人的身体有贵贱与大小，这就是指人的生命有精神与肉体的区别。重肉体而不重精神者，是小人；重精神而不重肉体者，才是君子。

这样一来，孟子就将人所热爱的生命划分了等级，要求人们以自身为标准时要有所选择，从而完成了由热爱生命到选择道德生活的逻辑转换，但是现实世界中人们实际的转换却无法保证能够实现。从爱肉体生命到热爱精神，逻辑的假设容易完成，但是现实的为什么要爱精神，为什么要做有道德的人，这依然缺少可能性。同时，孟子又对使道德成为可能之主体的条件做了限定。或者说，从自身生命出发选择对道德规范的遵从，并不一定就是道德的行为。这要看其出发点是肉体还是精神了，这显然增加了道德可能性的难度。因此，孟子进一步寻找人养大而不养小，或者人们选择精神生活而轻视肉体存在的依据。他说：

> 饥者甘食，渴者甘饮，是未得饮食之正也，饥渴害之也。岂惟口腹有饥渴之害？人心亦皆有害。人无能以饥渴之害为心害，则不及人不为忧矣。[②]

饥饿使人不择食，干渴使人降低了辨别力。人的精神与肉体一样，如果没有高尚的精神生活，就会像肉体的饥渴者一样，失去了做人的感觉，不以非人的存在而感到忧虑，失去了对做一个高尚的人的精神追求。

孟子既然将个体的生命存在视为道德的出发点，那么他自然会继续在主体的内心深处寻找道德意识的先天基础，这是道德可能性的重要保证。这种寻找的结果就是“善端”的发现，即所谓“今人乍见孺子将入于井，皆有怵惕恻隐之心”。在孟子看来，任

---

① 《告子章句上》，《集成》第465页。

② 《尽心章句上》，《集成》第542页。

何人面对一个小孩子落井，都会本能地去救助，并非因为与孩子的父母有交情，也不是为了获得社会舆论的赞誉，而完全地出于自然的本心，不救于心不忍。这就是道德的行为，因为它没有该行为之外的任何功利目的。这虽然是以假设的人性善为逻辑前提，然而，就于主体内心寻找道德依据这方面而言，孟子与孔子相比，有了很大的发展。孔子是以儿女对长辈的亲情回报作为孝的依据，虽然为家庭伦理确立了基础，但之于社会道德则失去了可能性。孟子将道德的基础置于人皆有之的“恻隐之心”之上，试图使道德可能性的基础超越血缘亲情而更具有普遍性。

问题在于能否从“无恻隐之心非人也”的基本假设推断出“无羞恶之心非人也，无辞让之心非人也，无是非之心非人也”的结论。如果说，“恻隐之心仁之端也”，用“今人乍见孺子将入于井，皆有怵惕恻隐之心”的例子可以加以说明的话，那么从“恻隐之心仁之端也”是如何得出“羞恶之心义之端也，辞让之心礼之端也，是非之心智之端也”的结论的呢？这就是孟子“扩而充之”的方法得出来的。从“仁之端”扩而充之为“四端”，再将这“四端”扩而充之为普遍有效的道德规范。正所谓：“凡有四端于我者，知皆扩而充之矣，若火之始然，泉之始达。苟能充之足以保四海；苟不充之不足以事父母。”①

然而，人性本善的逻辑假设的确无法得到现实人性的充分保证，现实告诉我们，这种假设的人性，不断受到人类幽暗本性的挑战。所以，孟子的“四端”说中的逻辑假设的不周全性与异类不比的逻辑错误是显而易见的。这些问题给道德的可能性问题带来困难。

显然孟子也意识到了“四端”之间的逻辑跳跃，所以他进一步提出了“良知良能”的概念。他说：

> 人之所不学而能者，其良能也。所不虑而知者，其良知也。孩提之童，无不知爱其亲者；及其长也，无不知敬其兄也。亲亲，仁也。敬长，义也。无他，达之天下也。②

不学而能与不学而知，就是先天地与个体生命俱来的认知能力与道德禀赋，它比恻隐之心的内容有所扩展。这是性善论或“善端”说的发展。然而，从儿童道德培养的实际情况看，这种假设显然是站不住脚的。尽管如此，“良知良能”说，毕竟使“善端”说中的逻辑跳跃问题，从前提假设的角度加以解决，使道德可能性的主体条件有了

① 《公孙丑章句上》，《集成》第140页。

② 《尽心章句上》，《集成》第529页。

比较充分的逻辑论证。

除了“四端”和“良知良能”之外，人的羞耻之心也可以作为道德可能性的前提条件。孟子说：“人不可以无耻。无耻之耻，无耻矣。”无耻的人是不可能有道德情感的。耻辱感源自人的荣誉感和对自我价值的追求，是荣誉、自我与人格被否定时的负面情感的体验。他说：“耻之于人大矣。为机变之巧者，无所用耻焉。不耻不若人，何若人有?”① 可以说，知耻是做人的感觉，保持这种尊严与荣誉感，才能选择道德生活。所谓“机变之巧”，指那些从事某种技艺而无原则、无信念、无操守的人，他们以一技之长为任何付报酬的人服务，比如战国时期一些专门研究攻城之术的人，只要付钱，他们可以同时为交战双方服务。这种从事“机变之巧”的人，耻感因无所用而渐渐麻木，就会失去做人的尊严，而不配为人。而遵守道德规范是保持人的尊严的重要方式。他说：“不仁不智，无礼无义，人役也。人役而耻为役，由弓人而耻为弓，矢人而耻为矢也。如耻之，莫如为仁。”② 弓人与矢人，都是当时生活在社会底层的近似奴隶身份的人，他们没有社会地位，备受歧视。孟子认为，这种人要想摆脱自己的社会地位，只能选择做有道德的人。那些本来有社会地位的人，如果不守道德规范就会因受惩罚而失去原有的社会地位而被人奴役，这是做人的耻辱，所以“如耻之，莫如为仁”。遵守道德规范是免于耻辱的最好方法。唤醒人的耻辱感，就是唤醒做人的尊严，是激发道德主体性和进行道德教化的有效手段。

孟子将耻感假设为人的先天禀赋，只是从事某种职务而使之丧失了。然而，知耻是人的社会情感，但它有着深厚的近乎自然本能的基础。人都希望被承认和肯定，人都有一种归属需求，渴望被集体所接纳和认同。这是人长期群体生活形成的自然本能，这是建立耻感的基础。所以，在道德教育中，培养羞耻感是一项重要的内容。但是，对于有羞耻心的人能够使他们知耻，从而为做人的尊严而选择道德生活；对于羞耻心彻底沦丧的人，道德之于他而言依然是不可能的。不过这种人是人群中的极少数，只要形成对这种人的道德谴责的氛围，就不会影响整个社会的道德水平。

三、反诚是内外统一

只有先天的禀赋，对于道德由可能转为现实是远远不够的。所以，本能的自然，必须向社会性的自觉转化，而且以自然本能为基础的自觉，最易于转化为自觉自愿的道德境界。道德与伦理的区别在于，前者是自觉自愿的追求，而后者是外在规范的约束。自觉自愿的追求，正是道德主体意识的表现。只有在自觉自愿的情况下，伦理规

---

① 《尽心章句上》，《集成》第522页。

② 《公孙丑章句上》，《集成》第142页。

范的他律才能转化道德主体的自律。严格地说，只有从他律转化自律，从对伦理规范的恪守转而为自愿地追求道德境界，人的行为才真正具有道德意义。正所谓：“求则得之，舍则失之，是求有益于得也，求在我者也。求之有道，得之有命，是求无益于得也，求在外者也。”① 人之所求并非都能得到，区别在于所求的目标指向我还是外。“在我者”是指人的内在品质，是人的精神追求，这种追求必然会有所得，而舍则必有所失。然而，外在的事物，无论是权力还是财富，它的得到与否却并不完全取决于是否在追求，更多地在于天意和命运。对这两种求的区别之意义在于，孟子看到了道德追求中的自由性，它是依人的意志为转移的，只要追求就必定能够有所收获的，在道德领域里，人的主观能动作用是占绝对的支配地位的。正是在这个意义上，孟子说：“祸福无不自己求之者也。”②

自求祸福，意味着人自身荣辱祸福是人自身行为的结果，这种结果就不能一味地推诿于命运，而应该由主体承担行为的责任。无论是个人、家庭还是国家，其命运与前途往往取决于自身。所谓：“人必自侮，然后人侮之；家必自毁，而后人毁之；国必自伐，而后人伐之。”③ 这种“自侮”“自毁”与“自伐”，虽然并非都是道德意义上的行为，但却是受辱、失败与毁灭的结果，其责任首先在于主体自身。这种对自我责任的强调，是与强调道德行为的自觉自愿相一致的。孟子强调“自”的用意在于，告诫人们，如果能够充分发挥主体自觉性，就可以避免受辱、被毁和被伐的情况发生。这种主体性的发挥是与人们选择道德的生活完全一致的。

人为什么会自侮、自毁、自伐呢？在孟子看来，恰恰因为他选择了不道德的生活。孟子说：“自暴者，不可与有言也。自弃者，不可与有为也。言非礼义，谓之自暴也。吾身不能居仁由义，谓之自弃也。”自暴自弃的人，无论言行者都是非道德或不道德的，这样的人只会自取其辱，自招毁灭。孟子显然是以利害关系来劝人们自觉选择道德生活。然而，仅仅有自觉是不够的。自觉与自愿的不同在于，自觉是理性的思考必然包含功利的算计，而自愿则是主体近乎本能的情感需求。他说：“仁，人之安宅也；义，人之正路也；旷安宅而弗居，舍正路而不由，哀哉！”④ “安宅”可以理解为精神的家园；“正路”可以理解为正确的人生之路。人之所以选择道德生活，正是因为道德理想为人的安身立命之处，为人提供人生价值的依据，此时的“仁”便有了终极关怀的意味。所以，不道德的人，不居安宅，不走正路，在孟子看来自然是不胜其哀的。因为，人追求道德生活，不仅仅是意识到社会的义务与责任，而是为了自己精神上的满足和意志的

① 《尽心章句上》，《集成》第 520 页。
② 《公孙丑章句上》，《集成》第 133 页。
③ 《离娄章句上》，《集成》第 295 页。
④ 《离娄章句上》，《集成》第 298 页。

自由，如其所云："君子深造之以道，欲其自得之也。自得之，则居之安。居之安，则资之深。资之深，则取之左右逢其原。故君子欲其自得之也。"[①] 追求道德境界，是为了自己的精神满足，有了这种满足，心理自然安逸平恬，而有深厚的精神资源，便可以面对任何现世的变故，从而保持自身独立的人格和意志的自由。这正是品格高尚的人追求道德境界的内在动机之所在。

精神的满足与意志的自由作为一种情感的内心体验就是愉悦，这种愉悦并非常人所理解的喜怒哀乐之情，只是无忧而已。然而，人生与忧患俱始，何以解忧呢？孟子以传说中的舜帝的事迹，证明道德生活对解除人生忧患的意义。举天下之人共同称赞，这种名誉心的满足，虽然是人的普遍欲望，但并不能解舜心头之忧。人人均好色，但是娶了尧帝的两个女儿，舜依然无法解心头之忧。富有天下，贵为天子，娶两位公主为妻，满足了一般人的最大欲望，但这些依然不能解舜帝心头之忧，"惟顺于父母可以解忧"[②]。这当然是孟子的解释，他理解的舜帝，只有在孝敬父母的道德生活中，才能解忧。这种解释说明，孟子意在强调，选择道德生活，是为了解忧。所以，"解忧"与"求心安"一样是人们选择道德生活的心理基础。

仅仅是解忧是不够的，还有比解忧更令人追求和向往的精神满足，这就是"乐"。孟子说："君子有三乐，而王天下不与存焉。"什么样的乐，会使孟子觉得连天子都可以不做呢？他说："父母俱存，兄弟无故，一乐也；仰不愧于天，俯不怍于人，二乐也；得天下英才而教育之，三乐也。"[③] 如此连天子尊位都比不上的三大乐事，都是以道德为内容的。第一是天伦之乐与家庭亲情的满足；第二是恪尽社会责任而无愧于天地；第三是从事教育事业，使自己的理想追求后继有人。这三乐又是紧密联系在一起的，天伦之乐代表过去，无愧于天地代表当下，教育天下之英才代表将来。过去、当下与未来的相互衔接，构成理想与事业的继承与发展，构成了人生意义的全部内容，能够使人体会到永恒，如此方能安身立命，如此方能"王天下而不与"。

孟子最具有创见和对后世影响极其深远的观点，是将道德主体性与天道的外在权威结合在一起，寻找它们之间的内存统一性，这种统一性的结合点就是"诚"。他说：

> 是故，诚者，天之道也；思诚者，人之道也。至诚而不动者，未之有也；不诚，未有能动者也。[④]

---

① 《离娄章句下》，《集成》第 329 页。

② 《万章章句上》，《集成》第 362 页。

③ 《尽心章句上》，《集成》第 533—544 页。

④ 《离娄章句上》，《集成》第 299 页。

意思是，“诚”是人与天共有的本性，人能够体验到诚的存在，就是“思诚”，这是人道的基础。保持这种对诚的情感体验，并以此为行为的动机和前提，就是“至诚”。达到这种境界的人，行动自然会符合道德规范。没有“至诚”不会成为有道德的人。“至诚”作为一种道德情感或道德行为的动机，是道德行为的第一因，超越了功利目的。以“至诚”为基础的道德认知和实践能力就是“良知良能”，它使道德行为成为可能，是人之德性的依据。

孔子“行”之教考辨

黄明喜　黄争艳

摘　要　在教育内容上，孔子主张“文、行、忠、信”四教的统一。孔子固然重视“文”之教，但更重视“行”之教，即实践教育。“文、行、忠、信”四教之间是相互贯通、相互包含的。落实于教育层面来审视，孔子所谓的“行”既指有益于社会的实践活动，也指合乎道德的个人行为。无论是实践活动还是个人行为，都必须用“文”来引领和以“忠”“信”来配合。孔子的“行”之教不仅含有浓郁的道德色彩，而且富有强烈的实践品格，是儒学教育和中华传统文化生命力的重要源泉。

关键词　孔子　“行”之教　教育内容　教育价值取向

作者简介　黄明喜（1964—　），男，江西上饶人，教育学博士，华南师范大学教育科学学院教授、博士生导师，研究领域包括儒家教育哲学、中国传统文化与教育等。黄争艳（1992—　），女，河北邢台人，华南师范大学教育科学学院硕士研究生，主要研究方向为中国传统文化与教育。

孔子固然很重视“文”之教，但他更重视“行”之教。两相比较，孔子认为“行”要比“文”重要些，所以他主张“行有余力，则以学文”（《论语·学而》），还极力倡言“学而时习之”（《论语·学而》）。这当中所讲的“习”，是强调要将所学到的文化知识和做人道理落实于行动之中。换言之，孔子此处所谓的“习”，不仅仅是带有复习的意思，更多的是偏重于实习、实践的意义，亦即在伴随与“文”之教息息相关的为学过程中的各种社会行为，带有“行”的含义。

以往学界对“行之教”中的“行”释义，多为“行为、躬行、实践”[①]，有的学者

---

① 例如：刘宝楠解释为“躬行”（参见《论语正义》，中华书局1990年版，第274页）；杨伯峻解释为“社会生活的实践”（参见《论语译注》，中华书局2009年版，第71页）。

将“行”与道德关联，比如现代学者钱穆把它解释为“道德行事”①。前人对“行”的解释不无一定道理，但亦难免有所局限。若要准确而透彻把握“行之教”的含义，须先从《论语》的语境入手。

一部《论语》所提到的“行”字有58处。“行”在不同的语境当中，共出现了82次，词频率非常高，其中当作动词用所占次数最多，其次是名词，最后是形容词。这82次“行”的用法主要有三种：

（一）当作动词用，例如：

“子贡问君子。子曰：‘先行其言而后从之。’”（《论语·为政》）

“子曰：‘放于利而行，多怨。’”（《论语·里仁》）

（二）当作名词用，例如：

“子曰：‘君子欲讷于言而敏于行。’”（《论语·里仁》）

“子曰：‘始吾于人也，听其言而信其行，今吾于人也，听其言而观其行。于予与改是。’”（《论语·公冶长》）

（三）当作形容词用，例如：

“闵子侍侧，訚訚如也。子路，行行如也。冉有、子贡，侃侃如也。子曰：‘若由也，不得其死然。’”（《论语·先进》）

关于“行”的意义主要有五种解释，分别为：做、走路、离开、行为、行得通。

（一）“行”解释为做，例如：

“有子曰：‘礼之用，和为贵。先王之道斯为美。小大由之，有所不行。知和而和，不以礼节之，亦不可行也。’”（《论语·学而》）

（二）“行”解释为走路，例如：

“颜渊死，颜路请子之车以为之椁。子曰：‘才不才，亦各言其子也。鲤也死，有棺而无椁。吾不徒行以为之椁。以吾从大夫之后，不可徒行也。’”（《论语·先进》）

（三）“行”解释为离开，例如：

“卫灵公问陈于孔子。孔子对曰：‘俎豆之事，则尝闻之矣。军旅之事，未之学也。’明日遂行。”（《论语·卫灵公》）

（四）“行”解释为行为，例如：

“子曰：‘父在，观其志。父没，观其行。三年无改于父之道，可谓孝矣。’”（《论语·学而》）

（五）“行”解释为行得通，例如：

“子曰：‘道不行，乘桴浮于海，从我者其由与！’子路闻之喜。子曰：‘由也好勇

① 钱穆：《论语新解》，三联书店2012年版，第170页。

过我，无所取材。’”（《论语·公冶长》）

在孔子的“文、行、忠、信”四教之中，“行”被列于“文”的后面，但这并不意味着“文”比“行”更重要。“行”需要理性认识的“文”来引领，而切实有效的“行”才能成就君子之境。但就落实于教育层面来审视，孔子所谓的“行”既指有益于社会的实践活动，也指合乎道德的个人行为。

孔子经常从具体的实践领域讨论个人行为的教育原则与方法，强调个人在行为上，应多观察他人的言行举止，相观取善，防微杜渐，然后谨慎去做自己有把握的，这样就能减少自己的后悔：

> 子张学干禄。子曰：“多闻阙疑，慎言其余，则寡尤。多见阙殆，慎行其余，则寡悔。言寡尤，行寡悔，禄在其中矣。”（《论语·为政》）

子张是孔子一个爱徒，也是孔门里面一个比较有出息的学生，他姓颛孙，名师，字子张。这则师徒对话表达出什么意思呢？子张学习出类拔萃，他想学以致用，就问老师怎样做才能谋求到一个好的官职呢？孔子这样说道：“多闻阙疑，慎言其余，则寡尤。”这句话是什么意思？就是一个人想要谋求到一个好的官职，要多多听取别人的意见，有疑问的地方暂时搁置一边，而对其他足以有把握的部分，要谨慎地说出来，这样做就能够减少错误。孔子进一步点拨：“多见阙殆，慎行其余，则寡悔。”孔子认为，要多看看别人是怎么做事情的，如果有不理解的事情先放在一旁，而对其他有把握的就要踏实谨慎地去做，这样对所做的事情也就很少有后悔。在这则对话当中，孔子是把“慎行其余”和“行寡悔”联系在一起的。慎行其余的“行”主要是指实践，具体去做，而行寡悔的“行”主要指行为。透过针对子张的教育，孔子强调一个富于智慧的人总是能善于把握自己行为的界限，让自己时刻保持恰如其分的状态。当然，一个人的言行举止也不能过于拘谨。假如对于要去处理的事情已经胸有成竹，就可付诸实践，千万不可犹豫不决，瞻前顾后而致可成之事付之东流。

再看一则材料：

> 见善如不及，见不善如探汤。吾见其人矣，吾闻其语矣。隐居以求其志，行义以达其道，吾闻其语矣，吾未见其人也。

这则材料是出现在《论语·季氏》篇当中的第 11 章，意思是说看到好人做好事唯恐自己达不到这样的境界，所以就拼命地去学习去追赶。看到坏人做坏事，就好像把手伸入到开水当中一样。所谓“汤”，当理解为开水，不是现在我们所谓的菜汤、肉汤。

“吾见其人矣，吾闻其语矣”，如果看到这样的人也听到这样的话，什么话什么人呢？就是前面所言的好人坏人。“隐居以求其志，行义以达其道”就是说远离城市，用隐居的方式来保全自己的人生志向，依照道德礼仪来实行自己的主张。孔子说我听到过这样的话却没见到过这样的人，其中“行义以达其道”的“行”也是实践之意。

虽然孔子反复强调“文”“行”相互结合，但如果对他说的“文”和“行”两教进行深入探讨，就会发现实际上孔子更强调“行”，主张在实践中学习。在现实的生活中，有不少道理是不须通过书本知识的学习就能明白的。因为在日常的人际交往中，只要随时观察，扬人之长，避己所短，可学之处则俯拾皆是。诚如孔子指出的那样“见贤思齐焉，见不贤而内自省也”（《论语·里仁》），认为见到贤人，就主动向他看齐，尽力使得自己养成像他一样的品行。而看到不贤的人，就自觉反省自身，为什么缺乏像他一样的品行。“三人行，必有我师焉，择其善者而从之，其不善而改之”（《论语·里仁》），虚心向他人学习，不仅以善者为师，且以不善者为师，从正、反两面进行对比，不断地加强修身养性。总之，在实践中时时有老师，处处有善行，只要用心，肯于实践，就一定学有所获。不但如此，还能从中学到更多的知识和道理。

当然，这并不是说，实践完全可以代替“文”。所谓“文”之教的“文”，是孔子用来教育学生的核心内容，不仅要融会贯通，而且得学以致用。用孔子教导子路的话来说，就是要“升堂”，还必须“入室”。在孔子看来，学习的出发点和归宿点都在于“行”。衡量学习优劣之别的标准，也在于“行”。所以，孔子主张把“文”和“行”两者结合起来，并把“行”置于首要地位。学“文”难，“行”之更难。他清醒地看到自己在《诗》《书》《礼》《乐》《易》《春秋》方面文献知识的长处，也看到了自己在躬行实践方面的不足，由衷地说道：“文，莫吾犹人也。躬行君子，则吾未之有得。”（《论语·里仁》）表明自己在文献知识上的学问，大约同别人差不多，而身体力行地做一个君子，那还没有达到。由此可见，孔子对“行”是多么重视！

孔子在自省自勉的同时，时时不忘勉励弟子们在“行”这方面再多多努力。他说：“二三子以我为隐乎？吾无隐乎尔。吾无行而不与二三子者，是丘也。”（《论语·里仁》）在日常的教学过程中，有的弟子感觉老师学问那么大，但教给他们的不多，是不是留有一手。孔子发现这种情况之后，语重心长地讲到：“你们这些弟子以为我有所隐瞒吗？我没有什么隐瞒你们的啊！我没有任何行为不对你们这些弟子公开的，这正是我孔丘的独特之处。”针对有的弟子怀疑自己于教有隐，孔子用一个“行”字强调他本人没有任何隐瞒，其中别有一番深意。此种深意即在于提醒弟子们不要尽在“文”上倾注所有精力，埋首于简牍学问的高远，而应学以致用，从躬行践履的社会实践上求真求实，努力做到言行一致，成为一个有德行的君子。

在孔子一生的教育教学生涯中，他对那些言而不行的人是持否定态度的。因为他认为教育的本真意义是教人懂得如何成为一个君子，而君子的一个重要特质就是要言行一致。他指出：“君子耻其言而过其行。”（《论语·宪问》）君子以嘴里说的超过实际做的为耻，即以说得多而做得少为耻。在孔子看来，说得容易做起来难。因此，他反对说空话、说大话：“其言之不怍，则为之难。”（《论语·宪问》）一个人如果大言不惭，那他行动上做起来则难以落实他所说的话。在《论语》中，孔子有关言行一致的教育话语还有不少，譬如：“子曰：‘古者言之不出，耻躬之不逮也。’”（《论语·里仁》）古人不肯轻易出言，唯恐自己行为跟不上，那是一件令人可耻之事。孔子举古人之语以警示今人应慎于言。“子曰：‘君子欲讷于言而敏于行。’”（《论语·里仁》）一个君子，常常是说起话来显得比较迟钝，而做起事来却很敏捷。所有的表述，都是主张“行”重于“言”的。明白这一点，就不难理解当子贡问老师怎样做才算一个君子，孔子回答说，先做后说是关乎君子言行一致的一个充分条件：

> 子贡问君子。子曰：“先行其言而后从之。”（《论语·为政》）

孔子强调要成为一个君子，先把想说的话实行了，然后再说出来，这样才有说服力。子贡善于辞令，是孔门“言语”科的代表性弟子。“先行其言而后从之”是孔子成就君子这一理想人格的基本条件，也体现出对子贡的因材施教理念和严格要求。孔子为什么认为先做后说是成为一个君子的前置性条件，而反过来讲，先说后做就不能成为一个君子呢？就说和做之间的关系而论，理论上可分为五种类型：一是先说后做；二是先做后说；三是边做边说；四是说了不做；五是做了不说。其中：先说后做、边说边做，属于说在前、做在后的一类；先做后说，属于做在前、说在后的一类。虽然说在前、做在后也蕴含着“言行一致”的要求，但在现实生活中，许多事情往往是说起来容易做起来难，有时难免产生说到做不到的现象，结果很容易沦为和说了不做者为伍的境地。因此，说在前、做在后这类行为虽然也能体现言行一致的要求，但与言行一致的契合度是不高的。而做在前、说在后这类行为，非常利于“言行一致”的达成，不失为避免空谈的有效方法。当然，现实生活中也存在做了不说的现象，但这种现象不是常人所能够做到的。孔子在教育子贡的过程中，主张先做后说，除了含有避免空谈的意义以外，主要目的是教子贡把握行重于言的道理，切于实际而不是夸夸其谈，努力成为一个躬行实践的君子。

的确，社会上有相当一部分人把言说看得很重要，能说会道，却是尽说不做，或者说得多而做得少，甚或表里不一，说一套而做一套。孔子把这种人称作“佞人”。其实，孔子并不漠视言语的力量，他也高度重视言语教育，特别是“雅言”的教育。但就言行两者之间，孰重孰轻，孔子的教育价值取向是非常鲜明的，那就是说了就要做到，最好是先要做到，而后再去言说。因为评判一个人的知识学问和道德修养，不单单考察他的言说能力，更重要的是依据他一贯的行为表现。

然而，孔子也有看走眼的时候，比如对于澹台灭明。澹台灭明是武城人，他复姓澹台，名灭明，字子羽，比孔子小39岁。司马迁《史记·仲尼弟子列传》记载澹台灭明："状貌甚恶，欲事孔子。孔子以为材薄。既已受业，退而修行。行不由径，非公事不见卿大夫。南游至江，从弟子三百人，设取予去就，名施乎诸侯。孔子闻之曰：'吾以言取人，失之宰予；以貌取人，失之子羽。'"① 澹台灭明的容貌非常丑陋。他曾拜师于孔子门下，但由于材质偏低，没有引起孔子的太多关注。他接受学业完毕之后，退回家乡武城继续自修，并努力践行孔子的政治学说。担任武城县长官的子游耳闻目睹了澹台灭明的所作所为。于是，当孔子问子游在武城是否发现人才的时候，子游毫不犹豫地推荐澹台灭明："子游为武城宰。子曰：'女得人焉尔乎？'曰：'有澹台灭明者，行不由径，非公事未尝至于偃之室也。'"（《论语·雍也》）子游认为澹台灭明有两大善行：一是"行不由径"，即为人正派，不走旁门左道；二是"非公事未尝至于偃之室也"，即除了公事以外不拜见领导，不搞私人关系。这两大善行是子游从平日里澹台灭明走路不屑于抄小道和不是为公事从不到子游的居室来两件小事上发现的。后来澹台灭明带领三百弟子南下到长江流域，所到之处诸侯对他都很尊敬，言听计从。孔子听到这些情况，自责说道"以言取人，失之宰予；以貌取人，失之子羽"，承认自己仅凭人的言辞而错看了能言善辩的宰予，更反省自己不该光凭人的外貌来判断人，错看了澹台灭明。"以貌取人，失之子羽"后来成了一句很有名的成语，其正是孔子"行"重于"言"的教育价值取向生动折射。

孔子的言行观深刻影响着他的弟子们，特别是"政事"科的代表人物子贡。有一次子贡问孔子，有没有一个字或者一句话可以用于终身的，能让一个人修身立世。孔子的回答充满智慧。《论语·卫灵公》是这样记载的："子贡问曰：'有一言而可以终身行之者乎？'子曰：'其恕乎！己所不欲，勿施于人。'"面对子贡的发问，孔子回应说，倒是有一个字，这个字就是"恕"。假如要展开一些说的话，不妨形成这样一句："己所不欲，勿施于人。""恕"的意思不仅仅是宽恕，最主要的含义就是后面补充所讲的，自己不喜欢的人和事，不要强加给别人。孔子把"己所不欲，勿施于人"作为终身奉行的人生格言送给子贡，要求子贡将心比心，由己及人，你自己不希望别人用这种方式对待你，那你也不要用这种方式对待别人。这是一种推己及人的人生智慧，孔子将它概括为"忠恕"之道，用作为人处世的基本原则。

孔子教育学生时，总是强调自己的思想学说有个一以贯之的"道"，深谙孔子之

① 司马迁：《史记》，天津古籍出版社1997年版，第2107页。

“道”的曾参明确把它归纳成“忠”和“恕”两个范畴：“子曰：‘参乎！吾道一以贯之。’曾子曰：‘唯。’子出，门人问曰：‘何谓也?’曾子曰：‘夫子之道，忠恕而已矣。’”（《论语·里仁》）在孔子教育思想体系中，“忠”和“恕”两个范畴对举联结在一起使用时，“忠”是偏重于“己欲立而立人，己欲达而达人”（《论语·雍也》），强调努力地帮助他人，而“恕”是偏重于“己所不欲，勿施于人”（《论语·卫灵公》），不做有害于他人的事。帮助他人是需要能力的，没有能力如何去“忠”？所以，“忠”并非人人都可以做到的，也不是人人时时能够做到的。唯有“恕”是大家都可以做到的，因为只讲自己不喜欢的，不要强加给他人。一言以蔽之，“忠”就是对他人做有益的事，“恕”就是不对他人做有害的事。进而再简约地区别两者，“忠”是“做”，“恕”是“不做”。“做”是要讲究条件和能力的，因此不是每个人都能做的，不是随时随地可为的。而“不做”则不然，它无需条件和能力，每个人都可不做，可以顺其自然，毫无作为。因此，人人皆可终身行之。孔子所讲的“忠”“恕”之道在理解人生问题时往往善于从大处着眼，强调认同此心、心同此理，关注人的真切感受和相互之间的和谐共处。

当然，“忠”与“恕”之间还有另外一些差别。“忠”的要义是“己欲立而立人，己欲达而达人”，即要想自己立足于社会，也要帮助他人一同立足于社会；要想自己做事通情达理，也要帮助他人做事通情达理。但现实社会的普遍现象是人人殊异，人与人之间或有共同的理想追求，也有相异的情感欲求。单纯地以为自己想要的他人也一定想要，于是一定让他人接受，结果往往导致事与愿违，好心而办了坏事，这类景象在生活中司空见惯。因此，在孔门的教育实践活动中，“忠”不是漫无边界的，而是有所限定的，且应加以警惕和约束。孔门师徒对此是有思考和教训的。子贡曾问孔子怎样对待朋友，孔子劝诫子贡说：“忠告而善道之，不可则止，毋自辱焉。”（《论语·颜渊》）给朋友忠告并好心好意开导他，如果他不肯听劝，那就不要再劝他了，以免自取其辱。教导子贡交友时不可勉强人意，因为人随着处境的变迁，常常可能会改变志向，正可谓“道不同，不相为谋”（《论语·卫灵公》）。总之，若对朋友坦诚相劝，行不通就立刻停下来，不要自寻麻烦。交友伴有缘尽于此的时刻，此时则不妨互道一声珍重。子游也曾说过“事君数，斯辱矣；朋友数，斯疏矣”（《论语·里仁》），指出对待君主过于殷勤，就会招致侮辱；对待朋友过于殷勤，就会被疏远。除去对君和对友，孔子还谈论到对待父母，也要适可而止，不可一味地愚忠愚孝。

由此可见，“忠”作为相对真理，它因人而异，也因时而异。“忠”就像一把双刃剑，具有两面性。如果不能辩证地看待它，不提高警惕，“忠”还会被不怀好意的人利用。一些人伪饰出一副“忠”的样子，来主宰个体的言行，进而控制和奴役其思想意志。假如说以高压的政治态势来牵制人们的思想是强奸民意，那么以“忠”的道德名义来奴役人们的思想则是诱奸民意。实事求是而论，“己所不欲，勿施于人”和“己欲立而立人，己欲达而达人”是孔子“行”之教的两条黄金法则。

孔子在涉及“行”之教的对象和范围时，除了强调需要“忠”的配合，还格外留意“信”的协同。比如，孔子认为要想交到志趣相投的朋友，光有“忠”是不够的，还须配有“信”的助力才行。他说：“主忠信，无友不如己者。”（《论语・学而》）与朋友交往除了讲“忠”，还必须讲“信”，即守信用。“忠”和“信”是两条相辅相成、互为前提的为人处世原则。据此原则，孔子主张不与志趣不相似的人为友，一定要与理想相同的人交互成友，这样方能成就“有朋自远方来，不亦乐乎”的欢愉境界。在这里需要说明的是，“不如己者”并非指比不上自己的人，因为你若将比你差的人拒之千里，那么比你强的人又怎会和你交友呢？“不如己”意为人生志趣和自己不相似的，换句话说，如果道不同，志亦不同，就不必刻意为表面化的情意而交友了。

对此，孔子晚年的高足曾参深有感触地说：“吾日三省吾身。为人谋而不忠乎？与朋友交而不信乎？传不习乎？”（《论语・学而》）把孔子的“忠”“恕”之道贯穿其整个学行之中，时常对照“忠”“信”“习”这三个问题，以此来反省自己的行为：为别人办事是不是尽心竭力了，与朋友交往是不是诚实守信了，老师传授给我的知识和道理是不是掌握并践行了。曾参循沿孔子的教育思想，以“忠”为本，以“信”为用，视内忠外信为修身之本，强调学以致用，把所学到的东西付诸实践。

其实，孔子本人既好学又好做，是一个知行统一论者。但孔子的知行观并非泛泛的主张学以致用，而是要求“行笃敬”：

> 子张问行。子曰：“言忠信，行笃敬，虽蛮貊之邦行矣。言不忠信，行不笃敬，虽州里行乎哉？立，则见其参于前也；在舆，则见其倚于衡也。夫然后行。”子张书诸绅。（《论语・卫灵公》）

子张问如何才能使自己到处都行得通。孔子认为，说话除了要忠诚守信，行事则一定要笃实恭敬。“笃”，意为敦厚踏实；“敬”，意为一心一意。孔子把“笃”“敬”与人的行为联结在一起，提出一个“行笃敬”的教育观念。孔子所谓“行笃敬”，就是倡导好学力行，真心实意去做事，不畏艰险，排除万难，不达目的誓不罢休。成败在己不在人。孔子痛恶那些没有毅力的人，一遇到困难就半途而废，譬如要用土来堆成一座山，仅需一筐土便可堆成，可是因为困难却终止倒上最后一筐土，致使前功尽弃。可是在平地上堆土成山，虽然才倒下一筐土，只要不停地一筐一筐地倒上去，总会有把山堆成的那一天。世间无论做任何事情，或多或少都会遇到困难。尽管功败垂成的原因很多，但是行动缺乏足够毅力和意志力薄弱是至关重要的因素。所以，在孔子看来，一个人忠诚守信，行为笃敬，即便是到了野蛮的邦国，也能行得通。不然，就是在本乡本土，也是行不通的。

上述所举《论语》文本当中有关的“行”之教，基本上都可以当作实践教育来理解，那么它所实践的是什么呢？总括起来，不外乎是忠信孝悌以及仁义礼智，特别是忠和信（关于“忠”和“信”两教的考辨，另见笔者专文）。一个人要在理论上懂得明“忠”知“信”，在实践上进德修身，进而齐家治国平天下，这在很大程度上取决于“文”之教。也就是说，要有知识文化的教育涵养，才能清楚地知道什么叫“忠”什么叫“信”，从而理性地将它们运用于社会实践之中。因之，“文、行、忠、信”四教相辅相成，缺一不可，方可达到孔子所倡导的君子之境。

论“四德”与“四端”的关系

——孟子“德”观念的再认识*

黄玉顺

摘　要　流俗观点认为“孟子道性善”，并认为孟子的人性论是先验本体论，这是对孟子思想的误读。事实上，孟子所讲的恻隐之心、羞恶之心、辞让之心、是非之心“四端”都是本源情感，乃是仁、义、礼、智“四德”性体的发端、生活情感渊源。“四德”作为所谓“德性”并非现成的、先天的、先验的，而是通过对“四端”情感“扩而充之”而“得”来的。“德性”乃是一种“得性”。汉唐以来，尤其是宋明理学“性本情末”“性体情用”等“性→情”观念，是对孟子“情→性”观念的倒置。

关键词　孟子　四德　四端　德性　情感渊源

作者简介　黄玉顺（1957—　），男，四川成都人，哲学博士。现任山东大学儒学高等研究院教授、博士生导师，研究领域涵盖中国哲学（儒家哲学）、中西比较哲学（儒学与现象学比较研究）、中国伦理学与政治哲学等。

一、孟子哲学“仁→义→礼→智”的总体理论结构

众所周知，孟子哲学明确提出了一个总体理论结构：

> 所以谓人皆有不忍人之心者，今人乍见孺子将入于井，皆有怵惕恻隐之心；非所以内交于孺子之父母也，非所以要誉于乡党朋友也，非恶其声而然也。由是观之，无恻隐之心非人也，无羞恶之心非人也，无辞让之心非人也，无是非之心非人也。恻隐之心，仁之端也；羞恶之心，义之端也；辞让之心，礼之端也；是非之心，智之端也。……凡有四端于我者，知皆扩而充之矣，若火之始然、泉之始达。

---

* 本文节选自黄玉顺：《中国正义论的形成——周孔孟荀的制度伦理学传统》，东方出版社 2015 年版，第三编第一章第一节“孟子哲学的核心理论结构”，第 201—209 页。

苟能充之，足以保四海；苟不充之，不足以事父母。①

恻隐之心，人皆有之；羞恶之心，人皆有之；恭敬之心，人皆有之；是非之心，人皆有之。恻隐之心，仁也；羞恶之心，义也；恭敬之心，礼也；是非之心，智也。仁义礼智，非由外铄我也，我固有之也，弗思耳矣。②

这里，孟子提出了一个以“仁、义、礼、智”四大观念为基本架构的总体理论结构。

然而，关于孟子的“仁、义、礼、智”四大观念，至少有这样几点是值得重新认识的：这四大观念究竟是什么性质的范畴？“恻隐之心”“羞恶之心”“辞让之心”“是非之心”又是什么性质的范畴？这四大观念之间究竟是什么关系？这四大观念与“恻隐之心”“羞恶之心”“辞让之心”“是非之心”之间又是什么性质的关系？这些观念及其关系所制定的究竟是一种什么性质的理论建构？

二、“四德”的阐释：形上的德性

孟子区分了“仁、义、礼、智”四大观念和“恻隐之心”“羞恶之心”“辞让之心”“是非之心”这么“四端”。我们先来讨论“仁、义、礼、智”四大观念。孟子所说的“仁、义、礼、智”四大观念，究竟属于什么性质的范畴？

众所周知，“仁、义、礼、智”也被称作“四德”。例如《周易·乾文言传》解释乾卦卦辞“元亨利贞”时说：

元者，善之长也；亨者，嘉之会也；利者，义之和也；贞者，事之干也。君子体仁足以长人，嘉会足以合礼，利物足以合义，贞固足以干事。君子行此四德者，故曰“元亨利贞”。③

这段话与《左传·襄公九年》所载穆姜之语略同：

元，体之长也；亨，嘉之会也；利，义之和也；贞，事之干也。体仁足以长人，嘉德足以合礼，利物足以和义，贞固足以干事。④

---

① 《孟子·公孙丑上》，中华书局1980年《十三经注疏》。

② 《孟子·告子上》。

③ 《周易·乾文言传》，中华书局1980年《十三经注疏》。

④ 《左传·襄公九年》，中华书局1980年《十三经注疏》。

不过，《左传》尚无“四德”之说；《乾文言传》始有“君子四德”之说，但其所谓“四德”是说的“仁”“礼”“义”“事”。朱熹则加以进一步阐述，并与“仁”“义”“礼”“智”四大观念一一对应起来：

元者，生物之始，天地之德莫先于此，故于时为春，于人则为仁，而众善之长也；亨者，生物之通，物至于此莫不嘉美，故于时为夏，于人则为礼，而众美之会也；利者，生物之遂，物各得宜，不相妨害，故于时为秋，于人则为义，而得其分之和；贞者，生物之成，实理具备，随在各足，故于时为冬，于人则为智，而为众事之干。①

朱熹所说，有几点是值得讨论的：其一，他认为“四德”是“仁”“礼”“义”“智”；其二，他认为这些首先是“天地之德”（“实理”在天为“天理”，在人为“性理”），而落实于人之“德”，其实就是在说人性论意义上的“德性”；其三，他所排列的顺序不是“仁、义、礼、智”，而是“仁、礼、义、智”，这与孟子的排列顺序不同，这表明对于“义”与“礼”的关系，他和孟子的理解是不同的。

众所周知，儒家所谓“德”有两个不同层级的含义：一是指“德性”，这是形而上层级的范畴，例如孔子所说“天生德于予”②、《中庸》所说“天命之谓性”③；二是指上述这种德性在具体道德规范上的表现，这是形而下层级的概念。道德规范作为一类社会规范，属于儒学话语中的“礼”。儒家所谓“礼”乃泛指所有一切社会规范及其制度，例如一部《周礼》的内容就是一套完整的社会规范及其制度的建构。④

因此，显然，“仁、义、礼、智”作为“四德”，不是说的形而下的社会道德规范，而是说的形而上的“德性”。有一种传统观念，却将“仁义礼智信”称为“五德”、或称为五个“德目”，亦即五种并列的道德规范，这其实是大谬不然的。这是因为，所谓“道德规范”属于社会规范，即属于“礼”的范畴，因此，“仁”“义”“智”等远非“礼”或“道德规范”所能概括。

就此而论，朱熹的理解确实符合孟子的本意。孟子说过“仁义礼智，非由外铄我也，我固有之也”⑤“君子所性，仁义礼智根于心”⑥。

但是，这种先天的或者先验的所谓“德性”，孟子固然称之为“性”，但却并不称

① 朱熹：《周易本义·乾文言传》，上海古籍出版社 1987 年版。
② 《论语·述而》，中华书局 1980 年《十三经注疏》。
③ 《礼记·中庸》，中华书局 1980 年《十三经注疏》。
④ 黄玉顺：《“周礼”现代价值究竟何在——〈周礼〉社会正义观念诠释》，《学术界》2011 年第 6 期。
⑤ 《孟子·告子上》。
⑥ 《孟子·尽心上》。

之为“德”。

三、“德”的含义：“四德”得自于“四端”

这个问题是人们向来没有意识到的：在孟子的话语中，“德”究竟是什么意思？

首先必须指出：孟子所谓“德”并不总是说的“仁义礼智”的德性。例如：

齐宣王问曰：“齐桓、晋文之事，可得闻乎？”孟子对曰：“仲尼之徒，无道桓、文之事者，是以后世无传焉，臣未之闻也。无以，则王乎？”曰：“德何如，则可以王矣？”曰：“保民而王，莫之能御也。”①

孟子回答“德何如”的问题，意味着在孟子看来：不同的人，有不同的“德”。例如，孟子认为，君子有君子之德，小人有小人之德。他引孔子的话说：

孔子曰：“上有好者，下必有甚焉者矣。君子之德，风也；小人之德，草也。草上之风必偃。”②

这就是说，“德”未必总是说的正面的价值，也可以指负面的价值。即使就正面价值看，也还存在着程度的区分，如“大德”和“小德”的区分：

天下有道，小德役大德，小贤役大贤。③
匹夫而有天下者，德必若舜禹。④
动容周旋中礼者，盛德之至也。⑤

所以，孟子认为，“德”并非一成不变的东西，而是可以“改”的：

求也，为季氏宰，无能改于其德，而赋粟倍他日。孔子曰：“求非我徒也，小子鸣鼓而攻之，可也。”⑥

---

① 《孟子·梁惠王上》。
② 《孟子·滕文公上》。
③ 《孟子·离娄上》。
④ 《孟子·万章上》。
⑤ 《孟子·尽心下》。
⑥ 《孟子·离娄上》。

所以，“德”并不是现成的，而是有待于“成”的：

君子之所以教者五：有如时雨化之者，有成德者，有达财者，有答问者，有私淑艾者。此五者，君子之所以教也。①

既然不同的人有不同的“德”，“德”是可以改的，那也就意味着：“德”乃是“得”来的。这正是汉语“德”的本义：德者，得也。

下面这段著名的对话，通常被人们所误解，其实，孟子也是在讲“性”乃“得”来的道理：

公都子问曰：“钧是人也，或为大人，或为小人，何也？”

孟子曰：“从其大体为大人，从其小体为小人。”

曰：“钧是人也，或从其大体，或从其小体，何也？”

曰：“耳目之官不思，而蔽于物；物交物，则引之而已矣。心之官则思；思则得之，不思则不得也。此天之所与我者。先立乎其大者，则其小者不能夺也。此为大人而已矣。”②

这段对话的意思分明是说：“大体”（德性本体）乃是有待于“立”起来的，而“立”就是“思则得之”。既然“大体”是需要“立”、需要“得之”的，那么显然，所谓“此天之所与我者”，这个“此”就并不是指的“大体”，而是指的“心之官则思”的能力。换句话说，形而上层级上的德性本体，并非先天的、先验的，而是后天得来的。

孟子下面这一番话，也是容易导致误解的：

仁义礼智，非由外铄我也，我固有之也，弗思耳矣。故曰：求则得之，舍则失之。③

这里尤须注意的是：“我固有之”显然并不是说的天生的，因为孟子接下来说“求则得之”。

总之，孟子的人性论是否就是先验论的，这是一个问题。就上述孟子对“德”的

① 《孟子·尽心上》。

② 《孟子·告子上》。

③ 《孟子·告子上》。

用法来看，孟子的人性论未必就是先验论的。过去对于孟子的人性论，存在着两个最大的误解：其一是以为“孟子道性善”①，其实未必（详见下文的讨论）；其二是以为孟子的人性论是先验本体论，其实不然。孟子的人性论区别于秦汉以后的儒学形而上学，后者直接先验地设定了德性本体。（关于孟子的人性论，下文还将进一步展开讨论。）

四、“四端”的阐释：德性的情感渊源

根据孟子之所谓“德”的意谓，我们自然会问一个问题：仁、义、礼、智，亦即后儒所谓“四德”，是从哪里“得”来的。其实孟子的回答已经非常清楚：“四德”得自“四端”。上文已引孟子“四端”之说：

> 恻隐之心，仁之端也；羞恶之心，义之端也；辞让之心，礼之端也；是非之心，智之端也。……凡有四端于我者，知皆扩而充之矣，若火之始然、泉之始达。苟能充之，足以保四海；苟不充之，不足以事父母。②

这里所说的“扩充”，也就是“求则得之”的“得”的过程，亦即从“四端”到“四德”的生成过程。这也表明“四德”作为所谓“德性”并非现成的，而是“得”来的：“德性”乃是一种“得性”——所“得”之“性”。

传统对“四端”的某些解释是可以商榷的。例如朱熹认为：

> 恻隐、羞恶、辞让、是非，情也；仁、义、礼、智，性也。心，统性情者也。端，绪也。因其情之发，而性之本然可得而见，犹有物在中，而绪见于外也。③

朱熹这个解释，基于后儒，尤其是程朱理学的观念，未必切合于孟子的本意。当然，他对“情”与“性”的分辨是完全正确的；但是，他误认了性与情之间的关系，将孟子这里的“情→性”误置为了“性→情”，后者是思孟以后的儒家正统的形而上学架构。朱熹这种解释的要害，是把“端”理解为端绪、末端，也就是说，在他看来，“性”（仁、义、礼、智）是“本”，“情”（恻隐之心、羞恶之心、辞让之心、是非之心）是“末”；“性”是“情”的内在根据，“情”是“性”的外在表现。这种“性本情末”“性体情用”的观念，其实是孔孟以后、汉唐以来、特别是宋明理学的一套观念。

---

① 《孟子·滕文公上》。

② 《孟子·公孙丑上》。

③ 朱熹：《孟子集注·公孙丑上》，见《四书章句集注》，中华书局1983年版。

然而《孟子注疏》对“四端”之“端”的理解就不同于朱熹，而更接近孟子的本意。赵岐注云：

> 端者，首也。人皆有仁义礼智之首，可引用之。……凡有四端在于我者，知皆廓而充大之，若火、泉之始微小，广大之则无所不至，以喻人之四端也。①

赵岐将“端”释为“首”“始”，意谓“四端”情感乃是“四德”性体的起首、开始、发端，所以孟子才喻之为“火之始燃，泉之始达”；所以需要对“四端”加以“扩而充之”，我们才能够“得”到“四德”。

孙奭继而疏云：

> 孟子言人有恻隐之心，是仁之端本起于此也；有羞恶之心者，是义之端本起于此也；有辞让、是非之心者，是礼、智之端本起于此者也。以其仁者不过有不忍、恻隐也。此孟子所以言恻隐、羞恶、辞让、是非四者，是为仁义礼智四者之端本也。……如能推此四端行之，是为仁义礼智者矣。……孟子又言凡人所以有四端在于我已者，能皆廓而充大之，是若火之初燃，泉之始达，而终极乎燎原之炽，襄陵之荡也。②

孙奭对“端”的理解也是正确的，从而对“性”与“情”之关系的理解也是正确的。当然，他的理解也有不完全恰当的地方，例如他说“仁者不过有不忍、恻隐也”，似乎先已经有了“仁者”这样的主体性，然后才有了“不忍、恻隐”这样的情感。其实，孟子的意思正相反：“仁者”这样的主体性，正是在“不忍、恻隐”这样的情感显现中才得以成就的。

孟子所揭示的“性”（仁、义、礼、智）与“情”（恻隐之心、羞恶之心、辞让之心、是非之心）之间的关系如下：

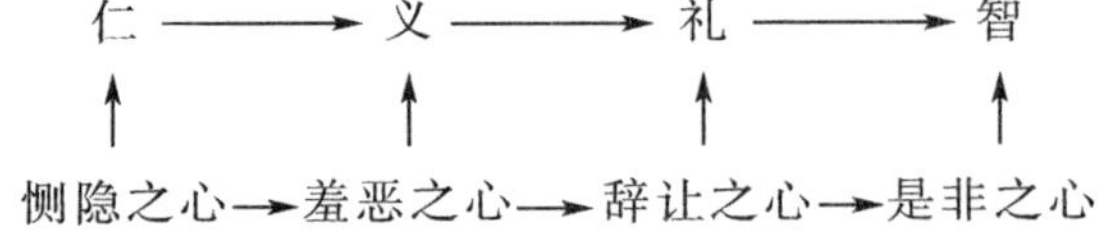

这就是孟子通过其“四端”说所揭示出来的德性的情感渊源。

---

① 赵岐：《孟子注·公孙丑上》，见《十三经注疏·孟子注疏》。

② 孙奭：《孟子疏·公孙丑上》，见《十三经注疏·孟子注疏》。

《孟子》良知良能与良贵

——一个语言学考察

李畅然

摘　要　本文只涉及《孟子》“良知”“良贵”相关诸语的解读，无意挑战孟子伦理学的先验特质。清人焦循和阮元提出“良知”本非术语，只是特定语境下临时组成的词组，本文从语言学的角度予以申论和证成。在先秦乃至后世，“良”字并不具备本然义；而且如同“善”“好”一样，“良”字也以宽泛实用的合目的的功能性为其基本意含，道德意味的善最多只是其下一个义项，因为远非清晰易辨。唐前所有同形的“良知”“良能”都只是偶然与《孟子》话语同构。宋以后，“良知”“良能”作为《孟子》的一个典故而非术语，越来越多地进入儒学话语，张载二程已大量用于天道，从而有较多本然、天然的意味。此外，本文还基本排除了以“谅”解“良”的可能性。

关键词　《孟子》　良知良能　语言学　词组　合目的性　张载二程

作者简介　李畅然（1974—　），男，山东济南人。文学博士。北京大学儒藏编纂与研究中心副研究员。

一、缘起——清儒指《孟子》“良知”非术语

“良知良能”出自《孟子·尽心上》(13.15)：

> 人之所不学而能者，其良能也；所不虑而知者，其良知也。孩提之童，无不知爱其亲者；及其长也，无不知敬其兄也。亲亲，仁也；敬长，义也：无他，达之天下也。

乾嘉时代的焦循和其族姊夫阮元均指出，“良知”这一王学核心概念本非名词术语，只是临时组成的词组也即短语。王阳明之训因自朱熹《四书章句集注》。用心极细的朱熹把《孟子》三章的四个“良”字（良心、良贵、良知良能）统一解释为“本然之善”。

但“本然”与“善”实为两义，不可得兼，用此义即不可同时再兼彼义。

嘉庆末年焦循《孟子正义》于更靠前的《告子上》“欲贵者人之同心”章（11.17）“人之所贵者，非良贵也”下即指出“良”无本然义：

> 良之训为善，毛、韩之传《诗》，郑氏之注《礼记》《周礼》、笺《诗》，何氏注《公羊传》、韦氏注《国语》，高氏注《吕氏春秋》，许氏《说文解字》注，张氏《广雅》，司马氏注《庄子》，某氏传《尚书》，孟康、如淳注《汉书》，孔晁注《周书》无不然。
>
> 故“良心”① 即指仁义之心，谓“善心”也。
>
> 此“良贵”，赵氏明指“仁义”“广誉”，则亦当训为善，谓“贵之善者”也。人所贵者富贵，富贵之贵，不如仁义之贵良也。……此仁义之贵，比校富贵之贵，所以为良，非“良”字有“自有”之训也。……自儒者误以“良”为自有之训，遂造为“致良知”之说。六书训诂之学不明，其害如此。（页 796—797）

焦循遍查古训，特别是借助阮元刚主编出来的《经籍籑诂》，找不到“良”有本然、自有的义项暨用法；而且，尽管“良心”之“良”的确是道德意味上的，然而“良贵”“良知良能”的“良”却是更为普通的功能上的优（劣）义。

在大约同时或者稍早，焦循的族姊夫阮元在其《孟子论仁论》中也提出了类似的观点。阮元在“良知良能”章（13.15）下说：

> 按，“良能”“良知”，“良”字与“赵孟之所贵”“非良贵也”“良”字同。良，实也，（见《汉书》注）无奥旨也。此“良知”二字不过孟子偶然及之，与“良贵”相同，殊非七篇中最关紧要之言。……不解王文成何所取，而以为圣贤传心之秘也?②

今按，焦、阮二人对《孟子》“良”字的理解，以焦循为长。“良，实也”出《汉书·荆燕吴传》“诛罚良重”注（卷三五），是程度副词，阮元移诸《孟子》的形容词用法，属于以训诂代本字的训诂谬误③。其所谓实，当指真实不虚之义，其实与本然自有

① 引者按，出最靠前的《告子上》“牛山之木”章（11.8）“其所以放其良心者”一句。

② 阮元：《揅经室集》卷九，邓经元点校，中华书局 1993 年版，第 202 页。

③ 以训诂代本字的谬误主要源于甲可训为乙在义项上存在限制，倘不分辨词性则更为严重。“良”的副词用法迟至战国末期始出现，何况凡训为确实、果然的副词用法都是程度副词的派生用法，可以通过程度副词来解释。论详下。

之解相去并不甚远。但阮元指出此语“不过”“偶然及之”，“非”“关紧要”，较之焦循讲得显豁，也即“良知”没有算作名词术语的资格，而只是特定语境下临时搭建起来的词组，这足以摧毁宋以来的“良知情结”。以“善”“好”解《孟子》本身以及先秦古书，皆可以贯穿，而所谓“本然”之“良”，唯见于《孟子》，特别是“良知良能”的那一章。况且《孟子》彼章虽然的确是在讨论道德问题，然而“良知”“良能”却是以功用言，而非以道德言，更不具备本然或先天之义。

焦、阮之说提出后，大体石沉大海，既无人反对，也无人喝彩。本文即发扬二儒绪论，从历史语言学的角度予以申述和证成。

二、良、善、好皆以超道德的合目的性为其基本含义

我们知道语言是人类交流思想、协调行动的核心工具，具有社会性。[①] 索绪尔从语言（language）中区分了语言（法语 langue）和言语（parole）两个层面。前者大致包括语音、词汇和语法三个方面，以句子为最大单位，具有社会同质性；后者则是人们实际说出来的话语，以句子为最小单位，具有个人化的异质性。前者对个人而言是强制的，不自由的，而个人自由只体现在后者当中；另一方面，后者却是现实的，拥有第一性，它维护前者作为纯粹心理事实的存在，并推动着前者的发展演变。[②] 当我们说《孟子》“良知良能”之“良”不具备先天自有之义时，正是通过对《孟子》以及先秦两汉文献的普查始得出的结论。

“良知”“良能”以功用言而非以道德言，对《孟子》义理本身没有任何损害。相反，“良”字的功用义恰恰为其基本义，是道德义的基础。我们调查了与“良”字意义接近的“善”和“好”以及反面的“恶”，发现四字在先秦两汉的情况是相当类似的，都没有纯粹、孤立的道德义用法，先天、本然义更是绝无。材料上优先使用《孟子》，然后旁及他书，例证尽量举年代早者。

先看“良”字。《孟子》全书“良”字共出现 22 次。除前揭最易有歧解之 4 例（当然“良心”基本无歧解），以及人名（陈良、王良）7 例、作为丈夫讲的“良人”7 例外，尚有 4 例，都是普通的“好”，也即合目的的功能性意义[③]：6.1 嬖奚称赞御者王良为“天下之良工也”，7.15“存乎人者，莫良于眸子”，12.9“今之所谓良臣，古之所谓民贼也”（2 次）。“良臣”粗看具有道德意味，但《孟子》这里恰恰强调对君主统

① 这在后期维特根斯坦那里也得到了论证。

② 详索绪尔：《普通语言学教程》，高名凯译，商务印书馆 1985 年版，第 34—35、39、41、107、109—112、129、174 页；李畅然《戴震〈原善〉表微》，北京大学出版社 2014 年版，第 299—300、310—311 页。

③ 王力主编《王力古汉语字典》（中华书局 2000 年版，第 1035 页）所列第一个义项即“好的，合乎理想和要求的”。

治得力（贤良能干）的臣下，是祸害人民因而是不道德的民贼。“良工”亦自然只对其工种而言，至于工种本身道德与否，不在考虑之内。因此孟子是通过造箭（攻击性武器）与造铠甲（防御性武器）的工种之别，来比喻慎选人生道路的：“矢人岂不仁于函人哉？矢人惟恐不伤人，函人惟恐伤人。巫匠亦然。故术不可不慎也。”（3.7）尽管孟子反对战争，但《左传》言及军队之“良”时①，显然指其能打仗，而且战斗力强的军队对其国家和人民而言，一般来说还是合目的的。

指称丈夫的“良人”与“良臣”类似，粗略看具备道德性，细看道德性更多是对妇人个人而言，而且对妇人有利（良）的显然不限于道德，例如身体强健就更为根本，而且是其道德践履（例如养家）的前提，而身体健康本身并不具备道德性。所以“良人”之“良”毋宁视作对其妻妾（配偶）的合目的性。类似的，“良家”亦非必然指安于乡里之家，主要指殷实或有势力的家族②；“良国”也不指对周边友好，而指强国③。

事实上，“良人”除了作丈夫讲④，也可以反过来指美丽的妻室，对男子具有合目的性，如《诗经·绸缪》“今夕何夕？见此良人。子兮子兮！如此良人何”；可以指易于管理的平民，对“劳心”的君臣（行政管理者）具有合目的性，如《后汉书·董宣传》“陛下圣德中兴，而纵奴杀良人，将何以理天下乎”⑤；也可以指前述对君有合目的性的良臣，如《国语·齐语第六》管仲语“四里为连，连为之长；十连为乡，乡有良人焉”，韦昭注“贾侍中云‘良人，乡士也’，昭谓良人，乡大夫也”⑥；当然也可以指有道德的人，如《诗经·黄鸟》“彼苍者天，歼我良人”，这种良人与良臣不甚好区分，既对国君有合目的性，也对平民有合目的性（从而具有大致无可争议的道德性）。可见道德上的善只是纷繁多样的各种合目的性中的一种形式，而且并非清晰易辨，尽管是人类最最需要、最常讨论的一类。以上对“良人”意义的区分多只是后天的所指对象的区分，而先天的能指之核心词义上并没有差别——即对说话者的意向而言，具有合目的性。

皋陶对尧赓歌时以元首和股肱喻君臣，在喻体的意象中，无法认为“良”具有道

---

① 《左传》襄公二十六年苗贲皇说：“楚师之良，在其中军王族而已。”

② 《管子·问》：“问乡之良家，其所牧养者几何人矣。”尹知章注：“良家，谓营生以致富者。”《后汉书·陈蕃传》与“卑微”相对，则“良家”非道德或者行政管理义可知：“初，桓帝欲立所幸田贵人为皇后。蕃以田氏卑微，窦族良家，争之甚固。”

③ 《国语·吴语》：“夫吴，良国也，能博取于诸侯。”清王引之《经义述闻·春秋名字解诂上》驳韦注训善，举“齐高强字子良”为证。

④ 《孟子》外，如《诗经·小戎》“厌厌良人，秩秩德音”。

⑤ ［南朝宋］范晔撰，［唐］李贤等注：《后汉书·酷吏列传第六十七·董宣》，中华书局1965年版，第2490页。

⑥ ［春秋］（旧题）左丘明撰：《国语集解·齐语第六·桓公自莒反于齐》，中华书局2002年版，第224页。

德价值："元首明哉，股肱良哉，庶事康哉！"（《今文尚书·皋陶谟》）这适可证明政治、道德上的合目的性与自然器官的（无目的的）合目的性相通。一旦脱离了人的论域，则"良"字与道德的联系基本可以撇清。像前揭《孟子》所论"矢人惟恐不伤人，函人惟恐伤人"，矢自以易伤人为良善，函则自以保护人为良善，二者虽用途相反，皆战争工具所不可缺者。又如《周礼·天官》："玉府，掌王之金玉、玩好、兵器，凡良货贿之藏。"又："内府，掌受九贡、九赋、九功之货贿、良兵、良器，以待邦之大用。"《礼记·月令》："乃命大酋，秫稻必齐，曲蘖必时，湛炽必洁，水泉必香，陶器必良，火齐必得，兼用六物。"按，财物器具良不良不涉及道德域，即便征收合理，应用恰当（道德、政治上"良"），也可能是质量不太"良"的。又如《周礼·天官》内宰，"佐后而受献功者，比其小大与其粗良而赏罚之"。与"粗"相对①，则"良"只关乎质量。

战国晚期表示程度深的副词用法②就是由这种合目的性的用法发展出来的，像良久即很久③，良已即病大好④，良苦即很辛苦⑤。至于辞书所列表示肯定，相当于确实、的确、果然的副词用法⑥，假如不是"谅"的通假，那么也完全可以并到程度副词里来。

（善、好、恶字因写作时间限制，暂略。）

因此，善的各种义项都发展不出本然、先天的含义来。值得今日研究《孟子》者注意的是，旧时代的各种字书、韵书，均不为《孟子》良知良能或良贵的天赋本然义专列义项。聊举较早的辞书为例。《玉篇》卷十五只有"良：良善也"一个训释。《广韵》卷二："良：贤也，善也。首也，长也。又姓，《左传》郑大夫良霄，郑穆公之子子良之后。"《集韵》卷三："良：《说文》善也。一曰甚也。亦姓。"即便是相当完备的《康熙字典》，依然不为良知立义项。

我们不能无视语言的社会性。科学哲学里，拉卡托斯提出过"特设"的问题，指

---

① 类似的有与"苦"相对，如《管子·宙合》："可正而视，言察美恶，审别良苦。"后世又与"窳"相对。

② 如《荀子·成相》："隐讳疾贤，良由奸诈鲜无灾。"《汉书·冯唐传》："上既闻廉颇、李牧为人，良说。"《孔丛子·抗志》："故微子去殷，纪季入齐，良知时也。"（卷三）

③ 《战国策·燕策三》："左右既前斩荆轲，秦王目眩良久。"何建章注释：《战国策注释·燕策三·燕太子丹质于秦章》，中华书局1990年版，第1194页。《史记·秦始皇本纪》："始皇默然良久。"《列子·仲尼》："公子牟默然良久，告退。"

④ 《史记·孝武本纪》："遂幸甘泉，病良已。"［汉］司马迁撰，［南朝宋］裴骃集解，［唐］司马贞索隐，［唐］张守节正义：《史记·孝武本纪第十二》，中华书局1982年版，第459页。类似的如"良愈"：《新唐书·列女传·房玄龄妻卢》："会玄龄良愈，礼之终身。"

⑤ 《后汉书·王常传》："王廷尉良苦，每念往时，共更艰厄，何日忘之？"按，同时期合目的性的用法引申出程度深的用法，如良夜即指深夜，如《后汉书·祭遵传》："幸遵营，劳飨士卒，作黄门武乐，良夜乃罢。"［宋］范晔撰，［唐］李贤等注：《后汉书·铫期王霸祭遵列传第十·祭遵》，中华书局1965年版，第741页。

⑥ 如《史记·赵世家》："诸将皆以为赵氏孤儿良已死，皆喜。"《后汉书·景丹传》："邯郸将帅数言我发渔阳、上谷兵，吾卿应言然，何意二郡良为吾来！"

专门为某一个特定事例而发展出来的科学解释，它不涉及整个科学理论的内核，却与之不兼容，最终或者需要抛弃，或者会颠覆既有的科学大厦。关于“良知良能”的先天性解释，我们就认为是一个特设，而且属于需要抛弃的特设。

三、《孟子》“良贵”对“良知良能”含义的照亮

（一）

经过一番着眼于“良”字在《孟子》本书及时代接近文献之用法的语言学考察以后，我们再回到《孟子》原文原章，以确定“良知良能”的“良”为何意：

> 人之所不学而能者，其良能也；所不虑而知者，其良知也。
> 孩提之童，无不知爱其亲者；及其长也，无不知敬其兄也。
> 亲亲，仁也；敬长，义也：
> 无他，达之天下也。（《孟子·尽心上》13.15）

这时“良贵”对揭示“良知良能”的含义，具有极大的参考价值：

> 欲贵者，人之同心也。
> 人人有贵于己者，弗思耳。
> 人之所贵者，非良贵也。赵孟之所贵，赵孟能贱之。……（《孟子·告子上》11.17）

人人皆欲贵[①]，贵有自己想贵即贵，有依赖外人提拔而贵。这两种贵相比较，后者不是一个较好的贵。（较）好，就是“良贵”之“良”的含义。假如良贵即指真实自有，那么《孟子》就可以说“人人有良贵，弗思耳”，就不需要说“人之所贵者，非良贵”了，因为假如说“别人（权贵）封赐提拔的贵不是道德的贵”是废话，属于“秃子头上的虱子，明摆着”——两个东西自然不是一个。只有说贵于己与人之所贵（贵于人）不同，后者不及前者为佳，始为一个不断有信息含量的会话。

“良知良能”章其实也暗含着类似的比较，是与长大后专门习得的知识技能相比较。（这里的讨论姑且忽略《孟子》原文“及其长也”一句，该句显然对纯粹的良知良

① 这里孟子显然有意回避了日常话语中经常并举的欲富的问题。请对比《孟子》同书4.10、6.2、8.33、9.1、9.3之“富贵”并举。

能说存在较大的隐患，从而也可以反证《孟子》关于爱亲敬长未能持先天纯粹的立场。[①]）孟子认为，爱亲、敬长在人类能、知当中（“人之所不学而能者，其良能也；所不虑而知者，其良知也”的能、知对举属于互文现义，能与知不需要特别加以区分，所以下句爱亲敬长俱以“知”言），属于“不学而能”“不虑而知”者，所以它们较之学而能、虑而知的能、知相比，是更好的，也即“（更）良”的。此章并未像“良贵”那章一样把对比、比较的另一方明确提点、指认出来，导致更容易把良知良能做天赋自然的解释。

如果把“良”理解为本然天赋，那么它与“不学而能”“不虑而知”同样构成语复，除非换为定义，还勉强可以接受。例如说“人之所不学而能者，谓之良能；所不虑而知者，谓之良知”，或者倒过来说“人之良能者，其所不学而能者也；人之良知者，其所不虑而知者也”，是用字句较长的义界法来解释字句较短的貌似名词的短语，还有一点儿信息含量；现在既然以“人之所不学而能者，其良能也；所不虑而知者，其良知也”为序，其实是不太合乎常理的。所以不如抛弃天然天赋的解释。

（二）

那么有没有可能把《告子上》“牛山之木”章（11.8）的“良心”也做类似的去道德化解释？我们认为没有。孟子的理论架构相当简单，只有一个心，它作为“大体”，作为思之官，与“小体”，与其他不会思的器官特别是耳目鼻口诸感官相区别（11.15）。二者相较只可能得出更好的“官”——“心之官”，更好的“体”——“大体”，而不会比较出更好的心。所以我们认为11.8的“良心”只能是道德心，这是由孟子的心性论决定的。心只有良的，良心只有持和丧，没有两个心。

那么有没有可能反过来，以道德之“良”来统领良知良能和良贵？我们认为以道德之“良”解“良知良能”那一章，还有成立的可能，因为说道德意识和道德能力与生俱足，不假后天学习，虽然不合乎事实（像康德就承认道德规范多数是通过认知获得的），但未尝不可以作为一种学说、一种道德论范式。但“良贵”那一章是说不太通的。“人人有贵于己者，弗思耳。人之所贵者，非道德之贵也”两句之间会存在非常大的断裂、跳跃，因为并未点明“贵于己者”就是“良（道德上的）贵”，所以下一句说“人之所贵者，非道德之贵”，其实是相当突兀的。还是把“良贵”之“良”解释为普通的好、优，最为通顺自然。这个断裂在“良知良能”章，反而不太突出。

此外搁置原文论域的限制，道德的贵是什么意思呢？如果是说通过道德修养得来的贵，难道它真的是纯粹的“贵于己”，而不可以通过向老师学习，向《论语》《孟子》学习来获得，从而兼属于他“人之所能贵”（同样是使动用法）？难道其结果不可以是意动

① 对孟子而言，道德不仅是先天的，也是人后天选择的。

用法的“人之所贵”，即他人——包括世家大族的赵孟——认可自己人格、精神的高贵？

再者，有没有可能“良贵”“良知良能”的“良”是“谅”的通假？我们认为几无可能，因为这里需要的是广泛意义上的真实不虚乃至本然固有的意思，而与经常做定语的形容词“良”不同，“谅”主要做不及物动词（品德上的有信用①）和副词（确实，诚然②），后者语法上有鸿沟，前者意义不同，存在隔膜——“谅”专指人品守信，不是普遍意义上的真实。例如《离骚》“惟此党人之不谅兮，恐嫉妒而折之”，“谅”不能解为真实或者先天固有，党人当然是真实不虚、客观实在的“所予”，只是道德上没有信用罢了。而且我们几乎没查到“谅”做定语的用例，唯一用例是《礼记·乐记》：“致乐以治心，则易、直、子、谅之心，油然生矣。”它有“之”字结构的支持，定语的范围自然放宽，而且“谅”很可能属于“良”字的通假。像朱熹《仪礼经传通解》卷九即云：“《韩诗外传》‘子谅’作‘慈良’，近是。”（参《朱子语类》卷二二、八十、八七）而且，即便可以解作“谅”，依然不能解“良心”；倘解作合目的性的好、善，则与“良心”一而二，二而一，可以区别也可以不区别，因为道德上的善只不过是视人类为目的共同体时的合目的性而已，尽管从本体论上看，大化流行并没有一个终点，而且一定不是，也一定不会是以人为终点（目的）的。这在良、善、好乃至反面的恶等字的含义分析上，已经提示得非常明显。

（三）

我们可以把本节讨论的各种可能的解释义项、享有解释力的文本以及适用的判断文本诠释优劣之原则制成下表：

解释义项	《孟子》相关章节				他书相关文本	适用原则暨说明
	良知良能章 13.15	良贵章 11.17	良心章 11.8	所有其他章节		
天赋自然?	+	+	+	-?	-	最接近孤证
道德	+?	-?	+	-	-/+	略接近孤证
合目的之功能性	+	+	-	+	+/-	反孤证原则最强

表中有解释力的标加号，无解释力的标减号，两可者以概率大者居先，两种可能性

① 《论语·卫灵公》：“君子贞而不谅。”《方言》卷一：“众信曰谅，周南、召南、卫之语也。”［清］钱绎撰集：《方言笺疏》，中华书局2013年版，第40页。及物用法属活用，或者说属于文言的宾语类型，如《诗经·墉风·柏舟》：“母也天只，不谅人只。”

② 《诗经·小雅·何人斯》：“及尔如贯，谅不我知。”（与郑笺解不同）《楚辞·惜往日》：“谅聪不明而蔽壅兮，使谗谀而日得。”郑玄《诗谱序》：“诗之兴也，谅不于上皇之世。”

之间以右斜杠/区隔，存在疑问的标问号。相关的文本诠释原则，一为简单性原则，即所需脱离原文的说明越少越好；二为反孤证原则，即有解释力的文本越多越好，① 鉴于本文的论题，我们限定在《孟子》全书之内。

必须承认，天赋自然的解释是符合孟子主导思想的。例如《孟子》讨论矢人、函人的3.7章提出仁是“天之尊爵”，且像射箭一样需要“反求诸己”。“反求诸己”首先是恕道，但恕道之所以可能，是因为人先天即为一类，可以以此心度彼心，② 因此“反求诸己”也可以作为先天的标志。特别是以“天爵”与“人爵”对言的11.16章：“有天爵者，有人爵者。仁义忠信，乐善不倦，此天爵也；公卿大夫，此人爵也。古之人修其天爵而人爵从之，今之人修其天爵以要人爵，既得人爵而弃其天爵。”在提出“四端”说的11.6章提出“求则得之，舍则失之”——“仁义礼智，非由外铄我也，我固有之也，弗思耳矣。故曰‘求则得之，舍则失之’”；13.3章也提出，“求则得之，舍则失之，是求有益于得也，求在我者也；求之有道，得之有命，是求无益于得也，求在外者也”，后者足以著名的性命之辨章（14.24）相证发：“口之于味也，目之于色也，耳之于声也，鼻之于臭也，四肢之于安佚也，性也，有命焉，君子不谓性也；仁之于父子也，义之于君臣也，礼之于宾主也，知之于贤者也，圣人之于天道也，命也。有性焉，君子不谓命也。”③

但我们需要指出的是“良贵”章（11.17）天赋自然之思想明确出自“人人有贵于己者”之语，而非来自“良贵”；“良知良能”章（13.15）天赋自然之思想明确出自“人之所不学而能”“所不虑而知”以及“孩提之童，无不知爱其亲者；及其长也，无不知敬其兄也”，而非来自“良知”“良能”。何况“求则得之，舍则失之”之说证明孟子的伦理学很难称得上是一个纯粹的先验论者，先验的东西是无从“舍则失之”的。

此外也必须承认《孟子》不少章节并未提出道德之贵优于有待于外物赋予的富贵，而只是指出二者足以相抗。例如4.2的三达尊说：“曾子曰：‘普楚之富，不可及也；彼以其富，我以吾仁；彼以其爵，我以吾义；吾何慊乎哉?’夫岂不义而曾子言之?是或一道也。天下有达尊三：爵一，齿一，德一。朝廷莫如爵，乡党莫如齿，辅世长民莫如德。恶得有其一以慢其二哉?”本章只是以仁义之德尊抗衡富贵之爵尊，并没有说德尊优于爵尊（参4.11章“昔者鲁缪公无人乎子思之侧则不能安子思，泄柳、申详无人乎

① 判断文本诠释优劣的二原则，论详李畅然《清代〈孟子〉学史大纲》，北京大学出版社2011年版，第32—34页。

② 参《孟子》8.1章：“舜生于诸冯，迁于负夏，卒于鸣条，东夷之人也；文王生于岐周，卒于毕郢，西夷之人也。地之相去也，千有余里；世之相后也，千有余岁：得志行乎中国，若合符节。先圣后圣，其揆一也。”

③ 其实荀子也有类似的思想：“楚王后车千乘，非知也；君子啜菽饮水，非愚也；是节然也。若夫心意修，德行厚，知虑明，生于今而志乎古，则是其在我者也。故君子敬其在己者，而不慕其在天者；小人错其在己者，而慕其在天者。”（《荀子·天论》）

缪公之侧则不能安其身”）。类似的尚有10.7章，亦未区分优劣：“子思之不悦也，岂不曰：‘以位，则子君也，我臣也，何敢与君友也；以德，则子事我者也，奚可以与我友?”前述“求则得之，舍则失之”的11.6章、13.3章以及性命之辨章（14.24）也并非只说客观上在己就更好，追求在己之德只是一种选择，特别是君子的选择。

但这无法抹杀“良知良能”章（13.15），特别是“良贵”章（11.17）明显具有的比较意味。中国传统文化讲究天人合一，天永远是人模仿的对象、追求的理想，天然的（无目的的合目的性）优于人为的（有目的的合目的性），无论儒家、墨家都如此认为，甚至荀子在其旗帜鲜明提出“明于天人之分”的《天论》中，把理性之心也即人伪（为）得以可能的关键条件称作“天君”：“耳目鼻口形能各有接而不相能也，夫是之谓天官；心居中虚以治五官，夫是之谓天君。”孟子讲人性善，首先是讲人天赋的无目的的合目的性，其次是讲需要主观上意识到并保持这种善，也即由无目的的合目的性上升到有目的的合目的性。

四、引用《孟子》“良知良能”的典故自宋儒始

唐代以前，尽管《孟子》一直比较受重视[①]，然而没有文献资料显示有人援引过《孟子》的“良知良能”。同形的字眼都出现过，却只是偶然同构，与《孟子》的“良知”“良能”没有联系。“良能”就是有（政治）才干：葛洪《抱朴子内外篇》卷十一：“而欲缉隆平之化，牧良能之勋。”《后汉书·卢植传》：“宜依古礼，置诸子之官，征王侯爱子、宗室贤才，外崇训道之义，内息贪利之心，简其良能，随用爵之，强干弱枝之道也。”元稹《赠裴行立左散骑常侍制》：“累更事任，益见良能。”而“良知”则指知交、好友：谢灵运《游南亭》：“我志谁与亮，赏心惟良知。”罗隐《秋日寄狄补阙》：“不为良知在，驱车已出关。”值得注意的是“良执”也指好友，构词方式也是“良+动词”[②]，用例年代亦相近：潘岳《夏侯常侍诔》：“惨尔其伤，念我良执。”王勃《与契苾将军书》：“敬想情则懿亲，义惟良执。”（《王子安集》卷九）

引用《孟子》“良知”“良能”的话语或典故自宋儒始。因论文写作时间有限，兹选择理学学脉的张载、二程、朱熹简略述之。

张载对“良知”“良能”都有使用，俱出《正蒙》。其用“良知”一次：“诚明所知乃天德良知，非闻见小知而已。”[③]“良能”五条六次：①“鬼神者，二气之良能也。

① 汉唐具体的引用可以参看焦循《孟子正义》的辑录。一个突出的表现是自汉至唐，《孟子》的注本不但其出现远早于，而且其创作总是远多于《荀子》。

② 所以“良知”有的用例依然是谓词性的，而不转指良知的对象——友人，如初唐褚亮《奉和禁苑饯别应令》：“怀德良知久，酬恩识命轻。”

③ ［宋］张载：《张载集·正蒙·诚明篇第六》，中华书局1978年版，第20页。

圣者，至诚得天之谓；神者，太虚妙应之目。凡天地法象，皆神化之糟粕尔。”① ②“神化者，天之良能，非人能；故大而位天德，然后能穷神知化。”② ③“圣不可知者，乃天德良能，立心求之，则不可得而知之。”③ ④“声者，形气相轧而成。两气者，谷响雷声之类；两形者，桴鼓叩击之类。形轧气，羽扇敲矢之类；气轧形，人声笙簧之类。是皆物感之良能，人皆习之而不察者尔。”④ ⑤、⑥“天良能本吾良能，顾为有我所丧尔。”⑤ 其中第①条后世援引和讨论极多。这些话语应该都出自《孟子》，因为均以“天”之自然言之，这是以往文献的用例所不具备的。但与《孟子》唯于人言良能不同，《正蒙》把主要精力集中于天地造化的良能；当然于人之良知良能，《正蒙》也谈到了，只是强调其天赋自然或者说客观必然性的一面，这应该开朱熹以“本然之善”解《孟子》的先河。

二程没有正式文字提及“良知”“良能”，但在语录中均同时提及二者，计五条：①“‘必有事焉而勿正，心勿忘，勿助长’，未尝致纤毫之力，此其存之之道。若存得，便合有得。盖良知良能元不丧失，以昔日习心未除，却须存习此心，久则可夺旧习。”⑥ ②“良能良知，皆无所由，乃出于天，不系于人。”⑦ ③“万物皆有良能，如每常禽鸟中，做得窠子，极有巧妙处，是他良能，不待学也。人初生，只有吃乳一事不是学，其他皆是学，人只为智多害之也。”⑧ ④“意必固我既亡之后，必有事焉，此学者所宜尽心也。夜气之所存者良知也，良能也，苟扩而充之，化旦昼之所害为夜气之所存，然后可以至于圣人。”⑨ ⑤“子曰：夜气之所存者，良知也，良能也。苟扩而充之，化旦昼之所梏，为夜气之所存，然后有以至于圣人也。”⑩ 末二条基本相同。可以看到二程讨论良能也不局限于人（③），而且也将良知良能归于天（②），但总体上还是围绕着人（①③④⑤），更接近《孟子》原始的论域。

朱熹正式著作涉及“良知”“良能”者，除了四书类的以外，尚有《小学》卷五外篇引杨亿家训：“童稚之学不止记诵。养其良知良能，当以先入之言为主。”可见宋初

---

① ［宋］张载：《张载集·正蒙·太和篇第一》，中华书局1978年版，第9页。

② ［宋］张载：《张载集·正蒙·神化篇第四》，中华书局1978年版，第17页。

③ ［宋］张载：《张载集·正蒙·神化篇第四》，中华书局1978年版，第17页。

④ ［宋］张载：《张载集·正蒙·动物篇第五》，中华书局1978年版，第20页。

⑤ ［宋］张载：《张载集·正蒙·诚明篇第六》，中华书局1978年版，第22页。

⑥ ［宋］程颢、［宋］程颐：《二程集·二先生语二上·元丰己未吕与叔东见二先生语》，中华书局2004年版，第17页。

⑦ ［宋］程颢、［宋］程颐：《二程集·二先生语二上·元丰己未吕与叔东见二先生语》，中华书局2004年版，第20页。

⑧ ［宋］程颢、［宋］程颐：《二程集·伊川先生语五·杨遵道录》，中华书局2004年版，第256页。

⑨ ［宋］程颢、［宋］程颐：《二程集·伊川先生语十一·畅潜道录》，中华书局2004年版，第321页。

⑩ ［宋］程颢、［宋］程颐：《二程集·粹言卷第二·心性篇》，中华书局2004年版，第1260页。

学者即熟练援引《孟子》之说，足与孙奭校订《孟子章句》，编写《孟子音义》相印证。《杂学辨》《伊洛渊源录》及《论孟精义》涉及二程弟子以下相关的资料，类型上不出张载二程；余下的都是与朋友及学生的问答，载在《晦庵集》书信部分以及《朱子语类》，亦未出《孟子》、张程之藩篱，故不赘述。

五、结语

本文只涉及《孟子》“良知”“良贵”相关诸语的解读，无意挑战孟子伦理学的先验特质。我们认为，先天自然之意味进入“良知”意涵，是《孟子》该章的语境义进入“良知”词义的结果。先天自然并不来自于“良”的词义，而是来自该章与“良知”“良能”共现的“不学而能”“不虑而知”，来自“孩提之童，无不知”“及其长也，无不知”，来自这些其他的，“良”字以外的语句。打个（未经反思的）比方，先天自然的意味对“良”字而言，属于后天的，经验的，非关本质的；而非先天的，纯粹的，因而是关乎本质的。所以我们认为与其说“良知”“良能”“良贵”之“良”本来就有先天本然的词义，毋宁说宋以后发展出先天本然的典故义更为准确，这是出自经典联想——或者说后天综合——的结果。

我们并不否认阳明致良知学说的重要意义，而且我们也不认为失去了“良知”的名号，就不可能有与之相当的理论出现。阳明所谓“良知”，与孟子所谓“执中无权，犹执一”“大人者，言不必信，行不必果——惟义所在”，在精神上是一致的，[①] 不必非要挂在推广爱亲敬长的良能良知上。良知应该属于那种对恒常的社会规范（大概率事件，所谓“经”）有天然的亲近感，但在特殊的伦理情境下（小概率事件）又能够灵活处置（所谓“权”）的能力。哲学上的创新假如能有古典相呼应固然美善，若纯属拔地而起，更属乐事。在我们看来，阳明的致良知依旧与孟子精神遥相呼应；尽管按焦循、阮元以及我们的看法，它失去了一条响亮的名号上的支持，而已。（谨以此文纪念敬爱的汤一介先生！）

---

① 当然我们认为与《孟子》“赤子之心”无关，论详李畅然《清代〈孟子〉学史大纲》，北京大学出版社2011年版，第34、359—361页。

荀子人性论与荀子思想

李峻岭

摘　要　荀子为性朴论者，他的人性论是其理论的基石，与其天人观、义利观、社会观有着密切的关联，最终落实到“礼以养欲”上，并构成了一套完整的理论体系，从而荀学完成了儒家“仁者爱人”的最终目的。

关键词　荀子　性朴论　天人观　义利观　明分使群　礼以养欲

基金项目　本文为国家社科基金青年项目“从荀子到董仲舒——儒学一尊的历史嬗变研究”（项目批准号：13CZX036）、国家社科基金重点项目“中国荀学史”（项目批准号：09AZD051）的阶段性研究成果。

作者简介　李峻岭（1975—　），女，山东商河人，山东社会科学院助理研究员，主要研究方向为荀子、董仲舒及两汉经学等。

关于荀子的人性论，学术界颇有争议，除却传统的“性恶”论，还有“性朴”论和“性不善”论之说，其中又以“性朴”论最为引发关注。“性朴论”最初是日本学者兒玉六郎在1974年提出的，他在《荀子性朴说的提起》一文中提出荀子“性”论的核心是“性朴”论，而非“性恶”论。① 在中国大陆则由周炽成教授于其著作《荀子韩非子的社会历史哲学》中首次提及，并于2007年于《光明日报》撰文《荀子：性朴论者，非性恶论者》，遂引起国内学者关于荀子“性恶”“性朴”的人性论学术争论。

“性朴”论在中国大陆虽然提出的时间尚短，但对于荀子性恶论的怀疑却早有学者提出了。梁启超1926年讲《荀子·正名》篇时，据《荀子》“性—伪”范畴及“性者本始材朴”的定义而认为荀子未必持人性本恶论。傅斯年1940年版《性命古训辨证》据荀子“性者本始材朴”称其“与性恶论微不同”。② 而又有学者提出，荀子“性恶”

① 林桂榛：《论荀子性朴论的思想体系及意义》，《现代哲学》2012年第6期，第107页。

② 林桂榛：《论荀子性朴论的思想体系及意义》，《现代哲学》2012年第6期，第106页。

论与“性朴”论从不同的角度和层面论述人性，并不冲突。如，梁启雄认为荀子所说的“性”是抽象的、超阶级的，所谓“性恶”实指“情恶”①；牟宗三则认为“顺之而无节即‘性恶’义”，又认为荀子“本始材朴”与告子“生之谓性”是同讲材质中性，“而此‘中性’义与‘性恶’义并不冲突”②。

“性朴”一说出自《荀子·礼论》：“性者，本始材朴也；伪者，文理隆盛也。无性则伪之无所加，无伪则性不能自美。”郝懿行曰：“朴，当为‘樸’。樸者，素也，言性本质素。礼乃加之文饰，所谓‘素以为绚’也。”③《说文解字》：“樸，木素也。”④ 素，即未加修饰之谓。可见，荀子的“朴”即天生而就，未加任何修饰改变之意。梁启雄称“生之所以然者”之“性”为“天赋的本质，生理学上的性”，而对于“不事而自然谓之性”则是“天赋的本能，心理学上的性”。⑤

荀子为何为“性朴”论者、“性朴”和“性恶”的关系如何，学界意见不一致，周炽成教授认为《荀子·性恶》篇乃后人伪作，林桂臻认为“性恶”乃“性不善”之讹。⑥ 路德斌和余开亮两位学者则认为“性朴”与“性恶”并不矛盾，它们是荀子从不同的维度来解读人性。⑦ 下面，我们从“性朴”与荀子思想体系的关系来阐述荀子为何为“性朴论”者。

路德斌教授认为“性朴论”是荀学“赖以成立之基石”⑧，此言甚是。身处战国末期的荀子最为迫切的是看到天下统一，结束战国纷争、生灵涂炭的局面，他的政治理论体系都是围绕着一个中心，那就是如何才能“一天下”，为了实现这个理想，荀子提出了“隆礼重法”和“由霸及王”的策略，为了突出君主权力，维护王权大一统，荀子尤为重视“礼”，而“性朴”则是荀子“礼”论成立的基础。

一、天人观与性朴论

为了更好地阐述荀子“性朴”论与“礼”的关系，我们先从他的天命论入手，在

① 梁启雄：《荀子思想述评》，《哲学研究》1963 年第 4 期，第 51—54 页。

② 牟宗三：《心体与性体》，上海古籍出版社 1999 年版，第 77 页。

③ [清] 王先谦：《荀子集解》，中华书局 1988 年版，第 366 页。

④ [东汉] 许慎：《说文解字》，中华书局 1963 年影印本，第 119 页。

⑤ 梁启雄：《荀子简释》，中华书局 1983 年版，第 309 页。

⑥ 周炽成：《荀子乃性朴论者，非性恶论者》，《邯郸学院学报》，2012 年 12 月，第 24 页；林桂臻：《荀子性朴论的理论结构及思想价值》，《邯郸学院学报》，2012 年 12 月，第 32 页。

⑦ 路德斌：《性朴与性恶：荀子言“性”之维度与理路》，《“荀子思想与当代价值”学术研讨会文集》，2013 年 10 月，第 83 页；余开亮：《“性朴”与“性恶”荀子论人性的双重维度》，《中国社会科学报》，2013 年 9 月 16 日，第 A06 版。

⑧ 路德斌：《性朴与性恶：荀子言“性”之维度与理路》，《“荀子思想与当代价值”学术研讨会文集》，2013 年 10 月，第 91 页。

荀子天人观之下探讨荀子的人性论。《荀子·天论》开篇既是：

> 天行有常，不为尧存，不为桀亡。应之以治则吉，应之以乱则凶。……不可以怨天，其道然也。故明于天人之分，则可谓至人矣。

天有自然的运行规律，不会因为尧的贤德或者桀的残暴而改变，人所要做的就是顺应天的运行规律，做好人事，才能有好的结果，相反必然带来灾祸。在这里荀子表达了两个意思，一是天是自然的存在，不会受到人为的任何影响；二是人的一切行为后果都是自己造成的，与天无关，人的行为要顺应天的运行规律，否则便不会有好结果。因此，要“明于天人之分”，天有天职，人有人责，天不能干预人事，人也不能僭越去影响天的运行，故“圣人为不求知天”。

“天命”与“人事”相分的，是荀子对于天人关系最为基本的立场。“天人相分”并不表示天与人没有关系，“天有其时，地有其才，人有其治”（《天论》），“天地生君子，君子理天地……无君子，则天地不理”（《王制》），可见，天人相分只是荀子天人关系命题里面的一个方面，天与人“相分”，是为了弱化“天人合一”中“天”的神性，突出强调了人与天地相并立、作为自然主体之一的地位。而在荀子的天人关系体系里，更为重要的便是另外一个方面，那就是“制天命而用之”。

“制天命而用之”这句话，我们普遍存在理解的误区，一切源于对“制”进行了“制服”“征服”的误解。在荀子的天人哲学观里，明于天人之分，是为了彰显人性，恢复被天的神性弱化到几乎没有的人在宇宙中的地位和尊严，即便是恢复了人的应有的地位，荀子也没有认为人可以为所欲为，因为天人相分的前提是天有天职，人有人职，各司其职，才是正确的处理天人关系的态度和方式。由此我们可以看出，荀子的“制天命而用之”，并不具有“征服”的意义，其实是“理顺”“制裁”之意，也就是顺着自然的规律，加以利用，使其为人类造福。如此，便能做到：“天之所覆，地之所载，莫不尽其美、致其用，上以饰贤良，下以养百姓而安乐之。”（《王制》）这便是荀子所认为的处理天人关系最佳境界，所以他说“夫是之谓大神”。可见，在荀子看来，所有的神奇都是人自己创造出来的，跟天没有关系，关键的是人怎样对待天的方式决定了天对于人的回报。因此，荀子的天人观除却“天人相分”之义，更为深层次的是为了成就“天生人成”。

明白了这点我们再来看荀子对于人性的论述。“生之所以然者谓之性”（《正名》），“性者，本始材朴”（《礼论》），“凡性者，天之就也，不可学，不可事。……不可学，不可事而在人者，谓之性”（《性恶》）。可见，荀子所谓的“性”乃是人生而有的特质，是自然而然不能为人事所左右的。从天人观来探究荀子的人性论，我们就会发现，荀子尊重天生而就的特质，不管是天还是人，只要是生而然的就是无所谓好坏和善恶的自然存在，是不能受到人为干涉的。

既然要顺应人天然的本性，那人的本性是如何的呢？

> 凡人有所一同：饥而欲食，寒而欲暖，劳而欲息，好利而恶害，是人之所生而有也，是无待而然者也，是禹桀之所同也。（《荣辱》）
>
> 材性智能，君子、小人一也，好荣恶辱，好利恶害，是君子、小人之所同也。（《荣辱》）
>
> 人生而有欲，欲而不得，则不能无求。（《礼论》）
>
> 以所欲为可得而求之，情之所不免也。……故虽为守门，欲不可去，性之具也。（《正名》）

荀子肯定人有趋利恶害的这种天性，他认为耳目口腹之欲本身不是恶，但它却有一个必然的性向——“欲多而不欲寡”（《正论》），而“欲多”的性向是没有限度的，所以在物寡不济的情况下，如果任由人的情性，则“必出于争夺，合于犯分乱理，而归于暴”（《性恶》）。所以，“性”本身不是恶，但“从人之性，顺人之情”，则必至于恶。荀子所谓“人性之恶”，即是就“顺是”而言。[①] 显然，“性恶”并非是“本始材朴”的“性”，而是后天形成的“好利而欲得”之“情性”（《性恶》），因为，“人之情，食欲有刍豢，衣欲有文绣，行欲有舆马，又欲夫余财蓄积之富也；然而穷年累世不知不足，是人之情也”（《荣辱》）。那么，如何才能处理好本性与“情性”的关系呢？荀子说“人之性恶，其善者伪也”（《性恶》），他是这样来定义“性”与“伪”的：

> 凡性者，天之就也，不可学，不可事；礼义者，圣人之所生也，人之所学而能、所事而成者也。不可学、不可事而在人者，谓之性；可学而能、可事而成之在人者，谓之伪。是性、伪之分也。（《性恶》）
>
> 今人之性，饥而欲饱，寒而欲暖，劳而欲休，此人之情性也。（《性恶》）
>
> 性者，天之就也；情者，性之质也；欲者，情之应也。（《正名》）
>
> 生之所以然者谓之性。性之和所生，精合感应，不事而自然，谓之性。（《正名》）

可见，荀子的“性”是由天命下贯而成，所谓“性者，天之就”，不可学、不可事，是耳目口腹之性，是人与生俱来，生而固有的。而“可学而能，可事而成”的那

① 路德斌：《荀子与儒家哲学》，齐鲁书社2010年版，第62页。

部分便是“伪”。按照荀子“天人之分”的理论来框定，则“性”属于天，不可以人力改变，“伪”属于人，是后天行为所表现出来的，对于人的性情起到决定作用的部分，是可以由人为改变的。

那么，“性”与“伪”的关系是怎样的呢，什么才是“化性起伪”呢？

> 无性，则伪之无所加；无伪，则性不能自美。性伪合，然后成圣人之名，一天下之功于是就也。故曰：天地合而万物生，阴阳接而变化起，性伪合而天下治。（《礼论》）

在荀子看来，“性”与“伪”相合而生，缺一不可，恰如他的天命观中天与人的关系，“性”是不可事、不可变的，只是顺应其自然本性即可，不必去探究他的以然和所以然；“伪”则是如何的“制天命而用之”，顺应人本性的需求，用合理的方式让人的欲求得到最大化的满足。这是荀子理想的境界，因为人生而有欲是合理的，是应该得到满足的，而满足不能是无限度的，因为人“欲多而不欲寡”（《正论》），社会资源是有限的，如果顺应的情性发展必然会引起争乱。因此，需要后天的“伪”来节制生而有的欲望，只有有节制的顺应本性才能达到天下大治。“性伪合”是荀子在人性方面所要达到的最高理想，就一个社会而言，做到“性伪合”便能做到天下大治的。

二、“明分使群”——“礼以养欲”的实现途径

作为经验论者的荀子，其理论最终的目的还是要落实到现实中，而能够给养百姓则是荀子的最高追求，只有社会安定了，百姓才能安居乐业。为了维护社会秩序，荀子提出了“群”和“分”的概念，他认为，人之所以成为万物之灵，使得万物能为己所用，是因为人能有“义”、能“辩”，人能有分辨，而禽兽则只是单纯的群居：

> 水火有气而无生，草木有生而无知，禽兽有知而无义，人有气、有生、有知，亦且有义，故最为天下贵也。力不若牛，走不若马，而牛马为用，何也？曰：人能群，彼不能群也。人何以能群？曰：分。……故人生不能无群，群而无分则争，争则乱，乱则离，离则弱，弱则不能胜物；故宫室不可得而居也，不可少顷舍礼义之谓也。……君者，善群也。（《王制》）
>
> 人之所以为人，非特以二足而无毛也，以其有辩也。（《非相》）

人作为万物之灵，能够使得其他生物为己所用，就是因为人能“群”。“群”便是人的社会性，是人类社会赖以生存的基础，也是人与禽兽最为根本的区别。那么人如何才能

“群”呢？“曰：分”，人们在社会中，要达政治清明、生活安定，全赖以“分”，每个人从事不同的事情，安分守己，才能实现和一致平。“曷为别？贵贱有等，长幼有差，贫富轻重皆有称也”（《礼论》），人若要有分别，使行为符合“礼义”，做到贵贱有别，长幼有序，贫富各有与其相称的身份。

> 夫贵为天子，富有天下，是人情之所同欲也；然则从人之欲，则执不能容，物不能赡也。故先王案为之制礼义以分之，使有贵贱之等，长幼之差，知愚能不能之分，皆使人载其事，而各得其宜。然后使谷禄多少厚薄之称，是夫群居和一之道也。（《荣辱》）
>
> 人生而有欲，欲而不得，则不能无求。求而无度量分界，则不能不争；争则乱，乱则穷。先王恶其乱也，故制礼义以分之，以养人之欲，给人之求。使欲必不穷于物，物必不屈于欲。两者相持而长，是礼之所起也。（《礼论》）
>
> 人之生不能无群，群而无分则争，争则乱，乱则穷矣。故无分者，人之大害也；有分者，天下之本利也；而人君者，所以管分之枢要也。故美之者，是美天下之本也；安之者，是安天下之本也；贵之者，是贵天下之本也。（《富国》）

人生而有的欲望，在荀子这里是得到肯定的，但欲多而不欲寡，也是人之常情，如果纵人之欲，无限度地去满足，而物不能赡，必然会引起争执，而争则乱，乱则国家必穷困。所以，更好地满足人们的欲求，必须制定礼义来规范人们的行为，使得贵贱有等，长幼有序，知愚能不能有分别，然后使谷禄多少厚薄称其分，这样才能养人之欲，给人之求，使欲必不穷乎物，物必不屈于欲，两者相持而长。所以，群而无分，则物不能赡，必有所争，这是必须有“分”的一个原因。

人们群居生活在一起，如果追求绝对的均等、毫无差别，则君臣不立、上下不分，便无法相互制约，其结果也是导致社会混乱国家穷困，不能养人之欲，给人之求。这是人能“群”且必“分”的第二个原因。因此，荀子说：

> 分均则不偏，执齐则不壹，众齐则不使。有天有地，而上下有差；明王始立，而处国有制。夫两贵之不能相事，两贱之不能相使，是天数也。执位齐，而欲恶同，物不能澹则必争；争则必乱，乱则穷矣。先王恶其乱也，故制礼义以分之，使有贫富贵贱之等，足以相兼临者，是养天下之本也。（《王制》）
>
> 故或禄天下，而不自以为多，或监门、御旅、抱关、击柝而不自以为寡。（《荣辱》）

争必乱，乱则穷，因此，先王制礼仪以分众人，使得贵贱有等、长幼有序，各司其职，各安其位，这才是养天下的根本。

第三，人们必须有分工社会才能正常运作，因为民不能兼技、人不能兼官，而一个人的需求，则要百工的共同努力才能满足，所以人必须分工分职，尽人伦、尽制度，然后才能达致至平的境地。

> 故仁人在上，则农以力尽田，贾以察尽财，百工以巧尽械器，士大夫以上至于公侯，莫不以仁厚知能尽官职。夫是之谓至平。(《荣辱》)
>
> 农分田而耕，贾分货而贩，百工分事而劝，士大夫分职而听，建国诸侯之君分土而守，三公摠方而议，则天子共己而已矣。出若入若，天下莫不平均，莫不治辨，是百王之所同也，而礼法之大分也。(《王霸》)
>
> 兼足天下之道在明分：掩地表亩，刺屮殖谷，多粪肥田，是农夫众庶之事也。守时力民，进事长功，和齐百姓，使人不偷，是将率之事也，高者不旱，下者不水，寒暑和节，而五谷以时孰，是天之事也。若夫兼而覆之，兼而爱之，兼而制之，岁虽凶败水旱，使百姓无冻喂之患，则是圣君贤相之事也。(《富国》)

人们群居共处，无度量分界则争，无上下分别则乱，因此，在《王制》篇荀子详尽地历述了王者的序官之法，百官分职之事，他说："救患除祸，则莫若明分使群矣。"(《富国》) 论德而定次，量能而授官，皆使人载其事，而各得其所宜，

既然"分"如此重要，那么怎样才能体现出"分"之后的差异来呢？荀子说："圣王财衍以明辨异。"(《君道》) 杨倞曰："衍，饶也。"王先谦曰："有余之意也。"① 所以一切多余出来的财富，都是财衍。对此，荀子是这样解释的：

> 古者先王分割而等异之也，故使或美，或恶，或厚，或薄，或佚乐，或劬劳，非特以为淫泰夸丽之声，将以明仁之文，通仁之顺也。故为之雕琢、刻镂、黼黻文章，使足以辨贵贱而已，不求其观；为之锺鼓、管磬、琴瑟、竽笙，使足以辨吉凶、合欢、定和而已，不求其余；为之宫室、台榭，使足以避燥湿，养德、辨轻重而已，不求其外。(《富国》)

分异虽然需要有美恶厚薄劳佚等客观的外在表现，但究其目的，还是为了群居和一，明分达治而保万世，并不是为了华美与享乐，因此，不求其观，不求其余，不求其外。然

① [清] 王先谦：《荀子集解》，中华书局1988年版，第238页。

而，分异究竟是按照什么原则和标准来做到的呢?《王制》篇曰：

故人生不能无群，群而无分则争，争则乱，乱则离，离则弱，弱则不能胜物；故宫室不可得而居也，不可少顷舍礼义之谓也。

荀子所建构的礼治社会，基于对人们物质欲望的满足之上，通过“礼”来节制人们无止境的欲求；反过来，“礼”又是用物质上的差别来彰显的，也即是所谓的“分”。例如他规定“故天子袾裷衣冕，诸侯玄裷衣冕，大夫裨冕，士皮弁服”（《富国》），“天子棺椁七重，诸侯五重，大夫三重，士再重。然后皆有衣衾多少厚薄之数，皆有翣菨文章之等”（《礼论》）。可见，荀子不厌其烦地对物质给予描述是为了便于分辨，分辨是为了使人们“德必称位，位必称禄，禄必称用”以达到“朝无幸位，民无幸生”，“虽王公士大夫之子孙也，不能属于礼义，则归之庶人，虽人之子孙也，积文学、正身行，能属于礼义，则归之卿相大夫”（《王制》）。由此看来，荀子提倡的“群”“分”“礼”都是为了社会安定，人民能够安居乐业，其最终目的还是将养百姓。

三、“义利合一”——基于性朴的义利观

儒家的核心是“仁”“爱人”，而荀子理论的最终落脚点还是在将养百姓上，他在著作中多次提到“养天下”“养万民”：

先王恶其乱也，故制礼义以分之，使有贫、富、贵、贱之等，足以相兼临者，是养天下之本也。(《王制》)

等赋，政事，财万物，所以养万民也。(《王制》)

固以为王天下，治万变，财万物，养万民，兼制天下者为莫若人之善也夫。(《富国》)

故厚德音以先之，明礼义以道之，致忠信以爱之，赏贤使能以次之，爵服赏庆以申重之，时其事，轻其任，以调齐之，潢然兼覆之，养长之，如保赤子。(《王霸》)

省工贾，众农夫，禁盗贼，除奸邪，是所以生养之也。(《君道》)

那么，如何才能使得万民都得到生养呢？首先要满足人们生而有之的欲求。荀子认为人性朴，这与他的义利观相辅相成，缺一不可。肯定了人性本朴，那么人生而有之的“欲”，便是合情合理的。

义与利者，人之所两有也，虽尧舜不能去民之欲利。(《大略》)

凡语治而待去欲者，无以道欲而困于有欲者也。凡语治而待寡欲者，无以节欲而困于多欲者也。有欲无欲，异类也，生死也，非治乱也。欲之多寡，异类也，情之数也，非治乱也。欲不待可得，而求者从所可。欲不待可得，所受乎天也；求者从所可，所受乎心也。所受乎天之一欲，制于所受乎心之多，固难类所受乎天也。人之所欲生甚矣，人之所恶死甚矣；然而人有从生成死者，非不欲生而欲死也，不可以生而可以死也。故欲过之而动不及，心止之也。心之所可中理，则欲虽多，奚伤于治？欲不及而动过之，心使之也。心之所可失理，则欲虽寡，奚止于乱？故治疆于心之所可，亡于情之所欲。不求之其所在，而求之其所亡，虽曰我得之，失之矣。(《正名》)

在这里荀子表达了两个意思：一是趋利避害是人的天性，无所谓好与坏，是“受乎于天”，是不以人的意志为转移的客观存在；其二，欲之有无与多寡，无关乎治乱，治乱善恶在“心之所可”，而不在“情之所欲”，因此，欲是合理、正当的生理需求，“欲不必寡”，也不能寡，凡是试图通过“寡欲”“去欲”而实现治平的目的，必然南辕北辙，适得其反，去欲必困于有欲，寡欲必困于多欲。在荀子这里，“利”是目的，“义”是规则，而“礼”则是实现“利”的方法，是“利”得以实现的途径，即所谓礼以养欲、义以成利，最终实现的是义利两成。

“义”和“利”都是在满足“欲”的前提下存在，没有满足“欲”的追求，何谈“义”？何言“利”？“欲”是与生俱来的需求，“夫人之情，目欲綦色，耳欲綦声，口欲綦味，鼻欲綦臭，心欲綦佚。——此五綦者，人情之所必不免也”（《王霸》）。人若要生活安定，首先要满足生而有的欲求，国家要繁荣发展首先要满足百姓合理的物质欲望。荀子的礼论本着满足人们合理欲求的出发点，是为了满足人们好荣恶辱、好利恶害的本性，他认为这是治国安邦的一个重要因素：

故礼者养也。刍豢稻粱，五味调香，所以养口也；椒兰芬苾，所以养鼻也；雕琢刻镂，黼黻文章，所以养目也；钟鼓管磬，琴瑟竽笙，所以养耳也；疏房檖貌，越席床第几筵，所以养体也。故礼者养也。君子即得其养，又好其别。(《礼论》)

虽然人的追求“利”的本性是值得肯定的，但是在追求的过程中其“欲利之心”是无止境的，既“不可去”，亦不能无节制地满足人的欲望，否则就会造成社会混乱、国家穷困。“今人之性，生而有好利焉，顺是，故争夺生而辞让亡焉；生而有疾恶焉，顺是，故残贼生而忠信亡焉。生而有耳目之欲，又好声色焉，顺是，故淫乱生而礼义文理亡焉。然则从人之性，顺人之情，必出于争夺，合于犯分乱理而归于暴。”（《性恶》）

虽然欲不能完全穷尽，但可“近尽”“可节”。故：

> 虽为天子，欲不可尽。欲虽不可尽，可以近尽也；欲虽不可去，求可节也。（《正名》）

那么又如何才能“近尽”“可节”呢？《荀子・礼论》曰：“性者，本始材朴也；伪者，文理隆盛也。……性伪合，然后成圣人之名，一天下之功于是就也。故曰：天地合而万物生，阴阳接而变化起，性伪合而天下治。”人性本朴是荀子人性论的基点，“性伪合”在同样是义利之辩的重要命题。“性”指的是出于本性的合理的“欲”或“利”，而“伪”，即“心之所止”，在其直接的意义上便是“礼义”，即合理的欲求需要受到礼义的约束，才能实现利益最大化。由此而言，“性伪合”即“义利合”，也就是“义利合一。”可见，在荀子的哲学体系里，义和利是一个统一体，不可分割，利是义的内容和最终目的，义则是利赖以实现的规则和策略。因此，两者相辅相成，不可或缺，“一之于礼义，则两得之矣；一之于情性，则两丧之矣”（《礼论》），功利即在礼义之中，从礼义出发，便是从人的合理的功利从发，所以是义利两得之；相反，对于利的追求是建立在一己之私欲之上，置礼义于全然不顾，就是脱离了功利的本质性，自然追求不到功利，也丧失了义，所以是“两丧之矣”①。“义利合一”是荀子义利之辨的最后落脚点，也是荀子现实追求的理想状态。对个人而言，“义利合一”可以“成圣人之名”，而对君主来说，“义利合一”则可以成天下之治。

因此，荀子的“义”和“利”不是相矛盾的，而是一个统一体，“利”是“义”的最终目的，“义”是“利”的实现方式，而“礼”便是“义”的外在形式，“礼以养欲”即是“利以养欲”，追求“利”还是为了满足“欲”。坚持“义”，符合“礼”，最终的落脚点还是在于“养”，养百姓，才能成就儒家的“仁者爱人”。

---

① 李海英、路德斌：《从孟子“寡欲”说到荀子“养欲”说》，《东岳论丛》2008 年第 6 期，第 172 页。

生命儒学视野下的荀学人性论解析

刘云超

摘　要　生命儒学可首先被理解为作为一种生命哲学形态的儒学，研究对象是儒家的生命哲学思想。生命哲学这一概念来自西方哲学，在这一视阈中，儒家的生生概念与柏格森所谓“生命冲动”和“绵延”具有“共通感”，并进而具有可以同西方生命哲学中相关范畴作沟通融汇的可能性。生命儒学所阐发的生生之道凸显了三层意蕴：一是生命本体经验化，二是生命的进程的本体化，三是生生之道的德性化。生命儒学的生生之道表现为世间万物先天具有一团生机，蓬勃向上，因此大化流行生生不息。这一团生机本来无所谓善恶，但是儒家通过自己的生命体验赋予其至善的意义。认识到生命儒学的生生之道在荀学中的地位，对于理解荀学的思维方式和论证理路具有重要意义，也会避免继续迷失在性善、性恶的怪圈中误读荀子。在荀子所谓“天之所就”的层面来说，人性无善恶，人性是不断生成着的、向着未来不断敞开自身的动态流变的过程。在存在论和生命哲学意义上，荀子说“人之性恶”以及说“性者本始材朴”完全可以并行不悖和贯通无碍。

关键词　儒学　生命哲学　生生　荀子　人性论

基金项目　本文是2017年度国家社会科学基金项目“儒家生命哲学思想研究”阶段性成果。

作者简介　刘云超（1976—　），男，山东平原人。山东社会科学院文化研究所副研究员。主要研究方向为儒学、易学、生态哲学等。

一、何谓生命儒学

这里所说的生命儒学可首先被理解为作为一种生命哲学形态的儒学，研究对象是儒家的生命哲学思想，在此是指对整个世界一切有机生命的实质、本体、基础、特性、进化（发展）、地位、价值和意义等问题进行普遍理性反思的特殊哲学形态。从生命哲学历史发展中看，可与生命儒学相互借鉴的西方生命哲学形态，包括叔本华、尼采的意志主义生命哲学，狄尔泰解释学的生命哲学，柏格森进化论的生命哲学，海德格尔的存在主义生命哲学，以及以舍勒、胡塞尔为代表的现象学生命哲学，福柯的生存美学，怀特海与约纳斯的有机体生命哲学。

生生之意或生命意识无种族国界之分，它源自人类生存和繁衍之原始本能，源自历史长河之积淀赋予人类族群之生命密码。如果从西方哲学的视野出发，儒家生命意识近于柏格森所谓“生命冲动”。柏格森认为，生命运转本于一种盲目、非理性、永不停息又不知疲倦的先验动力：“所有的生命，动物和植物的生命在其本质中像是一种积蓄能量和以可以变通的方式释放能量的努力。”生命冲动如一团炮火向上发射，如一股喷泉向上喷出，是从统一的源头出发，分化为众多的路径向上散开。[①] 生命之永恒冲动也类似黑格尔所说的“恶动力”，黑格尔认为自由的精神是历史的实体性动力，而由人的自私心理产生的欲望和热情则是历史的现象的动力。他在《历史哲学》中说：“假如没有热情，世界上一切伟大的事业都不会成功。”并且说：“我现在所表示的热情这个名词，意思是指从私人利益、特殊的目的，或者简直可以说是利己的企图产生的人类活动。”[②] 黑格尔所说推动历史前进的“热情”，正可与柏格森所谓生命之冲动或者中国哲学中的生命意识有类比之可能。恩格斯把黑格尔的“恶”理解为一种具体的、历史性的、否定性的力量，与柏格森所说生命之冲动亦大有相通之处。

在以上理解前提或知识背景下，在中西哲学具有可通约性的信念和预设之下，笔者认为生命哲学具有三大本质特征——“创生”“多元”和“审美”，此三个特征为中西生命哲学所共有。三者并无绝对界限，而是相融相生之关系，其中“创生”性更为核心和根本。所谓创生，可以理解为在生命哲学视野中，世界的动变性、开放性和非本质性，也就是叔本华所谓“作为意志和表象的世界”，或者柏格森、詹姆士所言的“时间意识之流”，或者海德格尔所言“存在先于本质”，而在儒学则被表述为“天地之大德曰生”“生生之谓易”“唯变所适”或“随时变易以从道”。所谓多元，就是生命哲学力图摆脱逻格斯中心主义所构造之呆板、单调和整齐划一的世界描述，致力于凸显经验世界表象之差异，角色之分工，不同生命形态个体自由与整体和谐之追求。我们可以从尼采“风格使生命得到辩护”、詹姆士“多元的宇宙”、齐美尔“更多生命和比生命更多”等表述中发现生命哲学的这一重要特征。而儒家哲学也有“和而不同”“明分使群”“爱有差等”等相似表达。所谓审美特质，就是生命哲学致力于在诗和艺术中追寻被遗忘的存在，并进而视整个生活、整个世界为审美和艺术的世界。基于此种追求，生

① 柏格森著，姜志辉译：《创造进化论》，商务印书馆 2012 年版，第 204—213 页。

② 黑格尔：《历史哲学》，三联出版社 1956 年版，第 62 页。

命哲学重情感而轻理性，重体验而轻逻辑，重自然而轻人为，试图借助这样的致思方式来突破言语和理性迷障，走向某种异于形上学的超越性进路。西方生命哲学家的相关表述有叔本华“生活即表演”，尼采“美学的东西是生活最大刺激力”，柏格森“美感作为心理暗示的情感”，还有海德格尔“诗意的栖居”，以及福柯所说“生活即艺术”等。而儒家学者的相关表述则更多，如《论语》所载“志道据德依仁游艺”，令孔子甚为赞赏的“曾皙之志”，《礼记》所载“君子比德于玉”，“乐教”。还有宋明理学家提出“寻孔颜乐处”，以及周敦颐窗前草不除，大程观鸡雏，张子厚听驴鸣等轶事。从中可看到儒家学者由审美而追寻本体的工夫路径和最终走向万物一体之境界的审美追求。

但是深深扎根于中国传统文化土壤中的生命儒学与西方哲学话语系统中的生命哲学毕竟还有很大不同。进一步探究，生命儒学可以理解为一种中国儒家哲学所特有的生命哲学形态。这一生命哲学形态并不能完全被纳入西方生命哲学话语系统中，还呈现出对于西方生命哲学的某种补充与借鉴，因此并不能被简单概括为儒家生命哲学。

第一，就思想形成而言，其不同之处在于儒家思想作为一个整体，就其本质而言就是关于个体生命与整体生命的思想，是生命的学问。而西方生命哲学只是西方哲学一个环节，生命哲学作为一个独特思潮从出现至今不过百十年，是在对逻格斯中心主义或理性主义做反思的过程中形成。作为一个整体的西方哲学是否就其本质而言可以被称为生命的学问，这一点值得商榷。正如牟宗三先生所指出：“西方人有宗教的信仰，而不能就其宗教的信仰开出生命的学问。他们有‘知识中心’的哲学，而并无‘生命中心’的生命学问，他们有神学，而他们的神学的构成，一部分是亚里士多德的哲学，一部分是《新约》《旧约》的宗教意识所凝结成的宗教神话。此可说是尽了生命学问的外在面与形式面，与真正的生命学问尚有间。……实则真正的生命学问是在中国。”①

第二，就思维方式而言，其不同之处在于儒家思想的思维是主客不分、物我合一的，并且先天具有原始自然宗教的类比取象、天人交感等神秘特质。西方生命哲学虽然由非理性思潮顺势而生，但是其根本的思维方式仍然是理性分析。基于理性而反思理性，在此基础上以揭示和宣扬非理性之价值作为反思理性的重要途径，这是西方生命哲学一个重要特点。基于上述主客不分的神秘思维方式，儒家思想先天具有审美特质和艺术追求。方东美先生认为中西文化的显著区别在于，西方人宇宙观以科学之理趣为基础，中国人之宇宙观则“不寄于科学理趣，而寓诸艺术意境”，方东美先生因此说：“中国人之宇宙观念盖胎息于宇宙之妙悟而略露其朕兆者也。庄子曰：‘圣人者原于天地之美而达万物之理。’可谓笃论矣。……科学立论，造端乎形迹，归依乎玄象，希腊人与欧洲人之窥探宇宙，盖准形迹以求其玄象者也，前者创始而后者圆成之，固犹属于

① 牟宗三：《生命的学问》，广西师范大学出版社2005年版，第31—32页。

相似之理境。艺术造诣，践迹乎形象，贯通乎神功，中国人之观察宇宙，盖材官万物，以穷其妙用也。”①

第三，就思维内容而言，其不同之处更多，最大的一个不同处在于儒家哲学非常重视以德为美，善与美虽各有其意义，却常常不分开使用，很多时候两者指一个意思。例如孔子说韶乐尽善尽美而武乐尽美而未尽善，意有遗憾。意思就是武乐虽然有形式美，但是表征杀伐，所以不如表征和平的韶乐。这里的审美判断具有明显的人伦道德价值评判。所以儒家思想视野中几乎没有纯粹而绝对的审美，而往往与人伦和德性密切相关。西方生命哲学的审美大致仍然是康德意义上的审美，具有两面性：一方面美是美，善是善，美学范畴与科学、道德、功利等范畴不同。美是无目的之合目的性，审美具有纯粹性，可以有自己独特之立法。另一方面，审美通过想象力，成为道德的象征。只有通过这种象征关系，自由美和依存美，美的理想和美的智性趣味才能得到合理解释。审美的重要性只有在同道德的关系上才能表现出来。②

主要基于以上三点不同，笔者以为生命儒学不能被简单称为儒家生命哲学，而应该首先立足中国哲学传统话语，适当借鉴西方生命哲学思想，对生命儒学做出合适的解读。也就是说既要认识到中西生命哲学共通的创生、多元和审美特征，也要认识到生命儒学与西方生命哲学的时代差异与先天差异。

二、生命儒学“生生—权变—时中”的内在理路

由生命儒学所阐发的“生生”之道凸显了三层意蕴：一是生命本体和本质的经验化。生命儒学关于本体和本质之理解最大特点是：非本质，或者说本质在生生不息的流变之中。二是生命进程的本体化（或超验化）。生命的本体也即生命进程本身，二者是一体两面。三是生生之道的德性化。提倡作为社会生命的人应效法生命本身的生生精神，发扬自强不息、乾阳刚健之精神。按照牟宗三先生的说法，“生生”既存有又活动，既超验又经验，既形而上又形而下。换句话说，它既是万物之所以存在的最终根据，又是万物运行变化的规律和基本原理，还是万物运转的基本样态。

中国哲学中最为核心的范畴，例如道法自然、易有太极、无极而太极、天理等，皆应从生生这一层面去理解。中国哲学中的“生命意识”在《周易》古经中略有萌芽，具体展现在64卦、384爻构成对流变不息之宇宙万物、社会人生的符示与表征。然而生命意识成为一种理论自觉，并进而被赋予某种本体论意义，则始于儒家经典《易

① 方东美：《生生之德哲学论文集》，中华书局2013年版，第100—101页。

② 杨道圣：《论“美是道德的象征”——康德哲学中审美与道德关系的初步研究》，《华东师范大学学报（哲社版）》2000年第1期。

传》。《易传》说："天地之大德曰生，生生之谓易。"这句话可以视为儒家乃至整个中国哲学的枢要。而到了宋代的理学出现，则对于《易传》所开示的生命哲学做了更圆融系统之理解，其重要表现就是以"生"释"仁"。理学家认为天理最根本特质就是"仁"，"仁"的最根本内涵就是"生生不息"。例如程颢说："万物之生意最可观，此元者善之长也，斯所谓仁也。"① 朱熹也说"生底意思是仁""仁是天地之生气"②。理学家主张人们的行为要顺应上天的好生之德，对世间万物的生命怀有尊重乃至欣赏的态度，并由这种尊重和欣赏来契会和体悟那唯一至善的生生不息的天理，最后达到自身生命与天理一体无隔。

生命儒学有两个核心词汇，一是生生，一是时中。

何谓"生生"?《周易》讲："生生之谓易。"生生，就是"生"的希望、"生命"的力量、"生生不息"的大化流行。春去秋来、花开花落，时间不停向前，生命永不休止。儒家以血缘关系为基础，衍生出一整套合理的礼教系统，其最为根本的源头就在一个"生"字。孟子讲"亲亲而仁民，仁民而爱物"，非常贴切地描述了儒家伦理起源于生命个体与生俱来的血缘亲爱之情感，最终走向的是万物一体的美学境界。这种源于自然终于审美的伦理美学，到了宋代理学那里被揭示得尤为深刻，其重要表现就是以"生"释"仁"。

何谓时中?《周易》里面讲："易者，变易也，随时变易以从道。""生生"之道奥妙无穷，但理论上有一个揭开其奥妙的金钥匙，那就是"时"（时间、机遇、形势）。"时"必然"变"，所以"时"即是"变"。《周易·彖传》说："观乎天文，以察时变。"宇宙的运行无时无刻不在遵循着"时"和"变"的原则。《易传》提出了与时偕行观念，就是面对不断变化的境遇变化自己的思想和行为，从而做出最为适宜的回应，这样就会永保和谐安乐。一般而言，须"见几而作""亨行时中"，方能逢凶化吉、得"利"得"亨"。《礼记》提出"君子而时中"也是一样的意思。而孔子被称为圣之时者，赞美他可以做到随时而处中。

儒家权变观念是基于生生和时中的入世之道和处事之法。《易传》贯穿始终的是人在纷繁复杂的具体社会事物面前的取舍之道。一般而言，须"见几而作""亨行时中"，方能逢凶化吉、得"利"得"亨"。《礼记》提出"君子而时中"也是一样的意思。其他的儒家经典《尚书》《诗经》等都表达过一些处世之道，比如饰君、柔克，几变、明哲保身等，都不离《易传》权变和时中的范畴之外。

孔子被称为圣之时者，权变是孔子重要的处世方法。孔子说过："可与共学未可与

---

① 《二程遗书》卷一一，上海古籍出版社2000年版，第167页。

② 《朱子近思录》附录"朱子论性理"，上海古籍出版社2000年版，第247—248页。

适道，可与适道未可与立，可与立未可与权。”所以，章太炎说道：“孔子之教，惟在趋时，其行义从时而变，故曰：‘言不必信，行不必果。”①孔子曾赞扬卫国大夫宁俞说：“宁武子，邦有道则知，邦无道则愚。其知可及也，其愚不可及也。”孔子对学生南容能做到“邦有道，不废；邦无道，免于刑戮”也颇为欣赏。荀子对于“权变”观念运用自如、炉火纯青。荀学的“通达权变”特点早已有人言说。李贽指出荀子通达不迂的特点，他说荀子不像孟子那样“执定说以骋己见”②“荀与孟同时，其才俱美，其文更雄杰，其用之更通达而不迂”。荀子权变之术有其直接之目的与最终之目的。其直接目的就是在纷繁复杂的各种现实境遇中，保全自身，其最终目的是道济天下。只有保全自身，才有道济天下的前提和基础。

生命儒学的生生之道表现为世间万物先天具有一团生机，蓬勃向上，因此大化流行生生不息。这一团生机本来无所谓善恶，但是儒家通过自己的生命体验赋予其至善的意义，宋代理学家以“生”释“仁”非常典型地说明了这一点。③梁漱溟先生《东西文化及其哲学》中把孔子之乐归于一个“刚”字：“知命而仍旧奋发，其奋发为自然的不容已，完全不管得失成败，永远活泼，不厌不倦，盖悉得力于刚。”此刚健向上之态度正是《乾》卦“天行健，君子以自强不息”所表征的气象。而《乾》卦自强不息之品格来源无他，正是这寂然不动、感而遂通的一团生机。所以儒家反对消极无为，号召以入世之精神行家国天下之志向，正是对生生本体所做效法与顺应。然而刚健不是鲁莽，儒学又反对匹夫之勇，主张随时变易以从道，或者与时偕行，其理论根据仍在“生生”二字。因为世间万物动变不拘，所以纵然要固守刚健笃实之品格，也须因时制宜，偶尔从权，才能保存有生力量，实现辉光日新之理想。

生命儒学的生生之道，首先指向生存目的，最后指向审美境界。指向生存的生命视野是狭窄的、个体性的，却是必需的。例如之所以要亲亲，正是因为在自然的进化中，只有亲亲可以保证个体生存和种族延续。指向审美的生命视野是宽广的、整体性的，也是作为社会动物的人所特有的。例如，只有社会各成员都各安其位，使老有所终，壮有所用，幼有所长，鳏、寡、孤、独、废疾者，皆有所养，社会才会和谐。只有人类关爱万物，世界才会和谐。社会和谐了，世界和谐了，个人内心才会舒适安乐。这是一种全人类视野中的审美境界。

---

① 章太炎：《章太炎选集》，上海人民出版社1981年版，第365页。

② 但孟子也讲权变：“执中无权，犹执一也。所恶执一者，为其贼道也，举一而废百也。”（《尽心上》）“男女授受不亲，礼也。嫂溺援之以手者，权也。”（《离娄上》）

③ 例如程门弟子谢良佐以活者为仁，死者为不仁。人身体麻痹不知痛痒谓之不仁，桃杏之核可种而生者，谓之桃仁杏仁，言有生之意，推此仁可见之。参见《上蔡语录》卷上。

三、生生之道与荀学人性论解析

就荀学人性论而言，正确的理解生命儒学的生生之道在荀学中的地位，也就真正理解了荀学的思维方式和论证理路，也会避免继续迷失在性善、性恶的怪圈中误读荀子。

荀子主性恶，又主礼教。所以关于荀学中礼义之善从何而来的问题成为一个关键，如何阐发这一关键问题，决定着对于荀学人性论之理解的根本方向。对这一问题的解答，至今有这样几种：圣人聪明才能说，性善恶混说，性朴说等。性朴说近来得到越来越多学界认同。据性朴之说，《性恶》对人性的看法与《劝学》《礼论》《天论》《正名》《荣辱》等篇对此的看法相悖。在这些多篇文章中，人性都不定为恶，而是定为朴、善恶未定、可善可恶等。荀子驳孟子“性善”说并建构起“材—性—伪—积”的性朴说，其理论结构是：材是性的基础，性是材的机能，性即材的性能，材朴则性朴，人为则习积，“材—性”关系若“结构—功能”关系。原始材性若天赋，后天之“伪”（人为）基于原始材性且后天成善、恶之习性或德性皆是可能。人性的具体内容是形神并生的“血气心知”，血气心知下生命皆趋利，朴性乃可化，故治世须教化与管治并行。①

笔者基本认同性朴之说，但是认为性朴之说没有对性朴之性做更为深层的剖析，稍有遗憾。笔者以为只有从生命意识和生命哲学的角度来理解“朴性”，才最符合荀学之本真。性朴之性，虽然是无善无恶的，但是并非空空荡荡，一无所有。朴性乃是一团活泼泼的元气，是一股充沛、质朴的生命力。朴性外显为人之“情”“欲”。朴性自身之所以可以待时而动，与时偕行，是因为整体生命意识作为集体无意识的指引和心知（理性）的统合作用。

郭店楚简中有这样的说法：“道始于情，情生于性。”（《性自命出》）又说：“情生于性，礼生于情。”（《语丛》二）荀子书中也有基本相似的表达，“情者性之质”（《正名》）和“称情而立文”（《礼论》），这两句话连接起来，可以解释荀子思想中礼义之善从何而来的问题。

1. 情者性之质。“情者性之质”，是荀子一个很重要的命题。“情”在《荀子》一书中有“情实”“实质”和个人的“真情”等含义，但最主要的是与“性”相对应的“情”。荀子的“情”，绝大多数是在“性者，天之就也；情者，性之质也；欲者，情之应也”（《正名》）的语境下被使用的。“性之好、恶、喜、怒、哀、乐、谓之情”（《正名》），把“情”视为“性之质”，“欲”之源。情与性紧密结合，这也正是人之“情”

---

① 林桂榛：《荀子性朴论的理论结构及思想价值》，《荀子思想的地位和价值国际学术研讨会论文集》，第22页。

之所以为“情”者，情与性处于了同一层面，由此看出，荀子是从人的根源处说情。也就是说性乃本始材朴，无适无莫，没有方向。情乃性之生发，具有指向性，性必待于物而后有情。情是性接触外物之后所产生的情绪或感受的总称。这层含义是荀子论“情”的重点。徐复观先生认为“荀子虽然在概念上把性情欲三者加以界定；但在事实上，性情欲是一个东西的三个名称”①。情中包含了人性接触外物而做出的各种情感反应，内容非常丰富，这些情感反应，并无所谓善与恶，都是人正常的情绪表达，如果把情仅仅归结为道德理想的表现，或者说人情是恶，无疑是对人情的一种片面的理解。荀子说：“夫人之情目欲綦色，耳欲綦声，口欲綦味，鼻欲綦臭，心欲綦佚，此五綦者人情之所必不免也。”（《王霸》）无论血气心知之性，还是好恶喜怒哀乐之情，都是生而有之，都是生命本身的具体呈现，都源于不事而自然的生命意识。其活动方式都是趋利避害，自我保存以求生命延续。

2. 称情而立文。荀子认为礼是出于圣人化性起伪之功，那么圣人化性起伪的动因是什么？荀子又讲“称情而立文”（《荀子·礼论》），与郭店简《语丛二》云“礼始于情”意思接近，是说性之生发接触外物之后的情感反应乃是圣人化性起伪的动因。

那么，圣人在做出化性起伪的决心之前，他接触的外部环境是什么？让他产生了什么情感反应？荀子明确描述了这一情境：“人生而有欲，欲而不得，则不能无求，求而无度量分界，则不能不争。争则乱，乱则穷。先王恶其乱也，故制礼义以分之，使欲必不穷于物，物必不屈于欲，两者相持而长，是礼之所起也。”（《礼论》）具体而言，荀子在此描述了两种“情”，一放纵之情，也即“求而无度量分界”之情欲；一是自我限制之情，也即“恶其乱”的厌恶之情。这两种情感二而一，一而二，都是生命意识的具体展现，正是这两种情感导致了礼义的产生。

关于放纵之情，可以理解为不受控制的生命意识之展现，亦可理解为只关注小我的生命意识的展现。放纵之情，就是无度量分界的欲情和欲求。性本身本始材朴，无善无恶，也就意味着，性本身涵具善恶两种趋向之可能性。情生于性，情亦如此。如果没有节制，纵性顺情，必然导致恶的趋势。在荀子看来，耳目口腹之欲本身虽然不是恶，但它却有一个自然而必然的性向——“欲多而不欲寡”（《正论》），而且这“欲多”之性向本身是没有限度的，正因为如此，所以在“欲恶同物，欲多而物寡”（《富国》）的生存境遇面前，如果“顺是”——任由人的情性自然宣泄，则必至于偏险悖乱、兄弟拂夺、犯分乱理的境地。情欲本身并不是恶，但不受节制的情欲必然导致恶。

关于自我限制之情，可以理解为自我限制的生命意识之展现，亦可理解为关注大我的整体生命意识之展现。在荀子书中，自我限制之情，具体表现为先王之“恶”。所谓

① 徐复观：《中国人性论史》，上海三联书店2001年版，第205页。

“先王恶其乱也，故制礼义以分之”，意思是圣人决定制定礼义而化性起伪，其动因在于自己内心之好恶之情。现代心理科学认为，人的情感有两个最重要的特征，一是两极性，一是情境性。所谓两极性是指，人的任何一种情感都可以找到另外一种和它在性质上恰好相反的情感。而且情感之两极经常会发生转化，如乐极生悲，喜极而泣，破涕为笑等。所谓情境性是指，人的任何一种情感产生都是出于某种情境之下的对应反应，每个人都是触景生情。这两个特点决定了情感具有自我否定自我限制的特性。出于自我保存和全生保真的生命意识，每个人都希望过一种好的生活，厌恶过坏的生活。那么好坏的标准是什么？荀子说：“人之所恶何也？曰：污漫、争夺、贪利是也。人之所好者何也？曰：礼义、辞让、忠信是也。”（《强国》）对此，有学者论述到，一个人既然愿意别人以“礼义”“辞让”“忠信”对待自己，而不愿意别人以“污漫”“争夺”“贪利”对待自己；那么，根据儒家的“忠恕之道”，最根本的解决方式就在于自己首先以“礼义”“辞让”“忠信”，而不是以“污漫”“争夺”“贪利”来对待别人。从长远来说，选择做一个道德的人，则是对一种“好的生活”的保证。正是在这个意义上，荀子说：“孰知夫出死要节之所以养生也！孰知夫出费用之所以养财也！孰知夫恭敬辞让之所以养安也！孰知夫礼义文理之所以养情也！……故人一之于礼义，则两得之矣；一之于情性，则两丧之矣。”（《礼论》）选择以“礼义”作为自己的行为方式，在某种意义上，也就意味对自己的欲望、情感、自由等生命冲动和生命意识的一种约束和限制。[①] 而这种约束和限制，也是情感自身满足自我需要的一种途径，是生命意识发用流行的自然展现。

所以，源于生生之道的生命延续和全生保真之情感诉求是圣人化性起伪的动因。这种情感诉求并不仅仅体现在个体的人身上，更体现在整个种族乃至整个人类层面的集体无意识。荀子又说：“故人莫贵乎生，莫乐乎安；所以养生安乐者，莫大乎礼义。人知贵生乐安而弃礼义，辟之，是犹欲寿而歾颈也，愚莫大焉。”（《强国》）这里所谓的“人”，乃是大写的人，整体的人。“莫贵乎生，莫乐乎安”是对整体生命意识的关注，而不仅仅是对个体生命意识的关注。有学者认为，先王圣人因为“憎恶”人们的行为所引起的“乱”而制作礼义。“恶”属于“情性”的范畴，不属于纯“认知”之能力。它跟其他情性活动一样，属于“不可学、不可事之在人者”。先王看到人们为了自己的私欲而争而乱，产生“憎恶”情绪。这种情绪本身并不是“善”的，因为“憎恶”本身意味着一种不喜欢、甚至不宽容的态度。“憎恶”情绪驱使先王“制礼义”去改变现状。先王们最初制作礼义的动因是出于他们自己的“恶其乱”。但是，但他们以制作礼

---

① 王楷：《性恶与德性：荀子道德基础之建立——一种德行伦理学的视角》，《儒学全球论坛（2007 临沂 苍山）荀子思想的当代价值国际学术研讨会论文集》，山东大学出版社 2007 年版，第 262 页。

义来制乱时，他们“恶其乱”的欲望就升华为与其他人的利益相一致的欲望，升华为一种既利己又利他的欲望。当他们依此而制礼义，以礼义来制约（自己的和其他人的）其他的欲望时，这种最初的欲望就转化为善的力量。所以荀子哲学中礼义之善产生于一种“情的升化”过程。① 以全生保真为发用特性的整体生命意识乃是这一过程的出发点和归宿，具有最为重要的地位。

从生命儒学的角度来说，荀学中礼义来自于情、欲的自我限制和心知的统合，归根结底来自于生命力本身的流淌、撞击与转进。情、欲乃是耳目口腹之欲层面的欲望与本能，并不能进行善恶评判。但是情、欲有一个基本之性向，即“欲多不欲寡”，这一个基本之性向即可以理解为柏格森所谓生命之冲动，或者黑格尔的“恶”动力，也即《周易》所说的生生之精神、人类生命之自觉。但是欲多不欲寡的情欲必须受到限制，如果“顺是”则必将合于犯分乱理而归于暴。残贼暴乱的状态是人们所不愿意看到的，因为这有悖于生命自身生存的需求。于是基于生存与自保的集体生命意识，人们借助心知（或者理性）的力量开始对于情欲进行限制和约束。这一过程乃是一个长期的历史积淀，乃至于最终成为人类前理解或心理结构的过程。礼义由此而生。但是在荀子，这一过程被说成“圣人恶其乱也”从而制礼义以分之，由此礼义的诞生被赋予某种神圣启示的意味。

从生命儒学的角度来说，荀子并非性恶论，荀子所谓性恶之“性”，主要是情、欲，是生而有之，“凡性者，天之就也，不可学，不可事”（《性恶》）。这种对“性”的理解乃是先秦时期较为主流的解读。反观孟子对“性”概念的使用其实是大有问题的。所谓性乃是“人之所以为人者”，这个由他界定并在日后确实占据主流地位的“性”观念，在当时却并非是一个被普遍认同的说法，而是一种创见和新说。② 而在荀子所谓天之所就的层面来说，人性无善恶，而且人性不是一个闭合、完成、不再变化的东西，人性是生命力流动的产物，也必将随着生命力的流动不断重塑自身。人性是不断生成着的、向着未来不断敞开自身的动态流变的过程。在存在论和生命哲学意义上，荀子说“人之性恶”以及说“性者本始材朴”完全可以并行不悖和贯通无碍。

---

① 李晨阳：《荀子哲学中“善”之起源一解》，《中国哲学史》2007 年第 4 期。进一步分析，这一升华并非自然情感无意识发用而出现的结果，一定有理性或理智的参与。这里又涉及荀子“天官意物”和“心有征知”的辩证关系。简言之，这一升华过程应该是在基于先验情感或生命意识之上，“天官”与“天君”共同作用的产物。还须注意，据李泽厚历史本体论观点，作为天君的“心”，其理性统合功能，恐怕也并非先验自生，而是历史经验长期积淀的结果，这一所谓“结果”并非恒久不变的，而是历史的、开放的、继续向前的。关于礼义之“善”的产生过程中，“心”之统合作用，限于篇幅在此不赘。——作者注。

② 在儒家人性论思想史上，实现“性”这一概念内涵之革命性突破与转向的是孟子。也即是说，在当时还有一种与孟子所言之“性”不同的并且为大众约定俗成的“性”观念。这种“性”观念即是所谓的“生之谓性”之“性”，即荀子与告子之性。参考路德斌：《性善与性恶：千年争讼之蔽与失——对孟、荀人性善恶之辨的重新解读》，《国学学刊》2012 年 3 月刊。

荀子“性朴论”的三种理论模式及其评述*

任鹏程

摘　要　“性朴论”作为荀学研究的新说，逐步昌盛。从“朴”与性之善恶之间的关系角度而言，当前“性朴”说大体可以划分为三种理论模式，一是周炽成教授的“性朴”中性说；二是林桂榛先生的以“性不善”立“性朴”之说；三是路德斌等学者的“性朴”与“性恶”兼容说。此三种学说立论各有所缘，但都存有局限和不足。归根结底，“性朴”说忽视了人性的质的含义和属性，就荀子而言，性即性质，质恶即性恶。所以，荀子性说依然是“性恶论”而非“性朴论”。除此之外，别无善解。

关键词　荀子　性朴　性恶　善恶

作者简介　任鹏程（1990—　），男，山东泰安人，山东大学儒学高等研究院博士研究生，研究方向为中国古代儒家哲学。

人性论研究可谓是儒家哲学中最基本的问题。众所周知，荀子性恶论已成定论。然而，值得我们注意的是，最近几年，荀学研究领域掀起了一股“性朴论”之风，并且受到大批学者的广泛关注和讨论。荀子“性朴论”的推崇者和信奉者日益增加，“性朴论”逐渐成为儒家人性论研究的时尚话题。虽然有关荀子“性朴论”的文章不少，但是，仔细考究却发现学者们之间的观点形式各异，并不统一。故，这一学术现象本身就很值得我们反思和研究。本文便将荀子“性朴论”划分为三种理论模式，顺便指出它们的不足及其局限。进而从性即性质，质恶即性恶的视角揭示荀子性说是性恶而非性朴。

一、荀子“性朴”说的缘起及其立论依据

荀子是先秦儒学之殿军，诚如郭沫若说：“荀子是先秦诸子中最后一位大师，它不

* 本文原载《临沂大学学报》2016 年第 5 期。

仅集了儒家的大成，而且可以说是集了百家的大成的。"① 荀子属于中国无疑。然而，荀子"性朴论"却是舶来品。据学者考证："'性朴'论最早并非由中国学者提起，而是出自一位叫兒玉六郎的日本学者。"② 日本学者兒玉六郎明确提出了荀子"性朴论"，他认为"荀子'性'论的核心是'性朴'论而非'性恶'论"③。由此开启了儒学界荀子"性朴论"的研究之门。

荀子"性朴论"的名称源自《荀子·礼论》。《礼论》曰："性者，本始材朴也；伪者，文理隆盛也。无性则伪之无所加，无伪则性不能自美。性伪合，然后圣人之名一，天下之功于是就也。故曰：天地合而万物生，阴阳接而变化起，性伪合而天下治。"据此，一些学者便把荀子的"性恶论"改为"性朴论"，认为"性朴"才是荀子人性哲学的真理，正如周炽成说："几乎没有人能发现'朴'的深意。"④ 路德斌说："对荀学而言，'性朴'之观念决非可有可无、无足轻重，而实乃其全部学说赖以成立之基石。"⑤ 林桂榛甚至称："性朴说是荀子学说体系的基础与核心……为迄今为止中国思想史上人性说的最高成就。"⑥ 由此观之，他们对自己发现荀子哲学的奥秘相当引以为傲。近期，华南师范大学又召开了"性朴还是性善——中国人性论通史修撰学术研讨会"，"性朴论者"试图以"性朴"作为一个普遍性的原则纲领，贯通中国人性论史。⑦ 由此可观其雄心壮志，令人叹哉。

"性"，《说文》曰："从心生声。"⑧ 从字形角度看，"性"与心、生两者密切相关。生即生存、生命等。"心"，《说文》曰："心，人心。土臧也。在身之中。"⑨ 显然，心之本义即心脏，心脏是生命之原，生存之本。故，傅斯年说："独立之性字为先秦遗文所无，先秦遗文皆用生字为之。至于生字之含义，在金文及《诗》《书》中，并无后人所谓'性'之一义。而皆属于生之本义。"⑩ 由此可见，在先秦早期，以生论性成为学者的基本共识。性即是生。生即是性。天生如此便是性。是故，告子曰："生之谓性。"（《孟子·告子上》）王充《论衡·本性》曰："性，生而然者也。"《白虎通·情性》

---

① 郭沫若：《十批判书》，人民出版社2012年版，第164页。

② 路德斌：《性朴与性恶：荀子言"性"之维度与理路——由"性朴"与"性恶"争论的反思说起》，《孔子研究》2014年第1期，第52—59页。

③ 路德斌：《性朴与性恶：荀子言"性"之维度与理路——由"性朴"与"性恶"争论的反思说起》，《孔子研究》2014年1期，第52—59页。

④ 周炽成：《儒家性朴论：以孔子、荀子、董仲舒为中心》，《社会科学》2014年第10期，第122—132页。

⑤ 路德斌：《性朴与性恶：荀子言"性"之维度与理路——由"性朴"与"性恶"争论的反思说起》，《孔子研究》2014年第1期，第52—59页。

⑥ 林桂榛：《论荀子性朴论的思想体系及其意义》，《现代哲学》2012年第6期，第106—111页。

⑦ 胡泽洪：《性朴还是性善——中国人性论通史修撰学术研讨会纪要》，《光明日报》2016年5月30日。

⑧ ［清］段玉裁注：《说文解字注》，上海古籍出版社1981年版，第502页。

⑨ ［清］段玉裁注：《说文解字注》，上海古籍出版社1981年版，第501页。

⑩ 傅斯年：《性命古训辩证》，上海古籍出版社2012年版，第9页。

曰：“性者，生也。”韩愈《原性》曰：“性也者，与生俱生也。”皆是此义。

“朴”，《说文》曰：“朴，木素也。”段玉裁注曰：“素，犹质也。以木为质，未雕饰，如瓦器之坯然。”① 由此观之，“朴”的本义是一种原始材质，即指没有进行任何人为加工的木料。故，《论衡·量知》曰：“无刀斧之断者谓之璞。”徐大椿《道德经注》曰：“朴者，不雕不琢。”《说苑·谈丛》曰：“已雕已琢，还反于朴，物之相反，复归于本。”与之相反，如果原始材质存有人为的加工、雕饰、刻意，这便是“伪”。如《说苑·反质》曰：“弃朴而取伪也。”《老子》57 章曰：“我无欲，而民自朴。”概而言之，“朴”兼具两义：其一，它用来表述事物最初的样子；其二，指代未经过人文修饰加工的原始材质。

通过解释性、朴含义。“性朴论”的基本内涵也昭然若揭。“性朴”即天生所具材质之性。然而，它与性之善恶之间的关系如何？笔者发现，虽然诸多学者统一在荀子“性朴论”的旗帜之下，但是他们却意见不一、各有主张。诸如林桂榛认为：“‘朴’是树皮，‘璞’则是‘木素’即未雕木原质状之义，引申为凡未雕饰、未加工的事物或事物材质。……恶是价值评述，朴是不恶，也无所谓善。”② 周炽成说：“朴之性含有向善发展的潜质，但尚未有现成的、完备的善……朴之性不够完美，但不能说恶。”③ 路德斌说：“‘朴’之属性也即是‘性’之属性。……基本可以涵盖四层：（1）天生而有，人所同然。（2）生命所系，不可或无。（3）欲不可去，天然合理。（4）与天同属，无善无恶。”④ 很显然，对于如何理解善、恶、荀子之“朴”，或者说何为“性朴论”，论者并未达成一致观点。

所以说，荀子“性朴论”这一学术观点本身就很值得我们分析研究，笔者便站在“朴”与性之善恶关系之间的视角，尝试将当下提倡荀子“性朴论”学者的理论观点分为三家派别，它们分别以周炽成先生、林桂榛先生、路德斌先生等为代表。依笔者之浅见，荀子“性朴”说无论做何种阐发论述，思维路线都在这三种理论模式之间游走。

二、周炽成教授与“性朴”中性说

在国内学术界，周炽成教授首次明确提出荀子“性朴论”说。2007 年，他在《光明日报》发表《荀子：性朴论者，非性恶论者》一文，吹响了国内荀学领域研究“性

---

① ［清］段玉裁注：《说文解字注》，上海古籍出版社 1981 年版，第 252 页。

② 林桂榛：《揭开二千年之学术谜案——〈荀子〉“性恶”校正议》，《社会科学》2015 年第 8 期，第 123—134 页。

③ 周炽成：《〈性恶〉出自荀子后学考——从刘向的编辑与〈性恶〉的文本结构看》，《中山大学学报》2015 年第 6 期，第 87—95 页。

④ 路德斌：《性朴与性恶：荀子言“性”之维度与理路——由“性朴”与“性恶”争论的反思说起》，《孔子研究》2014 年第 1 期，第 52—59 页。

朴论”的号角。之后，他相继撰写发表了大量文章、著作，以印证其“性朴”说的合理性、正当性。周炽成教授所做的工作可谓是开拓性的，他树立起荀子“性朴论”，以此揭示荀子性论之“真相”，正因如此，周炽成教授是“性朴论”研究领域之巨擘。然而，通过观览周炽成教授的文章著述等，其“性朴”说观点立足理由却不外乎以下两点。

一是，周教授从文本考据学的角度，考证《性恶》非荀子本人所作，而是其后学为之。他说：“在先秦子书中，以某子命名的书，并不一定全为某子所写。……《性恶》在《荀子》全书中是非常独特的：其他篇都不以人性为恶，唯独该篇以人性为恶。依此，我斗胆推断：它的作者很可能不是荀子本人。”① 他相继对比了《性恶》与《荀子》的其他文本，认为“《性恶》与《礼论》……二者对人性的看法有严重分歧，主要表现为三个方面：第一，性恶论与性朴论的分歧。第二，性伪分和性伪合的分歧。第三，养情欲与逆情欲的分歧”②。以此为起点，怀疑《性恶》篇的帘幕便被揭开，性朴论的端芽应之萌发。

但是，周教授本人却认为，民国时期早已有学者开始怀疑《性恶》篇非荀子本人所作，这种质疑的想法并非其首创。他说：“认为《性恶》不是荀子所作，并非我个人的独创。早在20世纪20年代，刘念亲就已有这样的主张。”接着他引用学者刘念亲《荀子人性论的见解》一文，指出：“‘本始材朴’四字才是刘念亲所理解的荀子人性论，自己之说只是在此基础上得出的新结论。”③ 此外，周教授通过多种方式印证《性恶》篇非荀子本人所写作。

其一，认为《性恶》篇与《劝学》《礼论》《天论》《正名》《荣辱》等篇章存在意义上的较大分歧，认为只有《性恶》言人性为恶，其他章节并不以为人性之恶，同时认为，喜欢引用《诗》为自己做论证的荀子，恰恰在《性恶》篇之中并没有像其他篇章一样，引用《诗》为自己论证，以此理由猜测《性恶》和其他篇章是由不同的作者写作，进而认为性恶的主张是荀学后人的发明。④

其二，佐以荀子的弟子韩非子、李斯、浮邱伯、张仓等人并没有说过他们的老师主张是人性恶。而且他们自己也不主张人性恶，进而断定《性恶》的作者绝非荀子。同时，佐以汉代文献，认为汉代学者司马迁应该相当熟悉先秦学者的思想，但是他在为孟荀二人作传记时，并未明确谈到孟子主性善、荀子主性恶，由此怀疑性恶非荀子

① 周炽成：《荀子：性朴论者，非性恶论者》，《光明日报》2007年3月20日。

② 周炽成：《荀子：性朴论者，非性恶论者》，《光明日报》2007年3月20日。

③ 周炽成：《儒家性朴论：以孔子、荀子、董仲舒为中心》，《社会科学》2014年第10期，第122—132页。

④ 周炽成：《荀子非性恶论者辩》，《广东社会科学》2009年第2期，第45—50页。

思想。①

其三，将“性朴论”引申至汉代学者董仲舒，结合《礼论》“性者，本始材朴也”的语句，辅之以董仲舒“性者，天质之朴也；善者，王教之化也。无其质，则王教不能化；无其王教，则质朴不能善”之言，认为董氏也持有“性朴论”立场，以此批判孟子性善之说。但是，他说董氏的批判过于温和“也许有人看到董仲舒对孟子性善论……不够过瘾，于是用更猛烈的言辞、更极端的立场来批评之，这人或这些人就是《性恶》的作者”。进而断言：“在董仲舒之前，《性恶》还未问世。”②

其四，通过结合汉代学者刘向编辑《荀子》一书的历史事实，详细考证了《性恶》篇章的文本组成结构，得出“刘向心目中的《性恶》与后人心目中的《性恶》存在三种明显的变化：（1）刘向以《性恶》为荀子后学所作，而后人以它为荀子本人所作；（2）刘向以《性恶》为荀门论述人性或与人性相关的言论集，而后人以它为一篇完整的论说文；（3）刘向以《性恶》为不重要，而后人以它为很重要”③ 的结论。由此，旗帜鲜明地倡导“荀子不是性恶论，而是性朴论者”。

二是，周炽成教授还详细阐述了“性朴论”之“朴”的内涵。“朴”作为构成人性的基本材质，它“是人为不参与的状态”④。所以，他认为这种“材朴之性”“不能说是善的，也不能说是恶的，而是中性的”⑤。对于性之善恶而言，只是“中性”的“材朴之性”仅仅“含有向善发展的潜质，但尚未有现成的、完备的善，故需要‘文理隆盛’的人为努力来使之完善。朴之性不够完美，但不能说恶。性朴论承认先天之性之不定型性，而注重后天的人为（伪）的作用”⑥。或者说，“性朴论……不主张人性中有现成的善或恶”⑦。换言之，“朴是可以含价值论的。这个价值是生成的，不是既定的”⑧。为了让读者更好地理解“性朴论”，他继而又解释和比较了“性朴论”与“性有善有恶论”“性无善无恶论”三者之间的区别，他说：“性朴论也异于性有善有恶论，性有善有恶论认为有现成的善和恶包含在初生的人性之中，性朴论倾向于承认初生人性中包括向善或向恶发展的潜质，但不肯定其中有现成的善或恶。另外，性朴论与告子的性无善无恶论有接近的地方……不过，性朴论承认人性有不完美的地方，需要‘伪’来完善之，

---

① 周炽成：《荀子非性恶论者辩》，《广东社会科学》2009 年第 2 期，第 45—50 页。

② 周炽成：《董仲舒对荀子性朴论的继承与拓展》，《哲学研究》2013 年第 9 期，第 53—67 页。

③ 周炽成：《〈性恶〉出自荀子后学考——从刘向的编辑与〈性恶〉的文本结构看》，《中山大学学报》2015 年第 6 期，第 87—95 页。

④ 周炽成：《性朴论与儒家教化政治：以荀子与董仲舒为例》，《广西大学学报》2015 年第 1 期，第 15—20 页。

⑤ 周炽成：《性朴论与儒家教化政治：以荀子与董仲舒为例》，《广西大学学报》2015 年第 1 期，第 15—20 页。

⑥ 周炽成：《〈性恶〉出自荀子后学考——从刘向的编辑与〈性恶〉的文本结构看》，《中山大学学报》2015 年第 6 期，第 87—95 页。

⑦ 周炽成：《性朴论与儒家教化政治：以荀子与董仲舒为例》，《广西大学学报》2015 年第 1 期，第 15—20 页。

⑧ 胡泽洪：《性朴还是性善——中国人性论通史修撰学术研讨会纪要》，《光明日报》2016 年 5 月 30 日。

而性无善无恶论则不明确这样主张。性朴论并未对人性采取纯自然主义的态度，而性无善无恶论则似乎有这种态度。”①

不仅如此，周先生还进一步推演，认为早从孔子开始就显示了“性朴论”的苗头倾向②，《论语·论语·阳货》引孔子之言曰：“性相近也，习相远也。”即是早期儒家主张“性朴论”的例证。荀子不仅是孔子思想的继承者，也是“性朴论”的光大者，他以“性朴论”反驳孟子性善说，之后汉代学者董仲舒更是“性朴”说的杰出代表，周教授认为“作为性朴论者，董仲舒和荀子一样都承认性在善恶方面是中性的”。“虽然荀子的性朴论蕴含了性有善端的思想，但是，这种思想不如董仲舒的性朴论那样突出与明朗化。凸显性有善质，这是董仲舒对荀子人性论的显著发展。”③ 由此观之，以周先生理论视角观照，“性朴论”才是早期儒家人性论的真正要义，也是解读早期儒家思想的一把钥匙。

要而言之，周先生以“性朴论”的框架结构开启了诠释荀子哲学的新领域，改变旧有的荀学研究面貌。倡导以一种新的思维视角解决荀子性朴、性恶文本之间的矛盾，以试图圆融荀子自身的理论学说。正如他说：“与其设法维护其书的整体一致性，不如直面其不一致性。以不同作者来解释其中的不一致性，是一种更好的选择。”④ 即是如此。

三、林桂榛先生与“性不善”立“性朴”之说

学者林桂榛也是荀子“性朴论”的坚实捍卫者，他曾有言：“荀子非性恶论者，而是十足的性朴论者。”⑤ 然而，他的“性朴论”思想却源于其老师周炽成教授。按照他自己的话说：“我最初获知荀子性朴论，是周炽成老师2002年出版的《荀子韩非子的社会历史哲学》一书，后来2007年的《荀子：性朴论者，非性恶论者》一文影响就很大了，对我的刺激也很强烈。”⑥ 林先生师承周先生，细看其发表的有关荀子“性朴论”的文章，引经据典，侃侃而谈，有力老道。只是其论证逻辑脉络与周先生的思维路线有着很大的不同，甚至在某些部分截然相反。

一是，与周先生将《性恶》剔除《荀子》文本做法所不同，他并不认为《性恶》是荀子后学所作，相反，他对周先生的这种文本考据办法也深有疑虑和不安。他说：

---

① 周炽成：《儒家性朴论：以孔子、荀子、董仲舒为中心》，《社会科学》2014年第10期，第122—132页。
② 周炽成：《儒家性朴论：以孔子、荀子、董仲舒为中心》，《社会科学》2014年第10期，第122—132页。
③ 周炽成：《董仲舒对荀子性朴论的继承与拓展》，《哲学研究》2013年第9期，第53—67页。
④ 周炽成：《儒家性朴论：以孔子、荀子、董仲舒为中心》，《社会科学》2014年第10期，第122—132页。
⑤ 林桂榛：《荀子性朴论的理论结构及思想价值》，《邯郸学院学报》2012年第4期，第32—40页。
⑥ 胡泽洪：《性朴还是性善——中国人性论通史修撰学术研讨会纪要》，《光明日报》2016年5月30日。

“认定《性恶》篇属伪书或不属荀子亲撰而属荀子后学所作所加的论点完全不能成立，因为仅凭‘性恶’字眼只存《性恶》而《礼论》又同时涉言‘材朴’实不足以推定《性恶》篇系伪造或后出。”① 至于汉代学者刘向校勘《荀子》时把《性恶》篇的位置夹在荀子后学作品之中，他认为这种做法本身“可能没有什么特别意义，就算也许有，我觉得也不必太较真。我觉得您（周炽成）这种说法未必有什么太实在的意思。”② 显而易见，他并未否定《性恶》篇为荀子本人所作。

二是，林桂榛先生论证荀子“性朴论”的主要做法就是以“性不善”立“性朴”。为此，他发表了数篇论文。他说：“今本《荀子》既说‘性恶’也说‘性朴’，且‘性恶’说仅出自《性恶》篇。该‘性恶’说与同篇及他篇的‘性朴’说相冲突，与同篇中反对抽象化、价值化、无符验化地论人本性的立场相矛盾，且‘性恶’结论前的论证文字实不能有效证明‘性恶’而只能证明‘性不善’以辩驳性地反对孟子‘性善’说。”至于“性不善”说的起源，他通过较为系统的文献资料爬梳，认为其立论缘由有二。

其一，荀子之所以被贴上“性恶”标签，这与汉代学者的“对立”思维模式有关。他说：“荀子人性论持‘性朴’论而非持‘性恶’论以及荀书《性恶》篇‘性恶’字眼系约西汉末年由‘性不善’字眼讹误所致（最大讹因是西汉末年刘向因汉代泛滥‘善—恶’‘性—情’‘阴—阳’对说及配说思潮而误校致改夺），笔者于此坚信不疑。”③ 在此基础上，他断言：“《荀子》‘性不善’在西汉末年的简书编校缮写过程中被改为‘性恶’并非纯粹偶然。……这种改动却造成了中国思想史的一桩重大学术谜案，《荀子》一书及荀子本人遂由此蒙‘冤’长达二千年之久。”④ 此结论的提出，改变了传统性恶观点。

其二，他从逻辑原则出发，认为荀子人性论之所以出现，主要就是为了批判孟子性善说。按其言曰：“荀文是反复讲人好利，但它所要论证的不是‘性恶’，而正是‘性不善’，为驳孟之论也！”因为，按照逻辑原则，林先生认为“‘性善说’最直接的否定命题是‘性不善’。‘性善—性恶’是‘A—B’式，‘性善—性不善’是‘A—非A’式，而‘A—非A’逻辑完全相反且无其他概念余地‘性不善’并‘性恶’，‘不善’可能是恶也可能是善恶间中立状态（非善非恶），比如荀子所谓的‘朴’。”⑤ 换言之，

① 林桂榛：《荀子性朴论的理论结构及思想价值》，《邯郸学院学报》2012年第4期，第32—40页。

② 胡泽洪：《性朴还是性善——中国人性论通史修撰学术研讨会纪要》，《光明日报》2016年5月30日。

③ 林桂榛：《论荀子性朴论的思想体系及其意义》，《现代哲学》2012年第6期，第106—111页。

④ 林桂榛：《揭开二千年之学术谜案——〈荀子〉“性恶”校正议》，《社会科学》2015年第8期，第123—134页。

⑤ 林桂榛：《揭开二千年之学术谜案——〈荀子〉“性恶”校正议》，《社会科学》2015年第8期，第123—134页。

在他看来，“性朴论”之所以成立是建立在性不善基础之上的。

三是，与周先生将“性朴论”延伸至汉代董仲舒所不同，林先生到目前为止仅仅只把荀子视为“性朴论”的代表者。他通过辩证“性恶”原义即“性不善”而树立起了荀子“性朴论”的旗帜。他将荀子之“朴”（性不善）解读为“可能是恶也可能是善恶间中立状态（非善非恶）”①。显然，由此便引发出了道德教化问题。故，他说：“荀子《性恶》篇并非是要以性恶驳性善并立性恶论，而是以性无善驳性善并自立性朴论、习伪论。”② 按荀子之言曰：“人无师法，则隆性矣；有师法，则隆积矣。而师法者，所得乎积，非所受乎性。”（《荀子·儒效》）林先生借用此言，认为：“荀子用‘材—性—伪—积’等严密概念恰切解释了善德良操如何后天兴起及可能的问题，也解释了人为何天然式趋利避害以及治世为何需教化与管治的问题。”③ 进而，他断言：“荀子哲学的理论结构是‘材—性—伪’及伪性有别、伪材有关、化性起伪、积伪成圣的学说，并强调治世必须依人性、人情而教化与管治。”④ 换而言之，“性朴论”也是教化之所以成为可能的理论基石。

四、路德斌等学者的“性朴”与“性恶”兼容说

日本学者兒玉六郎首次明确提出荀子“性朴论”，按照周教授的介绍，兒玉六郎解读“性朴”说时又存有“人性二分”说：“兒玉六郎反复说到先天之性（先天性）与后天之性（后天性）。……不过，对于什么是先天之性，什么是后天之性，他并未提供具体的解释。”⑤ 依笔者之浅见，国内一批以路德斌为代表的主张荀子“性朴论”的学者所持的“性朴”与“性恶”兼容说，在某种程度上也是人性二分说。

学者路德斌说：“笔者虽然不能赞同周、林二位学者的全部结论，但对于他们从‘理论’的高度去定位在荀书中看起来并不起眼、以往也较少有人关注的‘性朴’观念，笔者却深以为然。”⑥ 透过路氏的话，我们可以清晰地看到，路氏本人也是一个铁杆的荀子“性朴论”者，只不过他所持有的观点与周、林二人有所差异。

路氏认为，“周炽成和林桂榛两位学者的共同立场是以‘性朴’论否定‘性恶’

① 林桂榛：《揭开二千年之学术谜案——〈荀子〉“性恶”校正议》，《社会科学》2015 年第 8 期，第 123—134 页。

② 林桂榛：《荀子驳性善言性无善》，《中国社会科学报》2013 年 9 月 30 日。

③ 林桂榛：《荀子性朴论的理论结构及思想价值》，《邯郸学院学报》2012 年第 4 期，第 32—40 页。

④ 林桂榛：《揭开二千年之学术谜案——〈荀子〉“性恶”校正议》，《社会科学》2015 年第 8 期，第 123—134 页。

⑤ 周炽成：《儒家性朴论：以孔子、荀子、董仲舒为中心》，《社会科学》2014 年第 10 期，第 122—132 页。

⑥ 路德斌：《性朴与性恶：荀子言“性”之维度与理路——由“性朴”与“性恶”争论的反思说起》，《孔子研究》2014 年第 1 期，第 52—59 页。

论，都认为‘性朴’与‘性恶’不能兼容而并存”[①]。与之相反，他则认为“在荀学的逻辑理路中，‘性朴’与‘性恶’之间非但不是矛盾和难以兼容的不必，相反，二者实乃同一逻辑链条上前后紧密相扣的两环，互为链接，缺一不可，即是说，承认‘性朴’，不必否定‘性恶’”[②]。通过分析路氏的文章，笔者认为，他论证这种观点的方法主要有两点。

其一，路氏将“朴”的属性做了明确的界定，认为“‘朴’之属性也即是‘性’之属性”。接着，他简要概括了“朴”的属性基本可以涵盖四层，这四个方面也是荀子性说的基本层面：“（1）天生而有，人所同然。……‘性’即是人人先天而有之自然生理之质，也即是我们今天通常所谓的人的自然属性。（2）生命所系，不可或无。……作为‘本始材朴’，‘性’及其欲望乃是人的生命存在和延续的基础。（3）欲不可去，天然合理。则不能无求。……荀子不但从来没有说过人的情欲本身是不合理的，相反，对情欲需求本身之合理性的肯定却恰恰是贯穿全书的一条主线和原则。（4）与天同属，无善无恶。……材朴之‘性’当然也是无所谓善恶的。”[③] 虽然路氏认为“材朴之性”本身并无明确的善恶之分，无善无恶，然而，他又主张这种“朴”之性感物之后又有一种固定的好利避害之倾向，正如他说：“‘感于物而动’之后……它却有一固有之性向——‘欲多而不欲寡长’（《正论》）。”[④]

其二，路氏将荀子之“性”划分为人生而静、感于物而动两个层面，“朴性”仅限于人生而静的层面，“性恶”是就感于物而动层面而言，并且这两个层面共同存在，缺一不可，共同构成荀子的人性思想。例如他说：“荀子言‘性’有两个维度：在‘人生而静’层而‘性’乃‘朴’也；在‘感于物而动’层而‘性’趋‘恶’也‘性朴’与‘性恶’，在荀学的观念体系里既无主次、核心非核心之别，更无矛盾和不兼容之状况存在，二者实乃同一逻辑链条上前后紧密相扣的两环，皆为荀学理论不可或缺之有机组成部分。”[⑤] 路氏又认为，“从‘人生而静’看‘性’，‘性’即‘朴’也，天然合理，无善无恶；从‘感于物而动’看‘性’，顺性自然，贪欲无度‘必出于争夺，合于犯分乱理而归于暴’，故‘性’乃‘恶’矣。也即是说，荀子所谓‘性朴’是从存有、本

---

① 路德斌：《性朴与性恶：荀子言“性”之维度与理路——由“性朴”与“性恶”争论的反思说起》，《孔子研究》2014 年第 1 期，第 52—59 页。

② 路德斌：《性朴与性恶：荀子言“性”之维度与理路——由“性朴”与“性恶”争论的反思说起》，《孔子研究》2014 年第 1 期，第 52—59 页。

③ 路德斌：《性朴与性恶：荀子言“性”之维度与理路——由“性朴”与“性恶”争论的反思说起》，《孔子研究》2014 年第 1 期，第 52—59 页。

④ 路德斌：《性朴与性恶：荀子言“性”之维度与理路——由“性朴”与“性恶”争论的反思说起》，《孔子研究》2014 年第 1 期，第 52—59 页。

⑤ 路德斌：《性朴与性恶：荀子言“性”之维度与理路——由“性朴”与“性恶”争论的反思说起》，《孔子研究》2014 年第 1 期，第 52—59 页。

原的意义上讲的，而所谓‘性恶’，则是从发用、经验的层面说的”[①]。性朴、善恶的问题在这里貌似得到了理论上的解决，故，笔者认为，较之周先生、林先生，路德斌的荀子“性朴”说是一个理论化程度较高的版本。

此外，主张“性朴”与“性恶”两者相互兼容的还有余开亮、涂可国、李俊玲、王军等人。余开亮认为，荀子人性论与告子人性说极为接近，他说：“荀子把人性界定为一种与告子‘生之谓性’相近的自然材质状态，不具有善恶的定性，可以称之为性朴论。”[②] 这点与周炽成教授观点有所不同。他认为人性的自然材质包括“情、欲、辨、知、能等潜在素质与能力”，它们只是潜而未发，只有在与外界交接之时，不加节制便会产生偏险悖乱，此即荀子人性论的第二层含义：性恶论。故，他主张“荀子对人性的规定蕴含着未发和已发两个层次，其性朴和性恶并不像有人说的那样是自相矛盾的。未发的人性为然材质的人性，……已发的人性为显露于外的现实人性”[③]。进而得出“荀子所谓人性恶不是固有的恶，只是发生论意义上的恶，而其底层则是无所谓善恶的人性本朴。如果从‘生’的角度来严格定位其人性论，荀子的人性论当为性朴论而非性恶论”[④] 的结论。涂可国说：“荀子的性朴论和性恶论不是正相反而是‘殊途同归’、互相补充，因而是可以统一的。”[⑤] 荀子性说主要是针对孟子“性善”而发，所以，荀子性论的本义是“性不善”，而“性不善”的主要指向还是“性恶”。李峻岭说，“人性本朴是荀子人性论的基点”，“荀子所谓的‘性’乃是人生而有的特质……天生而就的特质，不管是天还是人……就是无所谓好坏和善恶的自然存在”[⑥]。又言“荀子肯定人有趋利恶害的这种天性”，“‘性’指的是出于本性的合理的‘欲’或‘利’”[⑦]。王军认为，“性朴是荀子对人性的基本认定”。然而，材性之“朴”却是“自然而然、无所谓善恶，既包括可能下堕的‘情欲’，也包括可以向善的‘质能’”[⑧]。他也认为孔子也是“性朴论”者，荀子哲学的创新之处是在“性朴论”基础上发明“性恶说”，进而王军得出结论，主张“荀子的人性学说具有性朴、性恶、向善等多个方面”[⑨]。很显然，这类荀子“性朴论”学者都尝试捋顺荀子“性朴”与性之善恶之间的逻辑辩证关系，故而我们将此种论点称之为“性朴”与“性恶”兼容说。

---

① 路德斌：《性朴与性恶：荀子言“性”之维度与理路——由“性朴”与“性恶”争论的反思说起》，《孔子研究》2014 年第 1 期，第 52—59 页。

② 余开亮：《“性朴”与“性恶”：荀子论人性的双重维度》，《中国社会科学报》2013 年 9 月 16 日。

③ 余开亮：《“性朴”与“性恶”：荀子论人性的双重维度》，《中国社会科学报》2013 年 9 月 16 日。

④ 余开亮：《“性朴”与“性恶”：荀子论人性的双重维度》，《中国社会科学报》2013 年 9 月 16 日。

⑤ 涂可国：《荀子人性论真义之再辨析》，《临沂大学学报》2015 年第 2 期，第 9—17 页。

⑥ 李峻岭：《“性朴”论与荀子思想》，《东岳论丛》2014 年第 2 期，第 21—25 页。

⑦ 李峻岭：《“性朴”论与荀子思想》，《东岳论丛》2014 年第 2 期，第 21—25 页。

⑧ 王军：《性朴、性恶与向善：荀子人性学说的三个层次》，《现代哲学》2016 年第 1 期，第 106—111 页。

⑨ 王军：《性朴、性恶与向善：荀子人性学说的三个层次》，《现代哲学》2016 年第 1 期，第 106—111 页。

五、质疑和争论：荀子“性朴论”的另一种声音

到目前为止，“性朴论”是一个仍处于发展阶段的学说，并且逐步走向荀学研究领域的前线，正在成为荀子人性论研究的显学。诚如周炽成先生说：“在现代学界，性朴论仍然是一种很有吸引力的理论。”① 其实早在 2007 年，周炽成先生在国内《光明日报》发表《荀子：性朴论者，非性恶论者》一文，提出荀子“性朴论”之说后，它的争议便不断。国内荀学界便出现了另一种声音，那就是反对荀子“性朴论”，固守传统“性恶论”。

其一，在周炽成先生发表之后，张峰屹教授接着发表《也谈荀子的人性论》一文，他认为周先生“性朴”之说有两个立足点，但都难以成立。“第一，推断《性恶》篇非荀子所作；第二，以《礼论》为主要依据，认为荀子主张‘性朴’而非‘性恶’。”② 针对如何解读“性者，本始材朴也”这句话，他提出“所谓‘性者，本始材朴也’，指的就是这个‘生而有欲’之性”。“所谓‘性朴’‘性恶’，在荀子那里，含义是完全一致的，就是指人性的本然、自然的欲求。”③ 其结论便是：荀子仍是性恶论者。无独有偶，廖名春教授通过考证《荀子》文本中的“伪”字，得出结论说：“那些以‘莫须有’证据，否定《性恶》篇为荀子所作的说法是完全不能成立的。”④ 甚至林桂榛也认为，“这种说法未必有什么太实在的意思”⑤。很显然，“性朴论”集团内部也存在着不同声音，周教授否定《性恶》是荀子的作品，并不能得到学者的普遍认同，剔除《性恶》篇对荀子性恶研究而言无疑是彻底性、铲除性的摧毁。

其二，周教授不仅认为荀子是“性朴论”者，而且将这种观点延伸至汉代儒学，认为董仲舒也是持有“性朴论”的立场。黄开国教授便提出反对意见，他发表《董仲舒的人性论是性朴论吗?》一文，认为周教授“性朴”说虽然给人耳目一新之感，但内在的逻辑理路则是混乱的，比如他“认为性恶的‘伪’……性与伪的关系是性伪分；性朴论的‘伪’……性与伪的关系是性伪合。又说，性朴论没有善恶的价值判断，若这是说性朴论不讲性有善恶，这就相互矛盾了。逆性的性伪分之性既然是性恶，从理论上说顺性的性伪合之性就只能是性善或至少含有善的成分，否则，后天的‘文理隆盛’的成善就缺失了基础，顺性就不能成立，也无所谓性伪合。既然性伪分的逆性以性恶为

---

① 周炽成：《董仲舒对荀子性朴论的继承与拓展》，《哲学研究》2013 年第 9 期，第 53—67 页。

② 张峰屹：《也谈荀子的人性论》，《社会科学论坛》2007 年第 9 期，第 53—55 页。

③ 张峰屹：《也谈荀子的人性论》，《社会科学论坛》2007 年第 9 期，第 53—55 页。

④ 廖名春：《由〈荀子〉“伪”字义论其有关篇章的作者与时代》，《临沂大学学报》2015 年第 6 期，第 18—23 页。

⑤ 胡泽洪：《性朴还是性善——中国人性论通史修撰学术研讨会纪要》，《光明日报》2016 年 5 月 30 日。

前提，顺性的性伪合就应该以性善为前提，而不可能是没有善恶的性朴”①。不仅如此，黄教授也对《性恶》产生于西汉后期的说法表示了质疑，并给出理由认为此说难以信服。显而易见，黄教授认为“性朴”理论体制并不完善，它值得进一步推敲斟酌。最终，他认为，“中国人性论有一条从荀子性朴论到董仲舒的性朴论，再到《性恶》出现的发展线索，只能是一种没有根据的虚构”②。

其三，针对荀子“性朴”说，沈顺福教授发表《试论中国早期儒家的人性内涵——兼评“性朴论”》一文反对之。他与以往批判“性朴论”的学者站在文本解读、逻辑贯通的角度所不同，沈教授则从哲学发展史角度提出：“性朴说仅仅将性理解为未经加工的原初状态（‘朴’）。事实上，从孟子开始，性不仅仅指原初状态，而且具有规定性的内涵，即，性是具有规定性的原初材质。性朴论显然忽略了性所具有的规定性的内涵。而这一内涵恰恰是性的最重要的内涵。”③ 是故，孟子曰：“无恻隐之心，非人也；无羞恶之心，非人也；无辞让之心，非人也；无是非之心，非人也。恻隐之心，仁之端也；羞恶之心，义之端也；辞让之心，礼之端也；是非之心，智之端也。人之有是四端也，犹其有四体也。”（《孟子・公孙丑上》）“故凡同类者，举相似也”，“心之所同然者何也？谓理也，义也”（《孟子・告子上》）。由此观之，沈教授是从“性”这一哲学范畴的早期演变来考察“性朴”的局限和不足，指出“性”具有规定性这一内涵，意义非同凡响，无疑是对荀子“性朴”说的致命打击、彻底瓦解。沈教授最后直接否定了“性朴论”，认为此种新说“属于无稽之谈，不必当真”④。

仅就笔者而言，我们不太赞成荀子“性朴”说，更为欣赏传统性恶说，理由如下。

首先，先秦早期思想家探讨人性课题时，都持有以生论性是的共同立场。但是，从孟子开始，性质论⑤逐渐成为儒家性说的基本立场。“所谓人之性，乃专指人之所以为人者，实即是人之‘特性’。而任何一物之性，亦即该物所以为该物者。”⑥ 孟子认为，四端犹如四肢，生而有之，自然而然，人人如此，存之即人，舍之即兽。换言之，四端是人性的主角，或曰主宰。黑格尔说：“某物之所以是某物，乃由于其质，如失掉其质，便会停止其为某物。”⑦ “质”即“作为存在着的规定性”⑧。它主要是指事物的本质属性，或曰某物之所以为某物者。性即性质。质即属性、主角。这是从孟子之后论性的基

① 黄开国：《董仲舒的人性论是性朴论吗?》，《哲学研究》2014 年第 5 期，第 34—38 页。

② 黄开国：《董仲舒的人性论是性朴论吗?》，《哲学研究》2014 年第 5 期，第 34—38 页。

③ 沈顺福：《试论中国早期儒家的人性内涵——兼评“性朴论”》，《社会科学》2015 年第 8 期，第 108—115 页。

④ 沈顺福：《试论中国早期儒家的人性内涵——兼评“性朴论”》，《社会科学》2015 年第 8 期，第 108—115 页。

⑤ 沈顺福：《试论中国早期儒家的人性内涵——兼评“性朴论”》，《社会科学》2015 年第 8 期，第 108—115 页。

⑥ 张岱年：《中国哲学大纲》，商务印书馆 2015 年版，第 302 页。

⑦ ［德］黑格尔著，贺麟译：《小逻辑》，商务印书馆 1980 年版，第 202 页。

⑧ ［德］黑格尔著，贺麟译：《小逻辑》，商务印书馆 1980 年版，第 203 页。

本观点。

较之孟子，荀子则以为，“性者、天之就也；情者、性之质也；欲者、情之应也。以所欲为可得而求之，情之所必不免也。以为可而道之，知所必出也。故虽为守门，欲不可去，性之具也”（《荀子·正名》）。情欲即是人性的基本内容，然而，情欲不仅并不引人乐观，荀子说：“从人之性，顺人之情，必出于争夺，合于犯分乱理，而归于暴。”“纵性情，安恣睢，而违礼义者为小人。”（《荀子·性恶》）而且它在人们身上具备普遍性、相似性等，“材性知能，君子小人一也；好荣恶辱，好利恶害，是君子小人之所同也”（《荀子·荣辱》）。

情欲即性质，所以，荀子要“桥饰其情性”（《荀子·儒效》）。他说：“故枸木必将待檃栝、烝矫然后直；钝金必将待砻厉然后利；今人之性恶，必将待师法然后正，得礼义然后治，今人无师法，则偏险而不正；无礼义，则悖乱而不治，古者圣王以人性恶，以为偏险而不正，悖乱而不治，是以为之起礼义，制法度，以矫饰人之情性而正之，以扰化人之情性而导之也，始皆出于治，合于道者也。”（《荀子·性恶》）此是荀子奔走相告的性恶论。

其次，林桂榛虽然没有拔除《性恶》篇，但论证结构也稍显不足。甚至逻辑体系似乎是自相矛盾的，难以令人信服。诸如他主张“‘不善’可能是恶也可能是善恶间中立状态（非善非恶），比如荀子所谓的‘朴’”①。简言之，“性朴”即“性不善”，“朴”蕴含恶的可能，然而，林教授又指出：“朴是不恶，也无所谓善。”② 一方面认为“朴”蕴含恶，另一方面也倡导“朴”是不恶，按照林教授的“A—非 A”的逻辑，“不恶”的反面即是“恶”，如此，“朴”本身就蕴含了其与自身相反的属性特征，逻辑上岂能说得过去？另外，以“不善”解释“朴”，这样荀子学说与告子之言极为接近，从学术史的角度值得深究。告子曰：“性犹湍水也，决诸东方则东流，决诸西方则西流。人性之无分于善不善也，犹水之无分于东西也。”（《孟子·告子上》）告子即是性无善无恶说，认为人性本身具有不确定性，但似乎他也不排斥人性驯化的可能，否则怎么会有“决诸东方则东流，决诸西方则西流”的口号呢？所以，以“性不善”反对“性善”进而树立“性朴”说，我们认为似乎理论尚欠圆融。

再次，路德斌等学者们以人生而静层面（未发）、感于物而动层（已发）论证性朴、性恶兼容的做法似乎也有待讨论。众所周知，宋儒为与佛教心性思潮相抗衡，论证儒家伦理纲常的永恒性、合理性便援引释家“理”的学说对儒学进行改造，他们将人

① 林桂榛：《揭开二千年之学术谜案——〈荀子〉“性恶”校正议》，《社会科学》2015 年第 8 期，第 123—134 页。

② 林桂榛：《揭开二千年之学术谜案——〈荀子〉“性恶”校正议》，《社会科学》2015 年第 8 期，第 123—134 页。

性分为天命之性、气质之性两个层面。理学家们常把“人生而静”层面上的人性视为“理”，二程曰：“天下物皆可以理照，有物必有则，一物须有一理。”[①]“物物皆有理。”[②] 简言之，“理”即事物所以然。“所以然”即事物之所以成为如此的根本原因。一物有一物之所以然，此即一物之“理”，或曰“物理”。对于人而言，人亦有人之所以然者，此即“人理”，或曰人的本质、本性。如二程曰：“性即是理，理则自尧、舜至于涂人，一也。”[③]“性即理也，所谓理，性是也。”[④] 然而，此“理”却是不能用任何词汇描述规定的，如朱熹曰：“若理，则只是个净洁空阔底世界，无形迹，他却不会造作。”[⑤]“理无形体。”[⑥] 所以，二程曰：“‘人生而静’以上不容说。”[⑦] 朱熹曰：“性不可言。”[⑧]“人生而静”层面的“人性”虽然不容言说，但却是实有，此即儒家之“仁”，如朱熹曰：“仁是天理根本处。”[⑨] 此也是儒家之“理”与释家之“理”的最大不同处。

理学家们认为，人们谈论人性都是在“继之”，或说是经验层面上（已发）而言，然而，经验层面的“性”则是夹杂气质的，气质则有清明、昏浊等不同，故，“性”有善恶贤愚之别。荀子“性恶”说也是在经验层面而谈性，他“只见得不好人底性，便说做恶”[⑩]。故，荀子是性恶论者。由此，便引出了礼法教化问题。路氏等学者认为，“从‘人生而静’看‘性’，‘性’即‘朴’也，天然合理，无善无恶；从‘感于物而动’看‘性’，顺性自然，贪欲无度‘必出于争夺，合于犯分乱理而归于暴’，故‘性’乃‘恶’矣”[⑪]。貌似合理，但是先秦之际的荀子是否存有这种理论思维，这就很值得商讨。如周炽成说：“为了协调性朴与性恶……国内学者区分了本原意义之性和发用层面之性。……我认为《荀子》的作者应该没想到这两种区分。性之二分，是后人的看法。”[⑫] 很显然，路氏的学说也并不完全令人满意。

---

① ［宋］程颢、程颐著，王孝鱼点校：《二程集》，中华书局1981年版，第193页。

② ［宋］程颢、程颐著，王孝鱼点校：《二程集》，中华书局1981年版，第247页。

③ ［宋］程颢、程颐著，王孝鱼点校：《二程集》，中华书局1981年版，第204页。

④ ［宋］程颢、程颐著，王孝鱼点校：《二程集》，中华书局1981年版，第292页。

⑤ ［宋］黎靖德编：《朱子语类》，中华书局1986年版，第3页。

⑥ ［宋］黎靖德编：《朱子语类》，中华书局1986年版，第1页。

⑦ ［宋］程颢、程颐著，王孝鱼点校：《二程集》，中华书局1981年版，第10页。

⑧ ［宋］黎靖德编：《朱子语类》，中华书局1986年版，第89页。

⑨ ［宋］黎靖德编：《朱子语类》，中华书局1986年版，第1227页。

⑩ ［宋］黎靖德编：《朱子语类》，中华书局1986年版，第78页。

⑪ 路德斌：《性朴与性恶：荀子言“性”之维度与理路——由“性朴”与“性恶”争论的反思说起》，《孔子研究》2014年第1期，第52—59页。

⑫ 周炽成：《儒家性朴论：以孔子、荀子、董仲舒为中心》，《社会科学》2014年第10期，第122—132页。

六、结论：荀子“性恶”非“性朴”

通过以上论述，我们得出以下几点结论。

其一，荀子“性朴”说作为一种新兴的理论，论者各有所缘，立足朴与性之善恶之间的相互关系视角考察，却不外乎三种理论模式。即：周炽成教授宣扬“性朴”中性说，林桂榛先生主张“性朴”的真义即“性不善”，路德斌等学者们倡导性朴、性恶兼容说。各式各样的“性朴”立论即便异彩纷呈，但论证逻辑都没有游离出这三种模型。

其二，早期学者普遍持有以生论性的立场。但是，孟子之后，人性便有了质的属性和特点。性即性质。质即主角，或曰主宰。孟子以四端为人性之质，故倡导性善论。荀子因此反对之，宣扬情欲致恶，情欲即性质，质恶即性恶。故，荀子鼓吹性恶说。

其三，荀子“性朴”说论说精彩，吸人眼球。论者的形式各异。然而，“朴”字本身并无任何本质意义上的属性和特点，没有从根源上道破荀子性论的本质内容。即：性即质，质即恶，故，性即恶。或者说，“性朴”说忽视了人性的质的属性和含义。此种解读，较为合理。所以，我们得出结论：荀子依然是性恶论者。

孟子的人生价值观探析

孙聚友

摘　要　人生价值是儒家人生哲学思想的重要内容。儒家认为，人生价值的构成内容，既包括自身道德人格的完善，又包括自身社会职能的完成。这即是《大学》所言的通过格物、致知、诚意、正心的修身工夫，达致齐家、治国、平天下的目标实现。孟子在对孔子思想的继承发展中，丰富充实了儒家人生哲学的理论体系。他从其性善论出发，在对人生价值的存在依据、构成内容以及实现方法的认识中，指出了个人在自身的社会行为过程中，要自觉主动地扩充存养心性固有的道德善端，成就仁义礼智的道德善性，持守人道的社会规范，完成自身的社会职能，这样才能实现自身的人生价值。深入揭示孟子的人生价值观，有利于全面认识儒家思想的本质特征。

关键词　孟子　人生价值　性善论

作者简介　孙聚友（1963—　），男，山东招远人，山东社会科学院国际儒学研究与交流中心主任、研究员，专业研究方向为儒家管理、清代儒学等。

一、人生价值的存在依据

孟子的人生价值观思想，是建立在对人的存在的本质属性的认识基础上的。人的存在的本质属性，乃是关于“人之所以为人”本质规定的理论。孟子通过阐释人的存在的心性特征和人的存在的社会特征，指出了人的存在的本质属性是仁义礼智的道德善性。修养完善自身的道德善性，实践自身的社会存在特征，是人生价值的存在依据。

首先，孟子认为，人的存在的心性特征是仁义礼智的道德心性特征，这是人与动物区别开来的本质属性的重要特征体现。

孟子指出，一切同类之物，具有相同的属性特征。人作为类的存在，亦具有相同的属性特征。他说：“凡同类者，举相似也，何独至于人而疑之？圣人，与我同类者。”（《孟子·告子上》）人作为类的存在，其相同的属性特征，不仅表现在人的自然本能的属性特征上，而且表现在人的内在心性特征上。他说："口之于味也，有同嗜焉；耳之于声也，有同听焉；目之于色也，有同美焉。至于心，独无所同然乎？心之所同然者何也？谓理也，义也。圣人先得我心之所同然耳。故理义之悦我心，犹刍豢之悦我口。"（《孟子·告子上》）生存于社会之中的每个人，无不具有彼此相同一致的生理本能欲望和心理意识趋向。人的相同的生理本能欲望，表现为人的口、耳、目、鼻、四肢等形体器官对于饮食、声色、安佚等自然欲望的追求和喜好。人的相同的心理意识趋向，即表现为人的心这一思维器官所产生形成的各种情感、心绪、意向、观念，这是人生而具有的共同心理特征。人所具有的相同的自然本能的属性特征，并不是人的存在的本质属性，如果把人生而具有的自然本能的属性特征等同于人的存在的本质属性，亦即承认"生之谓性"，那么就会导致"犬之性犹牛之性，牛之性犹人之性"（《孟子·告子上》），人与动物的本质区别也就不存在了。故他说："口之于味也，目之于色也，耳之于声也，鼻之于臭也，四肢之于安佚也，性也，有命焉，君子不谓性也。"（《孟子·尽心下》）孟子在否定了将人的自然本能的属性等同于人的存在的本质属性的认识之后，通过严析人禽之别，揭释人心特征，阐发了人的存在的本质属性。

孟子认为，人的存在的本质属性，是由人心所具有的心理意识趋向特征所决定而展现出来的，但人的心理意识趋向的所有特征，并不是都展示着人的存在的本质属性。人的心理意识是由心而产生出来的，心之所以能够产生心理意识，首先在于人心是人所具有的思维器官，它具有耳目之官所不具备的思维能力。他说："耳目之官不思，而蔽于物，物交物，而引之而已矣。心之官则思，思则得之，不思则不得。"（《孟子·告子上》）心之官则思，即是说人心具有思维功能，它决定了人的各种情感、意向、心绪、观念等心理意识的产生形成。孟子指出，人的心理意识趋向特征，一是指向于富贵利达的物欲，即"富，人之所欲"，"贵，人之所欲"（《孟子·万章上》）；一是指向于仁义礼智的道德，即"心之所同然者何也？谓理也，义也"（《孟子·告子上》）。富贵利达的物欲之心，并不能展现出人的存在的本质属性；而仁义礼智的道德之心，则展现了人之所以为人所应具有的本质属性。故孟子说："广土众民，君子欲之，所乐不存焉；中天下而立，定四海之民，君子乐之，所性不存焉。君子所性，虽大行不加焉，虽穷居不损焉，分定故也。君子所性，仁义礼智根于心。"（《孟子·尽心上》）人的存在的本质属性，是由人心所具有的指向于仁义礼智的道德心理意识而展现出来的。

人的心理意识趋向特征之所以能够指向于仁义礼智的理义道德，这不仅是因为人心具有耳目之官所不具备的思维能力，更在于人心还是道德本能之心和道德意识之心。人心所具有的道德本能和道德意识，即是人皆有的不忍人之心，它具体表现为仁义礼智的善心善端。故他说："无恻隐之心，非人也；无羞恶之心，非人也；无辞让之心，非人也；无是非之心，非人也。恻隐之心，仁之端也；羞恶之心，义之端也；辞让之心，礼之端也；是非之心，智之端也。人之有是四端也，犹其有四体也。”（《孟子·公孙丑上》）恻隐、羞恶、辞让、是非这四种心理意识趋向特征，即是仁义礼智的道德善端，它是人所不学而能、不虑而知的良能良知，“人之所不学而能者，其良能也；所不虑而知者，其良知也”（《孟子·尽心上》），良能良知即是人所具有的道德本能和道德意识，它内在于人心之中，“仁义礼智，非由外砾我也，我固有之也”（《孟子·告子上》）。人之所以为人而与动物区别开来的本质特征，就在于仁义礼智的道德善性。所以，人性是善的，善的人性是人人具有的。但善的人性不是已成的，而是待成的。人虽然有恶的行为，但不能由此而认为人性是恶的。孟子说：“人见其禽兽也，而以为未尝有才焉者，是岂人之情哉？故苟得其养，无物不长；苟失其养，无物不消。”（《孟子·告子上》）人之所以有恶的行为，就在于没有存养扩充道德善心。“虽存乎人者，岂无仁义之心哉？其所以放其良心者，亦犹斧斤之于木也，旦旦而伐之，可以为美乎？”（《孟子·告子上》）因此，人如果不能存养扩充善心善端，也就与禽兽相差无几了。故孟子说：“人之所以异于禽兽者几希，庶民去之，君子存之。”“君子所以异于人者，以其存心也。君子以仁存心，以礼存心。”（《孟子·离娄下》）

孟子认为，人虽然具有良能良知的道德本能和道德意识，但只有将仁义礼智的道德善端，存养扩充为仁义礼智的道德善性，才能成就自身的本质属性，才是人之所为人的人生价值的存在依据。他说：“凡有四端于我者，知皆扩而充之矣，若火之始然，泉之始达。苟能充之，足以保四海；苟不充之，不足以事父母。”（《孟子·公孙丑上》）人如果不能存养扩充自身具有的道德善心善端，不能成就自身存在的道德善性，就与动物没有区别了。因此，道德善性展示了人之所以为人而与动物区别开来的本质属性，是人生价值存在的内在根基之一。

其次，孟子指出，人是生存于仁义礼智的人道社会之中的，具有其自身的社会存在特征。无论从人道的产生形成，还是从人道的内容特征而言，都展示了人的存在的社会存在特征是以仁义礼智的道德为其核心内容的。人只有遵循践履仁义礼智的人道，才能体现出人之所以为人的本质属性。亦即，人的存在的社会特征，也是人生价值的重要存在依据。

孟子认为，人道是人类社会生存发展的根基，它的产生形成体现了人与动物区别开来的本质特征。他说：“人之有道也，饱食暖衣，逸居而无教，则近于禽兽。圣人有忧之，使契为司徒，教以人伦：父子有亲，君臣有义，夫妇有别，长幼有叙，朋友有信。”（《孟子·滕文公上》）人道具体表现为特定的社会组织结构和纲纪规范，这即是上下有分、贵贱有等、尊卑有序、轻重有别的社会关系和行为职能，以及父子有亲、君臣有义、夫妇有别、长幼有序、朋友有信的社会规范和人伦纲常，它体现了人与动物区别开来的社会存在特征。人的社会存在特征，具体表现为人生存于人道社会之中，不仅具有其自身特定的社会角色和社会地位，而且有其自身特定的社会职能和行为规范，这是人与动物区别开来的本质规定。孟子进一步指出，人道是“以不忍人之心，行不忍人之政”（《孟子·公孙丑上》）的仁义之道，它是圣王由其仁义礼智的道德善心，存养扩充推己及人而创建的“亲亲而仁民，仁民而爱物”（《孟子·尽心上》）的孝悌之道。他说“仁之实，事亲是也；义之实，从兄是也；智之实，知斯二者弗去是也；礼之实，节文斯二者也；乐之实，乐斯二者”（《孟子·离娄上》）。人道的内容特征由是仁义礼智的道德而推衍出来的，并以仁义礼智道德为其本质核心。人生存于人道社会之中，其所具有的社会存在特征也是以仁义礼智的道德为其表现内容的。人只有在社会行为过程中，以其自身特定的社会角色，遵循仁义礼智的人道规范，完成自身特定的社会职能，才能成就自身的道德善性，才能实现自身的人生价值。所以，人的存在的社会特征，是人生价值的重要存在依据。

二、人生价值的构成内容

人生价值的构成内容，是由人的存在特征决定的。孟子认为，人生价值的存在依据，既是由人的内在心性特征决定的，也是由人的社会存在特征决定的。无论是从人的内在心性特征而言，还是从人的社会存在特征分析，仁义礼智的道德善性是人的存在的本质属性。因此，人生价值的构成内容，其核心在于自我道德善性的完善，其表现则在于自身社会职能的完成。

孟子指出，实现自身的人生价值，个人在其社会行为过程中，要居仁由义，践履道德，这是个人首先应当确立和持守的行为方式。这种行为方式，是对仁义礼智道德心性的扩充存养，是对仁义礼智人道规范的遵循践履。他说：“仁，人心也；义，人路也。舍其路而弗由，放其心而不知求，哀哉！”（《孟子·告子上》）“仁，人之安宅也；义，人之正路也。旷安宅而弗居，舍正路而不由，哀哉！”（《孟子·离娄上》）个人要实现自身的人生价值，就要在其社会行为过程中，修养完善自身的道德，完成自身的社会职能。

孟子对于人生价值构成内容的认识，还从天人合一的人道论上进行了阐发。他通过对天道与人道内在关系的揭释，进一步强调了修养完善自身的道德，完成自身的社会职能，不仅是人生价值的构成内容，而且是人的存在的社会行为准则。

孟子认为，天道与人道是相通相合的，二者是相通相合于诚德上的，而诚德即是仁义礼智。他说：“居下位而不获于上，民不可得而治也。获于上有道，不信于友，弗获于上矣。信于友有道，事亲弗悦，弗信于友矣。悦亲有道，反身不诚，不悦于亲矣。诚身有道，不明乎善，不诚其身矣。是故诚者，天之道也；思诚者，人之道也。至诚而不动者，未之有也；不诚，未有能动者也。”（《孟子·离娄上》）天道表现为生生不息、真实无妄的诚德，人道表现为对于诚德的识得践履；天道是人道的终极来源和本根依据，人道是天道的具体流行和现实显现。人对于天道的识得践履，是以明乎善为前提的，而明乎善即是尽心知性识得成就仁义礼智的道德，所以“尽其心者，知其性也。知其性，则知天矣。存其心，养其性，所以事天也”（《孟子·尽心上》）。人的内在心性特征和人的社会存在特征是仁义礼智的道德善性，存养扩充仁义礼智道德就是对于天道的识得，就是对于人道的践履。因此，天人合一的人道，是以仁义礼智的道德为其本质核心的。仁义礼智的人道，不仅具有源于天道的绝对合理性，而且具有根于人的心性的内在至善性，它决定了人的存在的社会行为准则。无论是父子、君臣、兄弟、夫妇、长幼等社会关系和社会地位，还是居位、治民、事上、信友、事亲等社会职能和社会行为，都要合于源于天道的仁义礼智的道德规范。

修养完善自身的道德，完成自身的社会职能，作为人生价值的构成内容，就其表现而言，既表现为个人在家庭关系中的道德实践，也表现为个人在政治关系中的道德实践。就家庭关系而言，孟子认为，孝梯之道是个人在家庭关系中的行为准则，“尧舜之道，孝悌而已矣”（《孟子·告子下》），孝悌之道即是事亲从兄，而事亲从兄即是仁义礼智的道德在家庭关系中的体现。故孟子说：“事，孰为大？事亲为大；守，孰为大？守身为大。不失其身而能事其亲者，吾闻之矣；失其身而能事其亲者，吾未之闻也。孰不为事？事亲，事之本也。孰不为守？守身，守之本也。”（《孟子·离娄上》）个人的人生价值表现于家庭关系之中，就在于个人在家庭关系的社会行为中，首先必须存养扩充自身仁义礼智的道德善性，践履事亲从兄的孝悌之道。这不仅是个体在家庭关系中的行为准则，更是平治天下的首要基础。所以孟子说：“道在迩而求诸远，事在易而求诸难：人人亲其亲，长其长，而天下平。”（《孟子·离娄上》）遵循仁义礼智的道德规范，完成事亲从兄的社会行为，是个人的人生价值在家庭关系中的体现。

孟子特别重视个人在政治关系中的实现自身的人生价值。他认为，个人在政治关系中有其特定的社会角色和行为职能，依据自身的社会角色完成自身的行为职能，不仅是人生价值的实现，更是社会得以和谐有序发展的基础。孟子指出，个人在政治关系中所具有的社会地位角色和社会职能，是社会顺利发展的存在前提，更是人类得以生存的必然选择，这是“天下之通义”。他说“有大人之事，有小人之事”，“或劳心，或劳力；劳心者治人，劳力者治于人；治于人者食人，治人者食于人，天下之通义也”（《孟子·滕文公上》）。虽然人在政治关系中的角色地位和职能分工有所不同，但人的行为准则都必须依循于仁义礼智的人道规范。故他说：“规矩，方员之至也；圣人，人伦之至也。欲为君，尽君道；欲为臣，尽臣道。二者皆法尧舜而已矣。不以舜之所以事尧事君，不敬其君者也；不以尧之所以治民治民，贼其民者也。孔了曰；‘道二，仁与不仁而已矣。’”（《孟子·离娄上》）仁与不仁的区别，就在于人们之间社会交往的行为准则是“怀仁义以相接”还是“怀利以相接”。孟子说：“为人臣者怀利以事其君，为人子者怀利以事其父，为人弟者怀利以事其兄，是君臣、父子、兄弟终去仁义，怀利以相接，然而不亡者，未之有也。”如果人们之间的社会行为准则不持守仁义道德，而是以是否合于自身的物欲利益为依据，那么整个社会就会走向灭亡，自身的生存也难以保证。“为人臣者怀仁义以事其君，为人子者怀仁义以事其父，为人弟者怀仁义以事其兄，是君臣、父子、兄弟去利，怀仁义以相接，然而不王者，未之有也。”（《孟子·告子下》）只有社会之中的每个人都能以仁义道德规范作为自身行为的准则，社会才能得以和谐运行，人的存在的道德善性才能得以实现，人生价值才能展示出来。

孟子对于人生价值构成内容的认识，还表现在他指出了人生价值的高低，是由个人的自我选择所决定的。孟子认为，个人在其人生价值取向的选择上，要以达致圣人的道德境界为追求。他说：“圣人，人伦之至也。”（《孟子·离娄上》）“圣人，百世之师也。”（《孟子·尽心上》）圣人以其完善的道德人格和卓越的治世功业，成为人生价值的楷模。因此，个人在确立人生价值取向时，要以圣人为标准，追求自身人生的崇高价值实现。他说：“君子有终身之忧，而无一朝之患。乃若所忧则有之：舜，人也；我，亦人也。舜为法于天下可传于后世，我由未免为乡人也，是则可忧也。忧之如何之，如舜而已矣。”（《孟子·离娄下》）孟子指出，人皆可以为尧舜，个人在确立人生价值取向时，应当做到“居天下之广居，立天下之正位，行天下之大道。得志，与民由之；不得志，独行其道。富贵不能淫，贫贱不能移，威武不能屈，谓之大丈夫”（《孟子·滕文公下》）。遵循践履仁义礼智的道德规范，完成自身的社会职能，以圣人作为人生价值的追求目标，就能成就自身的人生价值。所以，孟子指出，确立正确的人生价值取向，就要正确处理“大体”与“小体”的关系。他说：“人之于身也，兼所爱。兼所爱，则兼所养也。无尺寸之肤不爱焉，则无尺寸之肤不养也。所以考其善不善者，岂有他哉？于己取之而已矣。体有贵贱，有小大。无以小害大，无以贱害贵。养其小者为小人，养其大者为大人。”（《孟子·告子上》）人生价值的高低，是由自己的主动选择所决定的。如果以满足食色之欲、富贵之求作为人生价值的取向，则其人只是“小人”，不可能具有完善的道德。只有以追求道德的完善，才能成为道德完善的人。故他说“从其大体为大人，从其小体为小人”，“先立乎其大者，则其小者不能夺也。此为大人而已矣”（《孟子·告子上》）。确立远大的人生价值取向，才能成就自身崇高的人生价值。

三、人生价值的实现方法

人生价值的实现，必须持守正确的方法。孟子认为，人生价值的实现，取决于自我主动地努力向善。他说：“君之深造之以道，欲其自得之也，自得之则居之安，居之安则资之深，资之深则取之左右逢其源。故君子欲其自得之也。”（《孟子·离娄下》）关于人生价值如何实现，孟子提出了多种方法，其核心都是围绕着道德善性的修养而展开的。

孟子指出，人的心理意识趋向特征，既指向于富贵利达的物欲，也指向于仁义礼智的道德，因此人心所产生的思想、观念及情感、意志并不是完全地指向于善，由此而形成的行为也不是全部地合乎于善。要想使自己的心理意识和社会行为展现出仁义礼智的道德，合乎于善的道德要求，个人一方面要扩充存养人心所具有的善心善端，另一方面要使物欲之情感受制于道德善心的主导和约束。由此，孟子指出了存心养性的修身工夫，是人生价值实现的重要方法。

孟子认为，追求道德善性的完善，实现自身的人生价值，个体就要自觉主动地存心养性，扩充存养人心固有的道德善端。人心具有对于道德认同和追求的良能良知，但由于人受到外在物欲的影响，便渐渐失去了原有的道德善端。所以，存心养性就是把人心固有的道德善端扩而充之，认识到自身存在的道德善性，并自觉主动地去努力追求践履。故孟子说："求则得之，舍则失之，是求有益于得也，求在我者也。""万物皆备于我矣。反身而诚，乐莫大焉，强恕而行，求仁莫近焉。"（《孟子・尽心上》）人的存在的道德善性的成就，是自我主动努力追求的结果。这种对于道德善性的自我主动追求，是人生价值实现的重要方法，故"尽其心者，知其性，知其性则知天也。存其心，养其性，所以事天也"（《孟子・尽心上》）。存心养性就要做到"以仁存心，以礼存心"（《孟子・离娄上》），作为人生价值的完善方法，它是人识得成就源于天道的仁义礼智的道德善性和人道规范，以达至天人合一的必由途径。

由于物欲的追求超越了人的道德善心的制约，人的社会行为就会违背仁义礼智的人道规范，而导致道德的沦丧和社会的动乱，故孟子指出，要实现人生价值，就要把对物欲的追求和满足受制于人的道德善心的主导，这样才不会出现有违于人道规范的恶行。他说："养心莫善于寡欲。其为人也寡欲，虽有不存焉者，寡矣；其为人也多欲，虽有存焉者，寡矣。"（《孟子・尽心下》）寡欲作为存心养性的表现，是指人在自身的社会行为过程中，对于自身意识和行为的取舍抉择，要依据于仁义礼智的人道规范而行，以仁导欲，以义制欲，不要被生理物欲所左右。故他提出了养气的修养方法，认为"志，气之帅也；气，体之充也"（《孟子・公孙丑上》），只有坚定自身居仁行义的意志，才能保证人生价值的实现。这种坚定的意志，就是"浩然之气"。浩然之气，至大至刚，配义与道，培养自身的浩然之气，就是培养自身内在向善的道德意志，如果没有这种自觉自律的道德意志，则人生价值就难以实现。

孟子指出，自觉自律的道德意志，是反求诸已的道德完善前提，是人对自身行为是否合于道德、能否持守道德的自我反省。他说："爱人不亲，反其仁；治人不治，反其智；礼人不答，反其敬。行有不得者皆反求诸己，其身正而天下归之。"（《孟子・离娄上》）反求诸己的自觉自律道德意志，是以合于道德为其取向的，如果自身行为合于道德而得不到他人的认同，君子是不会改变自身操行的。即使是在面临生死抉择的时刻，人也应当把道德价值的实现作为人生价值的首要追求，不可为了生存而抛却道德。故他说："生亦我所欲也，义亦我所欲也，二者不可得兼，舍生而取义者也。生亦我所欲，所欲有甚于生者，故不为苟得也。死亦我所恶，所恶有甚于死者，故患有所不辟也。"（《孟子·告子上》）舍生取义，将人生价值的实现落实于道德的完善，展示了孟子对于人的存在价值意义的理性认识。

孟子对于人生价值完善方法的认识，充分揭示了人对于自身存在价值的追求践履，是建立在主体内在的道德自觉意识和道德意志上的。任何人只要主动发挥自我具有的对于道德识得成就的意识自觉和意志自律，都可以成就自身存在的人生价值。如果没有实现自身存在的价值，"是不为也，非不能也"（《孟子·梁惠王上》）。

总之，孟子的人生价值观思想，推进了儒家人生哲学思想的发展。他对于人生价值的存在依据的阐发，肯定了人类具有向善趋善的存在特征；对于人生价值的构成内容的揭示，指出了人生价值的具体落实指向；对于人生价值的实现方法的探讨，高扬了人类自我主动完善的理性精神。因此，孟子的人生价值观，展示了儒家文化对于人的存在价值的自觉认识和主动构建。

孔子的仁学思想及其现代价值

王新春

摘　要　中国具有悠久的以人为核心关切的哲学文化传统，这一传统奠定于先秦时期。在其早期著作《中国哲学史》中，冯友兰先生曾列有一题为“人之发现”的专节，析论孔子之前及其同时代的相关思想。其后，在《中国哲学史新编》的试稿中，他进而指出：“春秋时期的哲学思想发展的特点，从某种意义上，也可以说是‘人的发现’时期，就是说，与‘天命’和鬼神比较，‘人’被提到了首要的地位，认为人应该是自己命运的主宰者。”此论极具启发意义。实则西周初叶以降，中国的思想文化即开始进入到一个堪称“人的发现”的时代。春秋以后，先民赓续光而大之，至孔子则迈出了具有里程碑意义的一大步。有鉴乎此，笔者不揣谫陋，谨在前人及时贤研究的基础上，基于这一“人的发现”的视域，对孔子的仁学思想，再作一番粗浅的探讨。

关键词　孔子　仁学　人的发现

作者简介　王新春（1965—　），男，山东胶南人，山东大学哲学与社会发展学院教授、博士生导师，主要研究方向为易学、宋明理学、儒道哲学、中国哲学。

一

人的发现，是西周以来的时代主题，孔子首先是这一主题的契接者。

中华文明源远流长，积淀下了丰赡、深湛而厚重的历史文化底蕴。在此文明的早期，夏商周三代所取得的显赫成就，已是有目共睹。而文明与文化的创造，各种成就的取得，都与人的努力直接相关，其所或直接或间接展现抑或生动诠释着的，其中就是人的价值和意义。但是，此等展现或诠释，与人对此的觉悟和自觉，并非同时发生的，后者远要晚于前者。放眼中华文明之长河，后者的初步发生，即今之所能见，已在西周初叶。

西周取代殷商，在王朝更迭的背后，所涵蕴着的，乃是思想文化之域所发生的更具根本性意义和深远历史影响力的重大转型。这一转型的核心，就是神学信仰的人文化与伴随此人文化而来的具有划时代意义的人的发现的鲜明主题的初步开显。

众所周知，殷商时期，神学信仰主导着先民的整个精神与生活的世界。上帝被视为整体天人宇宙间的至高无上的主宰，终极决定着其间的一切。作为人世最高统御者的王，其在落实自己角色的每一环节和细节，每每皆要以敬畏上帝为本，以祭拜求佑、占卜测知神意为手段，而人自身的价值和作用，几乎未能呈露在他的视域之内。王尚如此，遑论王之下的其他人。在上述信仰下，上帝自身之所是，不可捉摸，难以测度，与人属于两种截然不同的存在，二者之间几乎没有丝毫的同质关联。前者对于后者，也没有明显的善意关切、眷顾。这一切，在西周初叶发生了重大改观。周初当政者，在赢得统御天下之大位后，有了王朝更迭所以然的问题意识之自觉。他们透过对三代王朝更迭所以然问题的深度反思，得出天命转移的观念，并借助这一观念，实现了对于上帝信仰的全新理解。在他们的视域下，皇天上帝（或直呼曰天）依然是整体天人宇宙间的最高主宰，但它已是一个可以测度体认沟通面对的绝对善的化身，以善为其终极关切。德以待天下者，方可、即可得到它的赏识而赢得天命，跻身统御天下之位；而一旦失德，此命即会被收回，转而赋予新的德以待天下者。此即导致王朝更迭的最后秘密之所在。德，成为人得到皇天上帝认可、实现与其沟通的基本凭借，由此也进而成为人之所以为人的基本应然表征。立基于德，人即会得到皇天上帝的护佑，顺畅推展人生的一切，实现自身之目标；反之，人只会动辄碰壁。由此，在德的大前提下，人自身，无疑成了人事成功与否的实质意义上的真正决定者。人的价值、意义和作用，顺理成章地得以逐步开显。德彰显为一种与皇天上帝相契合的具有终极宇宙意义的表征人之应然生命品质的崇高、神圣价值。对于德的这一理解，显然意味着人的人文价值意识之初步觉醒与自觉，意味着人文精神的彰显。伴随着这一切而来的人的价值、意义和作用的开显，就是所谓“人的发现”。这也是此一发现在此历史文化语境下的基本内涵之所在。

际此历史境遇，主要当系滥觞于祭拜神灵的巫术宗教活动的礼乐，历夏经商之后，在人的发现的时代主题下，转化为时代思想文化的基本形态，最终出现了此一形态下的整体思想文化价值系统，成功奠定了中华作为一礼乐之邦的根基。上述系统一反以往礼乐的基本巫术宗教神学品格，而豁然高标人文之精神。它贯通天人，立足于天人之整体和家国天下之整体的宏大视域，以天人之沟通契合与家国天下之平治而秩序化、和谐化为其终极核心诉求。它透过祭祀礼乐的具体仪式、活动，一则表达了人对于天的敬畏与感恩，再则实现了人与天的感通，三则营造起独特的神圣庄严氛围而熏染、震撼人的心灵，激发出人之来自于生命深处的对于超越性存在即天的强烈而深沉的敬畏与感恩之情愫，进入通体纯然的敬畏与感恩的生命状态或境界。它透过祭祀礼乐的具体仪式、活动，也表达了人们对于以德配天而创立、传承人生德业的先王、先祖的敬畏与感恩，并借此彰显出先王、先祖所表征的人的价值以及人们对此价值的高度自觉与肯定。而透过在世者各种场域下繁缛不紊、有章可循的种种交往礼乐仪式、活动有节有度的具体实施，它又彰显出对于各种社会角色和充任这些角色之人的正视，以及在此正视所许可的限域内对于充任相关角色之人的善待；彰显出对于通体洋溢着人文精神的礼乐制度、社会秩序的敬畏与善待；彰显出人道与天道同样的神圣与庄严。在它的有效甄陶下，天人息息相通，天地人物相连一体，构成人的整个生活的世界。这一世界，逐步迈向礼乐化的富含人文价值意义的世界。置身于其中的人，也成为礼乐化了的人。礼乐既获得了超越性之天的根源性意义，又获得了直接性的生命存在本身之存在上的究竟意义，化而为人上以通天、下以贯人的基本生活样式，生活态度，生命存在方式与气象。

对于上述历经三代乃至更为久远的历史而所建构、完善起的礼乐形态的整体思想文化价值系统，以及由此所积淀起的礼乐文化传统，生活于春秋之末的孔子，给予了高度评价。

东周以降，礼崩乐坏，三代的礼乐之统发生断裂，礼乐形态的整体思想文化价值系统渐次解构和转型。以之为价值依据的人的生活样式、生活态度、生命存在方式以及作为整体的生活的世界面临严峻挑战，步入价值动摇、惶惑乃至迷失之途。挑战可以将受挑战者逼向绝路，也可以促发其新生。即其促发新生而言，挑战无疑也就意味着机遇。置身这一危机四伏的严峻历史文化场域之中而又超越乎其上，居于时代前列而能敏锐洞悉其间所发生之一切的精英人物，以其深度的时代问题意识之自觉，反省现实与历史，尤其是反省以往大显其用、而今却步入危途的礼乐之统、礼乐形态的整体思想文化价值系统与作为其具体落实的礼乐制度。经过反省，如果说开创道家学派的老子更多地发现了礼乐的负面效应进而给予其几近全面的否定，那么，开创儒家学派的孔子则更多地看到了其正面效应并进而对其本身做了积极的价值肯定。与老子认定社会人生中一切乱象皆因礼乐文化所诱发形成鲜明对照的，孔子则认为这一切恰恰是由礼乐文化未能一以贯之地尽显其用所造成。任何文明、文化的创构与成果，一旦在历史长河中显用，往往表现出双刃器的品格。孔子与老子，正是分别发现了同一双刃器两面中的各一面，皆富重大历史性价值而可历史地相益互补。儒道两家互补之格局，正是由此滥觞的。

孔子长期生活于鲁国。鲁为在礼乐制度之最终完善确立方面做出过主要贡献的周公的封国，其首任主持国务之君则为周公之子伯禽。在西周所分封的列国中，鲁成了其礼乐文化接纳、保存最为完备的国度，并在东周以降天子大权旁落、诸侯相继争霸称雄之礼崩乐坏局面出现后，历史地成了这一文化的最后安顿地。以故精通音律的吴王寿梦之季子季札于鲁襄公二十九年（前 544 年）聘于鲁时，得以畅观周乐，大开眼界（《左传·襄公二十九年》《史记·吴太伯世家》）；而鲁昭公二年（前 540）春，“晋侯使韩宣子来聘”时，“观书于大史氏，见《易象》与《鲁春秋》”，乃有“周礼尽在鲁矣，吾乃今知周公之德与周之所以王也”之叹。(《左传·昭公二年》)浸润于这一礼乐文化氛围之中的孔子，基于礼乐所透出的人文精神，很早就有了人文价值意识之觉醒与自觉。借此自觉所开启的人文价值之视域，孔子涵纳天人，通贯古今，放眼未来，理智直面社会人生之现实，冷峻反思社会人生之过去，前瞻社会人生之未来，艰难疏通了三代以来的礼乐之统，并予以创造性契接，最终牢固确立起自己鲜明的人文价值理性意识，人文历史理性意识。

依孔子之见，礼乐是三代的时代文化心灵之所在，它大发其皇于周而跻隆盛之境：“周监于二代，郁郁乎文哉！吾从周。”(《八佾》)他以契接西周所完备起的礼乐之统以引领现实及未来之人生，作为自己之神圣祈愿和舍我其谁般的庄严担当：“文王既没，文不在兹乎？天之将丧斯文也，后死者不得与于斯文也。天之未丧斯文也，匡人其如予何?”(《子罕》)此所昭示的，无疑是一种鲜明的文化自觉，彰显出孔子深挚的文化认同意识，传统认同意识。两种认同意识二而一，实则归于一种价值认同意识。这种契接，显然不是单纯知识化的知解意义上的契接，而是一种真切直接性的生命存在本身之存在意义上的契接。契接的落实，是面向在世之人，切入而与人所置身于其中的整个生活的世界接通，引领、转化、提升之，并因此而使礼乐之统获得鲜活盎然的时代生命力。这就意味着，礼乐之统不是抽象而超绝的恒常不变之物，而是与在世之人的生存、生命，与感性鲜活的生活的世界，息息相关的。因此相关，而令其具备了生命性和绵延力，并由此既在不同时代得以彰显一以贯之的人文精神之常，又使其相应于不同时代获得了各呈精彩的独特时代新意。获得圆满的时代新意，意味着礼乐之统的全副新生，这才是真正意义上的契接。由此，时的精神，成了礼乐之统的真精神。礼乐以时为贵，以契时为至。这就更进一步透显出礼乐深厚的在生命存在本身之存在上的究竟意蕴。正是在这个意义上，孔子称：“殷因于夏礼，所损益，可知也；周因于殷礼，所损益，可知也。其或继周者，虽百世，可知也。”(《为政》)也正是由于体认到了孔子所点醒的礼乐的这一真精神，后儒方提炼出“礼，时为大”(《礼记·礼器》)这一经典性论断。

上述契接，在孔子看来，关系重大，意义深远。依他之见，礼乐文化的大传统，由先圣先王创构传承而来，已是先于后人的既定历史性存在。它在天人关系、社会人生、个体生命存在方式与安身立命之应然，以及何以达成这些应然诸方面，皆有详明而正大之开示。后人无须再从起步阶段进行一步步的艰难摸索探究，只须将其与自己置身的时代接通，会通出时代新意，即可在上述诸方面确立价值明觉，相当便利地落实一切，推展一切。因之，面对上述传统，后人的精神向度，自当豁然归于自觉认同与感恩、敬畏一途。感恩、敬畏之，进而感恩、敬畏创构传承它的先圣先王，守望先圣先王借传统所高标的崇高、神圣价值。基于是而有此契接，才会在文化自觉下与先圣先王所创构传承下来的礼乐文化的大传统接通，与以往的历史接通，并在接通的基础上，承先启后，转化礼崩乐坏之乱局，理顺现实人生，开启整个生活的世界理想之未来。正是主要在上述意义上，孔子如此表白过自己的心迹："述而不作，信而好古。"他将传述、承继、信从、敬畏、守望上述礼乐文化的大传统，视为自己一生的主要作为，生命期许，使命担当，也视此为自己人生价值集中之所在。就此，朱子的诠释最为经典："孔子删《诗》《书》，定礼乐，赞《周易》，修《春秋》，皆传先王之旧，而未尝有所作也，故其自言如此。盖不惟不敢当作者之圣，而亦不敢显然自附于古之贤人；盖其德愈盛而心愈下，不自知其辞之谦也。然当是时，作者略备，夫子盖集群圣之大成而折中之。其事虽述，而功则倍于作矣，此又不可不知也。"敬畏传统，重视历史，珍视传统对于现实的直接范导价值，看重历史对于现实的借鉴意义，确立宏大历史长河之视域，豁显人文历史理性意识，进而正定承先启后的历史担当，由此也成为孔子以来儒家所直接影响塑造的中华悠久传统中的优良传统之一。这对中华文化与文明强劲坚韧生命力、绵延力的铸就，自也发挥了重大内在作用。

二

孔子不唯有上述的契接，而且更有深远里程碑意义上的历史性转进。

契接礼乐之统，也就意味着对于人的发现的时代主题的契接。继此契接，孔子着力突显了礼乐之统在直接性的生命存在本身之存在上的究竟意义，予以自觉的此一意义上的创造性转化，进而并从人自身那里为其寻得了真切可靠的价值根基，即仁。仁被诠显为内在于人的生命之中的崇高价值。人本身直下即成为拥有崇高价值的存在。由此，德不再仅仅是超越而外在之天对于人的生命品质之应然的强制性要求，它即转而为人所内在地涵具；礼乐不再仅仅以此超越之天为其价值根基，其直接的根基转而内在于人的生命存在之中。礼乐之统有了来自于生命存在本身的价值根基与直接承当，与人的生命存在接通。仁礼合一的全新哲学文化价值系统最终建构完成。孔子由此不仅契接，而且全方位深化、升华了人的发现这一主题，令其获得了全新的内涵。于是，孔子即由述而进入了作。孔子之作，本乃内在地涵蕴于述之中，他并自认为其属于所述题中本有之义，而不属于作，结果却远远超越了述。述而不作成了述而又作，成了以述为作，即述即作。此即冯友兰先生所早就指出的：孔子"非只'述而不作'，实乃以述为作也。此种精神，此种倾向，传之于后来儒家，孟子荀子及所谓七十子后学，大家努力于以述为作，方构成儒家思想之整个系统"。很显然，作令所述在现实感性生活的世界中因生命内在根基的发现而焕发生机，有了获得全副新生的大好机缘。

首先，孔子着力突显了礼乐在人的生命存在本身之存在上的究竟意义，直面现实人生，着眼现实生活的世界，令礼乐真切化而为人的生活样式、生活态度、生命存在方式。

西周时期的礼乐，较之于以往的礼乐，已发生了带有质的根本性转化：以往的礼乐，在巫术宗教的浓郁信仰氛围下，主要为鬼神而设；转化后，在人文精神的主导下，礼乐则主要为人、为属于人的整个生活的世界而设。而前一种设，也随之化而为后一种设所涵摄下的一个有机环节。这是礼乐精神的重大转型。基于这一转型而所完备起的西周礼乐形态的整体思想文化价值系统，有了全副显豁的人的整个生活的世界的面向。孔子则以自己独特的方式，强化、推进了这一面向。

为孔子所心仪的上述西周礼乐形态的整体思想文化价值系统，如前所及，系在冷静而深度反思、总结三代王朝更迭经验教训基础上完善而成。其着眼点，是立足于王的角色意识之自觉，以德以契天为价值根基，以感通天人、实现整体天下的平治为终极诉求。在此诉求下，礼乐显用的面向是整体性的。其所面向的整体，就是天人宇宙之整体与家国天下之整体。其所显用的基本表征，就是礼乐制度的确立；就是每一个体人生皆纳而统摄于这一制度之下，受其规范，由其引领，陶铸、会通出一有上有下，尊卑森严，各有其位的社会秩序，达成一各安其位，井然有致的秩序化有机社会。在上述显用的过程中，礼乐所彰显的第一序的意涵，显然就是在构建人文化的社会制度与秩序之域的政道与治道意涵，第二序的才是在直接关乎人的生命存在本身之存在上的人之生活样式、生活态度、生命存在方式与气象意涵。第二序意涵为第一序意涵所统摄，所派生。孔子的杰出贡献，首先表现在，以其鲜明的扣紧人的生命存在本身之存在的视域和现实人生关切，将礼乐所彰显的第一序与第二序意涵做了一番序次的重大重整，令礼乐显用的面向始于个体性而通向整体性，以整体性涵摄个体性而借个体性稳步达成整体性。于是，礼乐所指向的首先是个体的安身立命之道，然后才是治国平天下的政道与治道。在孔子的视域下，礼乐首先应当化而为个体生命存在的基本方式，个体的正大安身立命之道；此一方式，此一道，直接就关联着治国平天下之道。因此，当齐景公问政于孔子时，孔子回答：“君君，臣臣，父父，子子。”景公听后感叹道：“善哉！信如君不君，臣不臣，父不父，子不子，虽有粟，吾得而食诸?”（《颜渊》）依孔子之见，个体立足于各自的礼乐化的社会人文分位，依照礼乐所内涵的人文精神对于相应分位下的角色之所以为该角色的基本要求，正定自己的分位与角色，确立自觉的角色意识，为其所当为，礼乐即化而为个体的安身立命之道，化而为个体现实生命的存在方式，而治国平天下之道即内涵于、落实于其中矣。为此，孔子着力强调的，是个体基于自己礼乐化的社会人文分位的角色意识之自觉，以及在此自觉基础上的为其所当为；他所深恶痛绝的，则是不能正视自己的分位与角色的为其所不当为，亦即形形色色的犯分乱礼之举。

禘自既灌而往者，吾不欲观之矣。（《八佾》）

三家者以雍彻。子曰：“‘相维辟公，天子穆穆’，奚取于三家之堂？”（《八佾》）

孔子谓季氏：“八佾舞于庭，是可忍也，孰不可忍也？”（《八佾》）

天下有道，则礼乐征伐自天子出；天下无道，则礼乐征伐自诸侯出。自诸侯出，盖十世希不失矣；自大夫出，五世希不失矣；陪臣执国命，三世希不失矣。天下有道，则政不在大夫；天下有道，则庶人不议。

举凡针对天、山川、祖先、鬼神的各种祭祀活动，举凡社会人生中的各种事务，其承办者的资格，其承办者所宜采用的礼乐形式，皆由相应的分位与角色而得以正定。严格据此正定而为，则个体的生存踏得实地，其生命得到终极安顿，其人生得以在礼乐化的生存方式下，在礼乐化的人生践履过程中，顺利推展和实现。人人如此，则个体在实现自我的同时，因每一个体皆有其特定的分位与角色，而使得这种实现本身直接就涵具着指向于整体家国天下、整体生活的世界的人文秩序化、和谐化的价值与意义。于是，这种实现，最终即可会通为整体家国天下、整体生活的世界的人文秩序化、和谐化，以此而营造出礼乐尽显其用的有道之世。

其次，孔子更进一步，高度原创性地将礼乐、礼乐之统与人的感性生命接通，为前者寻得了人之生命内在所涵具的价值根基与资源，即仁。

西周礼乐形态的整体思想文化价值系统，系在天命转移观念促动下，最终构建完备所成。它的价值根基是德。而这一德，被视为皇天上帝对于人，尤其是对于王的生命品质之应然的要求。确立此德，其终极根据，显然是外在的。是外在超越之天令人如是的。至于人的生命之中是否原本涵具此德，至于作为绝对善的化身的皇天上帝是否赋予过人此德，这一系统尚未做出正面的宣示。《诗经》中所载作为周初祭祀文王之诗《周颂·维天之命》，其中所言“维天之命，于穆不已。于乎不显，文王之德之纯”，甚为学者所重；但是，此处天之命与文王之德之间，并未有明确的赋予与被赋予之意涵。而即令是《诗经》所载问世于西周晚期宣王时代的另一首诗《大雅·烝民》，其所言“天生烝民，有物有则。民之秉彝，好是懿德”数句，虽同样为学者所看重，但是这里懿德也并未有系天所赋的明确内涵，虽则这层内涵似乎简直即是呼之欲出。因而，德对于上述系统而言，主要表现为一种来自于外在的超越性存在对于人的强制性规约。孔子则在这一外在性终极根据之外，为上述系统自人的现实生命存在本身那里找到了其内在性的根基，从而实现了价值根据、根基由外在向内在的重大转换，以此也开启了儒家心性论之先河。

孔子称：“礼云礼云，玉帛云乎哉？乐云乐云，钟鼓云乎哉？”（《阳货》）又称：“人而不仁，如礼何？人而不仁，如乐何？”（《八佾》）

礼乐之为礼乐有其形式，但礼乐本身之所是却绝非单纯在于其形式，更在于透过一定形式所符示、表达的内容。后者才是前者的灵魂之所在。偏离了后者，前者也就丧失了它的原本之所是。而就后者言之，此所言内容指的就是人文精神，就是浸润人文精神的人之生命存在方式和作为整体的社会制度与秩序；更深入一层，指的则是内在于每个人生命存在本身之中的仁。只有此仁，才是礼乐最直接、最具生命根源性的价值根基。有此根基，礼乐才会由对于人的外在规约转而为人的生命内在的自觉价值要求；由与人的生命存在本身有隔而相互外在，转而与人的生命存在通为一体，进而成为人的生命内在自然而又必然的展现。如此，礼乐不仅与人的现实生命存在本身结成了相即不离的密切关系，而且更成为人的现实生命存在的直接内在的价值展现，直接生发物。于是面对礼乐之统，人不再是被动的接受者，而成为直接承当者；不仅是直接承当者，而且因其涵具前者的价值根基而成为相对于前者的主体性存在。换言之，人由此豁显出了他的礼乐文化上的生命主体性。

再次，礼乐以仁为其内在于人的生命存在本身之中的价值根基与资源，昭示出仁之为礼乐的真切可靠的强有力的价值支撑，进而更深入一层，成为礼乐所内涵、所表征的核心人文价值，核心人文精神，展现于人的现实生命存在、现实生活的世界。由此，人之生活样式、生活态度、生命存在方式与气象的礼乐化，以及整体社会制度、社会秩序与人的整个生活的世界的礼乐化，成为第二序的化。第一序的化，则是仁之化而为礼乐之化。仁成为问题的核心之所在。不难看出，仁这一核心人文价值与人文精神的彰显，标志着孔子更具根本性意义的杰出贡献，那就是，人彰显为具有内在生命价值因而本身即具有内在价值的存在，从而令西周以来人的发现的时代主题，获得了全新的深刻内涵，跨出了具有里程碑意义的实质性大步。基于此一大步的跨出，孔子指出，人当正视自己的生命，发现自己生命本身所固有的价值，善待自己生命的内在价值，善待自己的生命。这种善待，引出了孔子为己之学的价值理念。

孔子称："古之学者为己；今之学者为人。"(《宪问》)

尤有进者，依孔子之见，既然人人皆具生命内在价值，正视自己的生命、发现自己生命本身所固有的内在价值、善待自己生命的内在价值、善待自己的生命的同时，也应进而正视并善待他人生命的内在价值，善待他人之生命。

仁礼关系与仁的形而上学结构及其思想史意义*

杨晓伟

摘 要 在孔子关于仁的构想中，仁礼关系乃是仁之所以为仁的一个规定性要素。基于这一基本规定，作为纯粹个人性的东西，仁在其自身中包含着这样一种事关仁之本质的内在要求，那就是，让完全是非个人的、并且对个人来说是一种外部存在的礼在个人行为中的全面贯彻成为可能。于是，仁就完全超出了个人道德生活的那种纯粹的内在性，并因而在形而上学层面上具有一种复杂的存在结构；而且也正是由于仁的这一内在结构，孔子的道德思想较之后世儒家要平实得多，人们很难在孔子那里看到常常出现在喜欢诉诸所谓“内在”的后世儒家学者身上的那种浮夸和偏执。遗憾的是，孔子意义上的这种为仁礼关系所规定的仁在其身后的儒家传统中几乎从来没有引起必要的思想关注，因而也就从来也没有在其内在结构方面得到有效的澄清和把握。

关键词 孔子 仁 仁礼关系 道德 伦理

作者简介 杨晓伟（1971— ），男，山东社会科学院《东岳论丛》杂志社副编审。

在孔子身后的儒家思想系统中，仁作为一个重要的思想观念，其核心意义一直都是较为明确的，因而也是相对容易把握的，因为在绝大多数情况下，仁所指的无非就是一种可以用仁爱或仁慈这类词语来解释的某种内在的道德情感，或基于这一道德情感而被观念化的特定德性。然而在孔子那里，情况却要复杂得多。众所周知，孔子是在各种不同的意义上谈论仁的问题的；在这些意义中，仁有时指的或者就是一种特定德性，有时指的则是一种道德原则，有时甚至是以其传统的意义而指称一种无关乎道德而与教养有关的高贵仪态。而在他的全部思想中最具原创性的东西则是，在一个具有主导地位的意义上，他在仁与礼之间建立了一种内在关联，并将这一关联看作是仁的本质规定。在这

* 本文原载《东岳论丛》2017 年第 2 期。

一主导意义上，仁已经成了与其他意义迥然不同、但却更为根本的东西。不论怎样，至少表面看来，人们之所以直到今天也无法确切回答在孔子思想中仁究竟是什么这个问题，正是由于意义的多重性为人们的理解和把握带来的巨大困难。然而实际的情况却是，尽管仁在孔子那里具有意指不同东西的多重意义，但这些意义就其自身而言却是相对明确的。因而真正的问题在于，人们几乎从来也没有试图去澄清仁在这些不同的意义中指涉的是什么，以及这些意义之间可能具有怎样的关系，相反，却以一种不求甚解的态度自作聪明地将这些指涉着不同东西的意义看作是对同一事物的多方喻说；很少有人明白，这只有在仁的诸多意义在逻辑上具有一种内在统一性的情况下才是可能的，但实际情况却是，这些意义事实上意指着根本不同的东西，因而它们之间并不具有这种内在的统一性，而且也不必具有这种内在统一性。

长期以来，人们一直习惯于把仁在孔子那里的这种多义性理解为仁之内涵的丰富性，并以此来为孔子之仁在解释史中的这种意义含糊状态辩护，因而很少有人注意到，正是由于仁的多重意义之间并不具有逻辑上的内在统一性，因此，具有多重意义这一外部事实本身并不构成仁之内涵的丰富性；如果满足于就此外部事实来赞叹仁之不可穷竭的丰富性，将会遮蔽孔子思想中真正重要的东西。事实上，为仁礼关系所规定的那一主导意义上的仁，恰恰由于这一本质性的内在规定，其本身就真正具有一种有待澄清的思想丰富性。尽管孔子本人无意于对这一在其全部思想中具有核心地位的仁进行系统的哲学分析，并由此构建一种道德哲学体系，但这并不妨碍这一意义上的仁具有一种有待从道德哲学问题着眼来梳理的复杂的内在结构。而由于这一意义上的仁在孔子思想中的主导性意义，这种梳理其实对有效把握孔子的整个思想来说都是至关重要的。然而有意思的是，尽管几乎没有人会否认仁礼关系在孔子之仁中的核心意义，但由于在后世儒家对仁这个重要的思想观念的阐发中很少有人真正理会这一决定性要素，因而这一意义上的仁其实一直就是专属于孔子本人的，并且因此也一直没有在其内在结构方面得到有效的澄清。近一个世纪以来，一些海外汉学家开始关注仁礼之间的关系问题，但其所做的，大多只是引经据典地将这两者的关系陈列出来，而很少有人力图着眼于这一关系来确定为这一关系所规定的仁究竟是什么以及它究竟具有怎样的存在结构，并由此在这一根本意义上的仁与其他意义上的仁之间做出有效的区分。于是，孔子之仁究竟是什么这个问题就依然还是暧昧不明的，与之相关的许多重要的道德哲学问题就依然是难以理解的。

在现代，人们常常抱怨说孔子没有给予仁一个穷竭性的定义；这种实际上可以被看作是一种赞叹的抱怨一直都是人们任由仁的意义的这种含糊不清状态持续下去的重要理由。就孔子而言，在他回答弟子之问的各种场景中，他的回答的确很少是定义性的。然而很少不等于没有。他对颜渊的回答就是定义性的；而正是在这唯一的定义性的回答中，仁就是为其与礼的内在关联所规定的："颜渊问仁，曰：'克己复礼为仁。'"① 然而另一方面，尽管孔子的回答是明确的，但它的意义，尤其是仁与礼之间的这种事关仁之为仁的本质的内在关联，并不容易理解和把握。直到二十世纪三四十年代，萧公权还把这一关联理解为一种外在关系。在他那里，仁亦不过就是仁爱之德性而已，是作为殷商后裔的孔子借鉴殷商政治之宽和而发明出来以调和周礼之烦琐严苛的东西："于殷政宽简之中，发明一仁爱原则，乃以合之周礼，而成一体用兼具之系统。于是，从周之主张始得一深远之意义，而孔子全部政治思想之最后归宿与目的亦于是成立。此最后目的之仁既由孔子述其所自得于殷道者而创设，故仁言始盛于孔门。……以其为道正足以矫正周人礼烦政苛之倾向。"②

尽管颇为正确地把由仁礼关系来规定的仁看作是"最后目的之仁"，但在这段话中，萧公权显然是把这种关系当作一种外部关系来处理的。对他来说，仁是用来与礼相调和的东西。然而在《论语》中，仁却关乎礼在个人行为中的有效贯彻："人而不仁，如礼何?"③ 相应地，从"克己复礼"这一本质规定来看，礼在个人行为中的有效贯彻对仁之所以为仁来说也是决定性的。

暂且撇开所谓的礼究竟包含着多少复杂内容这一点不论，无论如何，礼总是表达了一种政治的—社会的秩序。就孔子而言，尽管他对周礼多有称美之言，但那只是因为从历史经验来看，周礼在他看来相对较为完备适度，尽管其并非没有可以改进之处。而从"吾其为东周"④ 这种话来看，对孔子来说，真正重要的不是夏礼、商礼或周礼，而是礼本身所意味着的东西，即让社会处于稳定状态的秩序。就像各种特定的德性乃是具有各自的客观价值的善一样，秩序也同样是一种具有其自身客观价值的善，只是这种善是属于社会的。就其力图在秩序崩溃即所谓"礼崩乐坏"的时代重建秩序这一点而言，孔子真正在意的其实就是这种有别于个人德性之善的社会之善的实现，而就其自身的存在规定而言，仁作为一种纯粹个人性的东西，构成了实现这种社会之善的基本可能性。也正是在这个意义上，为仁礼关系所规定的这种根本意义上的仁，就成了与某种特定德性完全不同的东西。在这个问题上，人们必须明白，作为仁爱之德性的仁仅仅是一种被观念化了的内在的道德情感，因而在其自身内部并不包含有它与礼的任何关系。另一方面，作为这样一种具有善的价值的东西，其本身还需要在某种行为中获得自我实现，因而根本就不会成为为礼所表达的秩序之善的实现提供基本可能性的东西；这两者之间不存在内在的逻辑关系。

---

① 《论语·颜渊》。

② 萧公权：《中国政治思想史》，辽宁教育出版社1998年版，第59—60页。

③ 《论语·八佾》。

④ 《论语·子罕》。

当然，不可否认的是，在孔子之仁的诸多意义中，似乎也有仁爱之德性这一层意义；至少在回答樊迟之问时所说的“爱人”① 便与仁爱这一德性相关。但是严格地说，“爱人”并非是仁爱之德性，而乃是这一具有善的价值的德性在个人行为中的具体现实化，是其价值的实现。因此，即便在“爱人”这个特定语境中，仁指的也不是某种特定的德性之善，而乃是这种德性之善在其中实现自身的东西。

在这里，需要指出的是，在哲学层面上，孔子似乎并不关心“何者为最高的善”这个形而上学问题；相反，他那以仁为主导词的思想所关心的乃是各种善的自我实现问题。而由于他更在意的不是个人的灵魂得救，而是政治世界的稳定有序，因此，较之于个人性的德性之善，他的思想关注点更多地集中在秩序之善的实现方面。他对仁的定义性的说明就证明了这一点。也正是因为如此，在孔子的全部思想中，与其一直拒绝为人性做出某种抽象的形而上学规定这一点相适应，他几乎从来也没有试图通过将某种特定的德性之善确定为一种基本的人性规定并给予其形而上学的论证，从而在哲学层面将其确认为某种是为人类意志之最终目的的最高的善。这一点具有重大的哲学意义。在这个问题上，康德对这种被他称作是质料伦理学和目的论伦理学的思想的严厉拒绝是一个极其重要的思想教训。

康德之所以拒绝这种伦理学，其原因在于，在这种伦理学中，人们不是从一个先在的实践法则中推导出善的概念，而是相反把某种就其本质来说必定是经验性东西作为人的意志所欲求的善的质料（客体），作为意志进行决断的先决条件，并力图由此推导出实践法则。然而事实却是，这种经验性的、作为欲求质料（客体）的善是以快乐与否的主观感受为基础的，也就是说，是与人们的主观偏好有关的。因此，在这种伦理学中，作为意志决断之依据的，就不是理性自身的形式化的、因而也就是无关乎经验性欲求客体的先天法则，而乃是对作为经验性欲求客体的善的表象以及主体与这个经验客体的关系。这实际上意味着，在意志的道德决断中，它实际上是听命于它的经验性的主观偏好的，因而是他律的，而道德本质就在于自律：“意志自律是一切道德法则以及合乎这些法则的职责的独一无二的原则。”②

对这里的问题更具借鉴意义的是马克斯·舍勒的这个说法，即：作为欲求客体的善的价值只能是非道德性的，因为真正道德意义上的善，其价值乃是一种人格价值；只有人格才真正承载着道德性的善与恶的价值，具有最终区分这些价值的质性并将其作为可能的趋向而在人格行为中实现它们的能力。而如果仁爱之德性是一种道德性的善的话，那么这种善的价值就只能存在于实现着它的人格行为中，并且恰恰因此而永远也无法真

---

① 《论语·颜渊》。

② 康德：《实践理性批判》，商务印书馆 1999 年版，第 34 页。

正作为一种欲求客体或质料在实现着它的行为中被意指；也就是说，它根本无法在真正的意义上成为欲求的对象性客体，除非人们仅仅将这种德性看作是一种无关乎善的价值的、概念化的人格特征。换句话说，只要人们将仁爱或者其他什么德性之善看作是意志的欲求客体，那就无可避免地意味着这种德性之善与规定了其所以为善的价值割裂开来并仅仅成为一种概念化的人格特征或标志。而这样一来，伪善就几乎是不可避免的，因为人们完全可以为了看起来是善的而利用这些标志。正如马克斯·舍勒所说的，“每一种试图在价值本身的领域之外为比方说善与恶设置某种公共标志的做法，都不仅会在理论上导致认识错误，而且还会导致最为严重的道德欺骗。在这种做法中，人们每每错误地以为善或恶是与这样一种存在于价值领域本身之外的记号——不论这记号是人的一些身体或心灵的气质和特征，还是一个阶层或团体的成员资格——联结在一起的，并且据此来谈论‘善与公正’或‘恶与不公正’，就像是在谈论一种可以客观地规定和定义的种类一样，这时，人们就必然会沉溺于某种法利赛式的伪善中，这种伪善把善的可能载体以及它们的公共标志（作为纯粹载体）看作是相关的价值本身，看作是价值的本质，但它们对价值来说却只是作为载体而起作用”①。

就孔子而言，必须再次强调指出的是，孔子的仁的思想所关注的始终是各种善的价值的实现，正如前面所说的，他从来没有想过将仁作为一种特定德性以便在形而上学层面上将这一意义上的仁确立为某种人性规定；然而这却是后世儒家思想家们在仁的问题上唯一关心的事情。也恰恰是因为如此，在他们的思想中，仁几乎总是不由自主地变成用以标明人性之善的标志物，而中国古代的道德虚伪化在很大程度上就与此有关。当然，这并不是说人们不可以对仁爱之德进行某种客观的分析以确定其在各种道德之善的价值中的等级结构，但无论如何，这都不是孔子所关心的事情。不论人们可以将仁爱之德的善的价值等级定得有多高，仁在孔子那里也不是这种价值本身，而乃是这种价值在其中得到自我实现的东西。也正是由于这一点，孔子思想要比后世儒家要朴实得多。他从不像后者那样动辄就搞出某种浮夸不实的道德境界以高自标榜；他的仁是极为平实的：“仁远乎载？我欲仁，仁斯至矣。”② 这句话的意思是，当一个人愿意以仁的方式行事时，他就处于仁的状态。

但是另一方面，这个平实无华的仁却是不容易理解的。一般而言，仁是属于道德层面的东西，事关人格的塑造和完善，因而是纯粹个人性的。然而在孔子所提供的定义中，这个纯粹个人性的仁却在自身中本质性地涉及作为一种完全非个人的、并且对个人

---

① M. Scheler *Der Formalismus in der Ethik und materiale Wertethik* [M]. Halle a. d. S.: Verlag Max Niemeyer, 1916. 9.

② 《论语·述而》。

来说是外在的礼的有效贯彻，涉及外在的秩序之善的实现。而这就意味着，在孔子那里，个人人格的完善，不仅涉及诸如仁爱之类的个人性的德性之善的实现，而且还本质性地涉及秩序之善的实现，而且对孔子来说，后者才是仁的规定性要素。这一点具有极为深刻的哲学意义，后面将会对其做出专门的讨论。在这里，首先要指出的是，仁礼关系由此而不可能是现代解释史上的那种颇为流行的内外关系，即：礼是外部存在，而仁则是让礼具有精神内涵的内在之物。相反，对孔子来说，仁并非是用于丰富礼的精神内涵的内在之物，而是在自身中包含着让礼的贯彻亦即秩序之善的实现成为可能这一内在要求。

为了抵制在仁礼关系问题上的这种内外之分，芬格莱特认为，仁与礼都是一种外在行为，是同一事情的两个方面："'礼'指符合其社会身份的特定行为，这种行为是恒常准则的榜样；'仁'则指表达个人取向的行为，表示他对于'礼'所规定的行为的服膺。"① 芬格莱特的这种解释的问题在于，他混淆了作为国家政治法律制度和社会规范的礼与循礼而行的行为。另一方面，他忽视了，特定生活情境中具有个人取向的行为，只要它是一种外在的行为，就同时也是一种社会关系语境中的行为，而国家政治法律制度以及社会道德规范自有其来自政治权力和社会力量的约束力。如果人们只是由于屈服于这些外部力量而服膺礼法，那么，这种服膺本身就不具有任何道德性，因为在这种服膺中，行为的核心是一种他律原则，而道德的本质就是自律。相应地，只要仁还是道德层面的东西，它就应当建立在自律原则上。孔子自己也明确说过："为仁由己，而由人乎哉！"② 因此，只有当这种服膺是出于个人意志的自主选择的时候，它才具有道德性。其实，即便就仁礼关系是仁的内在规定这一点而言，也不能把在具体生活情境中循礼而行这件事本身理解为仁；相反，在这一特定意义上，仁指的是个人对循礼而行这种行为方式的自主选择，尤其是对诸多可能还相互冲突的礼制规定在各种具体生活情境中的适用性做出某种反思性的自主决断。这一点乃是礼之得到有效贯彻的一个存在于个人方面的最基本的前提；也正是在此意义上，仁作为纯粹个人性的东西乃本质性地在自身中包含着它与礼的一种内在关联。在一定意义上，史华兹对仁的说明倒是说中了某种东西。他认为，仁指的是"个人的内在道德生活，这种生活中包含有自我反省和自我反思的能力"③。

真正说来，不是个人性的道德生活包含着反思能力，而是，反思乃是个人道德生活的存在本质和基本标志。正如黑格尔所说的，正是在意志以其自身为对象的反思中，人

① 芬格莱特：《孔子：即凡而圣》，江苏人民出版社2002年版，第37页。
② 《论语·颜渊》。
③ 史华兹：《古代中国的思想世界》，江苏人民出版社2004年版，第75页。

才真正进入道德层面，并由此而成为具有道德能力且对其行为负有道德责任的行为主体。尤为重要的是，由于反思就是意志以其自身为对象的主观性和内在性，因而只有在反思中，意志才是自由意志，因而才真正是其本身。从孔子这方面说，之所以“唯仁者能好人能恶人”[1]，正是由于在仁的意义内涵中包含着作为严格意义上的道德生活的反思。同样的，反思也构成“为仁由己”内在基础；而这也就意味着，在对循礼而行这一行为方式的自主选择中贯穿着纯粹个人性的道德生活即反思。可以说，正是这种严格意义上的道德生活，乃为作为一种外部存在的礼在个人行为中的贯彻提供了一种具有存在论意义的基本可能性。而且，事实上在孔子那里，不仅在整体上选择循礼而行这件事情本身，而且在具体生活情境中对诸多礼法规范的适用性的自主选择，也必须为这种反思所贯通。这一点构成了孔子与那些基于人性的形而上学预设来谈论所谓心性的后世儒家之间的一个根本区别。

众所周知，孟子最先在形而上学的层面上讨论人性问题。他将经验性的恻隐之心、羞恶之心、辞让之心和是非之心概括为仁义礼智四端，并将其提升为人性的形而上学规定以及人性之善的标志性特征。而依据这一人性规定，理论上说，人们让潜藏在人性中的这所谓四端得到自然的发展，就可以充分实现其人之为人的良善本性。与此相应，正是通过将人的知性能力即所谓的心看作是承载着这些良善本性的主体——朱子在解释尽心知性时说所谓的性乃是“心之所具之理”[2] 是符合孟子的意图的——孟子乃可以说：“人之所不学而能者，其良能也；所不虑而知者，其良知也。”[3] 这句著名的话语充分表明了，孟子抱持着这样一种坚定的信念，那就是，人们可以直觉性地，因而就是非反思地从整体上把握住善，并将其作为无条件地适用于一切具体生活情境的东西转化为实际的道德行为。因此，尽管他说过诸如“心之官则思，思则得之，不思则不得也”[4] 之类的话，但其目的不过是告诫人们不要殉于耳目之知，为外物所蔽，而应立乎本心并与之保持一致。这里如果还说得上道德的反思和选择的话，也只是涉及是殉于耳目之知为外物所蔽还是立乎本心。因而有意思的是，由于包含着四种标志性特征的良善本性乃是所谓的“心之理”，而心实为这种良善本性的主体，并且由于由此而有的良知良能，这种貌似反思的立乎本心恰恰意味着在具体生活情境中是无须乎反思和选择的，因为在这种状态下，人们恰恰可以非反思地、直觉性地从整体上把握善。尤其需要注意的是，在非反思的直觉中把握到的善，由于其非历史的、抽象的整体性特征而可以无条件地适用于一切具体生活情境，而这一点则保证了，将这种直觉性的善的知识转化为具体行为时也

---

① 《论语·里仁》。

② 《孟子集注·尽心章句上》。

③ 《孟子·尽心上》。

④ 《孟子·告子上》。

是无须反思的，同时也保证了，这些行为本身具有一种完全无条件的善的价值。所谓“集义”和“养浩然之气”的前提就在于此。

与此相反，对孔子来说，他根本就没有打算以一种非历史的态度从形而上学层面讨论人性之善恶。“性相近也，习相远也”“唯上知与下愚不移”[①] 这些话表明，对他来说，人性是可塑造的，因而是历史性的。因此，如果说按照孟子的性善原则，则极端的社会状况会摧毁人性，那么对孔子来说就可能会这样：人之所为的一切都是人性的，都是带有人性特征的；有什么的社会就会有什么样的人性。而与这一关于人性问题的基本思想态度相适应，孔子并不承认某种抽象的、非历史的形而上学之善；他从来也没有以这种方式谈论过善。相反，从《论语》中人们自然可以清楚地体会到，凡是道德意义上的善都与具体生活情境中的反思性的选择有关。因此，在孟子那里根本不会成为问题的东西，在孔子那里却是至关重要的。

在这个问题上《论语》的一段话是颇可玩味的：“叶公语孔子曰：‘吾党有直躬者，其父攘羊，而子证之。’孔子曰：‘吾党之直者异于是：父为子隐，子为父隐，直在其中矣。”[②] 儿子告发父亲偷羊，单纯从法律的角度讲是可以作正直公正看的。但是，在这种情况中，正直公正却是与在孔子看来更重要的德性即孝慈相对立的。因此，他并不认可叶公的判断。相反，他选择的是父为子隐和子为父隐，并因为这更合乎人情、符合人性而认为这种选择同样包含着某种正直。

这个故事触及一个基本的道德事实，那就是，尽管各种美德就其自身而言都是善的，但是，它们在具体生活情境中的自我实现却是受情境规定的，因而是有条件的，因为它们之间常常或是天然地。或是由于具体情形的缘故而处于一种紧张关系中。比方说，慷慨大方和勤俭节约都是美德，但是它们之间却是紧张的，因而它们是在行为中实现其善的价值还是转而成为一种恶，取决于具体的情境规定以及对其适用性的选择是否恰当；同样的，正直也是一种美德，但在某些特定情形下，正直会转而成为极不厚道的残忍；还有，忠于职守是一种美德，但是，奥斯维辛集中营的长官艾希曼，以及最后一个开枪射杀试图翻越柏林墙逃亡西德者的那个东德警察，他们的忠于职守却是一种赤裸裸的恶。由此可见，在没有反思以及建立在反思基础上的道德决断的情形下不加选择地盲目服从某些道德原则是很危险的。因此，只有通过真正的反思来确定在特定生活情境中适用何种道德原则和行为规范、何种德性，它们才能真正在其自我实现中让行为本身成为善的行为，而这也就意味着，只有在真正的道德反思中人们才能恰当地确定在具体情境中何者为善。

---

① 《论语·阳货》。

② 《论语·子路》。

毫无疑问，孔子是清楚这一点的，也只有这样，他才看重这种道德反思能力，并极为鄙视那些没有反思能力并盲目行动的人："不曰'如之何，如之何'者，吾未如之何也已矣！"[①] 就此而言，他大约不会认可孟子基于人之性善这一形而上学预设以及心性关系而提出的对善的那种整体性的直觉把握。而由于形式性的礼法制度永远也无法涵盖无限多样的具体生活情境，并且诸多礼制规定之间同样也会存在着紧张关系，因而，这种反思性的选择不仅对于个人德性之善的实现是必要的，对于礼在个人行为中有效贯彻也同样是必不可少的。而基于对人的存在的历史性本质的深刻洞察，他比后世儒家更在意从历史经验中学习如何运用道德反思能力在具体情境中就诸多礼法规范和道德原则的适用性做出选择。而再详尽的礼制规定也无法做到全覆盖的具体生活情景的无限多样性则使这种反思性的道德选择成为一种没有尽头的事情。孔子自己就说过："仁以为己任，不亦重乎！死而后已，不亦远乎！"[②]

需要说明的是，尽管作为纯粹个人性的道德生活的反思乃是上述这些道德选择的最终基础，但只要仁在自身中包含着这种选择，那它就不仅仅是一种纯粹主观内在的道德生活；它还包含着更多的东西，确切地说就是包含着客观伦理层面的东西，即便就其自身而言，仁终究是个人性的。这里的问题是，在具体生活情境中就礼法制度的诸多具体规定的适用性进行道德选择，这件事情的一个结构性前提就是，个体意志总已经在一种总体性的道德决断中决定循礼而行，而这也就意味着从整体上接受由礼制规定为善的客观内容和规定，并由此而接受它的约束。"克己复礼为仁"这个说法本身就表明，这其实就是仁的本质规定。这样一来就出现了这样一种表面看来似乎自相矛盾的结构特征，那就是，在纯粹个人性的东西的内部包含着完全非个人的客观存在作为其自身的原则。这里的矛盾在于，不管怎样，道德生活的存在论前提就是意志自由，而且也正是基于这一自由，仁才是可能的，而礼作为非个人的、外在的且对个体意志具有约束力的东西是与这种自由格格不入的。

但是，表面上矛盾的事情却未必不具有其存在论上的合理性。人们必须明白，自由作为意志的本质并不意味着为所欲为的任性；听命于个人意志的自然冲动，恰恰意味着不自由或伪自由。黑格尔在其《法哲学原理》中的一段话就很好地说明了这一点。在那里，黑格尔把国家政治权力以及法律制度、社会风尚等客观存在看作是伦理的实体存在，并由于这些东西源自普遍意志而将其看作是对个人的特殊意志具有约束力的义务："有所约束的义务只是对无规定的主观性或抽象的自由、对自然意志的冲动或出于自己的任性来规定其无规定之善的道德意志的冲动来说，才会显得是一种限制。但是在义务

① 《论语·卫灵公》。
② 《论语·泰伯》。

中，个人毋宁说是获得了解放，一方面他摆脱了他处于赤裸裸的自然冲动中的那种依附状态，并且摆脱了他作为主观特殊性在对应为与可为之事进行道德反思时的那种沮丧状态；一方面则又摆脱了那种无规定的主观性，这种主观性没有达到行动的定在及客观规定性。在义务中，个人乃向着实质性的自由解放自己。"①

对于这里的问题来说，引人注目的是，道德意志的冲动也被黑格尔看作是妨碍真正自由的东西。而所谓道德意志的冲动指的是，个人意志固执于抽象的、没有具体的客观内容及规定作为原则的主观良心，完全无视政治—法律制度等客观的伦理实体的存在，将主观任意设想的特殊的善当做出自普遍意志的东西来贯彻。因此，这一切其实都与道德良心的存在结构相关，而由于黑格尔所揭示的道德良心的这一存在结构对于理解孔子之仁的内在结构具有重要的参考意义，所以，对之做一番简要的梳理还是有必要的。

关于良心，黑格尔说道，"真实的良心乃是欲求那个自在自为地就是善的东西的意向"②。然而，这里的这个自在自为地就是善的东西却并非通常道德意义上的善，而是指个人的特殊意志与作为其本质的普遍意志或意志的概念的统一。个人的特殊意志如果固执于自身，那么它就将受制于意志的自然冲动，因而也就受制于外在的偶然事物；只有当其基于内在的道德反思而在其普遍本质中理解自身，从而以作为其存在本质的普遍意志的内在规定为自身原则的时候，亦即与普遍意志相统一的时候，才能是真正自由的，才真正实现了其所以为意志的自由本质。在这一意义上，黑格尔把善规定为"被实现了的自由"③ 至于良心，它之所以是欲求善的意向，乃是因为，它本身就是个体意志在其以意志本身为对象的自我反思中——在这种反思中，个体意志将自己确认为普遍意志的具体化存在，确认为在其具体定在中的意志——获得的一种自我确信，以至于，良心就是在其主观性中意志。正是由于这一点，作为在这一反思中自我确信，普遍意志与特殊意志的统一才必然会作为自由意志的实现、亦即作为意志的真正存在，成为良心、亦即纯粹主观性中的意志所欲求的东西。但是，另一方面，就个人的特殊意志与之相统一的普遍意志而言，它之所以是普遍意志，之所以是意志的普遍本质，就在于，它是规定了所有的意志之所以为意志的东西，是所有意志的共同本质。而这也就意味着，当个人的特殊意志在其中确认自身并因而欲求它与这一普遍意志相统一的时候，对个体意志来说，就必然会有诸如权利和义务以及与此相关的种种客观性的东西作为善的客观内容

① G. W. F. *Hegel Grundlinien der Philosophie des Rechts* [M]. in：Werke 7. Frankfurt am Main：Suhrkamp Verlag, 1989. S. 297—298，254，243，261，260.

② G. W. F. *Hegel Grundlinien der Philosophie des Rechts* [M]. in：Werke 7. Frankfurt am Main：Suhrkamp Verlag, 1989. S. 297—298，254，243，261，260.

③ G. W. F. *Hegel Grundlinien der Philosophie des Rechts* [M]. in：Werke 7. Frankfurt am Main：Suhrkamp Verlag, 1989. S. 297—298，254，243，261，260.

和具体规定，而作为欲求善的意向的良心也就必须以这些东西为原则。然而在严格区分道德的主观内在性和伦理的客观性的黑格尔那里，所有这些都只有当意志超出良心的这种纯粹的主观性而进入客观领域的时候才能得到实现。

在黑格尔那里，善的这些客观内容作为良心的原则和义务，它在伦理层面上是作为国家权力、法律，以及与此相关的社会风尚等客观存在而出现的。黑格尔之所以把这些东西看作是伦理的实体，乃是因为，它们出自普遍意志并表达了普遍意志，而国家作为普遍意志的现实化存在，作为这些东西的根源，则由于个人只有在国家中才能真正超越他的特殊性并与普遍意志达到统一，而被黑格尔直接看作是普遍意志和特殊一致的统一，看作是“实体性意志的实现”。很明显，黑格尔没有像康德一派那样撇开国家—伦理层面的东西抽象地看待道德，因而也就没有像康德那样把意志自由局限在主观领域。他的设想的合理性在于这样一个基本的解释学事实，即：一个特定的国家或共同体以及相关的政治—社会系统，对于一个具体个人来说，乃是一种先验的存在，它为个人存在的自我理解提供了一个基本的可能视域，因而任何个人都只能在这个特定的先验存在中理解并塑造自己。这就意味着，个人的任何道德选择、任何关于何者为善何者为不善的个人性的道德判断都已经在一种存在论状态上受到前者的结构性制约；换言之，道德选择和判断是自由的，但不是任意的。按照黑格尔自己的说法就是，“何者是善或不善、正义或不义的内涵，这对私人生活的通常情况来说，乃是在一个国家的法律与风尚中被给出的”①。

当然，黑格尔所想的还不止这些。在他看来，由于良心本来就是个体意志在主观反思中于普遍意志面前的一种自我确认，因此，如果固执于意志的这种主观性中，也就是说，如果固执于道德良心本身的这种没有客观原则的纯粹主观性而完全无视上述那些伦理实体，那么，其可能的结果之一就是，个体意志把自己的特殊性直接等同于他与之统一的普遍意志并在个人的意志行为中强行贯彻没有客观规定之约束的自身，而这其实也就是为所欲为、为非作歹的出发点。就道德行为而言，在这种情况下，一个特殊的道德意志会把自己主观认定的特殊的善当作普遍的善来贯彻并以之来要求所有的人。因此，黑格尔警告说：“作为形式的主观性的良心简直就是处于反转为恶的突变点上的东西。道德和恶在独自存在并独自知道和决定的自我确信中有其共同的根源。”② 道德与恶具有共同的根源，这够震耳发聩的了。正是基于这一考虑，黑格尔认为，人的道德判断必须超出良心的这种纯粹的主观性，接受法律制度、社会风尚等客观伦理实体的约束。在

---

① G. W. F. *Hegel Vorlesungen über die Philosophie der Geschichte* [M]. in：Werke 12. Frankfurt am Main：Suhrkamp Verlag，1989. S. 44，57.

② G. W. F. *Hegel Grundlinien der Philosophie des Rechts* [M]. in：Werke 7. Frankfurt am Main：Suhrkamp Verlag，1989. S. 297—298，254，243，261，260.

他看来，只有当政治—社会处于极端状态时，诉诸内在才是被允许的：“只有在这样的时代，在其中，现实乃是一种空虚、无精神且无行的存在，只有在这样的时代，从现实生活遁入内在生活对个人来说才会是被允许的。”[①]

现在回到孔子的问题上来。在孔子那里，以国家政治一法律制度以及社会行为规范等为基本内涵的礼作为一种客观的伦理实体，其对仁的意义内涵的结构性参与表明，在关于仁的构想中，孔子没有撇开客观伦理抽象地固执于道德生活的主观内在性，尽管这种纯粹个人性的道德生活本身也的确构成了仁的一种基础性内涵。因此，尽管表面看来，孔子对固守纯粹内在的个人道德生活这种做法还是持赞赏态度的，比方说对蘧伯玉的怀德自守就是如此：“君子哉蘧伯玉，邦有道则仕，无道则可卷而怀之。”[②] 但是人们必须看到，孔子对这种向内心生活的遁入的赞赏是有条件的，那就是，蘧伯玉所处的社会是一种全面而极端的无道状态。况且，孔子许之以君子，却并没有以“仁”许之。而这正是因为，仁包含着比纯粹内在的道德生活更多的东西。而进一步的问题是，就“礼乐征伐自天子出”[③] 这句名言来看，孔子非常清楚，礼的根源是国家，是国家及其主权者创建这些东西并保护这些东西在其中真正具有效力的境域；正如卡尔·施米特所说的，“一切法都是‘处境之法’（Situationsrecht），统治者整体性地创造并保护作为一个整体的处境。他拥有对这种决断的垄断权。国家主权的本质就在于此”[④]。对孔子来说，所谓的“礼崩乐坏”的政治学实质其实就是指国家主权者无法垄断这种决定权。

因此很清楚，在孔子关于仁的思想构思中，有一个从来也没有被注意到的、但却实际存在的思想预设，那就是，国家或共同体的存在乃是仁的现实化的一个结构性前提，正如国家共同体在黑格尔那里是善的实现亦即意志自由的一个结构性前提一样。因此对黑格尔来说，国家具有它与通常意义上的道德不同的另一种具有基础性意义的道德：“国家的道德并非由个人自己的信念来支配的那种伦理的、反省的道德。”[⑤] 因此在他看来，国家的首要任务就是它的自我维护，“国家没有比它的自我维护更高的义务”[⑥]，因而也就不应站在一般个人性的道德意义上把国家对其自身利益的考虑看作是不道德的。

从孔子方面看，他的很多话语表明，他至少是很清楚，国家政治同事关个人道德节操的道德行为之间的根本差别。比方说，尽管他批评管仲不知礼，但当他的弟子用个人

① G. W. F. *Hegel Grundlinien der Philosophie des Rechts* [M]. in：Werke 7. Frankfurt am Main：Suhrkamp Verlag，1989. S. 297—298，254，243，261，260.

② 《论语·卫灵公》。

③ 《论语·季氏》。

④ C. *SchmittPolitische Theologie* [M]. Verlag von Duncker & Humblot，2009. S. 18.

⑤ G. W. F. *Hegel Vorlesungen über die Philosophie der Geschichte* [M]. in：Werke 12. Frankfurt am Main：Suhrkamp Verlag，1989. S. 44，57.

⑥ G. W. F. *Hegel Die Verfassung Deutschlands* [M]. in：Werke 1. Frankfurt am Main：Suhrkamp Verlag，1986. S. 556.

道德操守方面的问题指责管仲的时候，孔子明确表示，他更看重管仲作为一个政治家的政治成就：“子路曰：‘桓公杀公子纠，召忽死之，管仲不死。’曰：‘未仁乎？’子曰：‘桓公九合诸侯，不以兵车，管仲之力也。如其仁，如其仁。’”“子贡曰：‘管仲非仁者与？桓公杀公子纠，不能死，又相之。’子曰：‘管仲相桓公，霸诸侯，一匡天下，民到于今受其赐。微管仲，吾其被发左衽矣，岂若匹夫匹妇之为谅也，自经于沟渎而莫之知也。’”① 管仲之所为，完全是一种政治行为，这种行为处理的是国家政治事务，属于国家权力的政治谋划；而这些事务与作为个人事务的仁，分属两个完全不同的领域：前者属于公共领域，而后者则属于私人领域。就孔子而言，他的思想中固然不无将政治道德化的倾向，但他也实实在在地通过对管仲的政治行为的赞赏而充分肯定了国家政治及国家权力的政治谋划的存在合理性。不仅如此，他甚至将管仲的政治活动看作是大有仁爱之德的事情。之所以如此看待管仲的作为，并不是说孔子意在混淆政治事务与作为个人行为的仁之间的本质区别。“如其仁如其仁”这个说法的唯一合理解释是，管仲的政治活动有效地维护了一个政治社会的秩序，这个秩序在实际上不仅保障了人民生活得安定，同时也维护了仁的现实化的结构性前提。当然，不可否认的是，诸如权利和义务这样的东西在中国历史上既没有得到过制度上的和法律上的确认，也没有在思想中得到确认，但另一方面，一个特定共同体及其内在秩序的有效维护，毕竟保证了个人超出他的特殊性而进入普遍性中的一个存在论前提。

不管怎样，通过对管仲的赞赏来肯定政治及国家权力的政治谋划，这一点在孔子那里是清楚明白的，以至于史华兹不无遗憾地认为孔子在国家政治问题上完全倒向了以国家权力的自我维护为最终指向的国家理性：“在这里，他似乎猛烈地朝‘国家理性’倾斜。”② 另一方面，孔子对管仲的赞赏在中国古代政治道德主义传统中也是不同寻常的。因此，看起来颇为怪异的是，作为儒家思想传统的开创者，孔子竟然是整个儒家思想史上唯一一位对管仲持肯定态度并加以赞赏的思想家。要知道，在仅仅把仁理解为某种特定的道德情感或特定德性的后世儒家传统中，那些道德境界高得吓人的思想家们对管仲是非常不屑的。在他们那里，政治是完全被道德化了；他们将政治化约为完全道德化的所谓“仁政”，但除了诉诸统治者或国家管理者的“仁爱之心”这类没有任何具体的客观内容的内在之物以外，没有任何实际的、行之有效的相关制度化设想，以及任何有关国家为实现这一“仁政”目标所需要的实际政治运作模式的构想。至于与国家权力的政治运作相关的一切属于国家政治的固有之物的东西，则更是完全不被承认的，而这只是因为，这些东西本身是不能为道德所涵盖的。

---

① 《论语·宪问》。

② 史华兹：《古代中国的思想世界》，江苏人民出版社2004年版，第109页。

总的说来，造成后世儒家与孔子之间的这种深刻差别的根本原因在于，在后世儒家学者们关于仁的思想中，仁仅仅是一种特定的德性，因而根本缺少仁在孔子那里所具有的两个至关重要基本维度，即作为真正个人道德生活的反思以及对仁之所以为仁具有规定意义的仁礼关系。在后世儒家学者那里，本质上是内在的道德仅仅是一种直觉的、因而是非反思的东西。相反，在孔子那里，道德反思始终是一种结构性要素，而仁礼关系作为仁之为仁本质规定，则对道德的这种主观内在性构成一种具有存在论意义上的限定，这一点又让仁所包含的东西远远超出了主观内在的个人道德生活。也正是这一点决定了，孔子的道德思想是极为平实而朴素的，因而人们很难在他那里看到常常出现在高谈心性之学并因而喜欢诉诸非反思的所谓“内在”的后世儒家学者身上的那种浮夸和偏执。刘子健曾在他的思想史名著《中国转向内在》一书中指出，中国历史经过两宋而完全转向了内在领域。转向内在的一个直接的思想方面的结果是，人们竞相用高得离谱的道德境界高自标榜，这几乎成为一种时尚，于是道德出现严重的虚伪化；与此同时，道德的不宽容与专制也越来越严重。另一方面，国家政治在政治道德主义的压制下变得完全没有地位；全面进入权力体制内的儒家知识分子由于缺乏基本的政治素养和能力而只能诉诸道德，因而总是力图在公共政治领域中贯彻他们主观认可、因而被当作是普遍必然之物的道德之善以压制实际政治，以至于任何不顾及那些空疏迂阔的道德直面实际政治问题的政治举措都要受到道德非难，许多杰出的政治家还由此而被斥为“奸人”。具有讽刺意味的是，政治的全面道德化也使国家权力及权力本身被道德化了，以至于统治者可以轻松地用漂亮的道德言辞来掩盖统治的残暴。因此，中国传统中的国家政治不仅从来没有实现过什么“仁政”理想，从来没有什么实质性的进步，相反，政治在道德言辞的掩盖下反而是日趋野蛮；与此相应，政治无能也成为转向内在后的中国政治的另一个基调。这不能不说是一个深刻的历史教训。

孔子心性思想发微

宇汝松

摘 要 孔子素被认为是罕言“性与天道”的，其实这是对孔子思想的误解。因为务实的孔子只是不把性与天道对举，不善明言性与天道之类抽象的玄理，但其思想深处却蕴含有丰富而又深刻的“人道”、人性及修养之类的心性思想，它们是孔子人文思想和人道关怀的集中体现，对后世儒家心性论及中国传统思想产生了深远影响。

关键词 一贯之道 仁智合一 心性修养

作者简介 宇汝松（1966— ），男，安徽全椒人，山东大学历史文化学院教授，主要致力于道家道教思想研究。

“究天人之际”是人类思想发端的共通之处。秦穆指出：“大抵人类思想，从其源头看，从其粗大处和共通处看，都逃不了两个问题。一个问题我们叫它‘宇宙论’，另一个问题我们叫它‘人生论’。凡属人类所讨论的问题，都逃不出‘宇宙’‘人生’之外。”① 在中国传统哲学思想中，“宇宙”“人生”问题即为天人关系，它是人生所要探讨的首要问题。其基本思维理路是：天是人的终极之道，天人合一是人生的旨趣所归。在天人关系上，孔子以前人们普遍重视的“天”转向对“人”的关注，认为人的根本在于人的先天情感和道德理性，即人性，由此形成了孔子的人道思想。这一思想可以从人道之本、仁德发用和心性修养三个层面加以理解。

一、“一以贯之”的人道之本

春秋时代是中国思想史处于天命神权向人文思想过渡的重要时期，“人道”成为时代思想的热潮。老子率先对当时普遍信仰的天命神权进行了人文化的改造，创建了以形上之“道”为最高存在、以自然为最高表现形式和终极价值的“人道”哲学体系。历

① 韩复智编著：《钱穆先生学术年谱》卷三，中央编译出版社2012年版，第990页。

史上的孔子曾多次拜会老子。孙以楷则指出：孔子一生先后五次会见老子，每次会晤都对孔子思想给予了不同的影响。① 面对相同的社会及文化处境，孔子肩负着与老子同样的历史文化使命，故亦曾将传统主观的天命神权，转化为一种客观的必然之道，使之成为儒家思想的最高范畴、立教之本和终极目标。《抱朴子内篇·明本》指出："道者，儒之本也。"② 孔子所本之"道"既有老子本体之道的哲学形式，更有自家注重德养的伦理内容。此"道"在《论语》中广泛出现，如"道不同，不相为谋"（《卫灵公》）、"志于道，据于德，依于仁，游于艺"（《述而》）、"朝闻道，夕死可矣"（《里仁》）、"守死善道"（《泰伯》）等。

务实不虚的孔子没有对玄妙的本体之"道"进行过专门的论说，因此，了解孔子的人"道"只能借助其相关论述中所蕴含的"道"意。《论语·里仁》曾记述道：

> 子曰："参乎！吾道一以贯之。"曾子曰："唯。"子出。门人问曰："何谓也？"曾子曰："夫子之道，忠恕而已矣。"

曾子将孔子一贯之道直解为具体的"忠""恕"之德。朱熹据此认为，"一以贯之"表达的正是道的体用关系："盖至诚无息者，道之体也，万殊之所以一本也；万物各得其所者，道之用也，一本之所以万殊也。以此观之，'一以贯之'之实可见矣。"程颐认为，"忠""恕"体现的就是天道与人道之间的体用关系："忠者天道，恕者人道；忠者无妄，恕者所以行乎忠也；忠者体，恕者用，大本达道也。"③

由此可知，孔子所要表达的"道"已经体用兼备、天人分明，其核心是"忠""恕"之类的人文内涵。朱熹将孔子"忠""恕"所蕴含的"道"意阐发为："尽己之谓忠，推己之谓恕。"④ 所谓"尽己之忠"，即"己欲立而立人，己欲达而达人"（《雍也》）。所谓"推己之恕"，即"己所不欲，勿施于人"（《卫灵公》）。

"忠""恕"所蕴之内涵，表明孔子的人道之本在于"仁"。《论语·雍也》说："夫仁者，己欲立而立人，己欲达而达人。能近取譬，可谓仁之方也已。""人道"本体内蕴的"忠""恕"又被演进为"仁"的功用，孔子人道思想亦由此得到了进一步的落实，即如周群所言："'忠'与'恕'是二位一体的关系，其共同的伦理基础就是'仁'，'忠'与'恕'是'仁道'的体现。"⑤

---

① 孙以楷：《道家与中国哲学》（先秦卷），人民出版社2004年版，第134页。

② 王明：《抱朴子内篇校释》，中华书局1985年版，第184页。

③ 朱熹：《四书集注》，岳麓书社1987年版，第102页。

④ 朱熹：《四书集注》，岳麓书社1987年版，第102页。

⑤ 周群：《孔子》，南京大学出版社2010年版，第73页。

二、情礼兼备的仁德发用

在孔子人道思想中，“道”与“仁”形成了体用一如的哲学关系，即道之在人即为“仁”，“仁”因此成为人性的表征。孟子说，仁是人性的自然呈现，与道合一不二，即“仁也者，人也；合而言之，道也”（《孟子·尽心下》）。所谓“人性”是指人之异于非人，人之所以为人的根据和根本表现。孔子认为人性具有先天的统一性，其差异主要是后天环境的习染所造成的，即“性相近也，习相远也”（《阳货》）。“仁”即是人性先天统一性的集中表现，是孔门人道思想的核心。徐复观说：“可以确定‘孔学’即是‘仁学’。孔子乃至孔门所追求，所实践的都是以一个仁字为中心。”“孔门之论学，亦即孔门之论仁。”①

作为人道发用、人性表征的“仁”，主要表现有如下特点：

1. “仁”是专于人的先天特质

《国语·周语下》曰：“言仁必及人。”即是说，“仁”是人的专属，不能脱离人而论之。孔子说：“仁者，人也。”（《礼记·表记》）其意在表明：“‘仁’是人之所以为人的总的特点。”② 由此看来，孔子的“仁”已经化为人的一种自然存在，是人之为人的特有属性和根本保证。“仁”不是外在于人，而是先天存在于人性之中。孔子说“天生德于予”，“仁远乎哉？我欲仁，斯仁至矣”（《述而》）。朱熹注之曰：“仁者，心之德，非在外也。”③ 私淑孔子的孟子沿此路线将“仁”张本为人所固有的一种潜在德性，即“恻隐之心，仁也”。“恻隐之心，人皆有之……非由外铄我也，我固有之也。”（《孟子·告子上》）在孔子之仁的基础上，孟子明确地把“仁”看作是人之为人的根本，是人与动物区别的关键：“恻隐之心，仁之端也……无恻隐之心，非人也。”（《孟子·公孙丑上》）

2. “仁”是人的内化情志

仁是内化于人心的实体，人可以随时体验到它的存在。“爱人”是“仁”的主要内涵。《国语·周语下》曰“仁，文之爱也”“爱人能仁”。《国语·晋语》曰：“为仁者，亲爱之谓仁。”孔子则把“仁”直接释之为“爱人”（《颜渊》）。由于“仁”是人所本有的一种“爱人”情感，所以“仁”又首先表现为“爱亲”，即儒家最为持重的“亲亲”人伦之情。《礼记·祭义》说：“立爱自亲始。”《中庸》载孔子曰：“仁者，人也，亲亲为大。”孟子亦曰：“未有仁而遗其亲者也。”（《孟子·梁惠王上》）“仁”是“人

---

① 徐复观：《中国学术精神》，华东师范大学出版社 2004 年版，第 3、12 页。

② 冯友兰：《孔子论完全的人格》，载《孔子研究论文集》，教育科学出版社 1987 年版，第 18 页。

③ 朱熹：《四书集注》，岳麓书社 1987 年版，第 143 页。

之理”，爱自己的亲人既是“仁”最为自然的人性流露，也是做人的根本，是人道不可超越的基本法则。儒家爱亲的主要表现就是孝悌，因此，孝悌就是仁的根本。“君子务本，本立而道生。孝悌也者，其为仁之本与?”(《学而》)

孔门强调仁者爱人和仁之本在爱亲，不仅表明了仁者内心有爱，而且还旨在表现仁者的特殊心志，即具有不同寻常的恬静、坦荡、无畏等内在性情和气质，如“仁者安仁”(《里仁》)、“仁者静”(《雍也》)、“仁者不忧”(《子罕》)、“仁者必有勇”(《宪问》)，以至“仁者无敌”(《孟子·梁惠王上》)，等等。

由此可知，仁是人的内化情感和心志。儒家重情，认为人道始于情，情是人道的基础。《郭店楚简·性自命出》说：“道始于情，情生于性，始者近情，终者近义。”仁的内化情志，使其担当着儒学的情感本体。李泽厚指出：“‘仁’是内在情感本体。”“儒学的‘仁’具有某种‘与天地参’的‘本体’性质。它来源于原始巫术。‘仁’涵盖宇宙，贯通一切，能远能近，既易获取，又难得到，似颇神秘”，“仁，既是本体，又是生命，又是情感”。[①]

3.“仁”是人的外化德范

孔子之“仁”除了内在的仁爱之心外，还表现为一种客观的道德规范。朱熹为孔子“唯仁者能好人，能恶人”(《里仁》)作注曰：仁者“盖无私心，然后好恶当于理，程子所谓‘得其公正’是也”[②]。即是说，此“仁”不是一种温情脉脉的私爱之心，而是一种公正的规范，即“当于理”。朱熹认为，此“理”是人性的根本所在和人道的基本原则：“仁者，人之所以为人之理也。然仁，理也；人，物也。以仁之理，合于人之身而言之，乃所谓道者也。”[③]

在孔子看来，仁的外化就是“礼”，或遵守礼的道德规范。在回答诸弟子问“仁”时，孔子多是从道德规范，即循礼，来解释“仁”的内涵。如在回答颜渊问“仁”时，孔子答曰“克己复礼，为仁”(《颜渊》)；回答仲弓问“仁”时，曰“出门如见大宾；使民如承大祭；己所不欲，勿施于人；在邦无怨，在家无怨”(《颜渊》)；回答樊迟问“仁”时，曰“居处恭，执事敬，与人忠；虽之夷狄，不可弃也”(《子路》)；回答子张问“仁”时，曰“能行五者于天下，为仁矣”，五者即“恭、宽、信、敏、惠”(《阳货》)。

孔子之“仁”同时兼有了主观的温情之爱和客观的伦理规范，“礼”被成功地纳入“仁”中。“仁”因此具有了可操作性、立人有了客观的标准。冷峻、肃然的道德规范

---

① 李泽厚：《论语今读》，安徽文艺出版社 1998 年版，第 137 页。

② 朱熹：《四书集注》，岳麓书社 1987 年版，第 98 页。

③ 朱熹：《四书集注》，岳麓书社 1987 年版，第 526 页。

融入了人情的温馨和自觉，从而实现了情礼的互辅与交融。冯友兰指出："仁者，即人的性情之真的及合礼的流露。"①

人必须有真性情，真情实感才可以行"礼"。

没有真情实感为内容的"礼"，就是一个空架子，严格地说，就不成其为"礼"。没有礼的节制的真情实感，严格地说，也不成其为"仁"。所以真正的礼，必包含有"仁"。完全的仁也必包含有"礼"。这就是两个对立面的互相渗透。所以一个完全的道德品质，就是"礼"和"仁"的统一。一个完全的人格，就是这个统一的体现。②

就仁与礼的关系而言，一方面，仁主导着礼，"仁是礼的心理基础，没有仁这一发自内心的道德意识，就不能遵守礼制"③。另一方面，仁与礼之间又存在着相辅相成的良性互动关系。孔子说："人而不仁，如礼何！"（《八佾》）同时，"仁以己立而立人为要，而求'立'必须循礼"，"实行仁德，必自约以礼"④。仁之外化为人的道德规范，即"由'礼'归'仁'，是孔子的创造性的理论贡献"⑤。

三、仁智合一的心性修养

孔子把人道之本落实到人心具有的先天仁德之上，"仁"者"爱人"的道德品质成为孔子人性相近的根本。孔子人性论内涵先天"性善"的潜质，这一潜质因学习成性而呈现出后天无限的可能性和巨大的差异性。唐君毅说：

> 孔子谓人之生也直，我欲仁而仁至，而仁者能中心安仁，此仁在心，更宜即视为此心之善性所在。……今若就孔子之将"心相近"与"习相远"对举之旨以观，则其所重者，盖不在克就人性之自身而论其为何，而要在以习相远为对照，以言人性虽相近，而由其学习之所成者，则相距悬殊。……孔子之教之所重者，则在人之所志所学。⑥

孔子所谓"为仁由己"（《颜渊》），"我欲仁，斯仁至矣"（《述而》），"仁者安仁"（《里仁》）说的都是学而时习，以自成其性。

立身成性的功夫即在于发明本心、修养心性。"发明本心"之"仁"是孔子人道德

---

① 冯友兰：《中国哲学史》（上册），华东师范大学出版社2000年版，第60页。
② 冯友兰：《孔子论完全的人格》，《孔子研究论文集》，教育科学出版社1987年版，第18、16页。
③ 朱贻庭：《中国传统伦理思想史》，华东师范大学出版社2003年版，第43页。
④ 张岱年：《中国哲学大纲》，中国社会科学出版社1982年版，第258页。
⑤ 李泽厚：《论语今读》，安徽文艺出版社1998年版，第30页。
⑥ 唐君毅：《中国哲学原论·原性篇》，中国社会科学出版社2005年版，第8—9页。

目中“智”德的功夫，“修养心性”则意在实现“仁”“智”的完美合一。在孔子人道思想的概念群中，能与“仁”真正平行而对举的，只有“智”。[①] 由于人是认知的主体，亦是认知的对象，所以，孔子“智”德亦是人的专属。孔子所谓的“知”即是“知人”（《颜渊》），即认知人的立身处世之道，获得人道智慧，以实现有效的人道关怀。肖群忠认为：“中国儒家智德观的特点在于，它把知或智主要看作是一种人事之智或者说是知人之明。”[②] 在心性修养上，孔子遵循的理路是由“智而仁”的成性不断上升到“仁且智”的成圣。

1.“智而仁”的成性修养

“智而仁”是说心性修养首先要有心智的明辨，发明本心先天的仁性，然后才可以择善笃行。成仁之性与学习仁道紧密联系，只有智识仁道，才能化为自觉的仁性修行，即“君子学道则爱人”（《阳货》）。这是人的本性所决定的，“人的优越性就在于他是理智的动物，人的一切行动都是由知识决定的，一个人不会去做他认为不对的事情，没有知识就没有道德和善”[③]。

朱熹曾对《中庸》“博学之，审问之，慎思之，明辨之，笃行之”作注曰：“学、问、思、辨，所以择善而为知，学而知也。笃行，所以固执而为仁，利而行也。”[④] 朱熹还曾对“夫子循循然善诱人，博我以文，约我以礼”（《子罕》）作注曰：“博文、约礼，教之序也。”[⑤] 对“知者不惑、仁者不忧、勇者不惧”（《子罕》）作注曰：“明足以烛理，故不惑；理足以胜私，故不忧；气足以配道义，故不惧。此学之序也。”[⑥] 由此可知，孔子成性修养无论是教序还是学序，都遵循先智后仁、由智而仁的次序。

孔子反对不经心智思考的仁德滥用，在心性修养上表现出先智、重智的倾向。《论语·雍也》说：

> 宰我问曰：“仁者，虽告之曰，‘井有仁焉’，其从之也？”
> 子曰：“何为其然也？君子可逝也，不可陷也；可欺也，不可罔也。”

宰我问孔子：有人落入井中，仁者是否不经思考而贸然赴井施救呢？孔子回答说：君子可以奋不顾身地行仁，但不可以不假思索而使自身也身陷困境；君子可以一时被仁

---

① 徐复观：《中国学术精神》，华东师范大学出版社 2004 年版，第 17 页。
② 肖群忠：《智德新论》，《道德与文明》2005 年第 3 期。
③ 马振铎：《仁·人道——孔子的哲学思想》，中国社会科学出版社 1993 年版，第 111 页。
④ 朱熹：《四书集注》，岳麓书社 1987 年版，第 45 页。
⑤ 朱熹：《四书集注》，岳麓书社 1987 年版，第 161 页。
⑥ 朱熹：《四书集注》，岳麓书社 1987 年版，第 166 页。

的假象所蒙骗，但不可以不运用智慧去发现仁的真理。

在孔子看来，没有“智”的明辨，也就没有真正的“仁”爱，仁爱的道德原则有其内在的理性基础，即“未知，焉得仁?”（《公治长》）。因为“真正的道德行为是自觉的，而这种自觉性来源于理性认识”①。在儒家诸德中，“智”是明断是非的慧眼，即“是非之心，智也”（《孟子·告子上》）。“智”也因此成为人道成性最为主要的技能和品质。董仲舒说：“凡人欲舍行为，皆以其智先规而后为之。其规是者，其所为得，其所事当。”“其规非者，其所为不得，其所事不当，其行不遂。”（《春秋繁露·必仁且智》）智亦因此成为儒家成圣的首务：“圣人之所以过人，以先知。”（《吕氏春秋·恃君览》）

2. “仁且智”的成圣修养

“仁且智”是说作为“道德情感”的“仁”和作为“道德理性”的“智”，在人道实践过程中本来就具有内在的统一性，即仁有智的选择，智有仁的善行。仁中有智，智中有仁，仁智合一而成就儒家圣人的品质和境界。朱熹曾对孔子“举直错诸枉，能使枉者直”（《颜渊》）作注曰：“举直错诸枉者，知也；使枉者直，则仁矣。如此，则二者不惟不相悖，而反相为用矣。”② 由此可知，“仁”“智”在人性修养上具有相得益彰的互利关系。“智”可以促进“仁”的发展。孔子说：“仁者安仁，智者利仁。”（《里仁》）即是说，仁者可以安于人的自然德性，而智者则会自觉提升人的自然德性，使人不断超越已有的道德境界。“仁”亦有利于“智”的发展。孔子说：“知及之，仁不能守之，虽得之，必失之。”（《卫灵公》）即是说，没有仁德的保守，智慧也不能最终圆成。马振铎指出：在孔子理想人格的具体实践中，“仁、知相互制约，相辅相成。仁由于有知制约裁度，所作出的道义判断和行为不失中正，知由于有仁的节度把持而不致流为谲诈奸猾”③。正因为如此，李泽厚认为：“‘仁’‘知’不可偏废。”④

孔子所谓的仁智合一，一方面表现为“仁”本身即包含有心智，即理性化的道德认知、判断和抉择。孔子说：“贤贤易色；事父母，能竭其力；事君，能致其身；与朋友交，言而有信。虽曰未学，吾必谓之学矣。”（《学而》）“夫仁者，己欲立而立人，己欲达而达人。能近取譬，可谓仁之方也已。”（《雍也》）“唯仁者，能好人，能恶人。”（《里仁》）孔子这里所言的仁者，其仁行都是智的直接或间接参与的结果，没有理性的心智也就没有基本的善恶、好坏判断，当然也就没有真正的仁德与仁者。即如冯契所言：“孔子的‘仁’是‘情’（爱心，同情心）和‘理’（理性的要求）的统一，是人

---

① 陈建春：《论孔子“仁智统一”的人格塑造学说》，《武警学院学报》2009 年第 1 期。

② 朱熹：《四书集注》，岳麓书社 1987 年版，第 202 页。

③ 马振铎：《仁·人道——孔子的哲学思想》，中国社会科学出版社 1993 年版，第 110 页。

④ 李泽厚：《论语今读》，安徽文艺出版社 1998 年版，第 422 页。

道原则与理性原则的统一。这是孔子以‘仁’为核心的人道观的最本质的东西。把握了这点，也就容易理解为什么孔子常常把‘仁’‘知’并提了。”①

另一方面，仁智合一又表现为智中涵仁。孔子所谓的“智”并非“物之理”，而是“德之知”，“仁”是“智”的内容和目的，智的获得过程本身就在践行仁的道德良知。孔子说“见贤思齐、见不贤而内自省”（《里仁》），“博学而笃志，切问而近思，仁在其中矣”（《子张》）。这里的“思齐”“内自省”“博学”“问思”无疑都是“智”的工夫，但其内涵“仁”的志行与功效则是显而易见的。孔子甚至还认为：“观过，斯知仁矣。”（《里仁》）即通过智慧的评判，在过失中发现仁的真正内涵。荀子亦曾指出：“君子博学而日参省乎己，则知明而行无过矣。”（《荀子·劝学》）同时，“智”又表现为“择其善者而从之，其不善者而改之”（《述而》）。“择善而从”则显然表明，智即仁矣。

仁智合一是儒家成圣的理想境界。孔门所言的圣人一方面具有仁智兼备的健全人格。董仲舒指出：仁智不全或失偏，将会造成“以其材能以辅其邪狂之心，而赞其僻违之行，适足以大其非而甚其恶耳”。健全的人格就是“近于仁，急于智”，因为“仁而不智，则爱而不别也；智而不仁，则知而不为也”（《春秋繁露·必仁且智》）。张岱年指出：“爱人为仁，有先见之明为智。惟仁而无智，则虽爱人，而不能明辨祸福利害，其行为之结果，或反足以伤人。仅智而不仁，则虽能深识祸福利害，而漠然无动于心，不肯实际拯济他人。所以仁与智，两皆必须。”② 另一方面，圣人还要实现仁与智自然而又完美的合一。《孟子·梁惠王上》说：

> 孔子曰：“圣则吾不能。我学不厌而教不倦也。”
> 子贡曰：“学不厌，智也；教不倦，仁也。仁且智，夫子既圣矣。”

子贡认为，孔子既有仁，也有智，是仁与智的完美合一，因此，他已经是一个实实在在的圣人了。

总之，孔子思想中的“仁”是人之自然情感的“理性”诉求，即善中有真，“智”则是人对“仁”的自觉意识，即真中有善。善与真是完整人格的必要构件，是成圣必备的基质。仁、智的具备只是人道的基始，孔子的人道目标不仅要“由智而仁”地成全人性，而且更要“仁且智”地成就圣人。圣人就是仁、智的完美统一，即人的自然情感与自觉理性的相互交融与渗透，从而使人的情理结构和心境气度不断得以再造和提升。“仁且智”就是德性与理性的高度融汇和不断提升。林之奇指出：“仁且知，圣人

---

① 冯契：《中国古代哲学的逻辑发展》上册，上海人民出版社1983年版，第89页。
② 张岱年：《中国哲学大纲》，中国社会科学出版社1982年版，第269页。

之事备矣。"①

结束语

孔子人道之要是发明了人性之仁，仁是人心先天存有的良知，即爱亲的道德情感。孟子亦认为仁是人的本心所在，即"仁，人心也"（《孟子·告子上》）。认识和践行这一道德情感，离不开心智的参与。心智具有识别、选择、志行心性的道德理性功能，所以孔子性之仁和心之智时常对举，形成仁主智辅的仁智关系。"仁"则是基于理性认识基础上所产生的人道情怀（爱人）；"智"则是以人所特有的道德理性去知晓人之为人的道理（知人）。二者的关系一方面表现为：没有"智"的辅助，"仁"则失去原则而成为情感滥用，即"未知，焉得仁?"（《公治长》）同时，"智"也离不开"仁"。孔子所谓的"智"并非"物之理"，而是"德之知"。"仁"是"智"的内容和目的。智本身就是对仁的一种自觉选择，即"择不处仁，焉得知?"（《里仁》）另一方面表现为："知人"是"爱人"的必要前提，"爱人"是"知人"自然结果。不"知人"就不能真正地"爱人"；不"爱人"也不可能深切地"知人"。因此，"智"与"仁"存在着互为因果、互动辅益的密切关系。仁与智由此成为孔子不曾明言的心性思想。

孔子仁智虽然表现出互摄互利的并重关系，但其核心在于"仁"。仁的本质在于自觉而又理性地进行道德实践，即"力行近乎仁"（《中庸》）。因此"《论语》上说仁，多从实际践履上立论，亦即多从工夫上立论"②。如"巧言令色，鲜矣仁"（《学而》），"当仁，不让于师"（《卫灵公》），等等。韦政通亦指出："仁，你可以当一个概念去了解它，但了解的目的是为实践，不能实践，它就不成其为真理。"③ 仁的实践主要表现为"反求诸已"的心性练养。孟子即是从正心诚意的心性修养来阐发"仁"的实践功夫："仁者如射，射者正已而后发。发而不中，不怨胜已者，反求诸已而已矣。"（《孟子·公孙丑上》）"仁"的践行是一个有始无终的一个无止境过程。孔子说："好仁者，无以尚之。"（《里仁》）徐复观认为："仁有次第有层次而无止境。若自觉其有一止境界限，即不是仁。"④ 韦政通亦说："仁落在实践的过程中，是一个无限的历程，是一个阶段一个阶段升进的，任何人都不能全幅实现，所以孔子也不能自居为仁，也不轻易许人以仁。"⑤

孔子事关人生的本体之道与人性之仁，具有体用不二的密切关系，即"修身以道，

---

① 《四库全书·尚书全解》卷五。

② 徐复观：《中国学术精神》，华东师范大学出版社 2004 年版，第 6 页。

③ 韦政通：《中国思想史》上，吉林出版集团有限责任公司 2009 年版，第 55 页。

④ 徐复观：《中国学术精神》，华东师范大学出版社 2004 年版，第 15 页。

⑤ 韦政通：《中国思想史》上，吉林出版集团有限责任公司 2009 年版，第 55 页。

修道以仁”（《中庸》）。就终极价值而言，孔子也是把“殉仁”等同于“殉道”，如“志士仁人，无求生以害仁，有杀身以成仁”（《卫灵公》），“朝闻道，夕死可矣”（《里仁》）。在人道实践的具体进程中，孔子把先智后仁的成性和仁智合一的成圣作为立身成人和境界提升的心性修养之路。冯友兰认为：“人的精神境界有四种：自然境界、功利境界、道德境界、天地境界，这四种境界一层比一层高。”“仁不是泛指任何一种精神境界，而是确指最高的境界——天地境界。”①

孔子心性修养最终实现了人道与天道的通达。牟宗三亦指出：“孔子提出‘仁’为道德人格发展的最高境界。”“仁的作用内在地讲是成圣，外在地讲的时候，必定要遥契超越方面的性与天道。”② 儒家心性论一般都以孟子“尽其心者，知其性也；知其性，则知天矣”（《孟子·尽心上》）作为肇始的根底，而孟子心性论显然发端于对孔子人道思想的演绎，由此不难理解孔子人道思想对后世儒家心性论的影响，以及儒家心性论对中国传统思想的影响。韩强指出：“儒家的心性论把人的生理、心理、伦理和认识论有机地结合起来，通过人的自然属性和道德属性的关系说明人的自我价值在于仁义道德，要人们通过自我觉悟的心性修养方法，用道德理性超越并控制情欲，实现成圣成贤的人生理想，完成仁政、王道的社会政治理想。这样，儒家就以心性论为核心，把天人合一、知行合一，内圣外王结合成一个有机的整体。儒家心性论扎根于传统社会君臣、父子、夫妇关系中，带有强烈的人伦道德感情色彩，因此成为中国传统思想的主流。”③

---

① 冯友兰：《对孔子所讲的仁的进一步理解和体会》，《孔子研究》1989 年第 3 期。

② 牟宗三：《中国哲学的特质》，上海古籍出版社 2007 年版，第 26、28 页。

③ 韩强：《现代新儒学心性理论评述》，辽宁大学出版社 1992 年版，第 3 页。

诠释与方法

——荀子性恶论研究的批判与新进程

曾暐杰

摘　要　人性论的诠释是一种对于生命的理解与体认，更是一种对于自我理解及存在价值的定义，正如帕玛（Richard E. Palmer）所说："理解既是认识现象，又是本体现象。"而中国人性论的诠释又以荀子的性恶论最具争议，过去以孟学角度对于性恶论的诠释，多以一种权威的角度扼杀了孟学以外存有者（being）的生存空间，因为否定了性恶论，也就否定了荀学论者（同时兼具诠释者与存有者的身份）的生命价值。因此，应该突破传统形上学式的性恶论诠释，而尝试以卡普托（John D. Caputo）所谓激进的诠释学（Radical Hermeneutics）所强调的：面对生命原初的艰难，去面对人性论多元诠释的可能性及存有价值的开放性。因为过往的荀学诠释，多半为三个"成见"所压抑与阉割，即道统的权威、形上的慰藉与道德的迷思。这三个孟学成见使充满生命力的荀子人性论遭到弱化与污名化，顿失其意义与价值。因此，实有必要开展出诠释荀子性恶论的新视野。就宏观的层面而论，我们应该了解到，人性论的诠释必须是主体化与多元化的，即世上有多少存有（being）就有多少种人性的可能，人性论不是非此即彼、非荀即孟的，人性论是可以有多元典范并存的，因此不需要树立孟子性善论为一宗而贬抑荀子性恶论。从微观的层面而论，应该把握性恶论诠释的三个原则方法：其一，把握"生之谓性"的基本定义并使"性恶"与"性善"的价值判准一致；其二，以系统理论探求性恶论的真相，即透过荀子人性论、修养论与政治论的联系辗转互证以追求诠释的正确性；其三，把握荀子性恶论述主轴再去梳理《荀子》中枝微末节的论述，而非以幽微而不明的脉络反驳荀子的主要论调"人之性恶，其善者伪也"。有了这宏观与微观的新视野，对于荀子性恶论的诠释才能有更恰当的理解，也才能够达至孟荀典范对话的可能。而这样的对话与论辩，目的并非判定最终孰是孰非，而是希望透过这样的文本诠释态度与方法的建构，达到持续开放性的论辩与交流。

关键词　荀子　荀学　性恶　诠释　方法　众声喧哗

作者简介　曾暐杰（1986—　），男，台湾台北人，台湾政治大学中国文学系兼任讲师，主要研究方向为荀子哲学、儒家思想、儒学的现代性、易学等。

一、前言

诠释是对于生命的理解与体认，因为人们始终不能不带着“成见”去诠释文本，文本在解读的当下，已经带有诠释者的理念与体会。而人性论的诠释更是如此。对于人性论的诠释，可说就是对于自我的理解以及对存在（being）价值的定义，正如帕玛（Richard E. Palmer，1933— ）所说：“理解既是认识现象，又是本体论现象。”① 也就是说，当人们在诠释、评价性善或性恶的意义与价值的同时，那即是一种对于自我生命境界的确认与认同，并借此作为人生的方向与目标。

在中国思想史中，于人性论的诠释脉络里，荀子的性恶论尤具争议性。这当然与其以“恶”作为核心论述有关。“恶”作为一个负面价值被赋予在人性之中，这样的论述或许让多数人感到不安与排斥，也因此历来对于荀子性恶论的诠释者，往往带有太多的“成见”与“批判”。当然，“成见”是必然的、“批判”是必要的，这在现代诠释学脉络中都是无可非议的。但是，对于荀子性恶论的诠释应该可以有一个不同的视野，需要跳脱原有的框架，以为荀子性恶论开展“正当性”论述的可能。

何以在此要特别强调“正当”？如果说人性的诠释就是对自我的理解及对于存在的价值思索，而当某些人的生命境界正是接近荀子性恶论的面向，但性恶论却遭劳思光等人判为“歧途”，难道不会令这些诠释者（同时也是 being）感到困窘与不安吗？难道不会使这样的存在（being）失去了意义吗？

也就是说，当那一群诠释者无法进入孟学的脉络，而信服于较重视对治人之情欲、着重外在师法制度制约的性恶论者，在主流思维的压抑与暴力下，他们要如何面对自我？因此，透过对于个人存在（being）价值与诠释方法的反思与建构，将能够开启一扇不同于传统性恶论诠释之窗（window），进而开展属于荀学论者的窗景（vista）。

所谓的存在（being）是个人化而带有主观意识的体认，那是一种透过生命的历练而得出对于生命价值的体会，这样的价值必然不会是绝对普遍的。但也不必去质疑带有主观价值的存在（being）如何与客观的方法（method）相联系，因为此处所要建构的性恶论诠释方法，并不天真地奢望能够达至对于人性论绝对真理（Truth）的追求，更不欲解决全体生命的存有（Being）。这样的新视野只要能够契合荀学论者的有限真理（truth）也就足矣。正如高达美（Hans-Georg Gadamar，1900—2002）所认为，方法在面

① ［美］帕玛着，严平译：《诠释学》，台北：桂冠图书 1995 年版，第 11 页。

对无限的真理时就是一种暴力。[①] 况且，每个带有成见的主体（subject）又如何实践“客观的方法”？所谓的“客观”不过是一种自我慰藉的幻想。这也是帕玛所说，“所有的方法都已经是诠释”，而“用不同方法观察到的客体将是不同的客体”[②]。

另外必须说明的是，所谓的“方法”只是一种思考与解释的可能进路，而不会是一套有具体步骤的标准作业程序（Standard Operation Procedure）。[③] 因为对于人性的诠释就是对于复杂而多变的生命理解，正如伽达默尔所说，“生命解释着自身，它有一种诠释学的结构”[④]，如果认为生命如此简单，可以有一套公式依序带入，接着就能得出一个放诸四海而皆准的真理，那未免也太过天真与无知。

因此，真理（truth）只有透过不断批判、尝试与对话才能显现，认为哲学能够为知识提供基础，一劳永逸而准确地确定词语的意义，那无疑是一种形上学（metaphysics）的幻想与哲学的怠惰。[⑤] 是以本文将探求荀子性恶论诠释新视野的可能性，借此面对生命原初的艰难![⑥]

二、回顾、反思与批判：突破传统性恶论诠释的框架

新视野的开拓有赖于旧框架的突破，没有破坏也就没有建设。因此有必要在进行新诠释之前，对于过往的性恶论诠释做一回顾与反思。大体而言，性恶论总为三个“成见”所压抑与霸凌——道统的权威、形上的慰藉与道德的迷思，致使性恶论扭曲、变形、失去了生命力。而这三个庞然大物可说皆由孟学思维所衍生，要开创以荀学为基础

---

① ［美］约翰·卡普托：《哲学研究基础：论激进诠释学的核心观念》，收入［美］罗伊·马丁内兹编，汪海译：《激进诠释学精要》，中国人民大学出版社2011年版，第6页。

② ［美］帕玛着，严平译：《诠释学》，第25页。

③ 关于“方法论”，刘笑敢有着正确的认识，他说：“有人一看到‘方法论’三个字就想到某种具体的理论或某人的方法，这不是笔者所讲的‘方法论’。本书讨论的方法问题或方法论问题不是刻意提倡某一种理论或某一种方法，而是以笔者自己的思考、困惑、尝试为为例，邀请关心中国哲学或思想史研究、教学的朋友来共同探讨一些基本的课题，共同关心和提高大家的方法论的自觉意识，简言之，就是要不断思考自己在做什么、为何做、如何做等基本问题。”参见刘笑敢：《诠释与定向》，商务印书馆2009年版，第1页。

④ 参见［法］里尔克：《诠释学的任务》，收入洪汉鼎编译：《诠释学经典文选（下）》，台北：桂冠图书年2005年版，第153页。

⑤ 参见［美］黛安娜·米歇尔菲尔德：《哲学诠释学与激进诠释学：谦卑的教训》，收入［美］罗伊·马丁内兹编，汪海译：《激进诠释学精要》，中国人民大学出版社2011年版，第49页。

⑥ “生命原初的艰难”为亚里士多德（Aristotélēs，384—322BC）所提出，亦为激进诠释学（Radical Hermeneutics）的开创者卡普托（John D. Caputo）所强调。卡普托认为，既往的诠释学都陷于形上学的困境之中，企图透过形上来一劳永逸地解决一切，使我们在“天赋”与“恩典”中得到安逸。但生命其实是艰难的，唯有解构形上学，以一种冷酷的态度去面对生命的残酷与不完美，才能真正得到生命的价值。我以为，这样的态度与精神，正是在荀子性恶论诠释的新视野所需要的认知与勇气。参见 John D. Caputo, *Radical Hermeneutics: Repetition, Deconstruction, and the Hermeneutic Project* (Bloomington and Indianapolis: Indiana University Press, 1987), pp 1—7.

的诠释新视野，就必然要先移除并批判这三个“成见”方能有所斩获。[①]

(一) 道统的权威：被宰制的荀学

荀子性恶论在当代学者的诠释中，有一种先入为主的观念，即对于性恶的负面印象。如牟宗三认为荀子由性恶论开展的论述本身“弊不可言”[②]，劳思光以为其倡言性恶师法，堕入权威主义而生法家，“大悖儒学之义”，“是为儒学之歧途”[③]，韦政通亦因其性恶论而言“荀子不入主流，不为正统”[④]。

然而，此等论述大底是“照着”宋明儒对于荀子性恶论的诠释来说的。[⑤] 程颐(1033—1107)即言“荀子极偏颇，只一句性恶，大本已失”[⑥]。朱熹亦认为“不须理会荀卿，且理会孟子性善”[⑦]。在这样的思维下，于宋代早已形成了屈居于孟子之下的道统意识，这点从当时孟荀在孔庙中的安排就可探得端倪：

> 孟子准同颜子（回），同属“配享”，而荀子等仅止“从祀”。孔庙附祀，位阶森然。从继祀空间观之，“配享”得登堂入室，“从祀”只能屈俯两庑。另外，孟子封“邹国公”，荀子封“兰陵伯”，公、伯爵位之别，高下立判。[⑧]

正如黄进兴所言，这样的配置真可谓是“高下立判”，更不用说荀子在明嘉靖九年（公元1530年）被逐出孔庙的窘境了。[⑨]

也就是说，当代荀子性恶论的诠释者，多受到宋明理学以来的道统权威所影响，因而形成了如此对于荀子性恶论诠释上的“成见”。这样的情形正如高达美所说：

> 由于传统和习俗而奉为神圣的东西具有一种无名称的权威，而且我们有限的历

---

① 以荀学思维去破除孟学式的性恶论诠释，也是一种带有“前见”的诠释，这既不避忌讳也无须隐藏，因为不可能有任何一个人能够有超然客观的视角，每个存有（being）都有权选择证明自我的诠释角度。本文的目的即在于以批判孟学权威的“前见”去与传统的“前见”碰撞与沟通，以达到一种新的诠释视野之可能。这也正是高达美所说的：“一种成见在起指导作用，由于这些成见均对迄今为止的成见作了修正，因为它们具有建设性的作用。这并不是把事先想好的意见应用于本文，而是试图对于存在的东西进行理解和更好的理解，因为我们识破了他人的成见。”参见［德］伽达默尔：《答〈诠释学和意识形态批判〉》，收入洪汉鼎编译：《诠释学经典文选（下）》，第127页。

② 牟宗三：《名家与荀子》，台北：台湾学生书局2006年版，第215页。

③ 劳思光：《新编中国哲学史（一）》，台北：三民书局2005年版，第316页。

④ 韦政通：《荀子与古代哲学》，台北：商务印书馆1992年版，第48页。

⑤ 冯友兰在其《新理学》中说：“我们是‘接着’宋明以来底理学讲底，而不是‘照着’宋明以来底理学讲底。”而当代诸儒对于荀子性恶论的诠释，大底也只是“照着”宋明儒讲，并未跳脱当时道统的框架。参见冯友兰：《三松堂全集》第四卷，河南人民出版社2001年版，第4页。

⑥ ［宋］程颢、程颐：《二程集》，台北：里仁书局1982年版，第231页。

⑦ ［宋］黎德靖编：《朱子语类》，中华书局2007年版，第3254页。

⑧ 黄进兴：《优人圣域：权力、信仰与正当性（修订版）》，中华书局2010年版，第367页。

⑨ 参见《“国立”政治大学哲学学报》第11期（2003年12月），编者序。

> 史存在是这样被规定的，即因袭的权威不仅是有根据的见解，而且总是具有支配我们活动和行动的力量。一切教育都依据于这一点。①

尊孟抑荀者即在此一脉络下肯认了孟学权威的合法性，是以受到历史的制约，将传统的权威视为一种神圣而不可侵犯的力量，并以此为标准去诠释一切思想。然而，正如高达美所说“对继存事物的改变与对继存事物的捍卫同样都是与传统相联系的形式”，亦即诠释者不应“盲目地顺从传统”。②

当然，不能否认当代新儒家捍卫宋明理学道统权威的正当性，因为那都是具有历史意义的有效“成见”，不能抹杀其诠释的价值。但必须强调的是，如此诠释的正当与否，端看诠释者是否经过反思与批判而一味服从权威，抑或只是因为它是权威，如此而已。权威并不具有绝对的神圣性，现在所谓的权威，也不过是宋明儒的“成见”所构成，正如罗蒂（Richard Rorty，1931—2007）所说：“一个世纪的‘迷信’，就是前一世纪的理性胜利。”③

此处所要凸显的概念是，历史的成见或许不可避免，但人们总是有其自主的主体意识可透过生命的历练产生自我的体会，而这样的体会亦可产生一种成见。当来自历史外部“客体成见”与来自生命内在体验的“主体成见”冲突时，诠释者应该有勇气冲破“客体成见”，而不让“主体成见”任由权威的宰制。④ 刘又铭即认为：

> 我们仍然可以超越宋明以来尊孟抑荀的价值判断（或意识形态），重新给予荀学一个高度的正当性。更积极地说，我们可以开始建构一个具有积极意义的“当代新荀学”。⑤

也就是说，当诠释者发现自身的生命冲动与尊孟抑荀的诠释进路相冲突时，是否有起而讼之的勇气，是否有王安石那种“天命不足畏，人言不足恤，祖宗不足法”的激进主义（radicalism）精神⑥，大声疾呼自己透过生命理解所诠释出的不同结果，抑或只是认为道统的权威与当代学者的诠释必有其合理性而默默退缩、让步而迷惘?

---

① 参见［法］里克尔：《诠释学与意识形态批判》，收入洪汉鼎编译：《诠释学经典文选（下）》，第177页。

② 参见［德］伽达默尔：《答〈诠释学和意识形态批判〉》，第134页。

③ ［美］罗蒂：《无镜的哲学》，参见洪汉鼎编译：《诠释学经典文选（下）》，第298页。

④ 所谓的“客体成见”是指透过历史的积累与权威的教化之中所赋予我们的价值观，这种“成见”是由外在“客体”（object）加诸主体（subject），是群体的、普遍的。而“主体成见”则是由“主体”（subject）自身的体会而形成的一种生命经验，是个人的、独特的。

⑤ 刘又铭：《当代新荀学的基本理念》，收入庞朴主编：《儒林》第四辑，山东大学出版社2008年版，第4页。

⑥ 参见余英时：《犹记风吹水上鳞》，台北：三民书局1995年版，第201页。

（二）形上的慰藉：被阉割的荀学

当代荀子性恶论的诠释，除了上述先人为主的道统权威观念外，亦多执着于以形上学的角度批判荀子性恶论的经验论述（experiential discussion）。[①] 即当代新儒家之侪，颇喜以孟子所谓“人之有是四端也，犹其有四体也”（《公孙丑上》）[②]、“尽其心者，知其性也。知其性，则知天矣”（《尽心上》）[③] 之形上本体来探问荀子性恶论中“善”的根源性与绝对性。

牟宗三即认为，孔孟“恻然不安于生命之毁灭而必欲成全之，即是人性之卓然而善处。……故心为天心，而理为天理。天心天理是达道之本。孔孟由此着眼而立宇宙人生之大本。此即是绝对理性”[④]。意味着荀子的性恶论大本已失。又言荀子“性分中无此事，而只系于才能，则伪礼义之圣人可遇而不可求，礼义之伪亦可遇而不可求，如是则礼义无保证，即失其必然性与普遍性”[⑤]。张亨更是直接道出了孟子性善论所带来的美好境界：

> 孟子从自觉我是“人”的价值层面指证此一作为道德主体的“善性”乃内在于人，使人具有免于罪恶的自由，含蕴无穷的创造性，才真能显现人的高贵性和异于万物的“特质”。反观荀子由人之不异于动物处识“性”，二者完全属于不同的范畴，固以彰彰明甚。[⑥]

这种对于形而上学绝对性的追求，其实就是一种绝对性、安全感的依赖，是一种对无限力量的渴求与完全自主的想望。在这类的诠释者眼中，有一个绝对天理作为最高的价值根源，而这样的根源又天生根植于每个人心中，因此我们有为善的绝对能动性与必然性，只要掌握了内在善的根源，则一切都将自足，所谓修身、齐家、治国、平天下，一心发动，则万物皆善，的确是个令人渴望的美好世界。

但正如卡普托认为的，形而上学的致命问题就是，它追求的目标是树立由确定性提供的避难所，它渴望建立超级高速公路网以促成轻松自如的旅行，在路上不用担心迷路、减速带、交通事故。这样的想望，把我们引入歧途，好像生活之流变的艰苦颠簸可

---

① 本文所说荀子的经验论性格与论述，所强调的是其不以直觉或迷信的形上学视角，而以对现实的观察为其理论的立基点之特色。这样的思维进路类似于经验主义（Empiricism），但经验主义又与科学方法与逻辑实证论有着密切关系，贸然将荀子思维等同于经验主义似乎并不妥当。因此本文所说的经验论、经验论述、经验性格皆就“经验”（experience）面向而论，而不从经验主义立说。

② ［宋］孙奭疏：《孟子注疏》，台北：新文丰出版公司十三经注疏本1978年版，第66页。

③ ［宋］孙奭疏：《孟子注疏》，台北：新文丰出版公司十三经注疏本1978年版，第228页。

④ 牟宗三：《名家与荀子》，台北：台湾学生书局2006年版，第218页。

⑤ 牟宗三：《名家与荀子》，台北：台湾学生书局2006年版，第227页。

⑥ 张亨：《荀子对人的认知及其问题》，第190页。

以被绕开或者置之不顾似的。[①]

的确，荀子性恶论的思维就如其言，“今人之性，固无礼义，故强学而求有之也”（《性恶》）[②]，是一种强调透过外在学习来达致人之善，而不在乎人的内在根源之理论。其理论中亦没有一个最高价值根源，他的“天”就只是“天行有常，不为尧存，不为桀亡”（《天论》）[③] 的自然天。荀子如此强烈的经验性格论述，当代学者又何以能够以形上学的根源性来批判之、阉割之呢？使本来强调“化性起伪”“学不可已”“礼义师法”而充满生命力的“致善哲学”，变为一病恹恹的无根哲学。

或许正如刘又铭所说，孟学所描绘的生命图像是如此庄严而崇高，而荀学的图像就显得平常、普通。[④] 且要承认一个人内在没有善的根源，必须透过外在的礼义及依靠学习的成果来达致善的结果，这的确让人感到痛苦与无奈。但正如卡普托所主张的：

> 将我们抛掷于冷酷的世界之中，让我们从哲学的安逸中出走，在震撼与惊惧中恢复生命的艰难。我们放弃任何将形上学视为无可取代的坚持，而这只有从反形上学的进路可以达致。[⑤]

人们应该面对这个生命的冷酷真相，但是这就是人性、这就是人生。荀子性恶论的诠释也应该采取这样的激进诠释学，才符合荀子面对人性原初艰难的初衷，而不该以形上学的思维来非难性恶论。[⑥]

（三）道德的迷思：被弱化的荀学

近年来，对于荀子性恶论的诠释有一个转向，即是开始朝着荀子不是性恶论者的方向做解释。[⑦] 这相对于过去批判荀子性恶论的歧出、无根与不当，当然是一种进步，但这之中同样存着一种道德的迷思，而没有真正跳出形上学与孟学诠释的框架。关于荀子的人性论不是性恶的论述模式，基本上可分为以下两种：

---

① 参见［美］詹姆斯·H. 奥尔修斯：《一种受难之爱的诠释学》，收入［美］罗伊·马丁内兹编，汪海译：《激进诠释学精要》，中国人民大学出版社 2011 年版，第 211—212 页。

② ［清］王先谦撰：《荀子集解》，中华书局 2010 年版，第 439 页。

③ ［清］王先谦撰：《荀子集解》，中华书局 2010 年版，第 307 页。

④ 参见刘又铭：《当代新荀学的基本理念》，第 11 页。

⑤ John D. Caputo，*Radical Hermeneutics*：*Repetition*，*Deconstruction*，*and the Hermeneutic Project*，p. 187.

⑥ 卡普托的激进诠释学又可称之为冷酷的诠释学（cold hermeneutics），意指必须以冷静态度去面对人生是艰难的这样一个事实，并认识到没有所谓形上学中的永恒、不变与真理，真正的真理（truth）就是没有真理。正是这样的现实，或许让人感到冷酷而残忍，但这就是人性的真相。接受这样一个事实，我们反而会感到自身的自由与开放，更能够以包容与爱的态度去面对一切的差异与变异。参见 John D. Caputo，*Radical Hermeneutics*：*Repetition*，*Deconstruction*，*and the Hermeneutic Project*，pp. 1—7，p. 192.

⑦ 关于荀子性恶论诠释的转向，可参见曾暐杰：《打破性善的诱惑——重探荀子性恶论的意义与价值》，新北：花木兰文化 2014 年版，第 11—28 页。

1. 无善无恶：荀子是性朴论者

有些学者认为荀子的《性恶》一篇不为荀子所作，应为后人伪作，因此性恶论不为荀子的思想。他们多以“性者，本始材朴”（《礼论》）①、“今人之性，生而离其朴，离其资，必失而丧之”（《性恶》）② 为核心，并辅以《荀子》各篇章的论述来反驳荀子的性恶论并将其定位为性朴论者。周炽成与林桂榛即为持此论的重要学者。③

姑且不论荀子为性朴论者的论证是否正确，仅就诠释的思维与策略上而言，是值得进一步深思与讨论的④——就儒家的思维方式而言，其理论的建构目的在于现实社会的安定，也就是如马克思（Karl Heinrich Marx，1818—1883）所说：“哲学家只是用不同的方式解释世界；问题在于改变世界。”荀子的性恶论是配合其重礼隆法的思想而设，如何可以将一种纯粹哲学思辨的性朴论加诸荀子？也正如庄锦章所认识到的，“性无善无不善”是一种道德范畴的强调，完全不适用于人性论的讨论上。⑤

在诠释荀子性恶论时，应该先了解到荀子作为儒者以治乱为目的的立场，而不能单单从哲学思辨的角度认为荀子所说的欲望、争夺与食色只是人的本能，不应该被诉诸“恶”的层次。从儒家的角度而论，一切的价值判准自然是以人文世界中的礼义为标准，岂可从自然生发义来否定欲望、争夺与食色之“恶”的负面意义。这正如徐宗良所认识到的：

> 说人性无善无恶，则是因为从人类整体而言，在人类文明史之前实际上无所谓善和恶，因为，当时还没有人类的自觉反思，还没有善恶之概念，人类对自身也不可能作善和恶的评价，在这个意义上，人性似乎是无善无恶。就个体而言，如果一个人完全脱离社会而生活（设想他如果能长久生存下去的话），那么就此人而言，便无所谓善与恶。⑥

---

① ［清］王先谦撰：《荀子集解》，中华书局2010年版，第366页。

② ［清］王先谦撰：《荀子集解》，中华书局2010年版，第436页。

③ 参见周炽成：《荀子乃性朴论者，非性恶论者》，《邯郸学院学报》，第22卷4期（2012年12月），第24—31页。林桂榛：《荀子性朴论的理论结构及思想价值》，第22卷4期（2012年12月），第32—40页。而关于性朴论之说，其实徐复观就已说过：“荀子对于性的规定，与告子‘生之谓性’，几乎完全相同。而‘可与如此，可与如彼’的说法，也与告子的‘决诸东方则东流，决诸西方则西流’的说法，毫无二致。”但他并没有借此就将荀子列入性朴论者，依旧对于荀子的性恶论有不少批评。参见徐复观：《中国人性论史——先秦篇》，台北：商务印书馆2007年版，第230页。

④ 曾暐杰曾针对荀子为性朴说做论述来反驳其对于荀子的误解，参见曾暐杰：《打破性善的诱惑——重探荀子性恶论的意义与价值》，第82—85页。

⑤ 参庄锦章：《荀子与四种人性论观点》，《“国立”政治大学哲学学报》第11期（2003年12月），第187页。

⑥ 徐宗良：《道德问题的思与辨》，复旦大学出版社2011年版，第48页。

而针对儒家人性论的诠释视角而言，自然不可能将其作为一种脱离社会现实的人性论来解释。

2. 是善非恶：荀子为潜在的性善论者

相较于性朴论者，另外有更多的学者则是为荀子的人性论寻找内在价值根源作为诠释的策略，以此来凸显荀子人性论的正当性与价值。此论最为明显的即为刘又铭所提出的“弱性善观”，他说：

> 人心虽然无法直接开创、给出价值，但人心可以逐步发现、确认并实现价值。所以，人心当中存在着一个有限度的价值直觉（或道德直觉），并且依着这个价值直觉而有实现价值（或道德）的动力，如果把这部分也看作性（也就是更换荀子关于人性的定义），那么人性就也有善，而这就会是孟子之外的另一种性善观，可以称为“弱性善观”或“人性向善论”。①

除了刘又铭之外，其他如王灵康、路德斌、东方朔等学者，则采取了以“人观”或是“人的概念”来替代“人性论”、一方面可以避开人性善恶的问题，另一方面则可确立荀子具有内在价值根源的论述。②

然而，替荀子性恶论找内在价值根源的做法，似乎容易不自觉地陷入孟子性善论与形上学的脉络之中。所谓的内在价值根源，是形上学式的谈法，而荀子的性恶论是一种经验论式的论述。也就是说，荀学论者为了响应宋明以降批判荀子的思想是无根的哲学，便极力证明荀子其实也有内在价值根源，只是不如孟子所言那么直接与显著；这就是以孟学的体系去理解与建构荀子，那么原本充满力量的性恶论，便在为了符应孟学对内在价值根源的追求下，变得微弱而没有力量。毕竟在孟学的架构中，没有任何思想体系会比孟学来得孟学。这也是佐藤将之有以下看法的原因：

> 我们并不需要将此思想特色拉到“性善”或“有合”这论点。也就是说，我们并不需要主张荀子的“性论”因为不与孟子的“性论”冲突所以有价值……这样的讨论方式还露出其论述仍无法脱离传统荀子观所设计的价值系统与论述的基本框架。③

---

① 刘又铭：《当代新荀学的基本理念》，第 5 页。

② 王灵康以“人观”为主轴重新检讨了荀子性恶论的学说；路德斌则提出“人观”“人论”等概念，明白表示“性”不等于“人”，“性恶”不等于“人恶”；而东方朔以“人的概念”来反思荀子的心性问题。参见王灵康：《荀子哲学的反思：以人观为核心的探讨》，台北：“国立”政治大学哲学系博士论文 2008 年版，第 45—76 页；路德斌：《荀子与儒家哲学》，齐鲁书社 2010 年版，第 104—108 页；东方朔：《合理性之寻求：荀子思想研究论集》，台北：台大出版中心 2011 年版，第 175—206 页。关于此段论述可参见曾暐杰：《打破性善的诱惑——重探荀子性恶论的意义与价值》，第 14—17 页。

③ 佐藤将之：《荀子哲学研究之解构与建构：以中日学者之尝试与“诚”概念之探讨为线索》，第 104 页。

佐藤所言极是。在经验论与反形而上学（anti-metaphysics）的诠释脉络中，荀子的性恶论本是与其礼论成为一缜密而具有强烈实践性与可行性的系统理论，应该以此为诠释的定向，避免跳回形上学的框架中，进而弱化了荀子的理论强度。

三、存有的理解：以生命体验为出发点的宏观诠释进路

在回顾与批判过往荀子性恶论诠释的框架与限制后，接着，本文将从一个宏观的视野来谈谈如何突破旧有的性恶论诠释迷思，以达至一个性恶论诠释的新视野。此处不拟深入荀子的文本中讨论荀子性恶论诠释的实际操作与方法，这里所要强调的是一种诠释学的态度与思考。这个态度不只适用于性恶论的诠释，只是在荀子性恶论长期被扭曲与污名化的情境中，更需要有这样宏观的气度与态度。毕竟如柏拉图所说："总体健全，部分才会健全。"徒然有诠释的方法而没有恰当的诠释态度，一切都是枉然。

以下将先针对文本内部诠释如何因为不同的存在者（being）而能够有多元的诠释进路与结果，并探述其合理性。接着，将进一步针对文本外部，也就是所谓的人性典范（paradigm）做讨论，说明诠释者可以秉持的不同典范进行诠释，典范应该是多元而并存的，并非只有一个绝对的真理（Truth）。

（一）存在的诠释：人性论诠释的主体化与多元化

吕格尔（Paul Ricoeur，1913—2005）说："对我自己来说，我是什么只能通过我的生命的客观化表现来理解。自我认识已经是一种解释，它并不比任何其他解释更容易，甚或要更困难。"[①] 每个文本无疑都是作者生命经验的客观化，而人们则透过对文本的诠释来确认自身生命的意义。对于存在（being）的意义，最重要的无疑就是德尔菲神庙（Delphi）中的那句箴言："认识你自己（Γν? θισεαυτόν）。"

对于一个诠释者（同时也是个 being）而言，认识你自己有多么重要，这可以从布朗斯（Gerald L. Bruns）的一段话来理解：

> 当李尔王对于世界的看法，尤其是他的自我理解（self - understanding）完全崩溃的时候，他赤裸裸地独自一人面对世界，在暴风雨中瑟瑟发抖，接触到了理解自身的极限（对李尔王来说已经没有修正的余地了，他是完全没有安身立命之所的人，告诫我们诠释学会有多冷酷）。[②]

---

① ［法］里克尔：《诠释学的任务》，第 152 页。

② ［美］杰拉尔德·L. 布朗斯：《论诠释学的激进转向》，收入［美］罗伊·马丁内兹编，汪海译：《激进诠释学精要》，中国人民大学出版社 2011 年版，第 165 页。

自我理解是一个存在者（being）安身立命的关键，当一个存有对自我的理解无法说服自己存有的价值时，足以让人疯狂与崩溃。那么作为一个诠释者、存在者（being），认同荀子对于情欲的高度关注与同情、将人为善的根据拉出存在（being）之中，而对以礼义师法来助人修养为善的进路感到理解与安慰时；为何要让“弊亦不可言”①、“本原不足，则客观精神即提不住而无根”②、“儒学之歧途”③ 这类的诠释来定位与评价自我呢？这样的孟学霸权将使荀学存有者感到不安甚至是自我的崩解。

现代学术总讲求客观的理解、超然的立场，但这始终是个神话；这样的学术氛围是与生命断裂的“纯学术研究”。其实，学术应该是与生命紧密相系的，尤其是人性论这类哲学思维与充满人文精神的思考，如果它不与生命相契，研究它又有何用？对于这一点，域外汉学家反倒有这样的自觉与体认——格罗斯（David Gross）说：“人需要从传统那里获得一种安身立命或‘自在’的感觉，但是现代性的其中一个后果，即这种需要及其由传统得到满足的联系已经产生断裂。”④

令人不解的是，为何当代诠释者需要牺牲学术与生命的联系而凸出客观性（objective）呢？何谓客观？作为有限的存在（limited being），任何人都不可能具有“上帝的观点”，既然如此，人们又如何判定客观？因此担心所谓的不客观倒有点杞人忧天了。正如有人批评高达美所谓“不同的”诠释会造成相对主义，而他的回答是：“只有按照绝对知识的尺度，也即并非人类知识的尺度，才能说它是危险的相对主义。”⑤ 也就是说，对人文学科而言，根本没有所谓的相对主义可言。不管任何诠释，都不可能达到完全普遍的认同，必然会有相对“不同的”诠释。

余英时认为经典诠释必须如赫许（E. D. Hirsch，Jr.，1928— ）区分“意义”（significance）和“意含”（meaning）的差别⑥，刘笑敢也企图区别所谓的“拟构”与“创构”⑦，傅伟勋更是提出“创造的诠释学”五个层次的判别⑧。这些当代学者对于中国诠释学理论的建构，无疑就是要强调“客观的本义”与“主观的衍生义”之区别，但试问又有哪一个诠释者会承认（或自觉）自己的诠释不是“本义”呢？朱熹不就曾理直气壮地说：“大抵某之解经，只是顺圣贤语意，看其血脉通贯处，为之解释，不敢

① 牟宗三：《名家与荀子》，台北：台湾学生书局2006年版，第215页。

② 牟宗三：《名家与荀子》，台北：台湾学生书局2006年版，第203页。

③ 劳思光：《新编中国哲学史（一）》，第316页。

④ 参见［美］贝克定著，余淑慧译：《儒家经典及其注疏在西方学术界的几种新发展》，《中国文哲研究通讯》第19卷第2期（2009年6月），第116页。

⑤ ［德］伽达默尔：《答〈诠释学和意识形态批判〉》，第127页。

⑥ 参见余英时：《犹记风吹水上鳞》，台北：三民书局1995年版，第165—166页。

⑦ 参见刘笑敢：《诠释与定向》，商务印书馆2009年版，第34页。

⑧ 参见傅伟勋：《从创造的诠释学到大乘佛学》，台北：三民书局1999年版，第1—46页。

自以己意说道理。”[①] 但事实上他是够过解经来创造自身的体系，并非所谓“本义”。

既然“本义”追求的不可能，那么今日的诠释者应该有一种崭新的诠释态度，即我们不该再追求对于一部经典的“唯一”解释，而应该致力于发掘被传统所埋没或压抑的解释可能。且诠释的目的不该是为了获得统一的理解，而是企图展现经典文本的各个面向，使其成为一种花园风景（landscape），百花齐放、众声喧哗。[②]

也就是说，今日对于荀子性恶论的诠释，不需要追求一把探求性恶论真理（Truth）的金钥匙，可以如唐、牟、徐等人以孟学本位立场的态度来诠释荀子，可以像刘又铭从潜在的性善论来诠释荀子，可以像周炽成等人从性朴论来诠释荀子，可以像王灵康、东方朔、路德斌等人从“人论”的角度诠释荀子。但重点是诠释者必须使这样的论述在其脉络中持之有故，言之成理，并能够从身为一个存在者（being）的角度去体会与认同它，使其成为一种立场能够与其他诠释者做对话，并秉持着不压迫、不迷信唯一真理（Truth）的态度进行论辩，那么每个“不同的”诠释将都会为某些人、某些时空带来帮助与效果。[③]

（二）真相（truth）不止一个：孟荀人性典范的并存

当代某些诠释者对于荀子性恶论的批判，是因为他们透过《荀子》文本诠释出了负面的意涵。而诠释之所以如此，是因为他们所信仰的是一种孟子性善论的典范[④]，并以此来非难荀子性恶论，但这是误以为这个世界只应该有一种典范是正确的。他们认为：既然“性恶”与“性善”两相对立，那么如果孟子所说的性善是正确的，荀子所言性恶必然为非，因此有必要对于荀子做出“本原不足，则客观精神即提不住而无根。礼义之统不能拉进来植根于性善，则流于‘义外’，而‘义外’非客观精神也”[⑤] 这类的批判。

但人性典范其实并非一元，而是可以有多种可能性的，如果以为这个世界上必然有一普遍人性，那必然会造成一种霸权与伤害。正如王晴佳认识到的：“所谓‘全体性’只是一种幻想，甚至骗局，因为任何一种理论、概念都无法真正代表全体，特别是在人类社会中。我们常用的概念，如人、民族、人性，都有其时代的局限性和社会性。”[⑥]

① ［宋］黎德靖编：《朱子语类》，中华书局 2007 年版，第 1249 页。

② 参见王晴佳：《后现代主义与经典诠释》，第 132—134 页。

③ 这也如王晴佳所说，后现代主义的诠释的特色是使“经典诠释就变成了一种文化批评，用来分析诠释过程中的历史文化因素、政治和意识形态的影响，以及社会思想的位置和潮流”。参见《后现代主义与经典诠释》，第 141 页。

④ “典范”（paradigm）的概念最初由孔恩（Thomas Kuhn，1922—1996）所提出。就其原初定义，典范并不会共存，而是一个典范会取代另一典范，但这样的思维在之后也受到不少挑战。此处所谓的典范，是指一个群体所持有的价值判准、信念、方法与目标，概念与孔恩用于定义常态科学的论述不完全相同。

⑤ 牟宗三：《名家与荀子》，台北：台湾学生书局 2006 年版，第 203 页。

⑥ 王晴佳：《后现代主义与经典诠释》，第 130 页。

也就是说，“人性”其实不是一种客观的存有（Being），它只是每个存在者（being）对于自身存在的一种解释，可以说，有多少个存在主体（subject）就有多少种人性的可能。别以为以科学的客观实验就可以解决性善与性恶之争，至少从20世纪初生物学家、遗传学家们就不断争论究竟是基因决定论或环境决定论，以及人的本性究竟为何。然而时至今日，依旧没有一个普遍的解释。①

这意味着，孟子的性善论与荀子的性恶论可以是同时并存的两个人性典范，分别属于不同性格与信仰的存在者（being）。每个诠释者即存在者，都可以依照自己的生命经验去对于人性论做出自己的诠释，而不必顾忌权威与和谐。也就是说，不必如刘又铭特别突出荀子人性论中，“人心当中存在着一个有限度的价值直觉（或道德直觉），并且依着这个价值直觉而有实现价值（或道德）的动力”，并以此将之称为“弱性善观”②；也不必如大部分学者努力排除“性恶”的论述，而从“人善”“心善”而言，这也就是佐藤所强调的：“不需要主张荀子的‘性论’因为不与孟子的‘性论’冲突所以有价值。”③

马克·杨特（Mark Yount）说：“没有哪个‘我们’不带来‘他们’。”④荀子的性恶论不需要和孟子的性善论一致甚至相合，不能如牟宗三所言：“荀子之广度必转而系属于孔孟之深度，斯可矣。”⑤亦不能像唐君毅所说：“为人之由荀子之论，再转进一步，以重引入孟子性善之论，所宜经之一论也。”⑥这种企图将荀子的性恶论以孟子性善论化导而成为一更为完善的理论，是没有意义的，“没有理由和必要来把二者含括在某种更高的综合之中”⑦。

由此，诠释者实不必因为其他某些诠释者的权威，而屈服于以孟子性善论为典范的诠释立场，更不必将荀子性恶论朝着孟学典范去拉拢；相反的，荀学立场的诠释者（存在者）可以大声疾呼自身与孟学典范的不同，可以不以形上学的进路去诠释荀子，而得到一套体系完整的荀子性恶论论述。毕竟如罗蒂所说“我们不可能同时站在两个观点上”⑧，更不可能达到所谓的中立（只有全知全能超越一切之上的主宰者能够达到中立，如果他真的在的话），那么为何不明确表达出一个自己的立场呢？毕竟每个主体（sub-

① 参见［美］马特·瑞德利著，洪兰译：《天性与教养》，台北：商周出版2007年版，第305—306页。

② 参见刘又铭：《当代新荀学的基本理念》，第5页。

③ 佐藤将之：《荀子哲学研究之解构与建构：以中日学者之尝试与“诚”概念之探讨为线索》，第104页。

④ ［美］马克·杨特：《激进诠释学的颤栗》，收入［美］罗伊·马丁内兹编，汪海译：《激进诠释学精要》，中国人民大学出版社2011年版，第119页。

⑤ 牟宗三：《名家与荀子》，台北：台湾学生书局2006年版，第215页。

⑥ 唐君毅：《中国哲学原论·原性篇》，台北：台湾学生书局2006年版，第76页。

⑦ ［美］罗蒂：《哲学与自然之镜》，参见洪汉鼎编译：《诠释学经典文选（下）》，第314页。

⑧ ［美］罗蒂：《哲学与自然之镜》，参见洪汉鼎编译：《诠释学经典文选（下）》，第314页。

ject）不可能没有立场，没有立场就无法论辩，甚至无法沟通，正如张鼎国所说：

> 论争是立场和立场的对抗，换言之有争论就要有面对面的抗衡（Konfrontation），并且在对抗中时时修正自己的立场，愈来愈强稳不移；而自身没有主张、没有固定出发点的人是无法进行争论的。……争论中蕴含着更强烈的批判的意味，因为“批判”的字源本义正是分别、分开，要明确划分开而不混为一谈。……所以在这里与人交谈要保持距离，不轻易同化或放弃立场的方式为之的。①

坚定立场并不是为了形成冲突，反倒是为了正面的沟通与论辩，假使每个存在（being）都被化约为一个“非个人”（impersonal）的统一体，那么失去了主体性（subjectivity），又如何进行对话呢？对话与论辩必定是存在至少两个主体（subject）才能够进行的不是吗？这也是为何卡普托会说：“如果我们都打算谈普遍的理性，我们将首先被削减为同一，接着就是沉默。”②

是以，所有的诠释者都应该如吕格尔所注意到的——“对于中立态度的错觉保持警惕！”③ 徐复观曾在《中国人性论史》中对其研究态度做一表述：

> 我既不曾有预定的立场，更无心标高立异，而只是看了许多有关的说法以后，经过自己的判断，顺着材料的本身，选择一条心之所安的道路。④

所谓“不曾预定的立场”是“客观”的，然而“选择一条心之所安的道路”却是“主观”的，也就是说徐复观将这两段话放在一起，浑然不觉矛盾，完全不曾自觉到“心之所安”即是一种主观的立场与选择。他就曾如此诠释荀子的性恶论：“人性论的成立，本来即含有点形上的意义。但荀子思想的性格，完全不承认形上的意义，于是他实际不在形上的地方肯定性，所以把性与情的不同部位也扯平了。”⑤ 并以此批评荀子未曾看过孟子书而胡乱批判⑥，这正如曾昧杰所说，徐复观“有意无意间终究透露了孟学

---

① 张鼎国：《诠释学论争在争什么：理解对话或争议析辩?》，《哲学杂志》第34期（2001年1月），第43页。

② John D. Caputo, *Against ethics: contributions to a poetics of obligation with constant reference to deconstruction* (Bloomington and Indianapolis: Indiana University Press, 1993), p40. 翻译参见［美］罗伊·马丁内兹编，汪海译：《激进诠释学精要》，中国人民大学出版社2011年版，第217页。

③ ［法］里克尔：《诠释学的任务》，第143页。

④ 徐复观：《中国人性论史——先秦篇·序》，台北：商务印书馆2007年版，第6页。

⑤ 徐复观：《中国人性论史——先秦篇》，台北：商务印书馆2007年版，第233页。

⑥ 徐复观：《中国人性论史——先秦篇》，台北：商务印书馆2007年版，第237—238页。

本位的思想，总是要为孟子辩护，以保存其心目中的纯净价值”①。

那么，徐复观这类的诠释者（存在者）为何不坦率指出其是以孟子典范为立场来诠释荀子性恶论，而抱持荀子典范立场的诠释者（存在者）又为何不敢破除形上学思维而以经验论述为进路的诠释立场呢？性善论与性恶论两种典范是可以也必须并行而相互对话、论辩的。

四、方法的尝试：微观的荀子性恶论诠释原则

在宏观地鸟瞰荀子性恶论诠释应有的态度与思维后，本文将针对荀子性恶论诠释的具体方向做论述，毕竟徒有宏观的视野而不能在实际的诠释中开展也是枉然。不过，此处所提出的方法，只是一种原则；因为是原则，所以不会有亦步亦趋、按部就班的标准细则，因此它是开放的、松动的——只是树立一个原则，以增进在多元诠释中对话与论辩的可能。

（一）把握“生之谓性”的基本定义及“性恶”的意义

对于荀子性恶论的诠释之所以一直以来纷纷扰扰、莫衷一是，有一根本的关键即在于未能对“性”字有正确的把握。荀子对于“性”的定义是“凡性者，天之就也，不可学，不可事”（《性恶》）②。而所谓的“不可学，不可事”就意指“性”是天生而有的，正如何淑静所言：“不论如何了解人性，只要一说‘人性’，它必是人所‘不可学，不可事’，即必是人所‘本有’。”③ 所以说在诠释荀子性恶论的内涵时，必须谨守这个“性”的定义。另依傅斯年所论，“生之谓性”此一定义，乃战国时期约定俗成之字义，故无论孟荀，对于“性”的定义都是以生字为本训。④

了解了性的定义，才能进一步定义何谓“性恶论”，也才能够讨论荀子究竟是不是性恶论者。如果依照“生之谓性”的定义而言，那么所谓的“性恶”就是“人天生有恶”。这样说或许太过模糊，但如果以较无争议的孟子性善论来做对比，或许就会明白许多。孟子说：“人之有是四端也，犹其有四体也……凡有四端于我者，知皆扩而充之矣，若火之始然，泉之始达。”（《公孙丑上》）⑤ 也就是说诠释者多把这样具有内在“善”的倾向与价值的人性论称之为“性善论”，那么同理可推，如果人的内在具有“恶”的倾向与负面价值的人性论，应该就可称之为“性恶论”而无疑。换个角度而

---

① 曾暐杰：《打破性善的诱惑——重探荀子性恶论的意义与价值》，第7页。

② ［清］王先谦撰：《荀子集解》，中华书局2010年版，第436页。

③ 何淑静：《论荀子对“性善说”的看法》，收入李明辉、陈玮芬主编：《理解、诠释与儒家传统》，台北：中研院文哲所2008年版，第17页。

④ 参见傅斯年：《性命古训辩证》，上海古籍出版社2012年版，第187页。

⑤ ［宋］孙奭疏：《孟子注疏》，台北：新文丰出版公司十三经注疏本1978年版，第66页。

论，如果人的内在天生不具有“善”的倾向与价值的人性论，那么就不可称之为“性善论”（包括“弱性善论”“潜在性善论”等“性善”家族用语）。

那么，以荀子所谓“今人之性，固无礼义”[①] 而论，似乎可以确认荀子为“性恶论”者。又其言“人生而有欲，欲而不得，则不能无求。求而无度量分界，则不能不争；争则乱，乱则穷”（《礼论》）[②]，以及所谓：

> 今人之性，生而有好利焉，顺是，故争夺生而辞让亡焉；生而有疾恶焉，顺是，故残贼生而忠信亡焉；生而有耳目之欲，有好声色焉，顺是，故淫乱生而礼义文理亡焉。然则从人之性，顺人之情，必出于争夺，合于犯分乱理，而归于暴。（《性恶》）[③]

那么荀子所说的有欲而争、好利、疾恶、好声色等特质，即是“恶”的内涵。尽管有不少当代诠释者认为这些只是人的本能，本身并不是“恶”，恶的是这些特质过度发展后所造成之“恶的行为”，由此来否定荀子为性恶论者。这类的学者可从徐宗良的论说一探端倪：

> 荀子心目中的“恶”实际上是指人的这些本性如果放纵，会导致破坏社会秩序与违背伦理规范的结果。也就是说，这些本性至多只是潜在的“恶端”而已。真正要成为“恶”，是要具备内外条件的，如果人们在规范之中或自觉地掌控自己的行为而表达这些欲望，又有什么“恶”可言？[④]

徐氏点出了一个重点：他认为荀子所叙述的这些关于人的本性的特质，都只是“恶端”，而不是“恶”本身，因此荀子的“性恶论”实不是“性恶论”。但吊诡的是，孟子的性善论所强调的也只是仁义礼智的“善端”而已，为何没有诠释者质疑孟子不是性善论者呢？甚至径称孟子的主张为“人性本善”。这实在是因为诠释者对于“恶”的忌讳与成见所造成诠释上的失误以及诠释方法上的不一致，致使诠释的失准。真正敢于如傅斯年直言“荀子所谓性恶者，即谓生来本恶也。孟子所谓性善者，亦为生来本善也”[⑤] 的诠释者毕竟不多。

---

① ［清］王先谦撰：《荀子集解》，中华书局2010年版，第439页。

② ［清］王先谦撰：《荀子集解》，中华书局2010年版，第346页。

③ ［清］王先谦撰：《荀子集解》，中华书局2010年版，第434—435页。

④ 徐宗良：《道德问题的思与辨》，复旦大学出版社2011年版，第59页。

⑤ 傅斯年：《性命古训辩证》，上海古籍出版社2012年版，第84页。

因此，在性恶论的诠释方法而言，基本上应该谨守荀子对于“性”的定义——“不可学，不可事”的“生之谓性”定义，并以一致的标准去定义“性善”与“性恶”，如此则可以避免许多不必要的“成见”所造成的影响。

（二）系统理论的探求：人性论、修养论与政治论的辗转诠释

除了把握荀子对于“性”的基本定义外，诠释者也不该忽略荀子人性论以外的其他部分，因为荀子的思想有其一套体系，人性论必然与修养论、政治论等论述是密不可分的。正如鲁索（Jean-Jacques Rousseau，1712—1778）所认为的，一定要通过人去研究社会，妄想将政治与道德分开来研究的人，必然是对两者都一无所获。① 所以，要对于荀子性恶论做出较好的诠释，就必须透过其修养论与政治论相互印证，才能透过系统理论达致对其专论的理解。

1. 修养论与人性论

就荀子的修养论而言，强调“学”的重要性，其言：

> 学恶乎始？恶乎终？曰：其数则始乎诵经，终乎读礼；其义则始乎为士，终乎为圣人。真积力久则入。学至乎没而后止也。故学数有终，若其义则不可须臾舍也。为之人也，舍之禽兽也。（《劝学》）②

那么可以了解到，荀子认为学是道德修养也是成圣所必要，不学则将沦为禽兽，可见学对于人的关键作用。那么基本上可以由此来印证荀子的性恶论——诚如上文所言，性恶论即是人天生没有内在的道德价值与根源，既然没有内在的道德价值根源，必然要透过学而向外探求，而不能如孟子所谓“学问之道无他，求其放心而已矣”（《告子上》）③，以求放心作为修养工夫的关键。因为对孟子的性善论而言，人天生就有内在的价值根源，自然是向内探求即可，而不须向外习之，透过此一关键，则可以更贴近荀学思维来诠释荀子性恶论的真义（truth）。这也就是蔡锦昌所认识到的：

> 荀子的“性”内没有礼义之端倪而孟子的“性”内有……荀子在“性”外求礼义而孟子在“性”内求仁义……荀子主张“人为”才有礼义而孟子主张“勿丧”即有仁义……荀子的“性”论重点是“在天性之外设想办法”而孟子的“性”论重点则是“在天性之内就有办法”。④

① 参见［法］鲁索：《社会契约论·论人类不平等的起源》，湖南文艺出版社2011年版，第141—145页。

② ［清］王先谦：《荀子集解》，中华书局2010年版，第11页。

③ ［宋］孙奭疏：《孟子注疏》，台北：新文丰出版公司十三经注疏本1978年版，第202页。

④ 蔡锦昌：《拿捏分寸的思考：荀子与古代思想新论》，台北：唐山书局1996年版，第136页。

如此只要把握孟子与荀子的修养论——前者重思、讲内求，后者重学、讲外求，那么荀子的人性论是否为“性恶论”似乎就呼之欲出了。

2. 政治论与人性论

荀子曾明白地针对性善说提出质疑：“今诚以人之性固正理平治邪，则有恶用圣王，恶用礼义哉？虽有圣王礼义，将曷加于正理平治也哉？”（《性恶》）[①] 亦曾直接就性恶来点明圣王的需要：“今人之性恶，必将待师法然后正，得礼义然后治。”（《性恶》）[②] 关于这点何淑静对于荀子理论建构的心理有着不错的诠释：

> 若性善则不需要圣王、礼义；唯性恶方需圣王、礼义。但就可见的事实来说，我们不只有，也需要圣王、礼义。既此，那很清楚，应该“性恶”才对，“性善”是不成立的。[③]

而龙宇纯虽然否认荀子是为性恶论者，但对于“圣王礼义”与“性善论”不能相容这点，却也有着正确的理解。[④] 由此，便可以了解到，将“性恶论”作为“性恶论”理解——而不是“性善”的诠释——之必要性与正当性（但不是唯一的正当性）。[⑤]

（三）幽微的逆袭：莫以幽微线索推翻显著论述

当代学者对于荀子性恶论的研究，有时或许是因为前人研究积累已多，后出转精，因而研究非常深刻而细微，而这样的细微研究，有时反而会使一些幽微而不明显的论述，反过来推翻荀子性恶论的主调。如何淑静即言：“虽然荀子没明白地说过‘心是性’或把心视为也是性，甚而有隐含‘心不是性’之言论，但依上述来看，荀子应该是含有此意的。”[⑥] 也就是说何教授以细致的逻辑推理而得出荀子之心是性的结论，并以此来反驳“心不是性”的论述。

而前文所提及的王灵康等人以“人观”来做论述者，也多有此以小证大的现象。另外，如周炽成更是列举了《荀子》性恶以外的其他诸篇幽隐的文字，来推翻荀子的性恶之说。[⑦] 但荀子就曾明明白白说“人之性恶，其善者伪也”（《性恶》）[⑧]，为何我们

---

① ［清］王先谦：《荀子集解》，中华书局 2010 年版，第 439 页。

② ［清］王先谦：《荀子集解》，中华书局 2010 年版，第 435 页。

③ 何淑静：《论荀子对“性善说”的看法》，第 19 页。

④ 龙宇纯：《荀子论集》，台北：学生书局 1987 年版，第 74 页。

⑤ 龙宇纯在这里虽然肯认了性善论与荀子所强调的圣王礼义不合，但却依旧做出了荀子不为性恶论的诠释，这即是把握了微观诠释方法，却没有宏观的诠释思维，而囿于对“恶”的成见之中。是以，性恶论的诠释，无论是缺乏宏观的诠释视野或是不明微观的诠释方法，缺其一都是徒然。

⑥ 何淑静：《论荀子对“性善说”的看法》，第 28—29 页。

⑦ 参见周炽成：《荀子乃性朴论者，非性恶论者》，第 24—30 页。

⑧ ［清］王先谦：《荀子集解》，中华书局 2006 年版，第 434 页。

要透过其他细枝末节的文字来推翻这样明显的论述，甚至还认为《性恶》是伪作呢？

韩德森（Joho B. Henderson）就指出，诠释者常常为了抚平经典其中的矛盾与冲突，因而无所不用其极，以自己的方法去弥平这些不兼容之处。[①] 其实，正如熊十力所体认到的：

> 今之后生好疑古书。辄约文字不类。其实、审核文字、谈何容易。非天资高、学养深者、不得有眼力。今人何可谈此事。……一人之文、每有不类也。然作者之思路与神情、自有特点、如有其统一之人格在者然。[②]

人是有限的动物，在书写中难免有论述上的缺失；但假使后人紧抓着这细微的线索，非言其不属于该作者，或是以此非难其他论点，那么就容易误入歧途，利用自身的理解将作者创造为另一人物了。

五、结论

荀子性恶论的诠释，历来本就有极大的争议，本文并不奢望透过回顾与反思过往的性恶论诠释，并企图开展一个荀子性恶论诠释的新视野之后，就能够解决一切问题。批判的目的只是要突出荀学式的诠释者、存在者（being）对于荀子性恶论诠释的立场，透过生命的历练与反思，而试图呈现一套与过往对荀子性恶论诠释不同的态度与方法。因为正如文中所说，没有立场，就没有对话与论辩的可能。

这样的诠释态度与方法，或许即潜藏着荀学存有者的理念与想法，这是无可回避的"先见"，正如刘昌元所说的"任何方法都不能没有预设"[③]，而什么样的思维也早就决定了方法的运用。因此，这是一套站在同情荀子立场，去与过去批判荀子性恶论的诠释进行论辩与对话的诠释理论建构，这是一套企图树立"我者"与"他者"的诠释思维差别的思索。唯有"我者"的声音被听到，"我者"与"他者"的对话才可能展开，也才能结束框架的束缚与权威的压抑。

正如卡普托所说的："对于如何评判这些不在同一层次而无法比较的思想之优劣我一无所知，且这并非我想要的；我更期待能够保持之间的差异与论辩的开放性。"[④] 的确，本文无法也无意在以孟学典范或荀学典范所诠释的性恶论之中、甚至无法从同样站

---

① 参见李淑珍：《当代美国学界关于中国注疏传统的研究》，《中国文哲研究通讯》第 9 卷第 3 期（1999 年 9 月），第 8 页。

② 熊十力：《韩非子评论》，第 107 页。

③ 刘昌元：《哲学解释学、方法论与方法》，《社会理论学报》第 1 卷第 2 期（1998 年 9 月），第 217 页。

④ John D. Caputo, *Radical Hermeneutics: Repetition, Deconstruction, and the Hermeneutic Project*, p. 285.

在同情荀子立场却做出不同诠释与理解的各种论调中做出最终孰是孰非的判断。但那并不重要，重要的是，透过这样的诠释态度与方法之建构与尝试，达到持续开放性的论辩。

这个世界之所以残酷，不是因为充斥着恶人，而是因为这个世界混杂着恶人与好人——而我们不知道谁是好人、谁是恶人。充满恶人的世界并不可怕，因为只要有一套放诸四海皆准的制度与理论就可以掌握一切。然而，夹杂着好人与恶人的世界，便无法用一套完美的理论去掌控全局，因为总是有些人无法被纳入体制内而受到作用，体制下总是顾此失彼——而这就是这个世界的现实。

这也是为何必须坚持对于人性论的诠释须保有开放性与多元性的视野与方法——因为有那么多不相同的存在（being），我们又如何可能以一套人性论概括一切人呢？唯有多元的人性论诠释，才能让众声喧哗的存在者（being），都能安身立命，致使社会稳定而不会有宰制、压迫与霸凌的困境（即使冲突和论辩还是不可避免）。

“性质美”：荀子人性论新识*

曾振宇

摘　要　牟宗三先生尝言：“荀子之学，历来无善解。”自汉以降，“无善解”的现象一直绵延至今。当下学术界大多将荀子人性学说概括为“性恶论”，就是一个非常有代表性的“无善解”案例。本文从“礼”切入荀子思想内在逻辑结构，继而论证“礼”之道德精神是“仁”。对仁存在正当性的证明，实际上已触及荀子思想另一重大理论问题：荀子思想体系中是否存在道德形上学呢？荀子从道德形上学高度为仁存在正当性进行论证，这是荀子仁学所达到的理论新高度，同时也是学术界自汉以来一直忽略与低估的学术问题。在本根论层面，仁是“天德”。作为“客观精神”的仁具有绝对性、普遍性特点，因而是人之“命”；荀子“人性”概念蕴含三层义项：人之欲、感官功能与属性、“人之所以为人”的自然德性。在人性论层面，荀子一再声明人“有性质美”，“性伤”才有可能导致人性趋向恶。“人之性恶”与“未发”意义上的欲没有直接关系，恶不是“本始材朴”自然材质固有的本质属性，恶只与后天“已发”意义上的发生学有涉。荀子人性论立足于“人之所以为人”基础上立论，仁是“心之所发”，所以应“诚心守仁”，“致诚”就是让内在于人性之仁“是其所是”地彰明。因此，将荀子人性学说界定为“性恶论”“人性恶”，不能不说是一深度的误读与误解。

关键词　荀子　仁　性恶　性善　性质美

作者简介　曾振宇（1962—　），男，江西泰和人，山东大学儒学高等研究院教授、博士生导师。山东省“泰山学者”。主要研究方向为儒学与中国思想史。

---

* 本文原载《中国文化研究》2015 年第 1 期。

将荀子人性思想界定为"人性恶"或"性恶论"，似乎已成为盖棺论定的学界共识。[①] 但是，在这一常识或共识背后，却隐伏着深度的误读与误解。恰如牟宗三先生所言："荀子之学，历来无善解。"[②] 台湾韦政通先生对荀子人性学说的衡评可谓独树一帜："荀子不是人性本恶的主张者。"[③] 可惜韦政通并未对此进行全面论证，这一与众不同的观点难免有些孤掌难鸣的况味。本人不揣谫陋，力图在前贤今哲思考基础上，对荀子人性思想本质与特点进行新的探讨。在研究思路上，回归荀子思想本身，"以荀释荀"。本文在结构上分为三个层层递进的部分：首先从荀子思想中心"礼"切入，探究礼之本质；其次，进而论证礼之道德精神是"仁"；本文最终落脚点在于荀子人性论。仁不是"无根"之仁，而是根植于荀子独有的道德形上学土壤之中。仁是"天德"，"义"是"人之所以为人"之所"贵"。仁内在于人性，人有"性质美"。未中肯綮之处，尚祈方家指正。

一、"先仁而后礼"：仁是礼之"天地精神"

徐复观先生评价荀子为"先秦儒家最后的大师"[④]。孔子儒家"内圣外王"之道，孟子与荀子分别引领一翼，展翅高飞。论及荀子仁学，从《荀子》全书展现的逻辑架构与思想主旨寻绎，抽茧剥笋，似乎应当从"礼"切入比较恰当。"礼起于何也？曰：人生而有欲，欲而不得，则不能无求；求而无度量分界，则不能不争；争则乱，乱则穷。先王恶其乱也，故制礼义以分之，以养人之欲，给人之求。使欲必不穷于物，物必不屈于欲。两者相持而长，是礼之所起也。"[⑤] 从经验世界论证"礼"之源起，是荀子礼学一大特点。尽管荀子已从"先王"的高度证明礼之缘起，尧舜禹已是儒家之道人格化隐喻。但是，荀子的问题意识与思维路向始终没有完全祛除世俗社会的经验色彩。礼是个人安身立命之本，也是治国平天下之大本大纲。"故人无礼则不生，事无礼则不成，国家无礼则不宁。"[⑥] 在荀子社会政治思想体系中，礼的重要性在于与儒家的王道政治理想密切联系。礼是实现儒家王道政治理想的唯一路径，"修礼者王"[⑦]，不修礼者

---

① 在学术研究动态上，1974 年，日本学者兒玉六郎在《日本中国学会报》第 26 辑上发表题为《荀子性朴说の提起—性伪之分に关する考察から》的论文。兒玉六郎将荀子人性思想界定为"性朴"而非"性恶"。2002 年，中国学者周炽成在其所著《荀子韩非子的社会历史哲学》（中山大学出版社 2002 版）一书中，也认为荀子人性学说是"性朴论"而非"性恶论"。"性朴论"是对汉以降"性恶论"的反思与修订，具有一定的启发意义。

② 牟宗三：《名家与荀子》，吉林出版集团有限责任公司 2010 年版，第 129 页。

③ 韦政通：《中国思想史》，上海书店出版社 2003 年版，第 220 页。

④ 徐复观：《中国人性论史》，华东师范大学出版社 2005 年版，第 158 页。

⑤ 王先谦：《荀子集解》，中华书局 2006 年版，第 337 页。

⑥ 王先谦：《荀子集解》，中华书局 2006 年版，第 24 页。

⑦ 王先谦：《荀子集解》，中华书局 2006 年版，第 152 页。

"亡国危身"。[①] 商王朝与五霸之一的楚国，都曾经在历史上叱咤风云、盛极一时，但最终都灰飞烟灭。坚甲利兵、高城深池，仍然避免不了衰亡的宿命。其中的道理在于"由其道"，还是"非其道"？荀子所说的"道"就是"王道"，王道实质内涵就是礼义之道，"彼王者不然：仁眇天下，义眇天下，威眇天下。仁眇天下，故天下莫不亲也；义眇天下，故天下莫不贵也；威眇天下，故天下莫敢敌也。以不敌之威，辅服人之道，故不战而胜，不攻而得，甲兵不劳而天下服，是知王道者也"[②]。儒家的王道政治并非一善而无征的乌托邦，荀子认为，王道政治社会理想在历史上实现过，而且不只一次，尧、舜、禹和周文武时代就是王道大行于世的时期。"用国者，得百姓之力者，富；得百姓之死者，强；得百姓之誉者，荣。三得者具，而天下归之；三得者亡，而天下去之；天下归之之谓王，天下去之之谓亡。汤、武者，循其道，行其义，兴天下同利，除天下同害，天下归之。故厚德音以先之，明礼义以道之，致忠信以爱之，赏贤使能以次之，爵服赏庆以申重之，时其事，轻其任，以调齐之，潢然兼覆之，养长之，如保赤子。"[③] 王道政治的根本在于得人心，得人心才能"天下归之"。基于此，我们不难发现荀子的礼或礼义学说是在为天下的政治制度、法律制度与伦理体系立法。人自身是社会制度与伦理原则的立法者，上帝或其他神灵已丧失其存在的正当性。高扬人之主体性，祛除天神地祇的魅影。缺乏正当性与合法性证明的政治制度、法律制度与伦理体系，其存在的合理性值得怀疑。那么，天下政治制度、法律制度与人伦存在的正当性何在？荀子的回答非常明确："礼者，表也。"[④] 杨倞注："表，标准也。"礼是准则，是"人道之极"。其实，在荀子思想体系架构中，作为最高准则的礼，并非仅仅适用于人类社会："天地以合，日月以明，四时以序，星辰以行，江河以流，万物以昌，好恶以节，喜怒以当。以为下则顺，以为上则明。万变，不乱；贰之，则丧也。礼岂不至矣哉！立隆以为极，而天下莫之能损益也。本末相顺，终始相应，至文以有别，至察以有说。天下从之者治，不从者乱；从之者安，不从者危；从之者存，不从者亡。"[⑤] 日月之所以光明，因为有礼；天能覆、地能载，因为有礼。天地四时、日月星辰和人类社会都应因循"礼"而行。礼作为准则，具有普适性特点，不仅适用于人类社会，也普遍适用于自然界。缘此，礼既是人之"表"，更是自然之"表"。杨倞评论说："言礼能上调天时，下节人情，若无礼以分别之，则天时人事皆乱也。"[⑥] 作为宇宙之"权衡"的礼，其基本

---

① 王先谦：《荀子集解》，中华书局2006年版，第153页。
② 王先谦：《荀子集解》，中华书局2006年版，第157页。
③ 王先谦：《荀子集解》，中华书局2006年版，第220页。
④ 王先谦：《荀子集解》，中华书局2006年版，第311页。
⑤ 王先谦：《荀子集解》，中华书局2006年版，第346页。
⑥ 王先谦：《荀子集解》，中华书局2006年版，第346页。

功能是“分”，不仅确定人类社会之“分”，也预设了宇宙自然之“分”。担当自然与人类社会最高准则的礼，最大特点是“公”：“公生明，偏生暗；端悫生通，诈伪生塞；诚信生神，夸诞生惑。此六生者，君子慎之，而禹、桀所以分也。”[①]“公”与“偏”相对，公的基本含义是“公平”“中和”，恰如《王制》篇所言：“故公平者，听之衡也；中和者，听之绳也。”荀子自己总结出“礼”有四大特点：“厚”“大”“高”“明”。[②]“厚”“大”彰显出礼的适用性范围；“高”凸显礼之位格；“明”显现礼之公平、公正，也就是《儒效》篇所言“比中而行之”。礼有“厚”“大”“高”“明”四大特点，注定自然与人类社会离不开礼的引导。“故人之命在天，国之命在礼。”[③]礼是“命”，这里出现的“命”不是至上人格神的意志，也不是运命之命，而是指代人力无法违忤的、放之四海而皆准的准则、法则与趋势。命意味着绝对性与普遍性，既然礼是命，就应顺命而行。“凡礼，始乎棁，成乎文，终乎悦校。故至备，情文俱尽；其次，情文代胜；其下，复情以归大一也。”[④]郝懿行认为“悦校”之“校”当作“恔”，“恔者快也”，“恔”就是愉悦、幸福，“此言礼始乎收敛，成乎文饰，终乎悦快”。[⑤]“情文俱尽”也就是文质彬彬，外在之礼仪与内在之情感交融为一，了无间隙。合乎人心之礼，使人滋生愉悦与幸福，这是礼的最高境界。中国先秦思想史与古希腊一样，也追求快乐与幸福，只是对“幸福”内涵的界定不一，但思想旨趣多有相近相通之处。在孔、孟、老、庄、荀等先秦思想家心目中，“乐”就是人生幸福。荀子的“终乎悦校”就是快乐与幸福。这种生命的幸福因为与礼相“搭挂”（朱熹语），背后已有德性的因素作为道德支撑。合符自然德性的乐，才是真正的乐、真正的幸福。

但是，随之而来，我们继而必须深入思考接踵而来的问题：如何保证或证实礼的动机是善的？如何证明礼具有普适性价值？荀子常言“礼以顺人心为本”[⑥]，那么“顺人心”的原则与标准又何在？如果我们继而沿着荀子思想逻辑向前推进，我们欣喜地发现荀子已经在深入探讨一个形而上的问题：作为自然界与人类社会普遍准则的“礼”，其自身存在的正当性何在？如果礼不能超越经验世界的束缚，从形而上学高度寻求绝对根据，礼就成为漂浮无根的外在律令与空洞教条。缘此，礼背后隐伏的道德精神是什么？荀子常说“情安礼”[⑦]，性情何以能以礼为安？换言之，礼存在的“最终支撑”何在？荀子的回答是——“仁”：“人主仁心设焉，知其役也，礼其尽也。故王者先仁而后礼，

① 王先谦：《荀子集解》，中华书局 2006 年版，第 51 页。
② 王先谦：《荀子集解》，中华书局 2006 年版，第 349 页。
③ 王先谦：《荀子集解》，中华书局 2006 年版，第 51 页。
④ 王先谦：《荀子集解》，中华书局 2006 年版，第 346 页。
⑤ 王先谦：《荀子集解》，中华书局 2006 年版，第 346 页。
⑥ 王先谦：《荀子集解》，中华书局 2006 年版，第 475 页。
⑦ 王先谦：《荀子集解》，中华书局 2006 年版，第 34 页。

天施然也。"[①] 仁先礼后，"先仁而后礼"，这是理解荀子仁与礼关系的枢要。"先仁而后礼"不仅是逻辑在先，更重要的还在于，仁是礼之伦理"最终支撑"。杨倞注："此明为国以仁为先也。""故曰：仁义礼乐，其致一也。君子处仁以义，然后仁也；行义以礼，然后义也；制礼，反本成末，然后礼也。三者皆通，然后道也。"[②] 荀子之"道"，涵摄仁、义、礼三部分。君子行义贵在彰显仁之精神，仁之基本精神为"爱人"。[③] 行礼旨在贯彻义之精神。仁、义、礼三者何为"本"？何为"末"？从荀子思想内在逻辑体系分析，仁是本，仁是"天地精神"[④]，礼将仁义文化精神贯彻于人伦中，并且指导人类行为，才能称之为"礼"。杨倞说："本，谓仁义；末，谓礼节。谓以仁义为本，终成于礼节也。"[⑤] 彰显"仁"伦理精神的礼义之道，荀子称之为"人之道"或"王道"。这种代表儒家社会政治理想的"王道"，又称为"先王之道"。"王道"并非单纯停留在形而上学的玄思中，以尧、舜、禹为代表的"先王"，他们施政的时代就是大道行于世的时期。"先王之道，仁之隆也，比中而行之。曷谓中？曰：礼义是也。道者，非天之道，非地之道，人之所以道也，君子之所道也。"[⑥] 王念孙说："此言先王之道乃仁道之至隆者也，所以然者，以其比中而行之也。"[⑦] 因循礼义之"中"而行，才能臻于"仁道"理想社会境界。在荀子看来，"先王之道"就是"王道"，"王道"就是"仁道"，"仁道"在历史上曾经大行于世。

二、"向高度提"：道德形上学视域下的仁与人性

既然仁是礼存在正当性之文化精神与道德基础，那么仁自身存在的正当性又何在？对仁存在正当性的追问与证明，实际上又牵涉荀子思想另一重大理论问题：荀子思想体系中是否存在道德形上学？因为牟宗三先生曾经批评荀子思想"本原不足"[⑧]。是耶非耶？时至今日有必要对此重新讨论。根据中国思想史的问题意识、运思路向与叙事模式，古代思想家通常将从两大向度进行证明：一是本根论，譬如中国思想史上的"天"论、"道"论、"气"论、"理"论等等，回答仁与世界本体之间是否存在某种"搭挂"；二是人性论，探讨仁与人性是否存在缘起关系。笔者分别从这两个方面进行探索。

---

① 王先谦：《荀子集解》，中华书局2006年版，第473页。
② 王先谦：《荀子集解》，中华书局2006年版，第476页。
③ 王先谦：《荀子集解》，中华书局2006年版，第274页。
④ 牟宗三：《名家与荀子》，吉林出版集团有限责任公司2010年版，第134页。
⑤ 王先谦：《荀子集解》，中华书局2006年版，第476页。
⑥ 王先谦：《荀子集解》，中华书局2006年版，第121页。
⑦ 王念孙：《读书杂志》之八《荀子杂志》，凤凰出版社2000年版，第751页。
⑧ 牟宗三：《名家与荀子》，吉林出版集团有限责任公司2010年版，第135页。

1. 本根论与仁

在荀子思想结构框架中，“天”无疑是位阶最高的范畴，况且还有专门阐发“天”论的文章流传于世：“天行有常，不为尧存，不为桀亡。应之以治则吉，应之以乱则凶。强本而节用，则天不能贫；养备而动时，则天不能病；修道而不贰，则天不能祸。……故明于天人之分，则可谓至人矣。”在《荀子》一书中，“天”范畴的义项繁复不一，并非单纯指谓“自然之天”。但就《天论》一篇而言，天的主要蕴含还是自然之天。天与地相对，天也与人相分，各自有自身规律、法则与职责。在《天论》篇中，出现了“天职”“天功”“天情”“天官”“天君”“天养”等概念，恰恰没有“天性”一词出现，更没有讨论性与天的内在关系。这是偶然还是必然？答案应当是《天论》篇有意“截断”天与人性的内在关联。“天能生物，不能辨物也，地能载人，不能治人也。”[①]天、地、人各有“分”，天没有主观意念与价值观念，所以不能“辨物”。《天论》篇主张“天”不能“辨物”，并不代表《荀子》32篇都“截断”天与人性的内在关系。值得我们注意的是，在《荀子》一书中，已有《不苟》与《大略》篇涉及天与人性之缘起：“君子养心莫善于诚，致诚则无它事矣。惟仁之为守，惟义之为行。诚心守仁则形，形则神，神则能化矣。诚心行义则理，理则明，明则能变矣。变化代兴，谓之天德。”[②]“人主仁心设焉，知其役也，礼其尽也。故王者先仁而后礼，天施然也。”[③]“天德”概念值得我们反复推敲与深究，或许能带给我们一大惊喜！众所周知，在孟子思想中，仁义礼智是“天爵”，所以“万物皆备于我”。楚简《成之闻之》也有“天德”记载，“天降大常，以理人伦。制为君臣之义，著为父子之亲，分为夫妇之辨。是故小人乱天常以逆大道，君子治人伦以顺天德。”[④]君臣之义、父子之亲和夫妇之辨等人伦源起于天，是“天德”内在属性的显现。在二程、朱子思想体系中，仁义礼智信是“天理之件数”，是天理内在固有属性之一。基于此，在荀子思想体系中的“天德”，是否也具有道德形上学的含义？杨倞注云：“言始于化，终于变也，犹天道阴阳运行则为化，春生冬落则为变也。”[⑤]春生、夏长、秋收、冬藏，天地有大德为“诚”，天之“诚”，落实于人心为“天德”。此“天”已经不单纯是自然之天，也蕴含义理之天因子。“天德”是“命”，具有绝对性和普遍性，所以君子应“顺命”。[⑥]因循“命”而动的具体做法就是“慎其独”。郝懿行认为，“独”就是“诚”。“善之为道者，不诚则不独。”[⑦]致诚

① 王先谦：《荀子集解》，中华书局2006年版，第356页。
② 王先谦：《荀子集解》，中华书局2006年版，第46页。
③ 王先谦：《荀子集解》，中华书局2006年版，第473页。
④ 刘钊：《郭店楚简校释·成之闻之》，福建人民出版社2005年版，第137页。
⑤ 王先谦：《荀子集解》，中华书局2006年版，第46页。
⑥ 王先谦：《荀子集解》，中华书局2006年版，第46页。
⑦ 王先谦：《荀子集解》，中华书局2006年版，第47页。

就在于让内在人心的“独”彰显出来，具体显现为仁。“天地为大矣，不诚则不能化万物；圣人为知矣，不诚则不能化万民；父子为亲矣，不诚则疏；君上为尊矣，不诚则卑。夫诚者，君子之所守也，而政事之本也，唯所居以其类至。操之则得之，舍之则失之。”由天道“诚”，证明人道当为“诚”；人道之诚因为天道诚的存在，而获得存在正当性。这一论证过程与逻辑特点，与孟子相比，似乎有一些相通之处。在孟子思想中，天道“诚”，人道“诚之”，人通过“思”，在德性之诚层面上实现天人合一。与孟子相比，《荀子》32篇只有《不苟》与《大略》两篇涉及本体之天与仁德的内在关系，论证远不如孟子全面深入。但是，即便如此，不能不说这是一个令人惊喜的重大发现！因为我们已经从《荀子》中发现荀子已经从“天”这一理论高度论证仁与本体的内在关系。尽管属于雪泥鸿爪，也是弥足珍贵。徐复观先生评论荀子论性，只“是纯经验的性格”，“人性论的成立，本来即含有点形上的意义。但荀子思想的性格，完全不承认形上的意义，于是他实际不在形上的地方肯定性”①。冯友兰先生也说：“孟子言义理之天，以性为天之部分，此孟子言性善之形上学的根据也。荀子所言之天，是自然之天，其中并无道德的原理，与孟子异。”② 徐复观、牟宗三与冯友兰先生所言，时至今日或许已有商榷的必要。

2. 人性论与仁

牟宗三先生评论说：“荀子之学，历来无善解。宋明儒者，因其不识性，不予尊重，故其基本灵魂遂隐伏而不彰。”③ 自汉以降，“无善解”的现象一直绵延至今。当下学术界大多将荀子人性学说概括为“性恶论”，就是一个非常有代表性的“无善解”案例。时至今日，确实有必要正本清源，矫枉过正，以彰显荀子人性学说“基本灵魂”。我们先看看《荀子》一书中对“性”或“人性”的界定：

> 生之所以然者谓之性。性之和所生，精合感应，不事而自然谓之性。性之好、恶、喜、怒、哀、乐谓之情。情然而心为之择谓之虑。心虑而能为之动谓之伪。虑积焉，能习焉，而后成谓之伪。正利而为谓之事。正义而为谓之行。所以知之在人者谓之知。知有所合谓之智。智所以能之在人者谓之能。能有所合谓之能。④
>
> 性者，天之就也；情者，性之质也；欲者，情之应也。以所欲为可得而求之，情之所必不免也。以为可而道之，知所必出也。故虽为守门，欲不可去，性之具也。⑤

---

① 徐复观：《中国人性论史》，第142页。

② 冯友兰：《中国哲学史》，华东师范大学出版社2000年版，第217页。

③ 牟宗三：《名家与荀子》，吉林出版集团有限责任公司2010年版，第129页。

④ 王先谦：《荀子集解》，中华书局2006年版，第399页。

⑤ 王先谦：《荀子集解》，中华书局2006年版，第415页。

故曰：性者，本始材朴也；伪者，文理隆盛也。无性则伪之无所加，无伪则性不能自美。性伪合，然后圣人之名一，天下之功于是就也。故曰：天地合而万物生，阴阳接而变化起，性伪合而天下治。[①]

这是荀子关于"性"与"人性"概念最经典的界说，研究荀子人性学说必须建基于《正名》《性恶》《礼论》等篇章对"性"概念的界定基础上。人性是人之所以为人的基本规定，人生只不过是这种普遍规定性的展开。荀子"性"或"人性"这一概念，蕴含三层义项：

其一，人之欲。

其二，感官功能与属性。

其三，"人之所以为人"的自然德性。

我们先讨论人之欲与感官功能意义上的人性，因为人之欲与感官功能同属于人之自然材质之性。"凡人有所一同：饥而欲食，寒而欲暖，劳而欲息，好利而恶害，是人之所生而有也，是无待而然者也，是禹、桀之所同也。目辨白黑美恶，耳辨声音清浊，口辨酸咸甘苦，鼻辨芬芳腥臊，骨体肤理辨寒暑疾养，是又人之所常生而有也，是无待而然者也，是禹、桀之所同也。可以为尧、禹，可以为桀、跖，可以为工匠，可以为农贾，在势注错习俗之所积耳。是又人之所生而有也，是无待而然者也，是禹、桀之所同也。"[②] 耳能聪、目能明、口能言，属于人之感官功能，不可以善恶判断，在本文中无须对此再做进一步讨论。我们有必要深入探究的是人之欲，"欲食""欲暖""欲息"，犹如告子所言"食色"，"是人情之所同欲"[③]，即使贤如禹、汤，不肖如盗跖，在"食色"基本欲望上，也是"人之所生而有"。这些与生俱来的人之欲，都是"人情之所同欲"。这些生发于人之自然材质的欲，是人之"本始材朴"，有其合理合法、合符道德理性之成分，不可片面断定为"恶"。我们今天只有在"人之所生而有"立场上，才能真正理解《性恶》篇的主旨："人之性恶，其善者伪也。今人之性，生而有好利焉，顺是，故争夺生而辞让亡焉；生而有疾恶焉，顺是，故残贼生而忠信亡焉；生而有耳目之欲，有好声色焉，顺是，故淫乱生而礼义文理亡焉。然则从人之性，顺人之情，必出于争夺，合于犯分乱理，而归于暴。故必将有师法之化、礼义之道，然后出于辞让，合于文理，而归于治。用此观之，然则人之性恶明矣，其善者伪也。"[④] 荀子所言"食色"人欲之性，存在着两种潜在的性向：

---

① 王先谦：《荀子集解》，中华书局 2006 年版，第 356 页。

② 王先谦：《荀子集解》，中华书局 2006 年版，第 63 页。

③ 王先谦：《荀子集解》，中华书局 2006 年版，第 213 页。

④ 王先谦：《荀子集解》，中华书局 2006 年版，第 420 页。

其一，“食色”之欲有可能朝着善的方向发展。杨倞将“伪”训为“矫”，“伪”是“矫其本性”，郝懿行对杨倞的观点断然否定：“杨氏不了，而训为矫，全书皆然，是其蔽也。”① 先秦时期“伪”与“为”字义相通，泛指后天社会教化、制度文明与道德践履。如果简单地将“伪”训释为“矫”，等于断章取义地认定人性全恶而无善。“所谓性善者，不离其朴而美之，不离其资而利之也。使夫资朴之于美，心意之于善，若夫可以见之明不离目，可以听之聪不离耳，故曰目明而耳聪也。”② 人“有性质美”③，这是理解与评价荀子人性学说非常重要的逻辑起点。荀子反复强调人性之善必须因循人性内在固有的“性质美”，即“朴”与“资”，先天的人性之“自美”（本始材朴）在“师法之化、礼义之道”引领下，人性自然而然朝着善的性向发展。

其二，“食色”之欲有可能朝着恶的方向蔓延。如果人性“离其朴”“离其资”，那是“性伤谓之病”。④“性伤”才会导致人之性恶。具体而论，“从人之性，顺人之情”就是“性伤”，已经有“病”的人之性才有可能趋向于恶，恶是人性之“病”。《性恶》篇多次出现的“顺是”，旨在阐明“争夺生”“残贼生”“淫乱生”等“犯分乱理”现象，只与“从人之性”（王先谦指出，“从”之含义为“纵”）的“性伤”有内在关联。⑤ 韦政通评论说：“依荀子之意，产生恶的关键在‘顺是’，照下文‘从人之性，顺人之情’的话看，顺是就是依循着自然之性，放纵它而不知节制，于是有恶的产生。”⑥ 因此，荀子所说的“人之性恶”，与“未发”层面的“欲”没有关系，恶只与“性伤”前提下“已发”层面的“顺是”有涉。作为“本始材朴”自然材质意义上的欲，实际上不可以善恶界说。恶并不是“本始材朴”自然材质固有的本质属性，恶只与后天“已发”层面的自由意志相连。“今人之性，生而离其朴，离其资，必失而丧之。用此观之，然则人之性恶，明矣。”⑦ 荀子一再用“失而丧之”“离”“伤”“病”等词语，实际上要声明：“本始材朴”自然材质之性，是可以“美之”“自美”的，后天世俗社会的“失而丧之”，才有可能将“本始材朴”自然人性引向恶。

荀子“性”或“人性”范畴的第三层义涵是“人之所以为人者”⑧ 的自然德性，这一重蕴含已直接涉及仁与人性究竟有无关系。徐复观先生认为荀子思想精神对于孔子

---

① 王先谦：《荀子集解》，中华书局2006年版，第420页。

② 王先谦：《荀子集解》，中华书局2006年版，第422页。

③ 王先谦：《荀子集解》，中华书局2006年版，第434页。

④ 王先谦：《荀子集解》，中华书局2006年版，第401页。

⑤ 参见徐复观《中国人性论史》第八章，华东师范大学出版社2005年版；路德彬《荀子与儒家哲学》第三章，齐鲁书社2010年版。

⑥ 韦政通：《中国思想史》，第220页。

⑦ 王先谦：《荀子集解》，中华书局2006年版，第422页。

⑧ 王先谦：《荀子集解》，中华书局2006年版，第78页。

的仁，“始终是格格不入的”，原因在于仁在荀子思想体系中只是“客观的知识”，而不是道德形上学境界的范畴，所以仁在荀子思想中“没有生下根”①。牟宗三先生也批评荀子思想“无根”。② 荀子之仁果真是“无根”之仁吗？让我们还是回到荀子思想本身，以荀释荀。荀子论证其人性学说，存在着一个一以贯之的逻辑基础：在“人之所以为人者”基础上立论。“人之所以为人者，何已也？曰：以其有辨也。饥而欲食，寒而欲暖，劳而欲息，好利而恶害，是人之所生而有也，是无待而然者也，是禹桀之所同也。然则人之所以为人者，非特以二足而无毛也，以其有辨也。……夫禽兽有父子，而无父子之亲，有牝牡而无男女之别。故人道莫不有辨。辨莫大于分，分莫大于礼，礼莫大于圣王。”③ “二足而无毛”不是人之所以为人的本质规定，因为猩猩的体貌特征与人类似，也是“二足而无毛”。缘此，人禽之别何在？在于人有“辨”，“辨”的实际内涵是“分”，“分”意味着道德自觉与价值选择，“分”遵循的原则是“礼”。换言之，人之所以为人的本质规定是德性，这种德性在荀子思想中体现为自然德性：“水火有气而无生，草木有生而无知，禽兽有知而无义。人有气、有生、有知，亦且有义，故最为天下贵也。”④ 孟子人性论中有“良贵”与“非良贵”之别：仁义礼智“四端”是“大体”，“大体”是“良贵”；“食色”之欲是“小体”，“小体”是“非良贵”。大体贵，小体贱。荀子所推崇的“最为天下贵”与孟子心志“大体”相近，“义”才真正是人之所以为人的本质特性，义是人之“贵”。孟子、荀子所“贵”，与郭店楚墓竹简《语丛一》“夫〈天〉生百物，人为贵”⑤ 应该存在某种内在逻辑关联。义具有普遍性、绝对性特点，“义与利者，人之所两有也。虽尧、舜不能去民之欲利；然而能使其欲利不克其好义也。虽桀、纣不能去民之好义”⑥。“义”在《王制》《大略》篇中与“道”同义，泛指先在性、普遍性的自然德性（荀子作为自然德性的义，与亚里士多德“自然的德性”有几分近似之处）。从《王制》篇前后文文义判断，义是一集合概念，涵摄孝、忠、信、悌等具体德目：“能以事亲谓之孝，能以事兄谓之弟，能以事上谓之顺，能以使下谓之君。”⑦ 在荀子思想体系中，义与仁经常连举为“仁义”，组成一复合词。《王制》篇中作为集合概念的义，理应涵盖了仁。尤其重要的是，仁内在于人性，“君子养心，莫善于诚。致诚，则无它事矣。惟仁之为守，惟义之为行。诚心守仁则形，形则神，神

---

① 徐复观：《中国人性论史》，第157页。

② 牟宗三：《名家与荀子》，吉林出版集团有限责任公司2010年版，第135页。

③ 王先谦：《荀子集解》，中华书局2006年版，第79页。

④ 王先谦：《荀子集解》，中华书局2006年版，第162页。

⑤ 郭店楚墓竹简《语丛一》“夫〈天〉生百物，人为贵”的记载，与《大戴礼记·曾子大孝》“天之所生，地之所贵，人为大矣”也非常接近。

⑥ 王先谦：《荀子集解》，中华书局2006年版，第485页。

⑦ 王先谦：《荀子集解》，中华书局2006年版，第163页。

则能化矣。诚心行义则理，理则明，明则能变矣。变化代兴，谓之天德"①。诚是一个道德形上学色彩非常浓郁的范畴。在先秦时期，诚与信迥然有别，信涉及人与人之间道德关系，诚与他人无关，诚只单向对道德主体有所规约。诚之基本内涵如《大学》所言"毋自欺"，朱熹云："诚，实也。意者，心之所发也。实其心之所发，欲其一于善而无自欺也。"② 人之"天德"为诚，君子通过"养心"，体悟仁源起于"天德"，落实于人性为自然德性。杨倞注云："诚心守于仁爱，则必形见于外。"③ 仁内在于人性，所以需"诚心守仁"。一个"守"字，十分精确地揭明仁不是外在的道德规约与价值观，仁是"心之所发"，"致诚"就是让内在于人性的仁义"是其所是"地澄现与彰明。荀子"守仁""行义"之说，与孟子"仁义内在"近似，并且与郭店楚简"仁，性之方也，性或生之"④、"由中出者，仁、忠、信"⑤ 比较接近，荀子思想与郭店楚简内在逻辑关系有待于学界深入探讨。"仁义德行，常安之术也。"⑥ 荀子所言"常安"于仁义，是对孔子"仁者安仁"的"接着讲"，仁源起于普遍、绝对的人性，是人之所以为人之"命"。"人之命在天"⑦ 与"性自命出，命自天降"，两者之间存在着一以贯之的思想源流。明确了这一层含义，才能领悟何以能以仁为安、以仁为乐。在证明仁是内在人性的自然德性基础上，才能顺理成章地理解"涂之人可以为禹"如何可能：

> 凡禹之所以为禹者，以其为仁义法正也。然则仁义法正有可知可能之理，然而涂之人也，皆有可以知仁义法正之质，皆有可以能仁义法正之具，然则其可以为禹明矣。今以仁义法正为固无可知可能之理邪？然则唯禹不知仁义法正，不能仁义法正也。将使涂之人固无可以知仁义法正之质，而固无可以能仁义法正之具邪？然则涂之人也，且内不可以知父子之义，外不可以知君臣之正。不然。今涂之人者，皆内可以知父子之义，外可以知君臣之正，然则其可以知之质、可以能之具，其在涂之人明矣。⑧

追求生命内在超越，在有限的生命旅程中追求实现永恒的生命理想、享受生命理想境界之乐，是中国思想史一以贯之的文化精神。儒家如是，庄子道家如是，中国化的禅宗也复如是。"涂之人可以为禹"的道德形上学基础是人人"皆有可以知仁义法正之

---

① 王先谦：《荀子集解》，中华书局 2006 年版，第 46 页。
② 朱熹：《四书集注·大学章句》，岳麓书社 2004 年版，第 6 页。
③ 王先谦：《荀子集解》，中华书局 2006 年版，第 46 页。
④ 刘钊：《郭店楚简校释·性自命出》，第 100 页。
⑤ 刘钊：《郭店楚简校释·语丛一》，第 186 页。
⑥ 王先谦：《荀子集解》，中华书局 2006 年版，第 63 页。
⑦ 王先谦：《荀子集解》，中华书局 2006 年版，第 310 页。
⑧ 王先谦：《荀子集解》，中华书局 2006 年版，第 428 页。

质，皆有可以能仁义法正之具”。“质”与“具”都是“本始材朴”，是人性自然材质。何谓“知”？何谓“能”？荀子自己有一训释：“所以知之在人者，谓之知；知有所合，谓之智。智所以能之在人者，谓之能；能有所合，谓之能。”① “知”是认识论层面概念，“能”是实践理性与工夫论意义概念，“知”与“能”都是人固有的、先验性的本能、能力。“知”与“能”是“涂之人可以为禹”的前提条件，“积”则是“涂之人可以为禹”的唯一工夫论途径。“积”在荀子思想体系中是一非常独特的概念，在《荀子》文本中出现八十多次，地位不可谓不重要。“积”的具体内涵是“化性起伪”，“化性”不是“灭性”，犹如“养心”不是“去心”。“化”是“是其所是”与“是其所不是”的辩证统一，严防人性之欲趋向恶，固守与弘扬人性中趋向善之善因。“化性起伪”的具体道德化路径是先天人性之善质、能力，与后天人文教化、道德践履相结合。“本夫仁义法正之可知之理、可能之具”，在“质”“具”“理”基石上，再“思索孰察”“积善而不息”②，方其如此，才有可能“积善”而为圣人。在理想人格的实现上，荀子特别强调“性”与“伪”的结合，两者不可偏废。荀子提出“能不能”与“可不可”的区别，“故小人可以为君子，而不肯为君子；君子可以为小人，而不肯为小人。小人、君子者，未尝不可以相为也，然而不相为者，可以，而不可使也。故涂之人可以为禹，则然；涂之人能为禹，未必然也”③。“能不能”是人性自然材质与能力，是实现理想人格之潜在可能；“可不可”是后天的道德自觉与践行。良驹虽有奔腾万里之潜能，如果没有伯乐的赏识与造父后天驯化，也不可能“一日而致千里”。伯乐与造父虽竭尽全力，也不可能让鸭子“一日而致千里”。“足可以遍行天下，然而未尝有能遍行天下者也。”④ 对于“能不能”这些人性自然材质“性质美”在成就圣人理想人格上之价值，戴震一针见血地指出：“此于性善之说不惟不相悖，而且若相发明。”⑤ 傅斯年继而评论说：“人之生质中若无为善之可能，则虽有充分之人工又焉能为善？木固待矫揉然后可以为直，金固待冶者然后可以为兵，然而木固有其可以矫揉以成直之性，金固有其可以冶锻以成利器之性，木虽矫揉不能成利器，金虽有不能成良冶也。”⑥ 人性自然材质与“圣人”理想人格之间不是一“绝缘体”，恰恰相反，圣人是人性自然材质“性质美”合乎逻辑与自然的推进与展现。在学术史上，将荀子人性学说界定为“人性恶”或“性恶论”，几乎已成为一种共识，现在看来实在有重新认识与评价的必要。在韩愈

---

① 王先谦：《荀子集解》，中华书局 2006 年版，第 400 页。

② 王先谦：《荀子集解》，中华书局 2006 年版，第 429 页。

③ 王先谦：《荀子集解》，中华书局 2006 年版，第 429 页。

④ 王先谦：《荀子集解》，中华书局 2006 年版，第 429 页。

⑤ 戴震：《孟子字义疏证·性》，中华书局 1982 年版，第 31 页。另参见廖名春《荀子新探》，台北：文津出版社 1994 年版。

⑥ 傅斯年：《性命古训辩证》，上海世纪出版股份有限公司、上海古籍出版社 2012 年版，第 194 页。

心目中，荀子因为谈性恶，已不是“醇儒”，所以被驱逐出儒家“道统”之外。程颐说：“荀子极偏驳，只一句‘性恶’，大本已失。”① 郭沫若继而说荀子断言“人之性便全部是恶”②。徐复观先生认为，荀子的人性思想，只是“以欲为性”③。诸多先贤今哲往往忽略了荀子思想体系中的“性”概念蕴含三层义项：人之欲、人之生理能力与人之所以为人的自然德性。人之生理能力不可以善恶断定；人之欲本身并不存在内在固有的恶质，恶只与后天“已发”层面的自由意志有关；仁内在于人性，是人性固有的、先在性的、绝对的本质规定，人性具有先验性“性质美”，“诚心守仁”才是人之所以能为“禹”之道德基石。综上所论，将荀子人性学说界定为“性恶论”“人性恶”，不能不说是一误读误解，甚至可以说是千古奇冤。近半个世纪以来，日本与中国学术界有人将荀子人性学说界定为“性朴论”，也有“犹抱琵琶半遮面”之不足。

三、结语

荀子礼学的本质是为天下的制度与人伦立法。不合乎礼之根本精神的人间制度与人伦，已丧失存在的正当性。荀子的“礼”与“礼法”，其间蕴含些许古希腊格老秀斯“自然法”的因素。礼自身存在的文化精神是仁。仁先而礼后，仁不仅逻辑在先，更是礼之“天地精神”（牟宗三先生语）。④ 如果沿着荀子思想轨迹继续“向高度提”⑤，我们惊喜地发现：从道德形上学高度为仁存在正当性进行论证，是荀子仁学已经达到的理论新高度。与此同时，这也是学术界自汉以来一直忽略与低估的学术问题。在本根论层面，仁是“天德”，牟宗三称之为“客观精神”。作为“客观精神”的仁具有绝对性、普遍性特点，因而是人之“命”；在人性论层面，荀子一再声明人“有性质美”，“性伤”才有可能导致人性趋向恶。“人之性恶”与“未发”意义上的欲没有直接关系，恶不是“本始材朴”自然材质固有的本质属性，恶只与后天“已发”意义上的发生学有涉。荀子人性论立足于“人之所以为人”基础上立论，仁是“心之所发”，所以应“诚心守仁”，“致诚”就是让内在于人性之仁“是其所是”地彰明。徐复观先生认为荀子“完全不承认形上的意义”“道德的发端，不上求之于神，也不求之于心，而是求之于圣王的法”⑥。徐复观、牟宗三等诸位先生的评论与观点，今天看来已有重新商榷与衡评的必要。自汉代以降，将荀子人性学说界定为“人性恶”或“性恶论”，不能不说是一千年误读与误解。

---

① 程颢、程颐：《河南程氏遗书》卷一九，《二程集》，中华书局2004年版，第262页。

② 郭沫若：《十批判书·荀子的批判》，《郭沫若全集·历史编2》，人民出版社1982年版，第221页。

③ 徐复观：《中国人性论史》，第140—145页。

④ 牟宗三：《名家与荀子》，吉林出版集团有限责任公司2010年版，第134页。

⑤ 牟宗三：《名家与荀子》，吉林出版集团有限责任公司2010年版，第133页。

⑥ 徐复观：《中国人性论史》，第150页。

略论小畜卦的象辞互言

郑朝晖

摘　要　小畜卦是《易经》中普通一卦，分析其言说特色即可明了《易经》的语言特质。《易经》卦爻辞本身，卦爻辞之间，卦爻辞与卦爻象之间，都运用了互文手法。《易经》文本的互文性，根源于《易经》卦爻画的交互特性。前人针对具有互文原型特性的《易经》文本，缺少典型性分析。以小畜卦为典型，可知易学文本的互文，卦爻辞单独言之都是完整的陈述句或判断句，语义自足。但卦辞与爻辞之间，爻辞与爻辞之间的逻辑联系缺少明确的联结词，主要是由卦象逻辑予以补足的。易学诠释者通过抽象化与系统化的互文诠释，建立起了象辞之间的语义相应关系，并使《易经》文本成为典型性的反思文本。

关键词　互文言说　语义自足　语义补足　语义相应　反思文本

作者简介　郑朝晖（1971—　），男，湖北黄冈人。哲学博士。广西大学国学研究中心、哲学系教授。主要研究方向为中国哲学、易学、朴学等。

在今本《易经》六十四卦中，小畜卦为第九卦，在帛书《易经》中则为第五十八卦。两种本子中，小畜卦的卦爻辞没有明显差异，比较有意义的差异是，一是今本“舆说辐”，帛本为“车说缦”，因学者皆以輹为是。二是今本“有孚”“有孚挛如”，帛本则为“有复”“有复挛如”，一般认为复即孚，有无其他深意，暂无人究。总之，就小畜卦的卦爻辞而言，古今文字，学界以为差异不大。同时，小畜卦的卦序虽在不同的《易经》本子中，其卦序有差别，但并不处在特殊的卦位，也没有需要特别深究的地方。因而，可以将小畜卦的语言，作为一般性的《易经》语言的代表，来进行讨论，或可深化我们对《易经》语言特质的认知。

一、《易经》文本中的互文言说

互文言说是中国传统文本中常用的一种言说方式，学界的讨论视角多从互文修辞或者互文性的角度入手。[①] 虽然互文性理论源出西方，但有学者认为，中国传统文本的互文性是体系性的[②]。先儒使用互文概念时，大多时候是指互补性互文与互训性互文，但并非没有意识到互文性互文，尤其是在互文实践中涉及意义互补时，互文性含义就显现出来了[③]。

因为《易经》文本的特殊文本形式，其文字与卦画的形成被认为是在一定的历史过程中形成的，因而可以视作中国文本重视互文的一种原型文本。针对《易经》文本中的互文现象，无论是互文性修辞还是所谓的互文性互文，历代诠释者都有论及。

《易经》爻辞中的互文性修辞较为常见，如胡居仁诠释乾卦的九三爻爻辞，就认为“终日乾乾”的日与“夕惕若厉”的夕是互文修辞，表示及时之意，实际意义是日夜乾乾惕惕，应时而行。俞樾也曾指出，艮卦卦辞中不见其人与不获其身为互文，意即行其庭既不获身亦不见人。

> 大戴礼，女及日乎闺门之内，及日犹言终日。九三，君子终日乾乾，及日也；夕惕若，及夜也。四与三同，其乾惕进修，无日夕之间，曰及时，日夕之互文也。[④]

---

① 互文，古人有互言、互辞、互说、互体、互备、互挟、互足、互见、参互、互相见、互相备、互相明、互文相足、互文相通、互文备义、互文备意、互文见义、互文见意、互文显意、互见其义、互文以明等不同称呼，郑玄大概是最早指出互文现象的学者。互文修辞，是指并置主语或对称主语的多谓语分置而省文的表达方式，语句之间意义互相补足，贾公彦说：“凡言互文者，各举一事，一事自周，是互文。”“凡言互文者，是二物各举一边而省文，故云互文。”贾氏所说之互文主要指对仗工整的修辞，与互备、互足、互相明等之类主要在意义上互补的互文，还是有一定差别，他也因此说：“此据一边礼，一边礼不备，文相续乃备，故云互相备。”“此糗与粉，唯一物分为二，皆语不足，故云互相足也。”关于互文，学者常举的例子，如并置主语的“秦时明月汉时关”之类，其意应为“秦时明月关，汉时明月关”。又如对称主语的“君子约言，小人先言”之类，其意应为“君子约言、后言，小人多言、先言”。此外，有学者指出，古文中还有一种同义互文，如“云随夏后双龙尾，风逐周王八马蹄”句，随与逐是同义互训的关系。一般认为互文性概念源出结构主义文学理论，指文本之间的“互涉关系”，朱丽娅·克里斯蒂娃说：“一切时空中异时异处的本文相互之间都有联系，它们彼此组成一个语言的网络。一个新的本文就是语言进行再分配的场所，它是用过去语言所完成的‘新织体’。”［汉］郑玄注，［唐］贾公彦疏：《仪礼注疏》，北京大学出版社1999年版，第225页、751页；［比］布洛克曼：《结构主义》，商务印书馆1987年版，第162页。

② 汪德迈说：“为使作者获得这一力量，刘勰要求文能宗经，即在自己的语言里，将写作植根于经典（《易经》《诗经》《书经》、三《礼》、《春秋》……）之正名的微言。故而中国文学修辞学的关键乃体系化的互为文本性（通过引文、古典等办法，各作者的文章互相义交流，与西方另置注的做法不同，中国文本承继传统将注与疏同置，这是中国文言互为文本性的结果）。［法］汪德迈：《中国思想的两种理性：占卜与表意》，北京大学出版社2016年版，第111页。

③ 孔颖达疏《礼记·中庸》中孔子之言“吾说夏礼，杞不足征也。吾学殷礼，有宋存焉”时，引用论语之文，以证其义，他说：“故《论语》云：‘宋不足征也。’此云‘杞不足征’，即宋亦不足征。此云‘有宋存焉’，则杞亦存焉。互文见义。”此处互文的用法，即包含有互文性的含义。［汉］郑玄注，［唐］孔颖达正义：《礼记正义》，北京大学出版社1999年版，第1458页。

④ ［明］胡居仁：《易像钞》卷五。

不见其人与不获其身，此二语为互文。[①]（俞樾《易贯》）

又如朱谋㙔屡次言及同一卦不同爻辞之间的互文关系，他认为蛊卦初爻言父，二爻言母，实是一种初爻二爻皆言父母的互文修辞。大畜卦初爻言有厉，二爻言舆脱辐，归妹卦初爻与二爻的情形，亦复如是。

初六当蛊之始，事未大坏，易于拯救，故有子能任厥考，可无大过。九二家道方蛊，大费拮据，当此之时，行权反正，未可牵于执一之礼，故曰不可贞。初言父二言母者，互文以备意也。[②]

初言有厉而不言说輹，二言说輹而不言有厉，互文以见意耳。[③]

初二两爻，动非正匹，而能变刚为柔，婉娩合道，故有跛履眇视之象，两爻相类，故互文以明之。[④]

不仅是在爻辞之间，爻辞与爻辞之间，而且卦辞与爻辞之间，也被认为存在互文关系。如张次仲解释晋卦卦辞锡马三接，即认为其与六二爻辞所谓介福之间存在互文关系。更有甚者，则认为卦辞与爻辞之间的互文关系是一种普遍性的关系。

彖蕃马三接，即爻所谓介福，彖言锡，爻言受，互文也。[⑤]

彖举全体如豕之全，爻举六爻如豕之分。彖言象，象亦有变，如乾六爻皆变成坤；爻言变，变亦有象，如乾潜龙。互文也。[⑥]

一部《易经》皆象也，卦象爻象一也。但对下爻字，似主卦象，故本义注云，象卦之象，要之言卦象则爻象亦在其中。即下文《系辞》断吉凶专言爻者，因动而言也，彖辞之断吉凶亦在其内。圣人之文，往往互言耳。[⑦]

可以说，对《易经》卦爻辞互文的关注，源于《易经》卦画的一些内在特性。有的学者从今本《易经》两卦一对的特性出发，认为非反即覆的两卦爻辞是互文，甚至认为，爻辞互文的根源即在于此。

---

① ［清］俞樾：《易贯》五。
② ［明］朱谋㙔：《周易像通》卷三。
③ ［明］朱谋㙔：《周易像通》卷四。
④ ［明］朱谋㙔：《周易像通》卷七。
⑤ ［明］张次仲：《周易玩辞困学记》卷八。
⑥ ［明］黄应麒：《周易述翼》卷五。
⑦ ［清］沈起元：《周易孔义集说》卷一八。

以二象之变互言之，初九潜龙勿用，当谨于履霜之渐也，九二见龙在田蕴直方大之德，其大人欤。故曰德施溥也。至于九三，君子终日乾乾，夕惕若进德修业时也，而能含六三文章之美，守之以正，从王事而有终，故曰志大也。六四则囊括九四在渊之惑上下无常欲及时也。九五飞龙在天利见大人，非得黄裳元吉美在其中之君子乎。上九亢龙悔而及于战为其嫌，于无阳故称龙焉。①

屯蒙反对也，故蒙之二至上与屯之初至五爻，义略同，所不同者屯之上九与蒙之初耳。盖乾坤纯体之后，刚柔杂居之卦昉乎此，故文王特发此例，若其余爻义有与他卦相似者，亦互见之，特非全卦也。②

文王之易，每两卦为物各具一乾坤，故其卦得六十四之六十四，而亦有阴之合数也。是故文王之易，一飞一伏，一升一降，两卦相从，离为三十二对。自其用言之，对飞为伏，对伏为飞，对升为降，对降为升，两卦互见，通为一周。至于揲蓍之变，专用爻之飞伏，一卦必成二卦，无非十有二爻也。③

清代学者焦循用旁通来解释《易经》中的互文，焦氏所言之旁通实际也包括了反对的概念在其中，也包含了变卦的概念在其中。

咸之偶为损而非恒，咸虽与恒相次而必娶妻于损，损虽与益次而必嫁夫于咸。咸与损为夫妇相对待者也，咸恒相次则长幼兄弟也。以旁通之卦为定偶，而自此嫁彼，自彼娶此，异姓为昏姻之义也。蒙之于革犹损之于咸，彖于咸言取女吉，爻于蒙言勿用取女，以蒙例损，即以咸例革，一互言之而旁通之义了然。④（焦循《易通释》卷十四）

因此刘勰谈到互文修辞时，即以变爻来说明其义，“深文隐蔚，余味曲包，辞生互体，有似变爻”⑤。正是通过互文手法，《易经》文本成为一个统一的整体。

六十四卦，皆乾坤两卦之往来也。以一爻之动言，乾来坤则为复、师、谦、豫、比、剥，坤来乾则为姤、同人、履、小畜、大有、夬。乾主也，故复师六卦皆以主阳爻为义，其主爻皆吉。阴从也，故姤同人六卦皆以阴从阳为义，卦中一阴爻

---

① ［明］汪敬：《易学象数举隅》卷上。

② ［宋］冯椅：《厚斋易学》卷七。

③ ［宋］张行成：《易通变》卷三。

④ ［清］焦循：《易通释》卷一四。

⑤ ［梁］刘勰：《文心雕龙》卷九。

> 有吉有不吉能从不能从之分也。十二卦象爻皆从乾坤二卦爻辞来，如复之闭关分明一个潜字，姤之系金柅分明一个顺字。又如比之显比分明乾五圣作物睹气象，同人之通天下志分明坤二德不孤气象。其余皆可类推，以此旁通而六十四象三百八十四爻之情可互见矣。①

正因为《易经》中即广用互文之法，有“回环互见之奇”②，从而使针对《易经》的注释也难有确解，或者难以一言以尽曲蕴，因此后儒往往要“附每卦各爻之注互见之以备参考”③。

> 六五，拂经，居贞吉，不可涉大川。赞曰：居贞之吉，顺以从上也。李氏曰：以六居五，德未称位，故由颐之事宜在于己，而反在于上九，失养下之经矣。李去非曰：以阴柔居君位，待上九以为养，拂其常者也。杨元素曰：六二从初，六五从上，俱失中爻之常。刘长民曰：以无养下之德，故不加颐字，乃曰拂经。合众说而观之，可以互相明矣。④
>
> 君子学易之法，而文王系辞之旨，孔子释卦之意，正有两相发而不相悖者。天道明人事备，此乾卦象辞所以为诸卦首欤。抑更有进者，六十四卦圣训昭然，其理则一，其旨各殊，亨无不大，贞无不宜，惟乾卦得专其义。由此而推之，则义有偏端，理取互见。⑤

从上面的讨论可以看出，《易经》里的互文手法与《易经》的卦画特性确实有内在的关联性。但是，针对《易经》互文，前辈学者虽有深刻认识，却没有对其做出原型分析，即没有系统性地分析《易经》卦爻辞与卦爻画之间的互言细节，包括卦爻辞的完整性、卦爻画的逻辑性、象辞之间的补充性，而且传统对此互文性之讨论，在某种意义上，部分地被归入到象辞相应之理的范畴进行讨论。下面的讨论以小畜卦为例进行一较为系统之互文分析。

二、小畜卦爻辞的语义自足

小畜卦的卦爻辞之间，似难以直观到特别的联系。单就小畜卦的卦爻辞而言，无论

---

① ［明］吴桂森：《周易像象述》卷二。
② ［清］焦循：《易通释》卷三。
③ ［清］倪象占：《周易索诂》卷一。
④ ［宋］冯椅：《厚斋易学》卷一六。
⑤ ［清］牛运震：《周易解》卷九。

卦辞还是爻辞，都是一个语义完整的陈述或判断，笔者称之为语义自足。为了讨论的方便，先将小畜卦今本卦爻辞引证如下，后面逐一讨论之。

> 小畜，亨，密云不雨，自我西郊。初九，复自道，何其咎，吉。九二，牵复，吉。九三，舆说辐，夫妻反目。六四，有孚，血去惕出，无咎。九五，有孚挛如，富以其邻。上九，既雨既处，尚德载，妇贞厉，月几望，君子征凶。①

小畜卦今本卦辞，“小畜，亨，密云不雨，自我西郊”。可译为，小畜卦是通畅的，云朵从西郊吹来，虽然密集但没有下雨。一般的解释认为，“密云不雨，自我西郊”是一条气象谚语，之所以引用这条谚语，是因为与小畜卦象“风行天上”相似。也就是说，之所以小畜卦是通畅的，乃是因其与“密云不雨，自我西郊”的情景相似。这样说的话，虽然语句在形式上是完整的一个陈述，但语义仍令人费解，因为这个判断相当于说，不下雨反而是通畅的象征，此与一般的常识似乎是相悖的。当然，如果我们将之理解为，小畜是通畅的，是因为“密云不雨，自我西郊”。此判断的意涵是指，正因为雨没有下来，所以不影响（畜积的）通畅。虽然尚难确定是什么畜积的通畅，但显然，无论在语句形式上，还是在语义内涵上，小畜卦卦辞都可称之为是语义自足的。

小畜卦初九爻辞，“初九，复自道，何其咎，吉”。可译为，小畜卦第一爻是阳爻，回到自己的本位，怎么会有害处，吉利。当然，有的学者认为，复自道，可以译为从出外的道中回来，即自道而复。不管采信哪一种译文，都不会影响初九爻爻辞的语义内涵，即返回本来所处的位置，这个本来所处的位置，在《易经》的语境中，可以理解成家。从道上回到家可以避免伤害，因而是吉利的。这个判断句，无论是语词形式上，还是在语义内涵上，均不需要额外给出其他的信息补充，因而也可视为是语义自足的。

小畜卦九二爻辞，“九二，牵复，吉”。可译为，小畜卦第二爻是阳爻，结伴回家，吉利。牵字可做两种理解，一是牵连，二是牵引。按第一种理解，牵复之意就是受别人影响而回家。按第二种理解，牵复之意是受家的召唤而回家。但不论是哪一种理解，其核心内涵是回家，至于是牵连而复，还是牵引而复，其区别并不重要，因两个条件的设定只是表明，无论什么情况下，只要是回家，就必然是吉利的。显然，无论是语词形式上，还是在语义内涵上，“即便是被动的选择，只要回家就吉利”，这个判断句是语义自足的。

小畜卦九三爻辞，“九三，舆说辐，夫妻反目”。此处的辐，无论是按照帛书易文，还是按照学者的多数理解，都认为应是輹字。因此可译为，小畜卦第三爻是阳爻，车厢

① ［宋］程颐：《伊川易传》，《十八名家解周易》第五辑，长春出版社2009年版，第24—26页。

与车轮连接处脱落，夫妻之间互相抱怨。这段话中，出现了两个事象，一般认为是两个平行喻象，舆脱辐象征不能回家了，夫妻反目象征家道不正。严格说，这两者之间的语义关联，存在一定的冲突，他们之间难以形成“既象舆脱辐，又象夫妻反目”的同义判断。更恰当的理解可能是，因为舆脱辐，所以夫妻反目。在这个句式中，舆脱辐象征不能复，夫妻反目象征凶象，整个语义判断是“车子坏了，不能回家，带来咎的后果”，如此，则三爻爻辞亦可认为是语义自足的。

小畜卦六四爻辞，“六四，有孚，血去惕出，无咎”。此处之孚，有两种解释，一种认为是诚信之意，一种认为是收获之意，此处暂取为诚信。可译为，小畜卦第四爻是阴爻，有诚信，伤害消除，有所警惕，没有灾患。此句话中，与下三爻的回家意象，似已无关联，因为这里的语义判断是，“因为有诚信，不会有伤害，只要内心有所警惧，就会没有灾患”。这里形成两个同义判断，“因为有诚信，所以不会有伤害”，“因为有所警惕，所以没有灾患”，这两个判断是并列的。因而，六四爻辞，可更正为，“有孚，血去；惕出，无咎”。这两个判断并非既又的关系，而是一个互文表达。总之，无论是语词形式上，还是语义内涵上，它们都是语义自足的。

小畜卦九五爻辞，“九五，有孚挛如，富以其邻”。富以其邻可以有两种解释，一种是以其邻而富，另一种是富而及于其邻，此处或以第二种解释为妥。因而可译为，小畜卦第五爻是阳爻，有了相互之间的诚信，富有而邻人相互惠及。如果将其描述理解成“互信，而互惠”，则其语义是不完整的，我们无法知道其表达的目的，因此有的学者采用不言自明的理解方式，即“互信互惠（是吉利的）”这种省略式。当然，也可以采用一个完整的理解式，即“因其互信，而有互惠的结果”，富以其邻被视作吉利的象征。这样理解的话，九五爻辞也就是语义自足的。

小畜卦上九爻辞，“上九，既雨既处，尚德载，妇贞厉，月几望，君子征凶”。既雨既处，一般解释为，“雨已下来了，雨已停止了”，这种说法在逻辑上难以理解，因此有的学者解释为“雨即下即止”，虽似合乎事理，但与妇贞厉，君子征凶何干，则亦难以说清。既为已经完成的意思，比方说既济之既，既雨已经包括雨下来并停止两个含义在内，后面的既处，如果理解成雨止，显然有语义重复的嫌疑。处字，随卦六三爻利居贞，居字阜本即作处，颐卦六五爻居贞、咸卦六二爻居吉、涣卦九五爻涣王居，居字简本作处，且老子文中，处多与居字通用，如此，此句或可解为，“雨止了，回家了”。整爻可译为，小畜卦第六爻是阳爻，雨止了，回家了，车子还能运载，妻子守正则危厉，月儿快圆了，丈夫出门有危险。这句话需要进一步做出附加解释的是，所谓守正，当是顺从丈夫，同意丈夫出门，因为车子还能运载，因此丈夫有出门的意愿，妻子不加阻止的话，厉会演化成凶。如果做此理解，则上九爻的语义亦是自足的。

从上面对卦爻辞的分析看，无论是卦辞，还是爻辞，单独看，都是语义自足的。但将其总起来看，“雨没有下来，不影响（畜积的）通畅。从道上回到家可以避免伤害，是吉利的。跟从其他人回家，仍然吉利。车子坏了，带来夫妻不和。因为诚信，所以避免了伤害；因为警惕，所以没有害处。因为互相信任，而能财富共享。雨止了，回家了，车子还能运载，妻子守正则危厉，月儿快圆了，丈夫出门有危险”。卦与爻之间，爻与爻之间，似无可见的逻辑关联，但有个别形式上的联系可见，如初爻与二爻皆言复，四爻与五爻皆言孚，三爻与六爻皆言车，皆言夫妻，甚至若将车与复相联系，更加上若依帛书将四爻五爻之孚理解成帛书中的“复”之本字（如此的话，因“有”单字即有收获的意思，四爻有复可理解成有了收获即可回家，五爻有复挛如可理解成有了收获可以一起回家），则全卦都可理解成与回家意象相关联的一组说法。即便如此，这七句话之间，以什么关系得以组合，是否可以称之为一个有内在关联性的组合，在卦爻辞中，是缺少这样的关联词说明的。

三、小畜卦爻象的语义补足

小畜卦卦爻辞前皆有卦名、爻名，分别指示了卦辞与卦象相关联，爻辞与爻象相关联，但是卦辞与爻辞的关联、爻辞与爻辞的关联，仍没有做出说明。爻名初、二、三、四、五、上，九六分别指称阳性与阴性。初至上之名，初一般被视为时间开始，上则一般被视为空间上的上位。六个爻名显然没有明确地指明六爻间的逻辑关系，更多地只是一个指示名。但是，在历来的解卦实践中，对于卦爻象形成了一些固定的易例，用来构建卦爻之间的逻辑关系，小畜卦亦不例外。

从卦象角度解释卦辞，大多学者都会解释小畜卦象的含义所在。有的学者从一阴五阳的卦象出发，认为所谓小畜，是六四阴爻畜止五阳爻之意。亦有的学者认为小畜是巽卦这个阴卦畜止乾卦这个阳卦之意，也是以小畜大。也有的学者从一阴畜五阳的角度出发，认为六四只能畜止九三，对其他的阳爻无力蓄止，因此小畜是畜的结果小的意思。这些看法将小畜卦六爻之间的逻辑关系理解成以六四为中心，各爻吉凶取决于与六四爻的不同关联，卦象的整体意蕴实际也是由六四爻决定的。此两解对理解密云不雨有影响，一解以杨万里为代表，以东南巽风吹散西北乾云为意，故“密云不雨，自我西郊”；一解以孔颖达为代表，此取四爻不能畜止初二爻，唯能畜止三爻，只有五六爻与四爻成巽方可吹散乾云，而“密云不雨，自我西郊”。显然无论哪种解释，小畜卦的整体结构均与上下卦结构有关。既然小畜卦象整体而言，有不雨之象，则对于亨通的解释，有两种理解：一种是指六四仅能畜止九三，因而小畜卦内的其他阳爻皆能复位，有阳气通畅的意思在内；一种是指小畜卦处不雨之时，回家之行是通畅的。第一种将卦理解成爻的逻辑相加，第二种区分了整体氛围与要素行为的差异。

对于初爻的理解，加入成卦逻辑后，与单纯的文字理解，会有一些变动。大多数学者在解释初爻辞的意义的时候，会考虑初爻与六四爻的关系，以及下卦的乾象。从爻出发的学者，如胡煦，将初九与六四的相应关系理解成一种对阳的主动性有损伤的关系，因而将复自道理解成恢复自主之道，即不与六四呼应，而保持自主不被蓄止的状态。从乾象出发的学者，如朱熹，则将复自道理解成乾道上升回到其大位的意思，六四爻的相应在这里有助力的意义。对何其咎的理解，第一种思路将其理解成初九行正道而无咎，第二种思路则理解为初九与六四配合，无伤于六四，故无咎。

关于牵复的牵，有主动牵与被动牵的不同理解，如杨万里认为牵是勉强被牵的，而孔颖达则认为二是自己主动去牵连他爻。受谁之牵，因理解思路的不同，也有不同的理解。多数学者如王弼认为，九二与九五是相应之位，虽同为阳爻，但在小畜卦中，他们因同受六四畜止，而有同志之意，故而有相牵连的意向。亦有学者如朱熹认为九二处刚中之位，虽刚但在阴中，故可与初九牵连同复，与初九相牵连，更多的原因是因为九二与初九皆处于乾象之中。九二之所以能够牵连而复，即在于不过刚，阳爻在阴位，不过刚，但处于中位，亦不失正。

舆说辐的辐，到底应该是辐还是輹，学者之间有许多争议，如郑刚中、朱震等认为应为輹，车下缚木，胡煦等则认为当为辐，车轮之意。其选择的理由，主要与九三爻与他爻的逻辑关系相关。取缚木意者，认为车子未损坏，取辐轮者，论为车子已损坏。不同的选择基于对畜止的不同认知。车子未坏者，认为畜止只是止健，非止而不动；车子已坏者，则认为畜止是止而不动，否则九三就会像初二一样得复了。对舆说輹与夫妻反目的关系，有认为是并列之象的如孔颖达等，舆说輹是上九止九三之象，夫妻反目是巽妻止乾夫之象。当然，主流的如郑刚中等还是认为舆说輹是造成夫妻反目的原因。所谓反目，有程颐等怒目而视的说法，也有虞翻等不相视的说法，这些不同理解应与诠释者对舆说輹的严重程度的不同认知有关。

六四爻在小畜卦中是特殊的一爻，学者如胡煦等多将之视为主爻，认为其得到众阳爻之助，而成小畜之势。对于六四的有孚，有两种不同的解释。一种是认为六四的孚是别人对六四的信任之感，主要是九五的信任；另一种认为是六四自身“以阴居阴，其体不躁，故曰有孚”，是六四具有诚性。六四一阴畜五阳，恐力不能胜而至祸患，依其诚性，免去九三之伤己，故而无须恐惧，从而因之而无咎。当然，稍有不同的是，如孔颖达等认为有孚则免伤心平，免伤心平则无咎；杨万里则认为有孚则无伤、无惧、无咎。但六四是否依己性即能达此后果，学者们多是怀疑的，因而在释六四之力时，多以得助力释之，有的如程颐认为是与五相比而合志，有的如王弼认为是与上九同恶九三而合志，有的认为是与五六爻同成巽体而合志。事实上，血去为无伤，无咎为无害，两者近于同义，有孚为有信，惕出为警惕，两者义亦近矣，则有孚血去，言九三无伤六四，惕出无咎，言六四自保无害，似乎也是合理的一种理解。

九五爻是小畜卦的中正之爻，本应为卦主之爻，但因小畜卦六四爻的特殊性，九五爻成为六四爻的辅助爻。有孚挛如，孚有两义，一如程颐所言“五以中正居尊位，而有孚信”，如同六四的诚性之意；一如信任之意，有的学者主张是对九二的信任，有的主张是对六四的信任。因有信任九二、六四的不同，因此挛如的意思，有不同的理解。认为与六四固结同体的，则认为九五是六四的助力，认为与九二同志相牵的，则认为九五是九二的牵引力。只是，以九五为九二之牵引力，则九五与六四间不可能相孚了。富以其邻的富，一种解释是指阳实为富，阴虚为贫，九五为阳故富；一种解释是指六四之阴有形可积，故富，五与四相孚，以四为富。邻因理解的不同，主要有四爻、二爻的不同说法。五为富，则可牵二以引之；四为富，则五可与四比而成巽以止乾，可为助力。

上九爻的既雨既处，有的学者如朱震认为是指九三爻，九三爻止而见畜则阴阳和而成雨，既止则三不上往而还，即是处而不进。但更多的学者认为是指上九，上九止九三而雨下，雨下则无争而安处，有的学者则解为即雨即止之意，其意是说至上九畜极成雨，但甫一成雨即遇风吹散，说明的重点在雨止。尚德载，一种是说上九与九五、六四共同积累而成巽顺之德，一种是说上九的德行积累而能载物。学者多认为，正因为德之积累，才能够成就阴阳和之雨与安处之业。妇贞厉的妇，一种认为是巽卦的六四，一种认为是上九，上九爻虽为阳爻，但因其在巽体之上，因而也可视为妇象。月几望，以六四为妇，则可理解成六四畜众阳，至六而不知变则凶。以上九为妇，则月几望当与君子征凶断句，意为妻子强势，有盖过丈夫的迹象，因而君子继续尚往则凶。君子征凶句，事实上也有上九之征与九三之征的两种解释。上九之征，是指上九满而又进，阴阳相疑而争则凶。九三之征，是指上九畜力强大，能够止住九三上进之征，从而使其说辐，若不能止之则凶。

以上卦爻辞所依之象数逻辑，结合了卦体与爻间关系两种逻辑方式。卦辞认为，“密云不雨，自我西郊”，之所以是亨通的，一种理解是认为源于不雨之象内含的各种阴阳关系，一种理解认为不雨之象提供了各爻变动的整体场景。第一种理解实是将卦辞理解成小畜卦整体特性的表达，而六爻的表现则是具体情态的展现。不雨的总体特性，是由内部阴阳的通畅表现决定，这是一个总的判断。其他各爻都依与四爻的相互关系决定其吉凶，初爻虽与四爻相应，但持自主之道不畜而上进。二爻与五爻相敌，故受初爻之牵而上进。三爻受四爻直接畜止而不前，意味着乾云无法成雨云之象，四爻畜止三阳而无力，但因能阻止乾之成形，因而也能避免伤害，同时出于警惕，交孚九五爻，故而无咎。九五爻与二爻为敌，故与四爻亲比，助四爻畜止乾云，因而与四爻共畜乾云而富。上九爻与五爻四爻成巽，力止三爻，使雨止而居安，道得亨通，唯恐四五六爻成巽过顺，则转入危厉。此种理解将卦爻关系理解成了性情关系。第二种理解实是将卦辞的不雨之象理解成整体之象，六爻的表现则是整体之象成形的时间进程，如孔颖达认为，

> “小畜积极而后乃能畜”者，小畜之道既微，积其终极，至于上九，乃能畜也，谓畜九三也。“是以四、五可以进”者，四虽畜初，五虽畜二，畜道既弱，故初、二可以进。“上九说征之辐”者，上九畜之“积极”，故能说此九三征行之辐。①

不过，此种时间论述是不完整的。若做一完整之体相关系的论述，或可认为，小畜卦辞言，征于西郊，观云起而雨未下，故可安全带着收获回家。初爻即主事者带头回家，二爻为他人跟从回家，三爻为回家途中车子出问题，夫妻产生分歧，四爻为夫妻有信，危险解除，五爻为大家互信，共同带着收获回家，六爻为回到家雨也未下来，车子还可以装载，丈夫还想出门将收获物带回，因为月将满，时日不好，妻子如果顺从，则夫妻危厉。在不雨的情境，或者说雨将下的情境下，将收获物安全带回家，是亨通的表现，也是小有蓄积的表现。当然，这种解释虽带有猜测的成分，但显然补足了卦辞与爻辞、爻辞与爻辞之间的逻辑关系。

四、小畜卦象辞间的语义相应

卦爻象提供的言说逻辑，不是完全单一的，似乎可以有多个方向的解释思路。卦爻辞的解读，在不同的卦爻象逻辑下，其理解亦非单一的。当然，尽管理解思路有异，但卦爻象或卦爻辞的主旨总归是有一个大致的同一性的。这里的问题主要还在于，为什么卦爻象提供的逻辑关联一定是用来说明卦爻辞所描述的事件的具体逻辑，似乎并不一定必须有这种对应，卦爻象提供的言说逻辑是抽象的，应该可以对应许多相似的事件。

就目前出土的简帛周易而言，小畜卦爻辞，基本一致。但在所谓王家台秦简易中，小畜卦名少督，其卦辞曰：“昔者□小子卜亓邦尚毋有吝而支□”，其意思是，以前某小子占卜国运，希望没有令人恨惜的事发生，并筮算起卦。显然此卦辞与今本小畜卦辞，全面不相关。又据说，传本归藏小畜卦名小毒畜，其九三爻辞“（失）其丈夫”，似与今本小畜九三爻辞夫妻反目有相关性。但是，若联想到今本随卦中有“系小子，失丈夫”“系丈夫，失小子”的说法，且随卦卦辞在王家台秦简易中为，“昔者北敢夫夫逆女过而支占□”，说的是北敢夫妇迎女娲而筮卦的事，传本归藏中，随卦辞则为“有人将来，遗我货贝，以至则彻，以求则得，有喜将至”，“有人将来，遗我钱财，自夜望之”，既有与随卦辞相似的部分，也有与震卦辞相似的部分。似乎可以说明，卦爻辞的拟定可以有所不同，皆可用于同样的卦爻象逻辑。

但是，在今本《易经》卦爻辞基本定型后，卦爻象与卦爻辞之间的对应关系，就基本上走向一个较为固定的诠释转换路径，这一点在清代达到了高峰，如惠栋即倾向于

① ［唐］孔颖达：《宋本周易注疏》，中华书局1988年版，第196页。

在小畜卦爻象与卦爻辞之间建立一一对应的关系。

他认为小畜取小字，以一阴畜阳故。卦辞中，密云之辞，是因为小畜自需上爻变而来，为坎象半见，故为密云不雨。西郊之辞，则是因为我为四爻，四爻与五爻、三爻互体成兑，兑为西，下卦乾为郊，故自我西郊。初爻复自道，之所以有复字，是因为小畜旁通豫卦，豫卦四之坤初成复卦，故称复，道则是因为乾象的原因，而何其咎是因为复卦卦辞有“出入无疾，朋来无咎”的说法。九二爻辞牵复之牵，是因复卦二爻继续变化，取卦气上升的变化过程，故为牵复。伏卦豫下卦坤为舆、为輹，阳息至三成乾，豫卦下坤象不见，故舆说輹。豫卦上卦为震，震为夫、为反，小畜卦上卦巽为妻，小畜卦三四五爻为离，离为目，豫变为小畜，四爻阳变阴，离火动上，目象不正，小畜上卦巽为多白眼，故反目。六四爻有孚之孚指五爻，豫卦三四五爻为坎卦，坎为恤、为惕，上卦震为出，豫卦变成小畜，坎象不见，故血去惕出，小畜四爻得位承五，故无咎。九五爻有孚，指小畜卦下卦乾三爻，邻谓四，五以四阴作财，与下三爻共之，故曰富以其邻。上爻以巽畜乾，至此而成，昔之不雨者，既雨矣；昔之尚往者，既处矣；昔之说輹者，得载矣。妇指六四，四得位故贞，上爻变则为小畜卦上卦巽变成坎卦，坎成巽坏，故妇贞厉。月为坎象，小畜卦内乾外巽，十五日乾象盈甲，十六是巽象退辛，故月既望。君子指小畜九三爻，为上九所畜，不当有行，故君子征凶。①

可以看到，惠栋将卦象与爻象相结合，基本上一一指出了卦爻辞的卦爻象根源，其中亦结合了伏卦说、卦气说、爻位说、纳甲说等，只是严格说来，象辞之间的一一对应还未达至一一相配的程度，必须依赖于卦爻取象的宽泛性，同时辅以卦爻辞取象的场境性，才能达到基本相配的程度。

清代的另一位易学家焦循，期望通过旁通、比例的方法达到象辞一一相配的程度，他解释小畜的小，指其旁通豫卦，意思是小畜卦本身由干四之坤初成复、小畜，最后变动而至两既济，没有含蓄之意，只有旁通于豫，最终变咸，才能畜而亨。

焦循认为小畜与豫旁通，小畜二爻之豫卦五爻，随后小畜上爻之豫卦三爻，小畜变成坎离既济，豫变成兑艮咸，小畜上变坎为密云，豫成咸无坎故不雨，小畜与豫交变而有我，咸上为兑，兑为西，故自我西郊。初九爻，小畜变通于豫，乾四之坤初为失道，小畜二之豫五，失而复得，故为复。九二爻牵复之牵，是指小畜变通于豫，受豫牵系，乃得复也。九三爻，二之豫五，豫成萃卦，上兑下坤，坤为舆，说谓兑，萃卦之象如脱去舆下之輹。夫谓小畜，妻谓豫，豫谓小畜之反，二之豫五，小畜变成家人卦，家人下卦为离，因反而目，则反复其道矣。六四爻，二之豫五，小畜变成家人卦，家人二三四爻互坎，坎为血，去为行意，因二先之豫五而复道，而不是豫卦乾四之坤初成复卦而为

① 参［清］惠栋：《周易述》，上海古籍出版社1990年版，第19—21页。

失道，故惕出而血行。九五爻，挛如谓豫卦变成咸卦，咸卦三四五三爻均为阳爻相连，邻谓豫成咸也，自初九至此之所以复自道皆因牵于豫，二之豫五为反目，上之豫三为血去、为挛如、为富以其邻。上九爻，小畜上之豫三，豫四之初，则豫卦变成明夷卦，明夷卦二三四爻互坎，故既雨。小畜卦变成需卦，豫变成明夷，二均不出，故处。需卦旁通晋卦，尚德载即谓小畜成需而通晋，妇贞厉言豫成明夷通讼，豫五柔故称妇。月几望，谓小畜成需，需上有坎为月。征谓上之豫三，成需为月几望，故凶。因其凶，故须尚德载，成需而通于晋。①

焦循将六爻视作一个连续的变动过程，象辞之间仍然是采用以象出辞的对应方式，因其在变动的过程中会引用多卦之象，似乎象与辞之间的对应关系变得更加简洁，但是，也可看到，有时为了照顾取象的方便，必须改变辞的一般意义，如为了将反目与复道相关联，须将反目理解成反而目。在其他的地方，焦循还经常用到假借的方法，以弥合简化取象对辞的对应性的要求，如其在解释同人卦九四爻辞“乘其墉，弗克攻吉”之意时，为了说明家人通于解卦，解二先之五，后家人上克于解三而成咸、既济，是一种有功的表现，就将攻字解释为成功的功字，以弥合象辞之间的背离现象。

五、以互文性为根基的反思性文本

今本《易经》卦爻辞据说是周文王所作，具有典范性，应该说是经过长期的历史选择才固定下来的。卦爻象虽说可以蕴含多种解释思路，但因受到意义较为固定的卦爻辞含义的限制，其解释方向也受到一定的限制。不过，卦爻象本身所具有的开放性，也使卦爻辞的含义很难停留在具象性阐释上。王弼即引入了抽象性的思路，以提升《易经》文本的思想深度。

> 夫象者，出意者也。言者，明象者也。尽意莫若象，尽象莫若言。言生于象，故可寻言以观象；象生于意，故可寻象以观意。意以象尽，象以言著。故言者所以明象，得象而忘言；象者所以存意，得意而忘象。犹蹄者所以在兔，得兔而忘蹄；筌者所以在鱼，得鱼而忘筌也。然则，言者，象之蹄也；象者，意之筌也。是故，存言者，非得象者也；存象者，非得意者也。象生于意而存象焉，则所存者乃非其象也；言生于象而存言焉，则所存者乃非其言也。然则，忘象者，乃得意者也；忘言者，乃得象者也。得意在忘象，得象在忘言。故立象以尽意，而象可忘也；重画以尽情，而画可忘也。是故触类可为其象，合义可为其徵。义苟在健，何必马乎？类苟在顺，何必牛乎？爻苟合顺，何必坤乃为牛？义苟应健，何必乾乃为马？而或

① 参［清］焦循：《易学三书》，九州出版社2003年版，第26—28页。

> 者定马于乾，案文责卦，有马无乾，则伪说滋漫，难可纪矣。互体不足，遂及卦变；变又不足，推致五行。一失其原，巧愈弥甚。纵复或值，而义无所取。盖存象忘意之由也。忘象以求其意，义斯见矣。①

王弼所言，指明了象的抽象性，象是某种类别之象的集合，一般一类象有同一性质。正因为如此，象与辞之间的对应性并不是确定的。但象的义涵在一定的意义上并不明显，需要通过辞的具象显明出来，只是当我们通过辞的具象使抽象显明出来后，又需要超越具象对深刻的遮蔽，对其他同类具象的排斥了。如果不忘言，反而是没有真正理解言。如果不通过言，也无法理解象。这里，王弼提出来要通过对辞的具象的抽象理解，达到对象的理解，同时抽象的象，还是要通过辞的具象显现出来。这样，卦爻辞与卦爻象之间通过互文性，就能不断激发读者的深入思考。

王弼的思考，主要是从卦爻象的抽象性出发，激发《易经》文本的反思特性。近儒熊十力则借用佛教因明学与现代哲学的智慧，将象理解成譬喻，进一步辞的具象理解成抽象之理的事例，从而提升《易经》文辞的思想深度。

> 天地者，干坤之譬喻辞。天为干之譬，地为坤之譬，不直曰干坤而举譬喻以名之者，此缘古易诸卦、诸爻各有取角，即以象为其卦、爻之名。如干取象于天，即以天为干之名。坤取象于地，即以地为坤之名。孔子改象为譬喻，则亦以譬喻为其卦、其爻之名，亦从象而引申得来也。且譬喻得为命物之名，亦不自孔子周易始。②

熊十力此言实将辞视作是对卦爻象的譬喻，通过譬喻实可将卦爻象当本体看，将卦爻辞当万象看。既作譬喻看，则象辞之间亦不必一一对应，因譬喻者，“因明学言，凡喻，只取少分相似，不可求其全似。用必有体，譬如木必有根，水必有源，建筑必有基地，欲有些子相似处”③。象辞之间是一种相似关系，这种相似关系，实是一种体用关系，体用之间是体用不二的，“体用不二，即是实体不在万物之外”④。其意是指，用即是体的发用，体即在用的发用中。借用熊氏的体用不二来分析象辞关系，则象为抽象，但其义全体体现在具象之辞中，具体之辞虽与抽象之体只是近似，但实是抽象之体的全体显现。当然，具体之辞只是万象中一种，与抽象之体的近似度或者代表性，实际上是可以有所选择的，正如熊十力所说，“故体用不二义，惟大海水与众沤之喻，较为切近。

① ［魏］王弼：《周易注》，中华书局1980年版，第609页。

② 熊十力：《乾坤衍》，上海书店出版社2008年版，第109页。

③ 熊十力：《体用论》，上海书店出版社2009年版，第70页。

④ 熊十力：《乾坤衍》，上海书店出版社2008年版，第169页。

可以引人悟入正理，庶几改正从来谈宇宙论或本体论者之种种迷谬”①。

熊十力针对彖辞关系的体用理解，当然也说明了对卦爻辞做一个整体性的理解，也是非常必要的。对卦爻辞做整体性的理解，实际上能够引导我们关注到一些前辈学者忽视的一些重要辞例，从而加深对卦爻辞之间关联性的理解。比方说，对《易经》卦爻辞中贯穿辞的探究。《易经》六十四卦中，六爻辞之间，形式上基本上都存在贯穿辞，但也有的卦没有显性的贯穿辞，如坤、泰、大有、大畜、离、睽、解、中孚、既济、未济，共有十卦，但也不能说这些卦的爻辞之间没有隐性的关联，如既济未济卦爻辞都与渡河成功有关；此外，其中的睽、离有点特殊，因其卦中皆有两爻有其卦名。存在显性贯穿辞的约可分成两类，一类是不以卦名为主要贯穿辞的，这样的卦颇为少见，只有四卦。可分为两种，一种是单一贯穿辞的，即乾卦，六爻中有四爻以龙为贯穿辞，另有姤卦，有三爻以包为贯穿辞；另一种是变换贯穿辞的，即小畜卦贯穿辞，初二爻为复，四五爻辞是孚，三六爻贯穿辞为车与夫妻，大过卦贯穿辞，二五爻枯杨，三四爻为栋，变换辞之间应该是有语义关联的。一类则以卦名为主要贯穿辞，《易经》的贯穿辞类型以此类为主，共有五十卦，约可分为三种。一种是卦名全贯穿，即六爻皆有卦名，共十四卦，即比、履、临、观、贲、复、颐、蹇、困、井、鼎、震、艮、渐。一种是部分贯穿，细分可分成五爻贯穿的，共十三卦，即蒙、需、师、谦、蛊、剥、咸、遁、明夷、损、旅、兑、涣；四爻贯穿的，共十三卦，即同人、豫、无妄、习坎、恒、晋、家人、升、革、归妹、丰、节、小过；三爻贯穿的，共三卦，即讼、萃、巽。第三种是变换贯穿辞的，共七卦，即屯卦贯穿辞，二五爻为屯，二四六爻为班；否卦贯穿辞，二五六爻为否，二三爻为包；随卦贯穿辞，三四爻为随，四五爻为孚；噬嗑卦贯穿辞，二至五爻为噬，初六爻为灭；大壮卦贯穿辞，初三四爻为壮，三四六爻为藩；夬卦贯穿辞，三五爻为夬夬，初三爻为壮，二六爻为号；益卦贯穿辞，二三六爻为益，初四爻为利用。上面的变换贯穿辞，仍可看出是有语义关联的。至于部分卦名贯穿辞，仔细看那些剩下的无显性贯穿辞的爻辞，亦可看出与贯穿辞之间的关系，如革卦为四爻贯穿，四爻改命，五爻虎变，既可视作宽泛意义上的变换贯穿辞，亦可视为与革相同的隐性贯穿辞。其他部分贯穿卦皆与此类似。通观六十四卦，因为贯穿辞的存在，可以合理地将卦爻辞看作一个整体言说，但卦爻辞本身还是缺少一个完整的显性逻辑关联辞，可以无歧义地说明卦辞与爻辞，爻辞与爻辞之间的整体性关联。

上述讨论可以充分说明，卦爻象与卦爻辞之间的互文表达方式，使其蕴含许多隐藏的意义，没有通过语言明示出来，但通过对其互文性的把握，许多潜藏的意义，可以合理地推理出来，并能通过激发阅读者的反思能力，开发出《易经》文本中潜藏的甚至作者都没有意识到的深层底蕴。

① 熊十力：《体用论》，上海书店出版社2009年版，第71页。

《性恶》出自荀子后学考：从编辑与文本结构等方面看*

周炽成

摘　要　汉代的刘向在编《荀子》一书时，把著名的《性恶》排为第26篇（全书共32篇），夹在《子道》和《法行》之间。论者们公认：这两篇及排在后面的《宥坐》《哀公》《大略》《尧问》等都不出自荀子本人之手，而出自其后学之手。刘向把《性恶》编置在这个地方，显示他把它看作荀子后学的作品。仔细分析《性恶》的文本结构，可发现：它不应该是一篇完整的论说文，而是由七个不同的模块拼凑起来的，其中有太多的不一致、前后矛盾，例如，模块二对“知仁义法正之质”和“能仁义法正之具”的肯定以及模块七对性质美的肯定就与模块一对人性恶的断定相矛盾。大部分模块极可能是不同作者之所为。有多种证据表明：荀子不是性恶论者，而是性朴论者。

关键词　荀子　刘向　《性恶》　性朴论

作者简介　周炽成（1961—2017），男，广东郁南人，哲学博士，曾任华南师范大学政治与行政学院教授、博士生导师、政治系主任。主要研究方向为先秦子学、宋明理学、中国近现代哲学等。

研究荀子人性论的人，多数人以《性恶》为依据，有些人注意到了《荀子》一书中其他文章对人性的论述，但未能看到这些论述与《性恶》论述的不同。刘念亲独具慧眼，在差不多100年前就发现：该书在《性恶》之外有大量对人性的论述，它们都未显示人性恶，因而强烈怀疑它是荀子本人所作。① 日本学者金谷治在20世纪50年代发表文章，认为《性恶》的第一部分是荀子后学受法家韩非子的影响而写的。② 本文拟从《荀子》的编辑和《性恶》的文本结构等方面极力证明：这一篇影响深远的文章出自荀

* 本文原载《中山大学学报（社会科学版）》2015年第6期，系国家社科基金项目“荀学新探：以性朴论为中心”（编号：13BZX043）的阶段性研究成果。

① 刘念亲：《荀子人性的见解》，《晨报副刊》1923年1月16、17、18日。

② 金谷治：《〈荀子〉的文献学研究》，《日本大学院纪要》卷四，第一期，1951年3月号。

子后学之手。

一、刘向编《荀子》把《性恶》夹在荀子后学作品之中

先秦子书的成书，往往经过长时间的过程。就《荀子》的成书来说，一开始荀子写了几万字的手稿（司马迁在《史记·孟子荀卿列传》中说他“著数万言而卒”），后学们应该传授之、增删之。到西汉后期，刘向看到以荀子之名写的文章有三百多篇，但大部分是重复的，于是删为32篇，定名为《荀卿新书》。“新”之一字，很值得留意，也就是说，三百多篇的本子是旧书，而32篇的本子是新书。流传至今的《荀子》版本，在刘向的编辑下定型，后世至多对之有个别文字的改动。

在刘向编辑的《荀子》中，排在最后的9篇是：《宥坐》《子道》《性恶》《法行》《哀公》《大略》《尧问》《君子》《赋》。[①]《性恶》是第26篇，在《宥坐》（第24篇）、《子道》（第25篇）之后，而在《法行》（第27篇）之前。显然，这三篇都是对孔子及其弟子的言论的记载（《宥坐》主要记载孔子的言论、《子道》主要记载孔子与弟子的对话、《法行》主要记载曾子、子贡、孔子的言论），而不是荀子自己的论说，与第23篇（《礼论》）及之前的论说文明显不同。刘向把在后人看来如此重要的《性恶》夹在不很重要的《子道》和《法行》之间，难道是随意为之的吗？刘向这样编排《性恶》，是否意味着他已意识到：它跟《宥坐》《子道》《法行》等一样不出自荀子之手？

为了回答以上问题，我们不妨把杨倞的编排与刘向的编排做一比较。看王先谦的《荀子集解》，可以很容易发现两者的不同。梁启超的《要籍解题及其读法》也对两者做了对照。杨倞把刘向所编《荀子》之篇目的先后顺序做了一些调整。杨的编排与刘的编排之最突出的不同是：杨把《性恶》排序提前，从第26篇升至第23篇。杨倞对此做出了这样的解释：“旧第二十六，今以是荀卿议论之语，故亦升在上。”[②] 杨倞的话可以让我们反推：刘向应该把《性恶》看作非“荀卿议论之语”。从这种编排的变动可见：杨倞肯定《性恶》是荀子自己写的，而刘向则认为它出自荀子后学之手。

在刘向编置于最后的9篇之中，《宥坐》《子道》《法行》《哀公》《大略》《尧问》6篇不是荀子所作，早已获得公认，人们对此不会有疑问。关于《赋》的作者，历来众说纷纭，但更多的论者认为它是集体的作品，不会出自荀子一人之手（荀子可能也写了其中一些，但还有其他人写的）。这类似《诗经》的情况。至于《君子》（杨倞认为，当为《天子》，后世传写误为《君子》），其中的尊君、赏罚得当等思想，与韩非子一脉的思想一致，故很可能是出自这一脉的荀子后学之手。《君子》中的话“刑当罪则威，

① 王先谦：《荀子集解》，中华书局1988年版，第556—557页。

② 王先谦：《荀子集解》，中华书局1988年版，第434页。

不当罪则侮；爵当贤则贵，不当贤则贱。古者刑不过罪，爵不逾德。故杀其父而臣其子，杀其兄而臣其弟，刑罚不怒罪，爵赏不逾德，分然各以其诚通”，显示了鲜明的韩非子之学的精神。不过，韩非子赞成连坐，而《君子》反对连坐。这表明了韩非子一脉内部的分歧。

在刘向编辑的《荀子》版本中，最后9篇，已有8篇可认定为不出自荀子一人之手，那么，我们能说唯独《性恶》出自他之手吗？刘向如此编排《性恶》，其意图是很明显的：它是荀子后学的作品。

从总体上看，我认为刘向的编排比杨倞的编排更合理。在刘向的编排中，如果把最后9篇排除，那么，荀子本人的作品就是从《劝学》始至《礼论》终，共23篇。首尾两篇都很重要，首篇为纲要，终篇为总结，很好地突出了荀子之重学与重礼，这两者是荀学最有特色的议题。这23篇的顺序大体上是：从个人（《修身》《不苟》《荣辱》等）到国家（《富国》《王霸》《君道》《臣道》等），到天地万物（《天论》），附之以思维方法（《解蔽》《正名》等）。这个思路很顺，很清楚，也很有系统。如果刘向真的把《性恶》看作荀子本人的作品，那么，他把它编排在最后9篇之中实在难以理解。

相比之下，杨倞的重新编排则似乎失去了刘向编排的优点。在杨的心目中，如果他也像刘一样认为首尾两篇都很重要，首篇为纲要，终篇为总结，那么，他当然很看重《性恶》。在现代人看来，《性恶》当然太重要了。而刘向却不认为它有多重要。如果《性恶》真的是荀子本人写的而且真的那么重要，为什么在他那么多文章中单独只在一篇显示人性恶呢？为什么在其他篇中从未说过人性恶或暗示人性恶呢？重礼的思想在《礼论》之外的很多篇中都有显示，重学的思想在《劝学》以外的很多篇中也同样都有显示，但性恶的思想却没有在《性恶》之外的任何一篇中有显示。徐复观说：“性恶的主张，散见于全书各处。”① 但是，他没有举出《荀子》一书中《性恶》以外的任何证据来支持他的看法。王博认为，《劝学》承认性恶，② 但这只是他个人的逻辑推论，而不能在该篇文本中找到任何证据。梁启超说《荣辱》“多阐发性恶语”③，但我们在本文第四部分则会看到：《荣辱》有性朴的思想，而没有性恶的思想。总之，那些坚持《荀子》一书中《性恶》之外有性恶思想的人都不能显示可靠的、令人信服的证据。

从刘向所处的汉代到杨倞所处的唐代，经历了七八百年。在如此漫长的历史中，荀子作为性恶论的代表，逐渐得到大家的接受，而荀子后学作《性恶》的实情则被遮蔽了。古人不用标点，“作为书的荀子”和“作为人的荀子”，都同样写成“荀子”。在这

---

① 徐复观：《中国人性论史（先秦篇）》，上海三联书店2001年版，第208页。

② 王博：《论〈劝学〉在〈荀子〉及儒学中的意义》，《哲学研究》2008年第5期。

③ 梁启超：《要籍解题及其读法》，见陈引池编校《梁启超国学讲录二种》，中国社会科学出版社1997年版，第45页。

种情况下，人们把《荀子》一书中的所有看法，包括《性恶》的看法，都作为荀子本人的看法，这是完全可以理解的。杨倞是专家，与一般人不同，他看到了《荀子》中部分篇不是荀子写的，但是，他也跟一般人一样接受了作为性恶论代表的荀子。孟子主性善，荀子主性恶，这种说法很对称，而如果说孟子主性善，荀子后学主性恶，这就不对称了。显然，对称的看法比不对称的看法更容易流传开来。不过，在这里，我们看到：不对称的看法才符合历史的实情。①

二、如何解释刘向的另一句话？

但是，刘向的《孙卿书录》中有这样的话："孙卿以为人性恶，故作《性恶》一篇，以非孟子。"这当然与上一部分我们所说的相冲突。这真的是刘向的话吗？认真研读《孙卿书录》的全文有助于我们搞清楚事情的真相：

> 护左都水使者、光禄大夫臣向言，所校雠中《孙卿书》凡三百二十二篇，以相校，除复重二百九十篇，定著三十二篇，皆以定杀青简，书可缮写。孙卿，赵人，名况。方齐宣王、威王之时，聚天下贤士于稷下，尊宠之。若邹衍、田骈、淳於髡之属甚众，号曰列大夫，皆世所称，咸作书刺世。是时孙卿有秀才，年五十，始来游学。诸子之事，皆以为非先王之法也。孙卿善为《诗》《礼》《易》《春秋》。至齐襄王时，孙卿最为老师，齐尚修列大夫之缺，而孙卿三为祭酒焉。齐人或谗孙卿，乃适楚，楚相春申君以为兰陵令。人或谓春申君曰："汤以七十里，文王以百里。孙卿贤者也，今与之百里地，楚其危乎？"春申君谢之。孙卿去之赵。后客或谓春申君曰："伊尹去夏入殷，殷王而夏亡；管仲去鲁入齐，鲁弱而齐强。故贤者所在，君尊国安。今孙卿天下贤人，所去之国，其不安乎？"春申君使人聘孙卿。孙卿遗春申君书，刺楚国，因为歌赋以遗春申君。春申君恨，复固谢孙卿，孙卿乃行，复为兰陵令。春申君死而孙卿废，因家兰陵。李斯尝为弟子，已而相秦。及韩非号韩子，又浮丘伯，皆受业，为名儒。孙卿之应聘于诸侯，见秦昭王，昭王方喜战伐，而孙卿以三王之法说之，及秦相应侯，皆不能用也。至赵，与孙膑议兵赵孝成王前。孙膑为变诈之兵，孙卿以王兵能之，不能对也。卒不能用。孙卿道守礼义，行应绳墨，安贫贱。孟子者，亦大儒，以人之性善。孙卿后孟子百余年，以为人性恶，故作《性恶》一篇以非孟子。苏秦、张仪以邪道说诸侯，以大贵显，孙卿退而笑之曰："夫不以其道进者，必不以其道亡。"至汉兴，江都相董

① 周炽成：《儒家性朴论：以孔子、荀子、董仲舒为中心》，《社会科学》2014年第10期；周炽成：《性朴论与儒家教化政治：以荀子与董仲舒为例》，《广西大学学报》2015年第1期。

> 仲舒亦大儒，作书美孙卿。孙卿卒不用于世，老于兰陵，疾浊世之政，亡国乱君相属，不遂大道，而营乎巫祝，信禨祥，鄙儒小拘如庄周等，又滑稽乱俗，于是推儒、墨、道德之行事，兴坏序列，著数万言而卒，葬兰陵。而赵亦有公孙龙，为坚白异同之词，处子之言。魏有李悝，尽地力之教。楚有尸子、长庐子、芋子，皆著书，然非先王之法也，皆不循孔氏之术，唯孟轲、孙卿为能尊仲尼。兰陵多善为学，盖以孙卿也。长老至今称之曰："兰陵人喜字为卿，盖以法孙卿也。"孟子、孙卿、董先生皆小五伯，以为仲尼之门，五尺童子，皆羞称五伯。如人君能用孙卿，庶几于王，然世终莫能用，而六国之君残灭，秦国大乱，卒以亡。观孙卿之书，其陈王道甚易行，疾世莫能用。其言凄怆，甚可痛也。呜呼！使斯人卒终于闾巷，而功业不得见于世。哀哉，可为陨涕。其书比于记传，可以为法，谨第录。臣向昧死上言。护左都水使者、光禄大夫臣向言，所校雠中《孙卿书录》。①

在刘向的叙述中，关于荀子的生平和事迹，基本上来自《史记·孟子荀卿列传》。刘向在司马迁的框架内，以其他材料补充之。把司马迁的关于荀子的传记和《孙卿书录》作比较，最大的不同点是后者增加了这样的话："孟子者，亦大儒，以人之性善。孙卿后孟子百余年，以为人性恶，故作《性恶》一篇以非《孟子》。"一个明显的事实是：刘向看到了批评孟子性善论的《性恶》，并把它编入《荀子》一书（而司马迁则很可能未看到该文）。但是，正如前面指出的，从他对该书各篇编排的顺序可看出：刘向应该不把它看作是荀子本人的作品。既然如此，为什么他又写下这样的话呢？这不是自相矛盾吗？我个人倾向于作这样的解释：这些话应该是后人加的，而不是刘向的《孙卿书录》所原有的。从前后文看，把这些话去掉，变成"孙卿道守礼义，行应绳墨，安贫贱。苏秦、张仪以邪道说诸侯，以大贵显，孙卿退而笑之曰……"这样文气要顺得多。荀子的"道守礼义，行应绳墨"与苏秦、张仪的"以邪道说诸侯"前后呼应，形成鲜明的对照；荀子的"安贫贱"与苏秦、张仪的"以大贵显"更是如此。假如你是刘向，你会怎么写呢？你会把"孟子者，亦大儒……"这样的话放到这里吗？此话摆在这里，很不自然。刘向的叙述明确表明了荀子与孟子的一致性："唯孟轲、孙卿为能尊仲尼……孟子、孙卿、董先生皆小五伯，以为仲尼之门，五尺童子，皆羞称五伯。"假如刘向真的确定《性恶》是荀子所写的，又真的知道他与孟子对人性的看法有尖锐的冲突，那么，他一方面要说荀孟的一致性，另一方面又要说他们的分歧，他会怎么叙述才合文理呢？上面引用的现存版本的叙述，极不合文理，反而显示了自相矛盾的倾向。合文理的叙述应该是在"皆羞称五伯"之后说"然孟子以人之性善，孙卿以为人性恶，

① 刘向：《孙卿叙录》，见王先谦：《荀子集解》，中华书局 1988 年版，第 557—559 页。

故作《性恶》一篇以非孟子”。假如不用“然”之类的转折词，前后文是无法连贯的。现存的版本先肯定了荀孟两人在人性问题上的对立看法，然后又岔开说到别的话题，后面又回过头来说两人的一致性（都尊孔子，都看不起“五伯”，即“五霸”），而且不用任何转折词，这不是太混乱了吗？学术水平很高而且文字功夫极好的刘向会如此地作文吗？尽信书，不如无书。对古书中的不合文理、不合情理的说法进行分辨和清理，是我们现代学者的天职。

“孙卿后孟子百余年”的说法早已被清代很多学者所否定，他们一般主张荀子后孟子几十年。加话的人故意这样编，以使人觉得荀子反驳孟子的性善论可信，但事实上这是欲盖弥彰的做法。钱穆在《先秦诸子系年》中推定：孟子约生于公元前390年，卒于公元前305年；荀子年约生于公元前340年，卒于公元前245年。[①] 如果钱先生的看法是可靠的话，那么，荀子只比孟子约晚50年。顺便指出，清人卢文弨还发现“至汉兴，江都相董仲舒亦大儒，作书美孙卿”摆在现有的地方不顺，应该摆在“盖以法孙卿也”之后。[②]

指明“孟子者，亦大儒，以人之性善。孙卿后孟子百余年，以为人性恶，故作《性恶》一篇以非《孟子》”是后加的，并非我个人的独创。在差不多100年前，刘念亲就已经看到了这一点。他说：“据这段文字看，孟子者以下三十字，直是不相关联。若删去此节，‘孙卿道守礼义，行应绳墨，安贫贱’正与‘苏秦张仪以邪道说诸侯，以大贵显’，对文。惟其与苏张异趣，故煞之以笑二人不以其道进退，文势本非常明整。加入三十六字，时代既前后矛盾，文义又上下不贯，这显非子政原著。”[③] 刘念亲的看法很有道理。

三、《性恶》不是一篇完整的论说文，而是六模块的拼凑

以上我们从《性恶》被编辑的角度看到，它出自荀子后学之手。现在再对其进行文本分析来进一步落实这一点。

人们习惯于以《性恶》为一篇独立、完整的论说文。不过，细致分辨一下，它事实上是由七个不同的模块拼凑起来的。大部分模块极可能是不同的作者之所为。兹将七模块的内容列表于后。

---

① 钱穆：《先秦诸子系年》，商务印书馆2005年版，第695—697页。

② 见王先谦：《荀子集解》，中华书局1988年版，第558页。

③ 刘念亲：《荀子人性的见解》，《晨报副刊》1923年1月17日。

模块	起	止	主题
模块一	人之性恶，其善者伪也	安恣睢，慢于礼仪故也，岂其性异哉？	人之性恶，其善者伪也
模块二	涂之人可以为禹	圣人者，人之所积而致矣	为何涂之人可以为禹？
模块三	曰："圣人可积而致，然而皆不可积，何也？"	不可以相为明矣	可以为圣人不等于可能为圣人
模块四	尧问于瞬曰："人情何如？"	唯贤者为不然。	人情不美
模块五	有圣人之知者	是役夫之知也	四种知
模块六	有上勇者	是下勇也	三种勇
模块七	繁若、钜黍，古之良弓	靡而已矣	性质美需磨炼

模块一内容最多，也最为引人注目。其主题大家都熟知。“人之性恶，其善者伪也”这句话在本模块中出现了六次。本模块又可细分六个部分：开头总论为第一部分，后面三引孟子的话而批评之构成三个部分，又两引“问者曰”而回应之构成两个部分。除第一部分外，其余五个部分事实上就是五段对话，也可以说五次交锋。第一次引孟子的话是：“人之学者，其性善。”杨倞解释道：“孟子言人之有学，适所以成其天性之善，非矫也。”① 《性恶》的作者从性伪之分的角度批评之。第二次引用孟子的话是：“今人之性善，将皆失丧其性故也。”杨倞解释道：“孟子言失丧本性，故恶也。”② 这就是说，孟子认为，恶非来自先天之性，而恰恰来自后天之失丧其天性。与之争锋相对，《性恶》的作者认为，恶来自先天之性，善来自后天之矫天性，善行“反于性而悖于情”，“顺情性则不辞让矣，辞让则悖于情性矣”。第三次引用孟子的话是：“人之性善。”这是一个综合性的、整体性的判断。《性恶》的作者从圣王制礼仪的角度表明：这种判断“无辨合符验，坐而言之，起而不可设，张而不可施行”“性善则去圣王，息礼义矣。性恶则与圣王，贵礼义矣”。在与孟子论战的同时，《性恶》的作者回应了别人的提问：“人之性恶，则礼义恶生？”认为“礼义者，是生于圣人之伪，非故生于人之性也”。另外，针对问者的主张“礼义积伪者，是人之性，故圣人能生之也”，《性恶》的作者用“陶人埏埴而为器”和“工人斫木而成器”的例子来反驳之。

模块二不再讨论性恶与善伪的问题，而是讨论为什么涂之人可以为禹？答案是人人皆有“知仁义法正之质”和“能仁义法正之具”。根据性伪二分，此质、此具属于性，还是属于伪呢？作者虽然没有明确回答这个问题，但按理是应该会把它们归于性的。当

① 见王先谦：《荀子集解》，中华书局 1988 年版，第 435 页。

② 见王先谦：《荀子集解》，中华书局 1988 年版，第 436 页。

然，这样一来就会与前一个模块的看法严重相悖，因为，“知仁义法正之质”确实是善的质，而“能仁义法正之具”也是善的具。这肯定就与性恶的主张相反了。如果模块一的作者与模块二的作者为同一个人，这应该是不可思议的。

模块三对“可以”和“能”做了区分：前者是指潜在之力，而后者是指现实之力。从潜在之力来看，人人都可以用双腿走遍天下；从现实之力来看，人人未必都能用双腿走遍天下。同理，从潜在之力来看，人人都可以成为圣人；从现实之力来看，人人未必都能成为圣人。模块三与模块二密切相关。它们的作者很可能是同一个人或者是有相同倾向的人。模块一对人性的看法很悲观，而模块二和模块三则对之很乐观。

模块四在七个模块中是最短的：“尧问于舜曰：‘人情何如?’舜对曰：‘人情甚不美，又何问焉！妻子具而孝衰于亲，嗜欲得而信衰于友，爵禄盈而忠衰于君。人之情乎！人之情乎！甚不美，又何问焉！唯贤者为不然。’”这一模块与模块一略有接近之处。这里说的“人情”是指人的实情，而不是指人的感情。不过，这里未说这种不乐观的人的实情是来自先天之性，还是来自后天之伪。无论如何，这种不乐观的心态显然与模块二、模块三的乐观心态不同，这显示：它们的作者应该不是同一个人。

模块五讨论四种知：圣人之知者、士君子之知、小人之知、役夫之知。这一模块跟前面的几个模块没有什么实质性的关系，我们读起来会感到很突然。作者未明说这四种不同的知是由先天之性决定的，还是由后天之伪决定的。我个人猜测，作者似乎倾向于认为是两者共同作用的结果。

模块六讨论三种勇：上勇、中勇、下勇。这里接着模块五的讨论，由知到勇。两个模块有关联。作者似乎也认为这三种勇是先天之性和后天之伪共同作用的结果。模块五与模块四的作者可能是同一个人，也可能不是同一个人，但不可能与模块一、模块二、模块三的作者相同。模块五与模块六在《性恶》中非常特殊，它们好像游离于对人性的讨论。

模块七似乎接着模块二、模块三的问题来讨论。作者说：“人虽有性质美而心辩知，必将求贤师而事之，择良友而友之。”这里肯定了性质美，显然与模块一的性恶主张相悖，而与模块二的人人皆有“知仁义法正之质”和“能仁义法正之具”的说法一致。模块七用了良弓、良剑、良马之比喻，表明人们不能自恃性质美而不磨炼：“繁弱、钜黍，古之良弓也，然而不得排檠则不能自正。桓公之葱、太公之阙、文王之录、庄君之曶、阖闾之干将、莫邪、钜阙、辟闾，此皆古之良剑也，然而不加砥砺则不能利，不得人力则不能断。骅骝、骐骥、纤离、绿耳，此皆古之良马也，然而前必有衔辔之制，后有鞭策之威，加之以造父之驶，然后一日而致千里也。”模块一主张化性起伪，逆性得善，而模块七则主张磨炼美质，顺性而益善。模块七与模块一的作者肯定不是同一个人。

综观以上的讨论，我们不难看到：《性恶》不应该是一篇完整的论说文。荀子本人写的论说文（例如《劝学》《礼论》《正名》等），一气呵成，前后一贯。而《性恶》的七个模块则有太多的不一致、前后矛盾。荀子这样的文章大家能写下这样的前后矛盾的作品吗？如果我们把《性恶》看作一篇完整的论说文，模块五和模块六放在现有的地方，尤其不可思议。作者说四种知、三种勇，想表达什么意思呢？想表达人性恶还是人性善？还是别的？

对《性恶》之命名，一般人都会认为它就像《劝学》《礼论》《正名》等的命名一样，是以凝练主题而命名的。但是，在我看来，它更像《宥坐》《鲁哀公》等的命名：以开头的两个字而命名。《宥坐》源自开头的“此盖为宥坐之器”；《哀公》源自开头的“鲁哀公问于孔子曰”。与此类似，《性恶》源自开头的“人之性恶”。“性恶”二字无法概括该篇现有的丰富的、多样的内容，例如，“性质美”“知仁义法正之质”和“能仁义法正之具”等显然是此二字无法概括的，四种知、三种勇也是此二字无法概括的。

在刘向编辑的《荀子》中，最后9篇除《赋》之外都可归于“杂言、杂事”类。前面已说过，赋很特别，可以另当别论。《宥坐》记载孔子的言行；《子道》主要记载孔子与弟子的对话；《法行》主要记载曾子、子贡、孔子的言论；《哀公》记载鲁哀公与孔子的对话；《尧问》记载得最杂，其中含尧舜对话、吴起与魏武侯对话、周公与伯禽对话以及荀子后学以荀子为像孔子一样的圣人的论说等；《大略》是荀子各种短言、短语的汇集；《君子》大概反映的是偏于韩非子一脉的荀子后学的看法。《宥坐》《子道》《法行》《哀公》《大略》《尧问》《君子》这七篇归于“杂言、杂事”类，论者们一般都会同意。《性恶》也能这样归类吗？显然能。它由七模块拼凑而成，其内容多不连贯者。荀子后学关于人性或与人性可能有关的杂言被汇集在该篇之中。模块一、模块二、模块三、模块四、模块七是关于人性的言论，模块五、模块六是可能与人性有关的言论。把它们编在一起，命名为《性恶》的人，可能是荀子后学，也可能是刘向。我认为，刘向编之而如此命名的可能性更大。在荀子自己写的那几万言中，他大概给每篇都命了名。而那些属于杂言、杂事的内容，大概是到刘向编辑时才命名的。事实上，对话占了《性恶》内容的多数：模块一的六部分，除第一部分外，其余五部分都是对话；模块二、模块三、模块四都是对话。对话的表达方式，在《荀子》最后9篇中是最典型的表达方式。我们将《性恶》的大部分内容还原为对话，可以更容易看到其非论说文性质。

由于性恶的说法太吸引人的眼球，而且正好可以跟性善针锋相对，而性善性恶之争构成了汉代以后中国人性史的主线，《性恶》这篇被刘向归于不重要的“杂言、杂事”类的荀子后学言论集，被后人看得很重要，而且被看成为荀子本人的代表作。在这个转变过程中，人们忘记了其拼凑性而将它看成一篇完整的论说文。这是刘向在编《荀子》

时完全意料不到的。当然，历史的后面发展往往超出前人的意料，这真的是一种普遍现象。

总之，把编《荀子》时刘向心目中的《性恶》与后人心目中的《性恶》做对比，可以看到三种明显的变化：（1）刘向以《性恶》为荀子后学所作，而后人以它为荀子本人所作；（2）刘向以《性恶》为荀门论述人性或与人性相关的言论集，而后人以它为一篇完整的论说文；（3）刘向以《性恶》为不重要，而后人以它为很重要。

四、荀子本人主张性朴论

研究荀子人性论的人，过分注目于《性恶》，尤其是过分注目于其中之模块一。这种历史惯性太强大了，太悠久了。如果我相信它出自荀子后学之手，那么，荀子本人持怎么样的人性论呢？他在《礼论》中的话可以给我们明确的答案："性者，本始材朴也；伪者，文理隆盛也。无性，则伪之无所加；无伪，则性不能自美。性伪合，然后圣人之名一，天下之功于是就也。故曰：天地合而万物生，阴阳接而变化起，性伪合而天下治。"我们据此可把荀子的人性论概括为性朴论。"性者，本始材朴也"这句话对我们理解和把握荀子人性论至为关键。"朴"是指未加工的木材。这类似于"璞"指未加工的玉石。朴之性含有向善发展的潜质，但尚未有现成的、完备的善，故需要"文理隆盛"的人为努力来使之完善。朴之性不够完美，但不能说恶。性朴论承认先天之性之不定型性，而注重后天的人为（伪）的作用。显然，性朴论不同于性善论、性恶论、性有善有恶论（它承认有现成的善和恶这两面包含在初生人性之中）。性朴论与性无善无恶论略有相近之处，两家都以比较灵活而有弹性的态度看待人性，都承认人性之不定型性。不过，性朴论承认人性有不完美的地方，需要"伪"来完善之，而性无善无恶论则不明确这样主张。

根据刘向编辑的《荀子》，我们大体可以断定：荀子本人的作品从《劝学》始而至《礼论》止。首尾两篇都非常重要。《礼论》明确说出了性朴论，《劝学》也充分显示性朴论思想。《劝学》的"蓬生麻中，不扶而直；白沙在涅，与之俱黑"在精神上很接近于《礼论》的"性者，本始材朴"。王念孙在解释前者时指出："此言善恶无常，唯人所习。"① 这样解释很恰当。荀子以此言来比喻人性之或善或恶的不固定性，它随着周围环境的改变而改变。性朴论正是注重人性之不定型性，强调"伪"的作用。这事实上是《劝学》的一个主题。学就是最重要的伪。《劝学》之另一名言"干越夷貉之子，生而同声，长而异俗，教使之然也"也体现性朴论思想。"生而同声"属于"性"，"长而异俗"则属于"伪"。初生人性都差不多，不同的人为的作用使人与人显出不同。这

① 王先谦：《荀子集解》，中华书局1988年版，第5页。

令我们联想起《论语·阳货》的名言“性向近也，习相远也”。荀子与孔子一样都相对地重习而轻性，强调后天的作为比先天的性重要。在这点上，孟子与他们不同，因为他极大地提高了先天之性的作用。《劝学》的“木直中绳，輮以为轮，其曲中规，虽有槁暴，不复挺者，輮使之然也”也显示性朴论思想。梁启超解释它说：“人之才质，非由先天本性而定，乃后起人工而定也。”① 总之，性朴论的思想融贯于《劝学》全篇之中。

荀子的性朴论隐含着这种看法：性中含有向善发展的潜质。这正如玉石含有玉的潜质一样。荀子后学在《性恶》模块七中所说的“性质美”就继承了老师的这种看法。《劝学》开头的名言：“君子曰：学不可以已。青，取之于蓝而青于蓝；冰，水为之而寒于水。”也隐含了这种看法。蓝和水相当于性，青和冰相当于伪。蓝和青、水和冰的方向相同，性和伪的方向相同。青含蓝的潜质，水含冰的潜质，性含善的潜质。但是，性朴论者荀子不把善的潜质摆在特别重要的地位，他更重视的后天的学。杨倞对那一名言的解释是：“以喻学则才过其本性也。”② 这种解释，甚为精当。学的过程是顺性的过程，而不是逆性的过程。顺性而学，可以越学越完善。《劝学》还说：“兰槐之根是为芷，其渐之滫，君子不近，庶人不服。其质非不美也，所渐者然也。”这里承认质美。但是，质美不足恃。美质会很容易被坏的环境改变。美质需要不断磨炼。性朴论强调的是后天的努力，这与性善论注重先天之性的重要性不同。因此，民国时代的姜忠奎把荀子的人性论说成为性善论③，这肯定是不成立的。他把《荀子》所有关于性的论述全部列出，比刘念亲列的完备得多，这是有贡献的。但是，他受宋儒的影响太大，对这些论述都做了性善论的解释，这就太牵强了。当代学者曾振宇在研究荀子人性中指出：“仁内在于人性，是人性固有的、先在性的、绝对的本质规定，人性具有先验性‘性质美’。”④ 这事实上是把荀子对人性中善的潜质之暗认夸大为对现成的、完备的善的承认。如果荀子真的有这种承认，就应该称他为性善论者了，但曾先生却不敢像姜忠奎那样明确称他为性善论者。其实，荀子对性中善的潜质的暗认，以性朴论来概括则没有问题，而以性善论来概括则大有问题。

在荀子自己的作品中，还有其他篇显示性朴论的思想。例如，《荣辱》说：“越人安越，楚人安楚，君子安雅，是非知能材性然也，是注错习俗之节异也。……可以为尧禹，可以为桀跖，可以为工匠，可以为农贾，在埶注错习俗之所积耳。”人的习惯不是先天决定的，而是后天带来的；千差万别的各种人不是本性使然，而是注错习俗使然。我们上面说过，梁启超认为《荣辱》多有阐发性恶之语。但我们发现的是：该篇有性

① 见梁启雄：《荀子简释》，中华书局 1983 年版，第 1 页。

② 见王先谦：《荀子集解》（上），中华书局 1988 年版，第 1 页。

③ 姜忠奎：《荀子性善证》，文听阁图书有限公司 2010 年版（据民国十五年铅印本影印）。

④ 曾振宇：《“性质美”：荀子人性论辩诬》，《中国文化研究》2015 年 1 期。

朴之思想，而无性恶之思想。《儒效》也表达类似的意思："居楚而楚，居越而越，居夏而夏，是非天性也，积靡使然也。"人性的可变性和后天作为、环境的重要性，反衬了天性之朴。

事实上，发现荀子的性朴论思想，并我非个人首创。黄开国先生说："以性朴论董仲舒与荀子的人性论，周教授是第一人。"① 这种美誉我实在不敢当。虽然我还不敢肯定，前人是否有以性朴论说董仲舒者，但以之说荀子，实在早已有之。中国学者刘念亲和日本学者兒玉六郎都远早于我而以性朴说荀子。刘念亲在充分研究《荀子》一书中《性恶》之外对人性的大量论述后指出："荀子人性的见解，我看不在性恶篇，并且我很疑性恶篇不是他作的。计荀子目录，共三十二篇。性恶篇外，说性的地方，得十四条（文小异而意同者从略）；生性两字，古书多通用，荀子说生即是说性的地方，又得三条，这十七条中，却性恶两字从不见他连贯起来用。"② 刘念亲引用的这 17 条包括我们上面讨论过的"越人安越，楚人安楚，君子安雅，是非知能材性然也，是注错习俗之节异也"，"性者，本始材朴也；伪者，文理隆盛也"。如此等等。在以充分的证据质疑荀子持性恶论的基础上，刘念亲认为，荀子对于性的本体的断案，"只是'本始材朴'四字"③。虽然刘念亲还没有明确用"性朴论"三字来说荀子人性论，但是，他注意到了"本始材朴"这四字的意义，性朴论已呼之欲出，并且他对荀子人性论的全部论说，我们概括为性朴论的论说也是合适的。与刘念亲相比，日本学者兒玉六郎在 20 世纪 70 年代明确地以性朴论来说荀子人性论。受金谷治等人影响，他充分注意到了《礼论》中的话"性者，本始材朴"的深意。他说："荀况认为，人之本性、禀性乃素朴而毫无修饰，因后天修为的有无，乃化为后天的善、恶……将荀况人性论的本质理解为'性朴说'而取代'性恶说'，应当更恰当。"④

虽然前贤已先于我而以性朴说荀子人性论，但是，我与他们还是有所不同。可以说，我推进了刘念亲的看法，以更多的、更有力的证据表明荀子不是性恶论者，而是性朴论者。而我与兒玉六郎的看法则有较大的不同。刘念亲强烈质疑《性恶》为荀子所作，而六郎不敢提出这样的质疑。他千方百计协调《礼论》关于人性的说法与《性恶》的说法，也可以说以前者来解释后者。他以性朴论来解读《性恶》，认为它不主张先天之性恶，只是主张后天之性恶。兒玉六郎反复说到先天之性（先天性）与后天之性（后天性）。在他看来，《性恶》没有先天之性恶的意思。不过，对于什么是先天之性，

① 黄开国：《董仲舒的人性论是性朴论吗?》，《哲学研究》2014 年第 5 期。

② 刘念亲：《荀子人性的见解》，《晨报副刊》1923 年 1 月 16 日。

③ 刘念亲：《荀子人性的见解》，《晨报副刊》1923 年 1 月 18 日。

④ 兒玉六郎著，刁小龙译：《论荀子性朴说——从性伪之分考察》，《国学学刊》2011 年第 3 期。（原刊于《日本中国学会报》第二十六集，1974 年版。）

什么是后天之性，他并未提供具体的解释。在先秦语境中，性与习相对，也就是先天与后天相对。先天的东西，都属于性；后天的东西，都属于习。《性恶》的性伪之分，就是性习之分。这样，六郎所说的后天之性，事实上就是伪。如严格按照他的解释，那就性没有恶，只有伪才有恶。显然，以性朴论来解释《性恶》，肯定是说不通的。“后天之性”的说法，是六郎自己的说法，而不是《性恶》作者的说法，更准确地说，《性恶》模块一的作者的说法。

荀子是性朴论的代表，董仲舒也是其代表。[①] 除此之外，还有什么人是性朴论的代表？性朴论在中国人性论史上的地位、影响如何？这些问题，都值得深入研究。

① 周炽成：《董仲舒对荀子性朴论的继承与拓展》，《哲学研究》2013 年第 9 期。

中西比较与研究方法

情境中的原则

——儒家心性哲学的一种诠释方式

陈志伟

摘　要　儒家的德性伦理采取的是在情境中显现德性的方式，其并非不重视道德原则的建构，只是儒家重视“事”以及寓于其中的人伦关系的先在性，并自觉地将原则建构与具体情境关联起来，以象征意义的效用或后果和表达性的态度、信念、价值、情感对行为者及其行为本身的回溯的方式，塑造道德人格，并彰显德性原则，后者在“事”或具体情境中的当下显现，构成了儒家心性哲学的鲜明特色。

关键词　儒家　心性哲学　情境主义

基金项目　本文为国家社会科学基金一般项目“西方汉学中的孟子学与心性哲学研究”（14BZX058）的阶段性成果。

作者简介　陈志伟（1975—　），男，山东莒南人，哲学博士，西安电子科技大学人文学院副教授，西藏民族大学马克思主义学院副教授。主要研究方向包括中国先秦哲学、西方汉学、中西哲学比较等。

近些年来，西方汉学界研究中国传统哲学的学者中有一种倾向，即认为儒家心性哲学是一种情境主义的哲学话语体系，其核心概念“人性”——由于儒家人物在阐述过程中总是将其放在具体情境之下予以展现，再加上初期儒家如孔子、孟子等的一些特殊的言说方式——被认为不具有西方哲学意义上的固定不变的“本质”含义，而是某种处于不断发展和完善之中的过程性概念，这种思想倾向以美国汉学家安乐哲和瑞士汉学家耿宁的儒学诠释为典型。我们同意将儒家心性哲学视为一种情境主义的哲学话语体系，但很难接受处于不断发展和完善之中的过程性的“人性”概念，尽管我们承认“人性”确实并不具有西方哲学中的“本质”意义，因此亦反对对其进行本质主义的理解。我们希望通过解析《论语》和《孟子》中的相关文本，还原儒家心性哲学的情境化的理论特质，认为早期儒家将德性原则融入于具体的道德情境之中，德性原则在“事”中呈显，“事”或具体的道德情境是德性原则得以显现的载体，在此前提下，对孟子的“人性”概念做进一步的澄清，强调虽然“人性”在儒家尤其是孟子那里绝非固定不变的“本质”之意，但亦不是某种过程性的纯粹经验概念或某种心境状态，而是虽然寓于情境之中，却是超越经验、标志人之所以为人的逻辑根据，并成为从德性原则到道德行为的动力机制和内在保障。

我们还希望借助美国哲学家诺奇克对行为合理性的论证，从象征意义与情境之间的关系的角度反观儒家心性哲学的德性原则在情境中的显现方式，认为儒家心性哲学的德性原则往往具有强烈的象征意义，即行为的效用或行为所表达出来的态度、信念、价值和情感等，这种象征意义在具体情境中会回溯到行为者身上并在其道德判断和行为选择中产生切实的影响。

一、“仁远乎哉”与“能近取譬”

儒家心性哲学往往从情境入手对美德理论进行阐发，这种德性原则在情境中的当下呈现，先秦儒家经典《论语》《孟子》等文本处处可见，儒家的“仁”“义”“礼”“智”等德性概念都能在具体的道德情境中直接呈显，而且先秦儒家如孔子、孟子等，都自觉地将这一点作为他们论证其心性论观点的首选方法，这与西方以寻求普遍性的原则规范为目的的道德哲学形成了鲜明的对照。

我们看“子见南子”一章，子路对其师孔子的行为十分不满，引得孔子连连发誓：“予所否者，天厌之！天厌之！”（《论语·雍也》）按照平常的做法，当一个人的行为受到别人的怀疑指责时，这个人应该立即为自己的行为进行辩护，即引用某条一般性的原则（朱熹所谓“可见之理”）以说明他如此行为的理由或原因，从而为自己的行为进行合理性的证成，但此处孔子却没有这样做，而是用发誓的方式向子路表明自己的心迹。我们说运用原则对自己的行为进行合理性证成，这是一种论证方式，而孔子所使用的方法则是具体情境下的情感流露，在情感流露的过程中，其心性得以当下呈显。朱熹弟子疑惑孔子面对子路的“不悦”，为何“不告以可见之理而誓之”？朱熹引曾氏之言以明之：“见南子过物之行，子路不悦，非常谈所能晓，故誓之如此。”[①]“告以可见之理”即是以一般性原则进行推理，晓之以理，这种方式在脱离了当时的具体情境后是可以做到的，如后世朱熹向其弟子们解释孔子之所以不得不去见南子的原因，那是可以解释得通的；但在当时情境下，孔子明知南子之行丑却又见了南子，这就是所谓“过物之行”，即超出常理的行为，这样的行为一时很难为常人所理解，那么面对子路的不满甚至指责，为瞬时摆脱当下的尴尬，他只能先以誓言表明心迹，因为那样一种情境下，非三言两语所能说清的事，以不作过多托词为好。心性的当下呈显奠基于此种经验的合理

① 朱熹：《四书或问》，《朱子全书》第六册，第735页。

性，而不是先验的理性。[①] 孔子以“天厌之”所表达的其实是“己厌之”，即从根本上而言，他是以一种内在情感（羞恶之情）的当下显现来为自己的行为辩解，并自证清白。

“仁”是孔子哲学中最核心的概念。对这样一个概念，孔子并没有给我们提供一个确切的定义，并且他也没有像苏格拉底那样，有意识地去欲求或引导他人去欲求一个有关“仁”的确切定义，只不过他却明确地欲求“仁”，并要求所有有志于成为君子的人都应该欲求“仁”：“仁远乎哉？我欲仁，斯仁至矣!”（《论语·述而》）无疑，给概念提供定义的方法是西方哲学所习惯的推理论证的基本方法，也是寻找确定原则的方法，儒家哲学却拒斥这样的方法。我们在《论语》中看到，孔子往往是面对弟子问仁的当下情境，采取随机点拨的方式，对“仁”予以解释，并且在解释的过程中，以一种最切合于提问者的心性的方式来解答，这就要求作为老师的孔子对弟子的品性、人格有全面深入的了解，这种了解与对当下情境的明察相结合，共同构成了儒家哲学对经验整全的认识，此种对经验整全的认识又进一步为某一具体情境下的道德判断和行为选择提供了某种本体论的基础，从而使得“仁智”关系得以凸显。

孔子用“仁远乎哉”一语表明了儒家意义上的“仁”不纯然是一种原则性的规范，而毋宁说更是一种与人之在直接相融的存在论意义上的情感，后面“我欲仁”之“欲”恰恰显明了这种存在论意义上的情感性质。孔子还说过“能近取譬，可谓仁之方也已”（《论语·雍也》），这句话中的“近”与“仁远乎哉”的“远”适成鲜明对比。“能近取譬”是对“仁”的一种解释，即“夫仁者，己欲立而立人，己欲达而达人”（同上）。同样的，与“我欲仁斯仁至矣”相对应，这里也出现了“欲”字。不过，在“我欲仁斯仁至矣”中使用的是强烈个人色彩的“我”，而在“己欲立而立人，己欲达而达人”中则运用了相对而言更具有普遍意义的道德主体色彩的“己”，但是“欲”和“能近取譬”却令标志道德主体的“己”的原则性规范含义重新融入于情境化的情感显现之中。在这里，“远”无疑可以看作是对先验的原则、原理、理念的遥望，而“近”则是对发之于心的自身内在情感的当下体察，这种体察与具体的道德情境联结在一起，为儒家“仁”的实现提供了真实可靠的依据。

在宰我与孔子的一场关于三年之丧的对话中（《论语·阳货》），孔子以其独特的回答体现了“能近取譬”的“仁之方”。首先，孝是仁德之下的一个子目，如何尽孝，在儒家那里一直是一个极为重要的问题，而宰我对“三年之丧”的儒家丧葬之礼产生了怀疑，认为三年时间太长了，并给出自己的理由，即“君子三年不为礼，礼必坏；三年不为乐，乐必崩”，这就是以礼乐等原则规范的崩坏为借口而缩短为父母守丧的时间。

---

① 李泽厚语，参见李泽厚接受《南方周末》记者采访之文《李泽厚：改良不是投降，启蒙远未完成》。

对此孔子只简单地问宰我这样一个问题："食夫稻，衣夫锦，于女安乎？"他没有强调原则规范的持守与维持，而是直接指向宰我的内心，从内心安不安这种情感的萌动出发，强调三年之丧的必要性，并指出宰我这种意图缩短守丧期的想法是"不仁也"，因为"子生三年，然后免于父母之怀。夫三年之丧，天下之通丧也"，若不守三年之丧，则无"三年之爱于其父母"。在这一番话中，孔子为我们构建了一个道德情境，这一情境为"仁"提供了显现的场所，而在此情境下所做之事致使心之"安"与"不安"恰恰就是"不仁"与"仁"的当下呈现，这与宰我从礼乐等原则规范出发来考虑三年之丧的合理性是完全不同的。在孔子看来，宰我之"不仁"，不是因为他违反了礼乐原则而不仁，而是由于他将礼乐原则超脱于孝的具体情境之外，妄图以原则来规制、约束人心。从孔子这方面来说，他并非以原则性的逻辑推论来说服人，而是推原情理以动人心。

当然，"仁"在先秦儒家那里也并非与原则性规范无关，因为"仁"本身亦是一种对人的行为的规范性要求，而且这种原则性的规范要求在道德的情境化的当下决断中也发挥着某种必不可少的作用。按照诺奇克的看法，原则在道德判断和道德行动中的功能主要有智识功能、人际间功能、内省功能和个人功能。而智识功能主要表现于原则对于道德判断和道德行动中无关因素（如私欲等）的排除、为道德行为提供普遍性的根据以及将原则与具体情境加以联结等。① 我们感兴趣的是最后一点，即原则与具体情境的联结功能。这说明原则必须被运用于情境之中方能发挥其道德功能，否则就是一纸空文。先秦儒家正是在具体的道德伦常中深切地体认到这一点，才努力地将"仁"及其他德性从原则的空泛性中解救出来，并赋予其以心的内在情感性质，由于情感具有能够当下体认和直接与情境相关联的特点，"仁"就成为活泼泼的心之发动，从而与道德判断和道德行动无缝对接，毫无罅隙。诺奇克在考察原则与具体情境的联结功能时，不得不使用原则本身作为这种联结得以实现的动力机制，而考之具体生活实践，我们知道，原则实质上并没有这样的动力机制功能，例如，虽然每个成年人都知道遵守交通规则是一条基本的道德原则，但仍然有很多人在具体情境下并不按照这样的原则去做，尤其是那些对这条原则极为熟知的人来说，更是如此，因为熟知往往带来情感上的麻木。儒家正是为了对治这种情感的麻木，将"仁"规定为人的内心情感，同时又没有放弃对普遍性的追求，只不过将情感化入普遍性原则之中，使活泼泼的情感成为道德判断和行动的动力机制，并且，这种情感在具体情境里将原则与情境相联结的同时，突显"仁"的当下性（能近取譬），而克服原则性的距离感和硬度（仁远乎哉）。

---

① 诺奇克：《合理性的本质》，葛四友、陈昉译，上海译文出版社 2012 年版，第 11 页。

二、原则融于“事”之中

郝大维和安乐哲在《通过孔子而思》一书中提出，儒家心性哲学并不像西方道德哲学那样，试图为某种“具有普遍性意义的存在理论”或“有关诸原则的普遍科学”提供基础，而是在审美性理解中去体察具体德性的适宜性，他们将之称为“情境化的艺术（*ars contextualis*）”。[①] 这个对儒家心性哲学的总体特征的判断是准确的，这种“艺术”即是仁、义、礼、智等诸德性在具体情境中因缘显现、当下呈显的方式，以及行为者在具体的道德情境下灵活运用原则的方法。其中，具体的道德情境是德性彰显和发挥功能的场所，原则是德性自身在经典中的本然形态，而这种形态要想与情境融合，还必须依赖于道德人格（士、君子、贤人乃至圣人）对情境的深察默识和德性修养程度以及运用德性原则的灵活能力。

万俊人教授指出：“孔子和中国传统儒家的美德伦理所关注的重心是个人美德实践和实现的关系语境。”原因是在先秦儒家那里并没有出现像西方那样自古希腊时期就已流行于世的作为实体或作为权利（目的）主体的“个人”或“个体”概念，而是只有“处于关系中的或作为义务承担者的‘个人’概念”，抑或最多是“作为道德人格理想的‘道德人格’（moral personality）概念”。[②] 而这也是美国汉学家安乐哲在不同场合下一再强调的儒家道德哲学的一个基本特征，即儒家给我们提供的是一种角色伦理，这种伦理生活，强调“经验中的关系的首要性”，这意味着儒家道德哲学的“语境事实上是多变的、有机的、处在过程之中的、相互依赖的”，而且这种经验“在感觉上是整体的”，比如说，一段友谊，其中的“友谊本身是最为具体的，而独立的朋友是对他们的友谊关系的一种抽象”[③]。正是这种友谊关系使得当事者成为朋友，如此一来个体之间的关系跃居第一位，而个体自身倒隐藏于这种关系的背后，但同时关系又是个体成就其自身的必要背景。此处的隐微张力在于，一方面，德性必须在这种具体的关系之中得以呈显；另一方面，德性又内在于道德人格的内心之中，并且关系只是德性实现的载体，

---

① David L. Hall，Roger T. Ames，*Thinking Through Confucius*，State University of New York Press，1987，p248. 安乐哲甚至将这一判断推展到对中国传统哲学的整体理解上，例如他认为道家哲学也是“情境化的艺术”，参见安乐哲、郝大维：《〈道德经〉与关联性的宇宙论——一种诠释性的语脉》，彭国翔译，载《求是学刊》2003 年 3 月第 2 期。

② 万俊人：《儒家美德伦理及其与麦金太尔之亚里士多德主义的视差》，载《中国学术》第六辑，2001 年第 2 期，第 151—181 页。

③ 安乐哲：《儒家的角色伦理学与杜威的实用主义——对个体主义意识形态的挑战》，李慧子译，载山东大学儒学高等研究院、中国孔子基金会、夏威夷大学中国研究中心编：《儒家思想与社会正义——中美儒学论坛·2012》，山东人民出版社 2013 年版，第 124 页。这种观点同时体现于安乐哲几乎所有有关儒家伦理学方面的著述中，如他最近的一篇文章《儒家伦理学视域下的“人”论：由此开始甚善》（谭延庚译，刘梁剑、安乐哲校订，载《华东师范大学学报（哲学社会科学版）》2016 年第 3 期）仍然持有儒家是一种“角色伦理学”并突出强调儒家“人”的概念是处于经验中的关系的观点。

而道德人格才是德性修养的真正目的。安乐哲在某种程度上并没有意识到儒家道德哲学中的这种内在张力。

其实，儒家道德哲学重关系和角色，恰恰表明儒家德性伦理将每一种德性都落实到“事”上，使其与某种“事”相关联，这里的“事”也即相对而言较为具体的道德情境。比如《论语·子张》中的第一章，子张阐述士应该拥有哪些德性，他说：“士见危致命，见得思义，祭思敬，丧思哀，其可已矣。”在子张看来，作为士，最基本的德性是勇敢、正义、恭敬严肃和孝顺，而这四种德性一一对应于四种“事”上，正是在这些“事”中，人伦关系得以显现，德性也似乎只能依附于这些人伦关系才能彰显出来。朱熹注道：“四者立身之大节，一有不至，则余无足观。”① 这就是说，士之为士，即在这四种事情上的德性表现，这样，德性与具体之事紧密结合起来，这种结合甚至成为儒家德性论的一条确定原则，任何对德性的展现都必须通过“事”来进行。这一点在孔子著名的“君子九思”中得到更为真切的体现：“君子有九思：视思明，听思聪，色思温，貌思恭，言思忠，事思敬，疑思问，忿思难，见得思义。”（《论语·季氏》）君子的九种思虑，明、聪、温、恭、忠、敬、问、难、义，均须一一落实于具体的事上，如视、听、色、貌、言、事、疑、忿、见得等，其关键是“思”字，它似乎类似于胡塞尔现象学所说的意向性，但儒家德性伦理学有不同于胡塞尔现象学之处，即儒家并不着意于某种纯粹的意识的结构，而是将一切意识结构完全融入于日用常行之“事”中，如果说胡塞尔现象学的口号“回到事实本身”是一种对意识的内在结构的本质还原，因此着力于某种先验建构的话，那么，儒家的德性伦理学则是明确地将“思”切入“事”之中的“思不出其位”（《论语·宪问》），这里的“位”带有强烈的关系或角色意味，即是一种日常经验的安顿，而无意于任何先验原则的追求。但是按照列维纳斯的说法，胡塞尔现象学的“根本教导”是：“境域赋予概念以意义。”② 从这个意义上来说，现象学与儒家的情境主义存在着非常强的跨文化交流的可能性。我们在《孟子》中也能找到这样的表达，如孟子说：“舜明于庶物，察于人伦，由仁义行，非行仁义也。”（《孟子·离娄下》）这句话表明，儒家的德性原则的显现离不开“事”（事物和人伦关系），而且必须在对事物与人伦关系的深察默识中才能得以安立。安乐哲所说儒家道德哲学是一种对经验的整体认知，其本意或即在于此。

“思”即是在某类“事”之中思虑适宜于后者的德性或具体行为，此“思”的主体是某个道德人格，也即君子。孔子之所以如此重视这种“思”，其目的是希望每个人都能成就君子人格，所以无论是何种“事”或关系，都是为“成人”提供载体的，“成

---

① 朱熹：《四书章句集注》，中华书局 2012 年版，第 189 页。

② ［法］伊曼纽尔·列维纳斯：《总体与无限：论外在性》，朱刚译，北京大学出版社 2016 年版，第 8 页。

人”或实现君子人格乃至贤人或圣人人格，才是儒家德性伦理学的最终目的。当然，在实现这一目的的过程中，“事”或关系也得到最大程度的完善，那么一种真实的道德秩序乃至政治秩序也就随之建立起来。如果说德性在“事”上的显现，那是儒家德性伦理学的外在方面，而“成人”或实现道德人格则是儒家思想的内在方面，后者在先秦儒家那里有一套相对成熟的德性修养工夫，这种工夫在孔子那里已经有诸多提示。比如说，孔子在论述“孝”这一处于仁德之核心和出发点的德性时，一再强调“孝”不能仅仅表达于外在的“事”（能养）上，真正的“孝”是发自内心的对父母的恭敬、无违与忧心以及和颜悦色（《论语・为政》），一切均以内心之动机和态度为真正的标准，所谓“君子务本，本立而道生，孝悌也者，其为仁之本与?”（《论语・学而》）在儒家那里，真正的“本”是心性上的修养与磨炼，而孝之所以能成为“为仁之本”，是因为孝是对父母之爱，“爱”又是仁之内在功能之一（“仁者爱人”［《论语・颜渊》］），所谓“仁主于爱，爱莫大于爱亲”①，而爱是发之于人心之中的。但是，当孔子面对弟子的进一步申问时，又不得不从心性层面转向“事”的层面，如孟懿子问孝，孔子答以“无违”，后樊迟进一步问“何谓也”时，孔子再答“生，事之以礼；死，葬之以礼，祭之以礼”（同上）。心性工夫必然要展现于日用常行的经验中，并在日常经验里加以磨炼，并且内心的“无违”一旦表现于外，必定是合于礼的行为；在遵循礼仪规范的过程中，内在德性得以呈显。很明显，内在德性是本，而遵礼以行的事则是彰显此“本”的载体。所以子贡怀疑孔子罕言性与天道，天道暂且不论，就“性”这方面来说，孔子应该是时时处处在言说，只是结合着“事”来说，正因如此子贡才未能体会。

三、从经验性的心境到超越经验的人性能力

除了这种鲜明的意向性（指向具体之事或具体之情境）状态之外，儒家的德性概念还表现出另外一个特征，即无所指向的心境状态，并且这种心境状态才是儒家心性哲学中的美德概念的特定意旨。② 孔子在说到仁时，曾说：“君子无终食之间违仁，造次必于是，颠沛必于是。”（《论语・里仁》）这即是强调仁作为理想人格的一种持久的心境，这样一种时刻不能堕失的仁的心境，显然并不指向某一特定之事或具体的情境，但却指向任何可能的事物和情境，并且它维持着某一人格的连续一贯性。如果说有所指向的意向性状态是某一美德的瞬时发用，那么，无所指向的心境状态则是美德发用的持续

① 朱熹：《四书章句集注》，第48页。

② 将儒家美德如仁、礼等尤其是与礼关系紧密的“敬”区分为指向某物的意向性状态和无所指向的心境状态，这一观点由凡蒙特（Vermont）大学哲学系汉学家陈心怡（Sin Yee Chan）提出，参见其所撰文章“儒家‘敬’的观念”（The Confucian Notion of Jing...（Respect），Philosophy East and West，Apr 2006，56，2，pp. 229—252），参见臧要科中译，载方旭东主编《道德哲学与儒家传统》，华东师范大学出版社2010年版，第84—105页。

动力，并且到了孟子那里，后者又超越了某种道德理想人格的限制，成为人之为人的内在根据，为人禽之辨提供逻辑前提。不过，我们说一种心境状态是经验的或由经验累积而形成的，如无论何时何地何种处境都不违仁的心境，保持一颗仁心的状态，必定是在日常经验的积累过程中逐渐修养而成，即孟子所说的“集义而生”（《孟子·公孙丑上》）。但是，我们如何能通过经验的积累而形成这样一种心境状态，却还需要进一步深入推溯，那么归根结底，我们只能追溯到一种普遍的人性能力之中，这种人性能力，在孔子那里就是“我欲仁斯仁至矣”和“学而不厌诲人不倦”的仁智能力，以及作为一贯之道的“忠恕”，而在孟子那里则是四端之说以及由此得出的对“性善”的明确判定，并进一步提出人的良知良能。我们认为，仅仅指出儒家心性哲学中的美德伦理是一种经验上的普遍心境状态是不够的，因为这样以来就无法解释孟子对孔子学说的进一步发展，即由心善论性善乃至良知良能之类的概念。

应该说，如上那种将儒家美德概念理解成一种经验性的心境状态，是当代西方汉学中对儒家心性论的一种理解趋势的必然结果。这种趋势就是将先秦儒家的人性（human nature）概念理解为一种过程概念（a Process Notion），从而避免西方哲学对本性(nature)的本质主义和基础主义的认识方式，即将本性理解为一种固定不变的实体意义上的本质，这种本质为具有此本性的事物提供了存在的基础。[①] 无疑，对儒家的人性概念做本质主义和基础主义的理解显然是不符合儒家心性论的基本旨趣的，因为中国哲学自其发端起就没有西方哲学那种追求变化之中不变的实体意义上的本质的概念架构，但这并不表明先秦儒家心性哲学完全缺乏对超越经验世界的普遍原则的理论诉求，只不过其将这种理论诉求寓于对具体情境在智识上的整体把握之中。而这种对具体情境在智识上的整体把握，很容易让人理解成是一种纯粹经验的维度。但是，众所周知，康德已明确指出，经验的运用和经验本身是截然不同的。不违仁作为一种心境，可以将其视为经验状态，但我们之所以持续“不违仁”的能力，却绝非纯粹经验能够予以解释。虽然孟子在运用四端说以论证人性善时运用了经验的情境类比方式，即“今人乍见孺子将入于井皆有怵惕恻隐之心”（《孟子·公孙丑上》），这是一种心理描述的方式，而心理描述无疑是经验的，但在举此例证之后，孟子紧接着又说：“无恻隐之心，非人也；无羞恶之心，非人也；无辞让之心，非人也；无是非之心，非人也；恻隐之心，仁之端也；

---

① 这一观念在儒家心性论最初引起西方汉学家关注时就出现了，此观念在当代最有影响力的持有者是美国汉学家安乐哲，另外，瑞士汉学家耿宁也有相同立场。参见 Roger T. Ames，“Mencius and a Process Notion of Human Nature”，in *Mencius：Contexts and Interpretations*，Edited by Alan K. L. Chan，University of Hawai‘i Press，2002，pp 72—90；耿宁：《心的现象——耿宁心性现象学研究文集》，倪梁康编，倪梁康、张庆熊、王庆节等译，商务印书馆 2012 年版，第 272、428、460 页，耿宁认为孟子的四端尚不是德性，而是德性的天生自发萌动、萌芽或开端，尚需要培养和进一步发展。

羞恶之心，义之端也；辞让之心，礼之端也；是非之心，智之端也。人之有是四端也，犹其有四体也。”（《孟子・公孙丑上》）“无恻隐之心”则“非人”以及四端即人之“四体”，都表明孟子并没有将人的德性仅仅归于某种心理经验，而是认为在逻辑上那是人所必具的。安乐哲以孟子如下一段话而断定其人性概念是一种过程概念：“凡有四端于我者，知皆扩而充之矣，若火之始然，泉之始达。苟能充之，足以保四海；苟不充之，不足以事父母。”（《孟子・公孙丑上》）其中的“扩而充之”一语使安乐哲确定，四端只是德性之萌芽，而不是完善的德性本身，要想达到或实现完善的德性，必须经过后天的经验上的对四端的持续扩充。[①] 这里首先要搞清楚孟子的四端的“端”所指为何，其次要进一步理解“扩而充之”是什么意思。朱熹将“端”字解释为“绪”：“端，绪也。因其情之发，而性之本然可得而见，犹有物在中而绪见于外也。”[②] 这一解释为我们摆脱将“端”字理解为“萌芽”提供了一条思路。“绪”强调有物存在，至于此物到底处于什么状态则暂且不论，只是仅有微小的端绪被我们所觉察；而“萌芽”则直接指出物的初始状态，犹如草籽之萌发。我们看到孟子认为四端是恻隐之心、羞恶之心、辞让之心和是非之心，所以“端”是在人心里存在的某物，只不过由于心的复杂性，其中并不止有这样的不忍人之心，还有“穿踰之心”（《孟子・尽心下》），后者却不能“充”，而需要克制乃至排除，所以四端在人心中只能以“绪”的方式被我们所察觉，但这种察觉却为我们体悟人性提供了可能性，而在后来孟子以无比明确的方式强调，“四端”就是仁义礼智四种德性（《孟子・告子上》），也就是说，“四端”就是人性本身，而人性只能存在于人心之中，由此可知，恻隐之心等四端在人心里只是表现为人性的某种细微状态（人心惟微），但并非是不完善的状态。另外，“扩而充之”也不是说，由德性的不完善状态扩展到完善状态，而是说，将人心中德性的细微状态扩充到人的全身并外推至他人，如孟子的浩然之气一般。如同一寸精钢是钢，一丈精钢也是钢一样，人心中的微细的德性之端绪是完善的德性，扩充而至全身乃至养成浩然之气发之于外的德性，那就是人心中的德性本身。孟子用“平旦之气”（《孟子・告子上》）来说明这一点，清晨我们从睡梦中醒来，丹田一股清爽之气，孟子将之称为“平旦之气”，对此加以存养，即能最终形成浩然之气，也就是完善的德性（“苟得其养，无物不长；苟失其养，无物不消”），但“平旦之气”并非是异于浩然之气的另外一种气，它只不过是比浩然之气在规模上要小罢了，在性质上则是完全相同的。同样，四端只是在量的规模上比表现于人体之上并达之于他人的仁义礼智要小，而在性质上两者是完全相同

① 同上。另外，上引陈心怡《儒家“敬”的观念》一文中也这样理解孟子的四端和儒家的美德概念，如其认为同情是仁的萌芽，敬是礼的萌芽等，参见方旭东主编《道德哲学与儒家传统》，第95页。

② 朱熹：《四书章句集注》，第239页。

的，并没有不完善和完善的差别。

因此，安乐哲受儒家情境主义的影响，对儒家心性哲学中的人性概念采取了经验的解释路径，将人性理解成一种不断养成的过程，且此过程永无休止；从另一处我们看到，安乐哲之所以有这种看法，可能是因为他将“生成中的人”① 与人性本身搞混了，人必定始终处于不断生成的过程之中，但人性不能与经验中的人的概念相混淆。耿宁则由于在对孟子“四端”说的理解上产生了偏差，致使其也将儒家的人性概念视为某种过程。耿宁在诠释王阳明的“良知”概念时涉及对孟子的“四端”的理解，他将“四端”之“端”解释为一种情感性的“萌芽”或“萌动”，并认为它们是“德性的开端”，但还不是德性本身，只有经过后天的修养扩充（王阳明的“致良知”之“致”或孟子的“推”“扩充”“存养”），“四端”才能进一步发展成完善的德性，即人性。这种解释与安乐哲殊途同归。但他们二人的如上理解显然是有问题的，必然使得孟子论述“四端”的那段颇具情境化的文字变得难以理解，从而孟子的人性论也有被误解的危险，即将人性的那种存有论上的人之根据意，转化成经验上的某种物，即使这一物是处于变化之中的过程式的。

四、象征意义与情境

因此我们认为，儒家的情境主义并没有消解原则的有效性，先秦儒家将德性原则融入于具体的道德情境之中，使得情境成为德性原则的载体，同时，内在于心的情感又为情境中原则的发用提供了动力机制，这种动力机制类似于诺奇克所说的原则的个人反省功能，在他看来，拥有原则的人之所以会持续地按原则行事，是因为原则被这个人视为“将其不同时期的生活整合起来使之更融贯”从而拥有整体的生活和身份的一种方法。②尤其引起我们注意的是，诺奇克详细分析了原则的个人反省功能的内在机理，虽然他的分析带有强烈的效用主义或后果主义的色彩，但他所提出的“象征效用”③ 概念值得我们关注，应该将其与儒家德性伦理进行比较。在诺奇克看来，我们之所以能够运用一个原则促使自己反思自己的内在欲望并抵御外来诱惑，是因为原则与具体情境的结合会产生某种象征意义，这种象征意义或者是对行为的预期效用或后果，或者是一种表达性（expressive）行为，后者的意思是：“行为与情境之间的象征联系使得该行为能够表达某种态度、信念、价值、情感或任何东西。”④ 一个人之所以做一个象征行为，其原因

---

① 安乐哲：《儒家伦理学视域下的“人”论：由此开始甚善》，谭延庚译，刘梁剑、安乐哲校订，载《华东师范大学学报（哲学社会科学版）》2016 年第 3 期。

② 诺奇克：《合理性的本质》，第 27、28 页。

③ 诺奇克：《合理性的本质》，第 46 页。

④ 诺奇克：《合理性的本质》，第 49 页。

或者是由于对某种预期效用或后果的渴望，或者是由于这种象征行为所表达的态度、信念、价值、情感或其他东西对行为者的促动；而一个人之所以不会去做一个象征行为，是因为效用会沿着象征联系回溯给该行为，从而使行为者因此行为的后果产生羞耻感或负罪感，而对于表达性行为来说，行为者之所以拒绝行动，其原因就是任何人都希望表达一种无罪的态度，或者是其内在信念、所持守的价值、所拥有的内在情感综合而成了向往无罪的态度。

我们看到，诺奇克的象征行为的意义理论必须与情境相联系，而且“象征”（symbolize）本身就是将情境与原则联系在一起的一种方式，即某一情境下的特定行为代表或象征着原则容许或不容的所有行为，这种代表或象征，以意义回流的方式对主体的态度、信念、价值和情感产生持续影响，从而范导着人的行为方式或行动方向，并形成个体行为者的独特人格。

儒家德性原则的原初情感动力是道德主体自身拥有的人性能力，即孟子所说的不忍人之心，这是一种明确无疑的内在情感。这种不忍人之心被进一步表达为恻隐之心，作为四端之一，它就成为“仁”的端绪或“仁”本身。而在孔子那里，“仁”已经是一个象征性非常明显的字词，其自身承载着儒家人物心目中最具活力、最敏锐、最有包容性的德性原则，是一个集态度、认知、信念、价值和情感为一体的综合性德性原则。上文已经分析过，“仁”在《论语》中往往是以情境化的方式显现，孔子强调“仁”不远于己心，“我欲仁斯仁至矣”，而且需要我们“能近取譬”以做到“己欲立而立人，己欲达而达人”，这是从象征效用的角度上对道德主体提出的德性要求。另外，孔子认为他的一贯之道是“忠恕”，即推己及人和“己所不欲勿施于人”这两点。推己及人仍然是象征效用的运用，而“己所不欲勿施于人”则明显是表达性的行为模式，即因自己内心的态度、信念、价值和情感综合而成的向往无罪、渴求无辜清白之态度，导致行为者不希望对他人造成无谓的伤害，这种伤害包括对其情感的伤害，而若对方不欲求的东西却强加于他，虽然客观上可能产生对其有益的效用或后果，但主观上显然会给当事人造成情感伤害，这是由表达性行为的意义回溯促使行为者在内省反思的基础上做出的合理判断。

这种内省反思在儒家的不同文献中被以不同的方式表达，如“诚”“思”“慎独”“省”“存心养性”“反求诸已”等。不过，儒家的内省反思不同于诺奇克的象征意义之回溯的地方在于，前者展示了一种形而上的层面，从而为内省反思提供可能性的根据，如孟子所说“万物皆备于我，反身而诚，乐莫大焉”，以及“尽其心者，知其性也，知其性，则知天矣。存其心，养其性，所以事天也”（《孟子·尽心上》）。在这个层面上，儒家心性哲学拥有超越具体情境的维度。

孟子的四端说给我们提供的恰恰就是这样一种象征意义的思维架构，如羞恶之心

（义或义之端）象征着特定情境之下的行为会产生让人羞恶之后果，或者表达了某种羞恶的情感，这种后果或情感回溯到行为之上，就使行为者产生了内在反省；而辞让之心（礼或礼之端）的象征意义更为明显，因为礼及其仪式本身即具有强烈的象征性，表达性极为突出，其所象征或表达的意义，在先秦时代极为丰富，这些意义在特定人格的塑造和养成上发挥着基础性的作用；最后，是非之心（智或智之端）则象征人的理智能力以及运用理智可能产生的后果，表达了对正确（正当、合理）与不正确（错误、恶劣）的确切态度、内在信念、价值判断和情感体认，象征效用与表达性的态度等共同为人的行为选择提供依据。这一思维架构一方面解释了人的德性原则的根源以及表现形式，另一方面也为人禽之辨意义上的人之为人提供根据，同时还为人的道德判断和行为方式予以担保。这一点在孔子那里已经初露端倪，如他说："礼云礼云，玉帛云乎哉？乐云乐云，钟鼓云乎哉？"（《论语・阳货》）也即是说作为礼乐之仪式或工具的玉帛、钟鼓都不是通过言说（云）的方式来显示礼乐的庄严、和乐、肃穆、敬重等气氛的，而是通过象征以及由操作这些仪式或工具的人的行为来表达如上意义的。这就离不开具体的情境，只有在情境之中，庄严、肃穆、美乐、和谐等意义才得以直观的显现。在上引"子见南子"一章中，孔子用"予所否之，天厌之！天厌之！"所表达的恰恰是德性原则的象征意义（羞恶之情）对行为者自身进行回溯之后在行为者内心产生的反思功能，而这种功能的显示借助于特定的道德情境，即孔子见南子之后受到了其学生子路的指责，其中更大的背景是春秋时代周礼对于男女之防的原则规定和南子的行为处事对那些原则的违背，还包括孔子本人的身份及其所坚持的一贯之道。这一切综合在一起，我们才能明白子路为什么会因老师去见了一位女子就会贸然指责，而孔子受到弟子指责后竟发下毒誓以自证无辜和清白。在这个案例中，原则的象征意义与情境的相互融合所引发的行为者甚至旁观者的内心反思功能，是极其明显的。正是这样一种反思功能，会促使行为者在日常生活中选择回避某些行为，而坚持某种德性原则。

应该说，先秦时期乃至其后中国漫长的历史年代之中，人为架构起来的道德情境都是显现礼乐和其他德性意义不可或缺的必要因素，因此，整个中国传统的思维自始至终并没有摆脱以事物类推或类比意义的象征性特点，意义或价值往往就是在这种指事代物的象征性情境中得以相互勾连，与情境和原则共同构成了中国人所赖以栖居的道德世界或"天下"。

综上所述，儒家的德性伦理采取的是在情境中显现德性的方式，其并非不重视道德原则的建构，只是儒家重视"事"以及寓于其中的人伦关系的先在性，并自觉地将原则建构与具体情境关联起来，以象征意义的效用或后果和表达性的态度、信念、价值、情感对行为者及其行为本身的回溯的方式，塑造道德人格，并彰显德性原则，后者在

“事”或具体情境中的当下显现，构成了儒家心性哲学的鲜明特色。同时，情境主义虽然是儒家心性哲学不同于西方哲学的特点，这使得我们不能将儒家人性概念作本质主义的理解，但我们却不能据此得出，儒家尤其是孟子的人性论所坚持的是一种过程性的纯粹经验的人性概念，从而或者将人性看作是不断发展完善的过程，或者是将其视为某种经验累积而成的心境状态，这样就必然会丧失人性之作为人之所以为人的人禽之辨意义上的根据意，使得人性的超越经验的维度不能突显，我们也就难以理解儒家意义上的天道观以及由此引发出来的心、性、天之间的内在关联。

儒家的自由观念及其人性论基础

——与西方自由主义的比较*

郭 萍

摘　要　在目前的中国，不论儒家还是自由主义者都发生了严重的分化，各自出现了不同价值倾向的内部派别，包括自由主义儒家和儒家自由主义。尽管前者在儒家中不是主流，后者在自由主义者中也不是主流，但这种现象毕竟已经逼显出了一个亟待思考的问题：儒家和自由主义者究竟如何看待自由？儒家思想和自由主义理论之间究竟是什么关系？为此，有必要对儒家与西方自由主义的自由观念及其人性论基础进行审视，辨明差异，寻求共识，尝试对自由观念做出更具超越性的解读。

关键词　儒家　西方自由主义　自由　人性论

作者简介　郭萍（1978—　），女，山东青岛人，哲学博士，山东社会科学院国际儒学研究与交流中心助理研究员。主要研究方向为儒家哲学。

上篇：西方自由主义的自由观念及其人性论基础

西方自由主义基本上是一种政治哲学，即一种形而下学；但它有其形而上学的基础，尤其是人性论的基础。但“性恶论”并非自由主义人性论的全部，正如“性善论”并非儒家人性论的全部。将西方历史上三种形态的自由主义及其人性论基础加以梳理，可以窥探出西方自由主义的特点及其与儒家思想的某些相通之处。

（一）古典自由主义（Classical Liberalism）

古典自由主义的早期代表是约翰·洛克（John Locke），其政治哲学思想主要集中在《政府论》一书中。为了论证“人生而自由”，他提出了古典自由主义的人性假设：人天生是自私的。作为一个典型的经验主义者，洛克所说的“天生”（natural）是与其“自然状态”（the state of nature）说相匹配的，是基于对人类原始状态的一种尽管非历

* 本文原载《国际儒学论丛》第二辑，中国社科文献出版社，2016 年 12 月。

史性的、却是经验性的假设，而不同于欧陆的先验理性主义者，如康德所说的逻辑上先于任何经验的“先验”（transcendental）或“先天”（apriori）的预设。在“自然状态”下，人所具有的趋利避害、保存自身的“自私”本性并不是什么“原罪”，而是人所享有的“自然权利”“自然自由”。他说：“上帝既创造了人类，便在他身上，如同在其他一切动物身上一样，扎下了一种强烈的自我保存的愿望。”① 这类似于荀子的性恶论，“今人之性，生而有好利焉”（《荀子·性恶》）②，尽管荀子是在否定的意义上使用“恶”的；但事实上，儒家从来不否认人的“自我保存的愿望”。

那么，“自然权利”指的是什么呢？在洛克看来，就是财产权。他所说的“财产”（拉丁文：proprius、英文：property）并非仅指物质财产，而是指自我的“所有物”（property），包括拥有生命（1ife）、自由（1iberty）和财产（estate）。他说：“人类对于万物的‘财产权’是基于他所具有的可以利用那些为他生存所必须，或对他的生存有用处之物的权利。”③ 在这里，生命是基础，自由是核心与实质，而私产（estate）则是生命与自由的物质保障。最后这一点其实与孟子“制民恒产”的思想相通：“民之为道也，有恒产者有恒心，无恒产者无恒心。苟无恒心，放辟邪侈，无不为已。及陷于罪，然后从而刑之，是罔民也。”（《孟子·滕文公上》）④

那么，这种自然权利和自然自由又如何得到保护和落实呢？洛克认为，应优先依靠“自然法”，即“理性”。他说：

> 自然状态有一种为人人所遵守的自然法对它起着支配作用；而理性，也就是自然法。⑤
>
> 人们在自然法的范围内，按照他们认为合适的办法，决定他们的行动和处理他们的财产和人身，而无须得到任何人的许可或听命于任何人的意志。⑥

自由亦然，“人的自由和依照他自己的意志来行动的自由，是以他具有理性为基础的，理性能教导他了解他用以支配自己行动的法律，并使他知道他对自己的自由意志听从到什么程度”⑦。因此，人依靠“自然法”——理性实现着“自然权利”和“自然自由”；如果没有理性，人就没有自由。这样的“理性”其实是另一种意义上的人性，这

① ［英］洛克：《政府论》上篇，瞿菊农、叶启芳译，商务印书馆1982年版，第74页。

② ［清］王先谦：《荀子集解》，中华书局1988年版。

③ ［英］洛克：《政府论》上篇，第74页。

④ 《孟子》：《十三经注疏·孟子注疏》本，中华书局1980年版。

⑤ ［英］洛克：《政府论》下篇，第4页。

⑥ ［英］洛克：《政府论》下篇，第3页。

⑦ ［英］洛克：《政府论》下篇，第39页。

就像荀子所讲的人性，既有负面价值的“性恶”一面（就意欲而论），也有价值中性的、与“物之理”相对的“人之性”一面（就认知能力而论），“凡以知，人之性也；可以知，物之理也”（《荀子·解蔽》）；后者甚至具有更加根本的意义，使“涂之人可以为禹”，因为“今使涂之人者，以其可以知之质、可以能之具，本夫仁义之可知之理、可能之具，然则其可以为禹明矣”（《荀子·性恶》）。

基于这种自由观念，古典自由主义者不同程度地倾向于“自由放任主义”（法语：Laissez faire），对政府的存在和作用极其警惕。洛克认为，政府的主要作用甚至唯一作用，就是在个人财产受到侵害时执行法律的惩罚权利，而任何过多的干涉都是对个人自由的侵害。

对此，古典自由主义的集大成者约翰·密尔（John Stuart Mill）（或译穆勒）进行了精致系统的论证，并明确提出：只有在某个人的行为无疑可能或已经造成对他人的危害时，集体才有理由对其行为加以干涉；否则，任何人和任何团体在思想自由、言论自由、宗教自由等方面均无权干涉。他所指的自由“是指对于政治统治者的暴虐的防御”①。古典自由主义者一致将国家（政府）视为消极的存在者——“被动的执行者”和“守夜人”。这一点成为他们与新自由主义者（New Libertarianism）在政治主张上的主要区别之一。

古典自由主义的基本思想在西方资本主义早期的经济理论和伦理学说中得到了充分贯彻，并有所发展。亚当·斯密（Adam Smith）的《国富论》从经济理论上发挥了古典自由主义的主张；而在人性预设上，他又做了进一步的补充，强调自私固然是人的本性，但并不是人性的全部。

> 无论人们会认为某人怎样自私，这个人的天赋中总是明显地存在着这样一些本性，这本性使他关心别人的命运，把别人的幸福看成是自己的事情，虽然他除了看到别人幸福而感到高兴以外，一无所得。这种本性就是怜悯或同情，就是当我们看到或逼真地想象到他人的不幸遭遇时所产生的情感。②
>
> 这种情感同人性中所有原始情感一样，决不只是品行高尚的人才具备的。③

人们之间的关系越密切，互相间的同情就越强烈；反之，则越淡漠。这种关于人性的双重倾向的观点，与荀子的思想，甚至整个儒家的“仁爱”观念都是具有相通之处

① ［英］约翰·密尔：《论自由》，许保骙译，商务印书馆 1959 年版，第 1 页。
② ［英］亚当·斯密：《道德情操论》，蒋自强等译，商务印书馆 1997 年版，第 5—6 页。
③ ［英］亚当·斯密：《道德情操论》，蒋自强等译，商务印书馆 1997 年版，第 5—6 页。

的：一方面，“差等之爱”在某种意义上其实是“自私”的；但另一方面，“一体之仁”却克服和超越这种差等之爱。[①]

亚当·斯密对人性论进行的补充，在古典自由主义的伦理学说中也得到了充分体现，杰里米·边沁（Jeremy Bentham）作为在政府政策层面上的最大代表，所建构的功利主义伦理学最重要的原理——“最大幸福原理”，即以“最大多数人的最大幸福”为最高价值，这饱含着对他人的“同情”思想，并认为这种“同情”情感是推己及人、由近及远、逐步推展甚至扩及动物的。这个价值取向无论如何也不能视为与儒家的“亲亲→仁民→爱物”（相关论述见《孟子·尽心上》）的价值取向截然对立；恰恰相反，儒家的动机其实同样是“最大多数人的最大幸福”。

（二）新自由主义（New Liberalism）

19世纪后半期以来，出于对古典自由主义所倡导的“消极（否定性）自由”的反拨，英美哲学家格林、霍布豪斯、罗尔斯等人对古典自由主义进行了修正和改造，转向倡导“积极（肯定性）自由”，这就是“新自由主义”。在伦理学层面上，新自由主义更接近儒家思想。

新自由主义的奠基人是托马斯·格林（Thomas Hill Green）。他在《关于自由立法和契约自由》中，通过区分“消极自由”与“积极自由”，对自由的意义做出了新的阐释：自由不仅仅是“不受强制的”、放任式（消极）的自由，更应该包括那些与“实现自我”、表现和发展个人能力等相关的积极自由。在这点上，孔子的“我欲仁”（《论语·述而》[②]）或许也可以理解为一种积极自由。

格林认为，这种积极自由包含着幸福美好生活的一切因素，是人们共同向往的；而这种自由的伦理学基础，就是所谓的“共同之善”（common good）。“共同之善是人们设想与他人共存的东西，与其他人共享的善，而不管这种善是否适合他们的嗜好。”[③]作为新黑格尔主义者，格林反对个体主义，主张整体主义，认为事实之间存在着内在联系，各种事物形成一个有机的整体。基于“共同之善”的理论预设，格林认为，在人类社会中，个人与他人之间的相互依存关系决定了个人的善也是与他人的善相互包含的，那么，每一个人所追求的善都相互蕴含，最终共同构成一个整体的“共同之善”。这意味着，对于某个人来说是善的东西，对于他人也必须是善的。儒家的“人同此心，心同此理”的“至善”观念，似乎与此有类似之处。既然如此，基于“共同之善”，一个人意识到自己有自由的要求，同时也就意识到别人也有同样的自由要求。这让人想起

① 参见黄玉顺《荀子的社会正义理论》，《社会科学研究》2012年第3期。

② 《论语》：《十三经注疏·论语注疏》本，中华书局1980年版。

③ Green：*Prolegomemato Ethics*（《伦理学导论》），Oxfbrd，1883，P. 232—233.

孔子“己欲立而立人，己欲达而达人”（《论语·雍也》）的“推己及人”观念。

进一步说，格林认为，为了实现“共同之善”，个人需要做出必要的牺牲，或放弃个人的某些偏好或利益，以确保不会造成对他人实现个人之善的阻碍。因此，他首次提出了“自由的限度”问题，主张以政府干涉式的自由取代放任式的自由。而这样一来，就暗藏了由个人本位向社会本位的偏移倾向。就此而论，格林的思想是否还属于自由主义，这是值得质疑的，抑或埋下了“通往奴役之路”——从国家干预主义到国家主义——的种子也不得而知。

较之格林，里奥纳德·霍布豪斯（Leonard T. Hobhouse）的新自由主义可能更为允当一些。他重新审视了古典自由主义的自由放任原则，因为他看到了古典自由主义过分强调个人权利和个性而导致的弊端，如自由竞争造成弱肉强食、少数人掌控社会大多数的财富等，这样一来，平等的缺失会使自由受到侵害，个体的自由无法得到保障，因此需要国家的干涉。在坚守传统自由主义、强调个人权利和个性的核心理念的同时，霍布豪斯以“社会有机”和“共同之善”为基础，提出了“社会和谐”的观念，追求经济上的平等，强调利益分配的公平性，主张国家应通过税收干涉经济、调控市场，认为国家有义务“创造这样一些经济条件，使身心没有缺陷的正常人能够通过有用的劳动使他自己和他的家庭有食物吃，有房子住和有衣服穿”①。由于这些主张在很大程度上与社会主义的诉求比较接近，故而有时又被称为“自由的社会主义”。但这并不是以社会主义来取代自由主义的理想，而是力图吸收社会主义的某些因素来克服古典自由主义的某些弊端，故属于新自由主义。

而更周全一些的新自由主义者，则是约翰·罗尔斯（John B. Rawls）。罗尔斯的“公平的正义”理论的先行观念是启蒙的“平等”观念，而“自由”是制度正义的结果：没有平等就没有正义的制度，而没有正义的制度也就没有自由。这种“平等”观念贯彻于第一条正义原则中；而第二条正义原则貌似在容纳某种“不平等”，其实不然，它仍然以平等为前提（地位与职位对每个人开放）；与此同时，这种“不平等”应做如下安排，即人们能合理地指望这种不平等对每个人都有利。换言之，罗尔斯正义论的核心课题是利益问题——利益的公平分配问题。这必然指向一种以利益为中心的人性论，也就是说，新自由主义所依据的人性论基础虽然与古典自由主义有明显不同，但依然没有背离人是“以利益为取向的存在”这一基本前提。显然，这也是与荀子的性恶论相通的。

（三）新古典自由主义（Neo-Liberalism）

但新自由主义对古典自由主义的矫枉过正，尤其是对国家干预的过分强调，也是令

---

① ［英］霍布豪斯：《自由主义》，朱曾汶译，商务印书馆1996年版，第80页。

人忧虑的。因此，新古典自由主义试图通过向古典自由主义的“复归”，克服前两个阶段的自由主义理论带来的弊端。我们可将弗里德里克·哈耶克（Friedrich August Hayek）作为新古典自由主义的代表，他所建构的“自由秩序原理”可谓是对古典自由主义和新自由主义的“否定之否定”。

哈耶克的思想给人印象最深刻的地方，是高度警惕和激烈批判新自由主义所蕴含的极权社会主义——国家社会主义倾向，他称之为“致命的自负”“通往奴役之路”。他强调，真正的、原初意义上的自由，并不是新自由主义者所鼓吹的“积极自由”的种种“自由权项”，因为这些“自由权项”尽管许诺可以实现新的自由和对权力、财富的公正分配，但很可能使人们放弃原始意义上的自由，导致对真正自由的极大伤害，而使人处于被奴役状态。因此，在他看来，所谓“积极自由”其实恰恰是一条“通往奴役之路”（the Road to Freedom was in fact the High Road to Servitude）。这对于今天的某些极权主义儒家和某些儒家自由主义者来说是很有警示意义的。

由于“积极（肯定性）自由”潜藏着通往奴役的危险，哈耶克再度强调“消极（否定性）自由”的价值，竭力将“自由”从新自由主义那里的“积极自由”或“新自由”（New Liberty）拉回到“消极”“原初”的意义上。他指出，自由就是“一个人不受制于另一个人或另一些人因专断意志而产生的强制状态”①，其最根本的特点就是反对强制（coercion）。尽管在现实政治中，一些人对另一些人施加的强制不可能完全避免，但应当尽可能地使强制减小到最低限度。为此，哈耶克重申：“今天很少有人明白，把一切强制权限制在实施公正行为的普遍规则之内，这是古典自由主义的基本原理，我甚至要说，这就是它对自由的定义。”② 为了避免极权主义的危险，哈耶克认为，应当以遵循作为普遍原则的“公正行为规则”来促成社会秩序的自发形成。这就是他理想中的健康社会的“自由秩序原理”，它基于古典自由主义的基本人性设定，兹不赘述。

下篇：儒家的自由观念及其人性论基础

以上论述表明，自由主义与儒学之间其实存在着诸多相通之处。然而，长期以来，人们习惯于将儒学与自由主义截然对立起来。这其实是一种错觉，似乎儒家从来就是反对自由主义、甚至反对自由的。这种错觉源自两个方面的误解：

一是以为自由主义是西方古已有之的东西，殊不知自由主义是一种现代政治哲学。将古代的中国儒学与现代的西方政治哲学对立起来，是将“古今”对立误解为“中西”对立，或者说是有意无意地用“中西对抗”来掩盖“古今之变”，从而拒绝现代政治文

① ［英］哈耶克：《自由秩序原理》上，邓正来译，生活·读书·新知三联书店 1997 年版，第 4 页。

② ［英］哈耶克：《经济、科学与政治》，冯克利译，江苏人民出版社 2000 年版，第 436 页。

明。事实上，作为政治哲学概念的“自由”“平等”“民主”都属于形而下学的范畴，属于社会规范、社会制度层面的范畴，即儒家所讲的“礼”的范畴；那么，按照孔子“礼有损益”的思想（制度规范随生活方式的转换而历史地变动）、中国正义论中“仁→义→礼”的核心结构，自由、平等、民主等正是“现代儒学”的题中应有之义。

另一个误解则是将儒家等同于古代儒家，而不知道居然还有并不反对自由、甚至高扬自由旗帜的现代儒家。现代儒家难道不是儒家吗？当然是，而且现代儒家中早就有自由主义儒家，其中最典型的就是张君劢。

（一）现代新儒家的政治自由观：以张君劢为代表

众所周知，张君劢是20世纪现代新儒家的代表人物之一，当年在“科玄论战”中以倡导“新宋学”著称；[①]但他的政治哲学却是自由主义、民主主义的，追求“个体自由”是他的价值目标。张君劢认为，中国问题的症结所在，就是个人自由与国家权力的冲突和矛盾：在君主专制下，国民唯唯诺诺，凡事必求诸自古不变的教条，毫无个体自由；而一个国家之健全与否，就在于个体能否得到自由发展。因此，他将“国民之自由发展”视为一个国家最不可缺少的条件；他认为，对个体自由的尊重和保护，是国家政治运作的根本所在，“夫政治之本，要以承认人之人格、个人之自由为旨归”[②]，一切蔑视个体人格、剥夺个人自由之举，都应当在排斥之列。

那么，如何才能使国民自由得到尊重和保护呢？通过考察欧洲现代民族国家建立的历史，张君劢提出，唯有通过民约论、国民主权论、个人自由权利论以及政府应征得被统治者同意等议论，推动民主政治运动、宪政运动，来改善国家行政，才能保护和发展个人自由。其中，有无宪法是个人自由能否得到保障的关键，因此，必须设立宪法，从法律制度上对个人的“生命、自由、财产”等权利加以确认和保护。因此，宪政理想成为他终身不懈的追求。为此，他翻译和介绍了大量外国宪法文献，还亲自拟定了几部很有影响的宪法草案，他也被公认为“中国宪法之父”。

张君劢还认为，仅以宪法来维系的“自由”是远远不够的，“真正之理性必起于良心上之自由。本此自由以凝成公意，于是为政策，为法律”[③]。这就将自由问题提升到了哲学形上学的高度。张君劢所创造的“良心自由”这个充满儒家意味的概念，值得我们深入探究。何谓“良心自由”？或许现代新儒家的另一位代表人物徐复观的一种说法可以为之诠释：“不再是传统和社会支配一个人的生活，而是一个人的良心理性支配

① 参见黄玉顺《超越知识与价值的紧张——“科学与玄学论战”的哲学问题》，四川人民出版社2002年版。

② 张君劢：《政治学之改造》，《东方杂志》第21卷第1号，1924年，第21页。

③ 郑大华：《张君劢传》，商务印书馆2012年版，第76页。

自己的生活，这即是所谓‘我的自觉’，即是所谓‘自作主宰’，即是所谓自由主义。”① 由此可见，这种内在的、基于独立人格的“良心自由”不仅是张君劢个人的观点，也代表了现代新儒家在自由观念上的一种共识。简言之，“良心自由”意味着：个体的内在的精神自由、意志自由是根本的，而社会层面、政治层面的自由只是其外在的体现。

可惜张君劢没有对此进行系统的理论阐述，而是更多地投入了具体的政治主张和制度设计中。好在同为现代新儒家的熊十力、冯友兰、牟宗三等人在哲学建构上着力良多，他们试图为政治自由提供形上学本体论的证明。

（二）现代新儒家自由观念的人性论基础：以牟宗三为典型

对于现代新儒家来说，为现代政治哲学层面上的自由观念提供形上学根据，是“内圣开出新外王”的问题。对此，熊十力、冯友兰、牟宗三等人各有理论，限于篇幅，这里仅以牟宗三的理论为例。

牟宗三以其“两层存有论”对“自由”做了观念层次上的区分：一种是超越意义上的自由，即意志自由，其根据是具有本体意义的自由意志，而不同于康德的“自由意志”；一种是政治意义上的自由，即对个体权利的维护和落实。前者作为“无执的存有”，是本体，是自由的本质所在，具有形上学的意义，牟宗三称之为先验的“道德良知”；后者则作为“有执的存有”，是末用，是作为自由意志的“道德良知”的外在化的客观形态。他说：“吾人须知‘精神人格之树立’中的自由（freedom）是精神的、本原的，而其成之政治制度，以及此制度下的出版、言论、结社等自由（liberty），则是些文制的。这些文制是精神自由的客观形态。”② 一方面，政治层面的自由必须以先验的“道德良知”为根本依据；而另一方面，内在于人心的“道德良知”（意志自由）也有必要进行外在化和客观化。

为什么必须进行客观化呢？牟宗三认为，儒家的传统，在内在的精神自由、意志自由方面比西方有优势；但在政治自由、政治民主方面则远不及西方，表现在中国的社会治理方面“只有治道而无政道”，“有政道之治道是治道之客观形态，无政道之治道是治道之主观形态，即圣贤君相之形态”③。这意味着中国缺乏与形上自由相应的形下政治制度建构。但在现实生活中，这种关乎政治自由的制度建构是必要的，“客观实践方面的国家政治法律（近代化的）虽不是最高境界中的事，它是中间架构性的东西，然

① 徐复观：《为什么要反对自由主义》，见萧欣义编《儒家政治思想与民主自由人权》，台湾学生书局 1988 年版，第 291 页。

② 牟宗三：《道德的理想主义》，《牟宗三先生全集》第 9 册，台北联津出版事业有限公司 2003 年版，第 312—313 页。

③ 牟宗三：《论中国的治道》，见黄克剑、林少敏编《牟宗三集》，群言出版社 1993 年版，第 246 页。

而在人间实践过程中实现价值上，实现道德理性上，这中间架构性的东西却是不可少的"①。这就是需要由心性的"道统"开出"形式的实有"的"政统"，以此规范政权，维护个体权利。

那么，如何实现由道德良知到政治自由的贯通和过渡呢？牟宗三提出了"良知自我坎陷"。他说：

> 知体明觉不能永停在明觉之感应中，它必须自觉地自我否定（亦曰自我坎陷），转而为"知性"……它必须经由这一步自我坎陷，它始能充分实现其自己，此即所谓辩证的开显。它经由自我坎陷转为知性，它始能解决那属于人的一切特殊问题，而其道德的心愿亦始能畅达无阻。②

也就是说，政治自由要依靠道德良知自觉自愿地"暂时先让一步"才得以落实。然而，道德良知的意志自由究竟如何"坎陷"出政治自由来，这不仅是牟宗三、也是所有现代新儒家都始终未能解决的问题。这就是人们所批评的现代新儒家"内圣开不出新外王"的问题。究其原因，从形而上的本体开出形而下的政治自由，这种"形上—形下"的传统形而上学思维方式必然陷入"先验论困境"，因为现实的政治自由并非什么形上本体、先验人性的产物，而是现实生活的要求，即现代性的生活方式的要求。这就需要一种超越"形上—形下"思维方式、"面向生活本身"的思想视域，这种思想视域是原始儒家所具有的，而被后世遮蔽和遗忘了。③

（三）原始儒家与本源性的自由

孔、孟、荀的原始儒学不仅涉及形而下的政治自由问题、形而上的意志自由问题，更具有"本源性的自由"观念，这使儒学在自由问题上具有开放性。为了更透彻地阐明自由问题，本文尝试提出"形下的自由"（post-metaphysic freedom）、"形上的自由"（metaphysic freedom）和"本源的自由"（source freedom）三个不同观念层级的自由概念。

形下的自由是指社会政治层面上的自由，它基于现代生活方式所塑造的相对主体性，即现代社会的个体性的主体性；形上的自由则是指哲学本体论层面上的自由，它基于作为本体的绝对主体性，通常体现在人性论当中。在这个层面上，可以说，只要有主体观念，必定有某种自由观念，因为自由不外乎主体的自主意识，正如现代新儒家徐复观所说："一个人的良心理性支配自己的生活，这即是所谓'我的自觉'，即是所谓

① 牟宗三：《历史哲学》，台湾学生书局1984年版，第193页。

② 牟宗三：《现象与物自身》，台湾学生书局1984年版，第122页。

③ 参见黄玉顺《面向生活本身的儒学——黄玉顺"生活儒学"自选集》，四川大学出版社2006年版。

‘自作主宰’，即是所谓自由主义。”[1] 说这“即是所谓自由主义”固然不妥，但说这是一种自由观念，则是毫无问题的。至于本源性的自由，则是通过追问“主体性本身何以可能”以回溯前主体性的存在而获得的自由，即通过获得新的主体性而获得新的自由境界。所谓“本源”是说比“主体性”“存在者”更优先的“存在”；如果说人性是一种主体性，而主体性是自由的前提，那么，这种存在者化的主体性或人性绝非什么先验的东西，而是源于存在的，即源于生活的。[2] 这正是原始儒家所固有的观念。

但这并不是说原始儒家已经具有了现代政治哲学的自由观念，因为政治自由的观念源于现代性的政治生活，即源于现代性的生活方式；但原始儒家所具有的本源性的自由观念对形而上的意志自由和形而下的政治自由都是敞开的，即：其本源观念必然在现代性的生活方式下导出政治自由观念。唯其如此，上述现代新儒家的政治自由诉求才是可以理解的。

1. 荀子的性恶论与自由观念

学界有一种较常见的看法，认为在儒家各派中，荀子的性恶论最接近于西方近代启蒙思想，因而荀子的思想最切合于现代社会。确实，荀子的性恶论是与西方自由主义的人性论最切近的；但是，它并没有导出政治自由的观念。这是因为：政治自由的观念是现代性的生活方式的产物，而荀子所面对的却是一种前现代的生活方式——从宗法王权社会向家族皇权社会转型之际的生活方式。

但荀子的人性论却具有一种形上自由的观念。其实，荀子的人性论并不等于性恶论，他还有另外一层人性论，它甚至比性恶论更具有根本的意义。[3] 荀子说：“凡以知，人之性也；可以知，物之理也。”（《荀子·解蔽》）这里与“物理”相对的“人性”本身，并不属于善恶的范畴；不仅如此，在荀子看来，这种人性具有判断善恶，亦即判断那种关乎群体生存的利害关系的能力，使人能够做出趋利避害的自主自觉的选择，从而不仅成为人类建立礼制的依据，而且成为“涂之人可以为禹”（人皆可能成圣）的先天的内在根据。这无疑是具有形上自由的意义的。

不仅如此，荀子的性恶论也是不可忽视的，甚至具有更本源的意义，即蕴含着本源性的自由观念。这是因为：性恶论所导出的“化性起伪”思想，显然意味着主体性的重建；而获得一种新的主体性，显然意味着获得一种新的自由境界。可以设想，当这种思想视域遭遇现代性的生活方式时，从中引出一种现代性的主体性观念，从而引出一种现代性的政治自由观念，就是顺理成章的事情了。事实上，荀子之所以被人们认为更切

---

① 徐复观：《为什么要反对自由主义》，见萧欣义编《儒家政治思想与民主自由人权》，第291页。

② 参见黄玉顺《爱与思——生活儒学的观念》，四川大学出版社2006年版。

③ 参见黄玉顺《荀子的社会正义理论》，《社会科学研究》2012年第3期。

合于现代性，正是由于他对人性的独特理解，亦即把“仁爱”（善）与“利欲”（恶）联系起来：主体性仁爱中的“差等之爱”倾向必然会导致利益冲突，这就是“恶”，但这样的“物之理”是人们的“人之性”可以意识到的，这其实并非什么先天的判断，而是一种生活感悟；在这种生活感悟中，生成了一种新的主体性，于是这种主体性仁爱中的“一体之仁”倾向于寻求解决利益冲突的路径，即根据正义原则（义）去建构制度规范（礼）。这种“去存在”“去生活”的方式，无疑就是一种本源自由的体现，即主体的自我超越；假如荀子“在生活”的际遇、“去生活”的情境是现代性的生活方式，则其主体自由的观念必定会有政治自由方面的体现。

2. 孟子的性善论与自由观念

孟子思想的进路与荀子的有所不同，但同样具有形上的自由观念和本源的自由观念，这种自由观念同样是向形下的政治自由敞开的。甚至可以说，比起荀子来，孟子具有更鲜明的个体自由精神。

我们还是从人性论谈起。众所周知，孟子将至善的“仁义”视为人性的基本内涵，并且将其设置为具有本体论意义的绝对主体性。如上文所说，这与西方功利主义的自由观念背后的仁爱人性预设是可以相通的。这个占据形上地位的主体，无疑具有形上的自由，也就是说，他是自作主宰的。按照孟子的观念，不自由是由于放失了至善的“本心”“茅塞其心”（《尽心下》），而自由的获得则是由于“求其放心”（《告子上》）——找回了放失的本心。这样的自由观念当然不是指社会层面的政治自由，但在逻辑上已经蕴含了政治自由；只不过由于这个自由主体所遭遇的不是现代性的生活方式，而是前现代的社会环境，所以孟子所表现出的自由意志，是宗法社会的或从宗法王权社会向家族皇权社会转型时期的“大人”人格、“大丈夫”精神。

不仅如此，这种精神人格的获得过程蕴含着本源性的自由观。这涉及对孟子人性论的重新认识。人们常将孟子的人性论与宋明理学的人性论混为一谈，以为都是先验论。其实不然，孟子并未直接将“仁义礼智”视为先验的或先天的东西，而是明确地指出了这“四德”的来源或发端，即著名的“四端”——恻隐、羞恶、辞让、是非方面的情感（《公孙丑上》）。四德是“性”（人性），而四端则是“情”，即生活情境中的生活情感。从生活情感的发生到人性的确立，这就是“先立其大者”（《告子上》），即确立绝对主体性的过程。四端“德性”的获得，意味着一种新的主体性的获得；这个获得过程，是在具体的生活情境之中发生的，这就是本源性的观念，其中显然蕴含着本源性的自由观念。

3. 孔子思想与本源性的自由观念

孟、荀的根本思想，无疑都是来自孔子的。但孔子的思想中并没有明确的形上意义上的人性论：除了一句“性相近也，习相远也”（《阳货》）之外，“夫子之言性与天道，不可得而闻也”（《公冶长》）。换言之，孔子的思想更多是本源性的、生活情境性的言说。这不仅大异于西方自由主义，也颇异于后世儒学。也正是由于其集中于本源自由层面，才意味着孔子的自由观念对于形上自由和形下自由来说更具有开放性。这是因为：愈是本源性的观念，愈具开放性，亦愈具自由度。所以，李大钊曾指出：“孔子于其生存时代之社会，确足为其社会之中枢，确足为其时代之圣哲，其说亦确足以代表其社会其时代之道德。使孔子而生于今日，或更创一新学说以适应今之社会，亦未可知。”① 这就是说，假如孔子处于现代性的生活方式中，他一定会由其本源性的自由观念中，引申出现代社会的政治自由观念；换句话说，孔子将会是一个“中国自由主义者”。

① 李大钊：《自然的伦理与孔子》，原载《甲寅》1917 年 2 月 4 日（署名“守常”）。

敬仰与信仰：中西天命观的认识论分析

谢文郁

摘　要　“天命”是一种情感对象，而不是感觉经验对象。概念式的文本分析对于理解天命这种情感对象是不够的；特别地，它无助于我们体会天命在生存上的力量。本文试图从认识论的角度，特别地，通过分析情感的原始认识功能，提供一种天命观的认识论分析工具。我们发现，天命是在敬畏这种情感中被肯定并界定的。儒家和基督教都在敬畏中肯定并界定天命。不过，儒家把敬天落实于敬德，并在“诚”这种内向性情感中呈现和认识天命；而基督教则强调神的旨意（天命）是在启示中给予人的，因而必须在信心中接受，并加以认识。儒家和基督教在敬畏情感中呈现的天命十分相似；但是，在“诚”和“信”这两种不同情感所呈现的天命并不相同。这个不同值得我们十分重视。

关键词　天命　情感　认识论　儒家　基督教

作者简介　谢文郁（1956—　），男，广东梅州人，山东大学犹太教与跨宗教研究中心暨哲学与社会发展学院教授、博士生导师，主要研究领域为宗教哲学、西方哲学史、基督教思想及比较哲学等。

儒家的天命观虽然在“五四”新文化运动中被深度破坏，但是，其生命力仍然存在，并深深地影响着当代中国人的思维方式和行为方式。简略而言，儒家天命观认为，天高高在上，自行运行，主宰万物，令人敬畏；而人之正道是顺从天命，与万物并行不悖，和谐相处。在古代文献中，这种敬畏天地、顺应天命的情感是一种古老的情感。在解释周朝取替商朝的合法性时，周公提出了“以德配天命”这一说法，并警戒周朝子孙要“敬德”。在他看来，敬畏天地是在敬德中得以落实的。春秋时期，孔子提出以仁为本的君子理念，强调在修德中敬德；“始教于阙里”，于鲁都杏坛（今曲阜城北）创办私学，引导学生进行内在的德性修养，目的是培养儒士这个知天命的群体。这个思路在思孟学派那里引申出“诚”这种情感在敬天修德中的关键作用，即：诚实地面对并认识自己的天命本性（与生俱来）。儒家传统中的天命观是在诚（一种内向性情感）中界定的。这是敬仰文化中的天命观。

基督教也敬畏全能全善全知并主宰一切的上帝。但是，基督教的上帝作为主宰者同时也是启示者，他会把自己的心思意念通过派遣先知的方式启示于人。面对上帝在先知中的自我启示，人只能在信心中接受。信任情感（信心）成为连接人和神之间关系的唯一纽带。在信心中，基督徒放弃了自己的判断权，成为一个接受者，相信耶稣基督，在基督里领受神的恩典，寻求并遵循神的旨意。换句话说，神的旨意就是天命，是在信心中进入人的思想，并被人理解的。这是一种信靠顺服的生存状态，也称信仰生活。这里，神的旨意（天命）是在信仰中呈现并被界定的。

从认识论的角度看，在诚中呈现并认识天命本性，和在信中接受并理解上帝旨意，乃是两个不同的认识进路。为了展示情感的认识功能，我们将对比感觉这种认识官能，指出情感认识官能的原始性，并根据儒家和基督教的相关文本呈现各自的天命观，展示它们的关键分歧点。

一、作为认识官能的情感分析

本文的主题是中西天命观的认识论问题。其核心问题是，人是如何认识天命或神意的？或者说，天命观的认识论问题是本文的关注点。就人的认识工具而言，我们可以通过感觉经验来获得关于经验世界的知识；在经验知识基础上，我们可以通过论证（命题演算）来呈现思想对象。但是，对于那些情感对象（非感觉对象，如恐惧对象、信仰对象等）的认识论问题，学术界的关注和讨论都严重不足。我们知道，感觉经验来自感官，因而感官这种认识官能是我们认识感觉经验世界的工具。关于感官以及感觉经验在认识世界中的作用，我们已经有了很多的讨论。但是，对于天命这种非感觉对象，我们依靠什么工具去认识它呢？我们注意到，我们在认识周围世界时还使用“情感”这种认识官能。我们需要对此有更多的分析。

情感是一种认识官能，就像感官提供关于感觉对象的知识一样，情感提供关于情感对象的知识。天命是一种情感对象。不同情感中呈现的天命是不一样的。缺乏对情感的认识官能之分析，我们就没有途径去理解天命这一情感对象。感官和情感都是原始的认识官能，不能相互取代，也不能混淆使用。为此，在以下的文字中，我想先对感官和情感这两种认识官能进行一些参照性的阐述，展示情感作为认识官能的一些主要特征，进而对情感在认识活动中的作用进行分析。情感分析是我们理解情感对象的工具。有了这个工具，我们对中西天命观的分析就有道可循。

关于感官，在当代认识论主流意见中，它们往往被认为是唯一可靠的认识官能。我们注意到这个基本事实：人在和周围世界打交道时，首先是通过感官来接受外界信息，并通过记忆把这些信息（感觉材料）而储存在大脑里，作为进一步建构关于感觉对象（经验世界）的知识的原始材料。我们称这种知识为经验知识。感官在和周围世界交往时呈现了感觉对象。我们说："眼见为实。"在感官中呈现的所有对象都是实在的；或者说，感觉对象具有实在性。我们不可能把自己看见摸到的东西当作虚幻的存在。因此，建立在感觉经验基础上的知识，无论其形态如何，都是有根有据的。唯名论—经验论对于这个认识论基本事实做了一个极端的推论：经验世界是唯一的实实在在的认识对象，是我们建构知识的可靠基础。我们只要对经验世界做出准确的描述，所获得的经验知识就是可靠的。在这个思路中，感官作为认识官能是提供我们关于外部世界的认识的唯一通道。①

近代经验论关于感官的说法可以归结如下几点。首先，感官的可靠性在于它们是原始的感觉材料提供者，称为感觉的直接性。我们是通过感官和外界打交道的。没有感觉，则无法形成关于外界世界的任何认识。我们一睁开眼睛，便可以看到周围事物的各种形状和颜色；伸手去摸它们就有了软硬的触觉；通过耳朵听到各种声音；鼻子嗅味；口舌品味；等等。这些都是第一手的关于外部世界的认识。

其次，感官提供的感觉材料具有稳定性。比如，这棵树在这个地方已经很久了。我每次看见它的时候，它都向我呈现了基本相同的形像。这就是说，我的眼睛这个认识官能向我提供的关于这棵树的信息是稳定的，因而是可靠的。因此，当我在记忆中拥有了关于这棵树的感觉材料之后，我就可以使用这些感觉材料来建构关于这棵树的知识体系。只要我提供了关于这棵树的准确的描述，我就拥有了关于它的可靠知识。

人们也许会提出所谓的感觉的不稳定性或多变性问题。比如，一根棍子，在空气中看是直的，但有一半入水时，看上去是曲的。究竟这根棍子是直的还是曲的？又如，一个物体，远看为圆，近看为方。究竟这个物体是圆是方？有一种看法认为，这种感觉现象表明，在感觉中呈现的物体是不可靠的。在古代，一些古希腊哲学家用它来作为否定感觉可靠性的例子。经验论在回答这个问题时指出，这个问题混淆了经验观察和理论解释的区别。理论解释是建立在经验描述基础之上的。在相同的经验观察基础上，可以有不同的理论解释。当人们提出棍子本身的直曲这样的问题时，实际上是引入了"本质"概念，即：这根棍子的本质是什么？但是，对于棍子的经验描述并不一定需要引入本质概念。我们完全可以采取如下更为精确的描述：在空气中看，这根棍子是直的；半插入水中，这个根子是曲的。因此，我们提供了两个经验观察，形成了两个经验描述（事

① 当代认识论研究的主流仍然是唯名论—经验论。就思想史而言，在英国经验论者洛克（《人类理解论》，1690 年原版，关文运译，商务印书馆 1957 年版）、贝克莱（《人类知识原理》，1710 年原版，关文运译，商务印书馆 2010 年版）和休谟（《人类理解研究》，1748 年原版，关文运译，商务印书馆 1997 年版）等人的工作中已经稳固地奠定了经验论思路。

实）。这些经验描述可以有精确度上的差别，但没有对错之分。因此，这里并不存在感觉的不稳定性或多变性问题。

第三，感官的可靠性还在于感觉的相似性和共同性。知识并不是建立在单个感觉经验基础上的，而是建立在共同的感觉经验基础上的。感觉的共同性可以从两个方面考虑。一方面，在健全身体状态下，人在使用自己的某一感官时，在不同时段但相同环境中可以重复获得相似感觉。由于人的记忆力，人使用感官而获取的感觉以记忆的形式存留在大脑中。人可以对这些记忆进行比较而呈现它们的共同性。另一方面，在健全身体状态中，不同的人使用同类感官时所获得感觉具有共同性。比如，我和张三李四等人在观看一棵树，并给出对这棵树的描述时，我们的描述虽然不可避免有个人色彩，这里或那里的不相一致，但是，我们会共同地同意，我们都在观察一棵共同的树。而且，即使描述在细节上有差异，但主要特征具有共同性。

不同的人使用各自的同类感官，并认为他们获得的感觉是相同或相似的。这一认识论事实反过来加强了人们的这样一个信念，即：通过感官而获得的感觉是可靠的。可以这样分析：个人在意识中已经认定了自己的感觉是可靠的；现在，他人的也获得了同样的感觉；这等于说，自己的感觉得到了他人的证实，因而是可靠的。我们常常会遇到这种情况，自己看见了某个事物，并且十分肯定没看错；但是，如果有人同在却没有看见它，我们往往就会怀疑自己所见是否真实。一般来说，越多的人对同一个对象获得相同或相似的感觉，则这个感觉在人的意识中就越被认为是可靠的。

感官及其所提供的感觉之可靠性对于认识者来说是切身的，也是认识者建构知识体系的原始材料。但是，由于不同认识者的观察角度不同，他们获取的感觉不完全一致，当认识者以此而建构知识时，所形成的体系并不相同。反过来，从不同的知识体系出发，人们对同一感觉对象的描述和解释就会出现差异。这种差异往往被归为感觉的不可靠性。比如，前面提到古希腊哲学关于感官和感觉经验之不可靠性的举例。中国思想史上的佛教也提供了很多论证来否定感官和感觉经验的可靠性。不过，描述和解释的不一致性来自知识构造，涉及经验观察的角度和精确度，与感官及感觉之可靠性无关。

哲学上，唯名论—经验论关于感官和感觉在认识论中的地位和作用的分析和讨论是相当充分的。然而，我们注意到，在和周围世界打交道时，人并不仅仅依靠感官。人还是用情感和周围世界发生关系。虽然人们从未间断过关于情感如喜怒哀乐等的讨论，对情感在人的生活中作用和影响也完全认可，但是，在经验论思路中，这些讨论大多是把情感当作一种感觉对象进行研究，所获得的也不过是关于情感的经验知识。我这里提出的问题是关于情感在认识论中的地位和作用问题；特别地，我们需要对情感作为一种认识官能进行分析。这方面的研究和讨论并不太多。① 因此，我这里略施笔墨，以感官的认识官能作为对应，即从直接性（原始性）、稳定性和共同性这三个方面展开对情感的认识论功能分析。

情感是人和外界发生关系时出现的一种倾向。比如，在"喜欢"这种情感中，人对某物有了肯定性倾向，愿意与之同在，甚至想要占有它；而在"厌恶"中，人对某物是否定的、排斥的，甚至想要毁灭它。这种倾向是价值性的。也就是说，作为生存倾向，人在情感中具有价值取向。这里，作为情感对象的某物可以是感性事物，并在感官中呈现为感觉对象。但是，在情感中，同样的感觉对象可以是完全不同的情感对象。比如，对于一条黑狗，在喜欢情感中，它是可爱的；在厌恶情感中，它是丑恶的。可见，感觉对象和情感对象不是一回事。

人的价值取向直接影响人的生存选择和方向，因此，对于任何一个人来说，情感在人的生存中乃是出发点。拥有什么样的情感，往往就做什么样的选择，从而在选择中进入某种生存方式中。情感在生存中的这种作用是可以直接感受的，实实在在。学界在这方面的讨论也比较充分。情感在人的生存中有很多功能，如行动动力，主体间纽带，主体间冲突等等。不同的情感指向不同的对象，肯定或否定，追求或逃避，这些对象都会直接作用于人的生存。我这里不打算展开情感在人的生存中的各种功能分析，而只是分析情感的认识官能，涉及它在认识活动中的地位和作用。严格说来，我这里的分析是纯认识论的。

我们先来分析情感对象的实在性问题。情感总是指向一个对象。有时这个对象比较模糊，有时则比较清晰。而且，情感对象可以是感性对象，但也可以是非感性对象。比如，一个人在恐惧中，他直接面临着一个可怕的损害性力量。这种力量可能是非常模糊的，如恶鬼等；也可以是附在某个感性对象上，如可怕而神秘的黑猫等。又如，一个人在信任情感中，他依靠着一种能够给他带来祝福的力量。它可以是某个具体的人物，如小孩对父母的依赖等；也可以是某种从来没有见过的力量，如相信某种神秘力量等。再如，在热恋中，恋人都在爱情中认为对方是完美无缺的，尽管在现实生活不存在完美无缺的对象。这些情感对象都是在情感中呈现的。它们是否是实在的？

关于实在性一词的使用，我们来看看在感官中呈现的感觉对象。对于一个感觉对象，如一棵树，只要在感觉它，它的实在性对于当事人来说乃是显而易见的。如果有人问他，这棵树是实在的吗？当事人可以毫无犹疑地做肯定回答。有人故作深奥地要求给

① 西语学界这些年来有人开始重视情感的认识功能研究，如普兰丁格（参阅他的《基督教信念的知识地位》，2000 年原版，刑滔滔等译，北京大学出版社 2005 年版）对信这种情感的认识论分析引起人们的重视。国内也曾经有人企图涉足对情感的认识论分析，如周启杰、王春林的"论情感的认识论意义"（《求是学刊》1993 年第 6 期），可惜尝浅即止，再无后续。

出论证：凭什么说它是实在的？比如，古代怀疑论在考察感觉时指出：这根直棍是实在的吗？这个方石是实在的吗？等等。在回应怀疑论关于感觉对象的实在性这一点上，人们在自己的感觉经验中有一个挥之不去的意识：在感觉中的感觉对象对于任何知识来说都具有原始性。实际上，在剥夺它的原始性情况下追问它的实在性，显然是不合理的。论证或根据问题都属于命题演算，属于派生的知识。在感官中呈现的感觉对象是原始的，因而对于知识来说具有实在性。否定感觉对象在知识中的原始性，等于抽空知识的根基。

但是，对于一个情感对象，如恐惧情感中的恶魔，由于它不是感觉对象，因而它的实在性常常受到质疑。在人的生活经验中，恶魔仅仅是在这个人的恐惧中出现的。一旦恐惧消失，它也就无影无踪了。因此，从感觉经验的角度看，人们往往认为，这个恶魔其实并不存在（缺乏实在性），而是属于恐惧者的幻觉。考虑到有些情感对象不和任何感觉对象发生关系，甚至没有任何想象中的形像，在当代经验论思路中，人们以感觉对象为标准对情感对象的实在性加以否定。也就是说，只要把感觉对象当作唯一的实在性，以此为标准，任何非感觉对象的东西都可以归为缺乏实在性。当然，这种做法是不合适的。我们已经指出，情感也是我们和外界发生关系的通道。在情感中呈现的情感对象也是原始的。情感对象的原始性和感觉对象的原始性是平行的。既然如此，如果感觉对象在知识上的原始性肯定了它的实在性，那么，情感对象的原始性也表明了它的实在性。

我们进一步分析。情感对象依赖于情感。一旦情感消失，相应的情感对象也消失。情感对象的这种存在特征也培养了这样一种想法：情感的不稳定性决定了情感对象的不稳定性；因此，情感对象缺乏实在性。这种想法的背后有一个预设，那就是，实在的必须是稳定的。当然，这个预设是不成立的。稳定性可以加固人在意识中对对象的实在性的肯定，但稳定性不是一物之实在性的决定性因素。在情感中，其指向的对象对于当事人来说是完全实在的。不错，情感对象随着情感消失而消失。然而，情感所指向的对象是外在于情感的存在，因而对它来说是实在的。离开情感，当然无法谈论情感对象及其实在性。但是，就情感和情感对象的关系来说，其中的联结是实实在在的。作为一个对照，对于任何一个感觉对象，我们也是不能脱离感官来谈论的。感觉对象直接呈现于感官，因而对于感官来说是实在的。如缺乏相应的感官，则无从谈起相应的感觉对象。感官是人和外界发生关系的通道，情感也是和外界发生关系的通道。感觉对象对于感官来说是实在的，与此同理，情感对象对于情感来说也是实在的。

从这个角度看，我们不能因为情感的不稳定性来否定情感对象的实在性。与情感相比，感觉具有持续的稳定性。人拥有感官，在健康状态，只要使用它，它就能够稳定地始终如一地呈现感觉对象。不过，感官也不是绝对稳定的，比如，人在病态时，其感官呈现的感觉对象也会出现变异。而且，人的感官在一些情况下还是会被剥夺。也就是说，在这种情况下，当某种感觉不能行使正常功能时，其相应的感觉对象也是会消失的。

从另一角度看，情感也可以是持久地维持的。有些人在相当长的时间内处于某种情感中，从而持续地和在这种情感中呈现的情感对象发生关系。对于当事人来说，这种持续存在的情感对象绝不是虚无的，而是他必须每天都要面对的。比如，对于一个敬畏天的人来说，天作为一种独立自主的巨大力量，违背它的运作就必然损害自己的生存，而符合它的运作就能够得到它的福佑。他必须每天都和在敬畏中呈现的“天”发生关系。对于他来说，只要他生活在敬畏中，天这种敬畏对象就是实实在在的，并且与他的生存休戚相关。因此，他在长时间内拥有敬畏情感，从而作为情感对象的天对他来说是实实在在的。

人们往往还从情感的个体性出发来否定情感对象的实在性。在许多情况下，人在同一环境中，对于同一事件会出现不同的反应，出现不同的情感。情感具有显著的个体性。不同情感呈现不同的情感对象。因此，尽管在同一环境中，人们在不同情感中看到的是不同的情感对象。比如，在一个计划实施受阻时，悲观的人看到的是失败的计划，而乐观的人看到的是成功的计划。由于情感的个体性，我们无法谈论情感对象的共同性；个别的情感对象谈不上实在性。或者说，缺乏共同性的对象，其实在性无从谈起。对于个体来说，它是实在的；但对于他人来说，谈论它的实在性毫无根据。

在逻辑上，当我们缺乏某种情感从而无法谈论这种情感所指向的情感对象之实在性时，我们同样没有根据否定它对于那些拥有相应情感的人来说具有实在性。情感对象是在情感中呈现的。如果我们可以肯定某人拥有某种情感，即使我们不拥有它，我们也无法否定这人在这种情感中指向某个对象。比如，一个人在恐惧中惧怕某种力量。对于他来说，这种力量是实在的。作为旁观者，我们不恐惧，因而无法理解他为什么惧怕。如果我们要安慰他，简单地否定那种我们感受不到的力量是无济于事的。当然，我们可以采取一些方法，如与他同在并安慰他，消除他的恐惧，从而让那种可怕的力量在他的生存中消失。但同时，我们也可能分享他的恐惧，从而直接地感受到那种可怕的力量就在眼前。

情感可以感染别人，从而在人群中产生共鸣。当一群人共同地拥有相同的情感时，对他们来说，他们在情感中就会指向一种共同的情感对象。换句话说，这个情感对象对于这群人来说具有共同性，并非仅仅个人所有。他们可以在共享情感中谈论同一情感对象之实在性，谈论它的意义。我们略后要分析讨论基督徒在基督信仰中指向的对象，和儒士在诚心这种情感中指向的对象，都可以看到情感共鸣而导致人们分享共同的情感对象。一般地，在任何宗教团体中，我们都可以找到至少一种共享情感。因此，情感对象不仅仅属于个人而拥有个体性，在共享情感中，它也可以是共同的。

情感对象具有实在性，并且作为外在存在而对人的生存发生影响和作用，认定这个事实，我们至少可以说，认识并把握情感对象对于人的生存来说具有重要意义。否则，情感对象就会通过情感而盲目地引导人的生存。也就是说，我们必须把情感对象当作认识对象，并加以认识和界定，揭示它在生存中的作用，从而让情感对象在引导我们的生存时成为一种有益的力量，而不是相反。情感对象是在情感中呈现的，因而情感不但呈现了情感对象的实在性，而且还是我们认识情感对象的必要途径。因此，情感具有认识功能。

情感对象是如何在情感中呈现并被认识的？也许，对比一下感觉在认识中的作用有助于我们理解情感对情感对象的赋义活动。首先，在感觉活动中，不同感官呈现不同感觉对象。我们在使用感官时，用听觉（耳朵）来呈现声音这种感觉对象，用视觉（眼睛）来呈现可见事物等。听觉在呈现了声音后就开始对它们进行区分、命名和分类；视觉对于可见事物的认识过程也是如此。听觉不可能呈现可见事物，视觉不能呈现声音。我们关于声音的知识只能通过听觉而不是视觉来获得。不同的感官呈现不同的感觉对象。我们不能用视觉来肯定或否定听觉对象；反之亦然。因此，我们通过不同感官分别地认识各自的感觉对象。

同样，不同情感呈现不同的情感对象。不拥有某种情感，就对它所呈现的情感对象没有任何知识；或者说，它所呈现的对象就不是我们的认识对象。不同情感呈现不同的情感对象。信任情感呈现信任对象；厌恶情感呈现厌恶对象等。换个角度看，厌恶情感不呈现信任对象，因而在厌恶情感中，信任对象不存在，不是认识对象。如果我们企图通过厌恶情感来认识信任对象，无论作何努力，都是徒劳。举个例子来说，你讨厌某人；在讨厌情感中，这人不（不是）你的信任对象，因而你就不会把他当作信任对象而加以认识。情感对象只能在相应的情感中呈现，并在这情感中成为认识对象。

其次，感官对自己所呈现的感觉对象进行赋义。我们以视觉为例，分析视觉在呈现视觉对象时的赋义活动。人是在时空中观看对象的。在视觉中，人把对象呈现为一种具有空间形式（广延）的对象，使得对象显现为一个样子或空间结构，并采用几何学的描述方式。由于对象是在时间中观看的，因而它在时间中不同表现就被描述为变化中的样子。对于视觉对象的样子或空间结构的具体描述便形成了关于可见事物的经验知识。

情感也对其呈现的情感对象进行赋义。情感对情感对象的赋义方式，就目前学界现状而言，缺乏足够的分析和讨论。考虑到文章主题和篇幅，我这里也不可能全面展开。[①] 设想一个人在某环境中出现恐惧情感，并面对着一个恐惧对象。它可以是某一感

① 可参考谢文郁：《语言、情感与生存——宗教哲学的方法论问题》，《宗教与哲学》（第三辑），社会科学文献出版社 2014 年版。

性事物，也可以是一种无形存在。对于他来说，这个对象是可怕而巨大的力量，实实在在地就在他面前，令他恐惧。这里的“可怕”和“巨大”是对这个力量的描述。对于一种有害的东西，如果人有能力控制它，它也许令人讨厌，但不会是可怕的。只有可怕的巨大力量才能使人恐惧。他在恐惧中认识到这个力量之后，为了避免受到它的伤害，他会动用各种认识工具对（去掉“对”字）进一步认识它的各种属性，寻找免受伤害的途径。

人们也许会认为，这个“可怕而巨大的力量”并不存在，而是恐惧者的幻觉。当我们使用“幻觉”一词时，是从我们的感觉经验角度来谈论情感对象的存在，所依据的标准乃是我们的感觉，即：任何缺乏感觉经验的事物都是虚幻的。但是，我们谈到，情感所呈现的对象和感官所呈现的对象是两类不同对象。以感觉为标准来判断情感对象的实在性，或以情感为标准来判断感觉对象的实在性，都是不合适的。因此，“幻觉”一词在这里不适用。

人们还会提出问题，究竟是恐惧赋义于这个力量，还是这个力量作用于人而引起恐惧？我们关于恐惧对象的认识，除了通过恐惧情感，别无他途。上述问题的提出在于，提问者企图脱离恐惧情感来谈论恐惧对象。然而，缺乏恐惧情感无法谈论恐惧对象。或者，我们只能根据感觉经验来谈论恐惧对象。这样，我们只能误解恐惧对象，因为恐惧对象不是感觉对象。因此，这个问题本身是不合适的。在恐惧情感中，恐惧对象呈现了；恐惧对象一旦出现，一定是人恐惧了。恐惧情感和恐惧对象属于同一个认识活动。

二、在敬仰中呈现的天命

以上对情感的认识功能的简略分析，使我们拥有了分析儒家和基督教的天命观的工具。先从儒家开始。我们知道，在儒家经典中出现的“上帝”和“天”是一种最高存在，是不可感觉的存在。究其原始含义，上帝指的是远古的祖先。在原始社会中，人类和自然争斗，也彼此相争。在这过程中，有些部落消失了，有些则存留下来。这种现象并不难观察到。关于它的解释当然可以多种多样。不过，从存留部落的角度出发，自己能够存留下来，祖先肯定是关键性因素（起源和维护）。许多存留下来的文明都有明显的祖宗崇拜痕迹。中国古代文献中的祖宗崇拜可以在“上帝”一词的使用中表现出来。

上帝一词在古文使用中兼有远古祖先（起源）和当下主宰（维护）的意思。“帝”在甲骨文中状如“蒂”，指花朵或果实与树枝的节点，意思是养料的供给环节。用在社会生活中，“帝”就有主宰的意思。“上”在中文中可以表示空间关系中的上下，也可以表示时间关系中过去现在，如上代人下代人。因此，“上帝”可以是当下的最高主宰（在天上），也可以是上古或原始的祖先。在这个意义上，“天”和“上帝”在当下的最高主宰这层意义上可以相互通用，如诗经常用“昊天上帝”的说法。就古代文献而言，使用“上帝”时包含两种含义，而使用“天”时则强调当下的最高主宰和管理者。

作为人之生存源泉和生命主宰，上帝或天乃是敬畏对象。《诗经》在谈到上帝或天时总是带着敬畏情感，如“畏天之威，于时保之”（《周颂·我将》），“皇矣上帝，临下有赫”（《大雅·皇矣》）等。这里，我们可以略加分析《大雅·荡》有关上帝的文字，展示《诗经》对上帝的敬畏。这一章的开头文字是：“荡荡上帝，下民之辟。疾威上帝，其命多辟。天生烝民，其命匪谌。靡不有初，鲜克有终。”句中的“荡荡”和“疾威”，在唐朝大儒孔颖达的理解中，在词性上有贬义的倾向，因而不能与“上帝”合用。在《毛诗正义》中，他说：“上帝者，天之别名。天无所坏，不得与‘荡荡’共文。”进而，他认为，这里讲的“上帝”其实是“以托君王”。考虑到《荡》诗乃召穆公所作，而当时的周厉王无人君之道，因此，孔颖达认为：“故穆公作是《荡》诗以伤之。”我认为，这段诗句其实是表达了一种怨气，是当时在周厉王统治下的社会失序状态和人民怨声载道这一社会现实的情绪反应，是一种泛指。从这个角度看，用现代汉语来翻译这一段：“上帝不设秩序，人民无所适从；上帝只行己意，命令怪异无常；上帝生产万民，命令缺乏诚实；既然开始如此，结果也就如此。”可以感受到，这里要表达的是一种对无良现状的抱怨，直指在时空中的最高主宰——上帝。

然而，《荡》在陈述这个抱怨之后，马上用周文王批评殷商纣王的口气，回应这种缺乏敬畏的态度，并在涉及上帝时特别指出：“匪上帝不时，殷不用旧。虽无老成人，尚有典刑。曾是莫听，大命以倾。”召穆公是要消除人们对上帝的怨气，强调当下社会失序状态与上帝无关。当年上帝弃绝殷商纣王，正是因为纣王不承祖先传统，因而失德无道。召穆公要说的是，那时的情况和现在一样啊！因此，关键在于，我们遵守了祖上的规矩（“老成人”的教训和智慧和那些祖宗留下的“典刑”），就知道天命，就能听从上帝安排，恢复秩序，管理好社会。我们看到，这种观念与周公的“以德配天命”思路完全一致。

《尚书·召诰》记载了周公在周武王建设新都时的一段谈话。周公反复强调“敬德”的关键性，认为夏殷未能继续得到天命佐佑的原因在于“不敬厥德”。相对应地，周朝之建立乃在于周文王的“敬德”得到了天命的佐佑。因此，在他看来，周朝之延续，“敬德”就是当务之急了。

这里，周公在处理上帝—天和人的关系时注意到了两个方面：一方面，他强调天命的绝对性。一个王朝能否延续，关键在于统治者是否遵循了天命（即天所命定于人的）。在周公看来，这天是主宰，他拥有自己的意志；同时，他也是按照秩序（时序）来管理这个世界的。因此，他必须得到足够的敬仰。但是，另一方面，如何保证自己的所作所为是在遵循天命而不是相反呢？周公说：“王先服殷御事，比介我有周御事，节性惟日其迈。王敬作所，不可不敬德。”这里涉及的“敬德”具体指善待并敬重那些

“御事”之人，包括前朝的和本朝的官员。善听人言，遵守传统乃是《尚书》强调的“敬德”。

在总结殷商王朝灭亡的原因时，《尚书·西伯勘黎》谈到了天人关系。纣王在面临被推翻时感叹说：“呜呼！我生不有命在天?!”纣王认为，天命就是祖宗的保佑，一旦临到自己身上，就永远不会丧失。然而，祖伊跟他说：“非先王不相我后人，惟王淫戏用自绝。故天弃我，不有康食。不虞天性，不迪率典。”纣王刚愎自用，不听人言，无视祖先的留下的传统（老成人和典刑），所以天命已去。在纣王的感叹中，不难看到，纣王对“天命”还是持有一定意义上的敬畏的。不过，纣王认为，这个祖上的保佑（天命）一旦赋予即可随便使用，而且永不丧失。在这种思路中，纣王的敬畏情感在他的言行中是逐步减弱的，以至于随后走向自以为是，敬意尽失。没有敬畏情感，把自己的想法等同于天命，从而无视天命（因为天命不存在了）。这便是纣王的悲剧！周公认为，这个教训需要特别重视。不难看到，在这个教训中，传统和天命是联系在一起的。“敬德”就是敬畏天命。这样，对“天命”的敬畏情感就转变为对祖训或传统的敬重情感了。

我们可以这样分析。敬畏作为一种情感指向一种外在的不可抗拒的强大力量。在敬畏情感中，敬畏对象当然是实实在在的；它独立自存，呈现为力量巨大而不可抗拒。纣王在敬畏天时也是有这一点认识的。不过，纣王对天命的认识是不充分的。我们看到，在他关于天的理解中，天这个力量通过血缘关系而赐给他之后，他可以随便使用。显然，一个可以被自己随意使用的力量是不值得敬畏的。因此，主政期间，纣王占用并使用这个力量；同时，他也失去了对它的敬畏。当祖伊告诉他，天放弃了他而不再保佑他，而他看到众叛亲离而无法使用这个力量时，他的敬畏情感重新唤起，并感受到天命的力量。这时，他隐若认识到，天命并不总是和他一致的。不过，为时已晚矣。

周公发现，在敬畏中的上帝并非像纣王所想的那样，以为无论自己怎么做，上帝都会保佑我们。在敬畏中，上帝呈现为一种自行其是的力量。他可以保佑我们，如果我们思想和行为正合他意；同时，他也可以惩罚我们，如果我们悖逆了他的旨意。一个只会保佑我们的力量是不值得敬畏的。正是他既可以保佑也可以惩罚，所以他才值得敬畏。在周公看来，如果在敬畏中的上帝是独立自行的力量，那么，人就必须时时保持敬畏之心，努力使自己所思所想和所作所为都符合上帝旨意或天命（即符合祖宗传统），求得他的保护；同时，小心谨慎，莫违天命。只有这样，天命才在我们这一边，上帝才会保佑我们。这里，善听人言，遵守传统，从而持守天命，就是所谓的“德”。

在周公的思路中，敬天和敬德是一回事。“德”在古代文献中通“得”，意思是拥有、获得、可以使用等方面的含义。“得”适用于所有可以获得的事物，但“德”则限于对上帝旨意（即天命）及其做事方式的把握。甲骨文的德字，形如眼睛望天而摄入心中；其他写法如“悳”也表达这层意思。因此，有德之人乃是顺从天命的人。

谁知道天命呢？谁能成为有德之人呢？显然，天命不是感觉经验对象。天命高高在上，是上帝对万物的安排，是人的感觉所不能及的。如果缺乏敬畏情感，人完全可以根据自己的感觉经验而否定天命的存在。周朝文献对于“德”的理解还是相当一致的，那就是，祖先是我们的生存之源，我们作为后人承受祖先祝福而生存至今，这是值得感恩的。但是，如果我们不继承祖先传统，我们就无法继续领受祝福。这个祖宗传承本身就是天命所在。因此，遵守祖先传统就是知天命，就是有德。在这个思路中，敬德就是要尊重并遵守先人的教训、智慧和规范，尊重那些对祖先传统拥有知识的人，并听从他们的教导。当我们这样做时，我们就知天命了，就是有德之人了。

由此看来，祖先传统可以通过两种途径而传给我们：一种是听从那些对传统拥有知识的人的教导；一种是通过了解并遵守先人传承下来的各种典法。不过，换个角度看，拥有关于传统的知识就是知道各种典法，承传祖训，从而知天命。因此，这两条途径可以归为一条，即：听从那些知道传统的人的话。这些知道传统（典法和祖训）的人称为“儒”。在儒家传统中，所有称为“儒”的人都是有德之人；他们掌握了关于典法和祖训的知识；因此，他们是敬德的对象。

于是，敬德的关键点在于“儒”或儒士。一个社会有儒士，并且统治者听从了儒士的教导，这个社会就是有德的，承继了天命，得到上帝的保佑；否则就是无德，背离天命，自取灭亡。可见，对于任何一个社会来说，培养儒士乃是敬德、承继天命的关键所在，因而也是社会秩序和安康的保障。我们知道，春秋以降，即孔子所在时代，礼崩乐坏，儒士不出，社会失序。孔子对此有深刻认识。在周公的思路上，孔子认为，儒士不出乃是天命淹没而社会动乱之根源。于是，他开办学校，广收学生，培养儒士，承续天命。同时，他还整理典故，修订六经，提供儒士培养的原始读本。孔子一生从事的工作，就是要建立一个儒士培养机制，为社会培养知天命的儒士。

在儒士培养过程中，阅读学习祖传文献如孔子所整理的《六经》是关键环节。在孔子看来，这种阅读的目的并非简单地增长知识，而是要在阅读中认识天命。“学而时习之”的真正意图是深入体会并把握这些文献中所隐含的天命。值得注意的是，孔子强调“有教无类”。也就是说，任何人都可以通过读经典的方式来体会天命，并因此成为知天命的儒士。但是，阅读这些经典文献，不同的人有不同的阅读和理解，并非每个人都能体会到其中的天命。孔子弟子中就有不肖者。也就是说，一个人仅仅依靠阅读经典还不足以使自己成为知天命的儒士。因此，我们还需要审查个人成为儒士的内在因素。

《礼记·中庸》对这个内在因素进行了详细分析和展示。我们来读它的开篇：“天命之谓性；率性之谓道；修道之谓教。”我这样理解这三句话。第一句，每个人都有内在的本性，出生即拥有；它推动人的生存，使之形成独特性格，并规定了人的生存方向。这个本性虽然肉眼不见，但可以通过人的思想和做事方式来表现。重要的是，人的本性就是天命。第二句，按照自己本性去生存，乃是人的生存之道。特别地，这才是正道。第三句，就人的生存而言，他每时每刻都必须在判断中选择；人是在判断选择中进入生存的。但是，人的判断可能出差错，因而需要不断纠正。判断的差错来自人对自己天命本性的错误认识。正确认识自己的天命本性而不断地纠正观念上的错误，才能使自己走在正道上。这个纠错过程便是“教”，包括外在匡正和内在自纠。在儒家传统中，这个“教”称为修身养性。

“天命之谓性”这种说法和天命即传统的思路并不完全一致，但却是有内在联系。如果天命不在人的本性中，追根溯源，上古的祖先（他们也是人）如何能够把天命传承下来呢？因此，在《中庸》看来，天命是人在出生时就给予了每一个人的；换句话说，与生俱来而人皆有之。古代圣人的高明之处就在于他们能够体会并把握自己的天命本性，并用语言加以表达，而平民百姓虽有天命在身却惘然不知。对于任何儒士来说，体会并把握自己的天命本性，以此教导世人，谏言君王，造福于社会治理，乃是他们崇高责任所在。

但是，如何才能体会并把握自己的天命本性呢？——对于儒家的儒士培养机制来说，这是一个必须回答的问题。《中庸》提出“诚”一词来处理这个问题。诚是一种内向性情感。作为内向性的情感指向，它指向的对象是什么呢？或者说，在诚这种情感中呈现的对象是什么呢？《中庸》云：“诚者，天之道也。”也就是说，诚作为一种情感是连接人和天的通道。人与生俱来就有天命在身。因此，诚所指向的对象就是人自身所拥有的天命本性。《中庸》认为，只要在诚中，人的天命本性就会作为一个情感对象而呈现于人的意识中。

前面在谈论“天命之谓性”时，我们指出，天命是与生俱来的。它存在于每一个人的生存中，却无法在感觉经验中呈现（非感觉对象）。然而，在诚这种内向性情感中，天命是实实在在地存在于自身之中，作为自己的生命动力和支撑，推动人的生存。它是纯善的。当然，对于那些缺乏诚这种情感的人来说，天命无法呈现。“不诚无物。”天命在他们的意识中被遮蔽了，视为“无物”。因此，他们往往无视天命的存在，当然也就不会遵循天命。在诚中，儒士能够认识、把握、并遵循天命。因此，儒士培养的关键点是培养诚这种情感。

关于诚这种情感，儒家用如下词语来界定它：“真实无妄”“毋自欺”“主静”。我在一篇专文中有详细论述，[①] 其中心论点如下：在诚这种情感中，人进入一种不受任何观念影响的生存状态，既不受外在的权威观念的影响（“无妄”），也不受自己过去生活

① 见谢文郁：《君子困境与罪人意识》，《哲学门》2012 年第 2 期。

中通过接受他人想法和自主经验而积累起来的主观观念的影响（毋自欺）。同时，它也不受其他情感的影响而处于一种无外倾向的状态，即静的状态。总之，在诚这种情感中，人直接面对真实的自己，而与生俱来的天命本性就完全敞开并呈现在意识中。

我们看到，儒家的天命观有如下发展线索：从敬畏天命（敬重传统），到敬德（知天命），最后归结为在诚中与天命同在。在这条线索中，敬畏情感是主导性的。在诚中呈现的天命也是令人敬畏的。可以这样看。儒士在诚中看到的天命属于他个人的，与生俱来的，但它来自于外在的高高在上的天或上帝。因此，他在诚中仍然对自己的天命本性保持敬畏。诚作为一种内向性情感引导儒士对天命的敬畏。可见，儒家的天命观，归根到底乃是在敬畏中呈现并界定的。孔子自己在谈到这一点的时候，说自己在50岁的时候才知道天命。孔子体会到的天命在孔子出生时就赋予了孔子，并将伴随孔子的一生。但是，孔子并不因为它是自己的而对它缺乏敬畏。虽然人的天命与生俱来，但是，人若对它缺乏敬畏，不去认识它（敬德），就可能违背天命，从而在现实生活走向灭亡。因此，敬畏天命，并在诚中呈现它、认识它、把握它，然后在生存上遵循它，以此造福社会；这就是儒士这个称号的界定。

这个天命观内含着儒家的宇宙观和人生观。简单来说，天是时空中万物的主宰，拥有更大的经纶或计划。它在每一个人身上都赋予了天命。也就是说，天命既是个人的，也是众人的、社会的、宇宙的，是一个整全的安排。《中庸》认为，如果万物（包括每个人）都顺从天所赐予的本性，那么，万物就能和谐相处、相辅相成。至于个人，认识并顺从自己的天命乃是一种天人合一的状态。

三、信仰与神的启示

我们考察一下基督教的天命观。基督教进入希腊思想界之后，西方的天命观就由基督教的天命观所主导了。在基督教话语体系中，天命也就是神的旨意。神是一个独立自主的绝对主宰；他全能全善全知，有自己的意志和计划，并按照自己的意志安排宇宙中的一切，包括人类。如果人的心思意念和神的意志一致，神的力量就成了他的力量，而他将所向无敌。如果人违背神的意志，神的力量就是他的阻拦，他将一事无成、烟消云散。停留在这里，简单比较一下儒家的天命观，关于神的这些说辞和儒家的用词看上去并无太大差别。但是，在基督教看来，人们在面对如此独立自主而强大无比的力量时，往往从自己的理解角度出发去琢磨神的旨意，从而把自己的意志强加在神的头上，制造了各种各样的偶像，并在自己制造的偶像中生存。进一步，如果神不自我启示而彰显于人，人就永远无法知道神的旨意。于是，基督教和儒家的区别就出现了：基督教的神是启示的神，是自己主动地彰显于人面前。人只能通过神的自我彰显来认识神。

我们从“启示的神”这个特征出发分析基督教的天命观。认识论要求我们，无论谈论什么事物，我们必须清楚地知道我们的认识途径或根据。具体到神的旨意问题上，我们是凭什么去认识它的？没有根据的谈论都只是自说自话。前面分析儒家天命观中的认识论时，我们指出，儒家在谈论天命时，强调祖宗的传统（包括先人智慧、事迹、典法等）。祖宗传统是通过经典文献流传于世的，其中内容大都是被总结过的历史事实，具有强烈的现实感。孔子继承这个思路，把这些文献编订为“六经”。《中庸》提出在诚中认识与生俱来的天命本性，强调儒士培养需要摆脱观念的束缚而直接面对自己的天命本性。就认识途径而言，这是有道可循的。那么，基督教是如何处理这个问题的呢？

基督教强调，我们是通过《圣经》来认识神的。《圣经》分为新旧约。《旧约·创世纪》是从天地之初谈起。这个故事的内容大概是这样的。起初，神从无到有创造世界。神在混沌中创造光，分开天地，显露并且植被陆地，设立星宿以定时辰，造水中陆上动物，按照神的形像造人，然后在第七日安息。七日创世是《创世纪》故事。这里涉及了一个不能避免的认识论问题。如果说，在第六日造人之后，人开始感觉经验这个世界，从而把自己的感觉经验以某种方式世代相传，那么，我们还是可以在这传递的信息中知道这些事情的。但是，在人类尚未出现之前，我们如何知道前五日的那些事件呢？这些事件没有人看见过，人凭什么谈论它们？严格来说，关于上帝创世的故事，人无法从感觉经验出发去知道。

奥古斯丁在追求真理过程中曾深陷怀疑主义泥坑，对关于真理的认识论问题有深刻体会。在阅读这个创世故事时，他问道：摩西讲的这个故事是真的吗？凭什么？[①] 我们注意到，在创世故事中，“神说”是引导词。每一个创造动作都是在神说中进行的。“说”这个动作发生在两个主体（说者和听者）之间的交往中。如果在这个动作中，说者是在主动传递信息，把听者不知道的事告诉听者；那么，对于听者来说，假设听者想了解说者所说的事，他不过是被动的接受者。如果听者自以为是，对说者的话进行判断，那么，听者就无法接受并理解说者所说的。这种说—听的关系称为“启示”。因此，“神说”这种语言表达方式隐含着神的启示这层含义。神就是创造者，是创造活动的设计者和执行者，因而完全知道这个创造事件。但是，如果神不把创世事件告诉人，人就没有任何途径可以知道这个创世事件。在叙述创世故事时，对于摩西来说，整个故事的情节都是神告诉他的。如果不是“神说”，摩西就是在胡说。神把这件事告诉了他，摩西就知道了，并且是有根有据地记叙了创世故事。因此，整个创世活动都是神说的，在神说中世界被创造了；同样，在神说中创世事件被描述了。换句话说，在神的启示中，摩西的创世故事是真实的了。

我们进一步分析这种启示认识论。“神说”对于摩西来说是神对他的启示，是神把

---

① 参阅奥古斯丁：《忏悔录》，周士良译，商务印书馆1963年版，第11章第3节。

一件人凭自己感觉经验而无法知道的事告诉了人。通过神的启示，摩西知道了神的创世活动。对于这样的问题：摩西凭什么知道神的创世活动呢？——答案就是：神的自我启示。摩西是领受了神的启示之后知道了创世事件，进而写下了创世故事。因此，摩西的故事不是虚构。对于摩西《创世纪》的读者来说，在启示这个思路中，他们只能相信摩西所写，并从中领受神的启示。很显然，神把创世故事向摩西启示了，并没有向其他人启示。不相信摩西，就无法知道创世事件。或者说，相信摩西领受了神的启示而记叙成文，是我们知道创世事件的唯一途径。奥古斯丁在提出创世故事的认识论问题之后，马上指出，他必须相信摩西，相信他是在神的启示中记载下这个故事的。在信心中，奥古斯丁发现自己在创世问题上完全没有判断权；他在摩西面前只能是一个简单的接受者。因此，作为接受者，他只能承认，摩西记叙的创世故事是真的。于是，他知道，神无中生有而创造了这个世界。

奥古斯丁在阐释创世故事中所展示的认识论称为启示认识论。这是基督教认识论的主导思路。不难看到，这个认识论有两条基本原则。首先，神是启示的神，愿意向人自我彰显。启示者向什么人启示，启示什么内容，以什么方式启示等，都是由启示者自己来决定的。启示者选择摩西并向他启示。这是启示者已经做过的事。启示者是否可能采取其他方式来自我彰显？——回答是肯定的。但是，启示是一个历史过程。就认识论而言，对于启示者尚未启示的，我们无法获得知识。也就是说，启示是历史性的。根据圣经，神自我彰显的方式是这样的：他拣选摩西并向他启示创世故事。

其次，面对神通过摩西而发布的启示，读者只能在相信中接受创世故事。由于神没有向其他人启示创世故事，对于任何人来说，如果他想了解创世故事，他就必须相信摩西所写。如果他想避开摩西，他就不可能知道创世故事。或者，如果他不相信摩西所写，他就无法知道创世故事。在奥古斯丁的启示认识论中，相信先知，是人领受神的旨意的必要条件。

在这个思路中，神是通过派遣先知来表达自己的旨意的。在旧约，神的启示方式是：当神就某件事要对以色列人说话时，就派遣先知就事说事，向人表达神的旨意。所谓先知，就是指那些被耶和华的灵充满，受耶和华派遣，并仅仅按照神的旨意说话做事的人。就这件事而言，先知说的话就是神要说的话。先知是否被圣灵充满，只有先知自己才知道，任何其他人都无从断定。显然，断定者必须知道神的旨意，才能断定他人是否被圣灵充满。然而，神只通过先知来传达他的旨意，其他人无他途知道神的旨意。神—先知—人之间的关系是这样的：先知是神和人的中介。对于以色列人来说，相信先知乃是知道神的旨意的唯一途径。

不过，当先知完成了他的使命之后，耶和华的灵就离开他，而他和其他人就没有什么区别了。因此，先知的职分并不是先知自己通过任何努力而获得的，也不能通过自己的努力维持到永久。一个人成为先知以及维持他的先知职分，其决定权完全在耶和华手里。但是，对于众人来说，一旦某人曾为先知，他们就会赋予他以先知职分。于是，有些拥有先知职分而无耶和华之灵充满的人便利用自己的头衔发布预言。这种人在旧约中称为假先知。[①]

假先知的出现引导出了所谓的先知困境。先知由神派遣，因而人们只能相信他并从他那里领受神的旨意。但是，假先知也自称是先知。如果我们不分辨真假先知，我们就可能相信假先知，从而无法知道神的旨意。而且，我们还会拒绝真先知，因为真先知说的话往往是我们不爱听的。结果是，我们从假先知那里领受，而不是从神那里领受。先知是人和神之间的中介。没有人能够直接知道神的旨意，在信心中接受先知所传递的信息是领受神的旨意的唯一途径。对于人来说，分辨一件事需要对这件事拥有某种知识，是有根有据的判断。真先知是由神派遣而来的；要辨认真先知就必须拥有关于神的知识；但是，离开先知，人无法拥有关于神的知识。或者说，如果人拥有了关于神的知识，人就不必通过先知来知道神的旨意了。因为人不拥有关于神的知识，所以人无法分辨真假先知。实际上，只要我们开始去分辨真假先知，我们就只能接受假先知，拒绝真先知。这便是先知困境：人无法分辨真假先知，却不得不去分辨真假先知。

如何走出启示认识论中的先知困境？我们在先知困境中看到，人无法分辨真假先知。强行去分辨，乃是勉强做自己能力之外的事。从另一个角度看，要求人分辨真假先知，等于要求人放弃信心。在逻辑上，这等于宣判启示认识论的失败。实际上，旧约的先知困境是人的罪性的一种表现。假先知妄说预言是违背神的旨意；而众人按照自己的心思意念去分辨真假先知则必然拒绝真先知。分辨真假先知问题是先知困境的关键环节。可以看到，人凭自己是无法解决先知困境的。在启示认识论思路中，先知困境之解决取决于启示者。在旧约，启示者在派遣先知时往往是：哪个方面有需要，就让先知说哪方面的话。先知完成使命后便失去先知身份。要消解先知困境，启示者需要派遣一位全方位的使者，在任何时候和事情上都不会丧失其使者身份。对于这样一个使者，人们不需要做任何辨认，只需要完全的相信。这便是弥赛亚盼望。

《约翰福音》对弥赛亚（基督）的身份进行详细界定，并在恩典真理论[②]的说法指出了一条现实的走出先知困境的道路。在这个说法中，耶稣的独子身份十分突出[③]。恩典真理论认为，耶稣是神的独子，是神赐给人的恩典。“独子”中的“独”可以从两个角度看。一方面，神派遣耶稣作为使者是全方位的。神把一切都向耶稣展示了，并且只

---

① 旧约有很多关于假先知的记载，可在《列王纪》第 20 章略见一斑。

② 参阅谢文郁：《恩典真理论》，《哲学门》2007 年第 1 期。

③ 参阅谢文郁：《道路与真理——解读〈约翰福音〉的思想史密码》，华东师范大学出版社 2012 年版，导论，第一节。

让耶稣来彰显真理（神的旨意和荣耀），说神要说的话，做神要做的事。而且，神不会再派遣其他使者了。另一方面，耶稣完全凭着在里面的天父说话做事，只说天父要他说的，只做天父要他做的；除此之外，他不说其他的话，不做其他的事。因此，面对耶稣只能完全相信接受，无须进行任何的分辨。耶稣说话做事就是神在说话做事。在相信耶稣基督中，人就能够知道神的旨意。恩典真理论在逻辑上贯彻了启示认识论，消解了先知困境。基督教的恩典真理论展示了一条独特的认识神的旨意（天命）之路。

恩典真理论中的信心，就其具体内容而言指的是相信耶稣基督，相信耶稣是神的完全启示者。在信心中，人完全交出了判断权，使自己成为一个简单的接受者。这种完全的信心所指向的神一定是全善全能全知的。设想神是有缺陷的，而人用完全的信心去面对神，那么，当人在信心中接受神的缺陷时，人的生存就必遭损害。而且，这个神必须为信徒提供了完善的个人计划。设想神没有对信徒设计完善计划，那么，信徒在信心中接受神的给予时，就必带来生存上的损害。可见，信心这种情感指向一个全能全善全知的信任对象（上帝）。在信心中，信徒接受神的给予，理解神的旨意，认识神在自己身上的美好安排。这是一种信仰中的天命观。

简单比较一下中西天命观。我们的分析表明，以儒家为主流的中国传统天命观是建立在敬仰这种情感基础上的。在敬仰中，天命是一种不可抗拒的力量；但是，如果我们能够顺从天命，我们就能得到它的祝福。顺从天命需要知道天命。认识并把握了天命便是德，因而需要敬德。在敬德这个思路中，把自己的本性归为天命；在诚中呈现并认识自己的本性，就是知天命；知天命而顺从之，就是德。对比之下，基督教主导的西方天命观则是建立在信仰这种情感上。信仰指向全善全能全知的神；这个神是启示的神，在基督里得以完全彰显；信徒在信心中放弃判断权而成为接受者，领受神在基督里的自我彰显，从而认识并遵循神的旨意（天命）。

从儒家和基督教都在敬畏情感中面对天命或神的旨意这一点来看，两者确实有某种共通之处。许多基督教人士在谈论儒家的“上帝”时，认为它和基督教的上帝是同一个上帝。然而，一旦进入到认识论，我们注意到，其中有两种思路。儒家追求在诚这种情感中呈现并认识天命，是一种内向而求的进路。基督教则教导在信这种情感中成为接受者，是一种外向依靠的进路。进路不同，儒士和基督徒关于天命的认识也就不同。

历史中的儒家心性论

儒家“敬”论的三个发展阶段

——以《尚书》《曲礼》和程朱理学为例*

冯 兵

摘 要 “敬”论是中国传统伦理思想中的重要范畴，基本贯穿了中国古代思想历史发展的始终，大致有三个主要的发展阶段：首先是商周时期由敬“天”转向敬“德”的、以政治伦理为主导的第一阶段，体现了圣王先哲的忧患意识，其主要理论载体为《尚书》；其次是战国秦汉时期以礼履“敬”、以“敬”行礼的敬“礼”的规范伦理阶段，体现了在纷乱动荡的时代背景下人文理性精神的升华，其中最有代表性的文献是《曲礼》；第三个阶段则是以程朱理学为核心的、视“敬”为圣门至上心法的理学时期，此阶段的“敬”论最为系统，代表着儒家心性论、工夫论的最高成就，是儒学因应佛老思想之挑战的理论结晶。

关键词 “敬”论 《尚书》 《曲礼》 程朱理学

基金项目 本文为福建省社科基地重大项目“朱熹的生活哲学思想及其现代价值”(FJ2015JDZ012) 的阶段性成果。

作者简介 冯兵 (1975—)，男，重庆奉节人，哲学博士，华侨大学生活哲学研究中心、哲学与社会发展学院副教授，目前主要从事先秦儒学与宋明理学研究，重点关注儒家礼乐哲学思想及其体系建构研究。

“敬”历来就是中国古代思想世界中的一个重要范畴，有着强烈的伦理属性与社会价值。古人对“敬”高度重视，如《易·需卦》九三爻辞：“需于泥，致寇至。”《象传》解释说：“需于泥，灾在外也。自我致寇，敬慎不败也。”又“上六：入于穴，有不速之客三人来，敬之终吉”。《象传》亦释为：“不速之客来，敬之终吉。虽不当位，未大失也。”《离卦》之“初九：履错然，敬之无咎”。其《象传》释为：“履错之敬，以辟咎也。”“敬”可使人“终吉”“辟咎”“不败”，从《周易》经传中这一类的观点

* 本文原载《哲学动态》2016 年第 11 期。

就可见我国古人对“敬”之一德的期许和看重。而在传统儒学中，“敬”论的发展大致经历了从作为政治伦理的敬“天”、敬“民”与敬“德”，到作为规范伦理的敬“礼”，再到作为程朱理学心性工夫论的“圣门第一义”等数个阶段。本文将主要以《尚书》《曲礼》和程朱理学之“敬”论为例逐一展开讨论。

一

《尚书》中即有对“敬”在政治、社会及宗教等领域中的道德表现的论述。《尚书·尧典》说：“乃命羲和，钦若昊天，历象日月星辰，敬授人时。”又载：“帝曰：‘契，百姓不亲，五品不逊。汝作司徒，敬敷五教，在宽。’”“敬授人时”“敬敷五教”等说法即表明，似乎早在上古时期“敬”就已经成为统治者理想人格中的固有德性要求，并体现于“授人时”“敷五教”等具体的事务中，其实质则是通过敬于事来体现“钦若昊天”之敬“天”的宗教情怀。伪古文尚书《大禹谟》中道：“钦哉！慎乃有位，敬修其可愿，四海困穷，天禄永终。”就更是指出统治者应该谨守职分，敬慎其事方能永享上天所给予之福禄。而且“皇祖有训，民可近，不可下，民惟邦本，本固邦宁。予视天下愚夫愚妇一能胜予，一人三失，怨岂在明，不见是图。予临兆民，懔乎若朽索驾驭六马，为人上者，奈何不敬?”（夏书《五子之歌》）民为邦国之根本，统治者如何能不敬“民”？爱“民”、保“民”亦须敬“民”！此语明确将政治伦理与对天帝的信仰（即宗教伦理）结合起来，将敬“天”下降落实为敬“民”。因此，商书《高宗肜日》就说：“王司敬民，罔非天胤，典祀无丰于昵。”而“敬民”则须听从“民命”，如商书《盘庚下》道：“朕及笃敬，恭承民命，用永地于新邑。”尽管孔安国注《高宗肜日》篇之“王司敬民”为“王者主民，当敬民事”①。以“敬民”为“敬民事”，并非完全以“人”“民”本身为“敬”的对象，但无论如何，“人”“民”在社会政治生活中的主体性地位已得到了商周统治者较高程度的重视。

除了敬“天”、敬“民（事）”之外，敬“德”之本身，即对“德”深怀同情与敬仰，也是《尚书》论“敬”的重要内容，这主要体现在《周书》诸篇之中。郭沫若说：“‘敬德’的思想在周初的几篇文章中就像同一个母题的和奏曲一样，翻来覆去地重复着。”② 如周书《召诰》就曾反复申明“敬德”：“呜呼！天亦哀于四方民，其眷命用懋。王其疾敬德!”又道：“王敬作所，不可不敬德。”因为毕竟有前车之鉴：“我不可不监于有夏，亦不可不监于有殷。……惟不敬厥德，乃早坠厥命。”由此，周初统治者基于“敬德”的德治理念，特别强调要“往敬用治”（《君奭》），具体则如“敬用五

① ［汉］孔安国传，［唐］孔颖达疏：《尚书正义》，北京大学出版社 1999 年版，第 257 页。

② 郭沫若：《郭沫若全集·历史编》，人民出版社 1982 年版，第 335 页。

事”（《洪范》），在各项社会政治管理事务中心怀敬慎；“敬明乃罚”（《康诰》），“哀敬折狱，明启刑书胥占，咸庶中正”（《吕刑》），要求慎刑轻罚，合理对待德、刑关系。而以“敬”治刑狱，不仅是要“咸庶中正”，更主要的还是希望以刑弼教，“惟敬五刑，以成三德”，从而实现“一人有庆，兆民赖之，其宁惟永”（《吕刑》）的道德治世。

以上我们对《尚书》之“敬”义进行了梳理，大致可以看出，“敬”作为一种重要的伦理观念早已得到了周初圣贤的重视，其将宗教与人文会通一体，“敬”的对象既有宗教意义上的“天”，也有“民”或“人”及其统治者之“德”本身。而且随着时代的发展，“人”在社会政治生活中的地位与影响逐渐超越了“天”，展现了我国古代思想历史发展的人文化、理性化路径。即如陈来所说：“商周世界观的根本区别，是商人对‘帝’或‘天’的信仰中并无伦理的内容在其中，总体上还不能达到伦理宗教的水平。而周人的理解中，‘天’与‘天命’已经有了确定的道德内涵，这种道德内涵是以‘敬德’和‘保民’为主要特征的。天的神性的渐趋淡化和‘人’与‘民’的相对于‘神’的地位的上升，是周代思想发展的方向。”① 总体来看，《尚书》之“敬”的政治伦理色彩浓厚，其敬“天”与敬“民”、敬“德”并行，最终目的不过是为了“本固邦宁”，“祈天永命”以使“予一人”得以“天禄永终”，更多是源于周初统治者与思想家们自身在“天命靡常”“惟德是辅”的新天道观念笼罩下的政治忧患意识。对此，我们可借用徐复观的一段话为之作注：

> 在忧患意识跃动之下，人的信心的根据，渐由神而转移向自己本身行为的谨慎与努力。这种谨慎与努力，在周初是表现在“敬”“敬德”“明德”等观念里面。尤其是一个“敬”字，实贯穿于周初人的一切生活之中，这是直承忧患意识的警惕性而来的精神敛抑、集中，及对事的谨慎、认真的心理状态。这是人在时时反省自己的行为，规整自己的行为的心理状态。周初所强调的敬的观念，与宗教的虔敬，近似而实不同。宗教的虔敬，是人把自己的主体性消解掉，将自己投掷于神的面前而彻底皈归于神的心理状态。周初所强调的敬，是人的精神，由散漫而集中，并消解自己的官能欲望于自己所负的责任之前，凸显出自己主体的积极性与理性作用。②

而在《诗经》中，“凡百君子，各敬尔身。胡不相畏？不畏于天！”（《小雅·雨无正》）其间则既有统治者对自我德性的警醒与关怀，也有对人格神意义的上天的恭敬或

① 陈来：《古代宗教与伦理——儒家思想的根源》，三联书店2009年版，第183页。

② 徐复观：《中国人性论史·先秦卷》，九州出版社2014年版，第21—22页。

敬畏。又如“敬天之怒，无敢戏豫。敬天之渝，无敢驰驱”（《大雅·板》），“昊天上帝，则我不虞。敬恭明神，宜无悔怒”（《大雅·云汉》），等等，都强调天意无常，人会动辄得咎，故而“至于天变，尤当敬畏”[①]。另外，还有“各敬尔仪，天命不又”（《小雅·小苑》）、“敬慎威仪，以近有德”（《大雅·民劳》）、“慎尔出话，敬尔威仪，无不柔嘉”（《大雅·抑》）等对“威仪”即礼之敬慎与牢守的强调。从中可见，相比于《尚书》之《周书》，《诗经》中的“敬”宗教色彩似乎还更为浓厚，其“敬尔威仪”亦主要是为了“敬恭明神”。但《诗经》之“敬”的意涵又同样是冶宗教与人文于一炉，并对礼本身的规范意义较为重视，要求人们予之以充分的尊重。

在《尚书》里少有提到“敬”与礼的关系，《诗经》强调“敬尔威仪”等，将礼视为“敬”的重要对象，肯定了礼（“威仪”）的价值与作用，但也没有明确指出“敬”在礼论系统中的意义，而在《左传》中则较充分地认识到了“敬”于礼之实践的工具性价值。如《左传》僖公十一年提到“礼，国之干也，敬，礼之舆也，不敬则礼不行”，《左传》成公十三年说“勤礼莫如致敬”，等等，都明确指出了“敬”之于礼的践履和运行的重要性。这于《礼记》的《曲礼》等篇对“敬”的重视有着较显著的启发意义。而除了《曲礼》在篇首即言“礼，毋不敬”之外，《礼记·哀公问》也记载孔子之语“所以治礼，敬为大”[②]，《大戴礼记·劝学》亦曰“不敬无礼，无礼不立”，等等，都说明了“敬”之于礼的首要地位。二程门人范祖禹便总结说：“经礼三百，曲礼三千，亦可以一言以蔽之，曰毋不敬。”[③]

二

很可能“成篇于春秋末期战国前期”[④]的《曲礼》作为《礼记》的第一篇，通常被视作是对《礼记》诸篇内容的统括。如《礼记正义》中，孔颖达始引陆德明对《曲礼》篇名的解释：“《曲礼》者，是《仪礼》之旧名，委曲说礼之事。”继引郑玄之语：“名曰《曲礼》者，以其篇记五礼之事。”随之说道：“案郑此说，则此《曲礼》篇中有含五礼之义。……此篇既含五礼，故其篇名为《曲礼》。《曲礼》之与《仪礼》，其事是一。以其屈曲行事，则曰《曲礼》；见于威仪，则曰《仪礼》。”[⑤]此处按汉唐诸家的看法，《曲礼》显然当是对诸礼内容和意义的概说。而《曲礼》开篇即说“毋不敬”，事实上“敬”也确实贯穿于礼之全体，如郑玄注云“礼主于敬”，孔颖达疏释之曰：

① ［清］方玉润：《诗经原始》，中华书局1986年版，第529页。

② 又见《孔子家语·大昏解》《大戴礼记·哀公问于孔子》。

③ ［宋］朱熹：《论语集注》，《朱子全书》第6册，上海古籍出版社、安徽教育出版社2002年版，第75页。

④ 王锷：《〈礼记〉成书考》，中华书局2007年版，第102—107页。

⑤ ［汉］郑玄注，［唐］孔颖达疏：《礼记正义》，北京大学出版社1999年版，第6页。

“又案郑《目录》云‘《曲礼》之中，体含五礼’，今云‘《曲礼》曰：毋不敬’，则五礼皆须敬，故郑云‘礼主于敬’。”① 郑、孔都强调“礼主于敬”“五礼皆须敬”，“敬”自然是儒家礼学的核心思想无疑。而就《曲礼》来说，尽管其中“敬”字只有七见，但细读全文，却又发现似乎无处不是论“敬”。《曲礼》中的“敬”有多方面的内涵或者表现，基本代表了我国传统“敬”论的核心意涵，下面我们就分别从五个方面对之逐一展开分析。

（一）“警”

《释名·释言语》曰：“敬，警也，恒自肃警也。”徐复观说：“‘敬’字的原来意义，只是对于外来侵害的警戒，这是被动的直接反应的心理状态。周初所提出的敬的观念，则是主动的、反省的，因而是内发的心理状态。这正是自觉的心理状态，与被动的警戒心理有很大的分别。”②《释名》中释“敬”为“恒自肃警”，强调的就是这样一种主动的、内发的自觉心理状态，有自我警醒、自我“提撕”之意。如朱熹道：“敬是个莹彻底物事。……提撕便敬；昏倦便是肆，肆便不敬。”③ “此一个心，须每日提撕，令常惺觉。”④ 等等。关于敬的此种含义，《曲礼》中有着较为具体的描述，如说：“敖不可长，欲不可从，志不可满，乐不可极。”郑玄注道：“四者慢游之道，桀、纣所以自祸。”⑤ 卫湜《礼记集说》则引费氏之言曰：“此四戒者皆所以持其敬也。”⑥ 认为四个“不可”是对人之情感与心理的告诫、警示。陈澔亦引朱熹的话说，此四句“皆禁戒之辞”⑦。不过，此处虽是作者的诫勉、警示之意，但对受众而言，则更是应当对自我的放纵、傲慢之心予以主动和内发的怵惕警觉。另如“临财毋苟得，临难毋苟免。很毋求胜，分毋求多。疑事毋质，直而勿有”。卫湜在《礼记集说》中引永嘉戴氏之解曰：“天下之患，莫大于苟可为而止。故苟者，自恕之辞也。”并据此强调“人心不可有所求也”，认为“求胜”“求多”“直而有”之念“皆私欲之难制者”。⑧ 可见，在名利面前人人都须“恒自肃警”，为其所当为，止其所当止，这就需要强烈的自警意识而“常惺觉”。这种自警意识所强调的，正是对内心欲望、情感等的表达是否逾越礼法尺度的一种警觉，是对自我的警醒“提撕”，表现于外则是“敬”，即对礼法规范的严格恪守。

① ［汉］郑玄注，［唐］孔颖达疏：《礼记正义》，北京大学出版社1999年版，第7页。
② 徐复观：《中国人性论史·先秦卷》，九州出版社2014年版，第22页。
③ ［宋］黎敬德编：《朱子语类》，中华书局1985年版，第269页。
④ ［宋］黎敬德编：《朱子语类》，中华书局1985年版，第334页。
⑤ ［汉］郑玄注，［唐］孔颖达疏：《礼记正义》，北京大学出版社1999年版，第8页。
⑥ ［宋］卫湜：《礼记集说》，《景印文渊阁四库全书》第121册，台北商务印书馆1986年版，第17页。
⑦ ［元］陈澔：《礼记集说》，世界书局2015年版，第1页。
⑧ ［宋］卫湜：《礼记集说》，《景印文渊阁四库全书》第121册，台北商务印书馆1986年版，第30页。

（二）“肃”

《尔雅·释训》中说：“穆穆肃肃，敬也。”《说文·苟部》：“敬，肃也，从攴、苟。”二者均以“肃”说“敬”，是对人在“敬”时的严肃庄重的心理与情态的描述。《曲礼》中对行礼以“敬”之肃穆情态的要求多是出现在较为隆重的典礼或丧、祭礼等场合之中。如曰：“祷祠、祭祀，供给鬼神，非礼不诚不庄。”孙希旦引吴澄的解释说：“祷祠者，因事之祭；祭祀者，常事之祭。皆有牲币以供给鬼神，必依于礼，然后其心诚实，其容庄肃。”①《论语·八佾》中，孔子说：“祭如在，祭神如神在。”强调在行祭礼之时祭祀者内心必当极度诚敬。而《曲礼》作者于此进一步指出，在礼的规范和保障下，祭祀者内心的诚敬体现于仪容表情便显得庄严肃穆，因此不仅“其心诚实”，且“其容庄肃”。当提到“与父同宫者”（即与父同住的孝子）的“居处及行立待宾祭祀敬慎之事”时，②《曲礼》要求“为人子者……听于无声，视于无形。不登高，不临深，不苟訾，不苟笑”。郑玄释“听于无声，视于无形”为“恒若亲之将有教使然”③。强调是针对孝子肃穆庄重的情貌而言。至于“不登高，不临深，不苟訾，不苟笑”，郑玄说是“为其近危辱也”。登高、临深自然是危险举动，无须多言；“不苟訾”“不苟笑”，按郑玄和孔颖达的解释，乃是因为人即便有过错，也不喜欢被人讥笑讪谤，此乃人之天性，若孝子“苟讥毁訾笑之，皆非彼所欲，必反见毁辱，故孝子不为也”④。尽管此节内容讲述的是孝子的敬慎之道，但从其对言行举止的具体要求与描述来看，则显然也突出了子女致“敬”于父母时在日常行事做人中所体现出来的庄敬情态。

（三）“慎”

《玉篇·苟部》讲：“敬，慎也。”则是对人持“敬”时的谨慎心理的揭示。对此，《曲礼》有着细致的规定。如曰：“适墓不登垄，助葬必执绋。临丧不笑，揖人必违其位，望柩不歌，入临不翔。当食不叹。邻有丧，舂不相。里有殡，不巷歌。适墓不歌，哭日不歌。送丧不由径，送葬不辟涂潦。临丧则必有哀色，执绋不笑，临乐不叹，介胄则有不可犯之色。故君子戒慎，不失色于人。”《曲礼》要求“临丧不笑”“执绋不笑”，“望柩不歌”“适墓不歌，哭日不歌”，“当食不叹”“临乐不叹”，在各种丧祭礼场合“必有哀色”，而甲胄在身时又须有凛然不可侵犯的威仪，等等。可见在不同的礼仪场合，人们行礼以“敬”就必须有不同的仪容表现，稍有不慎则“失色于人”，故“君子戒慎”。对“失色于人”，孔颖达正义曰：“……上既言内外宜称，故君子接人，

① ［清］孙希旦：《礼记集解》，中华书局1989年版，第9页。
② ［汉］郑玄注，［唐］孔颖达疏：《礼记正义》，北京大学出版社1999年版，第29页。
③ ［汉］郑玄注，［唐］孔颖达疏：《礼记正义》，北京大学出版社1999年版，第29页。
④ ［汉］郑玄注，［唐］孔颖达疏：《礼记正义》，北京大学出版社1999年版，第29—30页。

凡所行用，并使心色如一，不得色违于心，故云‘不失色于人’也。”① 强调在不同礼仪场合中人的表情姿容应该与内心的道德情感相称，因此“不失色”实质就是不失礼。而要如何做到不失礼，很重要的一点就是“慎”，即处处谨遵礼法，不允许有丝毫差池。具体又如：“取妻不取同姓，故买妾不知其姓则卜之。寡妇之子，非有见焉，弗与为友。”同姓不婚，在《曲礼》成书的时代已是人伦之大节，即使是纳妾，也应当慎之又慎。与寡妇之子交游，则应考虑到“寡妇门前是非多”而注意避嫌。另如“将上堂，声必扬。户外有二屦，言闻则入，言不闻则不入”，郑玄说此举是为了“警内人”“不干掩人之私”②，即登门造访时言行必须谨慎，以免干人隐私，这是行礼之“敬”的基本表现。再如“入竟而问禁，入国而问俗，入门而问讳”“君有疾饮药，臣先尝之；亲有疾饮药，子先尝之。医不三世，不服其药”，等等，都是礼所规定的在各类社会政治生活中道德主体的敬慎之道。

（四）“恭”

《玉篇·苟部》又道：“敬，恭也。”释“敬”为“恭”。《曲礼》说：“坐如尸，立如齐。”孔颖达释曰：“立如齐者，人之倚立，多慢不恭……”意指“慢”为“不恭”，反之“恭”也就是“不慢”了。同时，郑玄注《周礼·天官·太宰》中“二曰敬故”为“不慢旧也”。“敬”即“不慢”，可见“恭”“敬”义同。“慢”，《释名·释言语》道：“慢，漫也，漫漫心无所限忌也。”“不慢”就是不慢怠、不散漫。朱熹说“敬是不放肆底意思”③，大意亦是如此。但“恭”“敬”的内涵也稍有差别，如《曲礼》中说：“是以君子恭、敬、撙、节，退让以明礼。”《礼记正义》先引何胤语曰：“在貌为恭，在心为敬。”孔颖达自己则分析认为：“……故知貌多为恭，心多为敬。又通而言之，则恭敬是一。”④ 可见“恭”主要是就“敬”的外在表现而言，但总体上看，“恭”“敬”又是一体的。《曲礼》在“恭”的具体礼仪表现上规定得十分详细，譬如“毋侧听，毋噭应，毋淫视，毋怠荒。游毋倨，立毋跛，坐毋箕，寝毋伏，敛发毋髢，冠毋免，劳毋袒，暑毋褰裳”。郑玄注曰：“皆为其不敬。”⑤ 其中的种种要求，无一不体现了对不慢怠、不散漫、不放肆之恭敬心态与言行的规定。

（五）“畏”

朱熹说：“敬不是万事休置之谓，只是随事专一，谨畏，不放逸耳。”故而又道：

---

① ［汉］郑玄注，［唐］孔颖达疏：《礼记正义》，北京大学出版社 1999 年版，第 79 页。
② ［汉］郑玄注，［唐］孔颖达疏：《礼记正义》，北京大学出版社 1999 年版，第 37 页。
③ ［宋］黎敬德编：《朱子语类》，中华书局 1985 年版，第 103 页。
④ ［汉］郑玄注，［唐］孔颖达疏：《礼记正义》，北京大学出版社 1999 年版，第 16—17 页。
⑤ ［汉］郑玄注，［唐］孔颖达疏：《礼记正义》，北京大学出版社 1999 年版，第 49 页。

“敬，只是一个‘畏’字。”① 由此可知，“敬”又体现为“畏”，乃“谨畏”“戒谨恐惧”的道德心理与道德情感。《论语·季氏》中，孔子道：“君子有三畏：畏天命，畏大人，畏圣人之言。”《曲礼》对人们行礼以“敬”的要求中也有着“畏”的含义，但其“畏”的对象更主要是“大人”及对“大人”应持的礼节本身。如说：“见父之执，不谓之进不敢进，不谓之退不敢退，不问不敢对，此孝子之行也。”孔颖达正义曰：“此一节明人子谦卑，行著于外，所敬又广。”② 即指人子将对父亲之孝敬推扩到父亲的知交好友身上去。陈澔也说此语是强调孝子当对父执辈“敬之同于父”③。而其中的数处“不敢”，则充分体现了“孝子之行”中的敬畏情态。又如“孝子不服暗，不登危，惧辱亲也”，孔颖达解释此语说：“一则为卒有非常，一则暗中行事，好生物嫌，故孝子深戒之。”按《孝经·开宗明义》：“身体发肤，受之父母，不敢毁伤，孝之始也。”“服暗”“登危”之举正是要把自己陷入危险之中，其不仅伤身，更是会让父母受辱，此举自然非孝，故孝子在日常的言行举止中必然对任何可能辱及父母的事物都深怀戒警恐惧之心。再如祭祀之礼，《曲礼》规定“支子不祭，祭必告于宗子”。“支子”即庶子，庶子不得主祭，若宗子因故无法行礼，庶子方可暂代，不过也应先行告知宗子，以示“不敢自专”。④ 庶子的“不敢自专”，与其说是出于对宗子权威的敬畏，毋宁说是慑于礼的威严，对“僭礼”的忌惮。这便是《曲礼》中“敬”之“畏”的表现与社会效应。

上述关于行礼之“敬”的内涵的种种描述，彼此之间的畛域界限往往并不分明，而是相通的。如《曲礼》要求：“凡为长者粪之礼，必加帚于箕上，以袂拘而退，其尘不及长者，以箕自乡而扱之。”为长者打扫，应将扫帚置于畚斗（箕）之上，郑玄说“如是方得两手奉箕，恭也”⑤。而且在扫地时还得用衣袂遮住灰尘，勿使尘土沾染了尊者，在用扫帚将尘土扫入畚斗之时，畚斗的口子还必须朝向自己，因为“以乡尊者则不恭”⑥。尽管郑玄释其为“恭”，但其中何尝又没有表现出谨小慎微、警醒肃然的情态？因此，在《曲礼》的“敬”论范畴中，我们所做的“警”“肃”“慎”“恭”“畏”等含义区分只能是出于析论的方便而权且如此，实际上往往是诸义并存融通的。而且，在礼的具体实践过程中，其“敬”的对象更多的是体现为人“群”中的“长者”“尊者”以及作为人伦秩序、行为规范的礼本身，而非人格化的天帝与鬼神。陈来说：“从《左

① ［宋］黎敬德编：《朱子语类》，中华书局1985年版，第211页。
② ［汉］郑玄注，［唐］孔颖达疏：《礼记正义》，北京大学出版社1999年版，第25页。
③ ［元］陈澔：《礼记集说》，台北世界书局2015年版，第3页。
④ ［汉］郑玄注，［唐］孔颖达疏：《礼记正义》，北京大学出版社1999年版，第156页。
⑤ ［汉］郑玄注，［唐］孔颖达疏：《礼记正义》，北京大学出版社1999年版，第42页。
⑥ ［汉］郑玄注，［唐］孔颖达疏：《礼记正义》，北京大学出版社1999年版，第42页。

传》各种‘礼也’和‘非礼也’的评论可见，人们更多的是把礼作为规范、衡量人的行为的正义原则。”[①]《曲礼》的作者一般认为是曾子及其门人，成篇年代稍晚于《左传》，故而其礼的观念中规范意识、伦理意识必然更为强烈。

三代礼乐传统“一直在巫文化的主宰之下”[②]，因此周初所制之礼乐仍有较浓的“巫风”。经过商周至春秋以来由敬“天”转向敬“德”的人文理性升华，且“德”从“西周时期与王朝‘天命’相联系的集体和外在的‘德’，逐渐转化为个人化、内在化的‘德’”[③]之后，春秋战国的精英阶层去“巫风”的努力也带来了“副产品”，那就是早期礼秩的逐渐失控和崩坏，“陪臣执国命”“礼乐征伐从大夫出”“八佾舞于庭”等令孔子“是可忍，孰不可忍”的僭礼事件层出不穷，重建新的合乎时代精神的礼乐体系已是势在必行。因此，《曲礼》继承孔子“吾从周”的志业，强调敬“礼”，也是时势使然；但此时的礼显然是经过了春秋时期人文理性的升华与洗礼，更主要体现为人伦与社会规范的意义，“巫风”大为淡化。很显然，《曲礼》之“敬”论与《尚书》之“敬”论比较起来，最显著的变化就是对作为“正义原则”的外在规范性的礼的敬畏和崇尚，这便为春秋以来内向化发展的德性观念如何转化为外在化的德行提供了可以确切感知与把握的现实依据或准则。

三

孔子说：“人而不仁，如礼何？人而不仁，如乐何？”（《论语·八佾》）又道：“仁者，人也。”（《礼记·中庸》《礼记·表记》）认为仁是人之为人的根本，是人类道德文明的起点和基础，因此他以“仁”为人类实践礼乐所应当具备的核心或者说基础性伦理观念，认为人若不仁，礼乐的制作与实践就无从展开。在“仁”的具体实践中，孔子又明确指出“克己复礼为仁”（《论语·颜渊》），即遵行外在规范意义上的礼是实践仁的一大关键要素。而“礼主于敬”，“敬”显然就成了实践“仁”的方法论原则。如孔子强调“修己以敬”（《论语·宪问》），“执事敬”（《论语·子路》），“修己”大体即“克己”，“执事”也大体为“复礼”，在这两个方面都必须持“敬”，说明“敬”已贯穿于“克己复礼为仁”的全过程。其中既体现出了价值理性，也有着较强烈的工具理性色彩。

随着《易·文言传》说：“君子敬以直内，义以方外，敬义立而德不孤。”将“敬”引入心性之“内”，到了子思、孟子，“敬”更是明确成了心性之学。如《孟子·告子

① 陈来：《古代思想文化的世界——春秋时代的宗教、伦理与社会思想》，三联书店2009年版，第270页。
② 余英时：《论天人之际——中国古代思想起源试探》，联经出版事业股份有限公司2014年版，第191页。
③ 余英时：《论天人之际——中国古代思想起源试探》，联经出版事业股份有限公司2014年版，第236页。

上》曰："恻隐之心，人皆有之；羞恶之心，人皆有之；恭敬之心，人皆有之；是非之心，人皆有之。恻隐之心，仁也；羞恶之心，义也；恭敬之心，礼也；是非之心，智也。仁义礼智，非由外铄我也，我固有之也，弗思耳矣。"可见"恭敬之心"同其他数端一样皆是人所"固有"的内在之德。

程朱理学接续孟学，"敬"更是被之作为儒家心性之学的重要内容，成了修养工夫的不二法门。如二程说："识道以智为先，入道以敬为本。……故敬为学之大要。"① 在他们那里，"为学"之途同样主要不外乎两类：一是内在的"修己""涵养"，而"涵养须用敬"；② 二是外在的"执事"磨炼，"君子之遇事，一于敬而已"。③ 两者皆须用"敬"。陈淳便在《北溪字义》中指出："敬一字，从前经书说处尽多，只把做闲慢说过，到二程方拈出来，就学者做工夫处说，见得这道理尤紧切，所关最大。敬字本是个虚字，与畏惧等字相似，今把做实工夫，主意重了，似个实物事一般。"④ 二程将"敬"落实为具体的工夫论要诀，对朱熹的影响颇大。朱熹道："程先生所以有功于后学者，最是敬之一字有力。"⑤ 因此他也强调说："'敬'字工夫，乃圣门第一义，彻头彻尾，不可顷刻间断。'敬'之一字，真圣门之纲领，存养之要法。"⑥ 又曰："敬之一字，万善根本。涵养省察、格物致知，种种功夫皆从此出，方有据依。"⑦ 在程朱理学中，"敬"是贯穿儒家"圣学"始终的"据依"，乃"万善根本"，"圣门第一义"，自然是至关重要的了。

吴震分析指出，朱熹曾对宋代理学以来的"敬"论史及其内涵有一个概要性的总结，认为程颐的"主一无适""整齐严肃"与程门弟子谢良佐的"常惺惺法"以及尹焞的"其心收敛不容一物"乃是理学主敬思想的四大要点。在吴先生看来："这是朱熹对主敬问题的一个基本认识，也是程颐之后朱熹之前，理学之论主敬的主要脉络。显然，除了整齐严肃是就外貌仪容而言以外，其余三种工夫均与内心有关，故可归为一类。"⑧ 从中可知，朱熹对"敬"之含义的判断与我们对《曲礼》之"敬"的内涵划分大致不差，同样都关涉外在仪容情态与内在道德心理或情感两方面。不过，在朱熹这里，"敬"仍只是一种工夫方法，"并不是如性理那样的终极实在，也不是心之本体（朱子

---

① ［宋］程颢、程颐：《二程集》，中华书局1981年版，第1183—1184页。
② ［宋］程颢、程颐：《二程集》，中华书局1981年版，第188页。
③ ［宋］程颢、程颐：《二程集》，中华书局1981年版，第1221页。
④ ［宋］陈淳：《北溪字义》，中华书局1983年版，第35页。
⑤ ［宋］黎敬德编：《朱子语类》，中华书局1985年版，第210页。
⑥ ［宋］黎敬德编：《朱子语类》，中华书局1985年版，第187—188页。
⑦ ［宋］朱熹：《答潘恭叔》，《晦庵先生朱文公文集》卷五十，《朱子全书》第22册，第2313页。
⑧ 吴震：《略论朱熹"敬论"》，《湖南大学学报》（社会科学版）2011年第1期。

学意义上的心之本然状态）之本身”,[①] 同样不曾被上升到本体论的高度。

台湾学者杨祖汉强调，今人关于朱熹主敬说的关注与讨论，其重要意义在于可以使人“不会将朱子学归于意志的他律的形态，以其言持敬，只是空头的涵养，也不会忽略朱子重礼文的部分”[②]。事实上，我们认为，朱熹“言持敬”不是“空头的涵养”，就正是因为他“重礼文”。礼学与理学在朱子学体系中恰如车之两轮，鸟之双翼，缺一不可。其礼学建构的目的或重心主要在于天理的具体落实即实践，为“下学”之所在；理学的建构则专注于儒学形上学的深化与整全，为其礼学提供形上依据，乃“上达”之所在。而“敬”论在朱子学中具备着理学与礼学的双重理论背景，可以说是朱熹贯通二者的一大桥梁和表征。

在朱熹的理学心性论与工夫论中，“敬”是其“纲领”和“据依”，但“敬”的实践又必须通过礼来具体完成。所以，他不仅强调行礼以“敬”，也强调持“敬”以礼，将礼视作了践行儒家“敬”论的重要规范与准则。如朱熹说“为礼以敬为本”[③]，又道：“礼主于敬，而其用以和为贵。”[④] 都明确指出“敬”是礼之“本”，即礼之实践的基本方法论原则。但是，反过来说，“若不敬，则此心散漫，何以能克己。若不克己，非礼而视听言动，安能为敬”[⑤]。很显然，“非礼而视听言动”就不能为“敬”，礼自然是涵养“敬”之德的关键要素之一。又如，朱熹曾与弟子道：“……不然，则圣人告颜子，如何不道非礼勿思，却只道勿视听言动？如何又先道‘居处恭，执事敬’，而后‘与人忠’？‘敬’字要体得亲切，似得个‘畏’字。”[⑥] 孔子说“非礼勿视，非礼勿听，非礼勿言，非礼勿动”（《论语·颜渊》），视听言动是对人之具体行为的象征性概括，实际上孔子是强调人非礼勿行。而“居处”“执事”同样是人之行为，因此必须“约之以礼”，其在仪容与心理方面的要求便是“恭”“敬”。要行“恭敬”，就不得“非礼”，即严格恪守礼的规范与制约。这一点，朱熹与二程有着高度的一致。如程颐也曾指出：“……但惟是动容貌，整思（一作心）虑，则自然生敬，敬只是主一也。”[⑦] “动容貌，整思虑”其实质就是礼，以礼规范仪容举止而“自然生敬”，便是以礼行“敬”。在此，程朱理学论“敬”注重与礼的结合，可以说是给其“敬”论寻求到了现实的“据依”，自然不会令其“主敬”的心性论、工夫论成为“空头的涵养”，从而具备了得以同佛老

---

① 吴震：《略论朱熹“敬论”》，《湖南大学学报》（社会科学版）2011 年第 1 期。

② 杨祖汉：《从朱子的“敬”论看朱子思想的归属》，原载吴震主编：《宋代新儒学的精神世界——以朱子学为中心》，华东师范大学出版社 2009 年版。转引自吴震：《略论朱熹“敬论”》一文。

③ ［宋］朱熹：《论语集注》，《朱子全书》第 6 册，上海古籍出版社、安徽教育出版社 2002 年版，第 92 页。

④ ［宋］黎敬德编：《朱子语类》，中华书局 1985 年版，第 517 页。

⑤ ［宋］黎敬德编：《朱子语类》，中华书局 1985 年版，第 1074 页。

⑥ ［宋］黎敬德编：《朱子语类》，中华书局 1985 年版，第 310 页。

⑦ ［宋］程颢、程颐：《二程集》，中华书局 1981 年版，第 149 页。

之学相抗衡的“真实知见，端的践履，彻上彻下，一以贯之”① 的真正“工夫”，对之后的心性修养工夫论影响至深。

我们从《尚书》《诗经》等早期元典的“敬”论可见，其中多是强调对天地、鬼神、民人之敬畏、尊重、重视等，主体属于政治伦理，充分体现了当时的圣王贤哲在“天命靡常”观念下的政治忧患意识。经由春秋以来的思想家在动荡时局中对礼乐传统在政治、社会及哲学、伦理思想等层面的进一步的人文洗礼与理性升华，“敬”的观念发展到《曲礼》，出于对孔子“郁郁乎文哉，吾从周!”的志业的绍述，其重点转向对礼本身的敬畏与遵行，对礼之规范、规则意义分外重视，大体属于规范伦理。程朱理学论“敬”，则属于心性论、工夫论，“敬”的对象既有形而上的“理”，也有形而下的“礼”；既有对《尚书》《曲礼》及孔孟“敬”论的继承，更有在宋代理学背景下的系统化与深化发展，为儒家德性伦理、实践伦理发展到中古时期因应佛老思想理论的冲击而成就的理论结晶，代表着儒家心性论、工夫论的最高理论水平。经由以上三个历史阶段的发展演化，儒家“敬”论融社会规范与内在心性为一体，实现了社会道德与人格主体的统一，构成了中国传统哲学与伦理学思想中的核心范畴，对今天中国社会核心价值体系的建构仍有着积极的借鉴意义。

① ［宋］朱熹:《答廖子晦》,《晦庵先生朱文公文集》卷四十五,《朱子全书》第22册，第2077页。

儒家“正义”的三重属性

史向前

摘　要　传统儒家的“义”或“正义”论代表了中国的正义论。它具有三重基本属性或特性：一是内在性与外在性的统一，强调的是“义”的内在性；二是知识性与实践性的统一，强调的是“义”的知识性；三是原则性与灵活性的统一，强调的是“义”的原则性。

关键词　儒家　正义　内在性　知识性　原则性

作者简介　史向前（1962—　），男，安徽广德人，安徽大学中国哲学与安徽思想家研究中心教授，专业方向为中国哲学和宗教。

儒家传统道德中所谓的“义”即正义，荀子最先提出“正义”一词。不过，孟子的“人之正路”说已经揭示出了“义”即正义的含义，后儒遂说“正义”更多。虽然不同时期的不同儒者，所说的“义”或“正义”的含义不尽相同，但不出于义之所以为义的基本特点。儒家的“义”或“正义”含有三重属性。一是内在性与外在性的统一，强调的是“义”的内在性；二是知识性与实践性的统一，强调的是“义”的知识性；三是原则性与灵活性的统一，强调的是“义”的原则性。

一、内在性与外在性的统一

“义”是一种由中而发的行为断制，或曰道德选择，是道德主体具有的一种内在能力。在孟子那里，则发于人的“羞恶之心”。所谓羞恶是指道德感知的界限，也即可为与不可为的界限感。这种界限就是“断制”，是断制在情感上的一种具体表现。如果说仁是不忍，义就是不耻。仁、义皆属内在的德性。孟子说：“仁义礼智，非由外铄我也，我固有之也。”（《告子上》）荀子曰：“禽兽有知而无义，人有气有生有知亦且有义，故为天下最贵也。”（《王制》）同样视“义”为人的本质规定性。义行所需要的道德勇气也是一种内在的力量。至于是否“行而宜之”更是离不开人心的考量。所谓的“公道自在人心”“人心是一杆秤”，也说明了这点。对此，宋儒说得最多，程子曰：“义形于外非在外也。”（《程氏易传·坤》）朱子说：“据某所见，义内即是‘行有不慊于心则气馁’，便自见得义在内。”（《朱子语类》卷一一三）朱子又说：“告子外义便把心与义截作两处。不是心上裁制使合于理，事又如何得宜?”（《朱子语类》卷九四）陆王心学更是直接提出了“心外无理，心外无义”（《王阳明全集》卷四，《书王纯甫》）的命题。这些皆从孟子“义内说”一路讲下来，强调的是“义”从内发，不是外在。道德有好几种讲法，照康德讲，有自律道德，有他律道德。照儒家讲，只有从自律、内在的立场，即从本心、良知出发讲道德才切合道德的本质意义。重主体价值、重道德自律，这是儒家跟其他各家各派的基本分别。

不过，儒家也向有“仁内义外”说。那是就仁与义二者的关系相对而言的。《郭店简·六德》曰：“仁，内也；宜（义），外也；礼乐，共也。内立父、子、夫也，外立君、臣、妇也。……门内之治恩掩宜（义），门外之治宜（义）斩恩。”表明了以父子为代表的门内关系属于仁之恩爱，以君臣为代表的门外关系属于义之严敬。说明了“义”也是外在的，具有外在性，即必须在行为上、人事上表现出来。“义”虽发端于内心，但只有外化出来方能实现、成全。《易·文言》曰：“君子敬以直内，义以方外。”义以方外就是拿这个“义”方正外面，换句话说，只有通过方正外面才能实现义。朱子说得很清楚，“须要见之于事，那里是义，那里是不义，不可谓心安于此便是义。如宰我以食稻衣锦为安，不成便是义”（《朱子语类》卷一一三）。正因为如此，我们习惯将亲人或本分之外的人事称作“义”。如“义父”“义子”，实指不是血缘关系的父亲与儿子，而是认养的父与子。“桃园结义”之所以称作“义”，也是因为刘、关、张三人本来不属亲兄弟，而是结拜的、认作的义兄义弟。同样，只有不属亲人或本职关系以内的英勇行为才可能称得上“见义勇为”。

哈佛教授桑德尔在其《金钱不能买什么》一书里引述古希腊哲人亚里士多德说，美德乃是需要用实践去养育的东西：“我们是经由为正义之事才变得正义的，我们是经由采取节制才变得有节制的，我们是经由做勇敢之事才变得勇敢的。”说明了社会正义不是仅有内在的恻隐、羞恶之心就可以成就的，也不是靠宣传、口号就可以维持的，而是需要确确实实的事件和行为来实现。

不过，在孟子看来，这种外向性不是“义”的本质属性，“义”的实质在于自我的理性选择与断制。上述的“认养”“认做”就是自我断制的一种认知体现。如果没有内心的选择与断制，行为与事物也就无从得宜。朱子曰：“义者，心之制事之宜也。彼事之宜虽若在外，然所以制其宜则在心也。”（《朱子语类》卷五一）说明了“义”虽然是内在与外在的统一，但以内在性为根本，它是义之所以为义的决定者。孟子说：“仁，人心也；义，人路也。”言下之意，孟子也承认义的外在性。孟子所以力驳告子的“义外说”，是因为告子不承认义内说，更不承认义内的决定性。佛教被称为“方外”之教，就是说它可以不受出于“义内”的道德伦理的限制。

“义内”说强调了生命是自然的，本能的，也是道德的、理性的。西方人往往把生命（life）与理性（reason）看成对立的。他们认为生命是非理性的，而所谓的正义、公道等都属理性的、外在的方面。中国的圣贤则不然，其生命与理性是和谐的，而不是破裂的。他们的理性是生命的理性，他们的学问是生命的学问，他们的事业是生命的事业。以至人间的一切，都是生命的表现。

二、知识性与实践性的统一

知识性与实践性的统一，说的就是知与行的统一。其中的“知”是关于事理、道理的知识；“行”是关于行事、行道的实行。知是知理，行是行义，唯有知理，方能行义。

依照义内说，人生而有义。不过，它只是一种“端倪”“几希”，或者如有的学者所说，它只是一种可能行、向善性，还不是现成的、现实的。欲使此义端成为现实，必须经过一番人文化成的功夫，即通过后天的学习与修养，成为一个有知识、有理性的人，从而成为一个有义行义的人。

在中国传统文化里，学习是为了明理，明理是为行义。因为理是事物的本质，是行为的依据，故人生的成长首先是开发心知，格物穷理，由穷理而知性，知性即知义。孟子曰：“尽其心者，知其性也。”（《尽心上》）尽心就是充分发挥心知、心思的能力，达到对事物之理的认识与了解，从而达到知其性。孟子又自述与告子比较时，认为自己的长处首在“知言”。朱子将孟子的“知言”解释为“知理”，这是正确的。朱子注曰：“知言者，尽心知性，于凡天下之言，无不有以究极其理，而识其是非得失知所以然也。”又注曰：“盖惟知言，则有以明夫道义，而于天下之事无所疑。”（《孟子·公孙丑上集注》）“知言”之意，依程朱的解释，是知其言语是否有道理，是否合符道义。《说卦传》亦曰“穷理尽性以至于命”，就是说把这个理弄明白，就可以尽你的性，就可以立你的命。此命是天命，也是性命，正如孟子说的“仁之于父子也，义之于君臣也……命也，有性焉，君子不谓命也”（《尽心下》）。说明了真正的天命即是性命，就是居仁由义。

关于理与义，孟子还说过：“心之所同然者何也？谓理也，义也。”（《告子上》）朱子《集注》引程子曰：“在物为理，处物为义，体用之谓也。”意谓理是义的本体，义是理的作用。说明了义之所以为义要在依理而行。正如程子所说，“顺理而行是谓义也”（《程氏遗书》卷十八）。也如朱子所说，“事物各有理，裁制事物而合乎理者为义”（《朱子语类》卷九五）。也即合理而行是谓义也。总之，人要通过学习而明理，明理方能行义。故《三字经》言："人不学，不知义。"老话说的"有理走遍天下，无理寸步难行"，也是这个道理。

知理与行义的先后并不是绝对的。朱子说："知行常相须。"（《朱子语类》卷九）为学之道，莫先于穷理；但要真正达到对于理的了解和自得，又离不开践行的过程。只有在日常行为处事中切实地见识过，经历过，才是真正地知理、明理。故朱子又强调真知真行，"知之愈明则行之愈笃，行之愈笃则知之益明"（《语类》卷十四）。不过，这是就知行的真实来说的，与知先行后的过程并不矛盾。

义即制断、果断，遇事不能犹豫、拖拉。嫂溺于水，有义者毫不犹豫，当援之以手。你却在旁边犹豫，这水深不深啊？会不会遭人非议啊？这一犹豫，人就没了，义也没了。"该出手时就出手啊，风风火火闯神州啊！"这歌听起来就是一股江湖气，却也道出了"义"的本色，即果断与勇气。牟宗三先生说过，《水浒》人物的积极方面是个"义"字，消极方面也是"义"字。积极方面是义之所在，没有片刻的犹豫，生死以之，性命赴之。天下有许多如武大郎一般颠连无告者，此种人若无人替他做主，直是含恨而去。消极的方面是一任情性，没有经过理性的熏陶，不是自觉的建立，其实他们多是不该出手时就出手了，所以把自己逼上了梁山。所以不是随孔子之路而来。孔子不能用拳打脚踢来维持仁义。他有《春秋》之法，有忠恕之道，有礼乐道德，总之，有文化理性。如此乃有天人合一。天地之道，直而已矣。只是这个"直"必是在道德的含忍中呈现，在自觉的理性中呈现。《水浒》中的人物是受不得委曲、揉不得沙子的，你可以说他们是小不忍则乱大谋。但是在他们看来，罪过无大小，义理无大小。当下即是，你对不起他，你就是错了，无话可说了。然而人文社会就是有委屈的，"儒"即柔也、曲也。像他们这种不得委屈的人物，自然不能生在人文社会里。"水浒"即是社会之外的山水之中，他们是不曾在"知性"层面，不曾在人文化成中熏陶出来的"英雄好汉"。所以他们生不能成圣，死不能成神，只能活在人文以外的山川草莽世界。

三、原则性与灵活性的统一

"义"是一种道德原则，不是具体规范。汉语言中的讲义、意义、主义等词皆是就此道理、原理、原则的意思使用的。基本原则是不变的，但具体应用却不得不有所变化。《中庸》曰："义者，宜也。"凡事都有一个恰好的、正当的道理，但如何达此要求，则要因人、因事，因时、因地而有不同的对应与处置。因此它又具有灵活性、机动性，要求通权达变，非一成不变。程颐说："何物为权？义是也。"（《程氏遗书》卷十五）"义"字最见通权达变。朱子说："义是活物。"（《语类》卷一三七）又说："义无定体，在随事而制其宜也。"（《语类》卷九四）朱子这里所谓的"义无定体"并非对其原则性的否定，而是就义的灵活性说的。就其灵活性来说，义是活物。

“义”虽然是原则与灵活的统一，但以原则性即“大义”为根本。表面看，权变是一种智慧，实际上仍然是依道理行事，不过是一种变换了的道理。如朱子说的：“权即细密，非见理大段精审，不能识此。”（《朱子语类》卷三七）又曰：“欲其权量精审，是他平日涵养本原。此心虚明纯一，自然权量精审。伊川尝云：敬以直内，义以方外。”（《朱子语类》卷三七）说明了行为的一时权变不能背离根本的道义原则。《孟子·万章上》称“娶妻必告，礼也”，舜则不告而娶，权也。这是在告父则不得而娶的情况下，为达“男女居室之大伦”，为免“无后”之大不孝，而行的权宜之便。终极还是为了香火有传、家业有继的大孝原则。《系辞下》曰：“《井》以辨义，《巽》以行权。”井的特点就是一成不变。卦辞曰“改邑不改井”，人口村邑可能迁移，水井却依旧在那儿。井因其固有的恒常性即原则性，故象征义。《巽》象征风，风的特点正是随着时令、环境而不断变化，因其灵活多变，善于调整，故以行权。

孔子说：“可与立，未可与权。”（《子罕》）孟子说：“执中无权，犹执一也。”（《尽心上》）权是儒家比较重视的一个道德节目，也被视为一种很高的道德境界。但权不等于义。权是变通，义则既有定体，也有变通。在儒家思想体系中，权一般与经相对，权是变，经是常。而兼有原则性与灵活性的义则包括了经与权。对此，朱子与弟子的一番问答说得很明白，“正甫谓：权、义只相似。（朱子）曰：义可以总括得经权，不可将来对权。义当守经则守经，义当用权则用权，所以谓义可以总括得经权。……伊川曰：惟义无对”（《朱子语类》卷三七）。新出土的《郭店简·性自命出》亦云：“义，群善之绝也。”表明了义至上性，即无对性。

有言曰：“慷慨出于从容，大义成于权变。”（《生员倪昭龄等上郑氏贞烈呈词》，载《徽学研究》2011年第3期。）后句“大义成于权变”一般来说没有问题，但如果认为非权变不能达到适宜、成就大义，就有些夸大权变了。要之，是有义才有权，当其权变时自有义在其中，而非有权才有义。或者说，是能常而后能变，当其权变时亦自有常在，而非能变而后能常。

邓小平提出的“一国两制”就是这种原则性与灵活性相结合的典型的“义”法。当年在香港回归的中英谈判中，英方提出：虽然有租约，但不是应该考虑香港人自己的决定吗？邓小平说，NO！我们会着眼香港人民的意愿，但是，香港，包括附属岛屿的主权是至关重要的，这是尊严的问题。也就是说，在这片土地的主权归属与这片土地的人民意愿之间，国家主权的归属是第一位的，而且不容谈判。台湾问题上也是这样，国家主权的统一是原则。有外国记者问邓小平，台湾已经是一个发展很好的资本主义社会，他们也不一定愿意，为什么一定要统一，要一国？邓小平说，一是中华民族的共同的民族情感，二是不知道什么时候又被别人拿走了，也就是说又失去主权了。这就是原则性的大义。

四、结语

总之，儒家之义主要具有三重基本属性：一是内在性与外在性的统一，强调的是“义”的内在性；二是知识性与实践性的统一，强调的是“义”的知识性；三是原则性与灵活性的统一，强调的是“义”的原则性。需要补充的是，这种强调主要是就其根本性或首要性来说的，并非说义的外在性、实践性或灵活性不重要，其实，在具体行事过程中，后者往往更为重要。

牟宗三的人性论思想*

石永之

摘 要 牟宗三先生的人性论有三层：最高一层是义理之性，是先验而纯粹的道德理性；较高层是气质之性，较低层是指饮食男女的生物本能之动物性。后面的两层统称之为生之谓性，是经验的实然的人性。用自己的人性论思想对中国思想史进行了总结；并给予现代化，把西方“人是理性的动物”做了中国式的解读。

关键词 义理之性 生之谓性 道德形上学 圆教

作者简介 石永之（1969— ），男，湖北应城人，山东省社会科学院国际儒学研究与交流中心副研究员。主要从事儒家思想研究，研究主要涉及先秦儒家的正义思想、阳明学、新儒家等。

牟宗三先生的人性论思想散见于他所著各书之中，对此有很多论述，他是在三个义理层面上来把握“性”之一字的不同意义，而且用自己的方式把中国的人性论思想做了一个总结。同时人性论对牟先生的哲学体系来说至关重要，是其道德形上学的着眼点，更是其哲学之究竟——圆善论的立足处。所以要把握牟先生的人性论思想必须从两个方面着手：一是他对历史的总结，二是他的思想体系。

牟先生说：“这全幅的人性的学问是可以分两方面进行的，一是先秦的人性善恶问题：从道德上的善恶观念来论人性；二是《人物志》所代表的‘才性名理’，这是从美学的观点来对人之才性或情性的种种姿态作品鉴的论述。”① 他对历史上的人性论正是顺着这两条线总结。他说：“凡言性有两路：一顺气而言，二逆气而言。顺气而言，则性为材质之性，亦曰‘气性’，或曰‘才性’，乃至‘质性’。——逆气而言，则在于气之上逆显一‘理’，此理与心合一，指点一点心灵世界，而以心灵之理性所代表之真实

* 本文原载《中共济南市委党校学报》2007 年第 4 期。

① 牟宗三：《才性与玄理》，台湾：学生书局 1985 年版，第 40 页。

创造性为性。”① 顺气而言的就是生之谓性，逆气而言的就是义理之性。这是中国文化中两个不同的传统：“‘生之谓性’原是‘性者生也’一老传统之结成，人性就是这个性，并无所谓‘超越的道德心性’之性。”② 而天命之谓性与此不同：“孟子之说、《中庸》之说，乃根据另一老传统而来，即《诗书》中帝、天、天命、敬德以及孔子之仁、智与天诸观念。”③

先来看生之谓性这一路。牟先生认为：“‘生之谓性’意即：一个体存在时所本具之种种特性即被名曰性。此即‘性者生也’之古训所含有之意旨。西汉初年董仲舒尚能通晓此义。他说：‘性之名非生欤？如其生自然之质谓之性。’这是‘生之谓性’一语的谛解。我们可说这是吾人所依以了解性的一个原则。”④ 这是对生之谓性的总的概括，可以涵盖下面所说的动物性意义上的生之谓性。

对于历史上的生之谓性，牟先生认为从大的方面来讲，有明道和告子两个义理结构下的生之谓性。在明道的意义上，生之谓性说的是：“断自一个体有生以后，与气禀混杂而说其于穆不已之真几之性。这是道体直贯性体而说生之谓性。”⑤ 这也就说牟先生理解明道的意思就是人生来就有义理之性。

在告子的意义上，生之谓性又有两层含义。较高层是气质之性，此性是可善可恶的，是生物学的先天生就的，此性既不是父母遗传，也不是环境与熏习所能决定的。气质之性的善恶是其禀受之气所凝结成之气质就是如此，故有性善、有性不善也。这里善与恶说的倾向。牟先生说：“只能说有些人的气性善的倾向分数多，有些人的气性善的分数少。……每一个人的气性皆有善与恶的倾向，或善恶混杂的倾向。”

较低层是指饮食男女的生物本能之动物性。这一层的“生之谓性”意即：“就自然生命之种种自然征象，自然质性而说性；自然生命生而有此、自然征象，自然质性，就叫作是性。种种自然征象，自然质性，如具体地列举之，不外是生物、生理、心理三串现象之总聚。此完全是就人的自然生命乃至凡有生者之自然生命之实然而说性。在此，就其为材质之自然而本然言，当然是中性无记者，是‘无分于善不善’者。”⑥ 牟先生把荀子的性恶论就定在这一层。他认为这两层之间有距离，必须分开。他说：“荀子之‘性恶’是指人之动物性一面说，而动物性非气质之性也（至少动物性与气质之性间尚有一段距离）。”⑦

---

① 牟宗三：《才性与玄理》，台湾：学生书局 1985 年版，第 1 页。
② 牟宗三：《心体与性体》（中），上海古籍出版社 1999 年版，第 170 页。
③ 牟宗三：《心体与性体》（中），上海古籍出版社 1999 年版，第 170 页。
④ 牟宗三：《圆善论》，台湾：学生书局 1985 年版，第 5 页。
⑤ 牟宗三：《心体与性体》（中），上海古籍出版社 1999 年版，第 170 页。
⑥ 牟宗三：《心体与性体》（中），上海古籍出版社 1999 年版，第 166 页。
⑦ 牟宗三：《才性与玄理》，台湾：学生书局 1985 年版，第 8 页。

这个中性的动物性的“生之谓性”却是可善可恶。自材质义说，无所谓善恶是中性的；自材质之可塑造义说，是可善可恶。他认为材质塑造的可善可恶是：“表示善恶皆后天所成，受环境之制约及风尚之熏习，而可以转成善或恶，善恶皆非其本其性之本然。其好善之善性，非性之本有，其好暴之暴性，亦非性之所本有，惟是熏习而始然。”①

依牟先生的总结，善恶之分际或者说恶的来源就有两种情况，一是气质之性中先天的有善有恶；二是生物学意义上的人（动物性）受后天的环境制约和风尚熏习。这与孟子“人皆可以为尧舜”的思想就有差异。试想一下，先天气禀的恶怎么能通过后天的为善去恶来救正？这好比一个人有先天的生理缺陷要后天的努力来纠正一样，其难度甚大抑或根本就不可能。这是否只是牟先生对历史的总结，而与他个人的人性论思想无关呢？在《圆善论》首章的附录中对此有详细的说明，他信誓旦旦地说：“一定要这样两面说始得。若只说‘生而有’，不提起来落实于熏习，那便成了定命菩萨，与修行无关。”②

在《圆善论》中却意图打通这两者，统称之为生之谓性。牟先生认为，先天禀有与后天的熏习并不冲突，他用生物学的遗传来说明这一点，由父母、祖先、种族一长串的历史熏习，通过生物学的遗传而成为个体的先天禀有，不过这一说法在生物学上是说不通，熏习不会改变人的遗传基因。而在伦理学意义上，道德的善恶又怎么能够遗传呢？

当然这不是问题的关键，在牟先生看来，告子意义上的“生之谓性”都是说的人的实然之性，虽然很重要，却不能说明人的真正道德行为，不能说明人之所以真正异于禽兽者。所以必须在另外的一个层面上来说性。他说：“因此，必须推进一步，直就人之真正的道德行为所以可能建立一种人的应然之性。此种应然之性不只是道德上之理论要求，而且必须是一种真实的呈现。因为真正的道德行为是实有的，不纯是一种幻想，因此作为其超越根据的性亦必须是一真实的呈现，而不能只是一种要求。”③ 那么这种应然之性就是“天命之谓性”：“此种性，就孟子说，就是人的‘内在道德性’之性，就《中庸》《易传》说，就是由天命流行、物与无妄之实体所规定之性（此实体落于个体上而为个体所具有即为性，故此种性之意义，可完全为此天命流行物与无妄之实体所规定）。故此种性虽在个体而见，却完全是宇宙性的，绝对普遍的，它虽是人之所以真正异于禽兽之所在，但却不是定义之类名，它实是一个道德创造之真几。”④ 牟先生说：

① 牟宗三：《心体与性体》（中），上海古籍出版社1999年版，第164页。
② 牟宗三：《圆善论》，台湾：学生书局1985年版，第78页。
③ 牟宗三：《心体与性体》（中），上海古籍出版社1999年版，第169页。
④ 牟宗三：《心体与性体》（中），上海古籍出版社1999年版，第169页。

"超越的道德心性之一性则是普遍地人人皆道体上或义理上所先天具有的，自然不能说有善有恶。"① 这也就是说，在天命之谓性的层次上不能说善恶的。

由此可以看出，牟先生是用自己的人性论思想对中国思想史进行了总结。这一总结的基本框架符合实情，是可以成立的。但是，这其中在"生之谓性"层面引入了西方尤其是康德"人性本恶"的观念（此即是西方的原罪说），在先天气禀和后天熏习的打通上，使用生物学的遗传概念来说明显然有问题。还有他抛弃中国传统中"天"的超越意义，完全用人的道德理性来解说"天命之谓性"。这些都是牟先生不同于传统人性论的地方，他又是为什么要这么做呢？这就要提及他的道德形上学。

牟宗三的道德形上学体系庞大，熔铸东西方文化于一炉，构思也堪称严谨。他从破解康德人的有限性入手，认为人虽有限而可无限，因为人有智的直觉，人可以一时俱尽，随时绝对，当下俱足，这就是人的无限性。② 这显然是在伦理道德的层面上说人的无限性，而且这一无限性是敞开的，因为牟先生所说的道德不只是局限于伦理层面，他说："道德，不是具体的个体物，而是人（广之一切理性的存有）所独特表现的精神价值领域中之实事实理，这不是由上帝之创造而言的，亦不是由天道创生而言的。反之，我们可以笼综天地万物而肯定一超越的实体（上帝或天道）以创造之或创生之。"③ 而牟先生理解的形而上学则是："一般说的形上学，它一定要讲存在，讲 being，这是 ontology；还要讲 becoming，这是 cosmology。形上学主要就是这两部分。"④ 而康德只讲道德的先验而纯粹的那一部分，把经验的那一部分拿掉了，因此康德是道德的形上学（metaphysics of morals）。所以牟先生是把先验纯粹的道德（义理之性）来统帅经验的存在（生之谓性），故其道德形上学就是：

> 若越出现象存在以外而肯定一个"能创造万物"的存有，此当属于超越的存有论。但在西方，此通常不名曰存有论，但名曰神学。吾人依中国的传统，把这神学仍还原于超越的存有论，此是依超越的，道德的无限智心而建立者，此名曰无执的存有论，亦曰道德的形上学。⑤

从这个定义可以看出牟先生所谓超越的存有即是道德的存有，他把二者打并为一。因为牟先生认为："主观地说是仁体，客观地说是道体，结果只是一个无限的智心，无

---

① 牟宗三：《心体与性体》（中），上海古籍出版社 1999 年版，第 167 页。

② 参见拙文：《牟宗三道德形上学刍议》，《理论学刊》2006 年第 8 期，第 65—67 页。

③ 牟宗三：《圆善论》，台湾：学生书局 1985 年版，第 133 页。

④ 牟宗三：《中国哲学十九讲》，世纪出版集团、上海古籍出版社 2005 年版，第 58 页。

⑤ 牟宗三：《圆善论》，台湾：学生书局 1985 年版，第 340 页。

限的理性（此不能有二）……此所谓天覆地载也。自无限的智心理性而言，则曰天覆；自大人底践仁智实践而言则曰地载。……性体是居中的一个概念，是所以能作道德实践之超越的性能——能起道德创造之超越的性能。无限智心（仁）与天道具在这性能中一起呈现。”①

这里有道体、仁体和性体三个环节，三者的关系就是：道体是天，仁体是地，性体居中。道体是客观地言天德；仁体和性体是主观地说人德。那么超越的道体和道德的仁体如何合一呢？他说：“天是客观的、本体宇宙论地言之，心性则是主观地、道德实践地言之，及心性显其绝对普遍性，则即与天为一矣。”② 能与天为一的人就是达到仁的境界的仁者、大人、圣人，这是以人表法。这是因为超越的道体和作为道德主体的性体是合一的。也就是牟先生所理解的天命之谓性，即：“超越的道德心性之一性则是普遍地人人皆道体上或义理上所先天具有的。”③

问题的关键还是在牟先生的人性论思想，因为性体是一个居中的环节。超越的天道必然先天地赋予人道德性，人先天禀赋的善性又由人心敞现。然而此义理之性只是义理上必然具有的先天根据，不是人的实然之性。“依孟子，性有两层意义的性。一是感性方面的动物性之性，此属于生之谓性，孟子不于此言性善之性，但亦不否认人们于此言食色性也之动物性之性。另一是仁义礼智之真性——人之价值上异于禽兽者，孟子只于此确立‘性善’。”④ 牟先生也正是此意。他说：“义理之性之定然的善亦有需于生而有的气性或才性，否则义理之性不能有具体而现实的表现。”⑤ 而两种性的关系是：“须知气性或才性之不定为善，但义理之性可使之成为善，而且亦有‘能转化之使之成为善’之力量。义理之性本身就是一种动力，由此说的动力是超越的动力，是客观的根据。”⑥

那么义理之性又如何转化生之谓性呢？牟先生用孟子的“性命对杨”来解决这个问题。“性者，气委下于个体，就个体之初禀，总持而言之之谓也；命者，就此总持之性之‘发展之度’而言之之谓也。”⑦ 他认为在道德实践中的“命”这个概念是儒家所独有的。命不是理论理性的命题，“命是道德实践中的一个限制概念，道德实践须关联着两面说：正面积极地说是尽心以体现仁义礼智之性，消极负面地说是克制动物性之泛滥以使其从理。在此两面的工夫中都有命之概念的出现，因此命亦须关联着这两面

① 牟宗三：《圆善论》，台湾：学生书局 1985 年版，第 309 页。
② 牟宗三：《心体与性体》（上），上海古籍出版社 1999 年版，第 24 页。
③ 牟宗三：《心体与性体》（中），上海古籍出版社 1999 年版，第 167 页。
④ 牟宗三：《圆善论》，台湾：学生书局 1985 年版，第 150 页。
⑤ 牟宗三：《圆善论》，台湾：学生书局 1985 年版，第 69 页。
⑥ 牟宗三：《圆善论》，台湾：学生书局 1985 年版，第 69 页。
⑦ 牟宗三：《才性与玄理》，台湾：学生书局 1985 年版，第 5 页。

说"①。当然命有受其正当者的正命，也有受其不正当的非命，也就是牟先生区分的所谓：理命（义命）与气命（福命），这都是外在于我是我所不能把握的。因此要在"立命"中超越它。故牟先生说："它（命）首先因着'修身以俟'而被确立，其次因着孟子下文所说的'顺受其正'而被正当化。此皆属于'知命'，故孔子曰：'不知命无以为君子。'再进而它可以因着'天理流行'之'如'的境界而被越过被超化，但不能被消除。"② 可见"命"与义理之性和生之谓性两相挂靠，受命于天的生之谓性通过知命而被正当化，最后在"如"的境界中被超越。

所以，道德形上学是与牟先生的人性论思想紧密相关的，义理之性是先验纯粹的道德性其意义恰巧在于转化生之谓性，他通过义理之性转化生之谓性而成就无执的存有论，成就圆善，这就是他的生命的学问。圆善是道德形上学的终极处。

所谓圆善是牟宗三对康德哲学至善概念的借用和转化。康德所谓"至善"，即无条件的、至上的善，包括幸福与德性在内，它要求幸福与德性的统一。但是，经验却无法提供二者之间的必然联系。它们之间既不是先天分析的，又非后天综合。牟先生认为："圆善，意思是整全而圆满的善。依孟子，天爵与人爵的综和，所性与所乐的综和，便是整全而圆满的善。"③ 他又指出"顺孟子基本义理前进，直至天爵人爵之提出，此则可以接触圆善问题矣。孟子未视圆善为一问题而解决之。视之为一问题则来自西方，正式解答之则始自康德"④。又认为，天爵因德自贵而非贵于人，为天贵，是定然的、无条件的贵。人爵则是有条件的贵。天爵之贵即良贵是最高价值标准，超越一切相对价值之上为绝对。此可与康德的德福观相论。简言之，圆善就是德福相配的问题，就是人们通常说的好人应该有好报。

关于德福相配的重要性，牟先生说："德福之间必须有一种和谐，因为吾人固不能抹杀良贵，但亦不能抹杀幸福，正犹如既不能去掉'自由'，亦不能去掉'自然'（形色是天然有的，不能废除）。既然如此两者之间必须有一种圆融之一致（恰当的配称关系）。人生不能永远处于缺陷悲壮之中，如在现实过程之中者。"⑤

圆善又如何可能呢？牟先生认为圆善问题的唯一入手处就是人有"智的直觉"，也就是本心（自由无限心或无限智心）。"依此，撇开那对于超越理念之个体化（真实化、对象化），实体化，人格化之途径，归而只就无限智心以说明圆善可能之根据，这将是

---

① 牟宗三：《圆善论》，台湾：学生书局1985年版，第150页。

② 牟宗三：《圆善论》，台湾：学生书局1985年版，第144页。

③ 牟宗三：《圆善论》，台湾：学生书局1985年版，第172页。

④ 牟宗三：《圆善论》，台湾：学生书局1985年版，第12页。

⑤ 牟宗三：《圆善论》，台湾：学生书局1985年版，第58页。

所剩下的唯一必然的途径。这途径即是圆教之途径。此只就实践理性而言即可。"① 这里的实践理性意味着：圆善的可能性只在人类自身。圆善是道德本心的极成，有道德本心就肯定有圆善，它在人生的日用之间呈现。既然如此，就决不能离开本心来讲圆善，因为本心涵盖了一切，具有存有论的遍润性，"此遍润性之所以为存有论的，乃因此无限智心是'乾坤万有之基'之故也。王阳明即依此义而说'有心俱是实，无心俱有幻'。意即一有此无限的智心之润泽，则一切俱是真实的"②。圆善之所以为可能，为真实原因皆在此。"只此一无限的智心之大本之确立即足以保护'德之纯亦不已'之纯净性与夫'天地万物之存在以及其存在之谐和于德'之必然性。此即开德福一致所以可能之机。"③

牟先生认为无限智心可以合并康德的自由意志、灵魂不灭、上帝存在，把德福一致的实现寄希望于自己，当下悟入。这样做的真实可能之根据在中国思想中的圆教（即圆满、圆实如理而实说之教，儒释道三家皆具备），佛家由"解心无染"入，道家从"无为无执"入，犹以儒家为最圆盈、积极，直接从道德意识入。"因为在神感神应中，心物知意浑是一事。吾人依心意知之自律天理而行即是德，而明觉之感应为物，物随心转，亦在天理中呈现，故物边顺心即是福。此亦可说德与福浑是一事。"④ 德是理性事，依仁心本体之自律而成，福是存在事，依仁心本体遍润之作用而成物，德为本，福为迹，迹本圆融，理性与存在为一，故德福浑是一事。

显然，圆善论势必涉及人性论。牟先生由"仁义内在"说性善，把实然的"生之谓性"与应然的"义理之性"区别开，义理之性是圆善问题的形上学根基，生之谓性则是圆善的落实处，如果不落实到生之谓性来说，圆善问题就会挂空。进一步，圆善问题必须依据"智的直觉"，也就是本心（自由无限心或无限智心）方能解决，而牟先生是心体（本心）与性体（义理之性）合一的。再者，圆善是圆教之下的圆善，圆教也涉及人性论。

因为"德福一致是教之极致之关节，而圆教就是使德福一致真实可能之究竟圆满之教，德福一致是圆善，圆教成就圆善。就哲学而言，其系统至此而止"⑤。圆教是佛教中用来判教的一个概念，那么何者为教？牟先生说："凡能启发人之理性，使人运用其理性从事于道德的实践，或解脱的实践，或纯净化或圣洁化其生命之实践，以达至最高

---

① 牟宗三：《圆善论》，台湾：学生书局 1985 年版，第 255 页。
② 牟宗三：《圆善论》，台湾：学生书局 1985 年版，第 307 页。
③ 牟宗三：《圆善论》，台湾：学生书局 1985 年版，第 263 页。
④ 牟宗三：《圆善论》，台湾：学生书局 1985 年版，第 325 页。
⑤ 牟宗三：《圆善论》，台湾：学生书局 1985 年版，第 271 页。

的理想之境者为教。”①

正是因为牟先生如此理解“教”以及“圆教”，所以他认为“宋明儒之将《论》《孟》《中庸》《易传》通而为一，其主要目的是在豁醒先秦儒家的‘成德之教’，是要说明吾人之自觉的道德实践所以可能超越的根据。此超越根据直接地是吾人之性体，同时即通‘于穆不已’之实体而为一，由之以开道德行为之纯亦不已，以洞察宇宙生化之不息”②。

既然道德实践的超越根据就是人的性体（义理之性），那么，没有义理之性，圆教就没有了超越的根据，但仅此还不够，必须落实到生之谓性，“教”才是有意义的，他说：“性体心体在个人的道德实践方面的起用，首先消极的便是消化生命中的一切非理性的成分，不让感性的力量支配我们；其次便是积极机地生色践形、晬面盎背，四肢百体全为性体所润，自然生命底光彩收敛而为圣贤底气象；再其次，更积极的便是圣神功化，仁不可胜用，义不可胜用，表现而为圣贤底德业；最后，则与天地合德，与日月合明，与四时合序与鬼神合吉凶，性体遍润一切不遗。”③

这里自然生命的非理性成分、生色践形等，显然是属于生之谓性的，而性体（义理之性）在生命（生之谓性）中层层进显，以转化生之谓性，那么它显然就不是一个预设，而是必然要在道德实践中的呈现出来。因此他说：“依原始儒家的开发及宋、明儒者之大宗的发展，性体心体乃至康德所说的自由、意志之因果性，自始即不是对于我们为不可理解的一个隔绝的预定，乃是在实践的体证中的一个呈现。”④

性体心体在道德实践中的终极呈现就是：与天地合德，与日月合明，与四时合序与鬼神合吉凶，至此性体才能遍润一切存在而不遗。这种境界当然只有圣人才可能有的，在此境界之中，“其所润生的一切存在必然地随心意知而转，此即是福——一切存在之状态能随心转，事事如意而无所谓不如意，这便是福。这样，德即存在，存在即德，德与福通过这样诡秘的相即便形成德福浑是一事”⑤。

所以在牟先生看来，儒家的圆教模型就是王龙溪的“四无”句：“无心之心则藏密，无意之意则应圆，无知之知则体寂，无物之物则用神。”因为“在四无之境中，‘体用显微只是一机，心意知物只是一事’（《天泉证道记》），此方是真正的圆实教”⑥。

圆教必定成于圣人，在牟先生看来，只有圣人才能“心意知物只是一事”，从而当

---

① 牟宗三：《圆善论》，台湾：学生书局1985年版，第267页。

② 牟宗三：《心体与性体》（上），上海古籍出版社1999年版，第32页。

③ 牟宗三：《心体与性体》（上），上海古籍出版社1999年版，第154页。

④ 牟宗三：《心体与性体》（上），上海古籍出版社1999年版，第153页。

⑤ 牟宗三：《圆善论》，台湾：学生书局1985年版，第325页。

⑥ 牟宗三：《圆善论》，台湾：学生书局1985年版，第323页。

下具足，他说："饮食男女之事不变，视听言动之事不变，然'形色天性（生）也，唯圣人为能践形'能践形，则统是天理；不能践形，则统是人欲。"[①] 这里所谓践形就是圣人用个体的自然生命完成道德实践。这也就是说，只有圣人才能把生之谓性转化为义理之性。生命的学问必待圣人而后成，所以牟先生说，讲中国文化必讲孔子，讲西方文化必讲耶稣。简单说来，"教"就是教人成圣，圣人就是圆善的模型。

综上所述，牟先生的人性论有三层：最高一层是义理之性，这是先验而纯粹的道德理性；较高的一层是气质之性，较低层是指饮食男女的生物本能之动物性。后面的两层统称之为生之谓性，是经验的实然的人性。用义理之性转化生之谓性，教人成圣，成圣处就是圆善处。

牟宗三的人性论思想是一个中西文化融合的产物，首先，他在价值层面把中国文化中天的超越意义内在化，取消天的超越性，彻底否定人格神的天，如此一来，他就把中国传统的人性论思想做了"现代化"的解读，此现代化就是人们所说的"除魅"亦即驱除人格神，实际就是理性化，故牟先生自谓是一个理性的道德理想主义者。其次，他把西方"人是理性的动物"做了中国式的解读，在牟先生看来，理性就是义理之性，人的动物性就是生之谓性。可以说牟宗三的人性论思想扎根于传统而又有所发展的一种新的人性论思想。

---

① 牟宗三：《圆善论》，台湾：学生书局1985年版，第324页。

解字成理：《性命古训辩证》的研究方法启示

徐庆文

摘　要　《性命古训辩证》是傅斯年先生借鉴西学方法研究中国思想史的代表成果。从“字”入手进行统计学的分析，是《性命古训辩证》的典型特色。《性命古训辩证》考察先秦的性、命两字的来龙去脉，认为中国古代对“帝”“天”的崇拜是一个漫长的演变过程，周初，人们对“天”“命”的崇拜仍然普遍，由于人们认识水平的提高，东周的天命说已经发展成命定论、命正论、俟命论、命运论、非命论五种学说。从“性”字的演化来看，周之初，人们认为人是不同的，人只是有族性、族类、族人，而没有普遍性的人，人性上也只有自类别的人性观而没有普遍的人性观。到墨子、孟子时代，已经是普遍的人论。由“性”“命”两个字的梳理，将先秦哲学（尤其是儒家哲学）的天人关系、天命立场、人性主张贯穿起来，并进行相互关联，理清先秦哲学发展的脉络。《性命古训辩证》的研究方法的价值在于有效地解决了传统学术在西方学科视野中被支离的碎片化现象，将传统学术以字重新贯穿，开辟了传统学术走向现代的路径。

关键词　《性命古训辩证》　傅斯年　由字释义　统计学

作者简介　徐庆文（1966—　），男，内蒙古赤峰人，山东大学儒学高等研究院教授，主要研究方向包括近现代儒学等。

《性命古训辩证》是傅斯年先生借鉴西学方法研究中国思想史的代表成果。由字释义，再上升到观念，进而解读思想史，这一研究方法从某种意义上开辟了由训诂学、考据学进入哲学的研究理路，也有效地解决了传统思想的现代转换问题。

一

从“字”入手进行统计学的分析，这是《性命古训辩证》的典型特色。《性命古训辩证》对“性”“命”两个字进行了细致的梳理。

《性命古训辩证》从周代金文开始考察“性”“命”。

傅斯年认为，周代金文中没有“性”字，但有“生”字。“生”字有三类，一类是与后人所认同的“生”字相同，如用于人名，“生霸”“生妣”等；第二类是后人的“姓”字，如“百生”等；第三类是“弥厥生”，傅斯年认为这里的“生”就是后人所谓的“生命”。但“阮芸台以《诗经》之‘弥尔性’为西周人论性说，乃由后世传本《诗经》之文字误之”①。

《性命古训辩证》指出，“命”字在甲骨文中并没有，但甲骨文中“令”字却出现多次。经过考证，傅斯年认为“令、命二字之为互用，且为同时并用者。然则在当时此二字必无异样之读法，仅为一词之异体耳”②。

对于周诰中的“性”与“命”，傅斯年首先辨别了《尚书》中的各篇，认为“盖《尚书》者，来源最不整齐之书也。不特东晋古文出自虚造，即伏生所传益以《大誓》之二十八篇不可据者亦复不少”③。只有《大诰》《康诰》《酒诰》《梓材》《召诰》《洛诰》《多士》《无逸》《君奭》《多方》《立政》《顾命》十二篇，“与西周初期之彝器铭辞同时，亦与《雅》《颂》之时代相差不远”④，所以，考察《周诰》应以这十二篇为准。这十二篇中，“性”字仅在《召诰》中出现一次，“节性，惟日其迈，王敬作所不可不敬德”。傅斯年认为，节性之解不能仅限于《召诰》，应该求助其他资料。《吕氏春秋》载有“节性”一词：

> 是故先王不处大室，不为高台，味不众珍，衣不燀热。燀热则理塞，理塞则气不达；味众珍则胃充，胃充则中大鞔，中大鞔而气不达。以此长生可得乎？昔先圣王之为苑囿园池也，足以观望劳形而已矣；其为宫室台榭也，足以辟燥湿而已矣；其为舆马衣裘也，足以逸身暖骸而已矣；其为饮食酏醴也，足以适味充虚而已矣；其为声色音乐也，足以安性自娱而已矣。五者，圣王之所以养性也，非好俭而恶费也，节乎性也。（《吕氏春秋·重己篇》）

《重己》篇整篇论述的是养生之道，所以“终篇之乱，应题‘养生’。其曰‘节性’‘安性者’，后人传写，以性字代生字耳”⑤。

《周诰》中“命”字多见，但傅斯年认为：“《周诰》十二篇既与西周早期彝器铭

① 傅斯年：《性命古训辩证》，广西师范大学出版社2006年版，第7页。
② 傅斯年：《性命古训辩证》，广西师范大学出版社2006年版，第25页。
③ 傅斯年：《性命古训辩证》，广西师范大学出版社2006年版，第26页。
④ 傅斯年：《性命古训辩证》，广西师范大学出版社2006年版，第27页。
⑤ 傅斯年：《性命古训辩证》，广西师范大学出版社2006年版，第28页。

辞之时代相应，自当仅有令字，今所见本乃全是命字并无令字，则传者以后世字体改写之也。”①

《诗经》中的“性”字仅是《大雅·卷阿》中的“俾尔弥尔性”，其实是金文的“厥尔生”。《诗经》中的“命”字，以关于天命者为最多。

《左传》《国语》中，“性”字《左传》有九处，《周语》有一处。“《左传》《国语》中之性字，多数原是生字，即以为全数原为生字，亦无不可也。从此可知性之一观念在《左传》《国语》时代始渐渐出来，犹未完全成立，至于性之一字，彼时绝无之，后世传写始以意加心字旁，而所加多不惬当。”②《左传》《国语》中的“命”字，其用法与《诗经》相同。

《论语》中出现两次“性”。“子曰：‘性相近也，习相远也。’”（《论语·阳货》）“子贡曰：‘夫子之文章可得而闻也，夫子之言性与天道不可得而闻也。’”（《论语·公冶长》）傅斯年认为，前一个可以作生来本相近、因习而日异的理解。后一个应该参阅《孟子》对“生”与“性”的解释。《论语》中的“命”共七见，“明载命定之义”。

《孟子》一书的“性”字，皆可当作“生”字。首先告子言“性”皆就“生”之本义立说。“《告子》所谓性，即所谓天生，所谓义，即所谓人为。以天生与人为为对，故曰‘仁内也，义外也’。”“‘生之谓性’之性字，原本必作生，否则孟子不得以‘白之为白’为喻也。”“寻告子之意，食色生而具者也，恻隐之心自内发，故曰内。至于是是非非贤贤贱不肖，必学而后知之，必习而后与人同，故曰外也。”③《孟子》一书，多处言性，傅斯年认为其中有可作生字解者，又有必释作生字然后可解者。“《孟子》一书虽有性之一义，在原文却只有生之一字，其作性字者，汉儒传所改也。”④

《荀子·性恶》篇之性字，“在原书本未经隶变之前，必皆作生字”。傅斯年认为，《性恶》篇首云：“人之性恶，其善者伪也。”据郝懿行、王先谦考，《性恶篇》全篇所论“其善者伪也”之伪，在原本必作“为”字，“伪”是后人传写时所改。既然“伪”字是由“为”字而改，那么“性”字也应该是由“生”字而改。进一步，傅斯年认为：“且就《性恶篇》所持之旨论之，其作生也固宜。全篇反复陈说者，皆不外乎申明人之生也本恶，其能为善者人为之力。世之所谓善者，非生而有之者也，学而后有之。所谓恶也，生而俱来者也，要在以礼法、教化、规矩、刑罚克复之耳。与其写作《性恶篇》，固不如写作《生恶篇》之足以显其义也。荀子之生恶论，正其以人胜天之主张之一面，其以劝学为教，人道为道，不愿‘大天而思之’，而欲‘制天命而用之’，皆与

---

① 傅斯年：《性命古训辩证》，广西师范大学出版社 2006 年版，第 28 页。

② 傅斯年：《性命古训辩证》，广西师范大学出版社 2006 年版，第 44 页。

③ 傅斯年：《性命古训辩证》，广西师范大学出版社 2006 年版，第 50、51 页。

④ 傅斯年：《性命古训辩证》，广西师范大学出版社 2006 年版，第 53 页。

生恶说相表里。”①

傅斯年还考察了《吕氏春秋》中的“性”字，认为《吕氏春秋》中“性”字在原本当作“生”字。

二

《性命古训辩证》考察先秦的性、命两字的来龙去脉，绝不仅是做字面、字义上的梳理，而是想要揭开先秦中国哲学的形成问题。

从“命”字的演化来看，通过考察，傅斯年认为中国古代对“帝”“天”的崇拜是一个漫长的演变过程，由开始的各个部落祭祀本部落的宗神，到大一统后形成一个普遍的宗神。到周初，人们对“天”“命”的崇拜仍然普遍，“天命无常”仍然是普遍的认识。“《周诰》之可信诸篇中，发挥殷丧天、命周受天命之说最详，盖周王受命说即是周公、召公、成王施政教民告后嗣之中央思想，其他议论皆用此思想为主宰也。”② 既然天命无常，那么作为人就必须敬畏天命，必须十分谨慎地对待天命，顺应天命。“此时此辈人之天道观，仍在宗教的范畴内，徒以人事知识之开展，故以极显著的理性色彩笼罩之，以为天人相应，上下一理，求天必先求己，欲知天命所归，必先知人心所归。此即欧洲谚语所谓‘欲上帝助尔，尔宜先自助’者也。此说有一必然之附旨，即天命无常是也。惟天命之无常，故人事之必修。”③ 然而，西周的发展历程中，潜伏着一批人，这批人“上承虞夏商殷文化之统，下为后来文化转变思想发展的种子”④，在周代鼎盛之时，安分慑服，一旦王纲不振，他们会起而自己的主张，于是产生了各种各样的异说。对于天人关系的各种观点也出现了分歧。东周的天命说，大体上有五种，即命定论、命正论、俟命论、命运论、非命论。

从“性”字的演化来看，“性之观念依人之观念以变化。古者以为上下异方之人不同，故其所以为人者不同，后世以为上下异方之人大同，故其所以为人者大同。以为人之所以为人者同，东周哲人之贡献也”⑤。也就是说，周之初，人们认为人是不同的，人只是有族性、族类、族人，而没有普遍性的人，人性上也只有自类别的人性观而没有普遍的人性观。随着社会的发展，人智进步，对于人性的认识也由自类别的人性观上升到普遍的人性观。到墨子、孟子时代，已经是普遍的人论。然而，“中国人道主义之发达，大同思想之展布，在东周为独盛，其来虽未骤，其进实神速，必有其政治的社会的

① 傅斯年：《性命古训辩证》，广西师范大学出版社 2006 年版，第 55 页。
② 傅斯年：《性命古训辩证》，广西师范大学出版社 2006 年版，第 81 页。
③ 傅斯年：《性命古训辩证》，广西师范大学出版社 2006 年版，第 98 页。
④ 傅斯年：《性命古训辩证》，广西师范大学出版社 2006 年版，第 102 页。
⑤ 傅斯年：《性命古训辩证》，广西师范大学出版社 2006 年版，第 106 页。

凭借，然后墨子之人类一家论，孟子之人性一般解，得以立根，得以舒张。学人诚有其自由，而其自由之范围仍为环境所定耳”①。也正因为“政治的社会的凭借”和“环境”的因素，儒、墨、法、道四派分别起于鲁、宋、晋、齐，而天人论各不相同。

春秋时代介于西周与战国两个不同的世界，是一个转变的时代，也是一个矛盾的时代。春秋时代的天道观，在正统派看来仍然保留着大量的神权性，同时人定论也展现。春秋时代的人论，在一般人仍是依族类而生差别之说。“春秋时代，神鬼天道犹颇为人事之主宰，而纯正的人道论亦崭然出头。人之生也，犹辨夷夏这种类，上下之差别，而斯民同类说亦勃然以兴。此其所以为矛盾时代。生此时代之思想家，如不全仍旧贯，或全作新说，自必以调和为途径，所谓集大成者，即调和之别名也。”② 孔子就生活在这样一个时代，孔子的思想中充满了天、人的矛盾。孔子所言天命观念，指天之意志，决定人事之成败吉凶祸福，命定论色彩不少，但不完全是命定论，是命定论和与命正论的调和，所以孔子罕言天道。孔子的人道也是“立于中途之上”，认为人生而异，族类不同而异，等差不同而异。这种思想上的矛盾的调和特征，到墨子、孟子时代已经很少见到痕迹。墨子思想的宗教色彩较浓，所以将天道抬高，而很少论及人道。而孟子则相反，将天道纳人人道。“孟子之言命，字面固为天命，其内含则为义，为则，不尽为命定之训也。”③ “在性论上，孟子全与孔子不同，此义宋儒明知之，而非宋儒所敢明言也。孔子之人性说，以大齐为断，以中性为解，又谓必济之以学而后可以致德行，其中绝无性善论之含义，且其劝学乃如荀子。孟子舍宗教而就伦理，罕言天志而侈言人性，墨子以为仁义自天出者，孟子皆以为自人出矣。”④ 从中我们不难看出孔、墨、孟思想中天命、人性的不同主张，也推断出从孔子到墨子、孟子时代人们对待命、性认识的变化。荀子之性论，“舍孟子之新路而返孔子之旧域”，荀子以性恶论著闻，这与孔子性相近、习相远相通，“孔荀在此一事上是不相干而不可谓相违也”。而荀子的天道论，“直向新径，不守孔丘、孟轲之故步，盖启战国诸子中积极人生观者最新之天道观，已走尽全神论之道路，直入于无神论矣”⑤。

由“性”“命”两个字的梳理，将先秦哲学（尤其是儒家哲学）的天人关系、天命立场、人性主张贯穿起来，并进行相互关联，理清先秦哲学发展的脉络，这是《性命古训辩证》这部著作的主要功绩。

① 傅斯年：《性命古训辩证》，广西师范大学出版社 2006 年版，第 110 页。
② 傅斯年：《性命古训辩证》，广西师范大学出版社 2006 年版，第 120—121 页。
③ 傅斯年：《性命古训辩证》，广西师范大学出版社 2006 年版，第 142 页。
④ 傅斯年：《性命古训辩证》，广西师范大学出版社 2006 年版，第 137 页。
⑤ 傅斯年：《性命古训辩证》，广西师范大学出版社 2006 年版，第 151 页。

三

如何看待《性命古训辩证》这种以字解释思想、诠释观念进而形成理论的方法呢？

应该承认，傅斯年的《性命古训辩证》虽然很有影响力，但著作中的观点并没有被多数学者认可。后来的学人研究先秦性命观念、天人关系等采用《性命古训辩证》的观点并不普遍，然而，这不能否认《性命古训辩证》以字成理的研究方法。我认为，这种方法的价值在于有效地解决了传统学术在西方学科视野中被支离的碎片化现象，将传统学术以字重新贯穿，开辟了传统学术走向现代的路径。

《性命古训辩证》完成于 1938 年。传统学术经历新文化运动后被西学学科化的支离破碎，变成了无所依附的“游魂”。传统文化怎样走入现代，就成为当时学人必须思考和面对的问题。许多学者苦心孤诣，创造着新体系和新方法。如稍早一些熊十力的《新唯识论》，以及与《性命古训辩证》几乎同时的冯友兰的《新理学》等。无论如何，在当时的背景下，学术的发展一定和哲学有关，如果某种思想与哲学无涉，那么就是落伍，就会被抛弃。《新唯识论》《新理学》也都是哲学著作。这倒不是熊十力、冯友兰愿意这样做，而是必须这样做。傅斯年也同样面临着这个问题，即如何把中国传统学术哲学化的问题。熊十力、冯友兰直接将中国传统学术与西方哲学整合，用西方的哲学方法创建中国哲学体系，用冯友兰的说法就是“旧瓶装新酒”。傅斯年走的不是这条路，他无益于创建哲学体系，而是以小见大，以字说文，解字成理，将字概念化，观念化，形成了独特的“以语言学的观点解释一个思想史的问题”的学术理路。按照西方学科式的划分，这一学术理路从文字学直接进入哲学，将文字概念化、观念化、哲学化，使中国传统的学术重新以文字观念的方式集结，创造出了新的中国哲学思想。这种创造，既符合传统学术的宗旨，又借鉴西方研究方法，与当时流行的哲学相契合，创造出了新的哲学思想。这种治学理路，与熊十力、冯友兰的哲学化创造可谓殊途而同归，异曲而同工。

《性命古训辩证》的研究方法也被后学所继承。赵纪彬先生的《论语新探》就是按照《性命古训辩证》的研究方法对《论语》进行探讨的。该书于 1948 年由中华书局出版，其后又多次再版。书中的《释人民》《人仁古义辩证》等，影响了整个 20 世纪五六十年代的孔子研究，成为这一时段孔子研究的权威观点。然而，《性命古训辩证》的研究方法在今天的学界几乎找不到了，从事训诂学、考据学的学者沉浸于自己的专业范围内不愿走出，而从事哲学研究的学者又觉得训诂、考据过于烦琐，不得其旨，于是，在很大程度上，训诂与哲学就成为两盲的境地，这不能不算作是今天学界的一大遗憾，也更使我们怀念傅斯年先生的《性命古训辩证》。

心性化与唐宋元明中国思想的内转及其危机*

——以禅宗、内丹、理学为线索的思考

翟奎凤

摘 要 佛教的传入深深影响了中国思想的演进，魏晋南北朝时期，人们普遍的生命困顿与心灵焦虑使得佛教蔚然盛行。汉唐时期，中国思想经历了从重视宇宙论、到本体论，再到心性论这一转变，心性论的凸显促使唐宋元明时期中国思想文化整体性内转。佛教本身就是一种内向型的关于心性的宗教，唐代禅宗的出现标志着佛教中国化运动的完成，佛教完全变成了一种关于内心如何觉悟的宗教。在佛教与禅宗心性论思想影响下，唐宋道教完成了由外丹向内丹的转型，宋明新儒学也从主张“性即理”到主张“心即理”，变成了一种注重内在超越的心性化儒学。内在化、心性化一定程度上增强了人们的个体化独立意识与人格的尊严意识，对人们思想的解放与自由、民主、平等意识的觉醒起到了推动作用，这在禅宗与泰州学派那里都有着鲜明体现。但是内在化心性思潮过于强大也在很大程度上遮蔽了人们对天道自然、机械技术的好奇与探索精神。明代中期以后，儒佛道在心性思想方面的汇通达到一种平衡，出现三教合一的局面，中国思想全面僵化。明末西洋历算击败中国传统历算，天学的失落意味着中国文化的深层次危机。晚明传入中国的西方天主教与自然科学都有明显的外向性，西方文化推动了中国思想的外转。在内外之间，寻求一种中道，是未来中国文化发展的方向。

关键词 心性 内在 禅宗 内丹 理学

作者简介 翟奎凤（1980— ），男，安徽亳州人，山东大学儒学高等研究院副教授，主要研究易学与宋明理学及中国近现代哲学。

一、佛教心性论与中国文化生命第二期的展开

唐宋时期是我国古代思想文化的重要辉煌期，在这一时期，禅宗的出现标志着印度

* 本文删改版发表于《文史哲》2016 年第 6 期，这里保留了初稿原貌，对个别注解略做订正。

佛教变成了中国佛教，道教也由外丹转为内丹，六经儒学也变成了四书儒学——宋明理学，佛道儒都达到了各自发展的高峰。与唐以前儒道佛的形态相比，禅宗于印度佛教、内丹于外丹、四书理学于六经儒学，明显地有着主体化、内在化、心性化，甚至简单化、生活化、平民化等特征。对这一转变，近现代以来不少学者都从一定角度做了观察和诠释。

近代以来，很多学者认为唐宋时期中国社会发生了一个大的变革与转型，最有影响的观点是近代日本著名学者内藤湖南所提出的“唐宋变革论”，他认为“唐和宋在文化性质上有显著差异：唐代是中世的结束，而宋代则是近世的开始，其间包含了唐末至五代一段过渡期”，而近世化使得学术文艺的性质也有明显变化，“经学由重师法、疏不破注变为疑古，以己意解经；文学由注重形式的四六体演变为自由表现的散文体，诗、词、曲等亦都由注重形式转为自己发挥。总而言之，贵族式的文学一变而为庶民式的文学，音乐、艺术等亦莫不如此”①。与内藤湖南观点较为类似，陈寅恪也认为“唐代之史可分为前后两期，前期结束南北朝相承之旧局面，后期开启赵宋以降之新局面。关于政治社会经济者如此，关于文化学术者亦莫不如此”②，钱穆也说“论中国古今社会之变，最要在宋代。宋以前，大体可称为古代中国，宋以后，乃为后代中国。秦前，乃封建贵族社会。东汉以下，士族门第兴起。魏晋南北朝定于隋唐，皆属门第社会，可称为是古代变相的贵族社会。宋以下，始是纯粹的平民社会”③。冯友兰在晚年重写中国哲学史时一定程度上也吸收了这种观点来说明唐宋时期中国思想的演变，他说：“隋唐以后，门阀士族的政治和社会地位逐渐降低，由地主阶级贵族降低为四民之首。这是中国封建社会中的一个显著变化。所谓士就是中国封建社会中的知识分子阶层。”④ 冯友兰认为“门阀士族是玄学的阶级根源，士是道学的阶级根源。两者比较，玄学有一种华贵清高、风流自赏的意味，道学则有一种比较平易近人的意味。这是贵族与非贵族不同的表现”⑤，冯友兰甚至还把禅宗的兴起也归于这种社会政治结构的变化，他说：“禅宗与其他宗派的矛盾，也是当时反对门阀士族的斗争在佛教中的反映。当时其他宗派都是与门阀士族密切联系的，它们就是佛教中的门阀士族。社会中的门阀士族的统治的崩溃，也引起了佛教中的门阀士族的统治的崩溃。代之而起的是一种新兴的僧侣，这就是禅宗的‘祖师’们。”⑥ 在《中国哲学史新编》中，冯友兰没有论及唐宋内丹的兴起，但可

---

① ［日］内藤湖南：《概括的唐宋时代观》，见刘俊文主编《日本学者研究中国史论著选译》第一卷，中华书局1992年版，第10页。

② 陈寅恪：《金明馆丛稿初编》，上海古籍出版社1980年版，第296页。

③ 钱穆：《理学与艺术》，《宋史研究集净第七辑》，台湾书局1974年版，第2页。

④ 《三松堂全集》第十卷绪论，河南人民出版社2000年版，第5页。

⑤ 《三松堂全集》第十卷绪论，河南人民出版社2000年版，第8页

⑥ 《三松堂全集》第九卷，河南人民出版社2000年版，第552页。

以推测，如果用门阀士族的瓦解与士民阶级的兴起来解释内丹取代外丹，想来他也会是这么认为的。杨立华在《内外丹兴替考》中正是用这种思路来解释的，“我们可以推断，内丹学之所以能够兴起，恰在于它迎合了长生观念平民化、世俗化的需要”，“在内外丹代兴的过程中，内丹家的身份亦渐趋复杂，其间明显有自上而下的痕迹，平民化的倾向十分明显”①。这样看来，禅宗、内丹、理学的出现似乎都与唐宋时期门阀贵族的瓦解及士民阶级的兴起有着必然或密切的关联，这不失为一种比较合理的而且有力的解释与观察。社会结构以及大众风尚的变化往往确实能直接决定一种思想的兴衰及其转向。

文化及其思想观念的演变往往确实是内外促成的结果，就思想演变的内在气质来说，唐宋元明，禅宗、内丹、理学的交替出现，佛、道、儒这三大思想信仰系统都出现了内转化的趋势，内在化、心性化、德性化、主体化是唐宋元明时期中国思想演变的大趋势，这种趋向也最终导致晚明“三教合一”局面的出现，使中国文化出现了一个相对静态平衡的稳定结构。这种内在化、主体化一定程度上既促成了人们的个性自觉与自由平等观念的增强，但另一方面高度的心性化、德性化也封闭了人们心灵世界向社会实践与自然科学实践的敞开。放宽思想视域，我们也可以比较清晰地看到，唐宋元明这些思想风格和观念信仰的变化其实都跟佛教传入中国有着密不可分的关系，没有印度佛教的传入中国，固然就不会有中国的禅宗，同样也不会有内丹的形成与发展，不会有程朱理学和陆王心学。佛教极其深刻地影响了中国思想的演进，没有佛教，唐宋元明时期的中国思想与心灵是不可想象的，从这种意义上说佛教确实是征服了中国。雷海宗正是以佛教对中国的深刻影响把中国历史分作两大周：“第一周，由最初至西元383年的淝水之战，大致是纯粹的华夏民族创造文化的时期，外来的血统与文化没有重要的地位。第一周的中国可称为古典的中国。第二周，由西元383年至今，是北方各种胡族屡次入侵，印度的佛教深刻的影响中国文化的时期。无论在血统上或文化上，都起了大的变化。第二周的中国已不是当初华夏族的古典中国，而是胡汉混合、梵华同化的新中国，一个综合的中国。虽然无论在民族血统上或文化意识上，都可说中国的个性并没有丧失，外来的成分却占很重要的地位。”② 第一周史前时期不算，从西周公元前1200年到公元383年，约1500年，第二周从383到算到晚清民国的话也大概是1500年，此后应该算是西方文化冲击中国的第三周。这个观察是深刻而犀利的，就中国思想文化的演变来说，他的这个两周说是合理的。一种思想文化也是生命有机体，中医认为，人体气机要与外界不断进行“开合出入”才能保持旺盛的生命力，否则“出入废，则神机化灭”

---

① 杨立华：《内外丹兴替考》，《传统文化与现代化》1997年第3期。

② 雷海宗：《中国文化与中国的兵》，商务印书馆2001年版，第141、142页。

(《素问·六微旨大论篇》)。一个民族的历史文化也是如此，只有在与不同的文明进行碰撞、交流、融合中才能生生不息，否则长期在一个封闭的文明系统内，其命运必然是走向死寂。外来的印度佛教文明确实是促进了中国文化生命第二期的展开。

与冯友兰以门阀士族的衰落、士民阶层的兴起来解释禅宗、理学的形成有所不同的是，任继愈以心性论的崛起来解释这一时期的思想转变，他认为“中国哲学史从秦汉以后，经历了宇宙生成论（或称为宇宙结构论），发展到魏晋时期的本体论，又由本体论发展为心性论，是符合人类认识规律的，佛教哲学也是从本体论进入心性论的，而且在心性论领域内做出了很大的贡献”①。方立天也是以同一思路来论隋唐宋明时期中国思想的转变，他说“中国佛教心性论是佛教哲学与中国固有哲学思想旨趣最为契合之点，也是中国佛教理论的核心内容，在中国佛教哲学思想中占有最重要的地位”②，又说“先秦时代思想活跃，百家争鸣，各种哲学问题，如本体论、宇宙论、人生理想论和心性论等都有了发轫和展开，呈现出百花齐放的鼎盛局面。到了汉代，宇宙论成为热点，一些哲人热心于探讨宇宙万物的生成、结构和变化等问题。魏晋时，玄学盛行，其重心是本体论，着重从宏观方面深究宇宙万物的有无、本末、体用关系。在魏晋玄学思潮的推动和本体论思维方式的影响下，中国哲学的兴奋点从宇宙（天）转到人，着重透过人的生理、心理现象进而深入探究人的本质、本性，从而由宇宙本体论转入心性论，即人本体论。而著了先鞭，首先完成这一转变的便是佛教学者。南北朝时佛教的佛性论思潮就是心性论成为当时时代哲学主题的标志。后来，在佛教心性论的刺激下，儒家也更为系统地阐发了奠基在道德本体上的心性论，把社会伦理本体化，超越化，说成既是人的形上本体，又是宇宙的形上本体，从而又与佛教心性本体论进一步相沟通”③。在任继愈、方立天这些论述的基础上，我们可以看出唐宋元明时期中国思想不断心性化、内在化这一明显走向。美国学者刘子健在《中国转向内在——两宋之际的文化转向》一书中认为“从12世纪起，中国文化在整体上转向了内向化”④。其实，放到唐宋元明中国思想不断心性化这一宏阔而深邃的思想背景下，我们对这一内在转向能够看得更加清晰而深刻。

从两汉到魏晋、隋唐，由宇宙论到本体论，再到心性论，这一转向由外而内的内转倾向非常明显，这其中过渡性的环节就是魏晋玄学，这一时期个体化生命意识的觉醒和

① 任继愈：《佛教与东方文化》，载《任继愈禅学论集》，商务印书馆2005年版，第267页。

② 方立天：《心性论：佛教哲学与中国固有哲学的主要契合》，《社会科学战线》1993年第1期。

③ 方立天：《心性论：佛教哲学与中国固有哲学的主要契合》，《社会科学战线》1993年第1期。

④ 刘子健：《中国转向内在：两宋之际的文化转向》，江苏人民出版社，第10页。

焦虑深刻影响到此后中国思想的演进①。汉代思想的宇宙论意识浓厚，而宇宙论意识，可以说是一种空间整体性关联的意识，这种空间性取向的思维习惯和心理结构也鲜明地体现在其最具代表性的文学样式——“汉大赋”中。② 在整个汉代甚至此前的中国人的个体意识和死亡意识并不是很强烈，我们可以推测，这是因为在这一时期，个体泯然于族群社会中、浑然于天地自然中，所以其个体自我意识并不是很凸显，对于死亡也没有太多的焦虑不安。而这些在魏晋南北朝时期发生了很大改变，开始由空间性取向转变为时间性取向，人们对生命无常、时光易逝和生命的幻灭感大量出现在诗歌艺术中③，与之相随的是个体自我意识凸显。发生这个转变的原因是多方面的，一方面长期的战乱、动荡和分裂，原有的很多族群大家庭被拆散，人们朝不保夕，另一方面老子特别是庄子促使了人们个体自我意识的觉醒，更为重要的是佛教思想的传入，这几种思潮相互叠加，使人们对时间、个体、生命、无常变得异常敏感而焦虑起来。很多人认为印度人时间观念差，对历史不重视，所以整个民族没有很好的史记。其实，这只是看到一个方面，实际上我们也完全可以说因为印度人的时间意识过于强烈，强烈到对刹那无常、瞬间生灭都感到焦虑，以至于认为世间幻灭无常、无意义。空间性是相对静态的，而时间性是相对动态的，因动态幻灭就会有生命的不安感。印度佛教的因果轮回观念，也是中国文化所没有的。中国人认为人死后其灵魂升天，回到祖先那里，或者回到大自然，连死亡也表现了“群”的空间性，中国人的很多丧葬仪式都是围绕这一信仰来展开的。佛教讲三世因果轮回，从沉沦到解脱永远是个体性的。这种时间性、个体性和个体自足的意识，与内在化、心性化是一体关联的，深刻影响了魏晋隋唐乃至宋明时期中国思想的演进。

二、心的宗教：从如来禅到祖师禅

在汉代初，佛教在中国传播的主要还是小乘教法，佛也被人们理解为一种神仙。魏晋玄学兴起后，印度大乘佛教般若空宗的经典开始大量翻译过来，人们又以玄学的“无”来理解佛教的“空”，围绕“空”“无”真义，有“六家七宗”之分歧，随后东

① 韦政通认为“从此以后，中国历史开始进入相当于西方中世纪的中古时代。这时代为知识分子塑造的‘中古性格’，是后来的千余年中，中国文化始终未能脱离超世倾向，以及日渐趋于衰病的主要原因”（韦政通：《阮籍的时代和他的思想》，载《中国哲学思想论集》，项维新、刘增福主编，台北：牧童出版社 1976 年版，第 298 页）。这一说法不免有些夸大，但其中也不无一定道理。

② 相关思考，可参阅杨九诠《论汉大赋的空间世界》，载《文学遗产》1997 年第 1 期；胡晓薇《空间与汉大赋：兼论汉大赋“趋图性”的审美艺术特色》，载《人文杂志》2002 年第 2 期。

③ 如曹操在《短歌行》中说“对酒当歌，人生几何？譬如朝露，去日苦多”，东晋王羲之《兰亭集序》中也说“向之所欣，俯仰之间，已为陈迹，犹不能不以之兴怀。况修短随化，终期于尽。古人云：‘死生亦大矣。’岂不痛哉！”初唐陈子昂《登幽州台歌》也说“前不见古人，后不见来者。念天地之悠悠，独怆然而涕下”，等等，都流露出强烈的人生苦短的个体生命意思。

晋僧肇的《不真空论》超越“六家七宗”，把玄学的讨论推向一个高峰。进入南北朝，涅槃佛性论开始成为佛教界讨论的中心问题。任继愈认为“晋宋间佛教理论家参加了当时玄学家的论战，与世俗学者共同讨论本体论的问题。这种论辩推动了中国哲学的发展。南北朝时期，佛教理论界由般若学转向涅槃学的讨论。涅槃学即哲学的心性论（佛教称为佛性论，即人性论）。由本体论进入心性论是当时思想家又一热门话题。从般若学到涅槃学（由本体论到心性论）恰恰与中国哲学史发展的逻辑同步开展，当时中国哲学史就是由本体论向心性论转移的”①。方立天也认为“心性论为儒道佛三家文化的基本契合点”，在他看来，佛性论的凸显也是中国文化对佛教选择的结果，他说：“从中国佛教哲学发展逻辑来看，最早引起中国佛教学者兴趣和注意的佛教思想是般若空论和因果报应论。开始，般若空论在教外知识界中并未引起强烈的反响，因果报应论还遭到了儒家学者的激烈反对，并由教内外的因果报应之辩发展到神灭神不灭之争。这种具有重大哲学意义的争论最终以双方坚持各自立场而告终。但经过这场争论，中国佛教学者把理论建设的重点从形神关系转移到身心关系，从论证灵魂不灭转向成佛主体性的开发，着重于对佛性、真心的阐扬，此后中国佛教就转到心性论轨道上来。并且由于与重视心性修养的中国固有文化旨趣相吻合而日益发展，以致在南北朝隋唐时代形成了派别众多的丰富多彩的心性论体系”②。由此看来，心性论的凸显既是一种潜在的时代思潮，同时也是中印文化融合的一个交汇点。

经过五六百年的发展，佛教在隋唐达到了历史的高峰，天台宗、华严宗、禅宗等大乘佛教宗派的形成标志着佛教中国化运动的完成。而这其中又以禅宗最为集中地代表了印度佛教的中国化，实现了中印智慧的高度融合。唐武宗会昌法难以后，佛教很多宗派顿时衰落，唯有禅宗一系独盛，而且在晚唐五代，五祖弘忍下面的法脉也只有慧能的弟子和再传弟子人才辈出、全面盛开，个个生龙活虎，不断翻新，引领了中国化佛教的发展方向，以至于此后的中国佛教发展史很大程度上就是禅宗的演变史，禅宗成了中国佛教的代名词。无论是天台宗，还是华严宗、唯识宗，其理论性、体系性、逻辑性甚至知识性都很强，流露出较强的“学院性”。从这个角度来说，他们都比禅宗高明、高深，但影响却不及禅宗。禅宗的优势就在极高明而道中庸，把修身平民化、平常化、生活化、简单化，甚至伦理化，显然这些也都是中国文化的特色。而禅宗之所以能够做到这些，不得不说这在根本上还是由于其在心性论上有重大突破。心性论是隋唐佛教各大派共同的核心问题，关于心性论的不同建构也是各大派相互区别的重要标志，杨维中认为，与“天台宗的性具范式”“华严宗的性起范式”相比，“禅宗的自心范式”“是中

① 任继愈：《从佛教到儒教——唐宋思潮的变迁》，载《任继愈禅学论集》，第179、189页。

② 方立天：《心性论：佛教哲学与中国固有哲学的主要契合》，《社会科学战线》1993年第1期。

国佛教心性论发展的最成熟形态"①。作为中国佛教史上影响最大、流行时间最长的第一大宗派，禅宗的形成经历了一个由"藉教悟宗"如来禅到"教外别传"祖师禅，再到"超佛越祖"分灯禅的发展过程。一般认为由达摩传来到五祖弘忍的禅法都可说是如来禅，其特点是注重禅定静观，祖师禅为六祖慧能所创，"分灯禅"为慧能弟子对其禅学思想的发展，其特点是在动态生活中顿悟成佛。慧能是中国禅宗的真正创始人，此前是只有禅学的如来禅，没有禅宗。关于这一点，任继愈强调说"我们把惠能当作中国禅宗的真正创始人，是有事实根据的。菩担达摩以下五世，只是惠能禅宗的先驱，后来中国哲学史上所谓'禅学'，某人的学说近禅（如宋儒、明儒说陆九渊、王守仁的哲学体系近禅），都是说他们的学说和思想方法和惠能以后的禅学接近，而不是指惠能以前的禅学，更不是指的禅定的禅学"②。杨维中也认为"慧能的心性论思想与此前的如来禅心性论有着重大的区别。而南宗禅所坚持的正是由慧能奠定的只能以'当下现实之心'来诠释的'自心'本体。而这一理论立场正是'六祖革命'的核心所在。从这个意义上，我们仍然坚持以慧能禅法作为禅宗正式立宗的标志。因为此前，无论是'东山法门'，还是北宗禅，都与达摩禅的心性论没有根本的区别。所以，我们有充分的理由以自心范式概括禅宗的心性论范式"③。慧能禅的这一思想充分体现在《坛经》一书中。

作为唯一一部中国高僧说法升为佛经的经典，慧能《坛经》充分体现了禅宗的核心思想，他对佛教心性论做了充分灵活的发挥。当弘忍给他讲《金刚经》至"应无所住而生其心"而大悟时，慧能瞬间领悟到"一切万法，不离自性"，他感慨道"何期自性，本自清净；何期自性，本不生灭；何期自性，本自具足；何期自性，本无动摇；何期自性，能生万法"（《行由第一》）④，慧能大悟后的这句话道出了其思想后来展开的根本宗旨，即一切说法不离自性，自性是一切建立的根本，自性即佛，离性别无佛，自性具足一切，无须外求。这样，任何外在地追求佛的念想都是错误的，所有外于自性的佛和修为都是虚妄的。基于此，慧能就强调"惟论见性，不论禅定解脱"（《行由第一》），他批评传统的禅定静坐，认为"住心观净，是病非禅"，说"生来坐不卧，死去卧不坐。一具臭骨头，何为立功课"，又说"惠能没伎俩，不断百思想。对境心数起，菩提作么长"（《机缘品第七》）。慧能禅就是让人"识自本心，见自本性"，他说"自心是佛，更莫狐疑""一念平直，即是众生成佛。我心自有佛，自佛是真佛"（《付嘱第十》）。对传统佛教的很多教条，慧能都从其自性佛的立场上予以重新解释：如戒定慧三学，他说"心地无非自性戒，心地无痴自性慧，心地无乱自性定"（《顿渐第八》）；

① 杨维中：《隋唐佛教心性论的四种范式及其比较研究》，载《哲学门》第2卷，湖北教育出版社2001年版。

② 任继愈：《禅宗哲学思想略论》，载《任继愈禅学论集》，商务印书馆2005年版，第44页。

③ 杨维中：《隋唐佛教心性论的四种范式及其比较研究》，载《哲学门》第2卷，湖北教育出版社2001年版。

④ 慧能：《坛经》，大正新修《大藏经》本。

针对净土宗念佛往生西方极乐世界，他认为自性就是净土，此外别无西方，他说“东方人造罪，念佛求生西方；西方人造罪，念佛求生何国？凡愚不了自性，不识身中净土，愿东愿西，悟人在处一般”（《疑问第三》）。我们注意到，在《坛经》中，慧能既说“本性是佛”，又说“自心是佛”，那么“心”与“性”到底是什么关系呢？对此，杨维中认为“慧能心性论思想的核心是将‘心’与‘性’合一而用‘自心’范畴标明”，“与北宗以真、妄混合言‘自心’不同，《坛经》所言‘自心’是超越真妄二元对立的‘当下现实之心”“慧能认为，本心与现实心、真心与妄心，彼此体用一如，众生不应离妄另去求真，而要即妄显真，这就是‘呈自本心’”①。这样看来，自心即自性，而就“当下现实心”这一关键点，赖永海更深刻地指出“表面上看，慧能的直指人心、即心即佛说只是改变了一下心的性质，实际上，这一改变，导致了禅宗思想一系列重大的变更。从思维形式上说，他是以一个具体的现实的人心去代替一个抽象玄奥的、经过佛教学说百般打扮的‘如来藏自性清静心’。这一替换使得慧能实际上把一个外在的宗教，变成一个内在的宗教，把对佛的崇拜，变成对自心的崇拜，一句话，把释迦牟尼的佛教变成慧能的‘心的宗教’”②。这种“心”宗教，着眼于心的迷悟，即心即佛即众生，迷则佛成众生，悟则众生成佛，而觉悟只在当下一刹那的转心起念，顿悟自心自性圆满具足。

慧能禅既反对离开心性的外求，也反对入定静观枯坐，他强调要在动态的生活中明心见性，其弟子把他的这一思想不断推向极致。如为打破对外在权威的迷思和崇拜，他的弟子敢“呵佛骂祖”，敢骂释迦牟尼是老骚胡，敢把佛像劈了当柴烧。为了截断俗情意识流的缠绕，禅师们可以对弟子实施不经意的当头一棒、振威一吼等外人看来非常突兀甚至荒谬的言行和肢体语言。诚如胡适所说，与印度禅学重在“定”不同，中国禅重在“慧”③。这个“慧”我们说就是当下的动态的翻转与觉悟。过去的很多高僧都是由定而悟，通过长期的艰难的禅定苦修才能开悟，包括释迦牟尼佛本人也是如此。而禅宗的“行云流水”无疑是显得有些“轻巧”，有些老庄自然主无为的意味，如慧能说“兀兀不修善，腾腾不造恶。寂寂断见闻，荡荡心无著”（《付嘱第十》）、“我此法门，从上以来，先立无念为宗，无相为体，无住为本。无相者，于相而离相。无念者，于念而无念。无住者，人之本性。于世间善恶好丑，乃至冤之与亲，言语触刺欺争之时，并将为空，不思酬害。念念之中，不思前境。若前念今念后念，念念相续不断，名为系缚。于诸法上，念念不住，即无缚也。此是以无住为本”（《定慧第四》）、“学道之人，

---

① 杨维中：《隋唐佛教心性论的四种范式及其比较研究》，载《哲学门》第2卷，湖北教育出版社2001年版。
② 赖永海：《中国佛性论》，中国青年出版社1999年版，第232页。
③ 胡适：《禅学指归》，陕西师范大学出版社2008年版，第11页。

一切善念恶念，应当尽除。无名可名，名于自性。无二之性，是名实性。于实性上，建立一切教门。言下便须自见”（《顿渐第八》），这些都与老庄特别是庄子无善无善、任云自然、朝彻见独的哲学精神息息相通[①]，不过禅宗似乎更重在刹那间顿悟生命境界的翻转。如果说这是禅宗“无”的一面通向老庄道家的话，那么其有的一面无疑也通向孔孟儒家。印度佛教常把真如本体看作是真实的，而现象世界是虚幻不真的影和梦，有把体与用隔绝的倾向，但中国禅宗常说“青青翠竹，尽是法身；郁郁黄花，无非般若”，把真如与现象打成一片，这无疑倾向于中国哲学特别是儒学体用不二、体在用中、重视现实生活的思维习惯。慧能还说“常行十善，天堂便至”“若欲修行，在家亦得，不由在寺。在家能行，如东方人心善。在寺不修，如西才人心恶。但心清净，即是自性西方”“心平何劳持戒，行直何用修禅。恩则孝养父母，义则上下相怜。让则尊卑和睦，忍则众恶无喧。若能钻木出火，淤泥定生红莲。苦口的是良药，逆耳必是忠言。改过必生智慧，护短心内非贤。日用常行饶益，成道非由施钱。菩提只向心觅，何劳向外求玄。听说依此修行天堂只在目前”（《疑问第三》），这些话非常富有儒家修身及伦理生活化气息，这无疑使禅宗更能接近普通老百姓，禅宗常把深奥的佛理说得很浅白，如常强调“直心是道场”“平常心是道”，这种风格确实能够很容易为大众所接受。禅宗圆融了有和无两个向度，无的一面与道家相通[②]，推动了道教从外丹转向内丹；而其“有”的一面又与儒家相通，促进了宋明理学的形成。

三、道教的心性化：从外丹到内丹

在早期道教关于养生成仙的方术中，无疑烧炼外丹是最为重要的。所谓外丹，是以铅汞为主，配置其他药物作原料，在炉鼎中烧炼而成的化合物，初步炼成的叫“丹头”，只作“点化”之用，不能服食，继续再炼，便成服食的丹药，即道教所谓的“金丹”或“仙丹”[③]。外丹可以说是一种关于生命科学的工艺技术，从哲学的角度来说，外丹方士相信宇宙生命的连续性，即人体生命与天地自然有相似性和类同性，从低端的无机物到高端的生命体有着连续性和贯通性。与后来的内丹家重视无形的心性相比，外丹无疑更加重视的是作为形而下的身体，外丹方术的形下性和外向性使其具有了更多的自然科学气质。作为一种古老的方术，外丹早在战国中期就已经出现。西汉时淮南王刘安深谙“神仙黄白之术”，曾聚集方术在八公山从事炼丹烧炼。东汉时外丹经书开始涌现，其中最具理论性的当数魏伯阳的《周易参同契》。魏晋时期，老庄玄学兴起，服食

---

① 关于禅宗与老庄道家的关系，可参考徐小跃《禅与老庄》（江苏人民出版社 2012 年版）。

② 特别是与庄子的精神气质非常接近，故后世常庄禅并称。

③ 钟肇鹏主编：《道教小辞典》，上海辞书出版社 2001 年版，第 203、204 页。

外丹在社会上也成为名士风流的一种时尚，这一点从鲁迅《魏晋风度及文章与药及酒之关系》可见一斑。东晋时期著名道士葛洪是外丹道的重要代表，他认为外丹是长生修仙的最高法门，其代表作《抱朴子内篇》确立了外丹在道教中的权威地位，充分显示了道教炼丹术的工艺创造精神，对养生、医学、冶金、化学以及相关工艺等方面的发展产生了深远影响①。葛洪喊出的口号“我命在我不在天，还丹成金亿万年”极大鼓舞了外丹方士在生命科学领域的探索精神。值得注意的是，葛洪不大喜欢老庄虚玄之学，他崇尚技术工艺，认为那些掌握各种工艺、艺术技巧上达到极高水平的人，皆可成为圣人。我们看到葛洪的技艺圣人观与老庄及儒学的道德圣人观有着很大不同，从中可以看出他对科学技术的推崇。南北朝时期，著名道士、炼丹家陶弘景也非常博学，他在天文历算、地理学、药物学、医学、经学、兵学等领域都有显著的成就，尤其对于药物学和医学的贡献最大；在技术上还铸刀剑，注重工艺制造，对炼丹抱严格的实验态度，对实验场所环境、仪器设备、流程目标质量等方面都有精心控制。② 与葛洪类似，他身上具有强烈求知欲望与探索自然奥秘的兴趣及行动，重视语言作为科学认识的符号工具功能，反对玄谈空辩。

到了隋唐，外丹术在理论上、实践上都已成熟，由于唐代尊道教为国教，作为道教主要方术的外丹在唐代也得到了长足的发展。金正耀认为“有唐一代是道教外丹术最为兴盛的历史时期。著名炼丹术士之众，保存下来的外丹经诀之多，炼丹术具体内容之丰，产生的社会影响之大，历代无出其右者。唐代堪称道教外丹术的黄金时期”③。外丹在唐代广受帝王贵族和文化名流的追捧，从唐太宗到僖宗几乎每个皇帝都炼丹，王勃、卢照邻、李白、白居易等大诗人都对外丹也很着迷，有的甚至还亲自参与烧炼（典型的如李白曾大炼还丹）。但是在外丹鼎盛的同时，其丹毒死亡现象在历朝中也是最严重的，唐朝帝王因服丹而死者就达六人之多。这一点迫使人们开始反思外丹的不足，随着心性化思潮和内丹术的不断崛起，唐末五代到北宋，内丹逐渐取代外丹成为道教的新主流，外丹的社会影响逐渐衰弱。关于内丹崛起，任继愈从心性论这个时代思潮做了精彩分析，他认为“世人论道教内丹之学，多认为它由外丹发展而来，这种说法虽不为无据，但还不能全面地说明问题。内丹说实际上是心性之学在道教理论上的表现，它适应时代思潮而生，不能简单地认为内丹说的兴起是由于外丹毒性强烈，服用者多暴死，才转向内丹的。内丹说在道教，佛性说在佛教，心性说在佛教，三教的说法有差异，而他们所探讨的实际上是同样的问题”④。

---

① 蔡林波：《神药之殇：道教丹术转型的文化阐释》，巴蜀书社 2008 年版，第 77、78 页。
② 王明：《论陶弘景》，见《道家与道教思想研究》，中国社会科学出版社 1984 年版，第 80—98 页。
③ 金正耀：《唐代道教外丹》，载《历史研究》1990 年第 2 期。
④ 任继愈：《内丹学与心性论》，载任著《天人之际》，上海文艺出版社 1998 年版，第 307 页。

所谓内丹是“以人身体为炉鼎，精、气、神为药物。经过一定时间的修养锻炼，以神运炼精、气，达到三位一体，凝结成丹（圣胎）。其修炼过程分：筑基、炼精化气、炼气化神，炼神还虚，复归于道，凡四个阶段”①。一定程度上，内丹可以看作是对外丹的模拟，不过，外丹的鼎炉、药物都取自外界的大自然，是在身体外烧炼金丹，而内丹则完全回到自身内部，在体内修炼金丹。尽管据说东晋时期就已经出现“内丹”一词②，但内丹的成熟一般以唐末五代的钟吕金丹为标志③。钟吕丹道形成之前，内丹思潮也经历了一个较长的酝酿形成期。很多学者强调隋唐时期的重玄学对内丹学形成的重要影响，重玄学的思想主体是老庄和魏晋玄学，同时也受到佛教思想的很大影响。外丹对老庄思想相当轻视，对待老庄态度的不同是内外丹的一个重要分际线。受佛教的影响，重玄学抬高心性、贬低肉身，如成玄英在《老子注》中就说“物情颠倒，触类生情，岂知万境皆空，宁知一身是幻”，这种观念是其与外丹甚至以往道教的一个很大不同④。受此影响，内丹学的内在化、精神化、心性化的倾向也是非常明显的。当然，也有学者强调内丹与六朝以来的内炼、内修学的继承关系，认为内丹是在“服气”“导引”“胎息”“存想”等内修养生术基础上发展起来的。如龚鹏程就非常强调内丹与服气、胎息的密切关系，他认为“顺着六朝以来有关服气养生的理论予以发展，逐渐深化以后，渐渐出现内在化及精神化的倾向，由服外气讲到服内气、由存想身中神讲到存养精神，由对肢体的按摩导引讲到内在的以心引气、由闭气胎息讲到元气成胎，以至对丹、鼎、火候等，都有了新的解释。此时又再援引老庄、佛学、《易经》之义理来说明其见解，才逐渐形成一个新的论述体系”⑤，“相对于一般的炉火烧炼之术，这时已有不少人提出另一种思路，说烧炼之药非金石铅汞，而是气。这些气，或指日月之气，或指身内之气，或指五谷之气，总之，都非金石铅汞。故古丹经所云之铅汞或水火均须另作解释。于是就出现了真火、真水、真铅、真贡的讲法。丹也一样，不再指丹砂丹药，而是指气。内气称内丹、外气称外丹。心还于气，或阴阳两气向往还则称还丹，又或以内外气为金丹。这都是新的铅汞丹药论。而且张果以神为性、以气为命的讲法，更开启了

---

① 钟肇鹏主编：《道教小辞典》，上海辞书出版社 2001 年版，第 204 页。

② 《大正藏》卷四十六载《南岳思大师立誓愿文》说“藉外丹力修内丹，欲安众生先自安”，但此文的历史真伪，学界争论颇多，而且其“内丹”的义含也没有具体交代。

③ 至于“内丹”概念的形成，杨立华认为大致可以定在陶弘景之后、张果之前，即大约在公元 536 年至 705 年之间。见杨氏《匿名的拼接——内丹观念下道教长生技术的开展》，北京大学出版社 2002 年版，第 51 页。

④ 蔡林波认为“道教的重玄思潮与道性论对传统的生命本质观与价值观可以说是做了一次颠覆性的改造。它根本改变了道教生命本质观的向度：由过去追求血肉之躯之长存，而转向了对有形世界的总体超越。显然，这是重玄学对生命本质加以极度抽象化的结果。既然肉体的物质生命价值不具有终极性，那么，为实现这一价值的道教炼丹术（外丹）也就必将失去其存在的合法性”（《神药之殇：道教丹术转型的文化阐释》，巴蜀书社 2008 年版，第 220 页）。

⑤ 龚鹏程：《道教新论》，北京大学出版社 2009 年版，第 185 页。

内丹家讲性命双修的门庭”[1]。在唐代，东汉的《周易参同契》才真正被重视起来，但与之前对该书外丹化理解不同，晚唐的张果、刘知古更多地从内炼、内丹的方向来解释《参同契》。所有这些内丹化思潮到了唐末五代的钟离权、吕洞宾那里得到了汇集提升。张广保认为钟吕内丹道与中唐时期的各种原初的内丹道形态相比有三个重要特点，一是“将内丹道奠基于形而上的天道的基础之上，使丹道与天道相互贯通”，二是“通过对各种原初内丹流派的整合，建立起一种体系化的内丹之道”“钟吕内丹道派通过对道教各种传统内修方术的尖锐批评，将内丹道与道教各种传统内修方术严格区分开来”[2]。因此，可以说钟吕内丹理论体系的建立，标志着内丹学走向成熟，之后，内丹成为道教炼养方术的主流，从宋元的南宗、北宗，到明清的东西派，都自称得钟吕真传，奉钟吕为教主。所以，钟吕是道教内丹的真正祖师，这点类似于慧能于中国禅宗的地位。

唐宋之际，是内外丹的交替的一个转折点，道教由外在走向内在。早期内丹虽然由外入内，不再烧炼外在铅汞，但他们还比较重视天道宇宙论，甚至把内在精气神的修炼看作是对天道运行的模拟或返还，有着宇宙论与心性论交融的特点，“气”的地位也比较重要。在宋明时期，内丹的进一步展开中，佛教禅宗心性论的因素不断渗入并越来越凸显，气越来越从属于心，如北宋张伯端在其《悟真篇》后篇论达本明性之道，其内容主要是“通过参证佛教典籍尤其是禅宗的各宗传灯录而来，这就暗示了他的内丹道在有关性功修持方面接纳了禅宗明心见性的功夫”，张广保认为“张伯端的这一做法为宋以后内丹道广泛地援禅入道开了先例。后世内丹道的南北二宗都不约而同地接纳佛教禅宗的修心功夫，以之作为内丹修持的性功。有的丹士于此走得更远，甚至有以禅宗明心见性取代内丹道的趋势”[3]，“南宋的以后的一些内丹家正是以此为依据，将内丹修炼完全等同于心性修炼，从而走上丹、禅合一之路”[4]。性命双修，是内丹家的共识，如果说张伯端总体上还是主张“先修命，后修性”的话，那么宋元之际王重阳开创的全真教则明确主张三教合一，而且认为要“先修性，后修命”，认为“唯一灵是真，肉身四大是假”[5]，这就彻底走上了丹禅合一，甚至以禅为主的修行道路。

从外丹到内丹的巨大翻转，我们看到佛教禅宗心性论对道教的重大影响。从早期重视肉体长生不老，到后来认为身体是“四大假合”幻影，从身体与宇宙生命、自然物质关联性的积极探求，到唯心是求，从外丹到内丹的这一演变可以说最为典型地象征着唐宋时期中国思想的内在转向，从此“通过贬斥外在物性的世界来抬高内在的灵性的世

---

① 龚鹏程：《道教新论》，北京大学出版社 2009 年版，第 208 页。

② 张广保：《唐宋内丹道教》，上海文化出版社 2001 年版，第 162 页。

③ 张广保：《唐宋内丹道教》，上海文化出版社 2001 年版，第 332 页。

④ 《唐宋内丹道教》，上海文化出版社 2001 年版，第 378 页。

⑤ 《王重阳集》，白如祥辑校，齐鲁书社 2005 年版，第 281 页。

界，内在地成为中世纪到近代中国思想和精神发展的主流”①。无疑，外丹是开放的、朝向大自然的，是富有科技实验品格的，历史上的著名炼丹家如葛洪、陶弘景、孙思邈也都非常博学，而且在科技史上都有着突出的贡献。外丹转入内丹，以及宋元之后内丹的不断心性化，这个历程大体上也是中国自然科学创造性不断萎缩的时期。

四、儒学的心性化：从“性即理”到“心即理”

如果说魏晋南北朝一直到隋唐，是佛教、道教的兴盛活跃期，儒学相对没落不景气的话，那么，宋明时期，儒学显然力压佛老，又再一次成为时代思想的领跑者，回到社会话语的中心。确实，诚如冯友兰所论，禅宗于“百尺竿头，更进一步”便走到了宋明新儒学：“禅宗更进一步，统一了高明与中庸的对立。但如果担水砍柴就是妙道，何以修道的人，仍须出家？何以事父事君不是妙道？这又须下一转语。宋明道学的使命，就在再下这一转语。”② 在冯友兰看来，“佛学与中国原有之儒家之学之融合，即成为宋明之道学”③，当然冯友兰这里所说的佛学主要来讲就是指禅宗。北宋是儒学复兴的活跃期和宋明理学的奠基时期，在“性与天道”的建构上也呈现了多元的局面，即便是被视为正统的北宋五子其思想各自的特色也很鲜明。周敦颐、张载、邵雍的宇宙生成论色彩比较浓厚，《周易》图书象数学对周敦颐、邵雍影响较大，张载强调“气”的根本性。尽管三人都很有成就，但后来宋明理学的奠基人、创始人当推二程。

从中国哲学本体论范畴的演变来看，在北宋时期可以说经历了一个由“道”而“理”的转变过程。从周秦到汉唐，“道”是诸子百家所共同指认的最高本体，是思想界最高真理的代名词。然而在宋明时期，“理”在很大程度上取代了“道”的这些指认功能，事事都求个“理”，行行都要讲“理”，“理”成了宋明思想文化乃至人们生活世界最为流行的权威话语。“理”之所以能升格为宋明思想的最高话语，这主要是二程的功劳。程颢曾不无自豪地说“吾学虽有所授受，天理二字却是自家体贴出来”④，言外之意，他与弟弟虽跟周敦颐学习过，但是其思想发明与创新跟周敦颐关系并不大，这是二程始终没有明确尊周敦颐为师的重要原因，程颐甚至直接说只有他哥哥程颢才接续了孟子之后中断了一千多年的道统。“理”是二程思想的核心，同时整个宋明理学也继承了二程对理的这种重视，把天理作为思想的核心概念，这是人们把这一时期新儒家称为

---

① 姜生、汤伟侠：《中国道教科学技术史·汉魏两晋卷》，科学出版社2002年版，第76页。

② 《三松堂全集》第五卷，河南人民出版社2000年版，第109页。任继愈在《农民禅到文人禅》一文中也说“运水搬柴，既然都是妙道，由此再进一步，事父事君又为什么不可以成为妙道呢？禅宗与儒教合流，直接参加政治生活，儒教把禅宗消融了”（《任继愈禅学论集》，第76页），极高明道中庸，他的这些看法应该说是受到了冯友兰的影响。

③ 《三松堂全集》第三卷，河南人民出版社2000年版，第502页。

④ 《河南程氏外书》，《二程集》，中华书局1981年版，第424页。

理学的基本原因。[①]“天”是整个中国文化的最高范畴，其实“道”和“理”都可以看作是不同时期人们对“天”的诠释。天理是客观绝对的至善本体，是道德与法则的本源。二程认为“理便是天道”，又说“性即是理”，这就以“理”贯通了性与天道，从哲学的高度对孟子的性善论做了阐发与肯定，其意义有些类似于慧能所强调的“自性即佛”的观点，无论是从语言形式还是思想内容上来看，“性即是理”与“性即是佛”都有着很强的相似性，这种说法极大地鼓舞了人们去成佛成圣。由于天理就在人性中，因此，与周敦颐、邵雍、张载强调宇宙论不同的是，二程讲理直接从人生论来讲，他们既“不讲圣人古经典与大道理，又不讲治国平天下大事业，更不讲宇宙神化大玄妙，只讲自己的生活，自己的心。教人把自己的心如何来应付外面一切事，让自己的心获得一恰当处，外面的事也获得一恰当处。那便是他所称由他自己体贴出来的‘天理’，也便是他所要学者须先识得的‘仁’”[②]。建构内圣外王之道是宋儒的最高追求，但他们把外王看作是内圣的自然延伸，把心性道德和精神境界看作根本，这样无形中就把外王看得很轻，如程颢说“虽尧舜之事，亦只是如太虚中一点浮云过目”[③]，这种心性化、道德化、生活化，甚至艺术化、审美化的人生哲学显然是有着很强的庄禅色彩。

尽管二程的思想大体一致，但由于二人禀性的不同，还是流露出豪迈浪漫与严谨低调的不同。冯友兰认为程颢开后来陆王一系，而程颐开朱熹，他说：“伊川一派之学说，至朱子而得到完全的发展。明道一派之学说，则至象山慈湖而得到相当的、之阳明而得到完全的发展。”[④] 就是说二程的不同实开朱陆之差异，这又集中体现在“性即理”与“心即理”两种观念的对立上。“性即理”为程颐所提出，为朱熹所详细论述。朱熹把存在严格地区分为形而上下两个世界，理为形而上、气为形而下，理是本体第一性的，而且不在时空中，是绝对的永恒。朱熹认为人的本性就是天理的体现，是至善的，因此，性即是理。而心，在朱熹看来，是理与气的结合，气有昏明清浊，因此人心有善有恶，不能说心就是理。朱熹接受张载“心统性情”的说法，认为心虽然不就是理，但心包含着理，他说：“心者，人之神明，所以具众理而应万事者也。”[⑤] 关于“心即理”的思想，程颢曾说“理与心一，而人不能会之为一”（《遗书》卷五），张岱年认为，陆九渊所说“人皆有是因，心皆具是理，心即理也”（《象山全集》卷十一《与李宰二》），当本于程颢[⑥]。我们看到，朱陆其实都主张“心具理”，但陆九渊由此顺推到

① 陈来：《宋明理学》，华东师范大学出版社2004年版，第61页。

② 钱穆：《宋明理学》，九州出版社2010年版，第63、64页。这种精神也鲜明地体现在朱熹与吕祖谦合编的《近思录》这本书的书名上，“近思”即不必远求，要贴近生活。

③ 《遗书》卷三，《二程集》，第61页。

④ 《三松堂全集》卷一一，第256页。

⑤ 《朱子全书》第6册，上海古籍出版社2002年版，第425页。

⑥ 《张岱年全集》卷六，河北人民出版社2007年版，第527页。

“心即理”。无论是“性即理”还是“心即理”，这个“即”都不应该直接翻译为“就是”，“即”准确来讲是一体、不二的意思。对于朱陆在心性理关系上的微妙差别，冯友兰独具慧眼，认为这是由于“朱陆所见之实在不同。盖朱子所见之实在，有二世界，一不在时空，一在时空。而象山所见之实在，则只有一世界，即在时空者”①。这种理论上的分歧，也直接决定了朱陆在为学方法上的不同，朱熹主张泛观博览、即物穷理，陆九渊主张发明本心、先立其大，于是陆攻击朱学为支离无主、朱攻击陆学空疏近禅。对于朱陆后人有“朱子近道，陆子近禅”之说，其实陆固然近禅，但朱熹受佛教的影响之大也不容忽视。作为理学的集大成，朱熹在二程的基础上（当然主要是程颐）融周敦颐、邵雍、张载的思想于一体②，周、邵、张的思想都有着很强的宇宙论色彩，而周敦颐、邵雍的宇宙论很大程度上与道教陈抟一系有着较为密切的渊源关系，朱熹对陈抟、对道教、对参同契都很有兴趣，所以给后人留下朱子近道的印象。其实，朱子早年也是浸润佛教禅宗多年，特别是对禅曾很痴迷。朱熹离开禅、反思禅当是他与李侗接触之后，李侗告诫他关键不在体会“理一”，而在了解“分殊”。鉴于禅的盛行及其流弊，朱熹后来的哲学建构似乎是朝着刻意反禅的方向发展的，但是他的很多思想终究洗脱不了佛教的烙印，如不少学者指出，其“心统性情”的思想与《大乘起信论》“一心开二门”的观点有着惊人相似，其“理一分殊”“月映万川”“物物各具一太极”的思想与华严宗理事圆融的思想更是貌合神似。而朱熹坚持理本体的绝对性，非时空性，及其彼岸性，某种程度上与印度佛教“性寂说”有相合之处，有把本体与现象割裂为二之嫌。牟宗三认为程朱的“性即理”是“存有而不活动”，而陆王“心即理”是“存有而活动”，这个区别也有一定道理。朱熹甚至还说“性是形而上者，气是形而下者。形而上者全是天理，形而下者只是那渣滓。至于形，又是渣滓至浊者也”（《朱子语类》卷五），这种对气形的贬低在早期儒学史上是没有的。宋明理学家几乎无一例外，早期都有过出入佛老的心路历程，尽管后来他们都声称反佛，但佛教思想潜移默化对他们影响是难以洗刷的。如朱熹所说形下是“渣滓”，其实张载也说“天地法象，皆神化之糟粕”（《正蒙·太和篇》），张载还说“德性之知不萌于见闻”（《正蒙·大心》），这些都渗透着佛教思想的影响，是早期儒学所没有甚至会反对的主张。

陆九渊的“心即理”说到了王阳明那里得到充分彰显，阳明由“心即理”进一步说“心外无理”“心外无物”，甚至说“有孝亲之心即有孝亲之理，无孝亲之心即无孝亲之理”（《传习录中》），这样确实如冯友兰所论，如果说“依朱子之系统，理之离心

---

① 《三松堂全集》卷一一，第256页。

② 北宋儒学复兴运动是多元多向度的，且不说北宋五子各个不同，司马光、王安石、三苏的儒学思想也各具特色。朱熹是北宋儒学的集大成，也主要是综合了北宋五子的思想，而这其中二程的思想又是最主要的。不光是朱熹，南宋的儒学在主流上也多接续二程。这也可以说是蓬勃发展的儒学复兴运动向内收缩的表现。

而独存，虽无此事，而却有此理”，那么“依阳明之系统，则在事实上与逻辑上，无心即无理。此点实理学与心学之根本不同也”①。显然，阳明“心外无理”的思想与慧能“离心无别佛”的主张如出一辙。一般认为，王阳明“致良知”说是《大学》“致知”与孟子“良知”的综合，阳明认为良知即天理即心之本体，同时又自然知道善恶是非。其实慧能的弟子神会就曾以“知”解释心性本体，在神会思想中，“知”既是清净心体所本具，又是依体发用的特殊智慧，二者是体用一如的关系。在神会看来，心体本具智慧，智慧自然能知，因此他注重心体的定而发慧的功能②。神会的弟子宗密融合华严与禅的思想又进而提出“知之一字，众妙之门”的著名论点。这些与阳明的良知说都有不少相近处。与宋儒不同的是，阳明吸收佛教的思想是公开的，他不但没有攻击佛教，反而以三间房的比喻来说明佛教思想的合理处本来就是儒家的，以此来表面儒家思想的广大精微。阳明致良知的思想高度张扬了人的主体性及道德实践性，其后学由于良知的不同理解分成好多派，影响最大的是泰州学派，主张良知自然现成，不假修为，禅甚至狂禅的色彩更加浓厚。

不论是程朱的“性即理”还是陆王的“心即理”，根本不上来说都是一种心性儒学。在北宋时期，多元开放的儒学复兴运动还有着较强的宇宙论的恢宏气势，然而南宋之后这种气象显然变得单一、收缩、内敛、保守起来，以为心性和德性的力量具足一切，能改变一切，道德心性化的单一独大无疑严重窒息了中国文化的生命力和创造力，使中华民族的心志变得老成保守。对这一现象刘子健有深刻揭示。其实从隋唐以来，心性化不断强大这一思潮，我们对此会看得更加清晰，这背后我们都能看到佛教禅宗的强大力量对中国文化重建的深刻影响。

五、三教合一与晚明中国思想的危机及其外转趋势

佛教传入中国后，与中国本土文化两大宗儒、道两家既有矛盾斗争，又相互吸收融合，但总体看，“和”与“融”是主基调，这就使得一方面受儒道影响，以禅宗的出现为标志，印度佛教中国化，而另一方面中国化了的佛教又深深影响了道教与儒学的发展。两宋内丹学的发展又使得佛道两家进一步深度融合，甚至内丹学直接吸收佛教禅宗，王重阳公开主张三教合一。宋明理学到了明代阳明心学，以儒为主的三教合一的态势也非常明显。而佛教界明末四大高僧云栖袾宏、紫柏真可、憨山德清、藕益智旭也都高调主张三教合一。虽然在明代之前，儒、佛、道也一直在相互不断融合，但“三教合

① 《三松堂全集》卷一一，第262页。

② 杨维中：《隋唐佛教心性论的四种范式及其比较研究》，载《哲学门》第2卷，湖北教育出版社2001年版。

一”一词的出现则是在明代[①]，甚至晚明公开出现了“三一教”这样的民间宗教。可见，三教合一是晚明的一个重要社会思潮，余英时认为：“唐宋以来中国宗教伦理发展的整个趋势，这一长期发展最后汇归于明代的‘三教合一’，可以说是事有必至的。”[②]可以说，这都是佛教影响中国的结果，是佛教进来后中国思想的一系列后续反应，没有佛教的传入这些都是不可想象的。而三教合一，主要也就是在心性论上获得了某种统一协调。晚明三教合一局面的出现、儒佛道的关系进入静态平衡，相互再也不能刺激出新思想，那么这也意味着中国思想的枯寂，因为没有矛盾冲突，没有异样观念系统的冲击，就不可能有思想活力和创新。

佛教长期影响中国文化的结果是导致中国思想越来越内在化、心性化、精神化、主体化、主观化，对外在社会实践和自然科学的兴趣与探索精神越来越弱化，中国科学技术开始全面落后于世界，其中一个标志性的事件是明末西洋历算彻底击败中国传统历算。我们知道，我国古代的天文历算曾长期领先于世界水平，然而到了明代中后期，所沿用的《授时历》已经不能很好地预测日食星象，开始不断出现失误，传统历算也无法通过自我革新来准确反映天象。万历、崇祯年间，天主教耶稣会传教士利玛窦、汤若望等纷纷来华传教，他们同时也带来了数学、天文、地理等自然科学知识，他们以真诚的信仰、近乎完美的人格、渊博的科学知识深深吸引了以徐光启为代表的先进知识分子。1634 年，徐光启与汤若望等人合作完成了《崇祯历书》，此书从多方面引进了欧洲的古典天文学知识，是中国历史上第一部外来历算方法主导的历书，在此后的十年里，围绕日月食等天象的预测，中西历算进行过 8 次较量，但均以中国传统历算的失败告终。西洋新历完胜中国旧历，明末的这场“天算”之争可谓意味深长，中国天学的失败预示了中国文化的全面衰落。明代中期以前，中国在各方面基本上都还是领先世界的，然而进入 16 世纪，随着文艺复兴、启蒙思潮的蓬勃发展，西方在科学、经济、政治、军事等方面开始突飞猛进，而此时守旧的中国已经暮气蔼蔼，晚清中国的落后挨打早在晚明其实就已经注定了。明末中国天文历算的失败是中国文化生命力全面枯萎的重要标志。因为中国古代天学不仅仅是一种历法推算，也不仅仅是星象占验，它还是古代中国宇宙论的集中体现，也包括中国的宗教精神，当然它更富有很强的政治意味，可以说它是集宗教、哲学、政治、科学于一体的古代中国思想文化的精神王国之父。

天主教信仰裹胁自然科学闯入晚明中国，这是继佛教入中国后，外来文明第二次冲击中国。与晚明中国儒佛道心性化的内在风格恰恰相反的是，利玛窦、汤若望等人从信

① 严耀中认为“在明代之前，只有三教的概念，而根本没有三教合一概念的流行”，见《论三教到三教合一》，《历史教学》2002 年第 11 期。

② 余英时：《中国近世伦理与商人精神》，载《内在超越之路——余英时新儒学论著辑要》，辛华、任菁编，中国广播电视出版社 1992 年版，第 331 页。

仰到知识在风格上可以说都是外在的。与基督教、天主教外在超越不同，很多现代新儒家认为儒学是内在超越的。其实，以内在超越来讲儒家的精神修养是大可商量的，之所以儒家给人留下内在超越的印象，其实这也主要是因为受佛教影响从而心性化了的宋明儒学①。宋明理学的这种内在化、心性化倾向在阳明之后越来越强烈，但与此同时，反阳明学、甚至反理学的实学思潮也开始兴起。物极必反，在严重内在化、心性化的同时，中国思想也开始酝酿外翻外转。阳明心学对当下现实心良知能力的充分肯定及其所标榜的“心外无物”，也有可能走向其反面，一是对欲望、对身体、对物质世界的肯定，二是“心外无物”反过来也可以说“物外无心”，这也会启发人们走向自然物理和实学实践。晚明兴起的实学派主张经世致用，反对空谈心性，一定程度上这也是对在佛教影响下被心性化了的宋明儒学的反思。经世致用是儒学与佛老的最大区别，这一点在六经中体现得非常明显，而四书则更多地集中在人生哲学与精神修养上，在这方面确实与佛老有较多的通融性，甚至还不如佛老精致深刻。博学而多能，是先秦儒学圣人观的重要标志，但是在宋明，圣人几乎被完全道德化、精神化、心性化。晚明实学思潮的出现，一是有阳明心学内部自身的反动，二是有程朱理学对阳明学的批评，同时也有对整个宋明理学的反思。天主教入中国，利玛窦当时采取了“补儒易佛”的策略，即迎合儒学，反对佛教，而且反对受佛教影响了的宋明儒学。因为他们看到，六经文献中人格神意味较浓的上帝与上天，与天主教所崇尚的上帝、天主有相似性，所以传教士就认为先秦儒学才是正宗原本的儒学，而汉儒特别是宋儒是异化了儒学。宋儒的一大标志性贡献是把六经中所说的“天”理解为非人格神的哲学化、本体化了的“理”，而传教士对这一点攻击不遗余力，竭力维护六经中有人格神意味的天。其实，世界宗教大概有两种类型特征，一是理智型的，以佛教为代表，排斥情感，认为情感甚至连爱也都是烦恼、无明、苦痛与轮回的根源，而另一种是情感型的，以天主教为代表，非常重视爱，要爱上帝，爱所有的人。而儒学可以说是情理交融的，仁爱与智慧并重，这种特征在孔子那里很鲜明，但是在宋明理学那里受佛教影响就显得太偏重理智，偏失了儒学的中道。

与先秦老庄道家相比，六经儒学对形而上下应该说也是中道的，而且呈现更多的是

---

① 陈来认为“本体既超越又内在，这种思想的真正发展与中古时代佛教思想的扩展有密切关系，中国佛教中从《大乘起信论》到华严宗和禅宗，其思想一方面主张有真如本体的存在，另一方面又认为真如本体亦显现和存在于每个人心中，所以人追求圆满完善，只需向内心用功体悟。佛教哲学中不采取线性归约的宇宙论，而发展空有相即、理事无碍的建构方式，对儒家发展《孟子》《中庸》的思路起了客观的推动作用。二程的哲学思维模式明显表现出此种特点”，又说“应当指出，儒学传统在漫长的历史发展中产生过不少不同发展特色的学派，因此，并不是所有儒家思想家都仅仅主张‘超越而内在’，或‘内在超越性’。原始及早期儒家明显容纳了宗教位格的‘天’的观念。就是宋代以后，对天的了解已相当理性化，但仍然是一个具有本体意义的最高范畴。因而整个地说，儒家思想并不能笼统归之于‘内在超越性’”。见《儒耶对话的儒家观点》，载陈来《孔夫子与现代世界》，北京大学出版社 2011 年版，第 106 页。

社会实践，对技术、工业、器物、开物成务等生产和科学实践也是充分重视的。佛教则不然，完全是向内的，这一点梁漱溟早在《东西文化及其哲学》中有深刻揭示，其文化三路向大体上还是把握了中西印文化的精神，即认为西方是向外向前的，重物质科学，佛教向内向后，中国儒家是调和中道的。宋明时期，一流的知识分子多被程朱理学与陆王心学所吸引，转入内在主体，认为一切道理心性自足，那么晚明中国在科学技术上的全面落后也就可想而知了。晚明西来混在一起的天主教与科学技术，显然后者对中国影响更大，以外在客观为特征的自然科学是佛教的对立面，这是中国最为需要补充的。如果说宋儒由于心性化严重，内向化、主观化色彩浓厚，那么明末清初的思潮则有着明显地朝着客观性的方向外转，清朝的乾嘉学派的考证精神即体现了这种客观性，然而由于没有外来异质思想因素的融合，其意义也就相当有限。有学者强调晚明实学思潮的自发性，甚至认为天主教所带来的自然科学在西方是过时的，由此否定晚明天主教于中国的重大历史意义。这种观点是不足取的，若无西方科学思潮的传入，从晚明的实学思潮来发展出中国的自然科学是难以想象的。尽管天主教徒所带来的科学技术有些低级过时，但对当时中国来说已经是先进高级的了，其历算已经很轻松地把中国传统的天文历算给打败足以说明一切。最后本文重申自己的文化观，即一种文化长期在一个封闭系统内必然走向死寂，必定要与异质的不同的思想文明碰撞、交流才能有真正的创造创新。从汉魏佛教开始传入中国，经过一千五百年与中国文化的冲突融合，到晚明三教合一局面的出现，意味着佛教深刻影响中国。中国必须再一次与另外一种异质的文明系统碰撞交流才能重新展开新的生命力，这就是西方文明。晚明是中西文化交融的一个象征性展开，随着明朝的灭亡与清朝的闭关锁国等原因，这一比较温和的交流中断了，一直到晚清民国，西方文化对中国展开了全面而强硬的冲击，我们今天仍处于这种中西文化大融合的时代潮流中，这是中国文化生命力第三期的展开。

《古文尚书》"十六字"真伪辨正

——以朱子对《中庸》首章道心人心的诠释为核心*

赵　玫

摘　要　朱子视舜之"十六字"为"孔门传授心法"，是为道统之传。宋元以来，陆续有学者怀疑"十六字"的真伪，清代阎若璩视今本《古文尚书》为伪书，"十六字"之伪遂成定谳。然而，反对者不乏其人，如毛奇龄作《古文尚书冤词》，指出"十六字"不伪。近年来，对今本《古文尚书》真伪问题的考察又重返视野，基于对存世及出土文献的研究成果，我们认为：今本《古文尚书》以及"十六字"的真伪未成定论。那么，朱子对"十六字"的阐扬，并未因定"十六字"为伪，而被釜底抽薪。通过朱子对"十六字"与《中庸》首章的比照，可以看到他为"十六字"不伪提供的义理依据。这给我们提供启示，在疑经与辨经之间，获得义理价值，可能更有意义。

关键词　"十六字"　真伪　《古文尚书》《中庸》《四书》

作者简介　赵玫（1983—　），女，白族，云南兰坪人，西北民族大学马克思主义学院讲师，山东大学儒学高等研究院在读博士生，研究方向为宋明理学。

朱子道心人心说以《古文尚书·大禹谟》"人心惟微，道心惟危，惟精惟一，允执厥中"（称"十六字"）为文本依据，并视此"十六字"为"孔门传授心法"，是为"道统之传"。如果要将朱子道统说推翻，定"十六字"为伪作，可谓是釜底抽薪。那么，"十六字"已确定为伪作了么？朱子可以为"十六字"不伪提供哪些证据？朱子对"十六字"乃至经典诠释的工作，其意义何在？

一、自宋始关于"十六字"真伪的争论

据清人王玉树梳理，今传本（东晋梅赜所献本）《古文尚书》之真实性"至宋始有

* 本文原载《河北学刊》2017 年第 3 期。

异议"[①]。对于"十六字"，唐代杨倞、宋代程子、朱子均不疑其伪。而元代王充耘、明代梅鷟有所驳难，元代吴澄、明代郝敬更疑其伪而将其删去不录。

清代阎若璩将《尚书》的辨伪工作推向高潮。他认为，"十六字""纯袭用《荀子》，而世举未之察也"[②]。其依据是《荀子·解蔽》中出现了道心人心的表述：

> 昔者舜之治天下也，不以事诏而万物成。处一危之，则荣满侧；养一之微，荣矣而未知。故《道经》曰："人心之危，道心之微，危微之几，惟明君子而后能知之。"[③]

阎若璩认为，文中道心人心的表述所出自于《道经》，并非《尚书·大禹谟》：

> 合《荀子》前后篇读之，引"无有作好"四句，则冠以"《书》曰"；引"维齐非齐"一句，则冠以"《书》曰"。以及他所引《书》者十，皆然。甚至引"弘覆乎天，若德裕乃身"，则明冠以《康诰》；引"独夫纣"，则明冠以《泰誓》，以及《仲虺之诰》亦然。岂独引《大禹谟》而辄改目为《道经》邪？予是以知"人心之危，道心之微"必真出古《道经》，而伪古文盖袭用，初非其能造语精密至此极也。[④]

上述引文列出了《荀子》一书中出现《尚书》的两种情形：一、称"《书》曰"；二、冠以《康诰》《泰誓》《仲虺之诰》等篇名。除此之外，还有第三种情形：《荀子·君子》载"《传》曰：'一人有德，兆民赖之'"，将《书》称作《传》。阎若璩认为："传，疑《书》字之讹。然《孟子》'于《传》有之'，亦指《书》言也。"[⑤]因此，唯独此处称"《道经》曰"，可见"人心之危，道心之微"实出自《道经》，而非《尚书》。

综上，阎若璩认定作伪造者选取了《论语·尧曰》"允执厥中"四字，合上述《荀子·解蔽》之文而凑成伪《古文尚书·大禹谟》之十六字。基于此论，考《尚书》者多疑晋人梅赜所献《古文尚书》为伪书。如钱大昕言："魏晋人喜伪造文字，如王肃之《家语》，梅赜之《古文尚书》。"[⑥]

---

① ［清］王玉树：《经史杂记》卷二，清道光十年芳椶堂刻本。
② ［清］阎若璩：《尚书古文疏证》卷二，上海古籍出版社 2010 年版，第 122 页。
③ ［清］王先谦：《荀子集解》卷一五，上海书店 1996 年版，第 267 页。
④ ［清］阎若璩：《尚书古文疏证》卷二，上海古籍出版社 2010 年版，第 122 页。
⑤ ［清］阎若璩：《尚书古文疏证》卷二，上海古籍出版社 2010 年版，第 123 页。
⑥ ［清］钱大昕：《十驾斋养新录》卷一六，商务印书馆 1935 年版，第 393 页。

然而，毛奇龄作《古文尚书冤词》，反对阎说。毛奇龄的三点理由大致如下：一、《荀子》文中所出现的《道经》即《尚书》，其依据是：

> 此正古《尚书》经之尊称也。古以为帝《典》、王《谟》其相授之语，实出自轩黄以来相传之大道，故称《道经》。此如《易通卦验》云：“燧人在伏羲前寘刻《道经》，以开三皇五帝之书。”故孔氏《书序》亦有云《三坟》为“大道”，《五典》为“常道”，皆以“道”名，可验也。①

因三皇五帝之书为载道之书，故称《道经》。值得一提的是，唐代学者杨倞提出：“今《禹书》有此语而云《道经》，盖有道之经也。”② 代表宋疑经以前的意见，似不可忽视。二、马融作《忠经》，引“惟精惟一，允执厥中”一句，“非东晋梅氏所能假也”③。三、以造伪者的心理考量，若伪造《尚书》，将以往文献编撰成伪书，不必忠于其所采掇文献的原意，即“我造伪《尚书》，不造真《荀子》”④，而“虞廷十六字”与《荀子》所言之意吻合，故而可知梅赜并无伪造尚书。

毛奇龄的三点论据可商榷：首先，毛奇龄引《易卦通验》来证明《道经》即《尚书》的说法，仍有质疑的余地，因据明代焦竑《国史经籍志》载，《易卦通验》属谶纬之书，以该书的内容作为证据，似不太可靠。其次，东汉人马融作《忠经》的说法未成定论。⑤ 再次，毛揣度造伪者心理，认为“我造伪《尚书》，不造真《荀子》”，确定梅赜非伪造者的立论，系乎主观而不足取。并且，《尚书》之“十六字”与《荀子》中

---

① ［清］阎若璩：《尚书古文疏证》，上海古籍出版社2010年版，第807页。

② ［清］王先谦：《荀子集解》，上海书店1996年版，第266页。

③ ［清］阎若璩：《尚书古文疏证》，上海古籍出版社2010年版，第808页。

④ ［清］阎若璩：《尚书古文疏证》，上海古籍出版社2010年版，第808页。

⑤ 清代学者否定西汉马融作《忠经》，大概有如下三个理由：一、其书不见载于《后汉书》《隋书·经籍志》《旧唐书·经籍志》《新唐书·艺文志》。基于此，永瑢、宋鉴皆质疑马融《忠经》为伪托之作。如永瑢言：“《隋志》《唐志》皆不著录，《崇文总目》始列其名，其为宋代伪书殆无疑义。”（［清］永瑢等：《四库全书总目》，中华书局1965年版，第801页。）二、丁晏《尚书余论》、朱一新《无邪堂答问》从《忠经》的避讳现象分析，断定《忠经》为与马融同名的唐代人所撰。三、清代学者普遍认为马融《忠经》引东晋晚出的《古文尚书》“惟精惟一，允执厥中”之文，因此断定《忠经》出于后代假托。如程廷祚：“马融《忠经》、诸葛亮《心书》皆引晚书中语，二书出于后代假托明矣。”（［清］程廷祚：《晚书订疑》，《聚学轩丛书》第三集，江苏广陵古籍刻印社1982年版，第16页。）惠栋也有相似看法：“今有马融《忠经》一卷，《宋·艺文志》著于录，而《融传》不载，其书间引晋世后出《古文》，融东汉人，何缘知晋以后书?”（［清］惠栋：《后汉书补注》卷十四，中华书局1985年版，第628页。）然而，程、惠二人看法，以《古文尚书》为东晋晚出作为前提，依本文所论，此看法是有问题的。基于此，对于《忠经》的作者，至少有三种说法：一、东汉马融，持此说者如毛奇龄；二、唐居士马融，持此说者如丁晏；三、宋人海鹏，持此说者如永瑢。永瑢言：“《玉海》引宋《两朝志》载有海鹏《忠经》，然则此书本有撰人，原非赝造，后人诈题马、郑，掩其本名，转使真本便伪耳。”（《四库全书总目》卷九十五子部五，中华书局1965年版，第801页。）

的道心人心说，意思有别。

近年来，《古文尚书》真伪问题又成为争论焦点。虽各方聚讼纷纷，然内容不出于阎、毛二人之囿。一、《道经》是否指《尚书》？张岩先生认为，阎若璩证伪的工作依靠这样一个判断规则：阎认为《荀子》将《尚书》称为《传》是错讹所致，那么“依据同一判断规则，《荀子》误《大禹谟》为《道经》同样可能是讹误的结果”[①]。这说明，阎若璩的辨伪工作与其持守的逻辑原则是矛盾的。与此相反，房德邻先生认为：“荀子引《道经》便是《道经》，除非能够证明它不是《道经》。”[②] 更有学者进一步指出：“《道经》，现在一般都相信是道家的一部经典，或者即是《道德经》的上篇。因为人心道心，危微精一的概念显出于道家……”[③] 二、伪造者是否依据《荀子》伪造了“人心惟危，道心惟微，惟精惟一”十二字？房德邻先生从《论语·尧曰》第一章、《中庸》“执其两端，用其中于民”的表述中找证据，认为尧舜相传的训示只有“允执厥中”四字，并无其余的内容。[④] 胡治洪先生则提出：“如果说孔氏书为梅赜伪造，则无法解释大致与他同时的郭璞何以在《尔雅注》中先于他引用孔氏书。”[⑤]

争论双方提供的证据中，还加入了出土文献的内容。1993 年 10 月湖北荆门郭店一号楚墓楚简出土。基于对相关简帛的解读，李学勤先生提出，简文《缁衣》中引用了《古文尚书》中的《君牙》《君陈》《尹诰》三篇的文句，简文《成之闻之》也引用了《古文尚书·咸有一德》中的文句，这对梅赜伪造《尚书》的公案提出质疑。[⑥] 王世舜、郭沂、丁鼎等诸先生持有相似看法。[⑦] 基于此，可以推断《古文尚书》在郭店楚墓的下葬年代（公元前四世纪至公元三世纪）已经流行，进而确定东晋梅赜伪造《古文尚书》的说法不实。

然而，面对同一批文献，廖名春先生有不同结论。考订郭店楚简《成之闻之》第 33 简中有“大禹曰‘余才宅天心’害”的内容，“大禹曰”即“大禹谟”。推测是简文引其所见的《尚书·大禹谟》之文，而不见于今传《古文尚书》。而楚简《缁衣》与今传《尚书》有相同的内容，此内容又恰好和《礼书·缁衣》一致。由此推断今传《古文尚书》的编撰者收集有关于《书》的轶文时，因《礼书·缁衣》是较为流行的文献，

---

① 张岩：《审核古文〈尚书〉案》，中华书局 2006 年版，第 211 页。

② 房德邻：《驳张岩先生对〈尚书古文疏证〉的甄别》，《清史研究》2011 年第 2 期，第 18 页。

③ 郭仁成：《尚书今古文全璧》，岳麓书社 2006 年版，第 39 页。

④ 房德邻：《驳张岩先生对〈尚书古文疏证〉的甄别》，《清史研究》2011 年第 2 期，第 18—19 页。

⑤ 胡志洪：《尚书真伪问题之由来与重辨》，《江苏师范大学学报（哲社版）》2014 年第 1 期，第 120 页。

⑥ 沈颂金：《国内郭店楚墓竹简研究综述》，《中国史研究动态》2000 年第 9 期，第 10 页。

⑦ 王世舜：《略论〈尚书〉的整理与研究》，《聊城师范学院学报》2000 年第 1 期。郭沂：《郭店楚简与中国哲学论纲》，《郭店楚简国际学术研讨会论文集》，湖北人民出版社 2000 年版。丁鼎：《伪“古文尚书”案平议》，《古籍整理研究学刊》2010 年第 3 期。

所以有收入，而编撰者并没有看到简文《成之闻之》的内容。可知，今传《尚书》为晚出，并非先秦时的著作。①

另，据房德龄先生根据1991年敦煌悬泉驿汉简，《四月月令诏条》（题记汉平帝元始五年）所示：“惟□帝明王，靡不躬天之历数，信执厥中，钦顺阴阳，敬授民时。”与《论语·尧曰》第一章相近，说明平帝所见到的《尚书》文献中，没有道心人心的内容，而只有“允执厥中”四字。因此推断《古文尚书·大禹谟》是伪造。②

斟酌诸家之说，我们认为：第一，《荀子》所引《道经》是否《大禹谟》，仍然悬而未决，即不能以此证明“十六字”的真伪。正如张岩先生所提到的，依据阎若璩的立论前提，不能证实《荀子》提到的《道经》不是《大禹谟》。另外，毛奇龄以《易卦通验》作证据，似不太可靠。至于郭仁成“人心道心，危微精一”出自于道家的说法，须再议。第二，《古文尚书》成书年代仍不能确定。首先，据李学勤、王世舜、郭沂、丁鼎等诸先生的意见，推断其成书不晚于战国中期；廖名春先生的意见，推断今传本《古文尚书》并非先秦时的著作，有后世伪作的嫌疑。其次，与梅赜大概同时的郭璞在《尔雅注》中引用了《古文尚书》的内容，说明梅赜作伪的判断可能是错误的；再次，据现存典籍或出土文献显示，圣圣相传似只有“允执厥中”四字，但是不能以此否认其余“十二字”系伪造，此点后文进一步说明。

由此可以推断：今传《古文尚书》以及“十六字”的真伪未成定论。那么，从目前来看，朱子对“十六字”的阐扬，并未因文献的真伪，而被釜底抽薪。

二、朱子为“十六字”不伪提供的义理依据

朱子曾疑《书序》为伪作，又疑今古文言辞上的差别，却不疑“十六字”伪造。朱子不疑“十六字”的理由是什么呢？且看朱子两个意思：

> 盖自上古圣神继天立极，而道统之传有自来矣。其见于经，则“允执厥中”者，尧之所以授舜也；“人心惟危，道心惟微，惟精惟一，允执厥中”者，舜之所以授禹也。尧之一言，至矣，尽矣！而舜复益以三言者，则所以明夫尧之一言，必如是而后可庶几也。③

此条说明，即使没有舜之“十六字”，单尧之“允执厥中”四字，“至矣，尽矣”！“十

① 廖名春：《从郭店楚简和马王堆帛书论“晚书”的真伪》，《北方论丛》2001年第1期。

② 房德邻：《驳张岩先生对〈尚书古文疏证〉的甄别》，《清史研究》2011年第2期，第18页。

③ ［宋］朱熹：《四书章句集注》，中华书局1983年版，第14页。

六字”只是更细致地将“允执厥中”的意思阐发了出来。

> 其曰“天命率性”，则道心之谓也；其曰“择善固执”，则精一之谓也；其曰“君子时中”，则执中之谓也。世之相后，千有余年，而其言之不异，如合符节。①

朱子视子思作《中庸》，接先圣相传之余绪，《中庸》文本大意与舜之“十六字”相契。

以上两段引文，至少包含两点：其一，“允执厥中”四字含的意味可以涵括“十六字”，乃至涵括孔门先圣授受之“心法”。这说明，就目前可以看到的文献，虽然只有“允执厥中”四字，不能以此质疑道心、人心为伪造。其二，《中庸》全文皆阐发“道心”“人心”之旨。也就是说在子思作《中庸》② 以前，已经有了道心人心说。

朱子言：“学问须以《大学》为先，次《论语》，次《孟子》，次《中庸》。《中庸》工夫密，规模大。”③ 朱子将《四书》定为一个融贯的系统，虽读《学》《论》《孟》《庸》各有顺序，然由任一书，可通由其他三书。又，朱子分《中庸》为四个部分，并认可杨龟山的说法，视第一部分（即首章）为“一篇之体要”④。既然朱子认为，子思

---

① ［宋］朱熹：《四书章句集注》，中华书局 1983 年版，第 15 页。

② 司马迁《史记·孔子世家》中言：“子思作《中庸》。”此说一直成为学界的主流看法，郑玄、二程、朱子等学者皆对此说不疑。李学勤、钟肇鹏等当代学者亦持此说。

然而，也有观点认为《中庸》并非子思所作，为晚出。宋代欧阳修以《中庸》主旨与《论语》不符，从而怀疑为伪作；清人崔东壁以《中庸》之言“探赜索隐”，不类《论》《孟》之言“平实切于日用”，又《中庸》之文“繁而晦”，不类《论》之“简而明”、《孟》之“曲而尽”，来质疑《中庸》的成书。（［清］崔述：《考信录·洙泗考信余录》卷三，清嘉庆二十二年道光二年四年陈履和递刻本。）

也有学者怀疑《中庸》为子思子及其后人共同创作。冯友兰先生提出，从义理上来看“似此篇实为子思所作”，然而，又有“今天下车同轨，书同文，行同伦”“载华岳而不重”等疑点，加之“所论命，性，诚，明，诸点，皆较孟子为详明，似就孟子之学说，加以发挥者”。推断“此一篇又似秦汉时孟子一派之儒者所作”。因此，冯先生将《中庸》分两部分来看，第一部分指首尾两段，为后儒所加，第二部分为中段，是子思原来所作的《中庸》。（冯友兰：《中国哲学史》，华东师范大学出版社 2000 年版，第 273 页。）徐复观先生认为：“所谓《中庸说》二篇者，实即《礼记》四十九篇中之一的《中庸》单行本，二者实为一书。”因此推断今本《中庸》即《中庸说》，原分两篇。这两篇的作者，“上篇可以推定出于子思，其中或也杂有他的门人的话。下篇则是上篇思想的发展。它系出于子思之门人，即将现《中庸》编定成书之人。……此人仍在孟子之前”（徐复观：《中国人性论史（先秦篇）》，三联书店 2002 年版，第 9 页）。当代学者李启谦大概持有类似观点。（李启谦：《子思及〈中庸〉研究》，《孔子研究》1993 年第 4 期。）

当代学者郭沂先生否定上述质疑：首先不能用著作的语言风格和特点来质疑彼此间在内容上的关系；其次，冯先生说法没有进一步说明，难以服人；再次，徐先生的立论基点是有问题的，《中庸说》分两篇，为单行本的说法不可靠。进而郭先生认为：“以孔子语单独成章的是第一部分，大致为《记》或者说原始《论语》的佚文；其余是第二部分，基本上为一部独立的著作。”这一分法和徐复观先生完全不同。对于两部分的作者，郭沂先生认为：第一部分“不排除子思所记的可能性”。第二部分“它就是子思所作之《中庸》”。（郭沂：《〈中庸〉成书辨正》，1995 年第 4 期。）综上，我们认可学界主流的观点，认为子思作《中庸》。

③ ［宋］黎靖德编：《朱子语类》，中华书局 1986 年版，第 249 页。

④ ［宋］朱熹：《四书章句集注》，中华书局 1983 年版，第 18 页。

作《中庸》，“以推本尧舜以来相传之意”①，那么尧舜相传之意便可以通过《中庸》首章得而彰显。因此对以上两点的论证以《中庸》首章为中心。

三、天命、人性是道心人心的本原

朱子将《中庸》首章分三层来解释，“天命之谓性，率性之谓道，修道之谓教”是第一层。朱子言“首明道之本原出于天而不可易”②，说明从命、性、道、教之一贯，见得本原。

天命落实于人性，是在天地生万物的过程中呈现的。朱子强调：“天以阴阳五行化生万物，气以成形，而理亦赋焉，犹命令也。”③“理亦赋焉”即强调理之流行而赋予万物的意义。理为体，命为用，理与命不二，皆为形而上者。因此朱子说：“理者，天之体；命者，理之用。”④ 简言之，理气共同创生万物，气的合辟、升降、屈伸、往来便是天理流行处，即天命。气是动者，理范围之而使之有序，即“赋者命也，所赋者气也”⑤ 之意。

天命落实于人性，有理有气，然而“天命之谓性”着重说理，强调万物生化的本原处。朱子言：“‘天命之谓性’，是专言理，虽气亦包在其中，然说理意较多。”⑥

首先，朱子所言之“本原”，是万物之所以为万物的根据，但它并非在空间上别为一物，也并非在时间上先于万物。只是说万物归宗于此，为极致处；万物由此化生，为万化根本。因此它又是“迥然孤独”⑦ 的，其无对待、无动静，无生灭，即不具有经验之物的特征。

其次，这一“本原”，从其流行不已来看，是为至善本体。基于对《易·系辞》“一阴一阳之谓道，继之者善也，成之者性也”的分析，朱子视阴阳为形而下者，一阴一阳的循环往复，则为道体流行，是形而上者。因此接续道体的绵绵不息，“流行造化处是善”⑧，这便是“继之者善也”。故而朱子言：“盖天道运行，赋予万物，莫非至善无妄之理而不已焉，是则所谓天命者也。”⑨

天所赋为命，人物所受为性，二者贯通。既然天命具有如上特征，那么人物之性当

---

① ［宋］朱熹：《四书章句集注》，中华书局 1983 年版，第 14 页。
② ［宋］朱熹：《四书章句集注》，中华书局 1983 年版，第 18 页。
③ ［宋］朱熹：《四书章句集注》，中华书局 1983 年版，第 17 页。
④ ［宋］黎靖德编：《朱子语类》，中华书局 1986 年版，第 82 页。
⑤ ［宋］黎靖德编：《朱子语类》，中华书局 1986 年版，第 82 页。
⑥ ［宋］黎靖德编：《朱子语类》，中华书局 1986 年版，第 1490 页。
⑦ ［宋］黎靖德编：《朱子语类》，中华书局 1986 年版，第 1492 页。
⑧ ［宋］黎靖德编：《朱子语类》，中华书局 1986 年版，第 1897 页。
⑨ ［宋］朱熹：《朱子全书》，上海古籍出版社、安徽教育出版社 2002 年版，第 641 页。

与天命完全同一。从这个意义上来看人，人性作为形而上者，是一切伦理规范的最终根据。它和经验事物无对待、也不随之生灭；并且，因天命本体作为保证，人性同样纯粹至善，是善恶万象的本体依据，因此朱子言“性则纯是善底”①；再者，由于同一“本原”，人、物、我、天的贯通成为可能。《朱子语类》载：

> 问：“天命之谓性”，此只是从原头说否？曰：“万物皆只是同这一个原头。圣人所以尽己之性，则能尽人之性，尽物之性，由其同一原故也。若非同此一原，则人自人之性，物自物之性，如何尽得？”②

既然天人贯通，皆有至善本体作为保证。那么，从善性中自然流出的便是人道。“性是浑沦底物，道是个性中分派条理。循性之所有，其许多分派条理即道也。”③ 有是性则有是道：正如有纯粹至善的本体，则有仁义礼智之性，从而父子有亲、君臣有分、便有恭敬辞让之节文，是非邪正之分别，皆道也。

综上分析“天命之谓性，率性之谓道”两句，从本原的意义上“专言理”，然而天命落实于人性并分派出人道，皆离不开形而下的气，因此朱子又说“气亦包括其中”。人心道心作为形而下者，已“包括其中”了，因此朱子言：“其曰‘天命率性’，则道心之谓也”。④

首先，“天命率性，则道心之谓也”。并非将命、性视作道心，因性命与道心二者分属形而上下。朱子论心，皆视作形而下者，朱子言：“性犹太极也，心犹阴阳也。”⑤ 可见，心与阴阳同属于形而下者。又如：“心比性，则微有迹；比气，则自然又灵。”⑥ 性作为形而上者，无形无象，既然“心比性，则微有迹”，说明心乃形而下者。然而心分“操舍存亡之心”与“五脏之心”两类⑦，朱子言心，多就前一类而言，因此是“神明不测”的，即“比气，自然又灵”，从这个意义上来看：“心虽是一物，却虚，故能包含万理。”⑧ 总之，道心为形而下者。

其次，道心人心同原而异情。“同原”即道心、人心皆属心，作为形而下者，都有形而上之性作为其本原；“异情”即性须依靠“包含万理”的心而得以呈现，心既然为

---

① ［宋］黎靖德编：《朱子语类》，中华书局 1986 年版，第 83 页。
② ［宋］黎靖德编：《朱子语类》，中华书局 1986 年版，第 1490 页。
③ ［宋］黎靖德编：《朱子语类》，中华书局 1986 年版，第 1491 页。
④ ［宋］朱熹：《四书章句集注》，中华书局 1983 年版，第 15 页。
⑤ ［宋］黎靖德编：《朱子语类》，中华书局 1986 年版，第 87 页。
⑥ ［宋］黎靖德编：《朱子语类》，中华书局 1986 年版，第 87 页。
⑦ ［宋］黎靖德编：《朱子语类》，中华书局 1986 年版，第 87 页。
⑧ ［宋］黎靖德编：《朱子语类》，中华书局 1986 年版，第 88 页。

形而下者，便有气禀物欲之私，理之呈现便有道心人心之别。朱子答弟子问一条，很好地说明了这个问题：

> 问：“心之为物，众理具足。所发之善，固出于心。至所发不善，皆气禀物欲之私，亦出于心否？”曰：“固非心之本体，然亦是出于心也。”又问：“此所谓人心否？”曰：“是。”子升因问：“人心亦兼善恶否？”曰：“亦兼说。”①

这里着重强调的是，人心虽非由“心之本体”如如呈现，但仍出于性，有善恶；道心则直接呈现出性命本体，全是善。因此朱子《中庸章句序》中以“或生于形气之私”与“或原于性命之正”来说明二者之别，进而可知，唯有道心才直接呈现性命之正，故言“天命率性，道心之谓也”，而不说“天命率性，道心人心之谓也”。

道心人心同原异情，智愚皆备。朱子言：“饥寒痛痒，此人心也；恻隐、羞恶、是非、辞逊，此道心也。虽上智下愚亦同。”② 人人皆有“饥寒痛痒”，上智不能免之；人人皆有恻隐之心，下愚亦不能无之。然而，人心生于形气，不能说不好，只是易流荡于放避邪奢，便危殆而难安，因此朱子非常认同陆象山“舜若以人心为全不好，则须说不好，使人去之。今止说危者，不可据以为安耳”③ 之说。既然人心危殆，那么就需要道心为之主。“道心则是义理之心，可以为人心之主宰，而人心据以为准者也，且以饮食言之，凡饥渴而欲得饮食以充其饱且足者，皆人心也。然必有义理存焉，有可以食，有可以不食。”④ 简言之，道心为人心之主，并非在人心之外还有一个道心主导之，而是要去除“形气之私”对本原之性的遮障，使得本原之性通过虚灵不昧之心如如呈现，无过与不及，执中而已。因此，朱子强调“盖人心固异道心，又不可作两物看，不可于两处求也”⑤。

朱子弟子蔡沈本师说，作《书集传》，将朱子道心人心之言略微改动。改动之间，其谬大也。蔡沈言：“指其发于形气者而言，则谓之人心；指其发于义理者而言，则谓之道心。”⑥ 朱子强调“生于形气之私”与“原于性命之正”，说明二者虽经由气质所生，然皆有本原作为根据。区别是：道心呈现了先天的本原之正，人心则从后天的气质之私中生出。蔡沈一改为“指其发于”，删去“之私”与“之正”，一则不能表明二者

---

① ［宋］黎靖德编：《朱子语类》，中华书局 1986 年版，第 86 页。
② ［宋］黎靖德编：《朱子语类》，中华书局 1986 年版，第 1487 页。
③ ［宋］黎靖德编：《朱子语类》，中华书局 1986 年版，第 1489 页。
④ ［宋］黎靖德编：《朱子语类》，中华书局 1986 年版，第 1488 页。
⑤ ［宋］朱熹：《朱子全书》，上海古籍出版社、安徽教育出版社 2002 年版，第 1396 页。
⑥ ［宋］蔡沈：《书集传》，凤凰出版社 2010 年版，第 24 页。

同原异情，有视道心人心为二心的嫌疑；再则有视人心与道心为善恶两端之弊。

综上可见，《中庸》开篇言天、命、性、道，虽不言及人心道心，但人心道心之说已包含其中了。接下来，由于有道心不能为人心之主，人心或流荡于物欲的情形存在，因此圣人基于先天之性命，建立人伦规范而垂范天下，即“修道之谓教”。朱子解释“修者只是品节之也”①，说明圣人并非在人性之外设教，伦理规范便是自律而非他律的。

四、“慎独”即“惟精惟一”工夫

《中庸》首章第二层，从道不可离开始，说到戒慎恐惧以及慎独工夫，这是针对君子之学而言。朱子强调二者的联系和区别：“‘不睹不闻’是提其大纲说，‘慎独’乃审其微细。方不闻不睹之时，不惟人所不知，自家亦未有所知。若所谓‘独’，即人所不知而己所独知，极是要戒惧。”② 首先，戒慎恐惧于“不睹不闻”，是人我所不知之时，即“喜怒哀乐未发时”。朱子言：“所不闻，所不见，不是合眼掩耳，只是喜怒哀乐未发时。”③ 其次，慎独于“人所不知而己所独知”之地，是“专就已发上说”④。再次，慎独是在细微处下工夫，但仍然离不开戒惧作为大纲。

因此，《中庸》首章第二层与第三层“喜怒哀乐未发已发”可以合而言之。心有未发之中与已发之和，对应君子的修养工夫，分戒慎恐惧和慎独两块。

《中庸章句》成书于淳熙十六年己酉（1189 年，朱子年 60 岁），朱子中和思想已经成熟。朱子言：“喜、怒、哀、乐，情也。其未发，则性也，无所偏倚，故谓之中。发皆中节，情之正也，无所乖戾，故谓之和。”⑤

首先，“中”并非“性”，“和”并非“情”，“中”与“和”可以说是性情的状态描述：“中”以说明性体的“无所偏倚”；“和”以说明性体之用的“无所乖戾”。因此，朱子极认可小程的说法，提出：“‘中’是虚字，‘理’是实字，故中所以状性之体段。”⑥“中”是通过状态描述，而指向性体，因此是“虚字”；“理”直接便是性体本身，因此是“实字”。

其次，进一步而言，只有作为形而下者的心，才可以被描述、说明，乃至于在上面做工夫。所以用“中”“和”来状性之体，语情之用，显然是将心通贯未发与已发。这

---

① ［宋］黎靖德编：《朱子语类》，中华书局 1986 年版，第 1495 页。
② ［宋］黎靖德编：《朱子语类》，中华书局 1986 年版，第 1506 页。
③ ［宋］黎靖德编：《朱子语类》，中华书局 1986 年版，第 1499 页。
④ ［宋］黎靖德编：《朱子语类》，中华书局 1986 年版，第 1505 页。
⑤ ［宋］朱熹：《四书章句集注》，中华书局 1983 年版，第 18 页。
⑥ ［宋］黎靖德编：《朱子语类》，中华书局 1986 年版，第 1512 页。

么一来，未发之体可以被描述，又可以在此下工夫。

关于未发之体的描述，朱子极认可吕与叔的说法，朱子言：“吕氏‘未发之前，心体昭昭具在’说得亦好。”① 说明未发时不是孤绝存在的性体，而是心体流行，寂然不动处。又对程子“天地间亭亭当当、直上直下之理”的说法深信不疑，朱子将其发挥：“此心至虚，都无偏倚，停停当当，恰在中间。”② 说明此时喜怒哀乐未发，如处一室，居于中而不偏于四面，即“在中”之意。

明儒罗整庵作为朱学后劲，明确阐述了“中”有形象，可求可养的问题。整庵言：“程叔子答苏季明之问，有云：‘中有甚形体？然既谓之中，也须有个形象。’伯子尝云：‘中者，天下之大本，天地间亭亭当当、直上直下之正理。’兹非形象而何？凡有象皆可求然则求中于未发之前，何为不可？”③ 整庵引出大小程子的这两句话，表明“中者”虽无不像普通物一样具形体，但有形象，是可以用言语来描述的，进而认为有形象者皆可求，并质疑小程子“存养于未发之时则可，求中于未发之前则不可”的说法。

整庵又仔细辨别“形象”与“形体”的区别：“‘形象’与‘形体’，只争一字。形体二字皆实，象字虚实之间。”④ 可知，通过对“中者”的形象描述，不仅可以认识它所表征的性体，同时也可以在上面下工夫。

对“中者”所下的工夫，即上文提到的“戒慎恐惧”，是存养心体的工夫。朱子言：“是以君子之心常存敬畏，虽不见闻，亦不敢忽，所以存天理之本然，而不使离于须臾之顷也。”⑤ 人人具备本体之善，不可须臾离，且因其无形象方体可求而不可见闻，虽不可见闻，但有“中者”状其体段，无形体而有体段，因此在日用间，诚敬以涵养，这就是朱子所谓的戒慎恐惧于不睹不闻之间的意义。

心之体已具备，则发用流行不已。喜怒哀乐已发，就是心之体发而为用处，其发之初，是几微之际。朱子言：“言幽暗之中，细微之事，迹虽未形而几则已动，人虽不知而己独知之，则是天下之事无有著见明显而过于此者。”⑥ 几微之际，善恶已分，“人虽不知而己独知之”，此时用慎独工夫以省察。

总之，戒慎恐惧与慎独两种工夫，看似有别，一个作用于未发之体，一个作用于已发之用。然而心贯穿未发已发，对心体的涵养通由心之用，因此在已发之用时虽着重强

---

① ［宋］黎靖德编：《朱子语类》，中华书局 1986 年版，第 1512 页。
② ［宋］黎靖德编：《朱子语类》，中华书局 1986 年版，第 1510 页。
③ ［明］罗钦顺：《困知记》，中华书局 2013 年版，第 18 页。
④ ［明］罗钦顺：《困知记》，中华书局 2013 年版，第 18 页。
⑤ ［宋］朱熹：《四书章句集注》，中华书局 1983 年版，第 17 页。
⑥ ［宋］朱熹：《四书章句集注》，中华书局 1983 年版，第 18 页。

调省察工夫，但当此之时涵养本体的工夫不能欠缺。朱子言：“若戒惧不睹不闻，便是通贯动静，只此便是工夫。至于慎独，又是或恐私意有萌处，又加紧切。”① 正是表明，心有体用、贯动静，因此涵养于始终，并在善恶萌动的几微之际，有所省察。基于此，朱子提出“无时不涵养省察”②，因此“二者可以交相助，不可交相待”③。

厘清了未发已发与戒慎恐惧、慎独的关系，乃至与涵养察识的关系。这在“十六字”中，可与“惟精惟一，允执厥中”八字对应。“精，是识别得人心道心；一，是常守得定。”④“精”“一”都是已发上的工夫。“精”，即识别人心、道心，这是在辨别本体的如如呈现与气质之蔽；“一”，即常守道心之主导地位，是防止人心流荡于物欲。简言之，便是慎独。

又，如前所述，慎独是已发处的察识之功，但不离未发时戒慎恐惧的涵养工夫。因前者是“审其微细”，后者为大纲。因此，精一之工夫，不离对心之体的涵养。朱子言：“因论‘惟精惟一’曰：‘虚明安静，乃能精粹而不杂；诚笃确固，乃能纯一而无间。”⑤“虚明安静”“诚笃确固”是针对心体，“精粹”“纯一”是心之用的达成。体用不二，“惟精惟一”正是以用而达体。

当分辨了道心人心之别，又常以道心为主，“精”“一”俱到，接下来，可以带来其效验：接物应事无过不及，执其中而已。这便是“允执厥中”的意思。

赵致道问“允执厥中”之“中”不知何指，朱子回复：“程子曰：‘惟精惟一，所以至之；允执厥中，所以行之。’如此，则所谓允执厥中，正时中之中矣。惟精惟一，正是提纲契领处，此句乃言其效耳。”⑥ 文中“此句”指“允执厥中”。朱子认肯程子之言，说明“惟精惟一”是君子所下工夫处，而“允执厥中”是其带来的效验。因此，一句“允执厥中”，已表明如何行，“精”“一”之工夫，是如何行的依据。可以说，“允执厥中”是大体说，而之前三言，是对这一句的细密分析。需要强调的是，“允执厥中”之“中”虽指“时中之中”，然“浑然在中”与“时中”“相为体用”⑦，因此，此处虽未言及“亭亭当当，直上直下”之心体，然心体已然全具。

既然“允执厥中”是大体说，即使没有细致地将道心人心说出来，四字义理具足。朱子为十六字找依据，他提出：“说道‘人心惟危，道心惟微’，须是‘惟精惟一’，方能‘允执厥中’。尧当时告舜，只说一句。是时舜已晓得那个了，所以不复更说。舜告

---

① ［宋］黎靖德编：《朱子语类》，中华书局1986年版，第1514页。
② ［宋］黎靖德编：《朱子语类》，中华书局1986年版，第1514页。
③ ［宋］黎靖德编：《朱子语类》，中华书局1986年版，第1515页。
④ ［宋］黎靖德编：《朱子语类》，中华书局1986年版，第2014页。
⑤ ［宋］黎靖德编：《朱子语类》，中华书局1986年版，第2014页。
⑥ ［宋］朱熹：《朱子全书》，上海古籍出版社、安徽教育出版社2002年版，第2866页。
⑦ ［宋］朱熹：《朱子全书》，上海古籍出版社、安徽教育出版社2002年版，第548页。

禹时，便是怕禹尚未晓得，故恁地说。”①

因此，回到一开始的问题，即使《论语·尧曰》第一章只说个“允执厥中”，《中庸》文献中没有出现道心、人心两词，而只有“执其两端，用其中于民”的表述，敦煌悬泉驿汉简《四月月令诏条》中只出现了与“允执厥中”相类似的“信执厥中”的表达，而没有道心人心的内容。站在朱子的角度，我们仍然只能说这些文献是对“十六字”的精练表达，而不能质疑十六字为伪造。并且，从朱子对《中庸》道心、人心说阐释，可以进一步推论，“十六字”不晚于子思。

五、《论》《孟》《学》中的道心人心说

之前提到，《中庸》首章是一篇之体要，《中庸》又可以与“四书”系统相贯通。通过对《中庸》首章的解读，可见得与“十六字”相照应。因此，“四书”除《中庸》以外，应该可以见到与“十六字”相关的论说，说明“十六字”契合儒家思想大旨。

《朱子语类》载：

> 惟精者，精审之而勿杂也；惟一者，有首有尾，专一也。此自尧舜以来所传，未有他议论，先有此言。圣人心法，无以易此。经中此意极多，所谓“择善而固执之”，择善，即惟精也；固执，即惟一也。又如“博学之，审问之，谨思之、明辨之”，皆惟精也；“笃行”，又是惟一也。又如“明善”，是惟精也；“诚之”，便是惟一也。《大学》致知、格物，非惟精不可能；诚意，则惟一矣。学则是学此道理。孟子以后失其传，亦只是失此。②

朱子提到“择善而固执之”“博学之，审问之、谨思之、明辨之”“笃行”“诚之”皆出自于《中庸》。“明善”出自《孟子》、“致知、格物”“诚意”出自《大学》。这些言语分别对应“惟精”“惟一”的工夫。又：

> 夫尧、舜、禹之所以相传者既如此矣，至于汤、武，则闻而知之，而又反之以至于此者也。夫子之所以传之颜渊、曾参者此也，曾子之所以传之子思、孟轲者亦此也。故其言曰：“一日克己复礼，天下归仁焉。”又曰：“吾道一以贯之。”又曰：“道不可须臾离也，可离非道也。是故君子戒慎乎其所不睹，恐惧乎其所不闻。”又曰：“其为气也，至大至刚，以直养而无害，则塞乎天地之间。”此其相传之妙，

---

① ［宋］黎靖德编：《朱子语类》，中华书局1986年版，第2016页。

② ［宋］黎靖德编：《朱子语类》，中华书局1986年版，第2014页。

> 儒者相与谨守而共学焉，以为天下虽大，而所以治之者不外乎此。①

在这段引文中，加入了《论语·颜渊》“颜渊问仁”章，《论语·里仁》“吾道一以贯之”章，《孟子·公孙丑上》“问夫子加齐之卿相”章中的句子。说明孔子、颜子、曾子、孟子与先圣传心之旨若合符节。

文献出处、表达虽不相同，然内容实相融贯。这说明，即使传世及出土文献没有“十六字”，通过对《论语》“允执厥中”四字、“颜渊问仁”章、“吾道一以贯之”章的解释，《孟子·公孙丑上》“问夫子加齐之卿相”章、《中庸》全文的疏解，也可以获得与“道心”“人心”说一致的表述。

可见，一些学者认为人心、道心说本道家思想，“十六字”乃魏晋人依此而伪造。这一说法，从朱子义理分析的角度上来看，也是极有问题的。

六、朱子解经：“见二帝三王之心”

综上所论，朱子以义理为衡准，不疑舜之“十六字”为伪作并阐发其蕴，可见其理学家的思想视域。

同时，他对今古文《尚书》言辞“难读”与“平易”问题的追问，对《书序》的辨伪，皆可见出笃实的考据功夫。朱子提出今古文言辞“难读”与“平易”的问题。朱子言：

> 孔壁所出《尚书》，如《禹谟》《五子之歌》《胤征》《泰誓》《武城》《冏命》《微子之命》《蔡仲之命》《君牙》等篇皆平易，伏生所传皆难读。如何伏生偏记得难底，至于易底全不记得？此不可晓。如当时诰命出于史官，属辞须说得平易，若《盘庚》之类再三告诫者，或是方言，或是当时曲折说话，所以难晓。②

《古文尚书》出于孔壁，言辞读起来反而平易，《今文尚书》乃伏生口授相传，言辞却艰涩难晓。朱子发现这个问题后，解释为：《古文尚书》较《今文尚书》多出的篇章，多属“诰命”，此类多属史官记录于书册而成的诏告文字，故简易，而《今文》则多属时人说话，夹杂方言，时代久远而不可晓。因此朱子总结道：“《书》有易晓者，恐是当时做底文字，或是曾经修饰润色来。其难晓者，恐只是当时人说话自是如此，当时人自晓得，后人乃以为难晓尔。”③

---

① ［宋］朱熹：《朱子全书》，上海古籍出版社、安徽教育出版社 2002 年版，第 1586—1587 页。

② ［宋］黎靖德编：《朱子语类》，中华书局 1986 年版，第 1978 页。

③ ［宋］黎靖德编：《朱子语类》，中华书局 1986 年版，第 1981 页。

基于理学家的视域与经学家的笃实，朱子提出了《尚书》读书法。朱子言：“《书》中易晓处直易晓，其不可晓处，且阙之。”① 如此，将《尚书》文本难解与易晓处分别开，晓其易晓，阙其难读。古文《大禹谟》属于易晓之文，朱子言：“如《大禹谟》，又却明白条畅。虽然如此，其间大体义理固可推索。”②

在《尚书》易晓之文中，得其意蕴才是最重要的。宋宁宗庆元三年丁巳（1197 年，朱子年六十八岁），在与蔡沈的书信中，朱子提到：“因思向日喻及《尚书》文义通贯犹是第二义，直须见得二帝三王之心而通其所可通，勿强通其所难通，即此数语，便已参到七八分。”③ 所谓“文意贯通”即汉儒以章句考据、训诂而通经的功夫，朱子视其为第二义；“直须见得二帝三王之心”而通经，才是朱子认为解《尚书》的第一要义。

朱子对《大禹谟》“十六字”的义理推寻，如前所述，着重在其他经典中，找寻互证，而始终以见得先圣之心为宗旨。朱子的这种做法，如钱穆先生所言：“通其全而得其大。”④ “通其全”则不拘于单独一篇文献，而是将《语》《孟》《学》《庸》通贯。“得其大”则“见二帝三王之心”。

清初考据学家宋鉴在《尚书考辨》中，肯定了朱子对“十六字”阐发的价值。宋鉴言：“此十六字诚为精密可传道统矣，然非朱子阐发其蕴，人且不知也……人所尊信者朱子之十六字尔。”⑤ 宋鉴作为阎若璩的学生，一方面认为“十六字”伪作无疑，但不否认其理学意义，即“知其伪则不妨以伪存”⑥。当然，目前我们仍不能确定“十六字”为伪作。

通过朱子对《中庸》道心人心说的阐释，一方面让我们看到朱子不疑“十六字”的义理上的依据；另一方面可以提供启示：疑经辨经固然重要，但在疑经与辨经之间，获其义理价值，才是更有意义的。

---

① ［宋］黎靖德编：《朱子语类》，中华书局 1986 年版，第 1984 页。
② ［宋］黎靖德编：《朱子语类》，中华书局 1986 年版，第 1979 页。
③ ［宋］朱熹：《朱子全书》，上海古籍出版社、安徽教育出版社 2002 年版，第 4717 页。
④ 钱穆：《朱子新学案》，巴蜀书社 1986 年版，第 1777 页。
⑤ ［清］宋鉴：《尚书考辨》，《续修四库全书》（第 44 册），上海古籍出版社 1987 年版，第 194 页。
⑥ ［清］宋鉴：《尚书考辨》，《续修四库全书》（第 44 册），上海古籍出版社 1987 年版，第 132 页。

论王阳明“心外无物”：一个生存论的视角

张　恒　沈顺福

摘　要　“心外无物”是阳明心学的核心命题，以往学界从存在论视角对这一命题的种种理解，是忽视了中国哲学“天人合一”独特思想背景的误读。王阳明之“心”的主要特征并不在于思考和认知，而在于它是宇宙生存和人类行动之源；王阳明之“物”并非客观存在的认识客体，它一方面指“事”，另一方面是前现代“万物有灵”观念背景下的“活的物”。因此，王阳明“心外无物”并不是论述存在（或认识）的本质，而是意在阐明人心对于整个宇宙生存法则的规定和主宰，它是一个生存论意义上的命题。

关键词　王阳明　心学　心外无物　生存论　存在论　万物有灵

基金项目　本文为国家社科基金一般项目“比较视野下的儒家哲学基本问题研究”（15BZX052）的阶段性研究成果。

作者简介　张恒（1985—　），男，山东邹平人，山东大学儒学高等研究院博士研究生，主要研究方向为中国古代哲学、比较哲学；沈顺福（1967—　），男，安徽安庆人，哲学博士，山东大学儒学高等研究院教授、博士生导师，主要从事中国古代哲学、比较哲学研究。

作为一种明确的文字表述，“心外无物”是王阳明在回答弟子尚谦提问时提出来的：“心外无物。如吾心发一念孝亲，即孝亲便是物。”[①] 类似的表述在《传习录》中还有多处，如“……某说无心外之理，无心外之物”[②]，等等。

嗣后五百多年间，学者从各个视角对“心外无物”的解读、诠释从未中断，其中绝大多数解释是在存在论（ontology）视阈内展开的。

比如，王阳明《赠郑德夫归省序》中曾提到：“西安郑德夫将学于阳明子，闻士大

① 王守仁：《王阳明全集》（上），上海古籍出版社 2011 年版，第 28 页。

② 王守仁：《王阳明全集》（上），上海古籍出版社 2011 年版，第 7 页。

夫之议者以为禅学也，复已之。”[①] 这说明在王阳明生活的时代，就有不少人将其思想比附于佛学。的确，王阳明“心外无物”命题与佛学中“三界所有，唯是一心”“唯识无境”“万法唯识”等命题在形式上高度类似，而后者又正是典型的存在论话语，即意在阐明“心”“识”作为世界建构的本体意义。

及至近现代，学者的解释视角更加多元，但仍多是存在论的。比如，李泽厚曾从马克思主义立场出发，提出阳明心学属于“主观唯心论”：“从宇宙论认识论说，由张载到朱熹到王阳明，是唯物论（“气”）到客观唯心论（“理”）到主观唯心论（“心”）……”[②] 与此类似，也有学者视王阳明“心外无物”命题与英国十七十八世纪哲学家乔治·贝克莱“存在就是被感知”[③] 命题异曲同工。还有学者从意义论视角出发，认为“心外无物”确切的含义是：“任何事物离开人心的关照，意义得不到确认，与人的价值关系无法确立……心不是万物存在的前提，而是其意义呈现的条件，甚至根源。如果保留唯心论这个词，心学便是意义论上的唯心论。”[④] 此外，还有许多其他视角的解释。

存在论视阈下的种种解释，都有一定道理，但不得不说，它们又都不够确切，因为其普遍忽视了中国传统哲学“天人合一”这一重要的思想背景。本文将从“天人合一”思维视角出发，对王阳明“心外无物”命题的核心概念及其所揭示的哲学意蕴展开新的解读，并将说明，“心外无物”实际上是一个生存论（theory of living）意义上的命题。

一、心：思虑之官还是行动之源？

“心”是王阳明哲学体系的核心概念。但是正如中国哲学史上许多重要概念一样，“心”这一概念在具体的使用过程中往往表现出多义性，如杨国荣就曾指出，王阳明之“心”“指知觉、思维、情感、意向等等”[⑤]。因此，如何恰当地理解王阳明之“心”的真实意指便成为理解“心外无物”及阳明心学其他重要观念的第一步。

（一）心是主宰

在《传习录·徐爱录》中，王阳明用四句话阐述了身、心、意、知、物诸概念之间的关系：“先生曰：‘……身之主宰便是心，心之所发便是意，意之本体便是知，意之所在便是物。’”[⑥] 这几句表述因颇类似于王门“四句教”而被后人称为“四句理”。

---

① 王守仁：《王阳明全集》（上），上海古籍出版社2011年版，第265页。

② 李泽厚：《中国古代思想史论》，人民出版社1985年版，第246页。

③ ［英］乔治·贝克莱：《人类知识原理》，关文运译，商务印书馆1973年版，第21页。

④ 陈少明：《“心外无物”：从存在论到意义建构》，《中国社会科学》2014年第1期，第73页。

⑤ 杨国荣：《杨国荣讲王阳明》，北京大学出版社2005年版，第21页。

⑥ 王守仁：《王阳明全集》（上），上海古籍出版社2011年版，第6页。

类似的表述在《传习录》中还有多处，比如：

> 问："身之主为心，心之灵明是知，知之发动是意，意之所着为物，是如此否？"先生曰："亦是。"①
>
> 先生曰："……无心则无身，无身则无心。但指其充塞处言之谓之身，指其主宰处言之谓之心，指心之发动处谓之意，指意之灵明处谓之知，指意之涉着处谓之物：只是一件。"②

尽管上述三种表述在字句上略有不同，但王阳明视心为一个人身体主宰之意是显而易见的。这种主宰主要体现在心对五官的统领、统辖上。王阳明说："人君端拱清穆，六卿分职，天下乃治。心统五官，亦要如此。今眼要视时，心便逐在色上；耳要听时，心便逐在声上。如人君要选官时，便自去坐在吏部；要调军时，便自去坐在兵部。如此，岂惟失却君体，六卿亦皆不得其职。"③ 在这里，王阳明用类比的方式形象地阐述了心如何主宰身，即身体不能任由五官肆意作为，五官的视、听、言、动等各种活动的内容必须由心来决定和支配。

在此基础上，王阳明进一步提出："心者，天地万物之主也。心即天，言心则天地万物皆举之矣，而又亲切简易。"④ 又说："心虽主乎一身，而实管乎天下之理。"⑤ 这就是说，心不仅是个体的主宰，而且可以超越个体，而成为整个世界的主宰。

事实上，以"心"为"主"是整个宋明理学的重要传统。无论是程朱学派"心是神明之舍，为一身之主宰"⑥ 的说法，还是陆王学派"宇宙便是吾心，吾心即是宇宙"⑦ 的表述，尽管心的内涵、特征各有侧重，但其视心为主宰的观念是共通的，王阳明的"心即天""心为天地万物之主"等观念显然也在这一思想传统中产生，但是后文将指出，王阳明所言之"心"不仅明显区别于程朱学派尤其是朱熹的表述，即便与陆九渊相比也有其独特之处，正是这些独特之处使王阳明之"心"展现出了鲜明的生存论色彩。

（二）心是天理

前文述及，王阳明不仅视心为个体的主宰，而且视其为天地万物之主宰，这其中隐

---

① 王守仁：《王阳明全集》（上），上海古籍出版社2011年版，第27页。
② 王守仁：《王阳明全集》（上），上海古籍出版社2011年版，第103页。
③ 王守仁：《王阳明全集》（上），上海古籍出版社2011年版，第25页。
④ 王守仁：《王阳明全集》（上），上海古籍出版社2011年版，第238页。
⑤ 王守仁：《王阳明全集》（上），上海古籍出版社2011年版，第48页。
⑥ 朱熹：《朱子全书》，上海古籍出版社2010年版，第3305页。
⑦ 陆九渊：《陆九渊集》，中华书局1980年版，第273页。

含的问题是：个体之心如何能超越自身而主宰世界？或者换一种方式发问：心所具有的何种内涵使之可以超越对于个体的主宰而实现对于整个世界的主宰？

对此，王阳明曾说过这样一段话：“所谓汝心，亦不专是那一团血肉。若是那一团血肉，如今已死的人，那一团血肉还在，缘何不能视听言动？所谓汝心，却是那能视听言动的，这个便是性，便是天理……这性之生理，发在目便会视，发在耳便会听，发在口便会言，发在四肢便会动，都只是那天理发生。”① 可见，王阳明所说的“心”并不单单指生理学意义上的“心脏”这种器官，更是一种确保人能够进行视、听、言、动等各种活动的能力、驱动力，而这些能力毋庸置疑是人与生俱来的。正是在这个意义上，王阳明称心便是性。

当然，“即心言性”并非王阳明的创举，这一传统最早创发于孟子。孟子通过经验性的生命体验得出了“心善”（人心有四个善端）的结论，进而用“心善”来论证“性善”，这一方面使心具有了先验意义，另一方面也使主体的道德实践成为可能。

然而，在孟子学派那里由天命而来的一元的“性”，至宋明时期研辨越来越精细，最终一分为二。如朱熹说：“伊川言：‘天所赋为命，物所受为性。’理一也，自天之所赋与万物言之，故谓之命；以人物之所禀受于天言之，故谓之性。其实，所从言之地头不同耳。”② 此一语道尽了程朱学派的“心性论”，即孟子之“性”被新的概念“理”所置换，“理”在天来说是天命、天理，在人来说是人性，其中天理纯之又纯，人性则理气驳杂、质地不纯，需要变化：“论天地之性则专指理言；论气质之性则以理与气杂而言之。”③ 相应地，“心”也被程朱学派区分为二，一曰道心，一曰人心，正如朱熹所说，道心“觉于理”，人心“觉于欲”，“必使道心常为一身之主宰，而人心每听命焉”④。

陆王学派是在对程朱学派的批判中发展起来的，陆王意识到“分性为二”“分心为二”会带来人心外求、物欲横流等不良后果，于是重新返回孟子，以求将性、心合二为一。如陆九渊说：“盖心，一心也，理，一理也，至当归一，精义无二，此心此理，实不容有二……仁即此心也，此理也。求则得之，得此理也；先知者，知此理也；先觉者，觉此理也；爱其亲者，此理也……”⑤

王阳明主要继承了陆九渊的思想传统，他曾专门针对朱熹“人心听命于道心”的说法批评道：“心一也，未杂于人谓之道心，杂以人伪谓之人心。人心之得其正者即道

① 王守仁：《王阳明全集》（上），上海古籍出版社 2011 年版，第 41 页。
② 朱熹：《朱子全书》，上海古籍出版社 2010 年版，第 3184 页。
③ 朱熹：《朱子全书》，上海古籍出版社 2010 年版，第 2688 页。
④ 朱熹：《朱子全书》，上海古籍出版社 2010 年版，第 29 页。
⑤ 陆九渊：《陆九渊集》，中华书局 1980 年版，第 4—5 页。

心，道心之失其正者即人心，初非有二心也。程子谓‘人心即人欲，道心即天理’，语若分析而意实得之。今曰‘道心为主，而人心听命’，是二心也。天理、人欲不并立，安有天理为主，人欲又从而听命者？”① 王阳明实际上并不否认朱熹“明天理、灭人欲”的主张，但是他从根本上反对将“心”一分为二的观点，他认为“人欲”只是“人心”的障蔽，涤除“人欲”之后，纯之又纯的“人心”就是“天理”，它们是一回事，不存在谁听命于谁。

综上，强调“心”的一元性是王阳明作为陆王学派集大成者与程朱学派的重大分歧，心“即性即理”的超越性内涵及其通贯不二的特征使其得以超越对个体的主宰而成为整个世界的主宰。

（三）特征：心是良知

上文已经说明，“心”是世界的主宰。那么，这种主宰是以何种方式实现的？

众所周知，存在论命题基于一种“主体—客体”二元认识架构，即首先要承诺有认识的主体和客体，主体通过各种手段如观察、实验、归纳、演绎等，对客体进行认识。这一认识过程的实现，极有赖于主体的思考。但是，被王阳明视为世界主宰的“心”，并不主要地作为认识主体而存在，其实现主宰的方式也并不在于思考。

首先，“心”发之为意。受朱熹对“心”作出已发、未发区分的影响，王阳明也认为心有所发，“心之所发便是意”，“心之发动处谓之意”，“心者身之主也，而心之虚灵明觉，即所谓本然之良知也。其虚灵明觉之良知，应感而动者谓之意”②。王阳明举例说，人人都有“欲食之心”，在“欲食之心”的主宰下才知道去进食，这个“欲食之心”就是典型的“意”。“意”实际上就是“意向”“意欲”的意思。

其次，“心”无须思考。如前所述，王阳明以“欲食之心”作为心、意的一个经验性的例证，很显然，“欲食之心”是不需要思考的，因为如果一个人在感受到饥饿时竟然没有自然而然地萌发“欲食之心”，那恐怕是他的生命机能出现了问题。

不仅“欲食之心”无须思考，整个的“心”都无须思考。王阳明指出，“意之本体便是知”，“意之灵明处谓之知”，“心之灵明是知”，“知是心之本体”，即将良知确认为“心”的“本体”，良知即心、即性、即理。良知最重要的特征是“自然会知”：“见父自然知孝，见兄自然知弟，见孺子入井自然知恻隐，此便是良知，不假外求。”③ 在这一点上，王阳明不仅明显区别于朱熹“格物致知”的向外逐求的致思路径，而且也比陆九渊走得更远一些，后者在这一问题上的阐述略嫌语焉不详。

---

① 王守仁：《王阳明全集》（上），上海古籍出版社 2011 年版，第 8 页。

② 王守仁：《王阳明全集》（上），上海古籍出版社 2011 年版，第 53 页。

③ 王守仁：《王阳明全集》（上），上海古籍出版社 2011 年版，第 7 页。

最后，“心”是行动之源。无须思考的“心”对世界的主宰一方面体现于知（良知），另一方面则体现于行（行动）。王阳明说：“……某尝说知是行的主意，行是知的功夫；知是行之始，行是知之成。”① 又说：“未有知而不行者。知而不行，只是未知。”② 这也就是王阳明最突出的贡献之一——“知行合一”思想。“欲行之心即是意，即是行之始矣”③，无思无虑的“心”自然发用流行而外化为“行”，没有不“行”的“知”，也没有不“知”的“行”，二者贯通不二，不可分割，其源头都是那颗至纯澄明之“心”。

通过以上论述，王阳明之“心”或可以被定义如下：“心”既是贯通天人、纯乎天理的道德律令，又是无思无虑、知行合一的行动源头，而“源头为主，本源即主宰”④，它既是一身之主宰，亦是世界之主宰。

二、物：客观实存还是心之所用？

无论是在中国哲学史还是西方哲学史中，“物”这一概念都首先提示着“本然的存在”⑤ 或“实然世界”⑥，亦即指向一种独立于主体之外的客观存在。对此，王阳明并未否认，比如，在回答弟子梁日孚“先儒谓‘一草一木亦皆有理，不可不察’，何如？”的提问时，王阳明说“夫我则不暇”⑦；在批评朱熹“即物穷理”时，王阳明说：“即物穷理，是就事事物物上求其所谓定理者也……谓之玩物丧志，尚犹以为不可欤？”⑧ 在《答顾东桥书》中，王阳明说“礼乐名物之类无关于作圣之功”⑨。可见，“本然”（“实然”）之“物”并非不存在，而是因其使人“丧志”，因其“无关于作圣之功”，才不能进入“心外无物”命题的论域，王阳明所论另有所指。

（一）万物有灵

“本然的存在”或“实然世界”所具有的何种特性或潜质，使之转化成了王阳明“心外无物”论域中的“物”呢？

王阳明的弟子朱本思曾经问过王阳明一个问题：“人有虚灵，方有良知。若草、木、瓦、石之类，亦有良知否？”王阳明的回答是：“人的良知，就是草、木、瓦、石的良

① 王守仁：《王阳明全集》（上），上海古籍出版社 2011 年版，第 5 页。
② 王守仁：《王阳明全集》（上），上海古籍出版社 2011 年版，第 4 页。
③ 王守仁：《王阳明全集》（上），上海古籍出版社 2011 年版，第 47 页。
④ 沈顺福：《本源论与传统儒家思维方式》，《河北学刊》2017 年第 2 期，第 29 页。
⑤ 杨国荣：《心学之思——王阳明哲学的阐释》，华东师范大学出版社 2009 年版，第 100 页。
⑥ 陈来：《有无之境——王阳明哲学的精神》，三联书店 2009 年版，第 67 页。
⑦ 王守仁：《王阳明全集》（上），上海古籍出版社 2011 年版，第 39 页。
⑧ 王守仁：《王阳明全集》（上），上海古籍出版社 2011 年版，第 50—51 页。
⑨ 王守仁：《王阳明全集》（上），上海古籍出版社 2011 年版，第 60 页。

知。若草、木、瓦、石无人的良知，不可以为草、木、瓦、石矣。岂惟草、木、瓦、石为然，天地无人的良知，亦不可为天地矣。”[①] 也就是说，王阳明承认草、木、瓦、石等“本然”（“实然”）的客观存在物和人一样有“良知”——这“良知”实际上就是人的“良知”。既然有“良知”，这些客观存在物便区别于它们曾经所是的“本然”（“实然”）之存在状态，而变得和人一样有“虚灵明觉”——这“虚灵明觉”的源头不在别处，正在人心。

这一观念背后实际上隐含着一种“万物有灵论”（animism）的思维方式。“万物有灵”是前现代人类认识自然的一种方式，简单地说，它认为不仅人有生命、是“活”的，日月星辰、山川河流、草木瓦石等也都是“活”的。随着人文精神的开显以及自然科学的发展，“万物有灵”思维的领地在不断萎缩，但直到今天，我们仍能从一个人的童年期明显地看到“万物有灵”思维的影子，比如儿童会下意识地与草木对话，与瓦石游戏，视它们为与自己无本质差别的生灵。即便是成年人，这影子也时常若隐若现。可以说，“万物有灵”观念不仅与宗教有关，更与人类的每一个个体有关，它是一种纯粹的生命体验和感受。

从这一视角来看王阳明对“物”的理解，我们就会发现，王阳明对于“万物有灵”的感受和体验尤为深刻，他将人心的“一点灵明”发用贯彻到整个世界，于是“本然”（“实然”）之客观存在物便有了“虚灵明觉”，没有贯彻人心那“一点灵明”的客观存在之物自然也就没有“虚灵明觉”，没有“虚灵明觉”便不成其为“物”，也就不能进入王阳明的论域。

（二）“物即事也”

王阳明论域内的“物”主要是“事”。徐爱在问学时说：“爱昨晓思‘格物’的‘物’字即是‘事’字，皆从心上说。”对此，王阳明的回应是“然”。[②] 在《答顾东桥书》中，王阳明也曾明确提出：“物即事也。”[③]

王阳明举例说：“温凊之事，奉养之事，所谓‘物’也。”[④] 他同时还严格区分了“物”与“格物”的关系：“必其于温凊之事也，一如其良知之所知，当如何为温凊之节者而为之，无一毫之不尽；于奉养之事也，一如其良知之所知，当如何为奉养之宜者而为之，无一毫之不尽，然后谓之‘格物’。”[⑤] 也就是说，嘘寒问暖、侍奉赡养可称之为“物”，而只有按照良知的要求，发自内心地、一丝不苟地去完成了嘘寒问暖、侍奉

---

① 王守仁：《王阳明全集》（上），上海古籍出版社 2011 年版，第 122 页。
② 王守仁：《王阳明全集》（上），上海古籍出版社 2011 年版，第 6 页。
③ 王守仁：《王阳明全集》（上），上海古籍出版社 2011 年版，第 53 页。
④ 王守仁：《王阳明全集》（上），上海古籍出版社 2011 年版，第 55 页。
⑤ 王守仁：《王阳明全集》（上），上海古籍出版社 2011 年版，第 55 页。

赡养的行动，才可以称得上是“格物”，“格物”的实现也就是“致良知”。

事实上，训“物”为“事”并非王阳明首创。“格物”一词最早出自《大学》：“古之欲明明德于天下者，先治其国。欲治其国者，先齐其家。欲齐其家者，先修其身。欲修其身者，先正其心。欲正其心者，先诚其意。欲诚其意者，先致其知。致知在格物。”早在东汉末年，郑玄就对“格物”做出了“格，来也。物，犹事也”的解释。这一解释一直延续下来。程颐曾明确表示：“物则事也，凡事上穷极其理，则无不通。”[①]朱熹亦曾表示“物，犹事也”[②]。由此可见，训“物”为“事”其来有自。

无论是郑玄还是程朱，他们训“物”为“事”更多是出于这样一种考虑，即把认识、考察的对象从单纯的自然界的客观存在物扩展出去，将人类活动也纳入其中，但不管是自然界中的客观存在物还是人类的实践活动，都更多是指外在于人心的客观实存。如朱熹曾表示：“致知，是自我而言；格物，是就物而言。若不格物，何缘得知。而今人也有推极其知者，却只泛泛然竭其心思，都不就事物上穷究。”[③] 在这段话中，“心”与“事物”的区隔是显而易见的。

而王阳明所论之“物”不是独立于人“心”的客观实存，它和“心”是贯通的，它就是“心”的一部分。徐爱说王阳明解“物”是“从心上说”，这正是指出了王阳明论“物”的特色之处。

（三）“意之所用”

“物”如何能成为“心”的一部分？王阳明贯通“心”“物”所借助的工具是“意”这一概念。

首先，“物”是意之所在。

如前所述，王阳明主张“心”发之为“意”，而“意之所在便是物”，“意之所着为物”，“意之涉着处谓之物”，即“物”是“意”的指向。如此，王阳明便以“意”为桥梁，沟通了“心”与“物”。“物”是“心”发动后所指向、涉着的那些事物，是“心”得以实现的最终载体。

如果再作进一步的追问，这些由人心发动而指向、涉着的事物究竟是什么样的？王阳明亦有详论：

> 如意在于事亲，即事亲便是一物；意在于事君，即事君便是一物；意在于仁民爱物，即仁民爱物便是一物；意在于视听言动，即视听言动便是一物……[④]

---

① 程颢、程颐：《二程集》，中华书局 2004 年版，第 143 页。

② 朱熹：《朱子全书》，上海古籍出版社 2010 年版，第 17 页。

③ 朱熹：《朱子全书》，上海古籍出版社 2010 年版，第 473 页。

④ 王守仁：《王阳明全集》（上），上海古籍出版社 2011 年版，第 7 页。

不难发现，王阳明主要是从伦理道德层面来界定“物”（“事”）的具体内涵，我们或可直截了当地说，王阳明所论之“物”（“事”）主要就是指人类的道德实践①。

其次，“物”是意之所用。

如果说“意之所在”表征了心与物的“本—末”关系，那么“意之所用”则使王阳明对心物关系的论述呈现出了鲜明的体用论色彩。王阳明说：

> 有知而后有意，无知则无意矣。知非意之体乎？意之所用，必有其物，物即事也。如意用于事亲，即事亲为一物；意用于治民，即治民为一物；意用于读书，即读书为一物；意用于听讼，即听讼为一物。凡意之所用无有无物者，有是意即有是物，无是意即无是物矣。物非意之用乎？②

体用论是中国传统哲学发展到宋明时期，在借鉴了佛教的相关观念之后逐渐成熟起来的思考范式，它标志着中国哲学达到了一个较高的思辨程度。按照体用论的思维方式，“体不仅仅是事物之本原，更是事物的所以然者。它既可以是具体的事物，比如载体，也可以是完全抽象的东西，比如道、理”③。在王阳明这里，“知为意之体”，“物为意之用”，良知（即心，即理）便是那个“所以然者”，而“意—物”便是良知的发用流行的实现过程，它们是贯通不二的。

综上，王阳明所论之“物”既区别于“本然”（“实然”）之客观存在，又区别于人无意识的感官感觉，它是人心发动的产物，它就在人的心中。

三、心外无物：生存论意蕴

通过以上对“心”“物”两个概念的辨析可以发现，王阳明一方面将不思不虑的“心”外化，另一方面又使客观实存之“物”内化，“心”与“物”合一不二，成为一个贯通的、连续的生命行动之过程，这就明显地区别于传统的“主客二分”的存在论哲学思维架构，而呈现出“主客一如”的生存论哲学色彩。

（一）视角：天人合一

就“心”而言，它是世界主宰；就“物”而言，万物皆有灵明。王阳明对“心”“物”这两个概念的理解背后，隐含着中国传统哲学中一个独特的思维视角——“天人合一”。

---

① 沈顺福：《论王阳明之理》，《中国文化论衡》2016年第1期，第31页。

② 王守仁：《王阳明全集》（上），上海古籍出版社2011年版，第53—54页。

③ 沈顺福：《体用论与传统儒家形而上学》，《哲学研究》2016年第7期，第47页。

事实上，对天人关系的探索贯穿了整个中国传统哲学的始终，笼统地说有这样四个阶段[①]：一是先秦时期从神学束缚中摆脱出来的“天人相分”观念，孟荀对于人性问题的探讨和争论都是在这一观念背景下展开的；二是汉代的“天人相类”观念，其最典型的代表是董仲舒，他视天为人的曾祖父，主张人副天数、天人感应；三是魏晋时期，开始出现把“天”作为整全世界的观念，如郭象明确提出，“天者，万物之总名也”[②]，“物无非天也。[天也]者，自然（者）也”[③]，等等，宇宙整体观念和天人一体观念在这一时期初步形成；四是宋明时期，“天人合一”成为成熟而普遍流行的重要观念。

作为一种哲学思维视角的“天人合一”，首先意味着一种整体观念，即视世界为一个整体，人是这个整体的一部分。具体到宋明理学内部，对于“天人合一”的理解和表达也不尽相同。张载首次明确使用了“天人合一”这一表述，他在《正蒙·乾称》中说：“儒者则因明致诚，因诚致明，故天人合一。”[④] 又说：“天地之塞，吾其体；天地之帅，吾其性。民，吾同胞；物，吾与也。”[⑤] 到了二程，“天人合一”是“仁者以天地万物为一体，莫非我也”[⑥]；在朱熹，“天人合一”是“理一分殊”，“只是此一个理，万物分之以为体”[⑦]；在陆九渊，“天人合一”是“宇宙便是吾心，吾心即是宇宙”；至王阳明，“天人合一”是“天地万物，本吾一体者也”[⑧]，“天地万物与人原是一体”[⑨]。

其次，“天人合一”是有机的整体观，而非机械的整体观。也就是说，人与天地万物不仅是一个整体，而且是彼此贯通、不可分割的整体，而非简单的组合。笼统地说，在张载那里贯通天人的是至实之“气”，在程朱学派那里是抽象之“理”，而在陆王学派那里则是既经验又抽象的“心”。

如果说朱熹的“理”更多是外在于人心的客观标准、客观道理，那么王阳明的“心”则把那客观的标准和道理纳入到了人心之中，使人不假外求亦可获得。如果说朱熹在经验世界之外又构建了一个“理”的超验世界，王阳明则把这两个世界又化约为“一个世界”，即只存在一个世界，那就是人生存其中的这个“天人合一”“人心主宰”的世界。从这个意义上说，王阳明将中国传统哲学中“天人合一”这一观念发挥到了极致。

---

① 张世英曾提出中国传统哲学的“天人合一”思想大致经历了三个发展阶段：先秦、西汉初年和宋明时期。本文认为，魏晋时期比上述三个时期更为关键。正是在魏晋时期，“天”才被视为一个整全世界，“天人合一”观念才正式形成。因此，本文提出了“天人合一”思想的四阶段说。

② 郭象注，成玄英疏：《庄子注疏》，中华书局2011年版，第26页。

③ 郭象注，成玄英疏：《庄子注疏》，中华书局2011年版，第126页。

④ 张载：《张子全书》，西北大学出版社2015年版，第56页。

⑤ 张载：《张子全书》，西北大学出版社2015年版，第53页。

⑥ 程颢、程颐：《二程集》，中华书局2004年版，第1179页。

⑦ 朱熹：《朱子全书》，上海古籍出版社2010年版，第3126页。

⑧ 王守仁：《王阳明全集》（上），上海古籍出版社2011年版，第89页。

⑨ 王守仁：《王阳明全集》（上），上海古籍出版社2011年版，第122页。

（二）内涵：心物合一

从“天人合一”视角出发，结合此前对“心”“物”两个主要概念的辨析，王阳明“心外无物”这一命题的生存论内涵便自然呈现。

首先，“心外无物”意指“心物合一”。

在王阳明那里只有一个世界，即人身处其中的这个“天人合一”的世界，除此之外别无世界。在这唯一的世界中，人心不仅是一身之主，更是整全世界的主宰；人心不仅是孟子自始至终力倡的作为“心之所同然者”的人性，也是程朱学派孜孜以求的外在的宇宙法则——天理。人心知善知恶，人心无思无虑，它只须遵循“天理”源源不断地涌现出各种意向、意欲。

意向、意欲的指向便是“物”，“物”因此在“天人合一”的整全世界中分享了人心那一点灵明，由此区别于它们曾经所是的那种“本然”（“实然”）的或萨特所称“自在的”的客观存在。

“物”作为“事”的完成同时也是“心”之所发——“意”的实现，由此，“心”“物”乃是一气流行、不可分离、不可分割的一次完整的生命活动，简单地说即是“心物合一”，“心外无物”的具体内涵即在于此。

其次，“心外无物”并非存在论命题。

如前文所述，受西方哲学思想的影响，时下流行的观点是将王阳明“心外无物”理解为一个存在论命题，如从佛教、马克思主义哲学、意义论、境界论等角度展开的解读，多数都属于存在论意义上的解读。

存在论最根本的任务是思考存在（本体），西方哲学史上由柏拉图发端、经笛卡尔显化、至黑格尔鼎盛的哲学传统正是一个追寻存在的历程，其背后隐匿的思维模式是“主体—客体”二分架构，而实质是“本质主义”。

如果用这一思考范式来解读王阳明的心物关系论题，那就只能理解为“心”“物”彼此独立，“心”处于“物”之外对其进行考察和认识，这显然是不符合王阳明的意旨的。王阳明说：“心外无物。”“心物合一”可以说是反本质主义的。

最后，“心外无物”是生存论命题。

王阳明有个非常著名的“岩中花树”话头：

> 先生游南镇，一友指岩中花树问曰：“天下无心外之物，如此花树，在深山中自开自落，于我心亦何相关？”先生曰：“你未看此花时，此花与汝心同归于寂。你来看此花时，则此花颜色一时明白起来。便知此花不在你的心外。”①

---

① 王守仁：《王阳明全集》（上），上海古籍出版社2011年版，第122页。

对于这个“话头”，此前学界做了意义论等各种角度的理解，实际上王阳明既不是在谈花树的意义问题，更不是在谈植物学问题，他强调的是“人心”对于“花树”的主宰：“人心”一经发动（“来看此花”），那“花”就不再仅仅是“本然”（“实然”）或“自在”之存在，它成了与人心合一、受人心主宰的“自为”之存在，它的“明白”“不明白”只能由人心来决定，而人心“只是一个灵明”①。

由“岩中花树”话头扩展开去，“天没有我的灵明，谁去仰他高？地没有我的灵明，谁去俯他深？鬼神没有我的灵明，谁去辨他吉凶灾祥？天地鬼神万物，离却我的灵明，便没有天地鬼神万物了”②。天地鬼神万物，就是人身处其中的世界，这个世界的“高”“深”“吉凶灾祥”等各种方式的存在，都仰仗于人心这一点灵明，或者说，是人心这一点灵明为“宇宙生物体”提供了“生存之道”，人类因此成为宇宙的主宰。从这个意义上说，“王阳明的真正意图还是为生存奠基”③。

当然，如前所述，王阳明提供的“生存之道”更多是从道德实践的角度来说的，他所要解决的是当时社会人人急功近利、事事向外逐求的生存窘境，因此，“心外无物”实际上是在强调人类道德法则对于整个世界的主宰。而这个道德法则，一言以蔽之，就是“仁”。王阳明说：“所谓汝心，却是那能视听言动的，这个便是性，便是天理。有这个性，才能生这性之生理，便谓之仁。”④

（三）工夫：知行合一

“心外无物”所蕴含的生存论意义——即“心”作为行动之源主宰、收摄着天地万物，“心”“物”根本上是一气流通的，是一个完整的生命行动过程——使得王阳明比以往任何哲学家都更加强调行动的力量，强调“知”与“行”的须臾不可分离。

在知行关系问题上，程朱学派的集大成者朱熹提出：“知行常相须，如目无足不行，足无目不见。论先后，知在先；论轻重，行为重。”有学者指出，朱熹从知行相互依赖、知先行后、以行为重三个角度论证了知与行的关系，并据此认为王阳明对于朱熹的批评是只看到了“知先行后”这重角度而犯下的错误。⑤

陆王学派的开山学者陆九渊也接着朱熹讲，他曾提出：“吾知此理即乾，行此理即坤。知之在先，故曰乾知太始。行之在后，故曰坤作成物。”⑥

王阳明的批评实际上不只针对朱熹，也针对陆九渊，他说：“今人却就将知行分作

① 王守仁：《王阳明全集》（上），上海古籍出版社2011年版，第141页。
② 王守仁：《王阳明全集》（上），上海古籍出版社2011年版，第141页。
③ 沈顺福：《论王阳明之理》，《中国文化论衡》2016年第1期，第31页。
④ 王守仁：《王阳明全集》（上），上海古籍出版社2011年版，第41页。
⑤ 魏义霞：《“知在先”与“行为重”：朱熹知行观探究》，《合肥学院学报》（社会科学版）2008年第6期，第3页。
⑥ 陆九渊：《陆九渊集》，中华书局1980年版，第401页。

两件去做，以为必先知了然后能行。我如今且去讲习讨论做知的工夫，待知得真了方去做行的工夫，故遂终身不行，亦遂终身不知。此不是小病痛，其来已非一日矣。某今说个知行合一，正是对病的药。又不是某凿空杜撰，知行本体原是如此。"①

由此可见，王阳明对朱熹和陆九渊的批评并不仅仅是"知先行后"的问题，而是将知和行"分作两件"的问题，王阳明是想从根本上阐明"知行合一"的观念，这与其"心外无物"的基本哲学命题是一致的。"知行合一"是"心外无物"必然的工夫论要求。

结　语

作为王阳明哲学的核心命题，"心外无物"需要我们站在"天人合一"的视角下去理解和思考。宇宙是一个整全的生命体。"心外无物"之"心"不是"主体—客体"二分架构下的思虑主体，而是"天人合一"思维范式下的行动之源；"心外无物"之"物"也不是"本然""实然""自在"的客观存在物，而是"活的物"，是"事"，是"心中之物"，是生命行动有机不可分割的一部分。

"心外无物"意在阐明人类对于宇宙生命体的主宰，而这主宰的实现在于人心，人心就是天理，就是永恒的道德律令。但需要指明，这种主宰并非康德意义上的"自律"，而主要是一种"他律"，因为"心"本身即是道德律令，即是行动源头，它只须朗然呈现，无须思索考虑。

无怪乎李泽厚提出："尽管王阳明个人主观上是为'破心中贼'以巩固封建秩序，但客观事实上，王学在历史上却成了通向思想解放的进步走道。它成为明中叶以来的浪漫主义的巨大人文思潮（例如表现在文艺领域内）的哲学基础。"②

事实也正是如此，正如有学者所指出的，心学传统不仅开辟了儒家形下学的现代化道路，例如黄宗羲对君主主义、专制主义的深刻批判；而且开辟了儒家形上学的现代化道路，例如王船山对儒家传统的先验人性论的批判，戴震直接视人情、人欲为天理，等等。③

总而言之，王阳明"心外无物"命题所展现的其对心物关系的理解，不可单纯地从存在论角度进行考察和分析，而更应该看到它所展现的生存论意义。同时，对于王阳明心学的考察应该放在宋明理学乃至整个中国哲学史的大坐标内进行，看到它对于后世思想解放的启示，挖掘其对于当今中国应对现代性挑战的重要意义。

---

① 王守仁：《王阳明全集》（上），上海古籍出版社 2011 年版，第 5 页。

② 李泽厚：《中国古代思想史论》，人民出版社 1985 年版，第 251—252 页。

③ 黄玉顺：《论儒学的现代性》，《社会科学研究》2016 年第 6 期，第 127 页。